SCIENCE FICTION

Herausgegeben
von Wolfgang Jeschke

Von Anne McCaffrey erschienen in der Reihe
HEYNE SCIENCE FICTION & FANTASY:

Der Drachenreiter (von Pern)-Zyklus

Dinosaurier-Planet-Zyklus

ANNE McCAFFREY

DIE RENEGATEN VON PERN

Zehnter Roman
des
Drachenreiter-Zyklus

Aus dem Amerikanischen übersetzt
von
IRENE HOLICKI

Deutsche Erstausgabe

WILHELM HEYNE VERLAG
MÜNCHEN

HEYNE SCIENCE FICTION & FANTASY
Band 06/5007

Titel der amerikanischen Originalausgabe
THE RENEGADES OF PERN
Deutsche Übersetzung von Irene Holicki
Das Umschlagbild malte Michael Whelan
Die Karte auf Seite 6/7 zeichneten
Johann Peterka und Erhard Ringer
Die Innenillustrationen zeichnete Johann Peterka

3. Auflage

Redaktion: Friedel Wahren
Copyright © 1989 by Anne McCaffrey
Copyright © 1993 der deutschen Ausgabe und der Übersetzung
by Wilhelm Heyne Verlag GmbH & Co. KG, München
Printed in Germany 1996
Umschlaggestaltung: Atelier Ingrid Schütz, München
Technische Betreuung: Manfred Spinola
Satz: Schaber Satz- und Datentechnik, Wels
Druck und Bindung: Presse-Druck Augsburg

ISBN 3-453-06225-6

JOHN GREENE
Maréchal de logis
1958—1988

»O, Johnny, why did they do ye?«

High Reaches Weyr
Cron Hold
high reaches
ruatha
Ruatha Hold
Nabol Hold
te
Tillek Hold
fort
tillek
Fort Weyr

Ista

Ista

boll

Südl. Boll Hold

S

pe

Zeichnung: Puterka · Roger · 1990.

INHALT

Einführung

Als die Menschen Pern, den dritten Planeten der Sonne Rubkat im Sagittarius-Sektor entdeckten, schenkten sie dem Roten Stern, einem weiteren Satelliten des Systems mit stark exzentrischem Orbit, wenig Beachtung.

Die Kolonisten nahmen den neuen Planeten in Besitz, paßten sich an die fremde Umgebung an und breiteten sich auf dem freundlicheren Südkontinent aus. Dann brach in Form eines Regens aus pilzsporenähnlichen Organismen, die in blinder Gefräßigkeit alles außer Stein, Metall und Wasser verschlangen, die Katastrophe über sie herein. Anfangs waren die Verluste überwältigend. Doch zum Glück für die junge Kolonie waren die ›Fäden‹, wie die Siedler den zerstörerischen Niederschlag nannten, nicht völlig unbesiegbar: Mit Wasser und Feuer konnte man der Bedrohung zu Leibe rücken.

Die Siedler setzten ihren bewährten Erfindungsreichtum ein und veränderten mit Hilfe der Gentechnik eine einheimische Lebensform, die Ähnlichkeit mit den Drachen der irdischen Mythologie hatte. Die riesigen Wesen, die bei ihrer Geburt eine feste Bindung mit jeweils einem Menschen eingingen, wurden zu Perns wirksamster Waffe gegen die Fäden. Die Fähigkeit, phosphorhaltiges Gestein zu zerkauen und zu verdauen, versetzte die Drachen in die Lage, buchstäblich Feuer zu speien und die Sporen in der Luft zu versengen, ehe diese den Boden erreichten. Da sie nicht nur fliegen, sondern auch teleportieren konnten, waren sie wendig genug, um den gefährlichen Fäden während der Kampfeinsätze auszuweichen. Und die Möglichkeit der telepathischen Verständigung mit ihren Reitern wie mit ihren

11

Artgenossen gestattete die Bildung leistungsfähiger Kampfgeschwader.

Ein Drachenreiter mußte ein Mensch mit besonderen Eigenschaften sein und sich seiner Aufgabe mit Leib und Seele verschreiben. Diese Anforderungen führten dazu, daß die Drachenreiter mit der Zeit eine eigene Gruppe bildeten und sich absonderten von den anderen, die trotz der Zerstörungen durch die Sporen das Land bebauten oder als Handwerker in ihren Gildehallen andere lebensnotwendige Dinge herstellten.

Im Laufe der Jahrhunderte ließ der ständige Kampf gegen die Fäden, die immer dann über das Land fielen, wenn der exzentrische Orbit des Roten Sterns die Umlaufbahn von Pern kreuzte, die Menschen vergessen, woher sie ursprünglich kamen.

Freilich gab es auch lange Intervalle, in denen keine Fäden das Land verwüsteten, und in denen die Drachenreiter in ihren Weyrn ihren mächtigen Freunden dennoch die Treue hielten, denn eines Tages würden sie wieder gebraucht werden, um das Volk zu beschützen, wie sie es einst geschworen hatten.

Solch ein langes Intervall geht zu Beginn unserer Geschichte seinem Ende entgegen, aber da es noch ein Jahrzehnt dauern wird, bis das Wiedererscheinen des Roten Sterns eine neue Phase der Fädeneinfälle einleitet, sind sich bislang nur wenige der drohenden Gefahr bewußt. Ja, die meisten Menschen glauben nicht daran, daß jemals wieder Fäden fallen werden. Sie wiegen sich in trügerischer Sicherheit und sind selbstzufrieden geworden. Diese Selbstzufriedenheit läßt Zwietracht in Burgen und Gildehallen entstehen und löst eine Kette von Ereignissen aus, die zur Bildung einer neuen Gruppe führt, den Renegaten von Pern!

Prolog

In der Nordwestprovinz des Hochlandes beginnt ein ehrgeiziger Mann mit einem Eroberungsfeldzug, der ihn zum mächtigsten Burgherrn auf ganz Pern machen wird. Fax heißt dieser Mann — und bald wird sein Name in aller Munde sein ...

Währenddessen in den Hügeln von Lemos, im Ostgebirge von Pern ...

»Da ist er wieder«, sagte die Frau und spähte aus dem staubblinden Fensterschlitz, als sie auf dem Kopfsteinpflaster vor dem kleinen Anwesen Hufe klappern hörte. »Ich hab' dir ja gesagt, daß er wiederkommt. Jetzt geht's dir an den Kragen.« Ein Unterton von Schadenfreude klang in ihrer Stimme mit.

Der verwahrloste Mann am Tisch warf ihr einen verächtlichen Blick zu. Sein Bauch war voll, obwohl er bei jedem Bissen gemurrt hatte, Getreidebrei sei kein Essen für einen erwachsenen Menschen, und er hatte eben beschlossen, eine Weile fischen zu gehen.

Die Metalltür der Behausung wurde energisch aufgestoßen, und ehe der Kleinpächter aufspringen konnte, war der Raum bereits voll von entschlossenen Männern mit nicht zu übersehenden Kurzschwertern am Gürtel. Die Frau drückte sich wimmernd in die hinterste Ecke, ohne sich um die Töpfe und Becher zu kümmern, die mit lautem Geklapper aus dem Hängeschränkchen fielen.

»Felleck, du mußt hier raus!« befahl Baron Gedenase in schneidendem Ton. Er hatte die Fäuste in die Hüften gestemmt, der schwarzlederne Reitumhang spannte sich über seine Ellbogen und ließ ihn hünenhafter erscheinen, als er eigentlich war.

»Raus? Raus, Baron Gedenase?« stammelte Fellek

und kam taumelnd auf die Füße. »Ich war grade auf dem Weg, Baron, um uns ein paar Fische zum Abendessen zu fangen ...« Seine Stimme schlug um in ein klägliches Winseln. »Wir haben nämlich nur gekochtes Getreide zu essen.«

»Ob ihr hungert oder nicht, interessiert mich nicht mehr.« Baron Gedenase drehte sich um, musterte den schmutzstarrenden, feuchten Raum mit den morschen Möbeln und blähte angewidert die Nüstern, als ihm der Modergeruch in die Nase stieg. »Du hast jetzt zum vierten Mal versäumt, deine Abgaben zu entrichten, obwohl dir mein Verwalter großzügig half, Ersatz für dein verschimmeltes Saatgut und die Geräte zu beschaffen, die durch deine Nachlässigkeit zu Bruch gegangen waren, und dir sogar ein neues Zugtier gab, als das deine die Fußfäule bekam. Jetzt ist endgültig Schluß! Pack deine Sachen und verschwinde!«

Felleck war wie vor den Kopf geschlagen. »Ich soll verschwinden?«

»Verschwinden?« kam es zittrig von der Frau.

»Ja, ihr sollt verschwinden!« Lord Gedenase trat einen Schritt zur Seite und deutete streng auf die Tür. »Ihr habt genau eine halbe Stunde Zeit, um eure Habseligkeiten zusammenzusuchen« — der Burgherr blickte sich mit verächtlich hochgezogenen Augenbrauen in der erbärmlichen Behausung um — »dann will ich euch hier nicht mehr sehen!«

»Aber ... aber ... wo sollen wir denn hin?« schrie die Frau verzweifelt, aber sie war schon dabei, Töpfe und Pfannen aufzuheben.

»Das ist eure Sache«, gab der Burgherr zurück. Dann drehte er sich auf dem Absatz um und schritt, mit dem Fuß einen Topfdeckel beiseite stoßend, aus dem Raum. Er überließ es seinem Verwalter, die Räumung zu überwachen, bestieg seinen Renner und ritt davon.

»Aber wir haben doch immer zu Lemos gehört«, schniefte Felleck und verzog kläglich das Gesicht.

»Jedes Anwesen trägt sich selbst und leistet Tribut an den Burgherrn«, erklärte der Verwalter ungerührt und verschränkte die Arme. »Das deine nicht! Noch fünfundzwanzig Minuten.«

Laut schluchzend ließ die Frau die Töpfe in ihrer Schürze zu Boden fallen und hielt sich die Ohren zu, um den vernichtenden Spruch nicht hören zu müssen. Felleck gab ihr eine Ohrfeige und fauchte erbittert: »Hol den Packsack, du dummes Schwein. Und roll das Bettzeug zusammen! Nun mach schon!«

Die Räumung war rechtzeitig beendet, und Felleck und seine Frau wurden, tief gebeugt unter ihrer Last, über den schmalen Pfad von ihrem Anwesen fortgetrieben. Felleck drehte sich noch einmal um, ehe sein früheres Heim hinter der Biegung verschwand, und da sah er den Wagen, der neben seinem leeren Stall vorgefahren war; er sah eine Frau mit einem Säugling auf dem Arm und einem etwas älteren Kind neben sich auf dem Sitz; er sah die ordentlich gepackten Sachen, die kräftigen Zugtiere im Joch, die hinten am Wagen festgebundene Milchkuh, und er spie einen Schwall von Flüchen aus und versetzte seiner Frau einen heftigen Stoß, der sie taumeln ließ.

Im stillen schwor er Baron Gedenase — und allen Bewohnern von Lemos — Rache für diese Schmach. Das würden sie bereuen, dafür würde er sorgen. Jedem einzelnen von ihnen sollte es noch leid tun!

Fax' Blitzfeldzug hatte Erfolg: Nun ist er Herr über das Hochland, über Crom, Nabol, Keogh, Balen, über die Burg an der Flußbiegung und über Ruatha. Sie alle hat er durch Heirat, durch Mord oder durch das brutale Vorgehen seiner Plündertrupps an sich gebracht. Tillek, Fort und Boll rufen alle wehrfähigen Männer zusammen, bewaffnen sie und bilden sie zur Verteidigung aus. Man unterhält Signalfeuer auf den Hügelkuppen und wirbt schnelle Reiter an, um unverzüglich von jeder Grenzverletzung unterrichtet zu werden.

Doch die Kunde von diesen Umwälzungen dringt nur lang-
sam in die entlegeneren Gehöfte ...

Dowell wußte immer Bescheid, wenn jemand über
den Karrenpfad zu seinem Berghof unterwegs war: das
Klappern beschlagener Hufe schallte vom nächsten Tal
aus deutlich zu ihm herauf.

»Ein Bote kommt, Barla!« rief er seiner Frau zu und
legte den Hobel nieder, mit dem er ein schönes Stück
Fellisholz für die Lehne eines Stuhls geglättet hatte, ein
Auftrag für Baron Kale von Ruatha. Er runzelte die
Stirn, als seine Ohren ihm verrieten, daß mehrere Reiter auf dem Weg zu ihm waren — und daß sie es eilig
hatten. Doch dann zuckte er die Achseln. Hier herauf
kamen nur selten Gäste, und Barla hatte gern Besuch.
Obwohl sie sich nie beklagte, machte er sich oft Vorwürfe, weil sie seinetwegen im Frühling und Sommer
so hoch oben in den Bergen hausen mußte.

»Ich habe frisches Brot und eine Schüssel Beeren anzubieten«, sagte sie und kam an die Tür. Wenigstens
hatte er für eine wirklich schmucke, geräumige Wohnung gesorgt, beruhigte er sich oft, drei große Räume
zu ebener Erde in die Felswand gehauen, und fünf weitere darüber. Sie hatten einen guten Stall für ihre Renner und die beiden Lasttiere, mit denen er die Baum-
stämme aus den Wäldern schleppte, sowie einen Trok-
kenboden, um das Holz zu lagern.

Die Besucher, zehn oder mehr an der Zahl, brachten
ihre Tiere mit einem jähen Ruck auf der Lichtung zum
Stehen. Ein Blick in die unbekannten, schweißnassen
Gesichter, und Barla versteckte sich hinter Dowell und
wünschte unwillkürlich, sie hätte sich das Gesicht mit
Mehl oder Ruß beschmiert.

Die Augen des Anführers wurden schmal, und sein
Lächeln bekam einen Anflug von Gehässigkeit. »Du
bist Dowell?« Er saß ab, ohne eine Antwort abzuwarten. »Alles durchsuchen!« blaffte er über die Schulter.

Dowells Finger ballten sich zur Faust, er bedauerte

schon, daß er den Hobel weggelegt hatte, aber er nahm die Schultern zurück und tastete mit der Linken nach der Hand seiner Frau. »Ich bin Dowell. Und wer sind Sie?«

»Ich komme von der Burg Ruatha. Fax ist euer neuer Burgherr.«

Dowell hörte Barla erschrocken nach Luft schnappen und drückte ihr fest die Hand. »Mir war gar nicht bekannt, daß Baron Kale gestorben ist. Sicher . . .«

»In dieser Welt ist nichts sicher, Zimmermann.« Der Mann schlenderte lässig auf die beiden zu, ohne Barla aus den Augen zu lassen. Am liebsten hätte sie ihr Gesicht in Dowells Schulter vergraben, um diesem lüsternen Blick zu entgehen.

Plötzlich riß der Anführer des Trupps sie von Dowell weg und drehte sie mit gackerndem Gelächter immer wieder um die eigene Achse, bis ihr schwindlig wurde und sie nach dem nächstbesten Halt — nach ihm — greifen mußte, um nicht umzufallen. Dann zog er sie zu ihrem Entsetzen an sich. Sie spürte den groben Staub auf seinem Ärmel und seiner Schulter, sah das eingetrocknete Blut auf seinem Kragen. Das stoppelige Gesicht mit der großporigen Haut war ihr plötzlich viel zu nahe, und ein Schwall seines stinkenden Atems traf sie, ehe sie die Augen schließen und den Kopf zur Seite wenden konnte.

»An deiner Stelle würde ich die Finger von ihr lassen, Tragger«, sagte jemand leise. »Du kennst Fax' Befehle, und außerdem ist der Pflug für dieses Jahr schon drübergegangen.«

»Wir haben niemand gefunden, Tragger«, meldete ein anderer Mann, der einen müden Renner hinter sich herzog. »Sie sind ganz allein hier.«

Der Anführer drehte Barla noch einmal herum und ließ sie dann los, sie verlor das Gleichgewicht und fiel mit einem erstickten Aufschrei schwerfällig zu Boden.

»An deiner Stelle würde ich die Finger von ihm lassen, Waldmensch«, sagte dieselbe leise Stimme, die schon Tragger gewarnt hatte.

Angstvoll blickte Barla auf und sah, daß Dowell alle Muskeln anspannte, um sich auf Tragger zu stürzen. »Nein, o nein!« schrie sie und rappelte sich mühsam auf. Diese Männer hatten sicher keine Hemmungen, Dowell umzubringen, und wer sollte sie dann beschützen, nachdem auch Baron Kale, ihr Verwandter, tot war?

Sie klammerte sich an Dowell, während Tragger seine Männer aufsitzen ließ. Er riß sein Tier herum, funkelte sie aus zusammengekniffenen Augen an, und verzog die Lippen zu einem grausamen Lächeln. Dann winkte er mit dem Arm, und der Trupp sprengte den Pfad hinunter. Barla und Dowell blieben, zutiefst aufgewühlt von der kurzen Begegnung, allein zurück.

»Hast du dich verletzt, Barla?« Dowell umarmte seine Frau zärtlich und berührte vorsichtig ihre Körpermitte.

»Mir ist nichts geschehen, Dowell«, beruhigte ihn Barla und streichelte die Hand auf dem schwangeren Leib. ›Noch nicht‹ war das Wort, das in der Stille widerhallte.

»Fax soll jetzt Baron von Ruatha sein?« murrte Dowell. »Baron Kale war bei bester Gesundheit, als ...« Er verstummte kopfschüttelnd.

»Sie haben ihn ermordet. Ich weiß es. Dieser Fax! Ich habe schon von diesem Emporkömmling aus dem Hochland gehört. Er hat Lady Gemma geheiratet, und es war eine hastige, erzwungene Hochzeit. Das sagten jedenfalls die Harfner — aber nur ganz leise. Sie nannten ihn ehrgeizig, skrupellos.« Barla schauderte. »Könnte es sein, daß er alle Bewohner der Burg ermordet hat? Auch Kales Gemahlin? Lessa und ihre Brüder?« Sie sah bestürzt zu ihm auf, Verzweiflung spiegelte sich in ihren Zügen.

»Wenn er das Geschlecht der Ruatha ausgerottet

hat ...« Dowell zögerte, seine Finger ballten sich über dem Leib seiner Frau zur Faust. »Du gehörst doch als Kusine zweiten Grades ebenfalls zur Familie.«

»Oh, Dowell, was sollen wir nur tun?« Barla hatte schreckliche Angst — um sich selbst, um ihr Kind und um Dowell, und sie trauerte um all jene, die ein so blutiges Ende gefunden hatten.

»Was wir können, Frau, was wir können. Ich bin ein geschickter Handwerker und finde überall ein gutes Auskommen. Wir ziehen nach Tillek. Von hier aus ist es nicht weit bis zur Grenze. Komm, Barla. Wir essen ein Stück frisches Brot und ein paar Beeren und machen Pläne. Ich will keinem Baron unterstellt sein, der nicht vor Mord zurückscheut, um einen anderen aus seiner Stellung zu verdrängen.«

Auch fünf Planetenumläufe nach Fax' Überraschungsangriffen unterhält Tillek noch immer eine volle Streitmacht, obwohl der Reiz des Neuen längst verflogen ist und die Langeweile in den Kasernen ein enormes Problem darstellt. Häufig finden Ringkämpfe statt, denn das hält die Leute in Form und sorgt bei Festen, wenn die Sieger der verschiedenen Kasernen gegeneinander antreten, für Unterhaltung ...

Als der Kopf des Mannes mit einem unheilverkündend dumpfen Geräusch auf dem Pflaster aufschlug, wurde Dushik augenblicklich nüchtern. Im nächsten Atemzug lag er neben dem Körper auf den Knien und tastete die Halsschlagader nach dem Puls ab.

»Das wollte ich nicht. Ich schwöre, ich wollte ihn nicht verletzen!« schrie Dushik. Er sah die Männer an, die im Kreis um ihn herumstanden, und die plötzlich aufkommende Feindseligkeit in ihren Gesichtern entging ihm nicht. Hatten sie ihn nicht eben noch angefeuert? Hatten sie nicht Wetten auf ihn abgeschlossen? War er auf diesem Fest nicht genug angepöbelt worden? Wie viele Weinschläuche und Branntweinflaschen hatte man ihm aufgedrängt!

Ein stämmiger Festverwalter drängte sich in den freien Raum in der Mitte des Kreises. »Ist er tot?«

Dushik stand auf, sein Mund füllte sich mit Galle. Er konnte nur nicken. Das war das dritte Mal, erinnerte ihn sein weinbenebelter Verstand. Das dritte Mal.

»Das ist das dritte Mal, Dushik«, sagte der Verwalter und zupfte ihn am Ärmel. »Man hat dich oft genug verwarnt wegen deiner ewigen Schlägereien ...«

»Ich hatte zuviel getrunken.« Dushik bemühte sich verzweifelt, irgendeine Entschuldigung zu finden. ›Das dritte Mal‹ bedeutete, daß man ihn aus der Burg und aus seiner Kate verjagen und ihm verbieten würde, die Arbeit zu tun, die er gelernt hatte. Drei Tote bei Schlägereien, ganz gleich, wie es dazu gekommen war, bedeuteten weiterhin, daß er sich auch bei keinem anderen Burgherrn mehr als Pächter zu bewerben brauchte. Ein Geächteter würde er sein — ein Heimatloser.

»Sie ... sie haben mich aufgehetzt!« Nun versuchte er, den Umstehenden die Schuld zu geben, jenen, die auf seine Überlegenheit als Ringkämpfer gewettet hatten. »Sie ... sie haben mich dazu getrieben!«

Plötzlich drängte sich Baron Oterel in den Kreis. »Was geht hier vor?« Sein Blick wanderte von Dushik zu dem reglosen Körper auf dem Pflaster. »Du schon wieder, Dushik? Der Mann ist tot? Dann fort mit dir, Dushik. Die Burg ist dir verschlossen. Alle Burgen sind dir verschlossen. Zahlen Sie ihn aus, Verwalter, und lassen Sie ihn an die Grenze zum Hochland geleiten. Fax kann diese Sorte Männer gebrauchen!« Oterel schnaubte geringschätzig. »Und schaffen Sie die Leiche weg. Ich will nicht, daß das Fest durch einen solchen Zwischenfall verdorben wird!« Er drehte sich auf dem Absatz um, und die Zuschauer machten ihm respektvoll Platz.

»Er hat mir gar nicht zugehört!« schrie Dushik, aber vergebens, der Verwalter ließ sich nicht umstimmen. »Er hat mich nicht verstanden.«

»Drei Tote, nur weil du die Fäuste nicht zurückhalten kannst, Dushik, das ist einer zuviel. Du hast gehört, was Baron Oterel sagte.«

Drei kräftige Männer packten Dushik mit hartem Griff. Er wurde in die Kaserne zurückgeführt, wo er seine Sachen zusammenpacken durfte, dann sperrte man ihn über Nacht in die kleine Arrestzelle an der Rückseite des Stalls. Nicht einmal Baron Oterel hätte seinen Männern zugemutet, auf ein Fest zu verzichten, um einen unerwünschten Mann an die Grenze zu bringen. Doch auch am nächsten Morgen waren seine Begleiter weder sehr gesprächig, noch verziehen sie ihm den langen Marsch.

»Komm nie wieder nach Tillek zurück, Dushik«, sagte der Anführer zum Abschied. Doch im letzten Augenblick überreichte er ihm sein Schwert, sein langes Messer und einen Sack mit Reiseproviant.

Nach sieben Planetenumläufen hat man sich mit Fax' widerrechtlichen Eroberungen mehr oder weniger abgefunden — außer in der Harfnerhalle. Meisterharfner Robinton erhält immer wieder besorgniserregende Berichte von seinen Harfnern und mißtraut dem gespannten Frieden. Fax ist ehrgeizig, und da alle Burgen außer Ruatha unter seiner brutalen Verwaltung gedeihen, ist es durchaus möglich, daß er irgendwann den Blick nach Osten richtet, auf die weiten, fruchtbaren Ebenen und die Bergwerke von Telgar. Als sei er sich der Überwachung durch die Harfnerhalle bewußt, hat Fax begonnen, alle Harfner mit den fadenscheinigsten Begründungen von seinen Höfen und Gildehallen zu verweisen. Was immer die Kinder von den Harfnern lernen können, sagt Fax, werden ihnen in Zukunft seine Beauftragten beibringen. Er hat der Autorität getrotzt — und Erfolg gehabt. Wogegen wird er sich als nächstes auflehnen?

Es ist, als verbreiteten die Winde, die über den Nordkontinent fegen, eine Seuche über das Land, denn auch andere begehren auf gegen die alten Sitten und Gebräuche. In Ista, ge-

wiß einer der konservativsten Gegenden, widersetzt sich ein
junger Mann der Autorität seines Vaters ...

»Es ist mir egal, ob seit den Ersten Aufzeichnungen
sämtliche Generationen dieser Familie glücklich und
zufrieden auf der Palisadeninsel gelebt haben — ich
möchte mich auf dem Festland umsehen!« Toric unter-
strich die letzten vier Worte mit nachdrücklichen Faust-
schlägen auf den langen Küchentisch. Sein Vater, Meister der Fischergilde, war anfangs schockiert, doch allmählich geriet er in eisigen Zorn darüber, daß ihm sein
zweitältester Sohn öffentlich — vor seinen jüngeren
Geschwistern und den vier Lehrlingen — die Stirn bot.
»Auf Pern gibt es noch einiges mehr als diese Insel und
Ista.«

»Aber Toric!« schaltete seine Mutter sich entsetzt ein.
Immer wieder hatte sie ihm begütigend zugeredet und
auch versucht, ihren aufgebrachten Gatten zu besänftigen.

»Und wie, wenn ich fragen darf« — sein Vater hob
die Hand, um seine Frau zum Schweigen zu bringen —, »wie willst du außerhalb dieser Gildehalle dein
Leben fristen?«

»Ich weiß es nicht, Vater, und es ist mir auch gleich-
gültig, aber keine Sorge, ich werde dir nicht zur Last
fallen, weil ich nicht den Rest meines Lebens hier verbringen werde!« Toric stieg über die Bank, auf der er
wieder einmal eine dieser gräßlichen Mahlzeiten abge-
sessen hatte. »Da draußen liegt ein ganzer Kontinent,
und ich werde sehen, wozu ich sonst noch tauge. Ich
habe dich in aller Freundschaft um mein Gesellenabzeichen gebeten. Du hast es mir verweigert, also heuere
ich auf dem Handelsschiff an.«

»Wenn du diesen Dreckskahn besteigst ...« Der Vater
erhob sich, als sein achtzehnjähriger Sohn mit langen
Schritten zur Tür ging und sein Ölzeug vom Haken
nahm. »Wenn du gehst«, brüllte er ihm nach, »sollen
dir Halle und Hof für immer verschlossen bleiben, nir-

gendwo sollst du Aufnahme finden. Ich werde es von den Harfnern verkünden lassen!«

Die Tür wurde so heftig zugeschlagen, daß der Riegel hochschnellte und sie mit quietschenden Angeln wieder aufschwang. Die anderen am Tisch saßen da wie betäubt, mit einem solchen Auftritt am Ende eines anstrengenden Tages hatte niemand gerechnet. Der Fischermeister hörte draußen die stahlgenagelten Stiefelabsätze über die Steinplatten klappern und wartete, bis die Schritte verklungen waren. Dann setzte er sich wieder, sah seinen ältesten Sohn an, der sich von seiner Überraschung noch immer nicht erholt hatte, und sagte verbittert, mit halb erstickter Stimme: »Die Angeln müssen geölt werden, Brever. Kümmere dich nach Tisch darum.«

Seine Frau konnte ein leises Schluchzen nicht unterdrücken, doch ihr Mann schenkte ihr keine Beachtung. Er erwähnte Torics Namen nie wieder, auch dann nicht, als fünf seiner noch verbliebenen neun Kinder dem Beispiel ihres Bruders folgten und die Palisadeninsel auf Nimmerwiedersehen verließen.

Keroon — Winter — zwei Planetenumläufe später...

»Sie macht lange Finger, und das habe ich dir auch immer wieder gesagt, Mann. Sie wird nicht länger auf diesem Hof arbeiten.«

»Aber wir haben Winter, Frau.«

»Das hätte Keita sich überlegen sollen, ehe sie einen ganzen Laib Brot stibitzte. Wofür hält sie uns eigentlich? Für Dummköpfe? Für so reich, daß wir mehr in sie hineinstopfen können, als sie braucht, um ihre Arbeit zu tun? Sie geht noch heute abend. Von jetzt an ist sie heimatlos. Das kann sie sich gleich hinter die Ohren schreiben. Vom Graufels-Hof bekommt sie keine Empfehlung, falls jemand töricht genug sein sollte, diese Schlampe einzustellen.«

In Keroon erreicht zur Zeit der ersten großen Springfluten in jenem achten Planetenumlauf nach Fax' Aufstieg ein schwer angeschlagenes Schiff mit zerfetzten Segeln, geknicktem Hauptmast und gebrochenem Bugspriet endlich den sicheren Hafen, und etliche Besatzungsmitglieder geloben feierlich, sich eine weniger gefahrvolle Beschäftigung zu suchen. Der dritte Maat hat keine Aussicht mehr, eine bezahlte Tätigkeit zu finden ...

»Hör zu, Brare, ich habe den Anteil, der dir zusteht, noch um ein paar Marken erhöht, aber ein Einbeiniger ist in den Rahen oder an den Netzen nicht zu gebrauchen, daran ist nicht zu rütteln. Mein Bruder, er ist Hafenmeister, wird sich um dich kümmern, bis du ganz wiederhergestellt bist. Rede mit ihm, sieh dir an, was es am Hafen so zu tun gibt. Du hattest immer geschickte Hände. Ich habe dir auch ein gutes Zeugnis ausgestellt. Jeder Burgherr kann daraus ersehen, daß du ein ehrlicher Mann bist, der wegen eines Unfalls sein Gewerbe nicht mehr ausüben kann. Irgendwo nimmt man dich schon auf. Es tut mir aufrichtig leid, dich auf Strand setzen zu müssen, Brare, das kannst du mir glauben.«

»Aber Sie tun es trotzdem, nicht wahr, Meister?«

»Keine Vorwürfe, Fischer. Ich gebe mir wirklich alle Mühe mit dir. Dieses Leben ist schon für einen gesunden, kräftigen Mann hart genug, erst recht ...«

»Sagen Sie's nur, Meister. Erst recht für einen Krüppel!«

»Ich wünschte, du wärst nicht so verbittert!«

»Lassen Sie's gut sein, Meister, und gehen Sie zurück zu Ihren gesunden, kräftigen Fischersleuten! Sie versäumen die Flut, wenn Sie noch lange warten!«

Den ganzen Sommer über verbreiten sich Gerüchte über drohende Fädenfälle. Jemand behauptet, Benden, der einzige Weyr, bringe sie in Umlauf, aber diese Vorstellung löst nur Spott und Hohn aus: Die großartigen Drachenreiter von Benden wagen sich doch nie aus ihrem alten Berg heraus.

Und dennoch dreht sich bald jedes Gespräch um die Möglichkeit einer Wiederkehr der tödlichen Fäden ...

Da die Ernte in Süd-Boll in diesem Jahr besonders reich ausfiel, waren Lady Marella und ihr Verwalter von früh bis spät in den Plantagen und auf den Feldern unterwegs, um die Pflücker zu beaufsichtigen, die jede Gelegenheit nützten, um sich auf die faule Haut zu legen.

»Wir müssen sparsam wirtschaften mit den Früchten der Erde«, mahnte Lady Marella wieder und wieder und drängte die Helfer trotz der Hitze der letzten Sommertage zu immer noch größerer Anstrengung. »Baron Sangel erwartet eine anständige Tagesleistung für die Marken, die er bezahlt.«

»Ja, ein kluger Mann füllt seine Scheuern, solange der Himmel noch frei ist«, bemerkte einer der Vorarbeiter und pflückte mit beiden Händen in einem Tempo weiter, das Lady Marella verblüffte.

»Derlei Gerede will ich hier nicht hören ...«

»Denol, Lady Marella«, stellte der Mann sich höflich vor. »Und wir alle würden uns weniger Sorgen machen, wenn Sie uns versichern könnten, daß alles nur ein Sonnentraum ist.«

»Natürlich ist es das!« erklärte sie mit aller Entschiedenheit. »Baron Sangel hat sich eingehend mit der Sache beschäftigt, und Sie können ganz beruhigt sein, die Fäden kommen nicht wieder.«

»Baron Sangel ist ein guter und fürsorglicher Herr, Lady Marella. Sie nehmen mir eine Last von der Seele. Verzeihen Sie, daß ich Sie darauf aufmerksam mache, Lady, aber wenn uns jemand, ein paar von den Kindern vielleicht, leere Säcke bringen würde, und wenn der Karren zwischen den Reihen durchfahren könnte, um die vollen abzuholen, kämen wir viel schneller voran.«

»Hören Sie mal, Denol ...«, wollte ihn der Verwalter zurechtweisen.

»Nein, nein, das ist gar keine schlechte Idee«, fiel

ihm Lady Marella ins Wort, denn nun bemerkte auch sie, wie viele Männer und Frauen mit ihren gefüllten Säcken zur ersten Reihe stapften. »Aber nur Kinder über zehn Planetenumläufe«, fügte sie hinzu, »die jüngeren müssen beim Harfner bleiben, um die Traditionsballaden zu lernen.«

»Und dafür sind wir sehr dankbar, Lady Marella«, sagte Denol, während seine Hände unglaublich flink von den Früchten zu dem vor ihm stehenden Sack huschten. »Wenn man wie wir immer nur von einem Ort zum anderen zieht, sieht es mit dem Unterricht schlecht aus. Ich halte sehr viel von Tradition, Lady. Sie ist das Rückgrat unserer Welt.«

Sein Sack war voll, und er verneigte sich respektvoll und stapfte die Reihe entlang, um ihn auf den Karren zu laden und sich einen leeren zu holen. Sekunden später war er schon wieder zurück und pflückte mit unermüdlichem Fleiß weiter.

Sie ging die nächsten Reihen entlang und beobachtete dabei, wie oft die Pflücker ihre Plätze verlassen mußten. Der Verwalter folgte ihr stumm. Als sie außer Hörweite waren, wandte sie sich ihm zu. »Ab morgen wird das neue Verfahren eingeführt. Damit geht alles schneller. Und geben Sie dem Mann eine Marke mehr für seinen Vorschlag.«

Der Verwalter behielt Denol während der ganzen Ernte im Auge, denn es ärgerte ihn ein wenig, daß er nicht selbst auf diese Idee gekommen war. Aber nie konnte er den Pflücker dabei ertappen, daß er die vorgegebene Geschwindigkeit nicht einhielt, weder an den Sträuchern noch in den Plantagen, und auch beim Ausgraben der Erdknollen, der schlimmsten Plackerei, füllte Denol mehr Säcke als jeder andere. Der Verwalter mußte dem Mann zugestehen, daß er erstklassige Arbeit leistete.

Als die Ernte eingebracht war, sprach Denol den Verwalter an. »Wenn man mit meiner Arbeit zufrieden war, könnte ich dann vielleicht mit meiner Familie den Winter über hierbleiben? Zu tun gibt es noch genug, die Bäume müssen beschnitten und die Felder eingewintert werden.«

Der Verwalter war überrascht. »Aber Sie sind Pflükker. Als nächstes werden Sie auf Ruatha gebraucht.«

»Nein, dahin gehe ich nicht, auf gar keinen Fall, Verwalter«, wehrte Denol ängstlich ab. »Seit Baron Fax dort herrscht, macht man um Ruatha besser einen weiten Bogen.«

»Dann wäre da noch Keroon ...«

»Ja, und der neue Baron ist ein gerechter Burgherr. Aber ich möchte seßhaft werden.« Er warf einen Blick zum Himmel hinauf. »Ich weiß, Verwalter, Lady Marella sagt, wir sollen nichts auf das Gerede geben, aber es will mir einfach nicht mehr aus dem Kopf. Vor allem seit meine Kleinen nach Hause kommen und ihre Harfnerballaden üben und mich daran erinnern, was alles passieren kann, wenn Fäden fallen.«

Der Verwalter hielt mit seiner Verachtung nicht hinter dem Berg. »Harfnerballaden sind dazu da, die Kinder ihre Pflichten gegenüber Burg und Gilde ...«

»Und Weyr zu lehren. Und sie sind nicht auf den Kopf gefallen, meine Kleinen, Verwalter, sie sollten ein Handwerk lernen, und nicht durch die Lande ziehen, wenn plötzlich Fäden vom Himmel fallen und sie auffressen könnten wie reifes Obst.«

Den Verwalter überlief es eiskalt. »Nun aber Schluß damit, Sie haben doch selbst gehört, daß Lady Marella solche Klatschgeschichten verboten hat.«

»Könnten Sie bei der Lady nicht ein gutes Wort für mich einlegen, Verwalter?« Mit flehentlichem Blick und aller gebotenen Zurückhaltung schob Denol dem Verwalter die Marke in die Hand, die er als Prämie bekommen hatte. »Sie wissen, daß ich zupacken kann, und meine Frau und mein ältester Sohn ebenfalls. Und um auf einem so schönen Besitz bleiben zu dürfen, würden wir auch noch härter arbeiten. Es ist der schönste Besitz weit und breit.«

»Na schön, es ist wohl nichts dagegen einzuwenden, wenn ihr den Winter über hier bleibt ... vorausgesetzt ...« Der Verwalter drohte dem Mann warnend mit dem Finger. »... ihr strengt euch wirklich an und wahrt den schuldigen Respekt. Und hört auf, diese Ammenmärchen über Fäden zu erzählen.«

Bis zum Herbst des neunten Planetenumlaufs sind die Gerüchte überall herum; man munkelt auf allen Festen davon, in den Gassen, im Weinkeller, in der Küche und auf dem Speicher. Schlechte Zeiten stehen bevor, nicht nur, weil nach dem Überfluß des letzten Planetenumlaufs die Ernte diesmal unerklärlich mager ausgefallen ist. Immerhin hat Keroon eine schwere Dürre hinter sich, auf Nerat gab es sintflutartige Regenfälle, in Telgar sind zwei Stollen eingestürzt — und die Pessimisten sind sicher, daß dies alles nur der Anfang einer gewaltigen Katastrophe sein kann ...

»Eine neue Annäherungsphase?« Ketrin starrte den Kärrner an, dann runzelte er die Stirn. »Es hieß doch, die Fäden würden nie wiederkommen. Ich glaube Ihnen kein Wort.« Er kannte Borgald als pragmatischen, phantasielosen Menschen und als verantwortungsbewußten Fuhrmann, der sich nur um seine kostbaren Gespanne sorgte, die mächtigen, gehörnten Ochsen, die seine Wagen zogen. Aber der Händler schien fest überzeugt zu sein.

»Ich *will* es auch nicht glauben«, gab Borgald zurück und warf einen bekümmerten Blick auf die lange Karawane, die gerade in das Burggebiet einfuhr. Er nickte und zählte unbewußt jeden vorbeikommenden Wagen mit. »Aber nachdem so viele Leute fest damit rechnen, halte ich es für angebracht, Vorsichtsmaßnahmen zu treffen.«

»Vorsichtsmaßnahmen?« wiederholte Ketrin und sah Borgald verwundert an. »Was kann man denn für Vorsichtsmaßnahmen gegen Fäden treffen? *Wissen* Sie denn nicht, was diese Sporen anrichten können? Sie fallen aus heiterem Himmel auf die Menschen herab und verschlingen sie mit Haut und Haaren. Bevor sie mit den Fingern schnippen können, ist von ihren größten Herdentieren nichts mehr übrig. So eine Front fängt an einem Ende eines reifen Weizenfeldes an, wälzt sich darüber und läßt keinen einzigen Strohhalm zurück!« Kevin schauderte. Die alte Harfnerschilderung der Fädenverwüstungen hatte ihm selbst Angst eingejagt.

Borgald schnaubte nur abfällig. »Wie gesagt, ich würde Vorsichtsmaßnahmen treffen. Genau wie einst meine Ururahnen auf ihren Trecks. Die Amhold-Karawane beliefert die Burgen seit der allerersten Phase, meine Vorfahren haben sich durch Fäden nicht beirren lassen. Und ich werde es nicht anders halten.«

»Aber ... Fäden sind tödlich ...« Schon die Vorstellung, sie könnten wieder an Perns Himmel erscheinen, versetzte Ketrin in Panik.

»Nur, wenn man direkt getroffen wird, und nur ein Narr bleibt dabei *im Freien.*«

»Sie fressen sich durch Bäume und Fleisch, durch alles außer Stein und Metall.« Doch dann winkte Ketrin ab. »Nein, das kann nicht wahr sein. Sie ziehen schon zu lange durch die Lande, Borgald, um auf jeden Unsinn zu hören. Und ich nehm's Ihnen übel, daß Sie mir mit solchen Albernheiten kommen wollen.«

»Das sind keine Albernheiten!« widersprach Borgald und reckte empört das Kinn. »Sie werden schon sehen. Aber keine Sorge. Ich bringe Ihre Waren trotz allem von Keroon und Igen herauf. Mit meinen Vorsichtsmaßnahmen kann mir nichts passieren. Ich lasse alle Wagen mit dünnem Metallblech verkleiden, und die Tiere stelle ich in Höhlen unter. Bei der Amhold-Karawane fällt weder Mensch noch Tier den Sporen zum Opfer.«

Ketrin schauderte, als spüre er die ätzenden Fäden bereits auf seinem Rücken.

»Ihr Burgbewohner«, fügte Borgald mit gutmütiger Verachtung hinzu, »habt ein zu leichtes Leben. In euren dicken Mauern und tiefen Gängen« — er deutete auf die mächtige Fassade der Burg Telgar — »verweichlicht ihr auf die Dauer und werdet schreckhaft.«

»Wer ist hier schreckhaft?« Ketrin richtete sich auf. »Aber wenn die Fäden Sie draußen auf der Ebene erwischen, können Sie sich nirgends unterstellen.«

»Man kann auch durch die Berge fahren — sicher, das ist ein Umweg, aber dort sind immer Höhlen in der Nähe. Allerdings«, Borgald rieb sich das Kinn, »erhöhen sich dadurch die Fuhrkosten. Verlängerte Fahrzeiten, die Verlegung der Versorgungsstationen, der Aufwand für den Umbau der Wagen — da kommt schon etwas zusammen.«

»Die Fuhrkosten erhöhen?« Ketrin lachte laut heraus. »Darauf läuft das Ganze also hinaus, mein Freund. Natürlich wollen Sie Ihre Forderungen erhöhen, bei all den *Gerüchten* über die Rückkehr der Fäden.« Er schlug Borgald freundschaftlich auf die Schulter. »Ich gehe jede Wette ein, Borgald, daß dies kein Intervall ist, daß die Fäden fort sind. Endgültig.«

Borgald streckte ihm die große Hand hin. »Abgemacht. Ich wußte schon immer, daß Sie Bitra-Blut in den Adern haben.«

Die kräftige Stimme von Ketrins Gildemeister unterbrach die beiden. »Heda, Borgald! Gute Reise gehabt?« Er wartete die Antwort nicht ab. »Sie bringen mir meine Vorräte? Ketrin, warum führst du Kärrner Borgald nicht in die Gildehalle? Was ist das denn für ein Benehmen, Mann?«

»Wir sprechen uns noch, Borgald«, murmelte Ketrin.

Im Frühling des nächsten Planetenumlaufs kommt Fax bei einem Duell mit F'lar, dem Reiter des Bronzedrachen Mne-

menth, um, und der Benden-Weyr macht sich auf die Suche
nach einer Kandidatin für das letzte Königinnenei, das in der
Brutstätte heranreift. Während der Tod des Tyrannen alle
Burgherrn erleichtert aufatmen läßt, bereitet ihnen dieses
Wiedererstarken der Drachenreiter ein gewisses Unbehagen.
Denn obwohl die Gerüchte über die Wiederkehr der Fäden-
plage im Laufe des Winters verstummt sind, hat die Kandida-
tensuche sie wiederaufleben lassen und die Menschen daran
erinnert, was sie den Drachenreitern einst verdankten. Bei
manchen haben Fax' Tod, die Gegenüberstellung und das
Ausschlüpfen der neuen Drachenkönigin alte Sehnsüchte und
Träume geweckt ...

»Und Ihr Entschluß steht fest, Perschar?« Baron Vincet war erstaunt, ja, fast wütend über den Starrsinn des
Künstlers. Vincet hatte nicht vergessen, daß der Mann
ein Genie im Umgang mit Pinsel und Farbe war — Perschar hatte getreulich alle verblaßten Wandmalereien
aufgefrischt und sämtliche Familienmitglieder ganz
vorzüglich porträtiert — aber mehr konnte er dem Burschen guten Gewissens nun wirklich nicht bieten. »Ich
hielt die Bedingungen des neuen Vertrages für äußerst
großzügig.« Vincets Gereiztheit steigerte sich.

»Sie haben sich wirklich äußerst großzügig gezeigt«,
gab Perschar mit seinem wehmütigen Lächeln zurück,
das eine von Vincets Töchtern so hinreißend fand, den
Burgherrn aber im Moment eher verärgerte. »Ich habe
gegen den Vertrag nichts einzuwenden und möchte
auch nicht um Kleinigkeiten feilschen, Baron Vincet.
Für mich ist einfach die Zeit gekommen, mich wieder
auf den Weg zu machen.«

»Aber Sie waren drei Umläufe lang hier ...«

»Genau, Baron Vincet.« Perschars ungewöhnlich langes Gesicht verzog sich zu einem zufriedenen Lächeln.
»So lange war ich noch nie auf einer Burg.«

»Tatsächlich?« Vincet war für Schmeicheleien sehr
empfänglich.

»Deshalb ist es höchste Zeit für mich, mir wieder einmal den Wind um die Nase wehen zu lassen und diesen großartigen Kontinent weiter zu erforschen. Ich brauche Anregungen, Baron Vincet, viel dringender als Sicherheit.« Der Künstler entschuldigte sich mit einer ehrerbietigen Verbeugung für seine Ablehnung.

»Nun, wenn Sie so auf Reisen versessen sind, dann nehmen Sie sich doch den Sommer frei. Das ist die beste Zeit für Streifzüge. Mein Fischermeister soll Sie auf einem seiner Boote mitnehmen. Sie bräuchten erst wieder ...«

»Mein lieber Baron, ich werde wiederkommen, wenn es an der Zeit ist«, sagte Perschar ausweichend. Dann drehte er sich mit einer zweiten eleganten Verneigung am Absatz herum und verließ Vincets Arbeitsraum.

Es dauerte eine volle Stunde, bis Vincet begriff, daß Perschar sich mit dieser gewandten Antwort endgültig verabschiedet hatte. Niemand hatte beobachtet, auf welchem der vielen Pfade, die von der Burg Nerat ausgingen, sich der Maler entfernte. Den ganzen Tag über war Baron Vincet außer sich. Er konnte den Burschen wirklich nicht verstehen. Da hatte er nun eine ganze Suite bekommen; ein Atelier, wo er, zugegeben, während der letzten drei Umläufe mehrere begabte Burgbewohner in seiner Kunst ausgebildet hatte; einen Platz an der Ehrentafel; reichlich Marken in der Tasche — *und* obendrein drei neue Anzüge, so viele Schuhe und Stiefel, wie er brauchte, und einen kräftigen Renner zur freien Verfügung.

Nachdem die Burgherrin von Nerat den letzten Satz des Künstlers an diesem Abend zum zwanzigsten Mal gehört hatte, sagte sie endlich: »Er hat doch versprochen, er würde zurückkehren, wenn es an der Zeit sei, Vincet. Also beruhige dich. Er ist nun einmal fort, aber er taucht schon wieder auf.«

Auf Burg Telgar, zwei Planetenumläufe später. Während die Barone verärgert feststellen, wie der Weyr zunehmend an Be-

deutung gewinnt, ist Baron Larad bemüht, seine aufsässige
Schwester an einen geeigneten Mann zu bringen ...

»Larad, ich bin deine Schwester — deine *ältere*
Schwester!« schrie Thella, und Larad bedeutete ihr heftig gestikulierend, die Stimme zu senken. Mit den Augen flehte er seine Mutter um Unterstützung an, aber
Thella tobte weiter. »Du wirst mich *nicht* an irgendeinen
hergelaufenen, unflätigen, senilen, alten Geizhals mit
schiefen Zähnen verheiraten, nur weil Vater verkalkt
genug war, einer solchen Farce zuzustimmen.«

»Derabal ist weder senil, noch hat er schiefe Zähne,
und mit vierunddreißig ist er wohl auch kaum ein alter
Mann«, knirschte Larad. Als ihr Bruder, selbst als ihr
Halbbruder konnte ihn ihr trotzig aufgerichteter, wohl-
geformter Körper nicht beeindrucken, so sehr die Reitkleidung auch ihre sehnige, durchtrainierte Figur be-
tonte.

Die geröteten Wangen, die blitzenden braunen
Augen und die sinnlichen, abfällig verzogenen Lippen,
das alles waren für ihn nur Anzeichen, daß ihm wieder
einmal eine stürmische Szene bevorstand. Es war auch
kein Trost, daß sie nur eine halbe Spanne kleiner war
als er und ihm dank der langschäftigen Reitstiefel mit
den hohen Absätzen, die sie so gerne trug, gerade in
die Augen sehen konnte. In diesem Moment hätte er
ihren Widerstand am liebsten mit einer ordentlichen,
längst überfälligen Tracht Prügel gebrochen. Aber als
Burgherr konnte man seine weiblichen Verwandten
nun einmal nicht schlagen.

Thella war immer die schwierigste von allen seinen
Schwestern und Halbschwestern gewesen: streitsüch-
tig, anmaßend, eigensinnig und störrisch, nützte sie die
Freiheit, die sein Vater seiner unternehmungslustigen,
verwegenen Tochter eingeräumt hatte, weidlich aus.
Larad hatte manchmal den Verdacht gehabt, sein Vater
ziehe Thella mit ihrem hitzigen, überheblichen Wesen
seinem besonneneren, bedächtigeren Sohn vor. Baron

Tarathel hatte sogar beide Augen zugedrückt, als Thella eine junge Magd zu Tode prügelte. Erst als sie einen vielversprechenden jungen Renner zuschanden ritt, hatte er ihr die Leviten gelesen. Tiere waren kostbar und mußten mit Sorgfalt behandelt werden.

Vielleicht hatte Baron Tarathel dem Mädchen auch deshalb besonders viel nachgesehen, wie Larads Mutter einmal andeutete, weil ihre Mutter bei ihrer Geburt gestorben war. Wie auch immer, der alte Baron hatte seine Erstgeborene darin bestärkt, daß sie sich die Zeit mit Jagen, Reiten und Umherstreifen vertrieb; und Tarathel hatte sie auch dazu ermutigt, sich über die gesellschaftlichen Gepflogenheiten hinwegzusetzen. Außerdem war Thella elf Monate älter als Larad, und daraus schlug sie so viel Gewinn, wie sie als Mädchen nur konnte. Sie hatte sich sogar beim Konklave der Burgherren gegen Larad gestellt und behauptet, sie habe als Tarathels Erstgeborene die größeren Rechte auf den Erbtitel. Die meisten Barone hatten ihr höflich, manche auch etwas von oben herab, zu verstehen gegeben, sie solle sich gefälligst mit ihrem ›Recht‹ auf den Platz neben ihrer Stiefmutter, ihren Schwestern und Tanten begnügen. Wochenlang hatte Telgar von ihren Klagen über diese Ungerechtigkeit widergehallt. Vor allem ließ sie ihre Enttäuschung an den Mägden aus, die täglich neue Peitschenstriemen aufwiesen. Einige suchten verzweifelt nach irgendeinem Vorwand, um der Burg entfliehen zu können.

»Derabal ist ein kleiner Bauer, nicht einmal ein Baron ...«

»Derabal besitzt riesige Ländereien vom Fluß bis zu den Bergen, mein Kind, und du hättest Beschäftigung genug, wenn du nur geruhtest« — Larad legte seinen ganzen Unmut in dieses Wort —, »den Mann zu heiraten. Er hat nämlich die besten Absichten ...«

»Das sagst du mir immer wieder.«

»Er hat dir herrliche Juwelen als Brautgabe geschickt«, warf Lady Fira ein wenig neidisch ein. Was in ihrer eigenen Schatulle lag, war nicht halb so wertvoll, und dabei war Tarathel gewiß nicht knausrig gewesen.

»Du kannst sie gern haben!« Thella lehnte es mit einer verächtlichen Handbewegung ab, darauf Rücksicht zu nehmen. »Aber ich werde diese Ehrengarde« — sie zeigte ihren Hohn ganz unverhohlen — »nicht als brave, folgsame Braut zu diesem Anwesen im Bergland begleiten. Und das, mein lieber Baron« — zum Nachdruck schlug sie mit ihrer Reitgerte gegen den hohen Stiefelschaft — »ist mein letztes Wort zu diesem Thema.«

»Für dich vielleicht«, gab Larad so schroff zurück, daß Thella ihn überrascht anblickte. »Aber nicht für mich.« Ehe sie sich versah, hatte er sie schon am Arm gepackt und zog sie zu ihrem Schlafgemach. Er schob sie mit einem kräftigen Stoß hinein, schloß die Tür und verriegelte sie.

»Was bist du doch für ein Narr, Larad!« rief Thella durch die dicken Holzplanken. Sohn und Mutter hörten, wie etwas Schweres gegen die Tür geworfen wurde, dann trat Stille ein. Nicht einmal die Flüche waren zu hören, mit denen Thella sonst ihrem Ärger Luft zu machen pflegte, wenn man sie einsperrte.

Als Larad sich am nächsten Morgen so weit erweichen ließ, daß er gestattete, Thella mit Essen und Trinken zu versorgen, war die Rebellin spurlos verschwunden. Ihre Kleider lagen ordentlich zusammengefaltet in der Truhe, aber alle haltbaren, wetterfesten Sachen sowie ihr Schlafpelz waren fort. Bei näherer Untersuchung entdeckte man, daß im Stall vier Renner fehlten — drei schöne, bereits trächtige Stuten und Thellas kräftiger, störrischer Wallach — außerdem vermißte man verschiedene Gerätschaften und einige Säcke mit Reiseproviant. Zwei Tage später mußte Larad feststellen, daß aus der Kassette in seinem Arbeitszimmer mehrere Beutel mit Marken entwendet worden waren.

Larad stellte diskrete Ermittlungen an und erfuhr,

daß Thella mit mehreren Pferden auf dem Weg nach Südosten zum Grenzgebirge zwischen Telgar und Bitra gesehen worden war. Danach hörte man nichts mehr von ihr.

Zu Derabal schickte Larad eine seiner jüngeren Halbschwestern, ein leidlich hübsches und durchaus willfähriges Mädchen, das ganz zufrieden damit war, einen ordentlichen Besitz und einen Gemahl zu bekommen, der ihr so schönen Schmuck schenkte. Später würde Derabal ihm gewiß dankbar sein, daß ihm Thellas aufbrausendes Temperament erspart geblieben war.

Als tatsächlich die ersten Fäden auf Pern fielen und die Weyrführer von Benden von den Burgherren endlich nach Kräften unterstützt wurden, machte Lady Fira sich Sorgen um Thella.

Als sie die ersten Berichte über eine Serie eigenartiger Raubüberfälle auf den Pfaden durch die Ostberge und auf der Straße am Igen-Fluß erhielt, die seit Beginn der Fädeneinfälle von den Händlerkarawanen benützt werden mußten, hatte sie insgeheim Thella in Verdacht. Larad hingegen brachte die Diebstähle lange Zeit nicht mit seiner Halbschwester in Verbindung. Er beschuldigte hartnäckig die Heimatlosen, die Rebellen, all jene, die man wegen Gewalttätigkeit oder Diebstahls aus Burgen und Gildehallen ausgestoßen hatte: die Renegaten von Pern.

1

Siedlung im Osten von Telgar
Gegenwärtige (neunte) Annäherungsphase
des Roten Sterns
Erster Planetenumlauf, dritter Monat,
vierter Tag

Jayge hatte gehofft, sein Vater werde länger auf Gut Kimmage bleiben. Er wollte nicht fort, solange er mit seiner struppigen Stute gegen die Renner der Gutsherrnsöhne so glänzende Erfolge erzielte. Fairex wirkte mit ihrem Winterfell so schwerfällig, daß die anderen Jungen sich leicht hatten verleiten lassen, gegen sie zu wetten. Und eines mußte man den Kimmage-Jungen lassen, sie hatten die Söhne der außerhalb gelegenen Pachthöfe nicht gewarnt, wenn diese mit ihren Vätern auf das Gut kamen. So besaß Jayge nun eine recht ansehnliche Sammlung von Kreditmarken, fast genug, um dafür einen Sattel einzutauschen, wenn ihre Wagen das nächste Mal der Karawane der Plater-Sippe begegneten. Nur noch ein oder zwei Rennen brauchte er zu gewinnen — eine einzige Siebenspanne, und er war am Ziel.

Die Lilcamps hatten das ganze verregnete Frühjahr auf Kimmage verbracht. Warum wollte sein Vater gerade jetzt weiterziehen? Crenden war ein Mann, dem man nicht widersprach. Er war hart, aber gerecht, und obwohl er kein Hüne war, wußte jeder, der einmal seine Faust zu spüren bekommen hatte — Jayge machte diese Erfahrung gelegentlich immer noch — daß man ihn besser nicht nach seinem Äußeren beurteilte. Er genoß absolute Autorität, genau wie der Besitzer eines kleinen oder großen Anwesens auf seinem Hof, und seine Familie gehorchte ihm bedingungslos. Als fähiger Händler und tüchtiger Arbeiter, von strenger Redlichkeit bei allem, was er tat, war er auf den kleineren, abgelegenen Höfen, die nicht regelmäßig die großen Feste besuchen konnten, stets willkommen. Gewiß, einige Gilden schickten Vertreter über Land, um Aufträge entgegenzunehmen, aber die wagten sich selten auf die schmalen, steilen Gebirgspfade oder überquerten die weiten Ebenen, wo das Wasser rar war. Crendens Waren trugen nicht alle den Stempel einer Gildehalle, aber sie waren solide verarbeitet und billiger als die Produkte der Gilden. Crenden wußte auch immer genau, was seine Kunden brauchten, und führte ein breites Sortiment mit, das nur durch die Aufnahmefähigkeit seiner Wagen begrenzt wurde.

An diesem klaren, sonnigen Morgen gab Crenden also sehr früh den Befehl, das Lager abzubrechen, und nachdem man sich mit einer warmen Mahlzeit gestärkt und alles wieder ordentlich in den Wagen verstaut hatte, wurden die Zugtiere eingespannt, und alle Lilcamps standen zum Aufbruch bereit.

Jayge nahm seinen Platz beim vordersten Wagen ein; seit er zehn war, versah er für seinen Vater auf der flinken Fairex Kurierdienste.

»Zugegeben, es ist ein schöner Tag, Crenden«, meinte der Gutsherr, »und es sieht so aus, als würde sich das Wetter eine Weile halten, aber auf den Straßen werden Sie bis an die Achsen im Schlamm versinken. Bleiben Sie doch noch so lange, bis alles abgetrocknet ist, dann kommen Sie leichter voran.«

»Damit andere Händler vor mir die Prärie-Siedlung erreichen?« Lachend schwang sich Crenden auf seinen drahtigen Renner. »Dank des reichlichen Futters und Ihrer Gastfreundschaft sind Tier — und Mensch — wohlgenährt und ausgeruht. Das Holz wird in der Prärie einen guten Preis erzielen, und wir sollten zusehen, daß wir uns auf den Weg machen. Von hier aus geht es meist bergab, da wird uns der Schlamm nicht stören. Und ein bißchen Bewegung kann nicht schaden, dabei verlieren wir alle den Winterspeck und sind wieder in Form, bis wir in die Berge kommen! Sie waren ein großzügiger Gastgeber, Childon. Wenn wir wie immer in ein oder zwei Planetenumläufen wiederkommen, bringe ich Ihnen die neuen Klemmen mit. Bleiben Sie inzwischen gesund und guter Dinge.« Er stellte sich in die Steigbügel und schaute auf seine Karawane zurück, und als Jayge sah, mit welchem Stolz sein Vater die Sippe betrachtete, richtete auch er sich im Sattel auf.

»Bringt sie in Marsch!« rief Crenden, seine tiefe Stimme erreichte auch das letzte der sieben Fuhrwerke. Als die Tiere sich ins Geschirr legten und die Räder sich in Bewegung setzten, winkten und jubelten die Pächter, die sich auf dem gepflasterten Vorplatz vor dem Eingang versammelt hatten. Ein paar Jungen ritten schreiend die Reihe auf und ab, schwangen ihre Peitschen und zeigten voll Stolz, daß sie beim Hüten der Herdentiere von Kimmage gelernt hatten, die Schnur gehörig schnalzen zu lassen. Jayge, der seine Fähigkeiten im Umgang mit der Geißel längst unter Beweis gestellt hatte, ließ seine lange Peitsche ordentlich aufgerollt am Sattelknopf hängen.

Oberhalb von Kimmage waren die Hügel mit prächtigen Wäldern bestanden, deren Holz, liebevoll gepflegt und umsichtig geschlagen, den Pächtern ein regelmäßiges Einkommen sicherte. Alle fünf Jahre einmal unternahmen sie die lange Reise nach Keroon, um das in einer Höhle abgelagerte Holz zu verkaufen. Die Lilcamps verdingten sich seit vielen Generationen zur Arbeit auf Gut Kimmage, sie hackten Holz, schleppten Stämme oder höhlten im tiefsten Winter die Felsfestung weiter aus, um neue Räume zu schaffen. Diesmal hatte man die Bäume geladen, die vor fünf Planetenumläufen von den Lilcamps gefällt worden waren. Das Holz würde einen satten Gewinn einbringen.

Als Jayge sich nach hinten beugte und nach seinem zusammengerollten Bettzeug tastete, pfiff ihm eine Geißelschnur dicht am Ohr vorbei. Erschrocken fuhr er herum, um sich den Reiter anzusehen, der an ihm vorübersprengte, und erkannte den Pächterjungen, den er am Abend zuvor im Ringkampf besiegt hatte.

»Daneben!« rief Jayge vergnügt. Gardrow hatte heute sicherlich ein paar Blutergüsse, denn Jayge hatte ihn mehrmals zu Boden geworfen, aber vielleicht überlegte er es sich in Zukunft, ob er die Kleinen weiter schikanierte, damit sie seine Arbeit taten. Jayge haßte Rabauken fast so sehr wie Tierquäler. Und es war ein fairer Kampf gewesen: der Bursche war zwei Planetenumläufe älter als Jayge und zwei Kilo schwerer.

»Beim nächsten Mal trete ich wieder gegen dich an, Gardrow«, rief Jayge und warf sich zur Seite, als der andere Junge seinen Renner herumriß und mit hoch erhobener Peitsche abermals auf ihn zugeritten kam.

»Unfair, unfair!« riefen zwei andere Pächtersöhne.

Das erregte Crendens Aufmerksamkeit, und er lenkte sein temperamentvolles Tier an die Seite seines Sohnes. »Hast du dich schon wieder geprügelt, Jayge?« Crenden billigte es nicht, wenn sich jemand von den Lilcamps in Schlägereien verwickeln ließ.

»Ich, Vater? Sehe ich so aus?« Jayge gab sich große Mühe, ein überraschtes Gesicht zu machen. Der Ausdruck gekränkter Unschuld, den seine Schwester so meisterhaft beherrschte, wollte ihm freilich nie so recht gelingen.

Sein Vater ließ sich nicht täuschen, er warf ihm einen scharfen Blick zu und drohte mit dem narbig verdickten Zeigefinger. »Keine Rennen mehr, Jayge. Wir sind auf dem Treck, und da ist für solche Dummheiten keine Zeit. Bleib ruhig im Sattel sitzen. Wir haben einen langen Tag vor uns.« Damit gab Crenden seinem Renner den Kopf frei und setzte sich an die Spitze des Zuges.

Jayge fiel es schwer zu widerstehen, als die Pächterjungen um ein letztes Wettrennen bettelten. »Nur bis zur Furt hinunter? Nein? Dann nach oben, über den Felsenpfad? Du wärst wieder zurück, ehe dein Vater überhaupt etwas merkt.« Auch die angebotenen Einsätze waren verlockend, aber Jayge wußte, wann er zu gehorchen hatte. Er lächelte und verschloß seufzend seine Ohren, obwohl ein Gewinn ihm den heißbegehrten Sattel endgültig gesichert hätte. Dann geriet ein Wagen mit einem Rad in den Straßengraben, und er und Fairex mußten mithelfen, es wieder auf den Weg zu bringen. Als er über die Schulter schaute, um die Jungen mit einzuspannen, hatten sie sich bereits zerstreut.

Gutmütig band Jayge sein Schleppseil an der seitlich am Wagen befindlichen Stange fest und trieb seinen stämmigen Renner an. Das Rad kam mit einem Ruck frei, und Fairex tänzelte geschickt zur Seite. Jayge rollte das Seil auf und hängte es um den abgegriffenen Sattelknopf, dann warf er einen Blick zurück auf das in eine mächtige Klippe über dem reißenden Keroon-Fluß hineingebaute Gut Kimmage. Auf der anderen Seite rupften die Herdentiere gierig das frische Gras. Die Sonne schien ihm warm auf den Rücken, das vertraute Quietschen und Rumpeln der Wagen erinnerte ihn daran, daß sie auf dem Weg zur Prärie-Siedlung waren, und er tröstete sich damit, daß sich auch dort gewiß jemand finden würde, der Fairex unterschätzte. Gleich beim nächsten Mal, wenn sie auf die Platers trafen, würde er den neuen Sattel bekommen.

Vor ihm schritt der große Renner seines Vaters auf dem Flußpfad dahin. Jayge rutschte tiefer in den Sattel, streckte die Beine in den Steigbügeln und stellte dabei fest, daß die Riemen zu kurz waren. Er mußte seit der Ankunft in Kimmage eine halbe Handbreite gewachsen sein. Splitter und Scherben, wenn er zu groß geworden war, ließ ihn sein Vater vielleicht nicht mehr auf Fairex reiten, und Jayge war nicht sicher, welches Tier er dann

bekommen würde. Nicht, daß die anderen Lilcamp-
Renner Schnecken gewesen wäre, aber mit keinem davon konnte er die anderen Kinder so gut täuschen wie
mit Fairex.

Sie waren seit etlichen Stunden unterwegs und wollten bald ihre Mittagsrast einlegen, als ein Schrei ertönte: »Reiter gesichtet!« Crenden gab mit erhobenem Arm
das Zeichen zum Anhalten, dann wendete er seinen
großen Renner und blickte den Weg zurück. Der Bote,
der im Galopp hinter ihnen herkam, war deutlich zu
sehen.

»Crenden!« schrie der älteste Kimmage-Sohn, brachte seinen Renner mit einem Ruck zum Stehen und
keuchte atemlos seine Botschaft heraus: »Mein Vater
sagt ... zurückkommen ... schnellstens. Harfnerbotschaft.« Der Junge zog eine Rolle aus seinem Gürtel
und warf sie Crenden zu. Er schluckte, sein Gesicht
war bleich vor Angst, und er hatte die Augen weit aufgerissen. »Fäden, Crenden. Es fallen wieder Fäden!«

»Harfnerbotschaft? Harfnermärchen!« begann Crenden geringschätzig, doch dann bemerkte er das blaue
Siegel auf der Rolle.

»Nein, es ist wirklich kein Märchen, Crenden, es ist
die Wahrheit. Lesen Sie selbst! Vater sagt, sonst würden Sie es nicht glauben. Ich kann es auch nicht glauben. Ich meine, man hat uns doch immer erzählt, daß
die Fäden niemals wiederkommen würden. Deshalb
brauchten wir ja auch den Benden-Weyr nicht mehr,
obwohl Vater immer seinen Tribut entrichtet hat, weil
er Lemos unterstellt ist, und weil wir mehr als genug
haben, um die Drachenreiter aus alter Freundschaft zu
versorgen, schließlich haben sie uns beschützt, als es
noch nötig war ...«

Mit einer Handbewegung brachte Crenden den aufgeregten Jungen zum Schweigen. »Still, sonst kann ich
nicht lesen.«

Jayge konnte nur die dicken schwarzen Lettern auf

der weißen Fläche und das auffallende, in Gelb, Weiß und Grün gehaltene Wappen von Keroon erkennen.

»Die Botschaft ist echt, wie Sie sehen, Crenden«, plapperte der Junge weiter. »Sie trägt Baron Cormans Siegel. Es hat Tage gedauert, bis wir sie erhielten, weil der Renner einen Sehnenriß hatte und der Bote sich verirrte, als er eine Abkürzung nehmen wollte. Er sagt, über Nerat seien bereits Fäden gefallen, und der Benden-Weyr habe die Wälder gerettet, und über Telgar würden beim nächsten Einfall Tausende von Drachenreitern aufsteigen. Und dann sind wir an der Reihe.« Wieder schluckte der Junge. »Die Fäden werden direkt auf uns runterkommen, und man muß sich hinter Steinmauern flüchten, weil nur Stein, Metall und Wasser davor schützen können.«

Wieder lachte Crenden, er nahm die Sache nicht ernst, aber Jayge spürte, wie ihm ein kalter Schauer über den Rücken lief. Crenden rollte die Botschaft zusammen und gab sie dem Jungen zurück. »Ich lasse deinem Vater danken, die Warnung ist gut gemeint, aber ich falle nicht darauf herein.« Er zwinkerte dem Burschen gutmütig zu. »Ich weiß, dein Vater hätte gern, daß wir ihm helfen, das neue Stockwerk fertigzustellen. Von wegen Fäden! Seit Generationen sind von diesem Himmel keine Fäden mehr gefallen. Seit Hunderten von Planetenumläufen. Damit ist es endgültig vorbei, sagen die Legenden. Und wir machen uns am besten wieder auf den Weg.« Crenden winkte dem erstaunten Jungen vergnügt zu, stellte sich in die Steigbügel und rief mit schallender Stimme: »Vorwärts!«

Der Junge wirkte so bestürzt und verängstigt, daß Jayge sich unwillkürlich fragte, ob sein Vater die Botschaft vielleicht falsch verstanden hatte. Fäden! Das Wort allein ließ ihn unruhig im Sattel herumrutschen, und sofort begann Fairex unter ihm zu tänzeln. Er beruhigte sie und redete auch sich selbst gut zu. Sein Vater würde niemals zulassen, daß die Lilcamp-Karawane

Schaden nahm. Er war ein fähiger Anführer, und sie hatten den Winter über gut verdient. Jayge war nicht der einzige, der sich über einen prallgefüllten Beutel freuen konnte. Trotzdem, die Angst ließ sich nur schwer abschütteln. Die Reaktion seines Vaters hatte ihn überrascht. Gutsherr Childon war kein Spaßvogel, sondern ein aufrechter Mann, der sagte, was er meinte, und meinte, was er sagte. So hatte Crenden ihn oft beschrieben. Childon war viel ehrlicher als andere Hofbesitzer, die auf die Fuhrleute herabsahen und sie als arbeitsscheues Gesindel betrachteten, kaum besser als Diebe, zu faul, um sich selbst ein Anwesen aufzubauen, und zu hochmütig, um sich einem Burgherrn zu unterstellen.

Als Jayge einmal eine wüste Rauferei angefangen und dafür von seinem Vater eine ordentliche Tracht Prügel bezogen hatte, brachte er zu seiner Entschuldigung vor, er habe die Familienehre verteidigen müssen.

»Das ist immer noch kein Grund, sich zu prügeln«, hatte sein Vater gesagt. »Unsere Familie ist nicht schlechter als jede andere.«

»Aber wir sind heimatlos!«

»Und was hat das zu bedeuten?« hatte Crenden gefragt. »Kein Gesetz auf Pern schreibt vor, daß ein Mann und seine Familie ein Anwesen haben und an einem bestimmten Ort leben *müssen*. Wir dürfen keinem anderen seinen Besitz wegnehmen, aber ringsum gibt es genügend Land, auf das noch nie ein Mensch einen Fuß gesetzt hat. Sollen sich doch alle Schwachen und Ängstlichen zitternd in ihren vier Wänden verkriechen ... womit ich nicht sagen will, daß wir uns wegen der Fäden noch Sorgen zu machen bräuchten. Aber auch wir waren früher einmal Grundbesitzer, mein Junge, unten in Süd-Boll, und dort leben noch Angehörige unserer Sippe, die sich der Verwandtschaft mit uns nicht schämen. Wenn das genügt, um dich aus Schlägereien herauszuhalten, dann hör nicht mehr auf solche Sticheleien.«

»Aber ... aber Irtine hat gesagt, wir stehen nur eine Stufe über Dieben und Landstreichern.«

Sein Vater hatte ihn an den Schultern gepackt und geschüttelt. »Wir sind ehrliche Händler und bringen abgelegenen Höfen, die nicht immer die Feste besuchen können, gute Waren und Nachrichten. Wir ziehen freiwillig durch die Lande, weil es uns Freude macht. Unsere Welt ist weit und schön, Jayge, und wir wollen so viel wie möglich davon sehen. Wir bleiben lange genug an einem Ort, um Freunde zu finden und andere Gewohnheiten kennenzulernen. Ich finde das viel besser, als sein Lebtag lang in ein- und demselben Tal zu hokken, nie eine andere Mundart zu hören oder neue Erfahrungen zu machen. Dieses Leben hält einen in Schwung, bringt den Verstand in Bewegung und öffnet Augen und Herzen.

Du bist alt genug, um zu erkennen, wie man sich in jeder Siedlung freut, wo unsere Karawane haltmacht. Du hast mit uns auf dem Anwesen am Vesta-Fluß gearbeitet, wo wir das obere Stockwerk ausbauten, daher weißt du, daß wir keine Faulenzer sind. Und jetzt Kopf hoch. Du kannst auf deine Familie stolz sein. Und laß dich nicht mehr bei einer Schlägerei erwischen, nur weil dich jemand verspottet hat. Kämpfe, wenn du einen guten Grund dazu hast, aber nicht aus verletzter Eitelkeit. Du hast deine Strafe bekommen. Verschwinde in dein Bett.«

Damals war er noch ein Kind gewesen, aber jetzt war er fast erwachsen und hatte sich angewöhnt, dumme Bemerkungen zu überhören. Das hielt ihn nicht davon ab, seine Fäuste und seine angeborene Wendigkeit einzusetzen, aber er hatte gelernt, wann er kämpfen mußte, und wie er sich schützen konnte, um die allzu deutlich sichtbaren Spuren einer Schlägerei zu vermeiden. Und da er auf seine Herkunft stolz war, strahlte er so viel Zuversicht aus, daß sich nur echte Dummköpfe mit ihm anlegten. Jayge gefiel das Leben, das seine Familie führte: Nie blieb man so lange an einem Ort, daß man ihn satt bekam. Immer gab es etwas Neues zu sehen, neue Freunde zu gewinnen, alte Freunde wiederzutreffen und, jedenfalls zur Zeit noch, mit Fairex Rennen zu gewinnen.

Der Weg bog jäh nach Süden ab und führte um eine Felsnase herum. Dahinter bot sich ein weiter Blick auf das andere Ufer und die niedrigen Vorberge, die schließlich zum gewaltigen Red Butte-Gebirge anstiegen. Jayge fiel plötzlich auf, wie sonderbar der Himmel im Osten aussah, wie eine finster drohende graue Wand. Während seiner zehn Planetenumläufe hatte er oft genug schlechtes Wetter erlebt, aber so etwas noch nie. Er wandte sich seinem Vater zu und sah, daß auch Crenden den ungewöhnlichen Himmel bemerkt hatte und sein Tier zurückhielt, um die graue Schicht genauer zu studieren.

Plötzlich raste Readis, Jayges jüngster Onkel, auf seinem Renner von hinten heran und deutete laut rufend auf die Wolke. »Sie ist ganz plötzlich gekommen, Cren. So was habe ich noch nie gesehen!« schrie er. Sein Tier umkreiste Crendens Renner, während die beiden prüfend den Horizont betrachteten.

»Sieht aus wie ein örtliches Gewitter«, bemerkte Crenden mit Blick auf die scharf abgegrenzten Ränder der Wolke.

Inzwischen hatte auch Jayge seinen Vater erreicht, und der erste Wagen wurde langsamer, aber Crenden winkte die Karawane weiter.

»Schaut nur!« Jayge riß den Arm in die Höhe, aber auch Crenden und Readis hatten die Feuerstrahlen gesehen, die am Rand der Wolke entlangzuckten. »Blitze?« Er war sich nicht sicher, denn solche Funken, die aufloderten und weiter in der Luft schwebten, waren ihm neu. Blitze fuhren immer in die Erde!

»Das sind keine Blitze«, sagte Crenden. Jayge sah, wie die Farbe aus dem Gesicht seines Vaters wich, sein Renner wurde unruhig und schnaubte ängstlich. »Und es ist entsetzlich still, weit und breit kein einziger Wher und keine Schlange.«

»Was ist das, Cren?« Die Unsicherheit seines Bruders übertrug sich auch auf Readis.

»Sie haben uns gewarnt. Sie haben uns wahrhaftig gewarnt.« Crenden riß an den Zügeln seines Renners, bis der sich auf die Hinterbeine stellte, schrie, was die Lungen hergeben wollten, und bedeutete Readis mit hektischen Kopfbewegungen, sich nach hinten zu begeben. »*Vorwärts! Macht voran! Challer, drauf mit der Peitsche. Das muß schneller gehen!*« Immer wieder wendete er seinen Renner und suchte mit den Augen den bewaldeten Hang ab. »Jayge, du reitest ein Stück vor. Vielleicht findest du Felssimse, wo wir uns unterstellen können. Wir brauchen irgendein Dach über den Kopf. Wenn auch nur die Hälfte von dem wahr ist, was man sich über die Fäden erzählt ... Dann dürfen wir, verdammt noch mal, auf keinen Fall hier im Freien bleiben!«

»Könnten die leichteren Wagen nicht zur Siedlung zurückfahren?« fragte Readis. »Borel hat ein schnelles Gespann. Wir laden die Fracht ab, setzen die Kinder hinein und fahren wie der Teufel.«

Crenden schüttelte stöhnend den Kopf. »Wir sind seit Stunden unterwegs. Hätte ich nur der Botschaft geglaubt ...« Er schlug mit der geballten Faust auf sein Sattelhorn. »Unterschlupf. Wir brauchen einen Unterschlupf. Reite los, Jayge. Sieh zu, ob es irgendwo Schutz gibt.«

»Und wenn wir die Stämme schräg gegen die Wagen stellen würden, Cren ...«, schlug Readis vor. Sein Tier geriet ins Rutschen und wäre fast über die überhängende Felskante in den Fluß gestürzt.

»Die Fäden fressen auch Holz; das würde nichts nutzen. Stein, Metall ... *Wasser!*« Crenden stellte sich in die Bügel und deutete auf den Fluß hinab, der schäumend in seinem felsigen Bett dahinschoß.

»Dort?« fragte Readis. »Nicht tief genug, und viel zu reißend!«

»Aber es gibt einen Teich, einen großen, kurz vor dem ersten Wasserfall. Wenn wir es bis dorthin schaffen könnten ... Jayge, ab mit dir! Sieh nach, wie weit es bis zum Teich noch ist. Challer, du treibst das Gespann mit der Peitsche an und fährst hinter Jayge her, so schnell du kannst. Readis, du schirrst die Tiere vom Holzfuhrwerk los. Das Holz können wir nicht retten, aber die Tiere brauchen wir. *Und jetzt vorwärts! Drauf mit der Peitsche!*«

Jayge bohrte Fairex die Absätze in die Flanken. Warum mußte es sie ausgerechnet auf diesem Teil des Weges erwischen? Auf der einzigen Tagesetappe durch Wald und Bergland, wo es nirgends einen richtigen Unterschlupf gab? Er kannte den Teich, den sein Vater meinte — man konnte dort gut angeln, und da sich im Moment das Schmelzwasser aus den Bergen sammelte, war er sicher auch tief. Aber ein Teich bot doch keinen sicheren Schutz vor einem Fädeneinfall? Jayge kannte wie alle Kinder auf Pern seine Lehrballaden, und was man während eines Fädeneinfalls brauchte, waren Steinmauern und stabile Fensterläden aus Metall. Der Pfad zog sich einen Hang hinauf, und von der Kuppe aus konnte man das tiefe, einladend glitzernde Becken sehen. Fäden fraßen sich auch durch Fleisch. Wie tief mußte man tauchen, um vor ihnen sicher zu sein?

Jayge trieb Fairex in einen schnellen Galopp und zählte die Schritte der kleinen Stute mit, um schätzen zu können, wie lange die Karawane brauchen würde, um den Teich zu erreichen. Gleichzeitig beobachtete er ständig die Ufer wie auch den Pfad, in der Hoffnung, ein Felssims oder wenigstens einen Tierbau zu entdecken. In solchen Bauen könnte man die Babies unterbringen. Wie lange dauerte ein Sporenregen? Jayge war so aufgeregt, daß ihm die Traditionsballaden nicht einfallen wollten.

Es blieb wohl nur der Teich, dachte er und schoß mit Fairex den Abhang hinunter. Fünfzehn Minuten, selbst für den größten, schwersten Wagen. Hier bildete eine Reihe von großen Findlingen einen natürlichen Damm — das Wasser floß ganz glatt über die Kante. Er trieb Fairex hinein, um zu sehen, wie tief es war. Augenblicke später schwamm die tapfere, kleine Stute, und Jayge schwang sich von ihrem Rücken, schüttelte sich, als die Kälte durch seine Kleider drang, und tauchte unter, sobald er keinen Boden mehr unter den Füßen spürte. Tief genug! Bis auf die Säuglinge konnten alle schwimmen. Aber wohin sollten sie schwimmen? Jayge riß an Fairex' Zügeln, und gehorsam schwenkte die Stute zum Flußufer herum. Als er sah, daß sie auf Grund kam, schwang er sich in den Sattel und trieb sie den Weg zurück, den sie eben gekommen waren.

Der Lärm der Karawane hallte laut durch das ganze Tal: das Donnern der Hufe, das Poltern der Räder, die drängenden, schrillen Zurufe. Jayge dankte den Dämmerschwestern, daß alle Wagen peinlich genau überprüft worden waren, ehe sie Kimmage verließen. Ein abgesprungenes Rad oder ein Achsenbruch hätten jetzt gerade noch gefehlt. Hoffentlich ließen sich die schwerfälligen Zugtiere überhaupt zu größerer Schnelligkeit bewegen!

Während Jayge zurücksprengte, beobachtete er die Wolke. Was waren das nur für merkwürdige Flammenzungen? Sie sahen aus wie Tausende von Feuerfliegen, jene Nachtinsekten, die er früher einmal mit seinen Freunde im tropischen Dschungel von Nerat hatte fangen wollen. Und dann kam ihm plötzlich die Erleuchtung. Das waren Drachen! Die Drachenreiter vom Benden-Weyr kämpften gegen die Fäden! Wie es die Pflicht der Drachenreiter war! Sie schützten Pern auch jetzt wieder vor den Sporen, wie einst in alten Zeiten. Eine

Woge der Erleichterung durchströmte Jayge, wurde jedoch gleich darauf von Verwirrung abgelöst. Wenn die Drachenreiter bereits dabei waren, den Himmel von Fäden zu säubern, wozu brauchten die Händler dann noch das Flußbecken?

»Drachenreiter müssen streiten, wenn Silberfäden vom Himmel gleiten?« Der Vers schoß Jayge unwillkürlich durch den Kopf, aber es waren nicht die Worte, die er suchte. »Dicke Mauern, Eisentore, und kein Pflänzchen weit und breit, dann, O Herr der Burg, sind deine Schutzbefohlenen gefeit.« Doch die Lilcamps standen nicht unter dem Schutz einer Burg.

Sein Vater kam im Galopp um die Wegbiegung, Challers Fuhrwerk war ihm dicht auf den Fersen.

»Der Teich ist gleich da unten ...«, begann Jayge.

»Das sehe ich selbst. Sag's den anderen!« Mit einer Handbewegung schickte Crenden seinen Sohn nach hinten.

Die Wagen waren weit auseinandergezogen, die Segeltuchplanen schwankten gefährlich von einer Seite zur anderen. Schon waren die ersten Bündel herausgefallen — oder gestoßen worden — und lagen am Wegrand. Jayge wollte Fairex zügeln, um sie aufzuheben.

»*Nicht anhalten!*« rief sein Vater.

Der Befehl verstieß gegen eine eingefleischte Gewohnheit: Die Lilcamps verstreuten niemals irgendwelchen Plunder auf den Wegen. Jayge ritt weiter zum nächsten Wagen und hielt Fairex nur so lange an, um Tante Temma, einer geschickten Fahrerin, deren vier Zugtiere bereits in schwerfälligem Galopp dahinpolterten, die Anweisungen seines Vaters zuzurufen. Dann mußte er mit Fairex nach oben in den Wald ausweichen, um nicht von einer Horde wildgewordener, reiterloser Renner und Herdentiere überrannt zu werden. Das Holzfuhrwerk stand verlassen, die Räder mit Steinen blockiert, am Weg, und die acht Paar Ochsen, die es gezogen hatten, trampelten hinter dem führerlosen

Haufen her. Borel, sein ältester Onkel, ließ die brüllenden Tiere von seinen sämtlichen Kindern mit Stachelstöcken antreiben, aber sie bockten nur und traten gegen die Stöcke, erst als die beiden Treiber mit beschwerten Peitschenschnüren auf ihre knochigen Hinterteile einschlugen, setzten sie sich in Bewegung.

Jayge galoppierte weiter, vorbei an Tante Nik und ihrem Mann, die auf jeweils einem Zugtier ritten und die anderen an den Nasenringen hinter sich herzogen. Beim letzten Wagen hatte man die Zugtiere gegen Renner ausgetauscht, und er kam allmählich in Fahrt. Jayge ritt hinter dieses Fuhrwerk, trieb Fairex seitlich heran und schob einige Kisten zurück, die herauszufallen drohten. Dann sammelte er trotz allem ein paar auf dem Weg liegende Gepäckstücke ein und warf sie von hinten in den nächsten Wagen. Außerdem versuchte er sich zu merken, wo das ganze verlorene Hab und Gut gelandet war, um es später, nach dem ganzen Theater, wieder auflesen zu können. Als Händler entwickelte man einen ausgezeichneten Orientierungssinn. Jayge fand an jeden Ort zurück, an dem er einmal gewesen war, der Weg dorthin prägte sich ihm unauslöschlich ein.

Bis alle Lilcamps im Teich waren, hatte die graue Fädenmasse sie fast erreicht. Überall schwamm Treibgut aus den Wagen herum, die man in den tiefsten Teil gefahren hatte. Crenden und die Onkel versuchten die Tiere zu beruhigen, damit sie sich nicht selbst ertränkten, denn die Lasttiere brüllten, und die Renner wieherten in wilder Panik. Ein paar der Gespanntiere versuchten bereits, am gegenüberliegenden Ufer hinaufzuklettern.

Jayge war mit Fairex auf den Damm zugeschwommen, wo ein paar große Steine aus dem Wasser ragten. Die Stute hatte die Augen angstvoll aufgerissen und blähte die Nüstern. Hätte er die Zügel nicht eisern festgehalten, sie wäre abgetrieben worden. Er trat jetzt

Wasser und klammerte sich mit einer Hand verzweifelt an einen Felsvorsprung.

Dieses Bild würde sich für immer in sein Gedächtnis einbrennen: Menschen, die im Wasser wild um sich schlugen und vor Entsetzen schrien und kreischten wie die Tiere; Bündel, die langsam abgetrieben und über den Damm gespült wurden; Mütter, die ihre Kleinkinder auf unter Wasser befindlichen Wagendächern festhielten; Crenden, der im Seichten von einer Seite der Furt zur anderen hetzte, seinen Befehlen mit der Peitsche Nachdruck verlieh und immer wieder schrie, man sei nur *unter* Wasser sicher, sobald die Fäden fielen, müßten alle untertauchen und den Atem anhalten! Nie würde Jayge diese Szene vergessen, die unerbittlich herannahenden Fäden im Hintergrund — und die Drachenreiter, die sie verbrannten.

Dann bekam er zum ersten Mal Sporen zu sehen, und er traute seinen Augen nicht. Drei lange Fasern fuhren wie Speere in die hohen Bäume am Ufer. Die Stämme flammten kurz auf und begannen sich zu zersetzen. Den Büschen und Bäumen auf beiden Seiten erging es nicht anders. Jayge blinzelte verdutzt, und schon war da eine kahle Stelle, eine widerlich pulsierende Masse wälzte sich weiter — und mit jeder Drehung verschwand mehr von dem weichen Waldboden, stürzten neue Bäume um. Plötzlich schoß ein Feuerstrahl herab. Das lange, sich windende *Ding* im Zentrum der Flamme wurde schwarz und zerfiel zu Asche, ölig gelber Rauch stieg auf. Jayge war wie gelähmt vor Grauen, er starrte nur auf den Sporennistplatz und hätte den Drachen beinahe übersehen. Aber das riesige Tier schwebte kurz über der Stelle, um sich zu vergewissern, daß nichts unversehrt geblieben war, und so konnte der Junge beobachten, wie der mächtige, goldene Leib — golden waren doch nur Königinnen? — sich mit kräftigen Schwingenschlägen in die Lüfte erhob und weiter oben am Hang erneut Feuer spie. Ein Stück

weiter entfernt flog noch ein Drache, ebenfalls ein goldener, über dem Flußtal. Hatte nicht jemand behauptet, goldene Drachen würden nicht fliegen? Und es gab doch auch nur eine einzige Königin im Benden-Weyr.

Ehe er sich darüber lange den Kopf zerbrechen konnte, hörte er ein Zischen, als fiele etwas Heißes in den Teich. Fairex schlug mit den Hufen und stieß ein gellendes Wiehern aus, und Jayge sah den dicken Faden fast direkt über sich herunterkommen. Er warf sich über Fairex' Kopf, drückte ihn mit sich unter Wasser und schwenkte heftig beide Arme, um das Zeug von sich abzulenken.

Etwas stieß gegen seinen Hinterkopf, und seine Hand ertastete einen Topf, der sich von irgendeinem Wagen gelöst hatte und frei herumschwamm. Als er wild rudernd auftauchte, stellte er fest, daß er von Kochgeschirr umgeben war. Auch Fairex hatte den Kopf wieder über Wasser und schnaubte sich die Nase frei. Die Strömung zerrte an Jayge, und er fing einen vorübertreibenden Sattelgurt ein und band sich damit an der Stute fest. Dann zog er sie von der Lücke weg, der Wasserdruck preßte sie beide gegen die Felsblöcke. Neben ihm klirrten der Topf und ein großer Deckel gegen die Steine.

In die Schreie von Mensch und Tier mischte sich ein neuer Ton, schrill vor Schmerz und Todesangst. Jayge warf einen Blick über die Schulter und sah die Fäden über das gesamte Becken fallen. Nichts blieb verschont. Wo waren die Drachenreiter? Er legte den Kopf in den Nacken und sah die zappelnden *Dinger* herabschweben. Dann war ein gräßliches Zischen zu hören, und Fairex' entsetztes Wiehern sagte ihm, daß eine dicke Flocke zum Angriff übergegangen war. Jayge griff nach dem Topf, fing das widerliche Ding damit auf und drückte beides unter Wasser. Der Deckel prallte gegen ihn, er griff danach und hielt ihn über sich und den Kopf der rasenden Stute. Als er spürte, wie dieser Schild getroffen wurde, schrie er auf, stieß das Fädenknäuel mit einem wilden Ruck von sich, warf sich gleichzeitig nach hinten und spritzte mit den Füßen Wasser über Fairex' Kopf, in der Hoffnung, ihr damit helfen zu können.

Im nächsten Augenblick sah er einen Feuerstrahl und vernahm ein gewaltiges Rauschen und gleich darauf einen Ausruf, den er als »Verdammte Narren!« verstand. Wieder züngelten die Flammen, Jayge drückte sich unter seinen Topfdeckel, einen Arm um den Hals seiner Stute gelegt. Das Blut rann ihr von der Kruppe und färbte das Wasser rosa. Ungläubig sah er, wie der träge kreisende, verkohlte Kopf eines Renners von der Strömung erfaßt und über den Damm getragen wurde. Dann war er viel zu sehr damit beschäftigt, sich selbst und seine Stute vor den Fäden zu schützen und zu verhindern, daß das Zeug ihn berührte, während es im Wasser versank. Seine Lederhosen hingen ihm in Fetzen herab, und als er Zeit fand, seine Stiefel zu untersuchen, zeigten sie ebenfalls Brandspuren.

Viel später erfuhr Jayge, daß eine ganze Fädenfront zehn bis fünfzehn Minuten brauchte, um einen festen Punkt zu überqueren, daß die Drachenreiter Flüsse und Seen manchmal aussparten, weil die Fäden im Wasser ertranken — und daß die Alten, die aus einer früheren Zeit kamen, einer Zeit, in der die Fäden eine ständige Bedrohung darstellten, sich beklagten, weil sie soviel Wald zu schützen hatten.

Als Jayge gegen Mittag dieses schrecklichen Tages die erschöpfte Fairex endlich aus dem Wasser führen konnte, war der Teich dicht bedeckt mit leblos dahintreibenden Menschen- und Tierkörpern und mit den kläglichen Überresten der einstmals reichen Händlerkarawane.

»Jayge, wir brauchen Feuer«, sagte sein Vater tonlos, als er seinem Sohn aus dem Wasser folgte und das durchweichte Zaumzeug, das er seinem drahtigen Renner abgenommen hatte, hinter sich herzog.

Jayge blickte den bewaldeten Uferhang hinauf und konnte kaum fassen, was er sah. Der prächtige Baumbestand war verschwunden, zurück blieben nur qualmende Stümpfe und geschwärzte Kreise, von denen drohend schwarzer, fettiger Rauch aufstieg. Die dichten, üppigen Wälder hatten sich in kahle, rauchende, ausgeglühte Stangen ohne Äste verwandelt.

Der Hang verbarg die weiterziehende Fädenfront und das Drachenfeuer, und die Sonne brannte wieder vom Himmel herab. Jayge fröstelte. Er nahm sich gerade so lange Zeit, um Fairex von ihrem Sattel zu befreien. Die kleine Stute stand schwankend, mit gesenktem Kopf da, hatte Brandwunden an allen vier Beinen, und war zu erschöpft, um sich Wasser oder Blut aus dem Fell zu schütteln.

»Nun mach schon, Junge«, murmelte sein Vater und ging zum Teich zurück, um Temma zu helfen, die gerade mit einem reglosen Körper in den Armen aus dem kalten Wasser kam.

Jayge stieg den Hang hinauf, verfolgt von gedämpftem Schluchzen und lauten Klageschreien. Es dauerte lange, bis er genügend unversehrtes Holz beisammen hatte, um überhaupt ein Feuer zustande zu bringen. Aus Angst, ein Fädenknäuel könnte vielleicht das Drachenfeuer überlebt haben, wagte er nur ganz vorsichtig aufzutreten.

Als er an den Fluß zurückkam, machte er sich sofort daran, das Feuer zu entfachen, und wandte den Blick nicht von seiner Arbeit, um die reglosen Gestalten an der Felskante nicht sehen zu müssen. Zu seiner Erleichterung bemerkte er seine Mutter, die irgend jemandem einen Kopfverband anlegte. Auch Tante Temma war da, doch beim Anblick von Readis' Rücken, der von gräßlichen blutigen Striemen wie von den Klauenspuren des größten Whers aller Zeiten entstellt war, mußte er sich abwenden. Tante Bedda wiegte sich stumm hin und her, und Jayge brachte die Frage nicht über die Lippen, ob seine kleine Kusine nur verletzt oder tot war. Das hatte noch Zeit.

Sobald das Feuer brannte, nahm er das Seil von seinem Sattel und ging mit Fairex los, um noch mehr Holz zusammenzutragen. Auf dem Rückweg zwang er sich, das Ausmaß der Tragödie abzuschätzen. Hinter den neu aufgeschichteten Stapeln aus durchweichten Bündeln und nassen Kisten lagen sieben Häufchen, drei sehr kleine und drei größere. Nein, die Kleinkinder hatten wohl nicht überlebt. Sie hatten unter Wasser sicher ebensowenig den Atem anhalten können wie seine jüngere Schwester und seine jüngsten Vettern und Kusinen.

Jayge liefen die Tränen über das Gesicht, als er neben den Steinen, die das Feuer umgaben, das Holz zurechtlegte. In zwei verbeulten Kesseln siedete bereits Wasser über den Flammen, und erstaunlicherweise hatte man auch einen Suppentopf gerettet. Die Sättel waren um das Feuer herum zum Trocknen aufgestellt. Jemand planschte im Teich, und nun sah er zum ersten Mal die Metallbänder, über die sich einst die Wagenplanen gespannt hatten, wie die Rippen einer großen Schlange aus dem Wasser ragen. Tante Temma tauchte auf und zog an einem Seil. Sein Vater kämpfte mit etwas, das noch unter Wasser war. Trotz ihrer Verletzungen versuchten auch Borel und Readis verzweifelt, versunkene Gegenstände zu bergen.

Jayge hatte sich gerade abgewandt, um das Holz abzuladen, das Fairex auf dem Rücken trug, als die Stute jäh herumfuhr und vom Lager weg den Hang hinaufraste, als sei ihr ein Wher auf den Fersen. Erde und Sand stoben auf und spritzten über das Feuer und in den Suppentopf. Jayge blickte erschrocken auf, er konnte sich nicht vorstellen, was für eine neue Gefahr nun schon wieder drohte.

Ein riesiger brauner Drache landete auf dem Weg oberhalb des Teichs.

»Heda, Junge! Wer führt hier die Bodentrupps an? Wieviele Nester habt ihr gefunden? Diese Wälder sind eine Katastrophe!«

Zuerst verstand Jayge die schnarrenden Worte gar nicht, denn der Mann sprach mit einem merkwürdigen Akzent. Die Harfner sorgten dafür, daß sich die Sprache nicht allzusehr veränderte, das hatte ihm seine Mutter einmal erzählt, als er zum ersten Mal die langsamere Redeweise der Leute aus dem Süden hörte. Dennoch mutete Jayge die Stimme des Drachenreiters, der da so klein zwischen den Nackenwülsten seines mächtigen Tieres thronte, fremdartig an. Der Mann sah auch ganz anders aus als die Menschen, die er kannte. Er schien riesige Augen und keine Haare zu haben und war ganz in Leder gehüllt. Waren Drachenreiter anders als die übrige Bevölkerung von Pern? Der Junge merkte, daß ihm vor Staunen die Kinnlade heruntergefallen war, und schloß schnell den Mund.

»Du kannst nicht zum Bodentrupp gehören. Dafür bist du viel zu klein! Wer hat hier die Aufsicht?« Das klang gekränkt, ärgerlich. »So geht das nun wirklich nicht. Ihr müßt euch schon mehr Mühe geben!«

»Meinen Sie?« Crenden trat vor, Borel stand mit Temma und Gledia dicht hinter ihm.

»Junge Burschen *und* Frauen! Und nur zwei Männer! Wenn das alles ist, was Sie aufzubieten haben, kann das keine leistungsfähige Bodenmannschaft sein«, fuhr der Reiter fort. Plötzlich nahm er die enganliegende Kappe ab, und ein durchaus menschliches Antlitz wurde sichtbar, dessen finstere Miene durch die Rußspuren auf den Wangen noch betont wurde.

Jayge starrte den Reiter an, und viele Einzelheiten prägten sich ihm ein und formten sich zu einem zynischen Bild, das er nie vergessen sollte: Bis auf das kurzgeschorene Haar sah der Reiter eigentlich aus wie ein ganz gewöhnlicher Mann. Unter anderen Umständen und mit dem Wissen, daß er erst später erwarb, hätte

Jayge ihm seine Reizbarkeit und vielleicht sogar seine bitteren Vorwürfe verziehen. Aber nicht an diesem Tag.

Was ihn jedoch faszinierte, war der Drache. Jayge bemerkte die dunklen Rußstreifen auf der braunen Haut, die beiden beschädigten Zacken auf dem Rückenkamm; die wulstigen Narben auf den Vorderpfoten — lange, tiefe Narben in dunklerem Braun, wie sie sich auch über Rumpf und Rücken zogen — und die an mehreren Speichen verdickte Schwingenmembran. Am meisten beeindruckte ihn freilich die unsägliche Müdigkeit in den schwach kreisenden, purpurn bis blaugrün schillernden Drachenaugen. Noch viele Nächte sollten ihm diese Augen in seinen Träumen erscheinen — und von einer Erschöpfung künden, die auch er selbst bis ins Mark spürte.

Obwohl in jenem ersten Augenblick der Drache dominierte, lenkte der Reiter mit seinen strengen Worten und dem verächtlichen Tonfall, in dem er sie vorbrachte, rasch alle Aufmerksamkeit auf sich. Er behandelte Crenden wie einen Knecht, ein völlig bedeutungsloses Wesen, dessen einziger Daseinszweck es war, die Befehle eines Drachenreiters entgegenzunehmen. Stellvertretend für seinen Vater und für den kläglichen Rest seiner Sippe nahm Jayge ihm diesen Ton übel, er war wütend auf den Mann und alles, wofür er stand. Und er haßte den Drachenreiter für das, was er zu ihrem Schutz nicht getan hatte.

»Wir sind kein Bodentrupp, Drachenreiter. Wir sind nur die letzten Überbleibsel der Lilcamp-Karawane«, erklärte Crenden heiser. Die hinter ihm Stehenden starrten erschöpft, in stummem Groll vor sich hin.

»Eine Karawane?« fragte der Drachenreiter abfällig. »Eine Karawane — bei Fädenfall im Freien? Mann, Sie müssen wahnsinnig sein.«

»Wir wußten nichts von einem Fädenfall, als wir Kimmage verließen.«

Jayge schnappte nach Luft. Er hatte seinen Vater

noch nie die Unwahrheit sagen hören — aber eigentlich war es auch keine echte Lüge. Sie hatten tatsächlich noch nichts von den drohenden Fäden gehört, als sie von Kimmage aufgebrochen waren. Und sein Vater hatte recht, wenn er den Drachenreiter beschämte.

»Das kann doch gar nicht sein!« Der Drachenreiter war nicht bereit, sich die Verantwortung aufbürden zu lassen. »Alle Siedlungen wurden benachrichtigt.«

»In Kimmage war vor unserem Aufbruch nichts bekannt.« Crenden war nicht minder entschlossen, die Schuld von sich abzuwälzen.

»Nun, wir können schließlich nicht jeden törichten Händler und jeden entlegenen Winkel beschützen. Ich frage mich allmählich, warum wir überhaupt gekommen sind, wenn das der Dank dafür ist! Welchem Burgherrn sind Sie unterstellt? Machen Sie das mit ihm aus. Seine Sache war es, dafür zu sorgen, daß Sie gewarnt wurden. Und wenn von Kimmage keine Bodentrupps ausgeschickt werden, könnte die gesamte Gegend gefährdet sein. Komm, Rimbeth. Jetzt müssen wir das ganze, verdammte Gelände absuchen!« Er funkelte Crenden wütend an. »Auf Sie fällt es zurück, wenn sich Fäden eingenistet haben. Haben Sie verstanden?«

Damit setzte der Drachenreiter den Helm wieder auf und griff fest in die Riemen, die ihm auf dem Drachenrücken Halt gaben. In diesem kurzen Moment glaubte Jayge neben seinem Feuer ganz deutlich zu spüren, wie ihn der Drache direkt ansah. Dann drehte das große Tier den Kopf nach vorn, breitete die Schwingen aus und stieß sich kraftvoll vom Boden ab.

»Rimbeths Reiter, ich werde Sie nicht vergessen! Ich werde Sie finden, und wenn es das letzte ist, was ich tue!« Crenden schrie es wütend und drohte mit der Faust gen Himmel.

Ungläubig beobachtete Jayge, wie der Drache von einem Augenblick zum anderen verschwand. Drachenreiter waren ganz anders, als er es erwartet, ganz anders, als man es ihn gelehrt hatte. Nie wieder in seinem ganzen Leben wollte er einem Drachenreiter gegenüberstehen.

Am nächsten Morgen gelang es ihnen, vier Wagen und das wenige Gepäck zu bergen, das nach dem Bad noch zu verwenden war. Sämtliche Vorräte waren verdorben oder von der Strömung fortgetragen worden. Von den leichteren Bündeln und Kisten war vieles entweder verbrannt oder hatte sich losgerissen und war davongeschwommen. Nur zwölf Tiere hatten überlebt, drei hatten durch die Sporen das Augenlicht verloren, und alle hatten schwere Verbrennungen am Rücken und an den Mäulern, die sie zum Atmen aus dem Wasser gestreckt hatten. Immerhin ließen sie sich anspannen, sonst wäre es unmöglich gewesen, die Wagen aus dem Teich zu ziehen. Von den reiterlosen Rennern fanden nur vier — erheblich verletzt, aber lebend — den Weg zurück.

Als Jayge ein wenig Abstand von der entsetzlichen Tragödie gewann, erkannte er, wie glimpflich er und Fairex davongekommen waren. Seine Mutter schien den Verlust ihrer beiden jüngsten Kinder kaum zu begreifen. Immer wieder sah sie sich um und zog ratlos die Stirn in Falten. Noch ehe Crenden beschloß, sich an die Kimmage-Siedlung um Hilfe zu wenden, hatte sie begonnen, immer wieder leise und schüchtern zu husten.

Am zweiten Morgen traten die Lilcamps mit geflicktem Zaumzeug und immer noch feuchten Wagen den Rückweg nach Kimmage an. Es ging ständig bergauf, eine Strapaze für die Tiere mit ihren offenen Wunden und für die gramgebeugten, verzweifelten Menschen. Jayge führte seine kleine, geduldig dahinstapfende Stute am Zügel, die drei kleinsten von Borels Kindern saßen weinend auf ihrem Rücken. Ihre Mutter hatte sie mit ihrem eigenen Körper vor einem Fädenknäuel geschützt und war bis auf die Knochen zerfressen worden, ehe ihre leblose Gestalt in den Teich glitt und die unersättlichen Organismen ertränkte. Challer war umgekommen, als er versuchte, sein kostbares Gespann zu retten.

»Eines begreife ich nicht, Bruder«, hörte Jayge seinen Onkel Readis flüstern, als sie sich die Straße hinaufquälten. »Warum hat uns Childon keine Hilfe geschickt?«

»Wir haben auch ohne ihn überlebt«, antwortete Crenden teilnahmslos.

»Wir haben sieben Menschen und die meisten Wagen verloren, und das nennst du überleben, Cren?« Readis' Stimme war heiser vor Zorn. »Childon hätte doch wenigstens so viel Anstand besitzen müssen ...«

»Was du Anstand nennst, ist aus der Siedlung geflüchtet, als die ersten Fäden fielen. Du hast so gut wie ich gehört, was dieser Drachenreiter sagte!«

»Aber ... Ich habe auch gehört, wie Childon dich bat, doch noch zu bleiben. Jetzt brauchen sie uns gewiß noch mehr.«

Crenden warf seinem jüngeren Bruder einen langen zynischen Blick zu und schleppte sich achselzuckend weiter, in Stiefeln, deren Sohlen sich durch die Beanspruchung der letzten Tage lösten. Jayge zuckte unmerklich zusammen und tastete nach seinem Beutel mit den mühsam ersparten Marken. Den neuen Sattel konnte er jetzt vergessen. Es gab andere Dinge, die dringender benötigt wurden. Trotz seiner Jugend wußte er, daß mit einem Schlag alles anders geworden war. Und trotz seiner Jugend begriff er auch, wie himmelschreiend ungerecht Childon und alle Pächter von Kimmage die Lilcamps bei ihrer Rückkehr behandelten. Waren sie zuvor Ehrengäste gewesen, geschätzte Partner im Holzhandel, so hatten sie nun fast ihren ganzen Besitz verloren — Wagen, Vieh und Werkzeug.

»Die Fädeneinfälle werden fünfzig lange Planetenumläufe andauern, und ich muß mich zuerst um meine Pächter kümmern. Ich kann nicht jede heimatlose Familie aufnehmen, die selbst keine Vorsorge getroffen hat«, sagte Childon, ohne Crenden dabei auch nur ein einziges Mal in die Augen zu blicken. »Sie haben Verletzte und Kranke dabei, und Kinder, die noch zu klein sind, um sich nützlich zu machen. Ihr Vieh hat schwer gelitten. Die Heilung wird viel Zeit und Medizin kosten. Ich muß bei jedem Fädeneinfall Bodenmannschaften zur Verfügung stellen, um nicht nur den Igen-, sondern auf Verlangen auch den Benden-Weyr zu unterstützen. Ich stehe ohnehin schon unter großem Druck. Sie müssen meine Lage verstehen.«

Einen Augenblick lang hoffte Jayge, sein Vater werde empört aus Childons Hof stürmen. Dann mußte Gledia husten und hielt sich die Hand vor den Mund, um das Geräusch zu dämpfen. Das war wohl der Augenblick, da sein Vater aufgab, überlegte Jayge später. Crenden ließ die breiten Schultern hängen und senkte den Kopf. »Ich verstehe Ihre Lage durchaus, Gutsherr Childon.«

»Nun, solange Sie Einsicht zeigen, werden wir sehen, was sich machen läßt. Sie können im Stall schlafen. Ich habe viel Vieh verloren, das sich sicher nicht so bald ersetzen läßt. Wegen der Kosten für Ihre Tiere werden wir uns später noch unterhalten, ich kann nämlich kein Futter an unnütze Fresser verschwenden, nicht, wenn Fäden fallen.«

Eigentlich überraschte es keinen der Lilcamps, als Readis diese Demütigung nicht auf sich nehmen wollte und in der ersten Nacht verschwand. Jayge wurde noch viele Nächte lang von Alpträumen gequält, in denen feurige Lanzen aus Drachenaugen den zuckenden, blutüberströmten Körper seines Onkels durchbohrten. Gegen Ende dieses Frühjahrs trugen Jayges Ersparnisse dazu bei, den Heiler zu bezahlen, der seine Mutter behandelte. Aber noch ehe es richtig Sommer wurde, starb Gledia, zu einer Zeit, als alle arbeitsfähigen Männer, darunter auch Jayge, als Bodenmannschaften unterwegs waren.

2

Siedlung im Norden von Telgar. Burg Igen
12. 04. 02

Vom Frühlingsfest auf Burg Igen hörte Thella bei einem ihrer nächtlichen Raubzüge in der Siedlung ›Ende der Welt‹, wo sie sich aus den Anzuchtbeeten Sämlinge für den kleinen Garten holen wollte, den sie gerade anlegte. Sie hatte sich hinter einigen Ballen Trockenfutter versteckt und belauschte ein Gespräch zwischen dem Stallmeister und dem Scheunenverwalter; beide waren trotz der Gefahren in einer Phase der Fädeneinfälle deutlich neidisch auf die Erwählten, die nach Igen reisen durften.

Die Kunde von einem bevorstehenden Fest war der abtrünnigen Tochter aus dem Telgar-Geschlecht hochwillkommen. Sie konnte nicht damit rechnen, Arbeitskräfte für ihre Bergfestung zu finden, solange die Grundversorgung nicht sichergestellt war, und das mußte auf legale Weise geschehen. Vermutlich brauchte sie nur einmal ein großes Fest zu besuchen, um sich alles Nötige zu beschaffen. Während sie noch wartete, daß die Männer sich entfernten, um dann in die Treibhäuser schleichen und die Sämlinge an sich nehmen zu können, schmiedete sie die ersten Pläne.

Sie hatte den ganzen ersten Planetenumlauf seit dem Wiedereinsetzen der Fädenfälle gebraucht, um ihre schreckliche Enttäuschung zu überwinden. Mißerfolge machten Thella immer schwer zu schaffen, und nun hatte sie nicht nur zwei von ihren schönen Rennern an diese ekelhaften Sporen verloren — die Tiere waren angesichts der am Himmel fliegenden Drachen in Panik geraten und in einen Abgrund gestürzt — sie hatte auch all ihre sorgfältig geplanten, ehrgeizigen Vorhaben aufgeben müssen. Das Scheitern ihrer Hoffnungen hatte sie zutiefst deprimiert. Sie hatte alles so genau berechnet: wenn sich die Fäden nur noch einen Planetenumlauf Zeit gelassen hätten, könnte sie jetzt sicher in ihrer eigenen Festung sitzen.

Sie hatte das alte Anwesen auf einem ihrer Streifzüge in den Bergen entdeckt. Vor langer Zeit hatte hier jemand gelebt — und auch den Tod gefunden —, denn sie hatte zwölf Schädel entfernt, die einzigen Leichenteile, die sich für die Bergschlangen als unverdaulich erwiesen hatten. Wodurch die Siedler umgekommen waren, würde immer ein Rätsel bleiben, obwohl Thella natürlich Fälle kannte, in denen ganze Hausgemeinschaften durch ansteckende Krankheiten ausgelöscht worden waren. Davon abgesehen war es den früheren Bewohnern offenbar nicht schlecht gegangen. In den Räumen standen immer noch Möbel aus Holz; der Tisch mit der massiven Platte und die Bettgestelle waren zwar ausgetrocknet und verstaubt, aber noch zu verwenden. Alle Beschläge und Werkzeuge aus Metall waren von einer dünnen Rostschicht überzogen, aber die ließ sich abschleifen. Wasserzisternen und Badebecken waren vorhanden. In den meisten der nach Süden gerichteten, von tiefen Laibungen geschützten Fensteröffnungen war das Glas noch erhalten. Die vier großen Feuerstellen zum Heizen und Kochen brauchten nur gesäubert zu werden. Bei ihren ersten Erkundungen — damals, ehe es Sporen regnete, als Thella noch ein junges Mädchen voller Selbstvertrauen und mit hochfliegenden Plänen war — hatte sie in den steinernen Vorratstruhen der Schlafräume sogar uralte, brüchige Stoffe und im Stall Getreide gefunden. Die mit Steinmauern umfriedeten Hochweiden würden genügend Schlachtvieh ernähren, und an einer Seite der Höhle befanden sich Verschläge für Geflügel. Thella wußte, daß der Herdenmeister über widerstandsfähige Rassen verfügte, die auch auf Bergwiesen gediehen. Die Vorstellung, ihren Wohnraum mit Tieren zu teilen, sagte ihr zwar nicht besonders zu, aber sie hatte gehört, daß sich auf diese Weise zusätzliche Wärme erzeugen ließ, und dafür war man in dieser Höhe sicher dankbar.

Inzwischen hätte dieses Anwesen vollkommen instandgesetzt und ihr eigen sein können! Ihr eigen! Sie hätte nur einen oder zwei Planetenumläufe länger Zeit gebraucht. Die alte Verfassung von Pern gab ihr das Recht dazu, und das Konklave der Burgherren mußte sie als Besitzerin anerkennen, sobald sie ihr Können unter Beweis gestellt hatte. Ihr Vater hatte ihr auf vorsichtige Fragen einmal erklärt, jedermann habe Anspruch auf eigenen Grund und Boden, man müsse nur glaubhaft machen, daß man in der Lage sei, ihn selbständig und fachmännisch zu bewirtschaften. Und bei einer ebenso vorsichtigen Suche in den alten Archiven hatte sie herausgefunden, daß dieser Berghof einst von einem Geschlecht mit Namen Benamin gegründet worden war, aber schon vor Anbruch der letzten Annäherungsphase leergestanden hatte.

Nur ihre feste Entschlossenheit, ihre Fähigkeiten zu beweisen — und ihr Stolz auf ihre Stellung als älteste Tochter einer der vornehmsten Familien auf Pern, in direkter Linie vom Gründer der Sippe abstammend, ausgestattet mit den besten Eigenschaften des Geschlechts, nämlich Schönheit, Intelligenz und Tüchtigkeit —, hatten sie in jenem ersten Umlauf am Leben erhalten. Aber es war ein Leben von der Hand in den Mund gewesen, wie es selbst das fahrende Volk verschmäht hätte. So sehr sie ihr Schicksal verwünschte, sie hatte in jenem ersten Winter ihre Bergfestung verlassen müssen, ehe der Schnee den einzigen Pfad ins Tal unter sich begrub, um nicht ebenfalls Schlangenfutter zu werden.

Eine weitere Kränkung blieb ihr nicht erspart. Wieder geriet ganz Pern, gerieten Burgen, Höfe und Gildehallen in Abhängigkeit von diesen erbärmlichen Drachenreitern, die eigentlich längst zum alten Eisen gehörten. Diese Ansicht hatte jedenfalls ihr Vater vertreten. Seit dem Ende der letzten Phase war kein Drachenreiter mehr durch Telgars Burg stolziert. All das wirkte wie eine einzige gigantische, gegen Thella von Telgar gerichtete Verschwörung. Aber sie würde ihre Ausdauer, ihre Anpassungsfähigkeit beweisen. Nicht einmal die Fäden würden sie letzten Endes aufhalten können.

Und so kam es, daß Thella einen geruhsamen Winter hinter sich hatte, als der zweite Frühling dieser völlig unerwarteten — aber eben doch eingetretenen — Phase anbrach, denn sie hatte in drei kleinen, aber wetterfesten und gut versteckten Höhlen Unterschlupf gefunden. Überall hatte sie Proviant zurückgelassen, um bei Bedarf darauf zurückgreifen zu können. Inzwischen hatte sie Übung darin, sich aus kleineren Gehöften in Telgar und Lemos zu holen, was sie brauchte. Das einzige Problem waren Stiefel. Ihre Füße hatten eine ungewöhnliche Form — ziemlich lang, breit an den Ballen und mit schmalen Fersen — und wo immer sie auch gesucht hatte, sie hatte kein passendes Schuhwerk finden können. Früher hatte der Burgschuster ihren Bedarf gedeckt; sie hatte auf Telgar einen ganzen Schrank voll Stiefel und Schuhe zurückgelassen, und nun bereute sie, nicht besser vorgesorgt zu haben, denn das Leder ihres einzigen Paars war durch die starke Beanspruchung verschlissen. Aber sie hatte schließlich nicht damit gerechnet, fast zwei Planetenumläufe lang in der Wildnis leben zu müssen.

Alle anderen Kleidungsstücke hatten sich auftreiben lassen. In ›Ende der Welt‹ und auf einem der nahegelegenen Anwesen gab es etliche hochgewachsene Männer und folglich auch ausreichend Kleidung. Natürlich nahm sie nur neue Hosen und Hemden — Thella von Telgar würde niemals so tief sinken, daß sie gebrauchte

Kleidung trug. Sie hatte auch keine Schwierigkeiten, eine warme Jacke aus dichtem Winterfell und für jedes ihrer drei Schlupflöcher einen pelzgefütterten Schlafsack an sich zu bringen. Diese Dinge sowie die Nahrungsmittel, die sie entwendete, waren schließlich nur ein bescheidener Teil dessen, was der Familie eines Burgherrn an Abgaben zustand, deshalb bediente sie sich ohne Gewissensbisse; sie wollte nur nicht dabei gesehen werden — noch nicht. Aber Stiefel ... Stiefel waren etwas anderes, und sie wäre unter Umständen sogar von ihren Grundsätzen abgewichen, um an ein anständiges Paar zu kommen.

Eine Reise nach Igen zu einem Fest wäre die beste Möglichkeit, um das Problem mit dem Schuhwerk zu lösen und ein paar weitere Kleinigkeiten zu erstehen, um die Grundversorgung künftiger Pächter sicherzustellen. Vielleicht konnte sie einen geeigneten Herdenaufseher anheuern, vorzugsweise mit Familie, denn sie brauchte schließlich Mägde. Die ganze Sippschaft konnte im Stallbereich unterkommen, dann wurde sie selbst nicht gestört. Aus ihrer näheren Umgebung wollte sie niemanden beschäftigen, und ein Fest war eine ausgezeichnete Gelegenheit, passende und zuverlässige Leute zu finden.

Das Fest in Igen sollte in zehn Tagen stattfinden. Auf den Karten, die sie von Telgar mitgenommen — und sich fest eingeprägt hatte — waren alle Höhlenlagerplätze auf dem Weg durch das Tal von Lemos bis nach Igen verzeichnet, die Hinreise sollte also weiter keine Schwierigkeiten bereiten. Nach allem, was sie belauscht hatte, würde es einen Fädeneinfall geben — im Norden, über den Bergen von Telgar — und sie würde noch einen zweiten über Keroon und Igen abwarten müssen. Nicht zum ersten Mal in den vergangenen achtzehn Monaten wünschte sie sich, genau zu wissen, wann mit Fäden zu rechnen war. Ein paarmal war sie nur ganz knapp entronnen — einerseits den Sporen selbst, aber auch den Bodentrupps und den Patrouillenreitern. Noch paßte es nicht in ihre Pläne, daß irgend jemand Verdacht schöpfte, wo sie sich aufhielt und was sie vorhatte.

Sie nahm ihre beiden Renner mit und ritt sie abwechselnd, um schneller voranzukommen. Die Reisenden von ›Ende der Welt‹, denen sie unterwegs nicht begegnen wollte, hatte sie auf diese Weise bald hinter sich gelassen, obwohl sie früher aufgebrochen waren. Einer der angesteuerten Lagerplätze erwies sich als voll besetzt, und sie mußte sich eine andere Übernachtungsmöglichkeit suchen. Ihre Wut darüber legte sich jedoch schnell, als sie eine bislang nicht verzeichnete Höhle mit einem kleinen Bach entdeckte, der an der Innenwand einen Teich bildete — sie konnte die Renner im Höhleninneren anbinden und sich den Luxus eines Bades gönnen. Am nächsten Morgen versah sie die Stelle mit einer unauffälligen Markierung, um sie mit Hilfe ihres untrüglichen Ortsgedächtnisses wiederfinden zu können.

Von da an suchte sie gezielt nach solchen abseits gelegenen Höhlen und vermied dadurch unnötige Begegnungen. Erstaunlich viele Leute waren unterwegs — verständlich, da dies offenbar das erste Frühlingsfest seit Beginn der neuen Phase war.

Am letzten Abend lagerte sie so dicht vor Igen, daß sie die Burg zu Fuß in einer Stunde erreichen konnte. Im Morgengrauen tränkte sie ihre Renner am breiten Fluß, legte ihnen Fußfesseln an und ließ sie in einer kleinen Schlucht ohne Ausgang zurück, an deren Hängen schon die ersten grünen Wüstenpflanzen dieses Frühlings sprießten. Ihr Gepäck versteckte sie hinter einem Felsen. Nun zog sie das weite Gewand der Wüstenbewohner an, das sie von einer unachtsamen Kleinbäuerin entwendet hatte, und versteckte ihr sonnengebleichtes Blondhaar unter dem Kopfschleier, den sie mit einem passenden Band befestigte. Um ihre Züge härter wirken zu lassen, rieb sie sich Schmutz ins Gesicht und zog sich die Augenbrauen mit Holzkohle nach. Dann legte sie sich den traditionellen Wasserschlauch der Wüstenbewohner quer über die Schultern und überquerte, noch ehe sie die Festflagge auf dem Trommelturm der Burg Igen erkennen konnte, im Laufschritt die Hochebene oberhalb des Flusses.

Bald überholte sie aufgeregt schwatzende Grüppchen, die in die gleiche Richtung gingen, und erwiderte ihren Gruß mit einem abweisenden Knurren. Wüstenbewohner waren meist schweigsam, also würde niemand von ihr erwarten, daß sie Konversation machte. Und da sie sich zum Laufen entschlossen hatte, zog sie an allen vorbei, die in weniger anstrengendem Tempo ihrem Ziel zustrebten.

Als sie eintraf, war es heller Morgen, und auf dem Festplatz von Igen herrschte bereits reges Treiben. Willig opferte sie eine Viertelmarke für etliche heiße Brotteigtaschen, die auf einem Blech über einem knisternden Ölstrauchfeuer frisch gebacken wurden. Ein paar Scheiben Weichkäse zwischen das Brot gelegt, und schon hatte man ein ausgiebiges Frühstück. Ein wenig verärgert war sie, als man ihr für einen schlecht geformten Tonbecher für den Klah einen drastisch überhöhten Preis abforderte. Aber es hieß bezahlen oder verzichten, und sie hatte so lange keinen Klah mehr bekommen, daß sie dem Geruch nicht widerstehen konnte. Bisher hatte sie auf einem Fest nie eigenes Geschirr gebraucht, da sie immer im Saal des Burgherrn gespeist hatte, und so hatte sie nicht daran gedacht, etwas dergleichen aus ihrem Reisebündel mitzunehmen. Zum Glück war wenigstens der Klah ganz frisch und hatte nicht die ganze Nacht über auf dem Herd gestanden. In der Nähe waren Köche damit beschäftigt, Fleisch von einem Dutzend Herdentieren auf Spieße zu stecken und über schwelende Feuergruben zu hängen. Bald würde der Duft die Festbesucher daran erinnern, wie ausgezeichnet man auf Igen den Braten zu würzen verstand.

Gesättigt schlenderte sie auf die großen, farbenprächtigen Festzelte zu und registrierte mit kritischem Blick jede Knitterfalte und jedes kürzlich verstopfte Tunnelschlangenloch. Ein Fest auf Igen erforderte ungewöhnliche Vorbereitungen. Da die Sonne am Mittag fast so heiß schien wie am Äquator, hätten die Händler die sengenden Strahlen nicht ertragen, deshalb wurden die Stände unter einem Zeltdach mit Korridoren aus Segeltuch errichtet, deren Seitenwände man aufrollen konnte. Das sorgte für Durchzug und ermöglichte ein schnelles Verlassen des Marktes. Thella bemerkte ein paar verhungert aussehende Gören, die ständig hinein- und hinausschlüpften. Am ersten Eingang an der Ecke wurden unter Aufsicht des Festverwalters die Pfosten für einen Baldachin gegen die glühende Mittagssonne in den Boden gerammt. Drinnen war es nach der frostigen Wüstennacht noch kühl. Viele Stände hatten bereits geöffnet, und die Gesellen lockten die vereinzelten Festbesucher an, die auf dem überdachten Platz umherschlenderten.

Mit einem flüchtigen Blick auf die Gerberbude stellte Thella fest, daß dort eine Werkbank aufgestellt und die verschiedensten Leisten und Werkzeuge zurechtgelegt waren, man würde also auch Schuhe nach Maß anfertigen. Ein paar Lehrlinge waren noch dabei, unter den Augen des Meisters die Reisekörbe auszupacken, während dieser seine Waren gefällig ausbreitete und ein älterer Geselle umständlich die am Zeltpfosten angebrachten Preistafeln zurechtrückte. Im Weitergehen begriff Thella plötzlich die Bedeutung eines Schildes, das verkündete, das Leder des Meisters sei fädensicher. Sie schnaubte. Fädensicher, von wegen!

Die Buden der Weber und Schmiede beachtete sie vorerst nicht, sondern blieb stehen, um sich den verpfuschten Becher mit Fruchtsaft füllen zu lassen. Das

Getränk war so erfrischend, daß sie sich noch einmal nachschenken ließ, obwohl sie sich fragte, wie lange der poröse, ungenügend gebrannte Ton wohl dicht halten würde. Trotz des Luftzugs erwärmte sich das Zelt allmählich, denn nun drängten zunehmend Leute herein, um ihre Einkäufe zu erledigen, ehe die Hitze zu groß wurde und alle zur Mittagsruhe zwang. Thella ging den ganzen Marktplatz ab, dann hob sie, um ihrem Zorn auf den wucherischen Töpfer Luft zu machen, einen Stein auf, mit dem jemand die Zeltpfosten eingeschlagen hatte, und schleuderte ihn mit einer schnellen Bewegung über die Schulter auf seinen Stand. Als sie ins Zelt zurückhuschte, hörte sie ein befriedigendes Klirren und einen gequälten Aufschrei und lächelte.

Ihr Groll hatte sich gelegt, und sie war bereit, sich um ihre Stiefel zu kümmern. Als der Gerbermeister sie höflich an seinen Gesellen verwies, um selbst einige besser gekleidete Kunden zu bedienen, schäumte sie wieder und überlegte schon, wie sie ihm diese Taktlosigkeit heimzahlen könne. Der Geselle, ein Mann mit sanfter Stimme und großen Händen voller Narben von Ledermesser und Nadel, zeigte sich jedoch so ehrerbietig und tüchtig, daß sie sich beschwichtigen ließ. Er probierte ihr sofort ein Paar derbe, bis zur Wade reichende Fellstiefel und ein Paar knöchelhohe Halbschäfter aus Wherleder an, dann nahm er sorgfältig Maß für lange Reitstiefel und versprach, sie noch vor Mittag fertigzustellen. Sie bezahlte ihm die Fellstiefel, die sie gleich anzog, und die Halbschäfter, die sie an ihren Wasserschlauch band, und entrichtete die Hälfte des Preises für das dritte Paar. Auf diese Weise würde sie nicht allzu viele Marken einbüßen, falls sich ihre Pläne änderten und sie die Stiefel doch nicht abholen konnte. Sie wartete noch, während er einem Lehrling auftrug, nach dem eben angefertigten Muster die Sohle zuzuschneiden, dann verließ sie zufriedengestellt den Stand.

Den großen Mann bemerkte Thella bei ihrem zweiten Besuch am Backfeuer. Er fiel sogar auf einem Fest aus dem Rahmen — und aus dem Rahmen fielen auch seine abgerissene Kleidung und die dumpfe Wut in seinem Gesicht, die jeden veranlaßte, sich auf Armeslänge von ihm fernzuhalten. Seine demonstrativ zur Schau getragene Unnahbarkeit hatte fast etwas Rührendes, so als rechne er fest damit, von allen gemieden zu werden. Nur zögernd trennte er sich von einer Viertelmarke für ein paar Brottaschen, wobei er sich umständlich die größten Stücke auf dem Backblech aussuchte und dann wartete, bis sie fertig waren. Aber er war sehr kräftig, und das nahm sie für ihn ein. Sie würde kräftige Männer brauchen, und am besten solche, die ihr sehr zu Dank verpflichtet wären, wenn sie bei ihr unterkämen.

Plötzlich fiel ihr auf, daß sich auf diesem Fest ungewöhnlich viele Gestalten herumtrieben, die so verwahrlost aussahen, als hätten sie keine Bleibe. Nur wenige wagten sich überhaupt in das Festzelt, was auch besser war, wenn sie keine Marken hatten, aber sie schlenderten ganz zwanglos draußen in der Menge umher. Thella hatte ihre prallgefüllte Gürtelbörse mit der guten Telgar-Währung unter ihrem weiten Gewand verborgen, aber sie schob sie trotzdem unauffällig unter ihr Hemd und sah sich gleichzeitig nach den Wachen um, die Baron Laudey eigentlich zum Schutz gegen Unruhestifter und Taschendiebe aufgestellt haben sollte. Dieses Frühlingsfest war ausnehmend gut besucht, immerhin war es das erste seit dem Wiedereinsetzen der Fädenfälle.

Ja, daran lag es, erkannte sie. Während einer Annäherungsphase gab es immer mehr Heimatlose. Burgherren besaßen innerhalb ihrer Mauern absolute Befehlsgewalt und vergewisserten sich, daß jeder, den sie in so harten Zeiten unterstützten, seinen Unterhalt auch wirklich verdiente. Jeder Besitzer eines kleineren oder größeren Hofes konnte Reisenden selbst dann ein Obdach verweigern, wenn die Fädenfront schon ganz nahe war. In solchen Zeiten arbeiteten die Menschen fleißiger und gehorchten aufs Wort, oder sie verloren ihre Zuflucht. Und das war auch ganz richtig so, Thella war voll damit einverstanden.

Wenn ihr nur etwas mehr Zeit geblieben wäre, dann hätte auch sie sich auf diese altehrwürdigen Rechte berufen können. Aber sie würde nicht aufgeben, und wenn sie dabei zugrundeging. In einer Hinsicht konnten sich die Fädeneinfälle sogar zu ihrem Vorteil auswirken. Für ein schützendes Dach und steinerne Mauern würden sich genug Leute danach drängen, selbst auf einem einsamen Hof hoch oben in den Bergen zu arbeiten. Sie begann sich dafür zu interessieren, welches Gewerbe die Schulterknoten der Heimatlosen anzeigten, und versuchte abzuschätzen, wie stark und wie verzweifelt die einzelnen waren. Bisher war ihr Anwesen eher bescheiden, aber es ließ sich ausbauen. Noch einmal wanderte sie an den Ständen und Buden vorbei, vergewisserte sich mit einem Blick, daß ihr drittes Paar Stiefel Fortschritte machte, und spitzte die Ohren, um Neuigkeiten oder nützliche Informationen aufzuschnappen.

Was sie hörte, war aufregender als jedes Harfnermärchen. Vieles war geschehen, seit die ersten Fäden wieder auf Pern gefallen waren. Der Benden-Weyr hatte sich verbissen bemüht, mit dem Niederschlag fertigzuwerden. Dann hatte sich Lessa, die Reiterin Ramoths, Bendens einziger Drachenkönigin, zu einer Tat aufgeschwungen, die selbst für das an Helden reiche Pern unvergleichlich war, und ihr Leben und das ihres Drachen aufs Spiel gesetzt, um die fünf verlorenen Weyr von Pern aus der Vergangenheit zu holen. Vierhundert Planetenumläufe war sie zurückgegangen, in eine Zeit, als es noch sechs voll besetzte Weyr gab, und hatte die Drachenreiter überredet, der allem Anschein nach dem Untergang geweihten Gegenwart zu Hilfe zu kommen.

Thella konnte an dieses Kunststück nicht so recht glauben, aber es mußte wohl stattgefunden haben, denn überall tauchten prahlerische Drachenreiter mit den Farben der Weyr von Telgar, Ista und Igen, aber auch von Benden auf. Und es ließ sich nicht übersehen, daß Burg und Gildenhalle ihnen in allem zu Willen waren.

Als sie bei einem späteren Rundgang den Lehrling in demütiger Pose mit einem Drachenreiter von Ista sprechen sah, warf sie ihm einen strengen Blick zu. Der junge Mann erbleichte, entschuldigte sich und stichelte an ihrem halbfertigen Stiefel weiter. Schon die Vorstellung, daß er die Arbeit für eine Telgar hintanstellte ... Thella mußte sich widerwillig eingestehen, daß sie sich nicht mehr auf diesen Rang berufen konnte und stolzierte aufgebracht davon.

Diese Drachenreiter! Führten sich auf, als habe man das Fest nur ihnen zu Gefallen veranstaltet. Die meisten waren von Mädchen umschwärmt, und den anderen lasen junge Burschen ehrfürchtig jedes Wort von den Lippen ab! Hinterhältiges Gesindel! Trotz ihrer Ernüchterung entging es Thella freilich nicht, daß zwischen den Reitern von Benden und denen der drei anderen Weyr ein Unterschied bestand. Die — wie hatte man sie noch genannt? Alte? —, die Alten zeigten das unverkennbar forsche Auftreten von Menschen, die von ihrer Bedeutung völlig überzeugt sind, während die Benden-Reiter ebenso deutlich eine beflissene, ja fast schüchterne Artigkeit an den Tag legten. Keine der beiden Haltungen fand Thellas Billigung. Ohne die Unterstützung der Burgherren hätte der Weyr — die Weyr, verbesserte sie sich sofort, obwohl es ihr immer noch schwerfiel, an deren Wiederherstellung zu glauben — nicht weiterbestehen können.

Auf dem überdachten Platz wurde es allmählich stickig, aber während sie unter den in der Nähe der Feuergruben errichteten Baldachine ihr Mittagsmahl einnahm, wurden ihre Stiefel zum letzten Mal gewienert. Der Gerbermeister drückte seinen Stempel auf das fertige Produkt, und sie bezahlte die zweite Hälfte des Preises. Man überreichte ihr die Stiefel ordentlich verpackt in einem groben Tuchbeutel, den sie sich zu ihren anderen Paketen über die Schulter hängte.

Während ihres Rundgangs hatte Thella Samen für spät reifendes Wurzelgemüse gekauft, die laut Garantie des zuständigen Saatzuchtmeisters einen guten Ertrag bringen sollten. Auch Gewürze erstand sie, ein paar kleine Säckchen würden ihre Renner nicht allzu sehr belasten, und bei der Zubereitung von wildem Wherfleisch würde man froh darum sein. Nun brannte die Mittagssonne auf das Zeltdach nieder, und darunter wurde es unangenehm heiß. Alles drängte zu den Ruhezonen, um dort die schlimmste Hitze abzuwarten. Thella spielte mit dem Gedanken, das Fest zu verlassen, obwohl sie noch keine Arbeiter für ihre Festung angeworben hatte, aber zu dieser Tageszeit konnte sie sich unmöglich auf den Weg machen. So suchte sie sich ein Plätzchen im Westgang des Festzelts, legte sich ihre neuen Stiefel als Kissen unter den Kopf und machte es sich trotz ihrer Bedenken wegen aller möglichen Gefahren einigermaßen bequem. Der Anblick patrouillierender Wachen zum Schutz der Schläfer beruhigte sie, und sie nickte ein.

Sie erwachte, weil sie neben ihrer ausgestreckten Hand eine Bewegung spürte. Im letzten Planetenumlauf hatte sie gelernt, auf das leiseste Geräusch, sogar auf die fast lautlose Annäherung der Tunnelschlangen zu reagieren. Als sie die Augen aufschlug, sah sie dicht hinter sich eine kleine Gestalt, die sich, ein Messer in der schmutzigen Hand, über einen schlafenden Mann beugte und gerade nach seiner prallgefüllten Börse greifen wollte. Wie dumm, einen Dieb derart in Versuchung zu führen, dachte sie. Im Nu hatte sie ihr eigenes Messer in der Hand und zielte auf den gebeugten Rükken. Die Klinge drang in den fleischigen Teil eines Schenkels ein, Thella hörte ein gedämpftes Zischen, und dann huschte die Gestalt davon und schlüpfte unter der Zeltbahn hindurch nach draußen. Sie warf einen Blick auf den Besitzer der Börse, der mit runden, weit aufgerissenen Augen ihre blutige Klinge fixierte.

»Sie sind wirklich flink«, sagte er, schob die Börse unter sein Hemd und ordnete seine Kleider so, daß die Ausbuchtung nicht zu sehen war. Sein Schulterknoten wies ihn als Herdenaufseher aus Igen aus.

»Das hätten Sie besser vor dem Einschlafen getan«, murrte Thella und wischte ihr Messer am Umhang irgendeines Nachbarn blank. Sie haßte es, aus tiefem Schlummer gerissen zu werden. Die Hitze lag wie eine erstickende Decke über dem Zelt, obwohl ein leichter Wind die Eingangsklappe bewegte. Hier würde sie nie wieder einschlafen können, und es war immer noch zu heiß, um an eine Rückkehr zu ihren Rennern auch nur zu denken.

»Ich hatte mich daraufgelegt, aber ich habe mich im Schlaf umgedreht«, gab der Herdenaufseher ebenso mürrisch zurück und fächelte sich mit einer Hand Luft zu. »So ein grüner Junge bin ich nun wieder nicht, glauben Sie mir. Ich habe mir einen Platz zwischen lauter anständigen Männern und Frauen gesucht«, quengelte er beleidigt weiter. »Sehen Sie sich den Wächter an, er ist im Stehen eingeschlafen.« Aber noch während er sprach, merkten sie, daß der Wächter sie beide beobachtete. »In diesen Zeiten wird es immer schwieriger, anständige Leute« — er deutete auf die anderen Schläfer, an den brandneuen Emblemen als Besitzer kleinerer Anwesen in Igen und Keroon erkennbar, die in ihren Festkleidern in der Tat recht wohlhabend aussahen — »bei Festen zu beschützen, wo sich so viel heimatloses Gesindel herumtreibt. Man sollte sich beschweren, eine derartige Verletzung der Privatsphäre ist schockierend. So etwas muß aufhören, man muß ein Exempel statuieren. Je mehr von uns den Mund aufmachen, desto früher werden solche Verhaltensweisen verschwinden. Sie stellen sich doch gewiß als Zeugin zur Verfügung?« Seine Stimme war mit jedem Satz lauter geworden, und einige der Schläfer regten sich. Der Wächter bedeutete ihnen mit einer Handbewegung, weniger Lärm zu machen.

»Als Zeugin?« Thella war einen Moment lang erstaunt über diese Dreistigkeit. »Nein.« Als sie sah, daß sie ihn gekränkt hatte, fügte sie hinzu. »Wenn es dunkel wird, bin ich schon unterwegs. Aber Sie haben natürlich recht, es ist schockierend.« Ein bißchen Entgegenkommen kostete schließlich nichts.

Seine Entschlossenheit geriet ins Wanken. »Haben Sie weit nach Hause?« Sie nickte und legte sich wieder hin, um zu zeigen, daß sie weiterschlafen wollte.

»Gehen Sie vielleicht nach Norden, am Westufer entlang?«

Thella sah ihn überrascht an. Sie hatte im Moment ganz vergessen, daß man sie ihrer Kleidung und Größe nach durchaus für einen Mann halten konnte.

»Schon möglich.« Sie dachte an die Börse, die vor Marken fast platzte. Er war viel älter als sie und sah nicht aus, als sei er besonders gut in Form. Du gehst ein Stück mit ihm, bis du außer Hörweite bist, gibst ihm eins über den Schädel, und schon gehört dir die Börse und alles, was er in seinem Reisesack hat, ohne daß du dich groß anzustrengen brauchst.

»Wenn Sie mich bis zu meinem Hof begleiten, soll es Ihr Schaden nicht sein«, fuhr er fort und zwinkerte ihr vielsagend zu. »Wir könnten dort sein, ehe die Monde untergehen. Eine halbe Harfnermarke bar auf die Hand wäre mir Ihre Gesellschaft schon wert.«

»Hm, dafür laufe ich gern neben Ihnen her«, willigte Thella nach kurzem Überlegen ein. Wie leicht sich ein anständiger Mann doch täuschen ließ, er hielt alle anderen für ebenso ehrlich, dachte sie, nickte ihm zu und schloß dann die Augen. Sie brauchte noch ein wenig Schlaf.

Als es ringsum wieder lebendig wurde, erwachte sie zum zweiten Mal. Sie trat mit dem Herdenaufseher aus Igen in den kühlen Abend hinaus und strebte den Latrinengruben zu. Als jeder in dem allgemeinen Gedränge nach einem ungestörten Platz suchte, konnte sie ihm entwischen. An den Waschbecken fand sie ihn wieder.

Auf dem Tanzplatz spielten bereits die Harfner auf, auch wenn sich jetzt wohl noch niemand im Takt der Musik bewegte. Die Abendluft war geschwängert mit den verlockenden Düften des Würzbratens, und Thella und der Herdenaufseher stellten sich in stummem Einvernehmen in die Reihe, die auf eine Scheibe Fleisch wartete. Der Herdenaufseher spendierte ihr einen Becher Wein.

»Zum Dank für die Rettung in der Not. Haben Sie jemanden gesehen, der hinkt?« fragte er. Thella schüttelte den Kopf, aber sie hatte auch gar nicht nach dem Schuldigen gesucht. Statt dessen hatte sie beobachtet, wie der Hüne, der ihr schon früher aufgefallen war, sich ein heruntergefallenes Stück Fleisch schnappte und damit davonlief. Hungrig genug, um es mit Sand und Dreck hinunterzuschlingen, dachte sie, verärgert über den Anblick. Festgäste sollten ihre Mahlzeiten ohne solche Störungen genießen können. Immerhin, wenn dieser Mann trotz seiner Kraft und Wendigkeit so tief gesunken war ... sie wünschte, sie hätte nicht versprochen, den Herdenaufseher zu begleiten.

Sie bezahlte eine zweite Runde Wein, denn sie wußte, daß solche Gesten auf einem Fest auch von flüchtigen Bekannten erwartet wurden. Der Alkohol löste die Zungen. Als sie dem Winzer eine halbe Marke in die weinfleckige Hand schob, gestattete sie dem Herdenaufseher einen Blick auf ihre eigene, wohlgefüllte Börse.

Sie kaufte gleich mehrere Scheiben Fleisch. »Für morgen Mittag«, erklärte sie dem Herdenaufseher, der ihr daraufhin versicherte, für diese Mahlzeit würde er schon sorgen.

»Sagten Sie nicht, wir würden bei Monduntergang auf Ihrem Hof sein?« fragte sie mit einem schnellen Blick.

»Gewiß, gewiß«, stimmte er hastig zu und äußerte sich nicht weiter, als sie das Fleisch in die Tasche des Wasserschlauchs schob.

Etwas an seiner Stimme, eine Kleinigkeit in seinem Verhalten hatte ihr Mißtrauen erweckt, aber sie ließ sich nichts anmerken. Als er die Becher noch einmal füllen ließ, tat sie so, als halte sie Schluck für Schluck mit, verschüttete aber heimlich den größten Teil des Weins. Dann zwinkerte er ihr vielsagend zu und ließ sich vom Winzer auch noch seine Reiseflasche füllen. Allmählich fand sie seine Aufdringlichkeit lästig.

Es sah nicht so aus, als würde ihn jemand vermissen, wenn sie sich mit ihm entfernte, also verließen sie den Festplatz, schlenderten am Lagerplatz vorbei, wo es inzwischen fast ebenso fröhlich zuging wie im Festzelt, und gelangten schließlich auf die breite Straße am Fluß, in dem sich das Licht des Mondes Timor spiegelte. Belior, der schnellere Mond, ging gerade auf. Bald würde der Weg taghell erleuchtet sein und sehr viel freundlicher aussehen.

Sie waren schon ein paar Minuten unterwegs, ehe Thella mit ihren in den Widrigkeiten der letzten Monate geschärfte Sinnen erkannte, daß sie verfolgt wurden. Igens Stallungen und die kleinen Katen zu beiden Seiten der Burg lagen bereits hinter ihnen. Weit und breit waren keine Reiselaternen mehr zu sehen. Ihrer Schätzung nach befand sich der Verfolger links hinter ihnen und nützte den spärlich bewachsenen Hang als Dekkung.

»Was für eine herrliche Nacht!« rief sie, breitete die

Arme aus und drehte sich im Kreis, um sich nach allen Seiten umzusehen. Tatsächlich, da war jemand, zur Linken, noch etwa vier Längen entfernt.

»Ja, ja«, stimmte der Herdenaufseher zu, »und Belior geht gerade auf. Wir müssen uns beeilen.«

»Warum?« Thella gab sich streitlustig, als sei ihr der viele Wein zu Kopf gestiegen, den sie seiner Meinung nach getrunken hatte. »War'n schönes Fest, ich hab neue Stiefel« — sie begann zu nuscheln —, »und wenn ich nich so weit nach Hause hätt, wär ich länger in der netten Gesellschaft geblieb'n. Hoppla!« Sie tat so, als sei sie über einen Stein gestolpert. Als sie sich wieder erhob, steckte ihr Messer in einem Ärmel, und in der anderen Hand hielt sie einen glatten Stein.

»Ganz vorsichtig«, sagte der Herdenaufseher, trat an ihre rechte Seite und streckte die Arme aus, als wolle er sie stützen. Er sprach lauter als nötig, und sie wußte, daß das nicht am Wein lag.

Vor ihnen ragte ein Felsen aus dem Hang, und der Pfad machte eine Biegung zum Fluß hin. Aha, jemand glaubte also, sie ließe sich so einfach ins Wasser werfen. Nun, das würde man ja sehen.

Sie befanden sich im Schatten der Klippe, als sie ein leises Scharren im Sand hörte. Alle Sinne angespannt, wartete sie noch einen winzigen Moment, und gerade als ein Körper durch die Luft geflogen kam und ein Dolch im Mondlicht aufblitzte, packte sie den Herdenaufseher und riß ihn an sich. Sie grinste, als er noch einen Schrei ausstieß, bevor ihm das Messer des Angreifers die Kehle durchschnitt. Dann schritt sie zur Tat, setzte ihrem Gegner ihr eigenes Messer in den Nacken, daß es ihm die Haut ritzte, stieß ihm ein Knie in den Rücken und drückte ihm den Kopf tief nach unten, so daß sein Gesicht gegen den Umhang und den Reisesack seines Opfers gepreßt wurde und er kaum noch atmen konnte.

»Nicht!« ertönte eine gedämpfte Stimme. Die Hand

mit dem Messer wurde langsam ausgestreckt, die blutige Klinge fiel zu Boden.

»Ganz ruhig jetzt. Ich werde leicht nervös«, mahnte sie mit künstlich rauher Stimme. Sie faßte ihn am Handgelenk, und als er sich nicht wehrte, riß sie ihm den Arm erst nach hinten und dann bis zu den Schulterblättern nach oben. Sie spürte die schwellenden Muskeln und staunte selbst darüber, daß es ihr gelungen war, einen so starken Mann zu überwältigen. Freilich ging sein Atem flach, er war solche Anstrengungen offensichtlich nicht gewöhnt. Sie verdrehte ihm den Arm noch ein Stück weiter und hörte ihn vor Schmerz ächzen, wo ein Schwächerer aufgeschrien hätte — sie verstand sich auf solche Griffe. »Hat er dich eigens auf mich angesetzt?«

»Ja.«

»Bin ich die einzige? Für ein Fest ist es noch früh am Abend.« Als er lange genug geschwiegen hatte, verdrehte sie ihm noch einmal den Arm, und er ächzte wieder. »Sonst noch jemand?«

»Ja, er hatte noch andere ausgewählt. Ich sollte Sie erledigen und dann zurückkommen.«

»Ein schönes Fest für dich. Was hat er dir versprochen?« Wenn der Hüne seinem Auftraggeber tatsächlich so weit vertraut hatte, daß er zum Fest zurückkehren wollte, mußte er sehr einfältig sein. Der Herdenaufseher hätte seinen Helfershelfer ohne weiteres der Wache übergeben können.

»Die Hälfte der Beute. Er hat gesagt, es würde reichen, um mich in einen Hof einzukaufen.«

»In einen Hof *einkaufen?*« Thella war so überrascht, daß sie vergaß, mit tiefer Stimme zu sprechen.

»Ja, es gibt Höfe, wo man gegen Bezahlung für einen Sommer unterkommen kann. Wenn sie mit einem zufrieden sind, darf man bleiben. Ich kann gut mit einem Flammenwerfer umgehen. Ich hab's nur nicht gern, wenn Fäden fallen und ich kein Dach über dem Kopf habe.« Er preßte die Sätze stoßweise heraus, machte aber keinen Versuch, sich ihrem Griff zu entwinden. Dabei war sie gar nicht sicher, wie lange sie noch den nötigen Druck ausüben konnte, um den Mann am Boden zu halten. Er war wirklich ein Riese. Durchaus möglich, daß es derselbe war, den sie schon am Morgen bemerkt hatte, aber sie hatte den Herdenaufseher den ganzen Nachmittag lang mit niemand anderem zusammen gesehen, die beiden mußten den Plan schon früher ausgeheckt haben. Nun, wenigstens jammerte er nicht über die ungerechten, ausbeuterischen Grundherren.

»Und wieviel Loyalität könnte ein Hofbesitzer von dir — und deinem Messer erwarten?« Sein Körper zuckte unter ihrem Knie.

»Lady, nehmen Sie mich auf, solange die Fäden fallen, oder stoßen Sie zu.« Seine Muskeln entspannten sich, als habe er es aufgegeben, gegen das Schicksal anzukämpfen. Er war ihr ausgeliefert, und sie hätte gerne ausprobiert, ob sie ihn nicht nur mit ihrem Verstand bezwingen konnte, sondern auch die Kraft aufbrachte, ihn zu töten.

»Aber es ist doch so einfach, vom Töten zu leben«, sagte sie mit trügerisch sanfter Stimme.

»Ja, Töten ist einfach, aber als Ausgestoßener zu leben ist nicht leicht, ganz und gar nicht leicht.« Das klang zutiefst resigniert.

»Wie heißt du?« fragte sie. »Wem warst du früher unterstellt?« Es war üblich, die Namen brutaler Mörder, die geächtet worden waren, an alle Burgherren zu verbreiten, damit sie solche Verbrecher nicht aus Unwissenheit aufnahmen.

Er spannte die Muskeln an, und sie fragte sich, ob er sie wohl anlügen würde. Wenn sie das Gefühl hatte, daß er nicht die Wahrheit sagte, brauchte sie ihm nur das Messer in den Nacken zu stoßen. Aber ein kräftiger Gefolgsmann war wichtiger als ein noch so befriedigender Mord.

»Ich kann dich natürlich gefesselt hier liegenlassen, zum Fest zurückkehren und Laudeys Wachen holen«, drohte sie, als er mit der Antwort zögerte. Er sollte ruhig noch ein wenig schwitzen. Sie hatte ihn völlig in ihrer Gewalt, und das verlieh ihr ein unbeschreibliches Gefühl der Überlegenheit.

»Früher hat man mich Dushik genannt. Und ich war Tillek unterstellt.«

Sie erkannte den Namen, er hatte auf einer Liste gestanden, die vor mehreren Planetenumläufen herumgegangen war, und war ein wenig enttäuscht. Nun, man sollte auch halten, was man sich selbst versprochen hatte. Und lebend war er ihr sicher nützlicher.

»Du bist das also«, bemerkte sie, als erinnere sie sich nicht nur an den Namen. »Ich kann dich immer noch ausliefern, Dushik, merke dir das«, sagte sie dann. »Und zur Strafe könnte man dich während eines Sporenregens im Freien anketten, denn mein Wort steht gegen das deine.«

»Ja, Lady, ich verstehe. Aber ich erkenne Sie von ganzem Herzen als meine Herrin an und werde Ihnen ein treuer Diener sein.«

Das klang aufrichtig, also ließ sie seinen Arm los, sprang zurück und zog mit einer fließenden Bewegung auch noch ihr Gürtelmesser, bereit, beides nach ihm zu werfen, falls er irgendeine verdächtige Bewegung machte.

Er ließ sich Zeit, bewegte nur langsam seinen Arm auf und ab und drehte ihn. Dann ging er auf die Knie, und schließlich stand er auf. Seine Bewegungen zeugten von tiefer Müdigkeit.

»Wirf mir seine Börse zu, Dushik«, befahl sie und streckte die linke Hand aus. Er schenkte ihr einen langen, prüfenden Blick, dann gehorchte er und wartete auf neue Weisungen.

Als sie den prallgefüllten Beutel unter ihr Hemd schob, bemerkte sie, daß sich bei dem Kampf der

Schleier gelöst hatte und ihre Zöpfe nach vorne gefallen waren.

»Sieh nach, was er sonst noch Brauchbares bei sich hatte«, befahl sie mit einer kurzen Bewegung ihres Dolchs.

Als Belior aufgegangen war, hatte Dushik die Kleider mit der Leiche getauscht und sie auf Thellas Befehl in den Fluß geworfen. Sie verlangte, daß er auch den blutbefleckten Umhang zurückließ.

»Ich habe auf dem Fest noch viele heimatlose Wichte gesehen«, sagte sie verächtlich. »Meinst du, es sind welche darunter, die bereit wären, für ihren Unterhalt ein anständiges Tagwerk zu verrichten?«

»Dafür würde ich schon sorgen, Lady«, antwortete er ehrerbietig und beugte sogar das Knie.

Thella war zufrieden.

3

Südkontinent
06. 04. 11

Jemand muß den Sack durchwühlt haben«, beharrte Mardra, die Weyrherrin des Südkontinents mit einem vorwurfsvollen Blick auf Toric, den Burgherrn des Südens.

»Könnte es nicht sein, daß sich die Schnüre auf der Reise gelockert haben, Weyrherrin?« fragte Saneter, obwohl die Bereitschaft des alten Harfners zum Ausgleich auf eine ebenso harte Probe gestellt wurde wie die Beherrschung des Burgherrn.

»Warum, frage ich Sie, warum ...« Sie stellte ihr Glas so heftig auf den Tisch, daß der Stiel abbrach und der restliche Wein auf den Boden tropfte. »Sehen Sie, was Sie angerichtet haben!« Sie winkte einer dicken Magd, die so tat, als räume sie die Anrichte auf. »Schnell! Wisch das weg, ehe es einen ganzen Schwarm von Faltern anzieht.«

Wenn Saneter gehofft hatte, das Mißgeschick würde Marda ablenken, so sah er sich enttäuscht. Sie ließ sich nie eine Gelegenheit entgehen, Toric zu reizen.

Als Saneter auf die Burg des Südkontinents entsandt wurde, hatte Meister Robinton ihn umfassend über die dortige Situation informiert.

»Man hat Sie für diesen Posten nicht nur ausgewählt, damit Sie Ihre Gelenkschmerzen auskurieren können, Meister Saneter«, hatte der Meisterharfner gesagt. »Ich verlasse mich auf Ihre Diskretion und Ihre Fähigkeiten als Vermittler sowie auf Ihren gesunden Menschenverstand, und ich erwarte, daß Sie mich über alle ungewöhnlichen Vorkommnisse auf dem laufenden halten.« Der Meisterharfner hatte eine bedeutungsvolle Pause eingelegt und Saneter mit seinen klaren Augen angesehen. »Der Süd-Weyr wurde bereits zehn Planetenumläufe vor dem ersten Fädeneinfall ins Leben gerufen, obwohl das nicht allgemein bekannt ist, und einige Freiwillige haben sich dort angesiedelt, um die Drachenreiter zu unterstützen. Bei Beginn der Annäherungsphase wurden der Süd-Weyr und die dazugehörige Burg vorübergehend aufgegeben. Dann wurde er, wie Sie ja wissen, mit T'bor als Weyrführer und der unseligen Kylara als Weyrherrin besetzt und als ausgezeichnete Erholungsstätte für verletzte Drachen und ihre Reiter genützt. Sie haben gewiß auch mitbekommen, daß in jüngerer Zeit unter einigen der Alten Unzufriedenheit ausbrach und die unverbesserlichen Aufrührer in den Süden verbannt wurden, wo sie wenig Schaden anrichten konnten.

Toric, der inzwischen ausgedehnte Ländereien bewirtschaftete, entschied sich zum Bleiben. Er hat übrigens sein gutes Auskommen, obwohl man den alten Drachenreitern, die man in die Verbannung schickte, gewisse Beschränkungen auferlegte, und Handelsbeziehungen zwischen Nord und Süd untersagt wurden.« Der Meisterharfner räusperte sich und warf Saneter abermals einen rätselhaften Blick zu.

Saneter war so erleichtert gewesen, als er hörte, daß er weiterhin als Harfner tätig sein durfte, wenn auch nur im Süden, daß er noch sehr viel mehr versprochen hätte, als nur den Einsatz seiner diplomatischen Fähigkeiten.

»Toric findet sich mit Mardra, T'ton und T'kul — der meiner Ansicht nach der Schlimmste von allen ist — notgedrungen ab«, fuhr Robinton fort. »Er hätte im Norden niemals so viel Bewegungsfreiheit, aber es gibt mit Sicherheit Reibereien, und darüber möchte ich informiert werden ... Sie verstehen, Saneter?«

»O ja, Meister Robinton. Ich glaube schon.«

Saneter hatte sich seither oft über seine eigene Naivi-
tät geärgert. Aber man lernte eben nie aus. Ganz zu
Anfang, als Saneter gerade dabei war, sich in der Burg
des Südens einzuleben, hatte Torics hübsche jüngere
Schwester Sharra einmal erwähnt, Mardra habe ein
Auge auf ihren Bruder geworfen, aber Toric wolle mit
der Weyrherrin nichts zu tun haben. Mardras Haltung
gegenüber Toric war Ausdruck einer tiefen Gehässigkeit, und sie legte es immer wieder darauf an, ihn zu
demütigen.

»Ich frage Sie, Toric, *warum* meine Feuerechsenkönigin, die viel zuverlässiger ist als jeder Wachwher, mir
ganz unmißverständlich mitteilt, daß jemand hier war
und sich davongeschlichen hat.« Sie hatte ihren Pfeil
abgeschossen, und nun funkelte sie den Burgherrn wütend an, aber der schwieg. Saneter bemerkte freilich,
daß er beide Hände abwechselnd zu Fäusten ballte und
wieder öffnete, als wolle er sein Gegenüber am liebsten
erwürgen. »Sehen Sie mich an, wenn ich mit Ihnen rede, Toric«, fügte sie hinzu und beugte sich auf ihrer
Bank vor. Ihren trüben Augen entging nicht die kleinste
Bewegung. Saneter sah deutlich, daß sie sich zu dieser
weiteren Kränkung entschlossen hatte, als Toric den
Kopf um eine Winzigkeit zur Seite drehte.

Wie alle Harfner wußte Saneter Heldentum zu schätzen, und so dachte er voll Wehmut an jenen glorreichen
Tag zurück, als die fünf Weyr der Alten eingetroffen
waren. Jedermann auf Pern, ob Mann, Frau oder Kind,
war den Geschwadern dankbar gewesen, denn die Ver-
stärkung rettete den Planeten vor dem sicheren Untergang. Als Harfner auf Telgar hatte er selbst miterlebt,
wie Mardra und T'ton, die Weyrführer von Fort, ein
stattliches Paar, sich über den herzlichen Empfang freuten. T'kul, der Weyrführer des Hochlands, hatte sich als
energischer und kundiger Anführer erwiesen, auch
wenn er F'lar und Lessa ein wenig von oben herab behandelte. Doch nun währten die Streitigkeiten schon

vier Planetenumläufe, und Saneter fiel es zunehmend schwerer, den Verfall der vergrämten Alten mit anzusehen. Mardra hatte sich zu einer grell geschminkten, ständig betrunkenen alten Schlampe entwickelt, und T'kul, ein dürrer alter Mann mit einem Schmerbauch, faselte nur noch unaufhörlich von spektakulären Kämpfen gegen die Fäden, die er anscheinend ganz allein mit Hilfe seines Drachen Salth zu Asche verbrannt hatte.

»Sehen Sie mich an«, wiederholte Mardra, ihre Stimme klang immer noch befehlsgewohnt, und ihre Augen drohten den Burgherrn zu durchbohren. Der drehte abermals fast unmerklich den Kopf, die Weyrherrin preßte wütend die Lippen zusammen, und Saneter hatte den Verdacht, Toric treibe sein altes Verwirrspiel und schaue einfach starr durch sie hindurch. »Sie hat jemanden gesehen. Jemanden, der hier nichts zu suchen hatte, der sich an diesem Sack zu schaffen machte. Finden Sie diesen Jemand! Ich will wissen, was er oder sie aus dem Sack genommen hat. Er enthielt Abgaben der Gilden an diesen Weyr, und ich mache Sie, Sie alle ...« zum ersten Mal blickte sie auch die Handwerksmeister an, die sie mit Toric zu sich bestellt hatte, »... verantwortlich für etwaige Verluste. Und nun verschwinden Sie!«

Die anderen — Farmer-, Fischer-, Herden- und Gerbermeister — protestierten leise, aber rechtschaffen empört. Auch Saneter hätte jeden Vergeltungsschlag unterstützt. Die Handwerker hatten das Recht, einem Burgherrn — und von Gesetzes wegen auch einem Weyr, obwohl man zu einem so extremen Mittel noch nie gegriffen hatte — ihre Dienste zu verweigern. Der Harfner hielt den Atem an, die Folgen eines solchen Aktes — immerhin war man in den ersten Jahren einer Annäherungsphase — ängstigten ihn ein wenig, aber gerade als die Spannung unerträglich wurde, fuhr Toric herum und verließ mit langen Schritten den Weyr-Saal.

Seine Absätze klapperten laut auf den breiten Dielen. Mardra sah ihm erschrocken und auch ein wenig erleichtert nach. Sollte sie begriffen haben, daß es Grenzen gab, die selbst sie nicht überschreiten durfte, dann war dieser Vormittag doch noch zu etwas nütze gewesen.

Saneter räusperte sich, nickte Mardra kurz zu und folgte Toric. Wenn sich die anderen nur noch so lange beherrschen konnten, bis sie ebenfalls draußen waren, hatte alles noch ein glimpfliches Ende genommen. Und das alles nur wegen einer Lappalie!

Saneter wagte erst wieder zu atmen, als er die Tür erreicht hatte. Toric sprang bereits die breiten Stufen hinab, scheinbar ohne sie zu berühren. Die Handwerksmeister beeilten sich, den Harfner zu überholen, teils, um der Weyrherrin möglichst schnell zu entkommen, teils auch, um demonstrativ Torics Beispiel zu folgen. Saneter hielt sich nicht für einen Choleriker, aber er war ebenso erbost wie Toric. Je weiter sich der Burgherr von der Weyr-Lichtung entfernte, desto kräftiger fluchte er. Als er den vielbegangenen Pfad erreichte, der um die Strandklippen herum führte, waren seine bildhaften Verwünschungen so laut geworden, daß sie die Klagen der anderen übertönten.

»Wir sind freiwillig hier, nicht aus Tradition«, schrie Gabred, der Meisterfarmer. »So wie dieses Miststück hat sich nicht einmal Kylara aufgeführt.«

»Ich würde am liebsten ihre Eingeweide als Köder ins Meer hängen, aber dann würden die Fische nicht mehr anbeißen!« Osemore der Fischer ballte seine wettergegerbten Hände zu mächtigen, bedrohlichen Fäusten. »Man sollte sie am Strand anketten und von den Egeln auffressen lassen.«

»Alte Schlampe«, war der Beitrag Maindys, des Herdenmeisters. »Das faule Frauenzimmer taugt zu gar nichts. Einpökeln sollte man sie.«

»Wenn sie nur keine Drachenreiter wären«, seufzte

Torsten der Gerber und schauderte. Er war nicht weniger empört als die anderen, aber er war von Natur aus ein vorsichtiger Mensch. Seine Worte brachten den Schwall von Beschimpfungen zum Verstummen. Als man die verletzten Drachen aus dem Norden im Süden einquartierte, hatten die Bewohner die Qualen eines Drachen, dessen Reiter starb, und das verzweifelte, durch Mark und Bein gehende Klagen, mit dem die anderen Tiere den Selbstmord eines Artgenossen begleiteten, hautnah mitbekommen.

Die Vorstellung genügte, um Saneter zusammenzukken zu lassen, trotzdem war er Osemore wieder einmal dankbar. Drachenreiter waren unantastbar, das war eine tief verwurzelte Überzeugung — sogar für einen rebellischen Burgherrn wie Toric. Deshalb hatte Toric auch den Weyr verlassen müssen, ehe es zu einem völligen Bruch kam. Aber bei Faranths Erstem Ei, viel hatte nicht gefehlt. Wäre man nicht in einer Annäherungsphase gewesen — auch wenn die Drachengeschwader des Südens höchstens Scheinkämpfe führten ... Saneter schüttelte mißbilligend den Kopf.

»Keiner weiß, was sie alles bekommen, aber *ihre* Waren treffen ein«, begann Toric wieder voll Ingrimm, »sie werden von *ihren* Drachen fallen gelassen, und plötzlich soll es *meine* Schuld sein, daß ein Sack offen war. Verdammt, sie hat doch gar keine Ahnung, was drin war, und erst recht nicht, ob etwas fehlt. Man zitiert uns her — zitiert uns her wie Lehrlinge ...«

»Eher wie Mägde, die nach jedermanns Pfeife tanzen müssen«, warf Gabred verdrossen ein.

»Um uns auf die Aussage einer Feuerechse hin für einen Diebstahl verantwortlich zu machen, der sich nicht einmal beweisen läßt? Wenn dieses verlotterte Pack selbst nicht mehr überblickt, was im Weyr an- und ausgeliefert wird, wie komme ich dazu? Und wie soll ich das machen? Mir sagt doch niemand, was der Weyr bekommt oder was er benötigt, es sei denn, mitten in einer ihrer Zechereien gehen irgendwelche Vorräte aus!« Toric fuchtelte gereizt mit den Armen und berührte dabei die Wedel, die wie ein Baldachin den Weg überdachten. Um seinem Zorn Luft zu machen, riß er ein paar Zweige herunter und zerfetzte die Blätter.

In den letzten vier Planetenumläufen, seit man die Alten endgültig in den Süden verbannt hatte, war es nur allzu häufig zu solchen Szenen gekommen: die Drachenreiter verlangten Erklärungen für Vorkommnisse, von denen Toric nicht das geringste wußte. Eines Tages würde der junge Burgherr einem solchen Ruf nicht mehr Folge leisten, und Saneter fürchtete sich vor diesem Tag. Die Alten konnten den Süden nicht verlassen — und Toric wollte nicht.

Die Situation war zutiefst bedrückend für den alten Harfner mit seinem tief verwurzelten Respekt vor traditionellen Werten und Pflichten. Er verstand nicht, warum die Weyrführer Toric unbedingt loswerden wollten. Der Mann war ein ausgezeichneter Burgherr.

Es sei denn, diese lästigen Vorladungen und Mardras ständige Sticheleien zielten ganz bewußt darauf ab, Toric aus seiner Burg zu drängen und ihn durch einen bequemeren oder unterwürfigeren Mann zu ersetzen. In diesem Fall hätten die Weyrführer Toric und seinen Ehrgeiz freilich unterschätzt. Der Burgherr hatte mit seinen Besitzungen langfristig große Pläne, weitreichendere als die Weyrführer, die sich gar keinen Begriff vom Reichtum des Südkontinents machten. Bis vor kurzem hatte er die ständigen Forderungen und kleinlichen Beschwerden scheinbar ungerührt über sich ergehen lassen und Saneter gegenüber geäußert, es sei einfacher, zu tun, was immer man von ihm wolle, um dann wieder zur Tagesordnung überzugehen. Dann freilich hatte er Saneters empfindliches Harfnergemüt mit der Bemerkung erschüttert, die Drachenreiter würden ohnehin bald das Zeitliche segnen, hoffentlich noch ehe seine Geduld mit ihnen erschöpft sei. Der jüngste Zwischenfall gefährdete allerdings auch den letzten Rest von Loyalität, den der alte Harfner noch empfinden mochte. Von nun an würde er Toric voll und ganz unterstützen und sich weiterer Bemerkungen über die Pflichten eines Burgherrn gegenüber seinen Weyrführern enthalten.

Während Toric und seine Leute im Süden geradezu aufblühten, ging es mit den Weyrführer sichtlich bergab. Während Toric Erkundungstrupps ausschickte, um die Größe des Kontinents zu erforschen, blieben die Drachenreiter in ihren vier Wänden und wagten sich höchstens bis zum See oder zum nächsten Strand, um ihre Drachen zu baden.

Toric blieb unvermittelt stehen, und der Fischermeister prallte gegen ihn und breitete die Arme aus, um die anderen aufzuhalten. Der Burgherr drehte sich um, seine Augen funkelten wütend, und seine Hände schnitten wie Messer durch die Luft.

»Jeder ... ausnahmslos jeder ...«, sagte er, seine Kiefer mahlten, und seine zornigen, grünen Augen fixierten den hastig zusammengetrommelten Arbeitstrupp. »Jeder« — er klatschte schallend in die Hände — »der den Alten auch nur ein einziges Feuerechsengelege übergibt, wird aus dem Süden verstoßen. Das ist endgültig und unwiderruflich. Wer gegen diesen Befehl handelt, fährt mit dem nächsten Schiff nach Norden! Habe ich mich klar genug ausgedrückt?«

»Ich werde eine dahingehende Mitteilung verfassen ...« begann Saneter, dann verstummte er. Warum wollte Toric eine Beschäftigung verbieten, die der Burg ein paar zusätzliche Marken einbrachte? Bei den Händlern aus dem Norden und bei allen Seeleuten, die in der tiefen Hafenbucht des Südkontinents anlegten, waren Feuerechseneier heiß begehrt. Mardras kleine Königin hatte bei dieser Geschichte eine Rolle gespielt, aber das war doch wohl kein Grund? Für Fragen war jetzt freilich nicht der geeignete Moment. Toric rannte bereits weiter, und die Handwerksmeister hatten alle Mühe, mit ihm Schritt zu halten.

Saneter fiel zurück, weil er einerseits Zeit brauchte, um sich über den Sinn dieser Anweisung klar zu werden, aber auch, weil er bei diesem Tempo unmöglich mitziehen konnte. Er hatte nicht mehr die Energie wie früher, und obwohl das milde Klima des Südens seinen schmerzenden Hüft- und Schultergelenken gut getan und der Zorn sein Blut in Wallung gebracht hatte, spürte er nun, wie erschöpft er war. Er wischte sich den Schweiß ab, der ihm trotz des schattenspendenden Blätterdachs über das Gesicht strömte, und wartete, bis sein hämmerndes Herz und seine pochenden Schläfen sich etwas beruhigten.

Währenddessen überlegte er, ob er eine Botschaft an den Meisterharfner schicken und ihm von dem jüngsten Aufruhr berichten sollte. Daß Toric die Alten verabscheute, wußte Robinton bereits, und über T'kul, Mardra und den Rest der Weyrbewohner war er vermutlich besser informiert, als Saneter es jemals sein würde. Vielleicht sollte er von Torics neuestem Befehl unterrichtet werden. Für das Gelege einer goldenen Feuerechsenkönigin wurden mehr Marken geboten, als die meisten Pächter in drei oder vier guten Planetenumläufen verdienten. Zugegeben, allzu viele goldene Nester wurden nicht gefunden, aber die Nachfrage nach den kleinen Geschöpfen schien immer noch zu steigen. Sie waren schließlich mehr als Schoßtiere, dachte Saneter sehnsüchtig und hoffte, seine kleine Bronzeechse würde merken, daß der wütende Toric nicht mehr in der Nähe war und sie daher ungefährdet auf ihren Stammplatz auf seiner Schulter zurückkehren konnte. Er hatte Meister Robinton auch mitgeteilt, daß die Alten weit mehr an Abgaben verlangten, als ihnen zustand, und daß die Lieferungen nicht zu den üblichen Zeiten oder auf den üblichen Wegen erfolgten: gestern nacht war Neumond gewesen. Und heute morgen hatte er noch keinen einzigen Drachen am Himmel gesehen. Aber warum wollte Toric seinen Pächtern verbieten, Feuerechseneier an den Weyr zu verkaufen?

Andererseits, entschied Saneter, bestand bei ruhiger Überlegung kein Anlaß, den ohnehin überforderten Meisterharfner mit einem ausführlichen Bericht über die Ereignisse dieses Tages zu belasten.

Mardra hatte sie alle mit hinausgenommen und ihnen den einen geöffneten Sack der ganzen Lieferung gezeigt. Saneter hatte sich das Gewebe genau genug angesehen, um sagen zu können, daß es im Norden, wohl in Nabol hergestellt worden war. Die Hanfschnur, mit der die Sacköffnung zugebunden war, stammte ganz gewiß aus Nabol. Der Weyr hatte auch Wein bekommen — ein Teil war verschüttet worden und verbreitete in der heißen Sonne einen säuerlichen Geruch. Die Meisterwinzer von Tillek und Benden schickten einen mehr als gerechten Anteil ihrer Pressungen an den Süd-Weyr, aber der Verbrauch, dachte Saneter boshaft, war dort eben viel zu hoch.

Ein lauter Schrei — so konnte nur Toric brüllen — schreckte ihn auf, und er fiel in einen unbeholfenen Trab. Wer unter der Sonne war so töricht gewesen, Torics Zorn noch weiter zu schüren? Saneter lief, so schnell er konnte. Dabei hatte der Meisterharfner angedeutet, auf der Burg des Südens könne er ein angenehmes, ruhiges Leben führen, es gebe gerade so viel zu tun, daß er sich nicht zu langweilen brauche. Nun, Langeweile war Saneters geringstes Problem.

Als er an den Klippen oberhalb des Strandes ins Freie trat, stöhnte er auf. Unten lagen zwei Schiffe vor Anker, auf den Decks drängten sich Menschen und Gepäck. Eine weitere Ladung wertloser Taugenichtse aus dem Norden hatte Toric in diesem Moment gerade noch gefehlt. Gewiß, vielleicht waren ein paar brauchbare Handwerker oder allgemein tüchtige Leute darunter — das war meist so — aber viel zu viele dieser Reisenden lebten ebenso ziellos in den Tag hinein wie die Alten.

Doch als Toric abermals losbrüllte, klang es wie ein Jubelschrei, und als er dann, die Arme über dem Kopf schwenkend, mit lautem Gejohle auf die Hafentreppe zurannte, konnte kein Zweifel mehr daran bestehen, daß hier jemand durchaus begeistert willkommen geheißen wurde.

Der Harfner eilte über die Lichtung und sah gerade noch, wie Toric sich in majestätischem Bogen von der höchsten Klippe in das tiefe, klare, blaugrüne Wasser des Hafenbeckens stürzte und mit mächtigen Stößen auf das größere der beiden Schiffe zuschwamm. Rampesis Wimpel flatterte am Mast.

»Das wird ihn abkühlen«, sagte eine muntere Stimme neben Saneter. Als er aufblickte, stand Sharra neben ihm. Ihre Feuerechsen zirpten aufgeregt und schossen dann geradewegs auf das Boot zu. »Wahrscheinlich ist Hamian an Bord.« Saneter sah ihr bezauberndes Lächeln aufblitzen, und plötzlich war der Tag wieder erträglich. »Wissen Sie nicht mehr? Osemore hat uns doch mitgeteilt, daß er auf dem Weg von der Schmiedehalle in Telgar hierher sei. Mein Bruder, ganz offiziell zum Schmiedemeister ernannt!« Sie verschränkte die Arme, und ihre Augen strahlten vor Stolz und freudiger Erwartung. »Oh, Hamian muß auf dem Schiff sein. Was hatte die Alte denn diesmal zu nörgeln? Ich habe mich verdrückt, als ich sah, wie Toric die Mandamos in Stücke riß.«

Irgend jemand von den Anwesenden würde die Geschichte sicher verbreiten, aber als Harfner mußte er auf seine Stellung Rücksicht nehmen, und so schüttelte er den Kopf, während er zusah, wie Toric mit kräftigen Kraulbewegungen auf Rampesis Schiff und seine Passagiere zustrebte. »Ich weiß nicht, ob es richtig ist, diese Menschen in den Süden zu locken. Wir bekommen keine gestandenen, gut ausgebildeten Leute. Die mei-

sten sind heimatlos. Und warum sind sie heimatlos?«
Saneter überlegte, ob er es wagen konnte, sich für den
Rest des Vormittags unsichtbar zu machen. Als Harfner
konnte er diese Menschenimporte wirklich nicht gut-
heißen, andererseits wußte er, wie dringend Toric Arbeitskräfte brauchte, um den dichten Dschungel zu roden, neues Land zu erschließen und seine ehrgeizigen
Pläne zu verwirklichen.

»Was kümmert das Toric, solange sie noch atmen?
Wenn auch Hamian an Bord ist, wird alles gut. Ich hatte mir schon den Kopf zerbrochen, wie in aller Welt wir
ihn diesmal von seinem Groll ablenken sollten.« Sharras Fähigkeit, das ungestüme Temperament ihres Bruders zu zügeln, wurde von den Pächtern des Südkontinents so sehr geschätzt, daß sich Angst und Schrecken
verbreiteten, wenn sie auf ihren Streifzügen in die
Wildnis verschwand und nicht greifbar war. Sie war auf
ihre Weise eine ebenso ausgeprägte Persönlichkeit wie
ihr älterer Bruder, obwohl ihre Begabung eher auf dem
Gebiet der Heilkunst lag. Sie brachte die reiche Ernte
an Arzneipflanzen ein, die auf dem Südkontinent in er-
staunlicher Menge zu gewaltiger Größe heranwuchsen.
Andererseits hatte sie auch keine Hemmungen, ihren
eigenen Interessen nachzugehen, und kümmerte sich
nicht darum, ob Toric ihr die langen, einsamen Wanderungen verbot, die sie so sehr liebte. Plötzlich hüpfte
sie auf und ab und winkte aufgeregt. »Sehen Sie nur,
Saneter! Da an der Reling, das muß Hamian sein. Und
er will hinter Toric nicht zurückstehen!«

Saneter legte die Hand über die Augen und blinzelte
auf das gleißende Meer hinaus. Nur ganz flüchtig sah
er die Gestalt auf der Reling stehen, dann schwebte der
Mann einen Moment lang elegant in der Luft, glitt in
das leuchtend blaue Wasser, kam gleich darauf wieder
an die Oberfläche und schwamm seinem Bruder mit
energischen Stößen entgegen.

»Einen besseren Zeitpunkt hätte er sich gar nicht

aussuchen können«, bemerkte Sharra. »Ich hoffe nur, Rampesi hat für die letzte Fracht einen guten Preis erzielt.«

Der alte Harfner schüttelte den Kopf. Eigentlich war es Toric verboten, mit dem Norden Handel zu treiben. Sollte jemand sich einmal dafür interessieren, wie viele Schiffe ›gezwungenermaßen in den Buchten des Südens vor Stürmen Schutz gesucht‹ hatten — immer in der gleichen Bucht — dann konnte das großen Ärger mit den Baronen des Nordens und mit den Weyrführern von Benden geben. Dabei war Saneter ganz sicher, daß Toric sich nur an den Meisterharfner zu wenden und ihm seine Probleme sowie die Möglichkeiten dieses herrlichen Kontinents zu schildern brauchte, um eine angemessene Regelung zu erreichen.

Sharra feuerte ihre Brüder mit lauten Schreien an, ohne für eine Seite Partei zu ergreifen, und selbst jene, die von dem jüngsten Zusammenstoß zwischen Burgherr und Weyrherrin wußten, ließen alles stehen und liegen und jubelten mit ihr. Osemore beorderte Rudermannschaften in die robusten Fischerboote, um Ladung und Passagiere an Land zu bringen. Saneter sah, daß mehrere von den Fahrgästen ins Wasser sprangen und unbeholfen ans Ufer schwammen, und fühlte sich durch ihre Begeisterung ein wenig ermutigt.

Inzwischen hatten Toric und Hamian sich auf halbem Wege getroffen und veranstalteten mit lautem Gelächter eine gewaltige Wasserschlacht. Saneter entschied, er habe noch lange genug Zeit, sich Sorgen zu machen. Als er sich nach Sharra umdrehte, landete seine kleine Bronzeechse auf seiner Schulter.

»Nun, wenigstens einige von den Passagieren haben offenbar ein wenig Mumm in den Knochen. Vielleicht können sie auch nur ihren eigenen Gestank nicht mehr riechen. Wie auch immer, Sanny, ich halte es für ein gutes Zeichen, daß sie versucht haben, an Land zu schwimmen«, lächelte sie. »Eigentlich sollte ich Ramala darauf vorbereiten, daß heute abend mehr als Obst und Reis auf dem Tisch kommen muß.«

»Das kann ich machen«, erbot sich Saneter. »Sie möchten doch sicher hierbleiben, um nach drei Planetenumläufen Ihren Bruder zu begrüßen?«

»Oh, ich werde nicht hier herumstehen, während die beiden Geleitfisch spielen«, sagte Sharra mit einer abfälligen Handbewegung. »Die kommen erst herein, wenn sie sich gegenseitig fast ertränkt haben. Ich sehe gerade, daß Meister Rampesi dabei ist, sein Dingi zu Wasser zu lassen. Er hat sicher Botschaften mitgebracht, die Sie in Empfang nehmen müssen, Saneter, und Rampesi ist gewiß lange vor meinen Brüdern hier.« Sie drehte sich um und ging auf die kühlen Höhlen der Burg zu. Saneter begab sich zur Hafentreppe.

Sharra kannte ihre Brüder, denn der Harfner und Meister Rampesi hatten sich schon begrüßt, als Toric und Hamian lachend und atemlos aus dem Wasser stiegen.

Toric hatte sich seinen Ärger von der Seele geschwommen und beobachtete mit breitem Grinsen, wie sich sein jüngerer Bruder das nasse Hemd und die Hosen auszog. Sein stattlicher Körper war von der schweren Arbeit in der Schmiedehalle noch athletischer geworden.

»Du hast schon vor deiner Reise nach Norden genügend Herzen gebrochen, Hamian«, rief Sharra und warf ihm eine trockene kurze Hose zu. »Sei bitte so freundlich und zieh dich anständig an, ehe du hier heraufkommst.«

»Sharra, meine Schöne. Ich habe dir ein paar Männer aus dem Norden zur Ansicht mitgebracht. Vielleicht gefällt dir einer«, schrie Hamian hinauf und duckte sich, als sie mit einer reifen Rotfrucht nach ihm warf.

»Irgend jemand unter den Passagieren, der brauchbar aussieht?« fragte Toric, während er seinen eigenen Kittel auswrang. Wenn Hamian bei der Arbeit so tüchtig war, wie er aussah, hatten sich die Marken gelohnt, die seine Abwesenheit die Burg gekostet hatte.

»Ein halbes Dutzend vielleicht«, antwortete Hamian, und sein breites Lächeln verblaßte. »Ich habe mich nach Kräften bemüht, das übelste Gelichter vorher auszusondern. Nein, ich will ehrlich sein — es waren einige darunter, die Meister Rampesi und Meister Garm erst gar nicht an Bord lassen wollten. Wir haben die Vielversprechendsten herausgesucht. Ursprünglich sollte auch ein ehemaliger Drachenreiter mitkommen ...«

»Ehemaliger Drachenreiter?« Toric starrte seinen Bruder bestürzt an. »Vom Benden-Weyr?« Toric hatte großen Respekt vor den Weyrführern von Benden, aber er war mit vielen ihrer Entscheidungen nicht einverstanden. Als Hamian den Kopf schüttelte, war er sichtlich beruhigt.

»Nein, von Telgar. Ein blauer Reiter. Der Harfner sagte, sein Drache sei an der linken Flanke von einem dicken Fädenknäuel erwischt worden. Irgendwie schaffte er es noch, mit seinem Reiter G'ron zu landen, aber die Reitriemen des Mannes waren völlig durchgeschmort, und er prallte so hart auf dem Boden auf, daß sie ihn für tot hielten. Für den Blauen konnten sie nichts mehr tun. Er ging ...« Hamian brach ab. Er hatte in den letzten drei Planetenumläufen im Telgar-Weyr so viele anständige Drachenreiter kennengelernt, die ganz anders waren als die Alten, daß er den Tod eines Drachen als schmerzlichen Verlust empfand.

Toric wartete, und bald schlug Hamians Stimmung um, und er entschuldigte sich: »Hör zu, ich weiß, daß ich nicht die Sorte Leute mitgebracht habe, die wir brauchen, aber sie sind alle gesund und kräftig. Einige haben ihr Gesellenabzeichen, und zwei waren Lehrlinge. Ich nehme sie alle mit in die Bergwerke, da können sie sich die Finger wundarbeiten. Wenn es ihnen nicht gefällt, sind sie weit genug von hier weg, um dich nicht zu stören. Glaub mir« — wenn Hamian dieses hinterhältige Grinsen aufsetzte, stand er Toric in nichts nach —, »ich nehme alles, was atmen und auf zwei Beinen gehen kann, um die Bergwerke in Gang zu bringen. Wir ...« Er versetzte seinem Bruder einen so schallenden Schlag auf die Schulter, daß die Leute, die sich mühsam aus dem schaukelnden Beiboot auf die Mole kämpften, erschrocken zusammenzuckten. Fünf fielen sogar ins Wasser. »Wir werden euch auch das Schwimmen noch beibringen!« schloß er etwas überraschend, packte den nächstbesten strampelnden Mann am Hemd und zog ihn mühelos aus dem Wasser. Als Toric ihn zur Treppe schob, sprang er in langen Sätzen hinauf, legte seine muskulösen Arme um seine Schwester und schwenkte sie übermütig herum.

»Wie geht es Brekke? Hast du sie gesehen? Und Mirrim und F'nor?« keuchte Sharra, die fast erdrückt wurde.

»Ich habe Briefe für dich dabei, und eine Botschaft von Brekke hast du eben schon erhalten. Sie sagt, am dringendsten braucht sie Heilsalbenkraut, und ihr sollt so bald wie möglich ernten.«

»Gut, ich werde mich selbst darum kümmern!«

»Um dabei wieder einen Abstecher zu deinem See zu unternehmen«, neckte Hamian. »Irgendwelche neuen Tierarten entdeckt? Nein? Nun, dann ...« Er legte ihr einen Arm um die Schultern und wandte sich den Höhlen zu. »F'nor und Canth sind zur Großen Bucht gekommen, um sich von mir zu verabschieden, ich kann dir also die letzten Neuigkeiten erzählen. Mit Mirrim hat man seine liebe Not, aber sie wird sich im Laufe der Zeit schon noch ändern. Und«, fügte er hinzu und senkte die Stimme, denn dies war nur für sie bestimmt, »ich war auch bei Mutter. Sie will immer noch nicht nachkommen, obwohl Vater nun schon seit mehr als drei Planetenumläufen tot ist. Brever zu überreden, die Gildenhalle zu verlassen, um hier unter seinem jüngeren Bruder zu siedeln, ist ebenso unmöglich, wie durch die Große Strömung zu schwimmen. Unsere drei anderen Schwestern wollen bei Mutter bleiben, obwohl ich mir alle Mühe gegeben habe, ihnen und ihren Männern den Süden schmackhaft zu machen. Aber wenn Mutter nicht will, wollen sie auch nicht, und umgekehrt. Daß Toric seine ganze Sippe bei sich haben möchte, ist ja schön und gut — aber er irrt sich, wenn er meint, daß die anderen ebenso denken. Offen gestanden glaube ich sowieso nicht, daß einer von ihnen sich hier bewähren würde.«

Ihre Mutter würde also nie in Torics schöner Burg leben. Betrübt legte Sharra den Kopf an die breite, kräftige, vom Wasser noch kühle Brust ihres Bruders, und sie gingen schweigend weiter.

Toric war der erste gewesen, der den Familienbesitz auf der Palisadeninsel verlassen hatte. Er hatte der einsamen Insel vor Istas Westküste den Rücken gekehrt und war aufs Festland gegangen, um der Plackerei des Fischerhandwerks ein für allemal zu entkommen. Er war auf Burg Benden gewesen, als F'lar Weyrführer wurde und den Angriff der Barone abwehrte, und da war Toric vielleicht zum ersten Mal in seinem Leben einer spontanen Eingebung gefolgt und hatte sich als Kandidat für Ramoths erstes Gelege angeboten. Als dieser Wunsch nicht in Erfüllung ging, war er F'nor als Freiwilliger auf den Südkontinent und in die Vergangenheit gefolgt, um mit ihm den neuen Weyr zu gründen, und er war geblieben, als man dieses Projekt aufgab, und hatte in harter Arbeit seinen Besitz aufgebaut. Dann war er nach Keroon zurückgekehrt und hatte erst Kevelon und Murda und danach auch Hamian und Sharra überredet, zu ihm zu stoßen. Ihre Mutter war zwar auf Torics Leistung stolz gewesen, fühlte sich jedoch von ihren Kindern im Stich gelassen.

»Würde sie ihre Meinung ändern, wenn Toric offiziell zum Baron ernannt würde? Glaubst du, dann könnte sie ihm und uns verzeihen, daß wir nicht bei Vater geblieben sind?« fragte sie leise.

Hamian blickte auf sie hinab. Für eine Frau war Sharra groß, aber ihr hünenhafter Bruder überragte sie um Haupteslänge. »In dieser Hinsicht geht nicht viel voran, Sharrie. Meron von Nabol liegt im Sterben, und obwohl genügend leibliche Söhne vorhanden sind, wird es um die Nachfolge einen Riesenkrawall geben. Die Burgherren haben also im Moment andere Sorgen. Was ist los?« fragte er, als Sharra den Kopf schüttelte.

»Eines Tages wir es ihnen noch leid tun. Eines Tages werden sie einsehen, daß es ein Fehler war, ihn nicht zu bestätigen und aus dem Konklave auszuschließen.«

»Sharra, er *ist* Burgherr, ihm fehlt nur der Titel«, gab Hamian zu bedenken. »Und außerdem habe ich auch noch eine gute Nachricht. Ich habe zwei tüchtige, anständige Handwerksmeister mitgebracht.«

Sharras braune Augen funkelten ärgerlich, und sie entwand sich seinem Arm »Jetzt fängst du auch noch damit an. Hamian, wenn du ein Wort davon sagst, besonders zu Toric ...«

»Ich?« Hamian wich zurück und wehrte mit den Händen ihre Schläge ab. Sein Gesicht drückte gutmütige Überraschung aus. »Ich schwöre dir, ich habe meine Lektion bereits gelernt, bevor ich wegging, um Schmiedemeister zu werden. Die Frauen der Südburg heiraten, wann und wen sie wollen.«

»Und das sollte Toric sich hinter die Ohren schreiben!«

»Wie kann er es vergessen, wenn du ihn bei jeder Hochzeit daran erinnerst? Könnte ich jetzt«, fuhr er fort und blockte erneut einen recht kräftigen Fausthieb ab, »freundlicherweise etwas zu trinken bekommen, meine Kehle ist von der Salzluft ganz ausgetrocknet. Auf See war es schon stürmisch genug, mußt du gleich mit einem Donnerwetter über mich herfallen, sobald ich die Treppe zu meinem Heim hinaufsteige?«

»Ramala preßt Fruchtsaft aus, seit ich deine Hosen

geholt habe. Und da kommt Mechalla, um dich zu begrüßen. Bring sie doch mit.« Mit einem boshaften Grinsen überließ Sharra dem Mädchen den Platz an der Seite ihres Bruders, das bei seinem Weggang als erste um ihn getrauert hatte und nun bei seiner Rückkehr als erste mit ihm kokettieren wollte.

Niemand wollte diesen Abend durch eine Anspielung auf das morgendliche Treffen mit der Weyrherrin trüben; die ganze Burg machte sich unverzüglich an die Arbeit, um die Neuankömmlinge unterzubringen und danach Hamians Rückkehr gebührend zu feiern. Nachdem alle Einwanderer Torics kritischem Blick standgehalten hatten, waren selbst die schmächtigsten unter ihnen fest entschlossen, das reichliche Essen und die aufrichtige Gastfreundschaft zu genießen. Auch Saneter legte die dicken Schriftrollen, die sich hauptsächlich mit den Verbannten beschäftigten, vorerst beiseite und ließ sich den Braten schmecken, der am Strand aufgetischt wurde.

»Wie viele Mörder sind darunter, Saneter?« fragte Toric und entfernte sich mit dem Harfner ein wenig von dem Trubel. Die Neuankömmlinge waren immer noch mit Essen beschäftigt, und der Burgherr wollte wissen, inwieweit seine private Einschätzung mit den offiziellen Berichten übereinstimmte.

»Nur einer«, antwortete Saneter, »und der hat angeblich in Notwehr gehandelt.« Der Harfner war davon nicht überzeugt, denn er hatte den mürrisch dreinschauenden Burschen, der sich ein wenig abseits hielt und offenbar von den anderen Passagieren gemieden wurde, bereits entdeckt. »Fünfzehn Lehrlinge sind dabei, und zwei haben es in ihrer Gilde bis zum Gesellen gebracht, verloren aber dann ihren Posten, weil sie das Stehlen nicht lassen konnten. Einer wurde erwischt, als er Gildenerzeugnisse zu einem Drittel ihres Werts verkaufte.«

Toric nickte. Er brauchte so dringend Hilfe bei der

Rodung der Wälder, daß er keinen Mann abwies und sogar das von den Weyrführern von Benden verhängte Verbot jeglicher Beziehungen zwischen dem Norden und dem geächteten Süd-Weyr und der Burg des Südens umging. Toric schmuggelte also Leute aus dem Norden ein. Ein paar verzweifelte Heimatlose hörten Gerüchte, daß sie an den Gestaden des Südens mit Aufnahme rechnen konnten, aber es waren mehr Taugenichtse darunter, als von den vertrauenswürdigen Siedlern problemlos integriert werden konnten. Der Burgherr brauchte mehr Leute, die sich darauf verstanden, Höfe und Handwerksbetriebe zu verwalten — und zudem mußte er die illegalen Siedler vor den Alten verstecken.

»Zwei wurden beim Diebstahl unmarkierter Herdentiere erwischt. Ein paar ehrliche Siedler sind aber auch darunter«, ging Saneter hastig zu den guten Nachrichten über. »Vier Paare mit guter Handwerksausbildung und neun Alleinstehende unterschiedlicher Herkunft, einige mit ausgezeichneten Empfehlungen. Hamian bürgt für vier von den Männern und zwei von den Frauen. Toric, mir liegt etwas auf der Seele: Sie sollten sich an den Meisterharfner wenden.«

Toric schnaubte verächtlich. »Er würde sofort nach Benden laufen...«

»Sie sollten gemeinsam mit Meister Robinton mit den Weyrführern von Benden sprechen, denn die beiden wären die ersten, die Ihnen helfen würden. Sie hatten vor, das ganze Land zu erkunden«, sagte Saneter mit einer weit ausholenden Handbewegung, »und hätten es auch getan, wenn nicht die Alten — nun, das wissen Sie ja alles selbst.« Er brach ab. »Aber ein paar junge, eifrige, *ausgebildete* Pächtersöhne, die wissen, daß sie im Norden während einer Annäherungsphase nirgends unterkommen können, würden die Vorteile einer Auswanderung in den Süden gewiß erkennen. Schlimmstenfalls müßten wir sie heimlich einschleusen, ohne daß die Alten es merken.« Saneter warf einen schnellen Blick auf Toric, um zu sehen, wie er reagierte. Toric hatte den Kopf gesenkt, und sein Profil verriet nichts.

»Sie brauchen gar nicht zu erwähnen, wieviel Land Sie bereits erkundet haben. Ich habe es auch nicht getan, Baron, das versichere ich Ihnen«, fuhr der Harfner fort. »Aber wenn Sie das Erz als Handelsware nützen wollen, muß man im Norden wissen, daß es existiert. Hamian hat Ihnen gewiß berichtet, daß der Meisterschmied händeringend nach Eisen, Nickel, Blei und Zink verlangt. Im Norden läuft die Erzverarbeitung auf Hochtouren.«

»Für einen Harfner, den man nur zur Erholung in den Süden geschickt hat, sind Sie erstaunlich gut informiert«, bemerkte Toric mit einem langen, scharfen Blick auf den alten Mann.

»Sie haben recht, ich bin Harfner.« Saneter richtete sich auf und erwiderte den Blick. »Und dazu gehörte schon immer mehr, als nur den *Kindern* die Lehrballaden beizubringen!«

»Wir müssen Erz fördern, und wir müssen es transportieren. Und dazu brauchen wir Arbeitskräfte. Wenigstens hat Hamian drei tüchtige Bergwerksgesellen und einen zweiten Meister mitgebracht.« Toric wippte auf den Fußballen und hakte die Daumen in seinen Gürtel. Ein kühler Nordwind strich über den Strand. »Heute abend können sie noch feiern, morgen lassen wir sie in aller Frühe antreten« — Toric grinste, denn er hatte die Wirkung der stärkeren Getränke des Südens bereits mit einkalkuliert, die unvorsichtigen Trinker würden mit Sicherheit einen entsetzlichen Kater haben — »und geben ihnen die üblichen Warnungen mit auf den Weg. Wer etwas taugt, wird sich daran halten, die anderen werden sie vergessen und weder uns noch den Baronen, die sie geschickt haben, weiteren Ärger machen.«

Torics Kaltschnäuzigkeit hatte Saneter anfangs gestört, aber inzwischen war er lange genug auf dem Südkontinent, um den Wert dieser Einstellung zu erkennen. Dieses Land war extrem, manchmal grausam, und wer seinen Überfluß verdiente, lernte es, seine Gefahren zu überstehen.

»Ursprünglich sollten die Drachenreiter Erkundungen durchführen«, erklärte Toric. »Sie haben es nicht getan, aber ich. Flut, Feuer, Nebel oder Fädenfall, ich werde herausfinden, wie groß der Kontinent wirklich ist.«

Saneter versagte es sich, ihn an Sharras Streifzüge entlang des Großen Lagunenflusses zu erinnern oder zu erwähnen, wie gern sie ihre Wanderungen auch noch weiter ausgedehnt hätte. Toric hatte auf seiner Burg viele Neuerungen eingeführt, aber besonders, wo es seine Schwestern anging, beharrte er auf einigen Traditionen. Murda hatte sich gefügt, Sharra nicht. Der Harfner räusperte sich, um einen Vorschlag zu machen, aber Toric fuhr schon fort.

»Selbst ein Drache muß normal fliegen, wenn er zum ersten Mal einen neuen Ort ansteuert. Warum hat F'lar denn alle guten Reiter zurückgerufen?« Seine Stimme klang plötzlich so entmutigt, so müde und verzagt, daß Saneter fast Mitleid mit ihm verspürte.

Giron war so betrunken, daß er fast den ganzen ersten Tag verschlief. Der Kärrner hatte die Fässer mit Salzfisch nicht überprüft, als er die Ladung in die Höhle brachte, und so war Giron unentdeckt geblieben. Als die anderen, die dort Unterschlupf gefunden hatten, fest eingeschlafen waren, wälzte er sich von den harten Fässern herunter und machte sich auf die Suche nach Wasser. Er fand einen Bach, stillte seinen Durst, rollte sich bequem zusammen, soweit das auf dem felsigen Boden möglich war, und schlief weiter. Am nächsten Abend stahl er den Biwakierenden ein wenig Proviant, denn in seiner Verwirrung wußte er nicht mehr, daß er in seinem Gürtel genügend Marken hatte, um sich zu kaufen, was er brauchte. Er wußte nur, daß er etwas vergessen hatte, und zerbrach sich immer wieder den Kopf, was es denn sein könnte. Irgend etwas hatte er verloren, und er würde es niemals wiederbekommen. Tief in seinem Innern tobte ein dumpfer Schmerz, der niemals aufhören würde.

Am nächsten Tag erkannte ein anderer Kärrner in dem apathischen Fremden den Mann, der seinen Drachen verloren hatte. Er bürstete ihm die Kleider ab, gab ihm zu essen, und als Giron Wein verlangte, überließ er ihm den Weinschlauch und wunderte sich nur, daß der Drachenreiter sich nicht über den sauren, beißenden Geschmack beklagte. Dann half er ihm neben sich auf das Fuhrwerk, denn er fühlte sich verpflichtet, den Unglücklichen zu beschützen. Es trieb sich zu viel Gesindel herum, Leute, die noch ihrer eigenen Mutter die letzte Marke rauben würden. Geduldig brachte der Fuhrmann den bedauernswerten, schweigsamen Mann über die Berge bis zur Tür der Gerberhalle. Dort nahm Meister Belesdan durch seine Trommler Verbindung mit der Burg Igen und dem Weyr auf. Schließlich schickte Baron Laudey eine Eskorte mit einem zusätzlichen Renner.

»Er soll in die Burg zurückgebracht werden«, erklärte der Anführer. »Eigentlich war er auf dem Weg zum Südkontinent. Aber er hatte einen Schädelbruch und kann noch nicht wieder klar denken. Wir werden ihn schon sicher abliefern.«

Auf halbem Wege sah Giron einige Patrouillenreiter, und hinterher berichtete der Begleiter seinem Burgherrn: »Plötzlich war er ganz außer sich, schrie und tobte und peitschte so heftig auf den armen Renner ein, daß wir nicht mehr mitkamen. Als wir ihn das letzte Mal sahen, schwamm er über den Fluß. Vielleicht wollte er hinter den Drachenreitern her, ich weiß es nicht.«

»Gehen Sie zu den Höhlen hinüber und sagen sie den Leuten, sie sollen nach Giron Ausschau halten. Erklären Sie ihnen, wer er ist, und daß jeder, der ihm auch nur ein Haar krümmt, sich vor mir — und vor allen Weyrn von Pern — verantworten muß.«

Brekke und die Heilerhalle hatten durch Meister Rampesi dringend nach Heilsalbe verlangt, und das kam Sharra sehr gelegen, denn nun konnte Toric ihr die Erlaubnis, zu den Wiesen zu fahren und das Kraut zu sammeln, nicht mehr verweigern. Sie erklärte ihm in aller Deutlichkeit, die Salbe müsse in der Burg eingekocht werden, falls sie nur wenige Tage fortbleiben dürfe, um die Ernte einzubringen. Bei einem längeren Aufenthalt könne die ganze Arbeit dagegen gleich vor Ort erledigt werden. Toric zögerte, und Sharra sank der Mut. Sie wußte, daß sie sich mit einigen der Neusiedler abgeben sollte, die Hamian mitgebracht hatte, aber sie war noch nicht bereit, sich zu binden, und fürchtete, einer der Männer könnte ihr tatsächlich sympathisch sein.

»Ich glaube, diesmal fahre ich besser mit«, erklärte Ramala plötzlich.

Unter ihrem strengen Blick gab Toric nach, denn wenn er sich gegen alle beide stellte, hatte er keine ruhige Minute mehr. »Aber sei vorsichtig, Sharra«, mahnte er und drohte ihr mit dem Finger. »Nimm dich in acht.«

Lachend griff sie nach dem Finger und hielt ihn fest. »Bruder, wann wirst du endlich zugeben, daß da draußen in der Wildnis ich der Gildemeister bin?« Dabei beließ sie es, und er stolzierte aus dem Saal und murmelte etwas von Undankbarkeit und Gefahren, die sie sich nicht vorstellen könne.

Ramala grinste, und da ihr Mann nun glücklich aus dem Weg war, holte sie bereits fertige Päckchen mit Reiseproviant hervor und legte sie auf Sharras Sachen.

»Wir können mit der Morgenflut auslaufen. Ich habe drei Boote organisiert.«

»Drei?« fragte Sharra freudig überrascht. »Wie hast du das nur geschafft, Ramala?«

Die andere zuckte die Achseln. »Heilsalbe kann man nie genug haben. Garm ist an der Küste entlanggefahren, um einen Blick auf die Heilkrautwiesen zu werfen, und er sagt, sie stehen sehr gut in diesem Jahr. Ich habe gesehen, wieviel Brekke insgesamt braucht. Du suchst nach den seltenen Pflanzen, und ich kümmere mich ums Einkochen. Ich brauche eine Atempause.«

Sharra mußte lachen. Ramala war eine sehr ruhige Frau, tüchtig, einfühlsam und mit all den Eigenschaften gesegnet, die Sharra selbst abgingen, besonders mit Geduld. Sie war keine Schönheit, aber sie hatte eine schwer zu beschreibende Ausstrahlung, die jeden anzog, der Rat und Hilfe brauchte. Sharra wußte nicht viel über ihre Vergangenheit — nur daß sie in einer Heilerhalle in Nerat gewesen war, ehe sie in den Süden kam. Sie hatte sich auf dem Kontinent ein eigenes Stück Land erworben, und Toric war so beeindruckt von ihr gewesen, daß er sie als seine Frau in die Burg holte. Ramala klagte nie, aber Sharra konnte ihren Wunsch nach etwas Abstand gut verstehen. Torics zügelloser Ehrgeiz, seine unerschöpfliche Energie waren auf die Dauer anstrengend. Er und Hamian würden vollauf damit beschäftigt sein, den Trupp für die Bergwerke zusammenzustellen, Saneter konnte ihnen den Weyr vom Leibe halten, und Ramalas vier Kinder waren alt genug, um sich unterwegs nützlich zu machen.

Sharra packte ein zweites Paar Stiefel ein, aus doppeltem Wherleder mit hohen Schäften und verstärkten Spitzen, wie sie sie bei ihren Wanderungen durch das Unterholz und die Bäche des Südkontinents am liebsten trug, sowie strapazierfähige Baumwollblusen und Kniehosen. Die zahlreichen Taschen ihrer Weste füllte sie mit kleineren Werkzeugen, um sie jederzeit griffbereit zu haben. Dann legte sie eine neue Rolle Hanfseil, einen Dolch, ein Allzweckmesser und eine kurze Klinge bereit, die in einen Stiefelschaft paßte. Schließlich fehlten nur noch die Rolle wasserdichter Baumwolle, die als Zelt, Regenschutz oder Matratze diente, und der breitkrempige Hut, um die Augen vor der grellen Sonne zu schützen.

Die drei Boote liefen mit der Flut aus, legten sich schräg und glitten rasch davon, als der steife Ostwind in die roten Segel fuhr. Die meisten Fahrgäste sangen, einige von den kleineren Jungen, die die Anreise als den schönsten Teil des ganzen Ausflugs betrachteten, hatten Angelleinen aus dem Boot gehängt, und jeder hoffte, den dicksten Fisch zu fangen. Die Geleitfische erschienen wie gewohnt vor dem Bug, schnellten sich hoch in die Luft, rasten durch das Wasser und entzückten alle mit ihren Kapriolen. Ihr Auftauchen galt als gutes Vorzeichen für eine sichere, schnelle Reise, und Sharra spürte, wie sich die Schatten über der Burg lichteten. Diese verdammten Alten! Sollten sie doch im *Dazwischen* verschwinden. Sie allein waren schuld an diesen lästigen Beschränkungen.

Sie blickte sich schnell um, als hätte jemand ihre Gedanken hören können. Meer und Talla, ihre beiden Feuerechsen, saßen leise gurrend auf dem Kabinendach. Immerhin sollte man den Drachenreitern nichts Böses wünschen. Nicht alle waren so wie die Alten, aber die genügten, um einem das Leben im Süden zu vergällen.

Sie kamen um die Landzunge herum, und Sharra faßte mit an, als der Skipper die Segel reffen mußte, um nicht zu dicht an die Felsküste herangetrieben zu werden. Am nächsten Morgen würden sie die Große Lagune erreichen, dann konnten sie den tückischen Untiefen mit der Flut und bei Tageslicht trotzen.

Sobald sie gelandet waren und die Ausrüstung an einem geeigneten Platz deponiert hatten, erklärte Ramalla, Sharra könne jetzt verschwinden, solle sich aber in zehn Tagen wieder einfinden.

»Dann komme ich aber nicht viel weiter als zuvor«, klagte Sharra, aber auf Ramalas liebevoll strengen Blick hin warf sie sich ihr Bündel über die Schulter, rief Meer und Talla aus dem Schwarm, der über der Ebene seine Tänze vollführte, und trabte, vergnügt über die ständige Bevormundung schimpfend, davon, um ihre Freiheit möglichst auszukosten.

Sie hatte fast die ersten Baumgruppen am Rand der Ebene erreicht, als Meer, der über ihrem Kopf träge Kreise zog, erwartungsvoll zirpte. Sharra entnahm daraus, daß er eine Goldene gesichtet hatte, denn Meer war die wollüstigste Bronzeechse der ganzen Burg. Gleich darauf piepste er verwundert und kehrte auf ihre Schulter zurück. Talla ließ sich auf der anderen Seite nieder, beide waren auf der Hut. Als Sharra daher jemanden im Wald herumstolpern und eine Feuerechsenkönigin zetern hörte, war sie nicht überrascht, so weit von der Burg entfernt einem Fremden zu begegnen, aber sie ärgerte sich, weil dies möglicherweise eine Gefährdung ihres zehntägigen Urlaubs bedeutete.

Ihr Groll verflog beim Anblick eines schmächtigen Jungen, der im Gebüsch kauerte und das Treiben im Lager aufmerksam verfolgte. Er hatte einen Arm um den Hals eines Rennerfohlens gelegt, und eine junge goldene Feuerechse umklammerte mit ihrem Schwanz seinen sonnenverbrannten Hals. Der Junge war offenbar empört darüber, daß seine Königin ihn nicht vor Sharra gewarnt hatte, zeigte sich aber durchaus gesprächig. Er heiße Piemur, sagte er, und habe ganz allein bereits drei Fädeneinfälle auf dem Südkontinent überlebt.

Sharra war beeindruckt von so viel Lebenstüchtigkeit. Vielleicht hatte sie in Piemur jemanden gefunden, den Toric gebrauchen konnte. Er war jung, ungebunden und klug — und er gefiel ihr. Sie mußte sich beherr-

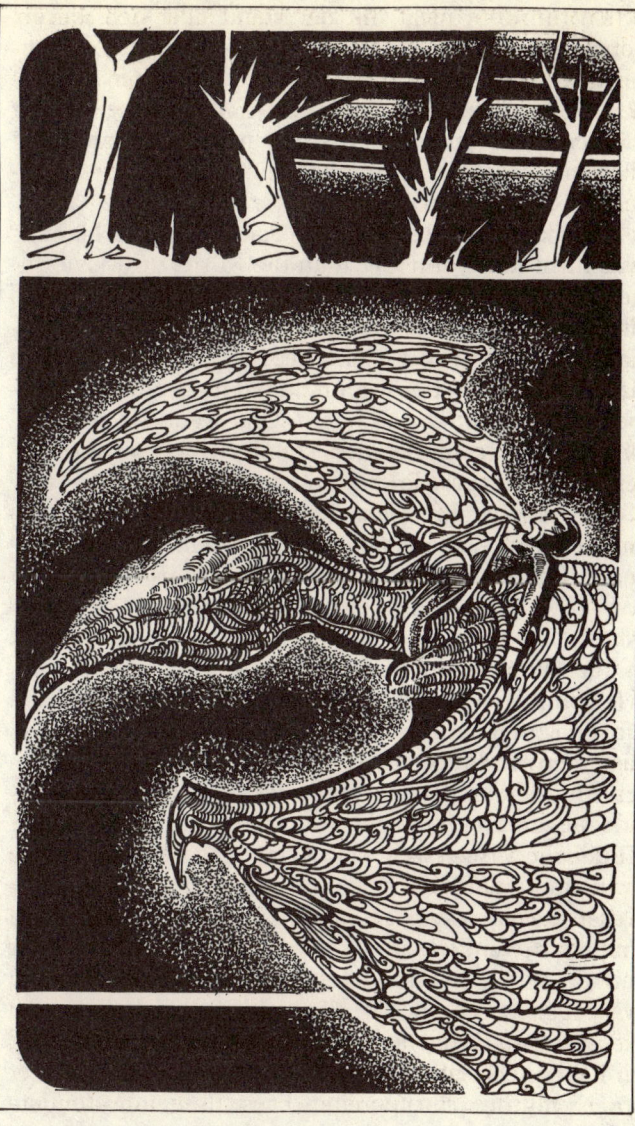

schen, um ihm nicht mit der Hand über den wirren, sonnengebleichten Schopf zu fahren, und einen Augenblick lang empfand sie Mitleid mit der Mutter, die diesen Spitzbuben verloren hatte. Ein richtiger, kleiner Herzensdieb. Jemanden wie ihn müßte sie finden, mit diesem Charme, zehn Planetenumläufe älter vielleicht ...

Sein keckes Selbstvertrauen gab den Ausschlag. Es war nicht nötig, ihn gleich an die Küste zurückzubringen. Sie konnte mit ihm durch die Wildnis streifen und die Pflanzen sammeln, um die Brekke gebeten hatte — dabei konnte sie auch gleich beobachten, ob er wirklich das Zeug dazu hatte, sich im Süden niederzulassen. Toric würde auf ihr Urteil hören. Und wenn sie einen fähigen Lehrling mitnehmen konnte, würde er ihr vielleicht auch längere Erkundungsreisen gestatten.

Als habe er ihre Gedanken erraten, erbot sich Piemur, ihr beim Kräutersammeln zu helfen. Erfreut winkte sie ihm, ihr tiefer in den Wald zu folgen.

Als sie zur Küste zurückkehrten, hatte sich Piemur mit einigen Vorbehalten Sharras Respekt erworben. Er war, wie von Anfang an vermutet, der geborene Schelm und Unruhestifter, und sie war überzeugt, daß er sich bei diskreten Nachforschungen im Norden als Handwerkslehrling herausstellen würde, der — sehr wahrscheinlich wegen eines mißglückten Streiches — aus seiner Gildehalle ausgerissen war. Allem Anschein nach hatte er in einer größeren Halle oder auf einem größeren Anwesen gelebt, denn er war in Gedankengängen und Fragen bewandert, von denen ein durchschnittlicher Junge kaum eine Ahnung gehabt hätte. Sein Verstand war ebenso scharf wie seine Zunge, er hatte einen ziemlich verschrobenen Humor und war für jeden Spaß zu haben. Den Stimmbruch hatte er fast hinter sich, er sprach mit dem Bariton eines Erwachsenen und mußte daher wohl älter sein, als er aussah.

Zudem besaß Piemur ein ausgezeichnetes Gedächtnis und behielt alles, was sie ihm unterwegs über Kräuter oder Sicherheitsmaßnahmen beibrachte. Sein Selbsterhaltungstrieb konnte es mit dem seiner Feuerechse durchaus aufnehmen. Und er war, genau wie Sharra, von einem unersättlichen Forschungsdrang erfüllt. Die beiden wären schon auf halbem Wege zu den Schneebergen gewesen, hätten sie nicht rechtzeitig zurück sein müssen, um mit den anderen nach Hause zu fahren. Er war tatsächlich aus dem Holz geschnitzt, aus dem man gute Südländer machte.

Seine Hauptsorge war, daß man seinen Renner — er hatte ihn Dummkopf genannt, obwohl der Kleine alles andere war als das — nicht auf einem der Schiffe würde unterbringen können. Wenn nötig, würde er zu Fuß zur Burg zurückzukehren, beteuerte er, aber Dummkopf würde er auf keinen Fall im Stich lassen. Sharra beruhigte ihn mit dem Versprechen, zwei kräftige Seeleute könnten den kleinen Renner mit Leichtigkeit in eine der Schaluppen heben, dennoch wurde Piemur immer schweigsamer, je näher sie der Küste kamen. Irgend etwas bedrückte ihn, und Sharra fühlte sich in ihrem Verdacht bestätigt, daß er nicht ganz aufrichtig zu ihr gewesen war.

»Was jemand hinter sich hat, interessiert uns hier nicht, solange er hart arbeitet. Wenn man neu anfangen will, ist man im Süden genau richtig, Piemur«, sagte sie deshalb, als sie auf Rufweite an das Lager herangekommen waren. Ramala hatte sie eben bemerkt, und sie winkte ihr zu. »Ich glaube, wir könnten sogar — ganz diskret — eine Nachricht nach Norden schicken, falls es jemanden gibt, der wissen sollte, daß du gesund und munter bist.«

Anstatt Erleichterung zu zeigen, wandte Piemur den Blick ab. »Ja, darum werde ich mich wohl kümmern müssen, Sharra. Danke.« Aber er sah sie nicht an, sondern machte sich an Dummkopfs Halfter zu schaffen, das er aus den bunten Gräsern des Sumpflandes geflochten hatte.

Sharra stellte ihn als Überlebenden eines Schiffbruchs vor, dem sie in der Wildnis begegnet sei. »Toric wird begeistert sein, er gibt ein phantastisches Vorbild für die Kleinmütigen in unserer jüngsten Gruppe ab. Wenn ein Kind es allein im Freien aushalten kann, müssen die anderen es auch schaffen«, erklärte sie Ramalla.

»Er braucht Stiefel«, bemerkte Ramala nur. »Schade, daß seine Füße nicht so zäh sind wie der Rest seiner Haut.«

Sharra lachte. Piemurs Haut war tief gebräunt bis zum verschlissenen Gurtband seiner durchlöcherten Hosen. Er hatte die schlimmsten Risse mit Flicken ausgebessert, die Sharra in einer ihrer Taschen fand, aber sein sehnlichster Wunsch war eine Weste wie die ihre, mit ›Schlaufen und Taschen und Fächern und Falten, wo man alles unterbringen kann, was man unterwegs so braucht‹.

Er hatte ein paar Kratzer und Schrammen aufzuweisen, einige Heilkrautsammler sahen freilich viel schlimmer aus. Der Gestank vom Einkochen lag immer noch wie eine Dunstglocke über der Ebene, obwohl die Wannen und Eimer mit der fertigen Salbe bereits in den Schaluppen verstaut waren. Man hatte am äußeren Riff frischen Fisch gefangen und im Wald Wurzeln und Früchte gesucht. Es würde ein herzhaftes Abendessen geben.

Auf der Rückfahrt hörte Sharra, wie Piemur den anderen Jungen beiläufig Fragen stellte. Irgendwie kam er dabei jedesmal auf die Alten zu sprechen. Was immer er auch wissen wollte, dachte Sharra, offenbar hatte er es noch nicht erfahren, als endlich die Weyr-Klippe in Sicht kam.

Ein kleines Boot mit den Farben der Harfnerhalle am Heck lag im Hafen, und Sharra erkannte es sofort.

Nicht zum ersten Mal war Menolly persönlich von der Heilerhalle von Fort gekommen, um Meister Oldives Anteil an Sharras medizinischem Sammeleifer abzuholen. Menolly mochte aus einer Meeresburg stammen, aber sie hatte die Reise noch nie alleine gemacht. Ob Sebell sie wohl begleitet hatte? Toric stand am Steinkai, die Hände in die Hüften gestemmt, sie würden also wohl erst die Ladung löschen müssen, ehe sie Menolly und ihren derzeit noch unbekannten Segelkameraden zu Gesicht bekam.

Dummkopf auszuschiffen und die Stufen hinaufzuführen, bereitete weniger Schwierigkeiten, als Sharra befürchtet hatte. Ramala half ihr, Toric abzulenken — Piemur konnte man auch später noch vorstellen, nachdem ihr Bruder Gelegenheit gehabt hatte, die gefüllten Wannen zu zählen und den Fleiß der Sammler zu würdigen. Doch als Sharra den Jungen glücklich an den Höhleneingang gebracht hatte, hätte der fast seine Traglast fallen lassen.

»Eine Trommel!« Er strich liebevoll über den Rand.

»Die ist mir neu«, sagte Sharra. Sie war überrascht, nicht nur von der Trommel — sie war aus einem der riesigen Mandamo-Bäume herausgeschnitten, in denen ein ganzer Schwarm Feuerechsen Platz fand —, sondern auch von den gemischten Gefühlen, die über Piemurs eigenwilliges Gesicht zuckten: Freude, Sehnsucht und Berechnung.

Er blickte auf und schaute nach Nordwesten über das Meer. Plötzlich, ehe sie ihm Einhalt gebieten konnte, schlug er einen komplizierten Kode auf der Trommel. Dann hob er die Federfarne auf, die ihm hinuntergefallen waren, und wartete höflich darauf, daß sie ihm den Weg wies.

Die beiden hatten eben Sharras Arbeitsraum erreicht, als ein Schrei durch den Höhlengang hallte. »*Piemur, wo bist du?*«

»*Sebell?*« Einen winzigen Moment lang war der Junge

starr vor Staunen. Dann rannte er aus der Tür, dicht gefolgt von Sharra. Ihr kleiner Streuner kannte Meister Robintons Boten? Als sie in den großen Saal der Burg kam, wurde Piemur bereits abwechselnd von Menolly und Sebell umarmt. Erst als Toric alle niederschrie und eine Erklärung verlangte, bekam Sharra einen genauen Bericht über Piemurs Abenteuer zu hören.

Piemur hatte Sebell nach Nabol begleitet, wo die beiden herausfinden sollten, aus welcher Quelle die vielen Feuerechseneier stammten. Man hatte den inzwischen verstorbenen Baron Meron in Verdacht gehabt, widerrechtlich Handel mit den Alten zu treiben. Piemur hatte die Unverfrorenheit besessen — Sebell warf seinem Lehrling einen vorwurfsvollen Blick zu, weil er der Harfnerhalle so viel Kummer bereitet hatte —, in die Burg einzudringen und eines der Eier zu stehlen, die an Baron Merons Kamin heranreiften. Um nicht entdeckt zu werden, war er in einen Sack gekrochen und eingeschlafen. Auf dem Südkontinent war er wieder aufgewacht, als er Stimmen hörte, und hatte sich in Panik abermals aus dem Staub gemacht.

»Ich werde Mardra, Loranths Reiterin, um nichts in der Welt eingestehen, daß sich in ihrem verdammten Sack tatsächlich jemand versteckt hatte!« erklärte Toric und sah Sebell abweisend an. Dann musterte er Piemur mit so finsterer Miene, daß der Junge unruhig wurde.

»Sie hat die Sache bestimmt schon längst vergessen«, bemerkte Ramala ruhig. »Ich glaube, wir sollten uns lieber mit diesem unternehmungslustigen jungen Mann hier befassen.«

»Er ist der geborene Südländer«, sagte Sharra.

4

Lemos und Telgar, Südkontinent,
12. Planetenumlauf

Thella und ihre siebzehn Banditen brauchten sieben Tage, um ihr Ziel zu erreichen, das Kadross-Anwesen in den Bergwäldern von Lemos. Vier Tage waren sie auf Rennern unterwegs, dann ließen sie ihre Tiere mit einem Wächter in einer gut versteckten Höhle zurück und gingen das letzte Stück des Weges zu einem engen Loch im Berghang eine Stunde oberhalb von Kadross zu Fuß.

Während sie ihren kalten Reiseproviant verzehrten — der Rauch eines Feuers hätte von Baron Asgenars aufmerksamen Waldhütern bemerkt werden können — ging Thella ihren Plan noch einmal durch. Ein paar von den neuen Männern waren mißtrauisch, aber das würde sich legen, wenn sie erlebten, daß gute Planung auch zu guten Ergebnissen führte. Sie zog ihren Dolch und säbelte sich eine Scheibe Rauchfleisch ab, steckte ihn aber nicht wieder ein, sondern warf ihn beim Auf- und Abgehen mit der rechten Hand mehrmals in die Luft und fing ihn auf. Es konnte nicht schaden, alle daran zu erinnern, wie geschickt sie mit jeder Art von Messer umzugehen verstand, und sie hatte keine Hemmungen, sich zwecks Förderung der Disziplin mit ihrem Können ein wenig zu brüsten.

»Keiner soll sich verleiten lassen, andere Dinge mitzunehmen, die ihm gerade unter die Finger kommen«, warnte sie, »sonst macht er einen kleinen Spaziergang mit Dushik.« Wieder hielt sie inne, um die Drohung wirken zu lassen. »Meine Überfälle sind darauf angelegt«, fuhr sie fort und klopfte sich mit dem Dolchgriff gegen die Brust, »daß wir alles bekommen, was wir für ein angenehmes Leben brauchen, aber« — sie verstummte und fixierte Felleck so lange, bis er überrascht zu ihr aufsah — »uns trotzdem in den meisten Gildehallen, auf Burgen und auf Festen weiter sehen lassen können.«

Readis, einer der Neuen, hatte Verbindungen zu Händlern, was Thella sehr gelegen kam. Nun wußte sie im allgemeinen, welche Karawanen zwischen den Fädeneinfällen wohin unterwegs waren, sie wußte immer, welche Waren jede einzelne mitführte — und sie kannte auf jeder Route die Stellen, wo man am besten einen Hinterhalt legen konnte, um sich alles zu holen, was man benötigte, und danach sofort wieder zu verschwinden. Sie zögerte auch nicht, Botschaften der Gildehallen zu entwenden, wenn die Kuriere in den als sicher geltenden Höhlen am Wegrand schliefen. Wie fast alle Angehörigen eines Adelsgeschlechts hatte man sie die Trommelrhythmen gelehrt, und so verstand sie die meisten Nachrichten, die durch die Täler schallten. Die langen Planetenumläufe, die sie in einer Burg verbracht hatte, zahlten sich nun wider Erwarten doch noch aus.

»Ist das klar?« Sie hatte das Ende der Höhle erreicht und drehte sich forsch um. »Wir können uns nicht immer auf bezahlte Spitzel verlassen, wenn wir etwas erfahren wollen. Manche von den Heimatlosen würden ihre eigene Mutter verkaufen, und sie könnten mehr verdienen, wenn sie uns verrieten.

Ich rechne auch nicht damit, daß wir Gewalt anwenden müssen. Am frühen Morgen werden über Baron Asgenars besten Wäldern Fäden fallen. Sobald die Front über unsere Höhle hinweggezogen ist, rücken wir aus.« Ein paar Männer murrten. Sie warf einen schnellen Blick auf Giron, den ehemaligen Drachenreiter, der sich überraschend bereit erklärt hatte, an dem Überfall teilzunehmen. Eine erfreuliche Wandlung nach seiner monatelangen Apathie; eigentlich hatte sie erwartet, daß er sich schon viel früher nützlich machen würde. »Wir postieren uns und warten, bis die Leute von Kadross abmarschieren, um die Bodenmannschaften zu unterstützen. Sie müssen den Berg hinunter. Das Vieh wird immer vor einem Fädeneinfall gefüttert, also wird wahrscheinlich niemand in den Stall gelaufen kommen. Es bleiben ohnehin nur alte Leute und ein paar Kinder zurück. Asgenar hat keine Ahnung, wie sehr er uns morgen behilflich sein wird!«

Die Männer lachten oder grinsten pflichtschuldigst. Thella hatte sie wieder einmal in ihrer Verachtung für alle Traditionen bestärkt und lächelte zufrieden in sich hinein, als sie abermals kehrtmachte. Dabei blieb sie mit dem Stiefel kurz an Readis' Flammenwerfertank hängen. Sofort schob er ihn beiseite. Readis eröffnete ihr zu viele Informationsquellen, als daß sie gegen diese Marotte Einwände erhoben hätte. Sie hatte die Narben auf seinem Rücken gesehen, deshalb gestattete sie ihm, den Flammenwerfer mitzunehmen, wenn sie bei Fädeneinfall im Freien waren. Vielleicht war diese Vorsichtsmaßnahme sogar ganz angebracht, und er behinderte sie auch nie, obwohl er das schwere Ding schleppen mußte.

»Und jetzt legt euch hin. Wir brauchen alle Schlaf. Dushik, dein Platz ist dort drüben. Dann kann ich dir einen Tritt geben, wenn du schnarchst.« Die Bemerkung löste hämisches Gelächter bei allen aus, die mit dieser Schwäche des Hünen vertraut waren. Dushik grinste sie wie gewohnt an, als er sich in seine Decke wickelte. Beruhigt wandte sie sich ab. »Readis, du weckst uns alle bei Tagesanbruch?« Der Mann nickte und nahm seinen Platz ein.

Sie legte sich an den niedrigen Höhleneingang, um dem Gestank der vielen Leiber in dem engen Raum zu entgehen. Bald kehrte Ruhe ein, nur Dushiks schweres Atmen war zu hören. Auch Thella war müde, aber ihre kribbelnden Nerven ließen sie nicht einschlafen. Vor einem Überfall befand sie sich immer in Hochstimmung; wie üblich war die Vorfreude das schönste, und sie malte sich aus, wie ihre Pläne in Erfüllung gingen und sie ihren Männern wieder einmal beweisen konnte, daß sie die Beste war!

Unvorstellbar, daß eine eigene Burg, die Anerkennung als selbständige Burgherrin durch das Konklave, einmal ihr größter Wunsch gewesen sein sollte. So vieles hatte sich verändert, seit sie Dushik begegnet war. Ihr Leben war viel aufregender geworden: sie genoß es, Überfälle vorzubereiten und auszuführen, bei denen man genau das mitnahm, was man ursprünglich haben wollte, aber kein einziges Stück mehr. Der Erfolg gab ihr den Mut, sich riskantere Ziele zu setzen, kniffligere Probleme zu lösen. Dushik begann zu schnarchen, und sie stieß ihn mit dem Stiefelabsatz an. Ächzend drehte er sich um.

Seit jenem Fest auf Igen hatte sie eine Aufgabe, die sie weit mehr befriedigte: sie suchte sich Opfer, anstatt selbst eines zu sein. Als sie mit Dushik zu den Zelten zurückging, um ein paar sorgsam ausgewählte, heimatlose Männer und Frauen anzuwerben, hatte sie bereits mit der Planung begonnen. Viele beladene Renner und Karren würden das Fest verlassen, und wenn alles gutging — und warum nicht? —, würden nicht alle ihr Ziel erreichen. Zusammen mit Dushik würde sie sich aussuchen, was sie für ihre Bergfestung brauchte — und die Rechnung würden die verzweifelten Geächteten bezahlen, die sich am Rand des Igen-Festes herumdrückten.

Von da an hatte Thella in großen Abständen immer wieder die Besitzungen im Osten überfallen, und ihre Erfolge bereiteten ihr eine ungeheure Befriedigung. Falls Bruder Larad überhaupt den Verdacht hegte, daß es seine eigene Schwester war, die seine wohlhabenden Pachthöfe plünderte, so hatte er den anderen vier Baronen gegenüber gewiß nichts davon erwähnt. Diese Strohköpfe hätten ihm ohnehin nicht geglaubt und sich schon gar nicht zu irgendwelchen Strafmaßnahmen aufschwingen können. Ja, in Telgar zu plündern, machte ungeheueren Spaß. Man durfte nur nicht übertreiben, weder dort, noch anderswo.

Durch Bestechung und Einschüchterung hatte Thella sich Duplikate von Detailskizzen der Gebiete verschafft, in denen sie zu operieren gedachte, die Originalkarten von Telgar aus dem Arbeitszimmer ihres Bruders hatte sie schon vor ihrem Weggang an sich gebracht. Die Dokumente waren ihr zwar eine Hilfe, zudem bekam sie jedoch immer mehr Übung darin, sich aus den unwahrscheinlichsten Quellen Informationen zu besorgen und wertvolle Männer anzulocken wie Readis — und auch Giron, jedenfalls, seit er sich langsam erholte.

Vier Planetenumläufe zuvor hatte einer ihrer Leute ihr eine Abschrift der Harfneraufzeichnungen über Baron Fax' Eroberungen in den Westbergen gebracht. Das war ein Mann gewesen, dessen Weitsicht und Auffassungsgabe sie nur bewundern konnte! Ein Jammer, daß er so früh gestorben war, dabei hatte er sich einen wirklich vielversprechenden Besitz zusammengerafft. Mit List und Unverschämtheit hatte er sieben Burgen in seine Gewalt gebracht. Sie hatte seine Überraschungstaktik selbst mehrfach angewandt, indem sie die umliegenden Höhen günstig gelegener Anwesen erkletterte und kurz vor Morgengrauen, wenn die Helligkeit den Wachwher blind machte, heimlich durch die oberen Fenster eindrang. Wahrscheinlich hatte man ihn hinterrücks in das Duell gelockt, bei dem er umgekommen war. Oder er war von allen guten Geistern verlassen gewesen — kein Mensch forderte einen Drachenreiter heraus. Drachen verfügten über ungewöhnliche Kräfte und ließen nicht zu, daß ihre Reiter verletzt wurden. Thella hätte schon immer gerne gewußt, was die Drachen eigentlich für ihre Reiter taten, außer ins *Dazwischen* zu gehen und Fäden zu bekämpfen. Giron wollte nicht über das Leben im Weyr reden — noch nicht. Sie würde ihn ermuntern müssen.

Am niederschmetterndsten an diesem Harfnerbericht war, daß niemand versucht hatte zu übernehmen, was Fax so meisterhaft aufgebaut hatte. Ruatha hatte man an einen Säugling gegeben, Meron hatte sich mit Nabol begnügt, und die fünf anderen Burgen waren von Angehörigen der von Fax vertriebenen Besitzer zurückverlangt worden. Dann hatte sich Meron, anstatt sich an Fax ein Beispiel zu nehmen, in Thellas Halbschwester Kylara verliebt. Nun, Thella hatte Kylara nie für besonders schlau gehalten, immerhin hatte sie ihre Drachenkönigin verloren. Und nun war auch Meron tot.

Dushiks anschwellendes Schnarchen riß sie aus ihren Gedanken, und sie trat ihn zweimal.

Da sie unablässig bestrebt war, das Risiko bei ihren Unternehmungen zu verringern und den Gewinn zu steigern, hatte sie lange überlegt, ob sie sich Feuerechsen zulegen sollte, die ja angeblich hören konnten, was die Drachen sagten. Unvermutet auftauchende Patrouillenreiter, die eine größere Anzahl von Berittenen und Packtieren auf verlassenen Wegen bemerken würden, waren eine ständige Gefahr. Wenn sie rechtzeitig gewarnt würde, sobald ein Drache sich näherte, hätte sie noch Zeit, in Deckung zu gehen. Aber als sie auf einem Fest in Bitra zum ersten Mal Feuerechsen gesehen hatte, war ihr klar geworden, daß diese Tiere für ihre Zwecke viel zu viel Lärm machten. Sehr oft hatten ihre Überfälle nur Erfolg, weil sie völlig lautlos vonstatten gingen.

Sie tat sich viel darauf zugute, daß sie wahrscheinlich mehr über die Burgen und ihr Herrschaftsgebiet wußte als die Barone selbst, Asgenar von Lemos vielleicht ausgenommen. Inzwischen hatte sie erfahren, daß er die scheinbar zusammenhanglosen Diebstähle allmählich als ernstzunehmendes Problem erkannte. Sie konnte es nicht wagen, einen ihrer Männer in seine

Burg einzuschleusen, aber Sifer von Bitra besaß bei weitem nicht so viel Übersicht. Hier bot sich eine Chance, und so hatte sie Keita losgeschickt, damit sie sich an einen der Verwalter heranmachte. Es wurde ohnehin höchste Zeit, das kokette Frauenzimmer loszuwerden, das es nicht lassen konnte, die weibstollen Männer zu reizen. In Bitra kam sie auf ihre Kosten und konnte außerdem für Thella die Ohren offenhalten.

Dushik begann wieder zu schnarchen, aber ehe sie ihn treten konnte, war ihr der Mann auf der anderen Seite schon zuvorgekommen. Endlich schlief sie ein.

Readis weckte die Banditen am nächsten Morgen, ehe es hell wurde. Man holte Wasser von einem nahegelegenen Bach, um die trockene Verpflegung hinunterzuspülen. Als die Männer hinausschlüpften, um ihre Notdurft zu verrichten, ermahnte Thella Dushik noch einmal, Felleck im Auge zu behalten. Sie trauten dem Mann, der ständig klagte und jammerte, alle beide nicht, aber er hatte sich als geschickter Wher-Fänger erwiesen und kannte die eßbarsten Tunnel- und Felsschlangenarten, außerdem hatte man ihn aufgenommen, weil er sehr stark war.

Perschar würde Giron nicht von der Seite weichen. Thella war immer noch nicht dahintergekommen, warum sich der ehemalige Drachenreiter für diesen Raubzug gemeldet hatte. In den letzten Monaten war er munterer geworden und starrte nicht mehr so erschreckend ins Leere. Readis hatte ihn in den Höhlen von Igen entdeckt, wo so viele Heimatlose Zuflucht suchten, und er hatte angenommen, Thella könne einen ehemaligen Weyrbewohner gut gebrauchen. Perschar, der sich auf Wundversorgung und das Einrichten von Knochenbrüchen verstand, führte Girons Verwirrtheit auf seine tiefe Kopfwunde zurück. Und natürlich wäre Thella niemals so grausam oder so dumm gewesen, ihn wieder wegzuschicken, nachdem er ihre Festung einmal betreten hatte. Seither hatte sich sein Zustand langsam aber stetig gebessert. Nun, da sein Mienenspiel lebhafter wurde, wirkte er sogar recht anziehend und intelligent, auch wenn er nur selten von sich aus den Mund auftat. Als ehemaliger Drachenreiter genoß er bei den anderen einen gewissen Respekt. Das hatte Thella anfangs gestört, aber inzwischen hielt sie es eher für einen Vorteil.

Der klare Himmel verdüsterte sich, das erste Anzeichen für das Herannahen der Fädenfront. Alles drängte in den hinteren Teil der engen Höhle. Readis machte seinen Flammenwerfer bereit und stellte sich vor den Eingang. Gleichmütig und unerschrocken kauerte sich der ehemalige Drachenreiter hinter ihm auf den Boden.

Obwohl jeder sehen konnte, daß die letzten Sporen weit jenseits des Tales herabschwebten, mußte Thella Felleck und drei andere mit der Peitsche aus der Höhle treiben. Readis hatte signalisiert, daß sie beim Abstieg keine Fäden zu befürchten hatten, und war mit Giron bereits unterwegs. Thella war wütend, weil die anderen nicht aufs Wort gehorcht hatten. Es hing so viel davon ab, daß sie an Ort und Stelle waren, ehe die Bodentrupps Kadross verließen.

Zu guter Letzt hatte jeder seinen Posten hinter dem Felsgrat eingenommen. Sie selbst suchte sich eine Stelle, wo sie das Gebäude, die Stallungen und den Pfad ins Tal hinab, auf dem die Pächter bald abziehen würden, gut überblicken konnte.

Was trödelten diese elenden Bauern nur so lange herum? Die Fädenfront war längst vorübergezogen. Am Himmel war kein Drachenfeuer mehr zu sehen. Endlich hörte sie ein metallisches Knirschen, sah die Tür aufschwingen und keuchte unwillkürlich auf. Die Erregung raste wie ein heißer Strom durch ihre Adern und schärfte ihre Sinne, in ihren Ohren dröhnte es, ihre Hände umklammerten den Dolch und den Peitschengriff. Sie hielt die angestaute Energie zurück, während sie die Männer und Frauen zählte, die nun ihre sichere Unterkunft verließen. Gut, sie stapften ahnungslos hinaus, um ihre Pflicht zu tun, und ließen nur einen alten Onkel und zwei Tanten zurück, um die kleinsten Kinder zu hüten.

Der Bodentrupp marschierte den Bergpfad hinab, und als er außer Sicht war, gab Thella das Zeichen, zum Stall vorzurücken. Aus den Berichten ihrer Spitzel wußte sie, daß die Bauern ihre Tiere vor dem Fädeneinfall zu füttern und zu tränken pflegten. Hier würde erst am späten Abend, wenn die Bodenmannschaft zurückkehrte, wieder jemand nachsehen. Sie beobachtete ihre Banditen, alle liefen in gebückter Haltung und nahmen vorsichtshalber immer wieder Deckung, falls sich doch einer der Fensterläden öffnen sollte.

Dushik und Felleck erreichten die dicke, metallbeschlagene Tür als erste und zogen sie behutsam nur so weit auf, daß sie hineinschlüpfen konnten. Sofort huschte die nächste Gruppe, fünf Mann unter Girons Führung, über das freie Gelände und durch den Spalt. Thella schloß sich der dritten Gruppe an, und auch die vierte erreichte ohne Zwischenfälle ihr Ziel.

»Seht euch das an«, sagte Felleck und wühlte mit beiden Händen in dem goldenen Korn, das der Grund für ihr Kommen war. Gute Qualität, dachte Thella, denn sie hatte bemerkt, daß kein Staub aufwirbelte. Giron versetzte Felleck wegen seiner Schwatzhaftigkeit einen Rippenstoß. Felleck verzog das Gesicht, aber er nahm den Eimer, den Giron ihm reichte, und schöpfte damit Getreide in den Sack, den der ehemalige Drachenreiter für ihn offenhielt. Die anderen folgten schweigend dem Beispiel der beiden.

Dank des Getreides, das in diesen Säcken aus dem Stall von Kadross verschwand, würde sie in der Lage sein, ihren Rennern genügend Futter aufzupacken, um die nächsten Überfälle in sicherer Entfernung von ihren Hauptstützpunkten durchführen zu können. Schon jetzt mußte sie eine große Schar von Heimatlosen mit Nahrung und Unterkunft für den Winter versorgen, aber sie brauchte noch mehr zuverlässige Leute, um ihre fünf Bastionen ausreichend besetzen zu können. Stehlen konnte jeder schwachsinnige Renegat, aber die wenigsten waren imstande, genau zum richtigen Zeitpunkt genau das zu beschaffen, was sie brauchten. Das konnte nur Thella, die Herrin der Geächteten.

Erst als Dushik sie am Arm packte, bemerkte sie, daß sie sich gar nicht mehr um den Überfall gekümmert hatte. Eben wurden die letzten Säcke gefüllt. Die meisten Männer hatten den Stall bereits verlassen und strebten dem Versteck zu, wo sie abwarten wollten, falls Alarm gegeben wurde. Sie nahm einen der verbliebenen Säcke und warf ihn sich mit geübtem Schwung über die Schulter. Dushik packte zwei, drehte sich noch einmal um und half ihr, die Riegelstangen vor die Tür zu legen. Dann rannten sie, so schnell sie konnten, auf die Felsen zu. Der Aufstieg zur Höhle dauerte länger, und sie waren noch weit unterhalb des letzten Grates, als Thella die Trommeln hörte.

»Sie rufen Burg Lemos«, sagte Giron überraschend. Bisher hatte sie als einzige die Trommelbotschaften entziffern können.

»Splitter und Scherben!« Thella blieb stehen und lauschte gespannt. Aber der Widerhall verzerrte die Rhythmen, und sie konnte die Nachricht nicht verstehen. Allerdings war der Inhalt nicht schwer zu erraten. Ärgerlich wischte sie sich den Schweiß von der Stirn. Der Diebstahl war viel zu früh entdeckt worden. Sie mußte ihre Pläne ändern und das Getreide auf geheimen Wegen dahin bringen, wo es gebraucht wurde.

»Heute kommen keine Drachen mehr«, brummte Giron. »Sie sind zu müde.« Er rückte sich die Säcke auf den Schultern zurecht und setzte den Aufstieg fort.

Am nächsten Tag teilte Thella ihre Banditen in drei bis vier Mann starke Gruppen auf und schickte jede

Gruppe an einen anderen Ort. Alle hatten Befehl, das Korn zu verstecken, sobald sie irgendwelche Verfolger bemerkten, und auf Umwegen zur Hauptfestung zurückzukehren.

»Meine Kleinpächter werden andauernd bestohlen«, berichtete Asgenar dem Bronzereiter T'gellan, der den Baron nach dem Fädenfall auf seinem Drachen Monarth nach Lemos zurückgebracht hatte. »Kadross ist nicht der erste Hof, aber wahrscheinlich hat man sich dort am schnellsten gemeldet.« Ärgerlich zerknüllte er die Trommelbotschaft und trat an die Karte an der Wand seines Arbeitsraumes. »Heute Getreide, morgen Zaumzeug, einmal sind es Decken, die zum Trocknen am Bachufer ausgelegt wurden, dann wieder Werkzeug aus einer Bergarbeiterhütte oder abgelagertes, ordentlich in einer Höhle aufgeschichtetes Holz, von dem nach Meinung des Pächters niemand wissen konnte. Kleinigkeiten, aber kein willkürlicher Mundraub, den man auf die Heimatlosen schieben könnte. Alle diese Überfälle werden ausgezeichnet geplant und ausgeführt, und meine Pächter bringen sie mit der Zeit an den Bettelstab.«

T'gellan kratzte sich den Kopf — er trug sein Haar zwar kurzgeschoren, aber nach einem langen Fädenkampf juckte die verschwitzte Kopfhaut. Er hatte gehofft, mit Monarth zum Weyr zurückfliegen und ein Bad nehmen zu können, aber Baron Asgenar nahm es mit seinen Pflichten gegenüber dem Weyr peinlich genau, da mußte T'gellan wenigstens die Höflichkeit wahren. Er nahm noch einen Schluck von dem ausgezeichneten Würzwein, den man aufgetragen hatte, sobald sie die Burg betraten. Der Fädenfall — der vierte nach dem neuen Schema — war direkt über Asgenars kostbaren Wäldern niedergegangen, und F'lar hatte sich zusätzlich Reiter von Igen und Telgar ausgeborgt, um sicherzugehen, daß die unersetzlichen Bäume angemessen geschützt wurden. Außerdem hatte man weite-

re Bodenmannschaften aus ›sicheren‹ Gebieten eingesetzt, damit sich kein Faden, der den Drachenreitern
vielleicht in der Luft entgangen war, im Boden einni-
sten konnte. Alles war tadellos gelaufen.

»Kadross?« fragte der Drachenreiter. »Während alle
Bewohner mit den Bodenmannschaften draußen waren? Nur Getreide?« Er trat neben Asgenar an die
Wandkarte und bewunderte die peinlich genaue Darstellung. Umrisse und Höhe jedes einzelnen Grates
und Hügels waren zu erkennen, jedes Waldgebiet nach
Art und Größe verzeichnet. Er wünschte sich wie schon
so oft, Baron Sifer und Baron Raid wüßten nur halb so
gut Bescheid über ihre Besitzungen wie der junge Burgherr von Lemos.

Asgenar legte den Finger auf die Karte und schob ihn
so weit zur Seite, daß T'gellan die winzigen Ziffern im
Quadrat des Hofkomplexes erkennen konnte. »Nein,
nicht *nur* Getreide. Die Hälfte des Wintervorrats. Ferfar
hat die Lieferung erst gestern morgen bekommen. Ich
hatte — auf Bitten des Fuhrmanns — zwei Reiter als
Eskorte mitgeschickt. Er hatte in jüngster Zeit mehrfach
Zusammenstöße mit Banditen und wollte die lange
Fahrt nicht ohne Schutz antreten.«

»Glauben Sie, da hat jemand zu viel geredet? Oder
hatte der Dieb einfach Glück?«

»Es sind mehrere. Sie haben vier Fässer geleert, und
dazu braucht man schon einige Paar Hände«, entgegnete Asgenar und bedeutete T'gellan, sich seinen Weinbe-
cher nachfüllen zu lassen. »In letzter Zeit finden viel zu
viele Diebstähle — ach, wie soll ich es ausdrücken —
genau zur rechten Zeit statt, als daß ich noch an glückliche Zufälle glauben könnte. Diese Diebe wissen, was
sie wollen, und wo sie es sich holen können.«

»Und Sie haben keinen Zweifel an der Ehrlichkeit
dieses Ferfar?«

»Nicht einen Tag nach Erhalt der Lieferung, nachdem
man keine Kosten gescheut hat, um die Sicherheit der

Fracht zu garantieren.« Asgenar schnaubte abfällig. »Die Eskorte ist keiner Menschenseele begegnet, weder auf dem Hin- noch auf dem Rückweg. Wer sollte auch unterwegs sein, wenn Fäden fallen?« Er verzog das Gesicht, als er merkte, daß sich diese Frage von selbst beantwortete. »Diese Diebe sind gerissen! Schlagen genau dann zu, wenn alle einsatzfähigen Bewohner des Hofes mit den Bodentrupps unterwegs sind. Wir hätten auch heute noch nichts davon erfahren, wenn Ferfars Onkel nicht etwas im Lager gebraucht und verschüttete Körner gesehen hätte. Er ging sofort an die Trommeln.«

T'gellan runzelte die Stirn, und Asgenar dachte schon, der Bronzereiter wolle den Bericht einfach überhören. Doch dann sah ihm T'gellan fest in die Augen. »Ich habe Monarth gebeten, allen auszurichten, die noch in der Luft sind, sie sollen im Tiefflug zurückkehren. Falls sie verdächtige Bewegungen oder irgendwelche Reisenden entdecken, werden sie sich die Sache genauer ansehen und sich bei mir melden. Haben Sie vielleicht eine Vorstellung, wohin die Diebe sich wenden könnten? Männer mit schweren Getreidesäcken können weder schnell noch weit laufen.«

»Das ist ein weiteres Problem. Dieser Teil von Lemos ist bis weit nach Telgar hinein« — Asgenar deutete auf braune Sterne in verschiedenen Größen auf der Karte — »mit großen und kleinen Höhlen durchsetzt. Jede neue Grotte, die wir finden, wird markiert, doch wahrscheinlich gibt es unzählige, die wir noch nicht entdeckt haben. Aber meine Waldhüter berichten von frischen Feuerstellen und gelegentlich auch von vergrabenem Reiseproviant in Höhlen abseits der Straßen. Viel zu häufig, als daß es Zufall sein könnte.« Asgenar rieb sich erst das Gesicht und dann den Nacken. »Ich bin von Natur aus nicht mißtrauisch, aber ich erkenne ein Schema, nicht bei den Überfällen selbst, sondern bei dem, was gestohlen wird. Auf jeden Fall mehr Nahrungsmittel und Gebrauchsgegenstände als Wertsachen. Irgendwo in diesen Bergen treiben sich Renegaten herum, die sich ein angenehmes Leben machen, ohne einen Finger zu rühren. Dagegen habe ich etwas, und meine Pächter auch.«

»Das ist nur zu verständlich«, erklärte T'gellan mitfühlend. Die Burg Lemos hatte auch vor den Fädeneinfällen großzügige Abgaben an die Weyr geleistet.

»Ich habe nicht genügend Wächter, Pächter oder Waldhüter, um die vielen Höhlen beobachten zu lassen. Und allmählich glaube ich, daß einige von den Heimatlosen, die man des Diebstahls bezichtigte, tatsächlich so unschuldig waren, wie sie behaupteten.«

T'gellan sah ihn nachdenklich an. »Wie viele solcher Unschuldiger haben Sie im Moment in Gewahrsam?«

»Viel zu viele«, brummte Asgenar empört. »Man kann schließlich nicht ganze Familien mit Kleinkindern davonjagen. Und ich brauche jeden kräftigen Mann, den ich kriegen kann, für die Bodenmannschaften.«

»Sind auch Leute darunter, die Sie mit leichteren Arbeiten betrauen könnten? Zum Beispiel mit regelmäßigen Inspektionsrunden in den verdächtigen Höhlen, um zu sehen, wer dort auftaucht?«

Asgenars besorgtes Gesicht entspannte sich zu einem Lächeln. »Beim Ersten Ei, T'gellan, ich könnte mich ohrfeigen, daß ich nicht selbst daran gedacht habe. Was die Heimatlosen am dringendsten brauchen, ist schließlich ein Dach über dem Kopf und genügend zu essen. Eine kleine Hütte als Gegenleistung für gute Arbeit. Damit kann ich dienen«, strahlte er.

»Ich bin mir des Problems vielleicht mehr bewußt«, sagte Meisterharfner Robinton und spähte in die ernsten Gesichter der fünf versammelten Barone, »als Sie alle. Meine Harfner halten mich über größere Diebstähle auf dem laufenden, damit Wertsachen zurückerstattet werden können. Diese Liste« — Robinton blätterte die Seiten durch, die Asgenar für ihn zusammengestellt hatte — »beunruhigt mich sehr.« Er hielt kurz inne, um sein Mitgefühl und seine Sorge sichtbar werden zu lassen. »Ich bin froh, daß Sie damit zu mir gekommen sind, anstatt Ihre Weyrführer zu belasten. Sie stimmen mir gewiß zu, daß es sich im wesentlichen um ein Problem der Burgen handelt, das die obersten Pflichten der Weyr nicht beeinträchtigen darf.« Der Harfner vermerkte, daß Sifer die Stirn runzelte.

»Aber die Drachenreiter wären eine unschätzbare Hilfe bei der Aufspürung der Renegaten.« Cormans markige Züge hatten sich verhärtet, und er schlug mit seiner mächtigen Faust auf den Tisch.

»Und zwischen den Fädeneinfällen hätten sie schließlich genügend Zeit dazu«, gab Meister Robinton ironisch zurück.

»Auf Anregung von T'gellan«, sagte Asgenar, um zu zeigen, daß sich der Benden-Weyr durchaus hilfsbereit erwies, »habe ich vertrauenswürdige heimatlose Familien in Höhlen untergebracht, die in der Nähe der Karawanenwege liegen.«

»Und wozu soll das gut sein?« wollte Sifer wissen. »Die stecken doch ohnehin mit den Dieben unter einer Decke. Ich traue keinem Heimatlosen. Lasse auch nicht zu, daß sie in Bitra herumhängen, soviel ist sicher. Warum sind sie denn heimatlos, wenn ich fragen darf?«

»Das kann ich Ihnen sagen«, meldete sich Laudey und deutete mit hagerem Zeigefinger auf den Baron von Bitra. »Weil man die Alten und die Behinderten aus ihren angestammten Besitzungen vertrieben hat, sobald die Fädeneinfälle begannen, um Platz zu schaffen für gesunde, kräftige Männer und Frauen. Die Höhlen an meinem Ostufer sind voll von dieser Sorte von Heimatlosen.«

Sifer hielt offensichtlich nichts von so viel Menschenliebe.

»Sie und Ihre Frau sind wirklich äußerst großzügig«, lobte dagegen der Harfner.

»Meine Männer haben ihre Befehle«, verteidigte sich Laudey. »Wir nehmen nicht einfach jeden dort auf.«

»Wetten, daß Ihren Wachen doch einige Renegaten durchschlüpfen, auch wenn sie noch so gut aufpassen«, murrte Sifer. »Jedenfalls will ich, daß die Männer gefunden und bestraft werden, die für diese Überfälle verantwortlich sind. Das wäre ein abschreckendes Beispiel für andere, die glauben, sie könnten im Schutz der Fädeneinfälle alles stehlen, was nicht niet- und nagelfest ist.«

»Meiner Ansicht nach suchen wir eine gut organisierte und gut informierte Bande«, schaltete sich Asgenar ein. »Diese Leute wissen, was sie wollen, und das holen sie sich. Wir haben am nächsten Morgen im Umkreis von Kadross kein einziges Getreidekorn gefunden. Sie müssen den Berg hinaufgestiegen und irgendwo untergekrochen sein, sonst hätte T'gellans Geschwader sie auf dem Heimweg gesehen. Um so viel Getreide zu schleppen, waren fünfzehn bis zwanzig Mann erforderlich. Dieser Überfall zeichnet sich aus durch ausgeklügelte Planung, genaue Informationen und disziplinierte Durchführung.«

»Wie sollen wir sie denn aufspüren, wenn nicht mit Drachenreitern?« wollte Sifer wissen. »Außerdem haben die Heimatlosen viel zu wenig Rückgrat, um so etwas durchzuziehen.« Er deutete auf die lange Liste von Diebstählen, die der Harfner in der Mitte des runden Tisches ausgelegt hatte. »Ich gehe sogar jede Wette ein, daß es keine Heimatlosen sind.« Er beugte sich mit verschwörerischer Miene über den Tisch. »Ich wette, es sind die Alten. Sie nehmen vom Süden aus Rache und reißen alles an sich, was sie den Höfen und Gildehallen nicht auf andere Weise abpressen können.« Er spähte in die Runde, um die Reaktion der anderen abzuschätzen.

»Ich glaube nicht, daß ich diese Wette annehmen würde, Baron Sifer«, sagte Robinton höflich. »Sie müssen bedenken, daß die Drachenreiter von Benden erfahren würden, wenn irgendwelche Alte aus welchem Grund auch immer im Norden auftauchten.«

»Da hat der Harfner recht«, pflichtete Corman bei und mahnte Sifer mit einem eisigen Blick zum Schweigen. »Wir in Keroon sind etwas besser dran, weil das Land nach allen Richtungen offen ist. Im allgemeinen sieht man Reisende schon aus ziemlich großer Entfernung. Meine Söhne reiten in letzter Zeit aufs Geratewohl die Pachthöfe ab, und seitdem sind solche Vorfälle deutlich weniger geworden.« Er sah Asgenar an. »In ihrer gebirgigen Gegend würde das sicher nicht so gut funktionieren.«

»Damit haben Sie sie nur aus Keroon hinaus- und nach Bitra hineingetrieben!« rief Sifer empört. Er war puterrot angelaufen.

»Hören Sie auf zu nörgeln, Sifer«, mahnte Laudey ungeduldig. »Igen liegt gleich gegenüber von Keroon auf der anderen Flußseite, und bei uns lebt es sich leichter — ich glaube also nicht, daß Sie so sehr ausgebeutet werden, wie Sie glauben.«

»Es gibt eine alte Redewendung«, begann Robinton mit erhobener Stimme, um dem Wortwechsel ein Ende zu machen. »Wer einen Dieb fangen will, der setze einen Langfinger auf ihn an.« Sein verschmitztes Lächeln blieb nicht ohne Wirkung. Asgenar und Larad beugten sich interessiert vor.

»Wer soll da wen fangen?« fragte Sifer verächtlich. »Besonders wenn der erste Dieb so erfolgreich ist.«

»Ich meine keinen echten Dieb, Baron Sifer«, fuhr Robinton fort, »sondern einen Gesellen von mir, einen aufgeweckten Burschen, der es versteht, Zugang zu allen möglichen Kreisen zu finden. Wie Baron Asgenar schon sagte, werden die Ziele stets sorgfältig ausgewählt, und die Überfälle zeigen, daß die Banditen bestens Bescheid wissen über Karawanenwege und leere Höhlen sowie über Gewohnheiten und Arbeitsabläufe in Burgen, Höfen und Gildehallen.« Der Harfner sah zufällig in Larads Richtung, und nur deshalb bemerkte er den Schrecken und die Bestürzung in den Augen des jungen Barons.

»Am besten macht er gleich in meinen Höhlen den Anfang«, schlug Laudey vor und trommelte gereizt mit den Fingern auf die Tischplatte. »Dort herrscht ein ständiges Kommen und Gehen, obwohl meine Wachen, wie bereits erwähnt, für Ordnung sorgen«, fügte er trotzig hinzu. »Es ist ein riesiger Komplex — viele Korridore und Tunnel, die bisher noch niemand erforscht hat. Ich habe so viele von den kleineren Eingängen zumauern lassen, wie ich nur konnte, aber ich hatte schließlich noch anderes zu tun.«

»Bei den vielen Leuten, die Sie aufnehmen, Laudey, ließe sich doch sicher jemand finden, der sich gerne ein paar Marken damit verdient, daß er die Augen nach Unregelmäßigkeiten oder plötzlichem Reichtum offenhält«, schlug Asgenar vor.

»Unsinn, die meisten Heimatlosen hätten keinerlei Bedenken, für einen Anteil an der Beute einen Dieb zu verstecken«, grollte Sifer. »Ich habe doch selbst erlebt, wie solche Leute vorgehen.«

Robinton zog in gespielter Überraschung die Augenbrauen hoch, und Corman schnaubte verächtlich, denn daß die Bitraner bis an die Grenze des Betrugs schacherten, war ein gängiger Witz.

»Dann sind Sie also damit einverstanden, daß ich meinen Gesellen als Spitzel einschleuse?« Robinton musterte die Gesichter. Die Barone wollten, daß etwas geschah, ohne daß ihre ohnehin knappen Reserven noch weiter belastet wurden. Gut, daß er ihre Zustimmung vorweggenommen hatte, dachte er. Der Spion war nämlich bereits an Ort und Stelle, denn der Harfner hatte seine eigenen Quellen und war längst im Bilde gewesen, als die Barone sich an ihn gewandt hatten. »Ich schlage vor, daß wir die Sache für uns behalten, außerhalb dieses Raumes sollte niemand davon erfahren.«

»Sie haben geschickte Männer in Ihrer Gildehalle«, bemerkte Corman. »Und natürlich Frauen«, ergänzte er hastig, denn er war ganz begeistert von Menolly. »Aber wenn er nun erfährt, daß sich in einer unserer Burgen etwas tut, und unsere Hilfe braucht?«

»Wenn er Hilfe braucht, Baron Corman«, sagte der Harfner und lächelte verschmitzt, »dann hat er sich nicht geschickt genug angestellt. Überlassen Sie die Angelegenheit ruhig mir, bis der Winter vorüber ist. Für jemanden, der es nötig hat, seine Spuren zu verwischen, liegt im Moment zu viel Schnee.«

»Darauf würde ich nicht wetten«, murrte Sifer.

Thella hatte unter anderem verlangt, daß Keita sie über jede Veränderung im Ablauf des Burgalltags informierte. Keita wußte nicht viel mehr, als daß Baron Sifer von einem Drachenreiter abgeholt worden und über Nacht ausgeblieben war, aber sie hatte immerhin gehört, daß er bei seiner Rückkehr seinen Waldhütern befahl, ihm Bescheid zu geben, falls irgend etwas darauf hindeutete, daß die Höhlen an den Straßen oder in der Nähe von Höfen bewohnt würden, oder falls sie auf abgelegenen Wegen Spuren entdeckten. Auf dem Trommelturm von Bitra herrschte reger Betrieb, aber da man Geheimkodes verwendete, wußte Keita nicht, wovon die Botschaften handelten.

Thella las diese Nachricht immer wieder, sie freute sich fast auf die Herausforderung einer solchen Suchaktion. Sifers wegen machte sie sich keine Sorgen; seine Leute frönten lieber dem Glücksspiel oder jagten die Heimatlosen über Bitras Grenzen. Aber wenn man ihn reizte, entschlüpfte ihm vielleicht eher als Corman, Laudey oder Asgenar die eine oder andere brauchbare Information.

In letzter Zeit schienen tatsächlich mehr Patrouillenreiter im Tiefflug über den bewaldeten Hügeln und den Bergkämmen zu kreisen. Damit hatte sie eigentlich nicht gerechnet. Sie wies ihre Leute an, sich möglichst wenig nach draußen zu wagen — die Lagerräume waren gut gefüllt, sie brauchten also keine Not zu leiden —; wer trotzdem unterwegs sei, müsse seine Spuren hinter sich verwischen. Dushik, Readis und Perschar brachten den Befehl zu den anderen Stützpunkten. Die Bande würde eine Weile untertauchen.

Als Readis sechs Tage später zurückkehrte, berichtete er, daß der Meisterharfner zusammen mit Corman, Laudey, Larad und Sifer auf Burg Lemos gesehen worden sei.

»Sie haben also den Harfner zugezogen. Na und?«

»Er ist kein Dummkopf, Thella.« Readis runzelte die Stirn, er fand die Nachricht beunruhigend und hielt ihre Sorglosigkeit nicht für angebracht. »Er ist nach F'lar der mächtigste Mann auf Pern.«

Thella riß in gespieltem Schrecken die Augen auf. »Du machst mir richtig angst!«

»Die Harfnerhalle weiß über alles Bescheid. Sie sind stolz darauf, daß Sie die Ohren überall in den Ostbergen haben, Thella.« Readis gab sich alle Mühe, ihre Selbstgefälligkeit zu erschüttern. »Nun, seine Ohren und seine Trommeln reichen über den ganzen Kontinent, manche behaupten sogar, bis in den Süden.«

»Die Harfnerhalle hat nicht einmal eine Wachmannschaft!« höhnte sie.

Aber selbst Dushik schien die Bedenken zu teilen. »Harfner brauchen keine Wächter«, sagte er. »Was ein Harfner weiß, das kommt auch unter die Leute, falls er das will.« Er starrte finster vor sich hin. »Ich mußte bis in den Osten fliehen, um dem Harfnergeschwätz zu entrinnen.«

»Ich weiß, Dushik, ich weiß.« Thellas Stimme klang unwirsch, aber sie lächelte ihren treuen Gefolgsmann beschwichtigend an. »Du überprüfst jeden, der plötzlich den Wunsch verspürt, sich unserer aufrechten Truppe anzuschließen. Harfner haben vom ständigen Saitenzupfen Schwielen an den Fingerspitzen.«

Dushik nickte, er war zufriedengestellt, aber Readis zog die Stirn in Falten.

»Ich weiß nicht, ob das genügt, Thella«, begann er.

»Wer hat hier das Sagen, Readis? Führen wir nicht ein gutes und viel bequemeres Leben als die meisten dieser windigen Berghofbauern? Auf jeden Fall geht es uns doch besser als allen anderen Heimatlosen?« Ihre Worte hallten durch die Gänge bis in die anderen Höhlen. Sie schätzte diesen Effekt, der ihrer Stimme einen so vollen Klang verlieh, und außerdem schadete es nie, ihre Leute daran zu erinnern, wie gut sie unter ihrer Führung bisher gefahren waren. »Fast zwölf Planetenumläufe hat es gedauert, bis die Barone überhaupt merkten, was vorgeht.«

Readis hielt ihrem Blick stand. »Thella, Herrin der Geächteten, Sie haben sich sehr für Fax' Vorgehen im Westen interessiert. Sie sollten nicht den gleichen Fehler machen wie er und die Harfner unterschätzen. Mehr habe ich nicht zu sagen.«

»Readis hat recht, was die Harfner angeht, Lady Thella.« Alle waren überrascht, als Giron das Wort ergriff. »Und dieser Robinton ist der gerissenste Mann auf ganz Pern.«

»Was ihr anführt, klingt überzeugend«, lenkte Thella ein, und Dushik atmete auf. Er reagierte immer sehr empfindlich, wenn jemand sie kritisierte. »Wir hatten viel Erfolg, das verführt zur Unvorsichtigkeit. Giron, wie viele Harfner kennst du?«

Giron zuckte die Achseln. »Ein paar. Bedella, unsere Weyrherrin, liebte Musik. Wenn sie es wünschte, hat die Harfnerhalle immer jemanden in den Telgar-Weyr geschickt.«

»Ich würde mich lieber um diese verfluchten Patrouillenreiter kümmern, die man erst sieht, wenn sie

direkt über einem sind«, sagte Dushik mit einem be-
deutungsvollen Blick auf Giron. »Sie sind das eigentliche Problem.«

Giron stand abrupt auf und verließ die Höhle, und
Thella fuhr Dushik wütend an. »Überlaß ihn gefälligst
mir, Dushik!«

»Hamian!« rief Piemur dem Bergwerksmeister zu und
deutete auf die Klippe am rechten Ufer des Inselflusses.
»Diese Hügel dort! Das sind keine natürlichen Forma-
tionen!«

»Nein, da hast du recht«, antwortete Hamian, ohne
von dem Tau aufzusehen, das er gerade ordentlich zu-
sammenrollte. Von seiner Ausbildung her mochte er
Bergmann sein, aber zur See war er seit frühester Kind-
heit gefahren, zuerst von der Palisadeninsel und später
vom Südkontinent aus, und er hielt auf dem Deck eines
Schiffes ebenso auf Ordnung wie in einer Schmiede
oder in einem Schacht. »Ich weiß nicht, wie sie früher
ausgesehen haben, die Pfähle sind jedenfalls noch da.«

»Wollen Sie sich das denn nicht ansehen?« Piemur
konnte Hamians Gleichgültigkeit gar nicht begreifen.
Manchmal hatte er den Eindruck, als halte der Mann all
die Schönheit und den Reichtum ringsum für selbstverständlich.

Hamian grinste den jungen Harfner an. »Ich habe
schon genug am Hals, ohne durch die Gegend zu rennen und mir Ruinen anzugucken, die ich sowieso nicht
durchsuchen kann, weil mir dazu die Zeit fehlt.« Sein
Grinsen wurde breiter, und er zauste Piemurs sonnengebleichtes Haar. »Was ich in der offenen Grube gefunden habe, kommt mir immerhin sehr gelegen. Sie haben sogar markiert, in welcher Richtung die Erzadern
verlaufen, auch wenn ich nicht weiß, wie sie das gemacht haben!«

Piemur duckte sich unter Hamians Hand weg. »Aber
wer sind ›Sie‹? Sie sagten doch, in den Archiven der

Schmiedehalle würde von Erzförderung auf dem Südkontinent nichts erwähnt.«

Hamian zuckte die Achseln. »Das hat nicht viel zu bedeuten. Soweit die Aufzeichnungen zu entziffern sind, geht es nur um Förderleistungen und um die Anzahl verhütteter Tonnen, und man erfährt, wer was kaufte und wohin es geliefert wurde. Abgesehen von Meister Fandarel haben sich die Handwerksmeister um Dinge außerhalb der Gildehalle nicht viel gekümmert.« *»Nun legt euch aber in die Riemen!«* brüllte er die Ruderer an. Sobald sie das Deltagebiet hinter sich hatten, würde hoffentlich eine frische Brise von Westen die Segel füllen und das Boot über den breitesten Teil des Inselflusses tragen. Er befeuchtete einen Finger und hielt ihn in die Höhe. »Der Wind frischt auf!« Er legte die Hände an den Mund und ermunterte die Ruderer: »Bald sind wir da!« Zu Piemur sagte er jedoch leise: »Diese faulen Bastarde«, um dann abermals die Stimme zu erheben: »Ich sehe genau, wer sich auf seinem Ruder nur ausruht! Nummer vier, du da, Tawkin — du und dein Partner an Nummer sechs, strengt euch an, verdammt noch mal, oder es gibt heute abend kein Bier — so sieht das schon besser aus!

Weißt du was, Piemur«, fügte er hinzu, als er den enttäuschten Blick des jungen Mannes nicht mehr ertrug, »du kannst dir die Ruinen ja zusammen mit Dummkopf auf dem Rückweg ansehen. Fertige doch auf eigene Faust eine Skizze an, um Toric zu beweisen, daß du messen und zeichnen kannst. Achte auf die Biegungen an der Steuerbordseite ...« Er umriß das Gebiet. »Sieh nur, wie lang diese Kurve ist. Dieser flache Schleppkahn ist für die Flußschiffahrt gut und schön, aber wir wissen beide, daß er in Küstengewässern nicht viel taugt. Wenn wir hier einen Sammelpunkt hätten ...« Hamian überlegte einen Moment lang, dann grinste er. »Wir könnten in den Ruinen einen festen Umschlagplatz einrichten und das Erz von hier aus direkt nach Nerat oder zur Meeresburg von Keroon verschiffen. Würde uns eine Menge Zeit und Mühe sparen, und ein verantwortungsbewußter Mann bekäme dann einen anständigen Posten. Hmm, ja, mach das mal so.«

Hamian hatte bereits vorher ausgerechnet, daß die Flußmündung auf der Route von Osten her entlang der Küste schneller zu erreichen sein sollte als bei der Umrundung des Südkaps, wo sie warten mußten, bis das Schiff von der Flut über das Riff in die Lagune getragen wurde. Dann waren sie zwei Tage lang in aller Ruhe den Inselfluß hinabgesegelt, bis sie eine Gabelung erreichten, wo ein kleinerer, aus den Hügeln im Landesinneren kommender Wasserlauf einmündete. Kurz hinter diesem Zusammenfluß hoffte Hamian seinen Umschlagplatz zu errichten, falls sich der Fluß so weit als schiffbar erwies.

Um das mühsame Treideln durch den Lagunenfluß und die Sümpfe zu vermeiden, die seine Schwester Sharra so faszinierten, hatte Hamian sich ein paar Tage Zeit genommen, um nach Osten zu segeln. Irgendwo in dieser Richtung mußte der Inselfluß entspringen. Es war kein Problem gewesen, durch die Vorberge bis zu einer Stelle zu gelangen, wo er den Fluß in der Ferne glänzen sehen konnte. Das Gelände war bestens geeignet für Lasttiere. Mit Toric hatte er ziemlich hart verhandeln müssen, aber mit zarter Unterstützung von Sharra und ihrem Bruder Kevelon hatte er den Burgherrn doch überzeugen können, daß es von Vorteil sei, die Reisezeiten zu verkürzen. Da inzwischen eine weitere Schiffsladung mit Leuten aus dem Norden eingetroffen war, die beschäftigt werden mußten, hatte Hamian sich erboten, sie Toric abzunehmen und sie beim Bau von Mole und Hafengebäuden oberhalb der Frühjahrsflutlinie einzusetzen. Es war ausreichend Weideland für Herdentiere vorhanden, und die Berge waren nahe genug, um dort die nötigen Steine zu brechen.

Nun wollte Hamian seine Einschätzung der neuen Fahrtroute bestätigt wissen. Er mußte Toric beweisen, daß auch noch andere Leute außer dem selbsternannten Burgherrn sich auf dem Südkontinent auskannten. Manchmal beunruhigten den jungen Schmiedemeister die Allüren seines Bruders; zudem warf Toric ihm immer wieder vor, er habe sich während seiner Gesellenzeit in der Gildehalle von der Denkweise des Nordens vergiften lassen.

Hamian hatte sich seine Argumente sorgsam zurechtgelegt. Der Lagunenfluß mochte zwar als die kürzere Route erscheinen, aber wenn man mit Erz beladene Barken über die Hälfte des Weges durch das Sumpfland staken mußte, sah die Sache ganz anders aus. Hamian scheute keine harte Arbeit und war erstaunlich tüchtig darin, ähnliche Leistungen aus seinen Leuten herauszuholen, aber zwischen den einzelnen Fahrten zerbrachen oft die Markierungen für die Fahrrinnen, oder der tückische Schlammgrund veränderte sich und verschluckte sie. Nach tiefem Wasser zu suchen, während man von Insekten aufgefressen, von Sumpfschlangen gebissen und von Wheren bedrängt wurde, die alles, was sich bewegte, als leichte Beute betrachteten, war nicht die effektivste Art, die verfügbaren Arbeitskräfte einzusetzen. Hamian hatte sich von Meister Fandarels fast zwanghaftem Streben nach Effektivität anstecken lassen.

»Du sollst dieses Ruder nicht streicheln, Tawkin, du sollst daran ziehen!« brüllte er, als das Langboot leicht nach Backbord abfiel. Hamian hatte vor, den Burschen im Auge zu behalten. Allmählich bekam er einen ebenso guten Blick für Leute, die sich im Süden bewähren würden, wie Toric und Sharra. »Vielleicht haben sich dort ein paar schiffbrüchige Fischer angesiedelt«, sagte er zu Piemur, als die Kuppen langsam aus dem Blickfeld verschwanden.

Piemur schüttelte den Kopf. »Fischer errichten keine

Steinbauten, und nichts anderes hätte vierhundert oder mehr Planetenumläufe überdauert. Außerdem stand nichts über diesen Ort in den Aufzeichnungen der Harfnerhalle, und die *sind* zu entziffern, trotz ihres Alters. Ich weiß das nur zu gut«, fügte er hinzu und rümpfte die Nase, als könne er die modrigen Pergamente immer noch riechen. »Ich mußte sie für den alten Meister Arnor kopieren.« Piemur nahm einen tiefen Zug von der würzigen Waldluft, wie um den Mief der Erinnerung aus seinen Lungen zu entfernen, und stieß den Atem in einem hörbaren Schwall wieder aus.

Hamian lachte. »Nun, wir werden ja sehen, was dein geschultes Harfnerauge mit den Installationen in der Mine anzufangen weiß.« Das große quadratische Segel des schmalen Schleppkahns mit dem breiten Frachtraum füllte sich. »Belegen, Jungs!« rief er den Ruderern zu. »Alles bereitmachen, um das Langboot an Bord zu nehmen«, wies er die nächststehenden Besatzungsmitglieder an. »So ist es schon besser. Wir kommen gut voran. Heute nacht stehen beide Monde am Himmel, wenn der Wind hält, sind wir in zwei Tagen am Ziel. Verdammt, ist das nicht besser, als sechs Tage lang durch den Sumpf zu waten? Schade, daß wir nicht bis zu den Fällen kommen werden. Die sind wirklich eindrucksvoll.«

»Fälle?«

»Ja, Toric hat einen Erkundungstrupp diesen Fluß hinuntergeschickt, hm, kurz vor meiner Abreise zur Gildehalle von Telgar. Sie kamen bis zu den Fällen, dann mußten sie wieder umkehren. Schroffe Felsklippen, die niemand ersteigen konnte.« Er bemerkte Piemurs entschlossenen Blick. »Nicht einmal du, aber vielleicht Farli. Hör mal, du gehst jetzt besser zu Dummkopf. Er wird allmählich unruhig.«

»Er läuft lieber, anstatt zu segeln«, sagte Piemur, obwohl das Schiff auf dem Fluß nicht so unangenehm schwankte wie auf offener See. Er hatte Menollys und

Sebells Begeisterung für die Seefahrt nie so recht teilen können. Im Augenblick stampfte Dummkopf mit den Hufen auf das Deck, und Piemur eilte hinüber, um ihn zu beruhigen. Es ging schließlich nicht an, daß er Löcher in die glatten Planken schlug. Farli kreiste noch immer in trägen Spiralen hoch am Himmel, und Piemur wünschte sich, den Blick von dort oben ebenfalls genießen zu können.

Er setzte sich, lehnte sich mit dem Rücken gegen Dummkopfs Vorderbeine — die beste Möglichkeit, das Tier ruhig zu halten — spähte über die Backbordreling auf die vorbeiziehende Ebene und hätte zu gern gewußt, was wohl in dem dichten Wald dahinter vor sich ging. Piemur hoffte, sich auf dieser Reise bewähren zu können. Sharra hatte Hamian überredet, ihn mitzunehmen, er sollte als Kundschafter tätig sein und die neue Route aufzeichnen. Zwei Planetenumläufe zuvor hatte er auf eigene Faust das Land durchstreift, und nun langweilte ihn die Einrichtung der Trommeltürme immer mehr. Er hatte getan, was er konnte, und Saneter redete bereits davon, ihn in die Harfnerhalle zurückzuschicken, damit er sich sein Gesellenabzeichen erwarb. Aber Piemur wollte lieber unbekannte Gebiete erforschen.

Vom Rand des Sumpfgebietes bis hinunter zur Heilkrautwiese und zur Großen Lagune, nach Süden hin quer über die Landzunge, und nach Osten an der Küste entlang bis zur Felsscharte und zur Wüstenfestung hatte Toric kleine Siedlungen errichtet und mit Männern und Frauen besetzt, deren Grundherr er war. Piemur hatte es Spaß gemacht, Schülern die Trommelkodes beizubringen, die um so vieles älter waren als er selbst. Er hatte sich auch deshalb mit Feuereifer in die Arbeit gestürzt, weil Toric eine ganz andere Persönlichkeit war als Meister Robinton, Meister Shonagar, Meister Domick oder die Meister auf den Trommelhöhen. Ein einziges Mal hatte er die harte Hand des Burgherrn zu spüren bekommen, von da an nahm er sich sehr in acht, damit sich das nicht wiederholte. Er wußte, daß der Südländer sehr ehrgeizig war, weit ehrgeiziger, als irgend jemand — außer vielleicht Meister Robinton — wußte.

Aber der Südkontinent, dieses reiche schöne Land, das immer wieder in Erstaunen versetzte und die Phantasie anregte, war größer als die Menschen, die Stücke davon an sich rissen, um sie zu bewirtschaften. Piemur blickte nach Osten über ein scheinbar endloses, bewaldetes Hügelland und fragte sich, wie weit der Kontinent sich wohl tatsächlich erstreckte — und wieviel Toric davon in seine Gewalt zu bringen gedachte! Piemur fühlte sich in erster Linie an die Harfnerhalle gebunden, und seine heimliche Bewunderung für Torics Ehrgeiz drohte seine Loyalität bald auf eine harte Probe zu stellen. Andererseits hatte er Verständnis für den Ehrgeiz von jemandem wie Baron Groghe, der eine ganze Horde von Söhnen unterzubringen hatte, oder für Corman, der deren neun versorgen mußte. Wenn sie erst einmal herausfanden, wie viel gutes Land zur Verfügung stand, würden sie sich vielleicht sogar gegen Bendens Befehl auflehnen. Saneter predigte Piemur immer wieder, Meister Robinton sei umfassend über Torics Machenschaften informiert, aber Piemur war allmählich nicht mehr sicher, wieviel Saneter selbst tatsächlich wußte!

Plötzlich keuchte er überrascht auf. Durch die Lücken in der Reling hatte er einen ausgezeichneten Ausblick auf das Backbordufer, und dort lagen, ohne sich von dem vorübergleitenden Schiff stören zu lassen, zwei riesige gefleckte Katzen in der Sonne. Wahrscheinlich war dies eine der unbekannten Tierarten, die Sharra erwähnt hatte. Piemur wußte, daß er Hamian eigentlich darauf aufmerksam machen sollte, aber der stand an der Steuerbordreling und beaufsichtigte das Hochhieven des Bootes. Irgendwie wollte der Harfner diesen

Augenblick mit niemandem teilen, außerdem fürchtete er, die herrlichen Geschöpfe zu verscheuchen.

»Ich bin gekommen, so schnell ich konnte, Lady Thella.« Der Mann war tropfnaß, und seine Lippen waren blau vor Kälte. Die erste Postenlinie hatte ihn durchgelassen und zu den Wächtern der Festung geschickt. »Niemand hat mich gesehen. Ich kann mich gut verstecken. Keine Spuren. Sehen Sie?« Er hielt ihr einen Ast mit langen Nadeln entgegen. »Den hatte ich hinten an meinem Gürtel festgebunden, und er hat alle Spuren sofort verwischt.«

Thella zwang sich zur Ruhe, obwohl sie immer noch fürchtete, der Tölpel, der da Hals über Kopf zur Festung gestürmt war, um ihr irgendein banales Gerücht zu hinterbringen, könnte irgendwelche Häscher in ihr Versteck geführt haben.

»Es könnte aber wichtig sein, Lady«, stieß der arme Teufel mit klappernden Zähnen hervor.

Thella ließ ihm von einer Küchenmagd einen Becher Klah bringen. Im Moment war er kaum zu verstehen. Wenn er wirklich etwas Wichtiges zu sagen hatte, wollte sie es hören, und dann sollte er wieder gehen.

Er konnte sich kaum auf den Beinen halten und hätte fast den Klah verschüttet, aber nachdem er ein paar Schlucke getrunken hatte, ließ das Zittern nach.

»Ich meine, Sie wollten doch immer genau wissen, wann die Fädeneinfälle anfangen und aufhören«, sagte er. »Und welcher Baron wohin geht, und alles mögliche über die Weyr, von denen unsereins doch gar keine Ahnung hat. Nun, ich weiß jetzt, wie Sie erfahren können, was die Drachen reden — und zwar die ganze Zeit! Es gibt da ein Mädchen, das kann Drachen hören! Ist das nicht eine gute Nachricht? Sie hört sie auch, wenn sie ganz weit weg sind, und versteht alles, was sie zueinander sagen.«

»Das ist schwer zu glauben«, sagte Thella ausdruckslos und warf einen schnellen Blick auf Giron. Der einstige Drachenreiter drehte langsam den Kopf und betrachtete den Neuankömmling.

»O nein, Lady Thella. Sie kann es wirklich. Ich hab' sie beobachtet. Immer wieder hat sie die Kinder in die Höhlen gerufen und gesagt, die Drachenreiter sind unterwegs und fliegen gleich vorbei. Beim ersten Mal hat sie gesagt, sie kommen zur Burg Igen, und ich hab' selbst gesehen, wie die Drachen in die Richtung geflogen sind. Dann hab' ich gehört, wie sie ihrem Bruder erzählt hat, daß sie auf dem Rückweg zum Benden-Weyr sind. Jedenfalls hat sie gesagt, daß sie vom Benden-Weyr stammen, und es hat sich nicht so angehört, als lügt sie. Warum sollte sie auch lügen. Sie hat es immer ganz leise gesagt, und sie hat gar nicht gewußt, daß ich's gehört hab'.«

»Wenn du so dicht bei ihr warst, daß du gehört hast, was sie leise sagte«, begann Thella verdrossen, »warum soll sie dann nicht gemerkt haben, daß du gelauscht hast?«

Der Mann zwinkerte und grinste, wobei er besonders abstoßend aussah, da ihm die meisten Vorderzähne fehlten. »Weil ich in den Höhlen taub bin! Ich kann überhaupt nichts hören. Ich kann mich gut verstellen, wirklich. Die füttern mich sogar, weil ich so hilflos bin.« Zum Beweis ließ er nun die Unterlippe hängen und sabberte.

»Verstehe«, bemerkte Thella gedehnt. Schrecklicher Mensch, aber schlauer, als er aussah. Readis sagte oft, daß die Heimatlosen eher durch Täuschung überlebten als durch ihre Stärke. Ihre Außenposten hätten den ›Tauben‹ niemals durchgelassen, wäre er nicht ein anerkannter Spitzel gewesen. Sie warf einen Blick auf Dushik, der ihr aufmunternd zunickte. »Hat sie vielleicht eine von den kleinen Feuerechsen?«

»Die?« Der Mann lachte grölend, und wieder rann ihm der Speichel aus dem Mund. Er schien ihren Ekel zu spüren, schluckte, und wischte sich mit der Decke, die ihm jemand übergeworfen hatte, den Mund ab. »Nein! Feuerechsen, die sin nicht billig. Nach allem, was ich gehört hab, sin ihr Pa und ihre Ma von Fax aus Ruatha vertrieben worden. Die Ma sieht immer noch gut aus, hat schöne, große ...« Als ihm auffiel, daß sein Gegenüber in dieser Hinsicht ebenfalls gut ausgestattet war, unterbrach er sich hastig. »Fax hat sich immer gern den Schlafpelz anwärmen lassen. Die Ma behauptet, sie is'ne Ruatha, und wenn das stimmt, könnte es dem Mädel im Blut liegen, daß sie Drachen hört. Die Weyrherrin von Benden stammt nämlich auch von Ruatha.«

Angesichts ihres eisigen Schweigens wurde er erheblich kleinlauter, schüttete den Rest seines Klah hinunter, als fürchte er, man werde ihm den Becher aus der Hand schlagen, und sah sich argwöhnisch nach allen Seiten um.

Laß ihn ein wenig schmoren, dachte Thella, stützte einen Ellbogen auf die Armlehne, legte das Kinn in die Hand und sah betont an dem widerlichen Boten vorbei. Er hatte recht: Ruatha hatte viele Drachenreiter hervorgebracht — weit mehr als alle anderen Adelsfamilien. Gegenwärtig war Lessa ein ständiger Stein des Anstoßes.

»Erzähl mir die Geschichte noch einmal«, verlangte sie und bedeutete Dushik und Readis, genau zuzuhören. Giron beobachtete den Mann weiter mit unbeweglicher Miene.

Er schien die Wahrheit zu sagen. Er hatte auch den jüngeren Bruder des Mädchens mit den Fähigkeiten seiner Schwester prahlen hören. Sie wisse immer, wann Fäden fallen würden, hatte der Junge erklärt, ›weil die Drachen miteinander darüber reden‹.

Giron nickte Thella zu, während er den ›Tauben‹ scheinbar ohne Neugier musterte. Ihm war kein Wort entgangen.

»Ich glaube«, sagte Thella, nachdem sie Risiken und Vorteile gegeneinander abgewogen hatte, »ich glaube, mit diesem faszinierenden Kind muß ich mich einmal unterhalten. Kennst du ihren Namen, tauber Mann?«

»Aramina, Lady Thella. Aramina ist ihr Name. Ihr Pa is Dowell, der Zimmermann; ihre Ma nennt sich Barla; der Junge heißt Pell, und da ist noch ein ...«

Sie fiel ihm ins Wort. »Und sie wohnen alle in den Höhlen von Igen?« Er nickte hastig, und sie fragte weiter: »Werden sie noch länger bleiben?«

»Sie sind schon ein paar Planetenumläufe dort. Er arbeitet und verkauft seine Sachen auf den Festen, außerdem macht er Möbel ...«

»Das interessiert mich nicht, guter Mann«, wehrte sie kalt ab. Er gurgelte beim Sprechen, als habe er ständig Schleim in der Kehle, und das klang nicht nur ekelhaft, sondern auch aufreizend monoton. »Sie werden also wohl nicht so schnell verschwinden?«

»Wohin denn, Lady?« fragte er ungeniert zurück und hob ratlos beide Hände.

Sie winkte Dushik und Readis zu sich. »Ich gehe. Dushik, du bleibst hier.« Dann sah sie den ehemaligen Drachenreiter an. »Giron, du kommst mit mir.« Es ärgerte sie, daß ihre Worte eher wie eine Frage denn wie ein Befehl klangen, aber Giron nickte mit zuckenden Lippen. »Du würdest es doch merken, wenn sie tatsächlich Drachen hören könnte?« fragte sie.

Giron schwieg, was bei ihm gewöhnlich Zustimmung bedeutete, und Thella erhob sich und verließ mit Dushik den Raum. Der Informant taute am Feuer allmählich auf und verbreitete einen unerträglichen Geruch.

»Dushik, du kümmerst dich um ihn!« befahl sie.

Ein tauber Mann konnte vielleicht Geschichten erzählen, ein toter Mann nicht. Dushik gehorchte, wie immer.

5

Igen und Lemos
12. Planetenumlauf

Als Thella mit Giron das Höhlenlabyrinth von Igen erreichte, stellte sie erbost fest, daß ihr gewohnter Geheimeingang neuerlich blockiert worden war. Sie war so wütend, daß sie Giron sogar half, die Mauer zu zerstören.

»Keine gute Arbeit«, sagte Giron, als der Mörtel bei der ersten Berührung seines Messers abbröckelte.

»Ich würde jedem Maurer die Haut abziehen, der so pfuscht«, fauchte Thella mit zusammengebissenen Zähnen. Sie war müde und hatte damit gerechnet, mühelos in den Komplex zu gelangen, ohne von der Igen-Patrouille bemerkt zu werden, die sie aus der Ferne gesehen hatten.

Der Zugang war für ihre Zwecke ausgezeichnet gelegen. Die Öffnung, gerade hoch genug, um einen Renner durchzulassen, wurde teilweise von einem Gewirr junger Himmelsbesen verdeckt. Innen war die Decke so hoch, daß selbst ein großer Mann aufrecht stehen konnte. Rechts vom Eingang befand sich eine kleine Grotte, wo man die Tiere unterstellen konnte, und es gab sogar ein Becken mit Sickerwasser. Vom Eingang gingen vier Tunnel ab, zwei davon endeten in gefährlichen, senkrecht abfallenden Schächten, der breiteste stieß tief ins Innere des Höhlensystems vor, und der vierte und schmalste schien nach einer Drachenlänge aufzuhören, machte aber in Wirklichkeit nur eine scharfe Biegung nach rechts und mündete in einen der sich kreuzenden Hauptgänge, die in die bewohnten Teile des Komplexes führten.

Es war ganz einfach, ohne irgendwelchen Wachen von Baron Laudey zu begegnen, in die großen Gewölbe vorzudringen, wo sich die Menschen untertags versammelten. Thella nahm Verbindung mit einer ihrer regelmäßigen Informanten auf, dennoch verging der ganze Vormittag, bis sie einen kurzen Blick auf ihre Beute werfen konnte. Sie war nicht sehr beeindruckt.

Aramina, ein schlankes braunhäutiges Mädchen, hatte die Hosen bis zu den Knien aufgerollt, und Arme und Beine zeigten Schlammspuren. Auch die Kleidung war verschmutzt, und als sie an Thellas Ausguck vorüberkam, verströmte sie einen durchdringenden Geruch nach Schlick und nach den Muscheln in ihrem Netz. Ein kleiner, noch schmutzigerer Junge zockelte hinter ihr her und rief: »Aramina, warte auf mich!« Damit war das Mädchen für Thella eindeutig identifiziert.

Sie sah, wie Girons kalte Augen den beiden folgten, und seine drohende Miene bereitete ihr Unbehagen.

»Ich brauche einen Beweis für ihre Fähigkeiten«, sagte sie. »Sie ist in einem schwierigen Alter. Zu alt, um noch lenkbar zu sein, und zu jung, als daß man vernünftig mit ihr reden könnte. Du mußt so viel wie möglich über sie herausfinden. Ich sehe mir einmal an, wo sie wohnt.« Als er sich abwandte, packte sie ihn am Arm. »Und iß erst etwas, bevor du zurückkommst. Sieht so aus, als hätte ein Schnorrer den Proviant ausgeschnüffelt, den wir hinterlegt hatten.«

»Eher eine Schlange«, widersprach Giron unerwartet. Sein Blick folgte dem Mädchen, das sich einen Weg durch die in der großen, niedrigen Höhle auf dem Boden sitzenden Menschen bahnte.

Auf der Suche nach ihrer zuverlässigsten Informationsquelle strebte Thella einer größeren Nebengrotte nicht weit vom Haupteingang zu. Dabei fiel ihr auf, daß in den Höhlen mehr Menschen lebten als je zuvor. Der Gestank war überwältigend. Nach Thellas Schätzung saßen oder standen sie zu Hunderten hier herum. Aus

Gesprächsfetzen entnahm sie, daß sie auf Doris, die Burgherrin warteten, die jeden Morgen mit drei Heilern kam, um die Verletzten und Kranken zu versorgen und die Tagesration an Mehl und Wurzelgemüse zu verteilen. Nach Araminas Netz zu schließen, trugen die Arbeitsfähigen offenbar zum Lebensunterhalt bei. Die Muscheln aus dem Wattenmeer von Igen schmeckten köstlich. Diesen heimatlosen Faulpelzen ging es besser als ihr, einer gebürtiger Telgar, im ersten Planetenumlauf der Annäherungsphase. Nun, wenn der Baron von Igen und seine Gemahlin so im Überfluß lebten, daß sie auch noch diese Bettler ernähren konnten, dann brauchte sie in Zukunft auch keine Hemmungen mehr zu haben, wenn sie sich ihren Anteil holte, entschied Thella und schlug geschickt einen Bogen um die Menge. Niemand schien sie zu beachten, als sie sich durch den niedrigen Gang zu Brares Behausung schlich.

»Harte Zeiten«, erklärte der einbeinige Seemann, während er ihr eine sämige Suppe aus Wurzelgemüse, verschiedenen Fischsorten und sogar einigen Muscheln vorsetzte, und erwartete auch noch, daß sie ihm glaubte. »Laudeys Männer tauchen inzwischen zu den ungewöhnlichsten Zeiten auf — man weiß nicht mehr, wann man sicher ist.«

Thella warf einen schnellen Blick auf die Ausgänge von Brares Höhle. »Seit wann gibt es diese Durchsuchungen? Was glauben sie denn hier zu finden?« Brare war einer ihrer ersten und nützlichsten Verbindungsmänner. Er verabscheute die Handwerker und hatte auch für Pächter und Burgherren nicht viel übrig, obwohl er bei den mildtätigen Igenern ein recht angenehmes Leben führte.

»Seit ein paar Wochen.« Er sah sie mit schiefgelegtem Kopf und schmalen Augen an und lächelte verschmitzt. »Ja, seit eines Morgens bei Fädenfall in Kadross das ganze Getreide gestohlen wurde. Das liegt weiter oben, Richtung Lemos.«

Ohne mit der Wimper zu zucken, dankte ihm Thella für die Suppe und blies darauf, um sie abzukühlen. »Du kochst ausgezeichnet, Brare«, lobte sie.

»Wenn ich Kadross ausgeräumt hätte, verhielte ich mich ganz still. Und ich würde mir eine neue Küste suchen, um meine Netze auszuwerfen. Es werden 'ne Menge Fragen gestellt, ganz beiläufig.«

»Nach mir?«

»Nach möglichen Renegaten. Offenbar sucht man nach einer größeren, gut organisierten Bande. Mit einem zuverlässigen Hinweis wäre einiges zu holen.«

Thella lächelte vor sich hin, sie freute sich, daß ihr geschicktes Vorgehen endlich bemerkt worden war, zugleich war ihr nicht wohl dabei, daß man bei der Suche bis in die Höhlen von Igen vorgedrungen war. Vielleicht sollte sie Igen doch besser nicht überfallen.

»Sie haben sich wirklich gut gehalten, Lady Thella.«

Er hatte ihren Namen genau zum richtigen Zeitpunkt erwähnt — sie hatte gerade einen Mund voll Suppe genommen und konnte sie nicht gleich hinunterschlucken, weil sie noch zu heiß war. Grinsend sah er zu, wie sie sich damit abquälte, aber immerhin waren sie allein, und Brare war klug genug, keine Namen zu nennen, wenn jemand in Hörweite war. Er wußte seit einigen Planetenumläufen, wer sie war, und sie fragte sich, wie viel sie ihm wohl in die Hand drücken mußte, damit er es ›vergaß‹.

»Keine Sorge, Lady.« Brare gluckste in sich hinein. »Das bleibt mein Geheimnis!« Wieder gluckste er. »Ich weiß ein gutes Geheimnis zu schätzen. Und ich kann es auch bei mir behalten. Nämlich hier!« Er klopfte auf seine Gürtelbörse.

Nicht mehr als recht und billig, und merkwürdigerweise hatte sie Vertrauen zu Brare. Schließlich hatte sie ihn immer gut bezahlt. Also ging sie auch jetzt auf den Wink mit dem Zaunpfahl ein und drückte ihm dreißig Viertelmarken in die Hand, Münzen, die er leicht wechseln konnte, ohne daß es auffiel. Es war nicht bekannt, daß er jemals zum Verräter geworden wäre, das hatte ihr auch Readis bestätigt. Der alte Seemann pendelte zwar nur zwischen seinem Sonnenplätzchen vor dem Haupteingang und seiner Grotte hin und her, aber er wußte wahrscheinlich alles über die Burgen im Osten, was sich zu wissen lohnte, und hatte ihr schon oft nützliche Informationen zukommen lassen.

Mit einem zufriedenen Funkeln in seinen scharfen grauen Augen betastete er seine angeschwollene Börse. »Kein schlechter Preis für eine Schüssel Suppe, Lady.« Er warf ihr ein breites, selbstsicheres Grinsen zu, ohne dabei die Lippen zu öffnen, nur die Sonnenfältchen um die Augen vertieften sich.

»Nicht nur für die Suppe, Brare«, widersprach sie, und jetzt klang ihre Stimme hart. »Was weißt du über das Mädchen, das Drachen hören kann?«

Brare riß überrascht die Augen auf, dann verzog er den Mund zu einem wissenden Lächeln und sah sie bewundernd an. »Dachte mir schon, daß Sie von ihr hören würden. Wer hat's Ihnen zugetragen?«

»Ein tauber Mann.«

Brare nickte. »Er wollte um jeden Preis zu Ihnen. Ich hab ihm gesagt, er soll noch warten. Zu viele Leute schnüffeln Ihnen nach. Er hätt sie direkt vor Ihre Tür führen können.«

»Hat er aber nicht. Ich habe ihn reich belohnt. Er hat für den ganzen Winter eine eigene Höhle bekommen.« Brare schluckte die Lüge mit einem freundlichen Nikken, und Thella fragte weiter. »Was ist mit dem Mädchen?«

»Haben Sie deshalb den ehemaligen Drachenreiter mitgebracht?«

Nun war es an Thella zu grinsen. Er hatte wirklich Ohren in jeder Wand und Augen in jeder Decke!

»Sein Zustand hat sich gebessert, seit du Readis von ihm erzählt hast. Das Mädchen?« Sie hatte nicht vor, sich den ganzen Tag von einem alten Mann in einer stinkenden Höhle auf die Folter spannen zu lassen, auch wenn er wirklich eine gute Suppe kochte.

»Ja, es stimmt schon. Unsere Aramina, Tochter von Dowell und Barla, kann tatsächlich Drachen hören. Das sagen jedenfalls die Jäger, die nehmen sie immer mit, wenn ein Fädeneinfall zu befürchten ist.«

»Wo ist sie? Ich will nicht auf gut Glück in diesem Irrgarten herumlaufen.«

»Das rate ich Ihnen auch nicht. Zwei Gänge weiter rechts, dann nach links. Folgen Sie dem Hauptkorridor — er ist jetzt beleuchtet — bis zur vierten Kreuzung. Die Familie schläft in einer Nische auf der rechten Seite. Rosa Hänger«, fügte er hinzu, seine Bezeichnung für die Stalaktiten in der Höhle. »Dowell hat mir nämlich meinen Stock gemacht.« Er nahm die Krücke vom Boden und zeigte sie ihr. Als sie die feinen Schnitzereien sah, griff sie danach und sah sie sich genauer an. Offenbar wäre nicht nur die Tochter gut zu gebrauchen, sondern auch der Vater. »Besenholz«, erklärte Brare mit berechtigtem Stolz. »Das Härteste, was es gibt. Dem können nicht einmal die Fäden etwas anhaben. Die Krücke stammt aus einem Stück, das bei dem großen Sturm vor ein paar Planetenumläufen abgerissen wurde. An den Verzierungen hat Dowell den ganzen Winter gearbeitet. Hab ihn auch gut dafür bezahlt.« Er streichelte über das blankgeriebene dunkle Holz.

»Schöne Arbeit.«

»Feste Krücke. Die beste, die ich je hatte!« Plötzlich schien ihn die Verbitterung zu überwältigen, und er entriß Thella den Stock und schleuderte ihn in eine Ecke, wo er nicht mehr zu sehen war. »Ihre Suppe haben Sie gegessen. Verschwinden Sie jetzt. Wenn man Sie hier findet, wirft man mich aus der besten Koje, die ein Einbeiniger jemals kriegen kann.«

Sie erhob sich sofort, nicht etwa, um ihm einen Gefallen zu tun, sondern weil er unweigerlich sentimental wurde, sobald er anfing, über seine Verletzung nachzugrübeln. Sie ging in die Richtung, die er ihr beschrieben hatte, und unterwegs sann sie darüber nach, warum ein so geschickter Handwerker unter den Heimatlosen von Igen leben mußte. Ein solcher Mann sollte eigentlich in jeder Burg sein Auskommen finden.

Nicht zum ersten Mal fragte sie sich, warum niemand diesem Höhlenkomplex in Besitz genommen hatte. Es waren genügend Räume vorhanden, wenn auch nicht so schöne hohe Gewölbe wie in der Burg Igen jenseits des Flusses. Gewiß, bei Flut konnte das Wasser in die Hauptgrotte eindringen, und das wäre unangenehm. Die Burg dagegen befand sich in ausreichender Entfernung vom Fluß an einem Steilufer hoch über der Flutlinie.

Zudem war das Labyrinth war nicht besonders gut belüftet, aber dafür schillerten einige der Stalaktiten und Stalagmiten, die wie natürliche Trennwände zwischen den einzelnen Nischen aufragten, in Farben von fast überirdischer Schönheit. Je weiter sie ins Innere vordrang, desto mehr verpesteten die Ausdünstungen der zusammengepferchten Menschenmassen die Luft. Sie war froh um die Leuchtkörbe an den Wänden, denn ohne Licht hätte sie sich bald verlaufen.

In der Nische hinter den rosafarbenen Stalaktiten herrschte peinliche Ordnung, aber sie war leer. Alle Habseligkeiten waren in kunstvoll verzierten Truhen verstaut, auf denen die zusammengerollten Strohsäcke lagen. In einer Ecke lehnte ein geschnitztes Ochsenjoch. Es war mit einer Kette an einem Stalaktiten befestigt, obwohl nur ein Narr ein so auffallendes Stück gestohlen hätte. Thella blieb in der Mitte des Raums stehen und bemühte sich, ein Gefühl für seine Bewohner zu bekommen. Sie mußte Dowells und Barlas schwache Punkte finden, wenn sie erreichen wollte, daß Aramina freiwillig mitkam.

Als von ferne lauter Jubel und Stimmengewirr zu ihr

drangen, verließ sie die Grotte und huschte durch weniger belebte Seitenkorridore in ihr Versteck zurück. Dort schlief sie ein paar Stunden und ließ sich dann verschiedene Strategien durch den Kopf gehen, bis Giron eintraf. Er meldete sich mit leisem Zuruf an. Das war sein Glück, dachte sie, denn sie hatte ein leises Geräusch gehört und hielt das Messer zum Wurf bereit. Beim Anblick ihres erhobenen Armes knurrte er und trat erst ein, als sie es wieder in die Scheide gesteckt hatte. In einer Hand trug er eine zugedeckte irdene Schale und in der anderen einen Laib Brot.

»Ich habe auf meine Ration gewartet«, sagte er und reichte ihr die Hälfte des Brotlaibs. Ein verlockender Duft nach gedünsteten Muscheln verbreitete sich in dem kleinen Raum, als er den Topf öffnete und hineinspähte. »Es reicht für uns beide.«

Sie wollte schon sagen, sie nehme keine milden Gaben, Thella, die Herrin der Geächteten sei nicht auf Igens Almosen angewiesen, aber das Brot war warm und knusprig, und die Muscheln wirkten sehr saftig.

»Die Schalen kannst du später vergraben«, murmelte sie und griff zu. »Was hast du erfahren? Wurden die Höhlen durchsucht? Hast du sie wiedergesehen? Ich weiß aus zuverlässiger Quelle, daß sie echt ist.«

Giron knurrte nur, doch seine abweisende Miene konnte nicht darüber hinwegtäuschen, daß er zutiefst aufgewühlt war. Sie ließ ihm Zeit bis nach dem Essen, dann bedrängte sie ihn erneut. Sie brauchte diese Information und konnte auf seine schlechte Laune keine Rücksicht nehmen.

»Sie kann sie tatsächlich hören«, murmelte er mit verschwommenem Blick und starren Zügen. »Dieses Mädchen hört, was die Drachen sagen.«

Das klang so bitter, daß sie ihn scharf ansah. Der ehemalige Drachenreiter verzehrte sich vor Eifersucht, in ihm schwelte ein tiefer, unversöhnlicher Groll. Man hatte ihm keinen Gefallen getan, als man ihn wieder gesund machte. Aber warum war er überhaupt mitgekommen, er hatte doch gewußt, was sie hier suchte?

»Dann könnte ich sie also gebrauchen«, sagte sie endlich, als sie die dumpfe, brütende Stille nicht mehr ertrug. Resolut fuhr sie fort: »Wenn du die Schalen vergraben hast, kümmerst du dich um die Renner. Den Topf behältst du. Hast du irgendwo Wächter von Igen gesehen? Ich habe gehört, daß sie die Höhlen oft ohne Vorwarnung durchsuchen.«

Er warf die Schalen bedächtig in den Topf zurück, dann zuckte er die Achseln. »Für mich hat sich niemand interessiert.«

Das überraschte Thella nicht. Seine verschlossene Miene hätte jeden abgeschreckt, auch einen Wächter. Sie bedauerte schon, nicht noch jemand mitgenommen zu haben, der unterhaltsamer war. Als Giron zurückkam, hatte sie sich bereits in ihren Schlafpelz gewickelt. Obwohl er sicher wußte, daß sie noch nicht schlief, legte er sich fast geräuschlos zur Ruhe.

Am nächsten Morgen zog sie die Tracht einer Hofbesitzerin mit den Farben von Keroon und dem Schulterknoten einer Gestütsgesellin an, verbarg ihre Zöpfe unter einer Strickmütze und begab sich festen Schrittes zu Dowells Grotte. Am Eingang grüßte sie und musterte die Insassen mit einem schnellen Blick.

»Dowell, ich habe erfahren, daß Sie ein tüchtiger Tischler sind, und möchte Ihnen einen Auftrag erteilen.«

Dowell erhob sich, forderte sie zum Eintreten auf, schob den Jungen von einer der Truhen herunter und schickte ihn um einen sauberen Becher für die Hofbesitzerin. Aramina, in Rock und weiter Bluse, griff nach dem Krug und füllte den Becher mit Klah, Barla, die Frau, reichte ihn höflich an Thella weiter.

»Setzen Sie sich doch«, sagte Barla, tapfer bemüht, ihre Verlegenheit darüber zu verbergen, daß sie nur eine Truhe und keine Stühle anzubieten hatte.

Thella nahm Platz. Durchaus denkbar, dachte sie, daß Fax an dieser Frau Gefallen gefunden hatte: Barla war immer noch schön, trotz der tiefen Sorgenfalten um Mund und Augen. Der Junge starrte die frühe Besucherin fassungslos an. Das jüngste Kind schlief im hinteren Teil des Raums.

»Gutes Holz ist nicht leicht zu bekommen«, sagte Dowell.

»Ach.« Über solche Bedenken war Thella erhaben. »Das ist kein Problem. Ich brauche zwei Lehnstühle mit Fellisblattmuster, als Hochzeitsgeschenk. Sie müssen fertig sein, ehe der Paß zur Hochplateau-Siedlung zugeschneit ist. Läßt sich das machen?«

Sie begriff nicht, warum Dowell zögerte. Er nahm doch sicher Aufträge an, und er trug weder die Farben, noch den Schulterknoten einer Gildehalle. Er warf einen ängstlichen Blick auf seine Frau.

»Ich würde es mir eine Viertelmarke kosten lassen, wenn ich bis heute abend ein paar Entwürfe sehen könnte.« Thella kramte eine Hand voll Marken aus ihrem Beutel, suchte ein Viertel heraus und hielt es in die Höhe. »Ein Viertel für die Skizzen. Über den Preis werden wir reden, wenn ich mir ausgesucht habe, was mir gefällt, aber ich bin nicht kleinlich.« Sie bemerkte das gierige Aufblitzen in den Augen der Frau und sah auch, wie sie ihren Mann unauffällig anstieß.

»Ja, Entwürfe kann ich Ihnen anfertigen, Lady. Bis heute abend?«

»Ausgezeichnet. Bis heute abend.«

Thella stand auf und drückte ihm die Marke in die Hand. Dann drehte sie sich um, als sei ihr plötzlich etwas eingefallen, und lächelte Aramina freundlich zu. »Habe ich dich nicht gestern gesehen? Mit einem Netz voll Muscheln?« Warum zuckte das Mädchen zusammen und sah sie so mißtrauisch an?

»Ja, Lady«, brachte Aramina mühsam heraus.

»Gehst du jeden Tag sammeln, damit deine Familie

etwas zu essen hat?« Worüber redete man nur mit einem schüchternen Mädchen, das Drachen hören konnte?

»Alles, was wir sammeln, wird geteilt«, erklärte Aramina und reckte stolz das Kinn.

»Lobenswert, sehr lobenswert«, sagte Thella, obwohl sie diese Empfindlichkeit bei einer Heimatlosen doch sehr merkwürdig fand. »Wir sehen uns dann heute abend, Meister Dowell.«

»Geselle, Lady. Geselle.«

»Pah. Bei den Schnitzereien, die ich gesehen habe?« Sie ließ das Kompliment im Raum stehen. Mit Dowell und seinem Anhang mußte man behutsam umgehen. Sie hörte, wie die Frau aufgeregt auf ihren Mann einflüsterte. Eine Viertelmarke war keine Kleinigkeit für eine heimatlose Familie.

Wo, fragte sich Thella, sollte sie nun abgelagertes Holz herbekommen, von guter Qualität, wie eine wohlhabende Hofbesitzerin es für ein Hochzeitsgeschenk wählen würde?

Als sie am Abend zurückkam, legte er ihr fünf Entwürfe vor, und sie geizte nicht mit Lob. Er konnte wahrhaftig zeichnen und hatte eine schöne Kollektion von Stuhlformen zusammengestellt. Sie war schon versucht, ihm den Auftrag tatsächlich zu erteilen, anstatt ihn nur damit zu ködern, um das Vertrauen seiner Tochter zu gewinnen. Solche Stühle wären viel bequemer als die Klappsitze aus Segeltuch und die harten Bänke, mit denen sie sich im Moment begnügen mußte. Das Modell mit der harfenförmigen Lehne ließe sich leicht in Einzelteilen zu ihrer Festung transportieren und dort zusammenleimen. Ein Entwurf mit hoher, gerader Rückenlehne, breiten, elegant geschwungenen Armlehnen und verzierten Beinen und Querstreben war besonders gut gelungen.

Unvermittelt kam Giron den Gang entlang und winkte ihr hastig zu.

»Lassen Sie mir ein paar Tage Zeit, um mich zu entscheiden, Dowell«, bat sie, stand auf und faltete die Blätter sorgfältig zusammen. »Ich bringe die Skizzen wieder mit, und dann reden wir weiter.«

Die Frau sprach leise auf den Tischler ein. Aber Giron drängte mit einer Kopfbewegung zur Eile, und so folgte sie ihm in den nächsten schmalen Seitengang.

»Ein Suchtrupp!« flüsterte er nur, sie übernahm die Führung, und dann schlichen sie durch düstere Korridore, bis sie außer Reichweite waren.

Zwei Tage später schickte sie Giron voraus, um sich zu vergewissern, daß an diesem Morgen bereits eine Durchsuchung stattgefunden hatte, und begab sich dann abermals zu Dowells Grotte. Zu ihrem Ärger war das Mädchen nicht da. Sie unterhielt sich mit Dowell über das Holz und feilschte um den Preis. Schließlich versprach sie ihm mehr, als sie eigentlich für angemessen hielt, aber da sie wahrscheinlich nur die Hälfte auszahlen würde und vielleicht sogar diese Summe wieder zurückbekam, konnte sie sich diese großzügige Geste leisten.

Von Brare erfuhr sie, daß Aramina mit den Jägern unterwegs war. Zwar hatte niemand ausdrücklich gesagt, man wolle sie mitnehmen, weil sie Drachen hören könne, aber das war leicht zu erraten.

»Wie viele Leute wissen über sie Bescheid?« fragte Thella den Einbeinigen, sie fürchtete nämlich, die Weyr könnten von Araminas Begabung erfahren und sich das Mädchen schnappen, und dann stünde sie mit leeren Händen da. Sie hatte große Pläne und war zunehmend überzeugt, sie nur verwirklichen zu können, wenn sie imstande war, den Drachenreitern zuverlässig auszuweichen.

»Die?« Brare deutete mit dem Daumen nach Westen und schnaubte abfällig. »Wer denen auch nur ein Wort verrät, kann sich hier nicht mehr halten. Dazu ist sie viel zu nützlich für die Jäger. Sie müssen heutzutage tiefer in die Berge hinein, um Where zu finden, und wollen nicht von Fäden überrascht werden. Ein Stück Wherfleisch hin und wieder ist nicht zu verachten.« Er saugte pfeifend die Luft durch seine Zahnlücken. Sofort erhob sich Thella und ging.

Im Lauf der nächsten Tage versuchte Thella, das Vertrauen des Mädchens zu gewinnen und Dowell mit seiner ganzen Familie zum Umzug auf ihre Festung zu bewegen. Sie und Giron hatten das erforderliche Holz recht schnell ›gefunden‹ und die gestohlenen Bretter sorgsam durch andere von minderer Qualität ersetzt.

»Da oben in den Bergen ist es sehr ruhig, zugegeben«, erklärte sie und sah zu, wie Dowell mit genauen, kaum wahrnehmbaren Bewegungen seines kurzen Messers das Muster in die Stuhllehne schnitzte. »Aber es kann doch auch nicht in Ihrem Sinn sein, Ihre Kinder in diesem Labyrinth aufwachsen zu lassen? Auf meinem Hof könnten Sie die Stühle in aller Ruhe fertigstellen. Ich habe auch einen guten Lehrharfner.« Sie mußte ein Lächeln unterdrücken, als sie an die Moral dieses sogenannten Harfners dachte.

»Wir werden auf unsern rechtmäßigen Besitz in Ruatha zurückkehren, Lady«, erklärte Barla würdevoll.

Thella war überrascht. »Über die Ebene von Telgar, bei Fädenfall?«

»Die Route ist genau ausgearbeitet, Lady«, erklärte Dowell, ohne von seiner Arbeit aufzusehen. »Wir werden immer rechtzeitig Schutz finden.«

Thella registrierte Barlas leichtes, fast selbstgefälliges Lächeln und deutete es so, daß die Familie sich auf die Begabung ihrer Tochter verließ.

»Aber doch wohl nicht zu dieser Jahreszeit, wenn der Winter vor der Tür steht?«

»Da ich jetzt das Holz habe, kann ich Ihren Auftrag schnell erledigen«, sagte Dowell. »Ich werde die Stühle fertigstellen, und danach ist immer noch Zeit für die

Reise. An den Küsten von Telgar kommt der Winter spät.«

»Dowell ist Geselle, und er übt sein Handwerk aus«, verteidigte Barla ihren Mann. »Die Verwalter, die von Schmiedemeister Fandarel und vom Baron von Telgar kommen, haben kein Recht, ihn in die Bergwerke zu schicken.«

»Auf gar keinen Fall«, bekräftigte Thella stürmisch. Bei dem Gedanken, ihr Bruder Larad könnte hier irgendwo in der Nähe sein, war ihr der Schrecken in die Glieder gefahren. »Kaum zu glauben, daß Baron Laudey in seinen Höhlen solche Übergriffe von Außenstehenden duldet.«

»Der Vorschlag stammt von Baron Laudey.« Dowell lächelte bitter.

»Ich kann es ihm nicht verdenken«, sagte Barla sanft. »Hier gibt es viele, die arbeiten könnten, aber nicht wollen. Lady Doris ist viel zu nachsichtig.«

»Eine wundervolle, großherzige Frau«, stimmte Thella zu. Möglicherweise war es aussichtsreicher, sich auf Barla zu konzentrieren.

Giron hatte herausgefunden, daß die Suchtrupps zwei Ziele verfolgten: Einerseits sollten sie Hinweisen nachgehen, die möglicherweise zur Ergreifung von Plünderbanden führten, und zum anderen Arbeitskräfte für die Schmiedehalle und die Bergwerke von Telgar anwerben. Gleich am ersten Abend hatten sich die Höhlen merklich geleert. Zahlreiche Heimatlose, besonders solche mit Familien, hatten sich freiwillig für die verschiedenen Vorhaben der Gildehalle gemeldet, zur Herstellung und Wartung von Agenodrei-Flammenwerfern, aber auch für ein — von Giron mit Skepsis betrachtetes — Projekt des Meisterschmieds, bei dem es um die Schaffung besserer Nachrichtenverbindungen zwischen allen Burgen, Gildehallen und Weyrn ging. Der Plan, die Erzgruben in den Bergen wieder in Betrieb zu nehmen, gefiel Thella ganz und gar nicht. Die aufgelassenen Schächte waren ausgezeichnete Zufluchtsorte. Wie auch immer, sie konnte immer noch Bergmannsknoten an ihre Kundschafter verteilen. Damit hätten sie eine Erklärung für ihre Anwesenheit in den Stollen.

Für den Fall, daß einer von Larads Verwaltern sie auch nach vierzehn Planetenumläufen noch erkennen sollte, blieb sie in ihrem Versteck. Aber den ganzen Tag in einem geschlossenen Raum verbringen zu müssen, verbesserte ihre Laune keineswegs. Sie befahl Giron, mit einem Auge Dowells Arbeit und mit der anderen das Mädchen zu überwachen — und sie schmiedete Pläne.

Thella wartete auf eine der für den Spätherbst typischen Nebelnächte. Die Männer von Telgar beunruhigten sie, und sie wollte sich nicht länger damit aufhalten, die Familie zum Umzug auf ihre Festung zu überreden — vor allem, wenn sie mit einer Prise Fellispulver im Essen jeglichen Widerstand umgehen konnte. Schließlich hatte sie es vor allem auf Aramina abgesehen. Die anderen waren nur Ballast. Wenn sie fest schliefen, würden sie und Giron sich das Mädchen holen. Ein paar Drohungen, und sie würde sich schon fügen. Giron erhielt den Auftrag, einen dritten Renner zu beschaffen und alles für den Aufbruch vorzubereiten.

Thella war außer sich, als Giron zwei Tage später frühmorgens zu ihr gelaufen kam und berichtete, in der Nische des Zimmermanns hätten sich sechs alte Leute eingerichtet, und keiner habe seine Fragen nach den früheren Bewohnern verstanden.

Brare war erstaunt — und wütend —, als er davon hörte. »Aramina ist fort? Dazu hatte sie kein Recht. Für heute war die letzte Jagd vor dem nächsten großen Fädenfall angesetzt. Man hat fest mit ihr gerechnet, die Jäger brauchen ihre Hilfe. Und ich hatte mich schon so auf Wherbraten gefreut.« Er klemmte sich seine Krücke unter den Arm und war bereits halb den Gang hinunter, ehe Thella begriff, wohin er wollte.

Giron packte sie an der Schulter. »Nein! Es sind Wächter in der Nähe. Kommen Sie.«

»Er will sich erkundigen, wo sie hingegangen sind.«

»Er hätte *wissen* müssen, daß sie fort wollen«, gab Giron grimmig zurück. »Bis ich diesem Einbeinigen wieder ein Wort glaube, muß es erst warm werden im *Dazwischen*.« Er wandte sich zum Gehen. »Sie können noch nicht weit gekommen sein, nicht mit drei Kindern und einem Karren mit Zugochsen.«

»Zugochsen?« Thella folgte ihm unwillkürlich. Plötzlich blieb sie stehen. »Warum hast du mir nicht gesagt, daß sie Zugochsen haben?«

Giron drehte sich empört zu ihr um. »Sie sind doch sonst nicht so schwer von Begriff. Das Joch, das sie an den Steher gekettet hatten, kann Ihnen doch nicht entgangen sein.« Er nahm sie bei der Hand. »Zu dem Joch gehörten natürlich auch Tiere — sie standen auf der Weide südlich der Höhle.«

»Und wohin könnten sie gefahren sein? Doch wohl nicht nach Ruatha, das wäre Wahnsinn.«

»Ich werde mich bei den Muschelsammlern erkundigen. Satteln Sie inzwischen die Renner. Ganz gleich wohin, sie können noch nicht weit gekommen sein.«

Thella war bereits auf halbem Wege zu ihrem Versteck, als ihr auffiel, daß sie sich Girons Anweisungen ohne Widerrede gefügt hatte. Sie war wütend auf ihn und auf sich selbst, weil sie die Beherrschung verloren hatte, und empört, weil dieser lammfromme Dowell und seine hochnäsige Frau ihr auf die Schliche gekommen waren. Hoffentlich hatte er wenigstens die bereits fertigen Holzteile mitgenommen. Sie würde ihm die Haut abziehen, wenn sie diese Stühle nicht bekam!

»Die Straße nach Osten scheidet aus«, berichtete Giron. »Da hätte der Fährmann sie gesehen.« Er war schnell gelaufen und mußte sich gegen die Wand leh-

nen, um wieder zu Atem zu kommen. »Vor drei Tagen ist eine Karawane mit Wintervorräten zum Großen See und zur Siedlung ›Ende der Welt‹ aufgebrochen.«

»Wollte Dowell sich anschließen?« Thella zog ihrem Renner den Sattelgurt stramm und winkte Giron, auch sein Tier bereit zu machen, während sie die Vorräte am Sattel des dritten befestigte.

»Allein wären sie sicher nicht losgezogen. Ihre Renegatenbande ist nicht die einzige in dieser Gegend«, gab Giron zurück und zog den Gurt so fest an, daß der Renner protestierend quiekte.

»Laß das Giron!« Damit war der Lärm, aber auch sein hartes Zupacken gemeint. Unnötige Mißhandlung von Tieren duldete sie nicht. Von einem ehemaligen Drachenreiter hätte sie mehr erwartet — vielleicht wollte er sich auch an anderen Geschöpfen für seinen Verlust rächen.

Vor der Höhle winkte sie ihm, noch einmal abzusteigen. Sie konnte es zwar kaum erwarten, Araminas Spur zu verfolgen, doch zuvor schichtete sie mit Girons Hilfe so viele Mauerbrocken vor dem Eingang auf, daß er auf den ersten Blick blockiert wirkte. Vielleicht wurde dieser Zufluchtsort ja noch einmal gebraucht.

Dann saßen sie auf und ritten davon, so schnell es bergauf, über steiniges Gelände und mit einem reiterlosen Tier am Zügel möglich war.

Am vierten Tag nach dem Aufbruch von Igen war Jayges schlechte Laune verschwunden. Das war es, was ihm gefehlt hatte, wieder unterwegs zu sein, weg von den Pächtern, weg von den ruhelosen und gleichzeitig trägen Massen in den Höhlen, weg von den ständigen Appellen der Schmiedegilde und der Telgaraner, man solle ›sich zusammenreißen‹, ›sich nützlich machen‹, ›ein anständiges Handwerk erlernen‹ und ›genügend Marken verdienen, um sie einem Bitraner in Verwahrung geben zu können‹.

Er war *gern* Händler und hatte die Freiheit auf den Straßen immer geliebt. Hier konnte er sein Tempo selbst bestimmen und sich seine Zeit so einteilen, wie er wollte, und war nur sich selbst Rechenschaft darüber schuldig, was er aß, wie er sich kleidete und wo er Schutz suchte. Trotz der Schrecken der Fädeneinfälle hätte er dieses riskante Leben in freier Natur um keinen Preis gegen ein gesichertes Dasein eingetauscht, um etwa auf dem Anwesen eines anderen in härtester Knochenarbeit neue Räume aus dem Fels zu hauen. Jene drei trostlosen, qualvollen Planetenumläufe in Kimmage hatten ihm einen ausreichenden Vorgeschmack auf eine solche Existenz geboten. Es war ihm unbegreiflich, wie sein Onkel Borel und die anderen sich hatten entscheiden können, in Kimmage zu bleiben, wo sie doch kaum mehr als Knechte und Mägde waren. Ihre Kinder würden dieses Opfer nicht zu schätzen wissen, wenn sie älter wurden, denn allen Lilcamps lag die Unrast im Blut.

Jayge schritt an der Spitze der Karawane dahin. Er betätigte sich als Schrittmacher und suchte den Weg nach Hindernissen für die breiten, schwer beladenen Wagen ab. Mit ihren Metalldächern — ein Einfall von Ketrin und Borgald — waren sie schwer zu steuern, aber sie boten Sicherheit, falls die Karawane in einen unvorhergesehenen Sporenregen geraten sollte, was freilich ein gravierender Führungsfehler gewesen wäre. Seit jener ersten Katastrophe vor fast dreizehn Planetenumläufen waren Jayge und die anderen Lilcamps nie wieder von den Fäden getroffen worden. Es gab Schlimmeres als einen brennenden Regen ohne Sinn und Verstand, das hatte er inzwischen gelernt.

Jayge fluchte leise. Der Tag war viel zu schön, um sich mit längst vergangenen Problemen zu belasten. Die Lilcamps waren wieder unterwegs. Ketrin begleitete sie auf dieser Reise, sie mußten zehn vollbepackte Wagen mit Handelsgütern nach Lemos, zum Großen

See und zur Siedlung ›Ende der Welt‹ bringen. Die Karawane hatte das Becken des Igen-Flusses mit seinen gefährlichen Schlammlöchern und Treibsandflecken umgangen, aber der Weg durch die Himmelsbesen konnte noch tückischer sein.

Die großen Bäume, die nur in diesem einen langgezogenen Talabschnitt wuchsen, hatten ein weit ausladendes Wurzelgeflecht, das den Stamm strahlenförmig umgab und die hoch aufragenden Äste und die buschige Krone stützte. Im Morgendunst wirkten die Himmelsbesen wie Riesenskelette mit buschigen Haarschöpfen und grotesk langen Armen, die sich entweder gen Himmel reckten oder auf die knubbeligen Beine herabhingen.

Nur wenn Jayge ganz nahe war, konnte er die ineinander verflochtenen Stämme sehen, je mehr es waren, desto älter war der Himmelsbesen. Die Kronen mit den stacheligen kurzen Blättern waren breit und flach, und darin waren oft Nester der wilden Where versteckt, da sie in dieser Höhe für Schlangen unerreichbar und gegen räuberische Artgenossen leicht zu verteidigen waren. Das rauhe, kleinblättrige Laub fiel häufig den Sporen zum Opfer. Etliche Baumriesen waren umgestürzt, und ihre zackigen Strünke überragten die weite Ebene. Das harte Holz der Himmelsbesen wurde sehr geschätzt, obwohl es sich, wie Jayge von einem Schreiner aus Lemos erfahren hatte, schwer bearbeiten ließ. Die Äste konnte man als Stützpfosten für freistehende Gebäude verwenden, sie waren kräftig genug, um das Gewicht eines Schieferdachs zu tragen.

Jayge blickte nach oben und sah Drachen vorüberschweben. Als seine kleine Halbschwester die Himmelsbesen zum ersten Mal sah, hatte sie in aller Unschuld gefragt, ob auf den flachen Kronen wohl die Drachen landeten. Jayge hatte darüber nicht lachen können. Auch heute, nach so vielen Planetenumläufen, verkrampfte er sich noch unwillkürlich, sobald er einen

Drachen am Himmel erblickte. Er legte die Hand über die Augen, um die Tiere genauer zu betrachten.

»Das ist kein volles Geschwader!« rief Crenden ihm beruhigend zu.

Jayge schwenkte, zum Zeichen, daß er nicht in Sorge war, die Hand über dem Kopf. Am gemächlichen Tempo und der lockeren Formation erkannte er, daß die Reiter wahrscheinlich auf der Jagd gewesen waren und nun zum Igen-Weyr zurückkehrten. Die Drachen hatten sich wohl zu sehr vollgestopft, um ins *Dazwischen* fliegen zu können. Dann hörte er jemanden kreischen und drehte sich um.

Auf der Aussichtsplattform des vordersten Wagens stand seine Halbschwester, schrie aus Leibeskräften und winkte, um die Dahingleitenden auf sich aufmerksam zu machen. Der Harfner in Kimmage hatte sich alle Mühe gegeben, Aldas Köpfchen mit Traditionen vollzupacken. Bruder Tino, der alt genug war, um sich an jenen Schreckenstag zu erinnern, beobachtete die Tiere ebenso teilnahmslos wie Jayge selbst.

Vor den Himmelsbesen wirkten sogar die Drachen klein. Aber es waren prächtige Geschöpfe, das mußte Jayge ehrlicherweise zugeben. Jenen Schock, die tiefe Enttäuschung bei seiner ersten Begegnung mit einem Drachenreiter hatte er niemals überwunden, obwohl er später viele einsatzfreudige, höfliche und rücksichtsvolle Weyrbewohner kennengelernt hatte, doch als er nun die Drachen mit harmonisch aufeinander abgestimmten Schwingenschlägen über den Himmel gleiten sah, stieg die altbekannte Unzufriedenheit mit der langsamen Gangart der Menschen wie der Renner in ihm auf.

Er senkte den Blick und konzentrierte sich auf den Weg der vor ihm lag. Schließlich war er verantwortlich dafür, daß nichts die Wagen behinderte. Lasttiere brauchten viel Platz zum Halten: sie dachten langsam, und wenn sie ihre schweren Lasten einmal in Bewegung gesetzt hatten, waren sie mit diesem Gewicht im

Rücken nur noch schwer zum Stehen zu bringen. Der Herdenmeister in Keroon war offenbar nicht imstande, *alle* notwendigen Fähigkeiten einem einzigen Tier anzuzüchten. Man mußte wählen zwischen Schnelligkeit und Ausdauer, zwischen Muskelkraft und Anmut; Intelligenz schien sich unweigerlich mit Nervosität zu paaren, Kaltblütigkeit mit langsamen Reaktionen. Immerhin trotteten die Tiere notfalls die ganze Nacht hindurch weiter, ohne auch nur einmal den Rhythmus ihrer Schritte zu verändern.

Jayge entdeckte eine große Mulde — eine Drachenlänge breit und mindestens fünf Handbreiten tief, das reichte für einen Achsenbruch — und gab seinem Vater ein Zeichen, den Leitwagen nach links zu lenken. Crenden marschierte neben dem Gespann her, seine Frau Jenfa und Jayges jüngster Halbbruder saßen rittlings auf dem linken Tier. Jayge trabte weiter und blieb auf der anderen Seite der Vertiefung stehen, damit die übrigen Wagenlenker rechtzeitig anfangen konnten, ihre Marschrichtung zu ändern.

Er sah, wie die Flankenreiter die Botschaft an alle Wagen der weit auseinandergezogenen Karawane weitergaben. Das letzte Fuhrwerk passierte gerade das erste Hindernis dieses Tages, einen riesigen Baumstumpf, und Jayge bemerkte, daß jemand hinaufgestiegen war und ihm und seinem Vater mit den Armen signalisierte, schnelle Reiter kämen hinter ihnen her: zwei Reiter, drei Renner.

»Ich passe hier schon auf, Jayge!« rief Crenden und drängte sein Gespann mit dem Stachelstock in die neue Richtung. »Sieh du mal nach. Eigentlich ist unsere Gruppe so groß, daß sich keine Räuber an uns heranwagen dürften, aber ich möchte lieber Bescheid wissen.«

Sofort band Jayge seinen Renner von der Wagenrückwand los. Kesso erwachte aus seinem Halbschlaf, sobald Jayge nach den Zügeln griff, und schüttelte sich, um munter zu werden. Sobald sein Reiter im Sattel saß, war er wie umgewandelt, er schnaubte ungeduldig und blickte sich aufmerksam um. Der drahtige Renner mochte von weniger edlem Geblüt sein als das Reittier eines Hofbesitzers, aber trotzdem gewann er in jedem Rennen, bei dem Jayge ihn laufen ließ, seine Marken.

Während Jayge entlang der Karawane nach hinten galoppierte, rief er den anderen beruhigend zu: »Nur zwei Reiter, drei Tiere. Wahrscheinlich Händler. Wollen sich vielleicht anschließen.« Alle Erwachsenen stiegen ab, die Kinder ließ man zur Sicherheit in den Wagen, die Waffen waren nicht zu sehen, lagen aber griffbereit.

Drei Fuhrwerke weiter hinten hob Borgald die Hand, und Jayge zügelte Kesso und ließ ihn neben dem Geschäftspartner seines Vaters in Schritt fallen. »Auch wenn es nur zwei Reiter sind, ich traue der Sache nicht«, meinte der Alte. »Könnten schließlich auch Kundschafter sein. Diese Werber haben viel Staub aufgewirbelt, und die Leute in den Höhlen sind nervös — und verzweifelt. Will lieber keinen davon in der Nähe haben.«

Jayge nickte lächelnd. Wozu hätte Crenden ihn sonst nach hinten geschickt? Borgald und Crenden paßten großartig zusammen: Borgald redete, und Crenden hörte zu. Aber irgendwie wurde jedes Problem zu beiderseitiger Zufriedenheit gelöst. Jayge trieb Kesso weiter, denn er sah, daß Armald und Nazer, Borgalds älteste Söhne, sowie seine Tante Temma weiter hinten bereits aufgesessen waren und auf ihn warteten. Er lockerte sein Sattelmesser. In solchen Augenblicken fragte er sich, wo sein Onkel Readis jetzt wohl sein mochte. Readis war ein ausgezeichneter Reiter und ein gefährlicher Kämpfer gewesen.

Jayge hielt mit Temma, Armald und Nazer weit hinter dem letzten Wagen an. Er wußte, daß die Karawane aus genügend wehrhaften Leuten bestand, und je früher man das den Fremden klarmachte, desto geringer würden vermutlich die Schwierigkeiten sein.

Die Reiter kamen in einem gleichmäßigen Langstrek-kengalopp geradewegs auf ihn zu, verschwanden in den Wurzellöchern verrotteter Himmelsbesen und tauchten wieder auf — gute Reiter auf guten Tieren.

Zwei Männer, dachte Jayge, korrigierte sich jedoch, als sie näher kamen. Ein Mann und eine Frau, hochgewachsen, aber ohne Zweifel eine Frau, trotz des Staubschleiers vor dem Gesicht. Sie hielt knapp vor dem Mann an, also wandte Jayge sich an sie.

»Bestra vom Gestüt Keroon«, stellte sie sich mit einer Herablassung vor, wie sie viele Siedler im Umgang mit Händlern an den Tag legten.

»Händlerkarawane Lilcamp und Borgald«, gab Jayge kurz angebunden, aber nicht unhöflich zurück. Sie sah ihn nicht einmal an, wie es sich eigentlich gehörte, sondern blickte starr nach vorn auf die Wagen. Der Mann folgte ihrem Beispiel, etwas in seinen Zügen schreckte Jayge ab.

»Wir sind hinter einem Dieb her«, fuhr die Frau schnell fort. »Ein Heimatloser, der mir eine Menge Marken und sechs Längen schönes abgelagertes Rotholz gestohlen hat. Haben Sie ihn vielleicht überholt? Er hat einen kleinen Wagen mit nur einem Gespann.« Eigentlich hätte sie selbst feststellen können, daß auf dem vielfach gewundenen Pfad um die Himmelsbesen und die Wurzellöcher herum nirgends ein kleiner Wagen zu sehen war, der auf die Ausläufer des Grenzgebirges zustrebte.

»Wir haben niemanden überholt«, antwortete Jayge knapp. Aus dem Augenwinkel bemerkte er, daß Temmas Renner außergewöhnlich unruhig war und sich im Kreis drehte. In der Hoffnung, das seltsame Paar damit loszuwerden, fügte er hinzu: »Wir haben vor vier Tagen die Höhlen von Igen verlassen und seitdem niemanden gesehen.«

Die Frau schürzte die Lippen, ihr berechnender Blick, der Jayge ganz und gar nicht gefiel, huschte über ihn hinweg und streifte die Karawane. Ihr Begleiter starrte vor sich ins Leere, ein auffallender Kontrast zu ihren unruhigen, forschenden Augen.

»Händler«, sagte sie und lächelte honigsüß, »sie wissen doch sicher, ob dort hinten noch andere Pfade abzweigen?« Sie deutete über die rechte Schulter.

»Ja.«

Ihre harten Augen richteten sich auf ihn und bohrten sich in die seinen. »Könnte man sie mit einem einzelnen Gespann befahren?«

»Mit einem von unseren Wagen würde ich es nicht versuchen«, antwortete er, als habe er sie mißverstanden.

Ihr flammender Zorn traf Jayge überraschend. Der Gegensatz zu ihrem geistesabwesenden Gefährten hätte nicht größer sein können. »Ich frage nach einem Karren, der allein unterwegs ist, nach einem Dieb, der sich mit meinem Hab und Gut aus dem Staub machen will«, fuhr sie ihn an. Erschrocken tänzelte Kesso zur Seite und wehrte sich mit hoch erhobenem Kopf gegen Jayges festen Griff.

»Mit einem solchen Gefährt käme man fast überall hinauf«, schaltete Armald sich hilfsbereit ein. »Wir sind Händler, Lady, aber wir verstecken keine Heimatlosen. Jedes Stück in unseren Wagen ist registriert.«

»Es gibt mindestens zehn Serpentinenwege in die Vorberge hinauf.« Jayge bedeutete Armald ungeduldig, das Reden ihm zu überlassen. Es war beruhigend, wenn einem der massige Mann mit dem abschreckend groben Gesicht den Rücken deckte, aber er war nicht besonders klug und erkannte eine Gefahr erst, wenn sie mit gezücktem Schwert oder erhobener Keule auf ihn zustürmte. Jayge zeigte nach hinten. »Uns sind keine frischen Spuren aufgefallen, aber wir haben auch nicht danach gesucht.«

»Vor zwei Nächten hat es geregnet. Das müßte es Ihnen erleichtern, die Fährte zu finden«, fügte Armald hinzu und nickte freundlich.

Nichts mehr zu machen. Jayge zuckte die Achseln. »Schönen Tag noch«, sagte er und verbeugte sich im Sattel. Hoffentlich zog das Pärchen nun ab.

Die Lilcamps mischten sich niemals in Streitigkeiten unter den Einheimischen und hatten gelernt, sich jeden genau anzusehen, der mit ihnen unterwegs war, aber Jayges Sympathien lagen eindeutig auf der Seite der Leute, die vor dieser Frau flohen. Sie wendete ihren Renner — alle drei Tiere waren schweißnaß und wirkten erschöpft — und trieb ihn auf die Vorberge zu. Der schweigsame Mann drehte sich um, riß am Zügel des Packtieres und folgte ihr.

»Armald«, begannen Jayge und Temma gleichzeitig, obwohl das Klappern der Hufe noch nicht verklungen war. »Wenn ich rede, dann läßt du mich auch reden!« fuhr Jayge fort und drohte dem Hünen mit seinem Peitschenstiel. »Das war eine Hofbesitzerin. Sie ist hinter Dieben her. Die Lilcamps und die Borgalds decken keine Diebe.«

»Das war keine Hofbesitzerin, Jayge«, widersprach Temma. Sie schien sich Sorgen zu machen. Ihr Renner hatte sich wieder beruhigt, Temma hatte das Manöver also nur durchgeführt, um sich die beiden genauer ansehen zu können. »Der Mann gehörte früher zum Telgar-Weyr und hat vor einigen Planetenumläufen seinen Drachen verloren. In Igen wird er seit langem vermißt. Und die Frau ...« Temma rutschte unbehaglich im Sattel hin und her.

»Das ist Lady Thella, das habe ich dir doch gesagt«, fiel Armald ein. »Deshalb habe ich ihr auch ihre Fragen beantwortet.«

Temma starrte ihn an. »Er hat recht, Jayge. Mir kam sie ebenfalls bekannt vor.«

»Wer ist Lady Thella? Ich habe nie von ihr gehört.«

»Natürlich nicht«, schnaubte Temma spöttisch.

»Ich habe sie erkannt«, beharrte Armald.

Temma beachtete ihn nicht. »Sie ist die ältere Schwester von Baron Larad. Nach Tarathels Tod wollte sie Burgherrin werden, aber sie taugt nichts, überhaupt nichts.«

»Ich habe sie in Telgar oft gesehen; sie ist immer durch die Gegend geritten.« Armald schmollte, weil man ihn zurechtgewiesen hatte. »Sie ist eine feine Lady.«

Temma verdrehte die Augen. Sie war selbst eine anziehende Erscheinung, aber sie hatte einen sicheren Blick für ihre Geschlechtsgenossinnen.

»Eine Furie«, bemerkte Nazer und steckte seinen Dolch in die Scheide zurück. »Mit dieser Frau ist nicht zu spaßen.«

»Ich finde, wir sollten die beiden im Auge behalten, bis sie außer Reichweite sind«, sagte Temma. »Warte, bis sich der Staub gesetzt hat, Jayge, und reite ihnen dann nach. Merke dir genau, welchen Weg sie tatsächlich nehmen. Ich sage Crenden Bescheid.«

»Ich bin aber Schrittmacher«, wandte Jayge ein, denn er wollte seine Pflichten nicht vernachlässigen.

»Das kann Armald für dich übernehmen.« Sie zwinkerte Jayge zu. »Es liegt ihm, Löcher im Boden zu finden.«

»Schrittmacher?« Armalds Miene hellte sich auf. »Ich bin ein guter Schrittmacher.«

»Dann mach dich an die Arbeit«, brummte Nazer. Armald ritt lächelnd davon, und Nazer wandte sich an Temma. »Was meinst du, übernehmen wir die Flanken?«

Temma zuckte die Achseln. »Warum sollten wir? Der Nebel lichtet sich. Bald ist alles klar. Wir reiten lieber ein Stück hinterher.« Sie grinste Nazer an, und Jayge tat so, als bemerke er es nicht, und zog den Kopf ein, um seinerseits ein Lächeln zu verbergen. Temma hatte lange genug allein gelebt. Wenn sie Nazer gern hatte, würde Jayge sich schleunigst verdrücken, um die beiden nicht zu stören. Schließlich war man nicht mehr in einer Siedlung, da konnte man sich schon ein bißchen aus dem Weg gehen. »Sind deine Satteltaschen gut gefüllt?«

Jayge nickte, klopfte auf den Reiseproviant, mit dem alle Reittiere bepackt waren, wendete Kesso und strebte im Schritt den Vorbergen zu.

Es vergingen etliche Tage, bis Giron mit seinen scharfen Augen endlich die Spuren von Dowells Karren fand. Diese junge Rotznase von einem Händler sollte seine Unverschämtheit noch bereuen, schwor sich Thella. Sicher hatte er ganz genau gewußt, welchen der vielen Serpentinenpfade die Flüchtigen eingeschlagen hatten. Giron sagte an diesem Tag gar nichts, er war noch verstört vom Anblick der Drachen. Als die Tiere am Himmel erschienen und direkt auf sie zuschwebten, war er wie gelähmt. Sein Tier trottete nur weiter, weil es gewohnt war, dem ihren zu folgen.

Als es Zeit wurde, ein Nachtlager aufzuschlagen, mußte sie einen geeigneten Platz suchen, ihn zum Absitzen zwingen und seine Finger gewaltsam vom Führstrick lösen. Am liebsten hätte sie ihn allein zurückgelassen, bis er wieder zu sich fand, aber vielleicht brauchte sie seine Hilfe, um sich das Mädchen zu schnappen.

Später war sie froh, ihn mitgenommen zu haben, denn letztlich lebte er doch so weit auf, daß er etwas entdeckte, was ihr fast entgangen wäre: Radspuren in der weichen Erde.

»Er muß versucht haben, seine Spuren zu verwischen, so viel Gerissenheit hätte ich ihm gar nicht zugetraut«, murmelte sie aufgebracht. Sie konnte sich nicht vorstellen, warum Dowell so überstürzt aufgebrochen war. Sie war doch so taktvoll und behutsam vorgegangen — und er hatte so eifrig an den Schnitzereien gearbeitet, als wolle er die Arbeit auch zu Ende bringen. Zehn Marken wären ein schönes Zubrot gewesen, wenn man eine längere Reise plante.

Plötzlich kam ihr Brare in den Sinn. Hatte der alte Krüppel Dowell etwa gewarnt? Unwahrscheinlich, wenn das Mädchen für die Jäger aus den Höhlen wirklich so wichtig gewesen war, wie der Seemann behauptete. Sie hätten sicher nichts getan, um sie zu verscheuchen. Hatte Giron sie zu auffällig überwacht? Vielleicht hatte der ehemalige Drachenreiter die Familie in Unruhe versetzt. Auch ihr war Giron von Zeit zu Zeit unheimlich, gestern zum Beispiel, als er in Trance fiel. Vielleicht hatte auch jemand ausgeplaudert, wer sie war, und Dowell war in Panik geraten. Nun, wenn sie das nächstemal in die Höhlen von Igen kam, würde sie sich vergewissern, ob Brare loyal war!

»Fäden?« Es war das erste Wort, das Giron seit drei Tagen sprach, und ausnahmsweise klang es so, als sei er nicht sicher. Er versuchte, zwischen den Ästen hindurch den Himmel zu sehen. Der Wald war hier sehr dicht, bestand allerdings zumeist aus Jungholz. Er warf ihr den Führstrick zu, trieb seinen Renner die Böschung hinauf, stellte sich in den Sattel und kletterte flink in das dichte Geäst eines Baumes.

»Sei vorsichtig!« rief sie, als der Stamm unter seinem Gewicht schwankte. »Was siehst du?« Er gab keine Antwort, und sie wollte ihm schon nachklettern, als er ein Stück herunterkam. Tiefe Trauer stand in seinem Gesicht. »Drachen? Sporenregen?« Er schüttelte den Kopf.

»Nur ein Drache vielleicht, zwei, wie viele? Auf der Jagd?«

»Einer, auf der Jagd. Wir müssen uns verstecken.«

Die Äste überdeckten den Pfad nicht ganz, und die meisten Laubbäume hatten bereits ihre Blätter abgeworfen. Man konnte sie und Giron aus der Luft sehen.

Thella trieb ihren Renner die Böschung hinauf und wäre von dem störrischen Packtier fast aus dem Sattel gerissen worden. Dennoch gelang es ihr, zwischen eine Gruppe von Nadelbäumen zu kommen. Giron drückte sich fest an den Stamm und blickte weiter zum Himmel auf. Sein Mund öffnete sich, fast als wolle er den Reiter anrufen, sich zu erkennen geben. Thella hielt den Atem an, aber ihr Begleiter schien mit dem Stamm zu verschmelzen und regte sich so lange nicht, daß Thella schon befürchtete, er sei wieder zu Stein erstarrt.

»Giron? Was ist los?«

»Noch zwei Drachen. Halten Ausschau.«

»Nach uns? Oder nach Dowell?«

»Was weiß ich? Aber sie tragen Säcke mit Feuerstein.«

»Du meinst, es kommt ein Fädeneinfall?« Thella überlegte angestrengt, wo sich der nächste Unterstand befand. »Komm herunter. Wir müssen weg!«

Giron warf ihr einen leicht verächtlichen Blick zu, aber sie ging nicht darauf ein, sie war zu erleichtert, daß er da oben auf seinem Baum nicht abermals in Trance gefallen war.

»Wir sind hier in Baron Asgenars kostbaren Wäldern«, sagte er. »Ganze Scharen von Drachenreitern werden dafür sorgen, daß kein einziger Faden durchkommt.«

»Schön und gut, ich fürchte die Fäden nicht mehr als du, aber für die Renner gilt das nicht. Sie müssen weg von hier.«

Als sie endlich eine Höhle fanden, war sie fast zu klein, aber wenigstens tief genug für die drei Renner. Was die dummen Tiere nicht sahen, würde sie auch nicht erschrecken. Gegen Ende des Einfalls war Thella fast rasend vor Sorge. Sobald Giron sicher war, daß auch die hinterste Front vorübergezogen war, drängte sie zum Aufbruch.

»Wenn sie in den Regen geraten ist ...« Sie ließ die

Drohung unvollendet und schwang sich auf ihren Renner. Im Geiste sah sie den zuckenden, von Sporen bedeckten Körper des Mädchens vor sich. Als sie Girons geringschätzigen Blick bemerkte, unterdrückte sie ihre Unruhe, aber die Vorstellung, sie könnte ihr Opfer an die Fäden verloren haben, ließ sie nicht los, sie mußte sich Klarheit verschaffen.

»Thella«, befahl Giron unerwartet energisch, »behalten Sie den Himmel im Auge! Über dem Wald werden sie besonders gründlich suchen.«

Er hatte natürlich recht, und sie gab ihrem Renner die Sporen. »Es ist schon fast dunkel, und ich muß es *wissen!*«

Den nächsten Hinweis entdeckte sie selbst. Jemand hatte die Wagenspuren verwischt, die Striche waren nicht zu übersehen, sobald sie den Dreckklumpen bemerkt hatte, der ohne jeden Zweifel aus einer Radnabe gefallen war. Sie saßen ab und nahmen sich je eine Seite des Weges vor; Giron fand den Wagen in einem leidlich guten Versteck hinter Nadelbäumen. Er spähte durch die Äste, als Thella ihn erreichte und ihn ungeduldig beiseite stieß.

»Jemand hat herumgekramt und einiges mitgenommen«, stellte Giron fest.

»Dann können sie nicht weit sein.«

Giron zuckte die Achseln. »Zum Suchen ist es zu dunkel.« Er hob warnend die Hand, als sie den Renner an den Zügeln zu sich heranzerrte und aufsteigen wollte. »Hören Sie, wenn sie tot sind, dann sind sie eben tot, und sie werden nicht wieder lebendig, auch wenn Sie noch so lange im Dunkeln herumstolpern. Und wenn sie in Sicherheit sind, dann laufen sie Ihnen im Moment nicht weg.« Das klang vernünftig, aber Thella war nicht zu beruhigen. »Ich schlafe heute nacht im Wagen.«

»Nein, *ich* schlafe heute nacht im Wagen. Du bringst die Renner in die Höhle zurück und kommst bei Tagesanbruch wieder hierher.« Sie nahm die Decke und den Reiseproviant aus ihrem Bündel und schickte ihn fort. »Sobald es hell wird! Vergiß es nicht!«

Vielleicht war das sogar die bessere Methode, dachte Thella. Beim Wagen zu bleiben und abzuwarten, wer am nächsten Morgen nachsehen kam. Aramina war die Älteste. Aber mit so viel Glück konnte sie nicht rechnen, sagte sie sich, während sie an der trockenen Verpflegung herumkaute. Aber sie zöge es vor, nicht die ganze Familie am Hals zu haben. Wenn sie Aramina einfach verschwinden lassen könnte ...

»Noch mehr Drachenreiter?« Thella konnte es fast nicht glauben. »Was wollen die denn hier?«

»Was weiß ich?« gab Giron zurück. Zum ersten Mal, seit sie ihn kannte, zeigte er sich verärgert. Er ließ sich zu Boden fallen, zog die Knie an, legte die Arme locker darüber und sah vor sich hin.

»Aber der Fädeneinfall war gestern. Sie müßten längst weg sein!« Sie rüttelte ihn am Arm. Wie konnte er es wagen, einfach so ins Leere zu starren! »So viele Einnistungen?« Sie war an Fäden gewöhnt, aber bei der Vorstellung, irgendwo in ihrer Nähe könnte ein Klumpen in den Waldboden eingedrungen sein, stockte ihr doch der Atem. »Ist das der Grund?«

Giron schüttelte den Kopf. »Wenn sich die Sporen über Nacht eingegraben hätten, wäre vom Wald nichts mehr da. Und wir wären tot.«

»Aber warum dann? Könnte der Drache dich gestern gesehen haben?«

Giron lachte verbittert und stand auf. »Wenn Sie dieses Mädchen haben wollen, dann sehen Sie zu, daß Sie sie finden. Weit können sie nicht sein. Sie hätten den Wagen nicht zurückgelassen.«

Thella versuchte sich zu konzentrieren. »Wäre es denn möglich, daß man in einem Weyr von ihr erfahren hat?«

»In den Weyrn gibt es genügend Leute, die sich mit Drachen verständigen können«, sagte er verächtlich.

»Man könnte sie doch bei einer Suche entdeckt haben? Ich habe gehört, daß in Bendens Brutstätte ein Gelege heranreift. So muß es sein. Komm! Ich lasse mir das Mädchen nicht wegnehmen, es gehört mir!«

Es war gut, daß sie zu Fuß waren und die Renner in der Höhle gelassen hatten, denn so konnten sie sich leicht verstecken, als ein Trupp Berittener vorüberkam.

»Asgenars Waldhüter«, sagte Thella und wischte sich die Walderde aus dem Gesicht. »Splitter und Scherben.«

»Kein Mädchen dabei.«

»Die haben nach uns gesucht! Das weiß ich genau.« Fluchend umging sie ein Dickicht. »Komm, Giron. Wir werden dieses Mädchen finden. Und wenn wir es gefunden haben, werden wir es diesem Lilcamp-Händler heimzahlen. Wir werden seinen Tieren die Sehnen durchschneiden und seine Wagen verbrennen. Sie werden nicht einmal bis zum See kommen, das verspreche ich dir. Er hat mich verraten, und dafür wird er büßen. Ich kriege ihn!«

»Herrin der Geächteten«, sagte Giron so spöttisch, daß sie trotz ihrer Wut stehenblieb. »Man wird *Sie* kriegen, wenn Sie nicht aufhören, hier im Wald soviel Lärm zu machen. Sehen sie, hier ist vor kurzem jemand gegangen. Überall abgebrochene Zweige. Wir brauchen ihnen nur zu folgen.«

Die abgebrochenen Zweige führten bis zum Weg, und hier waren verwischte Renner-, Menschen- und Drachenfährten zu erkennen. Hinter den Bäumen bewegte sich etwas, ein Mann tauchte kurz auf. Dowell konnte es nicht sein, der hätte weder Lederkleidung noch Kampfriemen getragen. Vorsichtig überquerten sie den Weg und kämpften sich langsam hangaufwärts bis an den Rand eines Wäldchens aus Nußbäumen. Dort zog Giron Thella zu Boden.

»Ein Drache. Bronze«, flüsterte er ins Ohr.

Einen Moment lang war sie wütend auf Giron. Seine Vorsicht war berechtigt gewesen, und das empörte sie kaum weniger als die Erkenntnis, daß ihr Opfer von einem Drachen bewacht wurde. Warum hatten die Drachenreiter das Mädchen nicht einfach mitgenommen? Oder sollte dies eine Falle für Thella sein? Woher konnten sie wissen, daß sie es auf Aramina abgesehen hatte? Hatte Brare nicht dicht gehalten? Oder dieser unverschämte Bursche bei der Händlerkarawane? Konnte er sich auch mit Drachen verständigen?

Dann sah sie jemanden durch das Wäldchen gehen. Um Nüsse zu pflücken? Thella riß verblüfft die Augen auf. Tatsächlich, das Mädchen pflückte Nüsse. Und der Bewacher half ihm dabei. Thella schloß die Augen vor diesem unerträglichen Anblick. Da hatte sie die Beute dicht vor der Nase und konnte nicht zupacken. Sie und Giron brauchten eine Menge Glück, um mit heiler Haut davonzukommen. Trotzig zog sie den Arm zurück, als Giron sie am Ärmel zupfte. Dann sah sie, daß er auf etwas deutete.

Das Mädchen entfernte sich immer weiter von ihrem Wächter. Nur ein kleines Stück noch, dachte Thella. Ein ganz kleines Stück, mein süßes Kind. Grinsend bedeutete sie Giron, das Mädchen mit ihr in die Zange zu nehmen. Der Wächter sah nicht nach unten. Wenn sie vorsichtig waren ... sie würden vorsichtig sein. Mit angehaltenem Atem schob Thella sich weiter.

Giron erreichte Aramina als erste, legte ihr eine Hand auf den Mund und drückte ihr mit der anderen die Arme an den Körper.

»Nun geht doch noch alles gut, Giron«, lobte Thella, griff dem Mädchen ins Haar und riß ihm den Kopf nach hinten. Sie hatte ihnen so viele Schwierigkeiten gemacht, dafür verdiente sie ein wenig Schmerz. Thella weidete sich an der Todesangst in Araminas Augen. »Endlich ist uns der Wildwher in die Falle getappt.«

Die beiden zerrten ihr Opfer den Hügel hinunter, bis sie außer Sichtweite des Wächters waren. »Keine Bewegung, meine Kleine, oder ich schlage dich bewußtlos. Wäre vielleicht besser, Thella«, fügte er hinzu und ballte die Faust. »Wenn sie Drachen hören kann, gilt das auch umgekehrt.«

»Sie war nie in einem Weyr«, gab Thella zurück, aber die Möglichkeit war nicht von der Hand zu weisen. Sie riß heftig an Araminas Haar. »Laß dir ja nicht einfallen, nach einem Drachen zu rufen.«

»Zu spät!« rief Giron mit erstickter Stimme und stieß das Mädchen von sich, auf die Kante am Rand des Wäldchens zu.

Thella entfuhr ein heiserer Schrei, als der Bronzedrache das stürzende Mädchen aufhielt. Der Drache brüllte auf, und sein Atem war so heiß, daß Thella erschrocken die Flucht ergriff. Giron war nur einen Schritt hinter ihr. Während sie sich rutschend und stolpernd vorwärtskämpften, hörten sie Stimmen rufen. Thella warf einen Blick über die Schulter und sah den Drachen gegen die Bäume anrennen, denen er mit seinem massigen Körper nicht so gewandt ausweichen konnte wie ein Mensch. Mit lautem Gebrüll machte er seiner Enttäuschung Luft. Thella und Giron liefen weiter.

6

Südkontinent. Telgar
12. Planetenumlauf

Als Meister Rampesi in Torics Burg eintraf, fluchte er wortreich über den Leichtsinn der Nordländer, die das Südmeer offenbar für einen Bergsee oder eine friedliche Bucht hielten.

»Ich habe diese verdammten Idioten gründlich satt, Toric. Schon wieder sechs, die ich retten mußte — zwanzig sind ertrunken, als ihre Badewanne eine Tagesstrecke von Ista entfernt kenterte. Jeder anständige Kapitän hätte sie vor den Stürmen zu dieser Jahreszeit gewarnt, aber nein! Sie müssen in lecken Seelenverkäufern aufs Wasser, und kein einziger erfahrener Seemann an Bord!«

»Was regen Sie sich auf, Rampesi!« unterbrach Toric verdrossen den Wortschwall. »Haben Sie etwa die Männer nicht mitgebracht, die uns der Meisterschmied vertraglich zugesichert hatte?«

»Oh, die sind auch dabei, keine Sorge. Aber es hatte sich herumgesprochen, daß ich zum Südkontinent wollte. Ich konnte nicht einmal im Hafen in der Großen Bucht bleiben, sondern mußte in einem kleinen Haff vor Anker gehen, sonst hätten ganze Scharen von Dummköpfen mein Schiff geentert. Die Lage gerät allmählich außer Kontrolle, Toric.« Rampesi machte ein finsteres Gesicht, aber er nahm den Becher mit Branntwein, den Toric ihm eingeschenkt hatte, leerte ihn auf einen Zug und stieß einen genüßlichen Seufzer aus. Der milde Alkohol hatte seinen Zorn ein wenig beschwichtigt, er setzte sich und richtete seine scharfen Augen auf den Burgherrn. »Was tun wir nun, um uns

Benden und die Barone vom Hals zu halten? Hier und dort ein Geschäft in Ehren ist doch etwas anderes, als wenn die Heimatlosen in Scharen auf den Südkontinent drängen. Dabei braucht der Baron von Telgar Leute für seine Bergwerke, Asgenar möchte, daß seine Wälder nach teuflisch schlauen Banditen durchsucht werden, und überall, bis hinunter zur Landzunge von Ista, passieren die merkwürdigsten Dinge.«

Toric schürzte die Lippen und rieb sich das Kinn. »Sie sagen, es hätte sich inzwischen herumgesprochen, daß man ganz gewöhnliche Nordländer auf den Südkontinent läßt?«

»Es gehen Gerüchte um. Natürlich« — Meister Rampesi zuckte die Achseln und hob abwehrend die Hand — »streite ich alles ab. Ich treibe Handel mit Ista, Nerat, Fort und den Besitzungen am Großen Dunto-Fluß.« Er zwinkerte Toric verschwörerisch zu. »Ich räume lediglich ein, daß ich hin und wieder vom Kurs abkomme und sogar ein oder zwei Mal bis zum Südkontinent verschlagen wurde. Bisher hat das nicht einmal Meister Idarolan in Zweifel gezogen. Aber es wird schwieriger werden, der Aufmerksamkeit von sozusagen offizieller Seite zu entgehen.«

»Natürlich müssen die Gerüchte irgendwie zum Schweigen gebracht werden ...« Toric ärgerte sich; das Abkommen mit Meister Rampesi und Meister Garm hatte sich bestens ausgezahlt.

»Man könnte auch *sichere* Überfahrten in den Süden legalisieren.«

Rampesi berechnete Toric einen stattlichen Preis für die Beförderung von Handwerkern auf den Südkontinent, deshalb konnte der Burgherr sich gut vorstellen, was der Seemann mit einem regelmäßigen Fährdienst verdienen würde.

»Als Sie zum letzten Mal hier waren« — Toric wechselte das Thema. —, »sagten Sie mir, im Norden seien Blei und Zink knapp?«

»Sie wissen doch selbst, was Ihnen meine Schmuggelfrachten bisher eingebracht haben. Die Minen im Norden werden eben schon zu lange ausgebeutet.« Jetzt erst begriff Meister Rampesi, worauf Toric hinauswollte. »Ich bin nur ein einfacher Schiffsmeister, Baron Toric, ich kann mich also nicht dort für Sie einsetzen, wo es zählt.«

»Ja, wo es zählt. Und ich würde Baron Larad sein Geschäft wegnehmen.«

»Meisterschmied Fandarel sähe das sicher anders«, gab Rampesi schnell zurück. »Er schreit doch nach Metall und allen möglichen anderen Dingen, die er für seine sämtlichen Projekte braucht.« Meister Rampesi hielt nicht viel von diesen Projekten, aber er war durchaus bereit, die Rohstoffe dafür zu liefern.

»Aber er ist in Telgar ...«

»Gewiß, aber er ist auch Gildemeister, und die Gilden brauchen den Baronen nicht nach dem Munde zu reden. Sie sind ihr eigener Herr, nicht anders als ich auf meiner *Herrin der Bucht*. Ich würde mich an Ihrer Stelle hinter Meister Robinton stecken. Er weiß am besten, an wen Sie sich wenden sollten. Die nächste Fracht geht ohnehin nach Fort, ich kann also gern eine Botschaft von Ihnen mitnehmen. In diesem Fall wäre es am klügsten, einen geraden Kurs zu segeln, Toric.«

»Ich weiß, ich weiß«, gab Toric gereizt zurück. Dann fiel ihm wieder ein, wie sehr er auf Meister Rampesis Wohlwollen angewiesen war, und er zwang sich zu einem Lächeln. »Könnte sein, daß ich für die Rückfahrt einen Passagier für Sie habe, Rampesi.«

»Das wäre etwas ganz Neues«, bemerkte der Kapitän der *Herrin der Bucht* zynisch und hielt dem Burgherrn sein Glas zum Nachfüllen hin.

Toric entdeckte Piemur, wie üblich, in Sharras Werkraum, wo die beiden miteinander lachten und schwatzten, viel zu vertraulich für den Geschmack des Burgherrn. Sie waren beschäftigt — daran gab es nichts zu rütteln —, sie verpackten die Arzneien, die Rampesi zum Meisterheiler bringen sollte. Toric würde Piemur vermissen. Der Lehrling hatte bei der Einrichtung der Trommeltürme ausgezeichnete Arbeit geleistet, und seine Karten des Inselflußgebietes hatten sich als ebenso exakt erwiesen wie Sharras Zeichnungen, obendrein hatte er mit raffinierten Symbolen mögliche Siedlungsstätten, natürliche Vorkommen von eßbaren Früchten und Konzentrationen von wilden Rennern und Herdentieren eingetragen. Aber er war viel zu oft mit Sharra zusammen, und Toric hatte Pläne für seine jüngere Schwester, in denen der junge Harfner keine Rolle spielte. Immerhin, wenn man es richtig anpackte, konnte der Junge vielleicht noch ganz nützlich werden. Piemur war Meister Robintons persönlicher Lehrling gewesen und verstand sich ausgezeichnet mit Menolly und Sebell. Außerdem wollte er unbedingt auf dem Südkontinent bleiben, das hatte er nur allzu oft beteuert. Jetzt konnte er es beweisen.

»Piemur, auf ein Wort?«

»Was habe ich falsch gemacht?«

Toric deutete wortlos den Gang hinunter zu seinem Arbeitsraum. Während er dem Jungen folgte, entschied er sich dafür, ganz offen zu sprechen. Piemur entging nicht viel; er wußte um die Handelsbeschränkungen zwischen Norden und Süden, ihm war bekannt, wieviel Spielraum man bei der Lieferung von Arzneipflanzen für den Norden bereits stillschweigend zugestanden hatte, und er hatte am eigenen Leib erfahren, auf welchem Wege die Alten mit Baron Meron von Nabol widerrechtlich Waren auszutauschen pflegten, ehe der Tod des Barons der Sache ein Ende gemacht hatte. Ja, dem Jungen entging nicht viel — aber soweit Toric wußte, war er bisher immer diskret gewesen.

»Rampesi hat eben eine neue Schar von schiffbrüchigen Verrückten mitgebracht, die das Südmeer überqueren wollten«, sagte Toric und schob die Tür zu.

Piemur rollte die Augen über soviel Dummheit. »Das müssen wirklich Verrückte sein. Wie viele hat er diesmal lebend geborgen?«

»Rampesi sagt, zwanzig. Und noch einmal so viele wollten die *Herrin der Bucht* vor dem Auslaufen entern.«

»Das ist nicht gut«, seufzte Piemur.

»Nein, das ist nicht gut. Rampesi wird allmählich nervös, und dagegen müssen wir etwas unternehmen.« Als Piemur den Kopf schüttelte, fuhr Toric fort: »Du und Saneter, ihr habt mir oft geraten, mit eurem Meisterharfner über eine offizielle Lockerung dieser Beschränkungen zu sprechen. Ich wollte bisher nichts mit den Nordländern zu tun haben, aber die denken da offenbar ganz anders. Und ich muß den Zustrom eindämmen. Tausende von Heimatlosen, ganz gewöhnliche Taugenichtse, erwarten sich hier ein bequemes Leben, und das lasse ich nicht zu. Du weißt, was ich geschaffen habe und was ich noch plane. Du bist kein Narr, Piemur, und ich bin kein Altruist. Ich arbeite für mich und für meine Familie, aber ich möchte auch, daß sich Leute hier ansiedeln können, die bereit sind, so hart zu arbeiten wie ich. Ich werde nicht dulden, daß alles, was ich geleistet habe, an Stümper vergeudet wird.«

Piemur stimmte den meisten dieser Argumente zu. »Sie können es nicht riskieren, so lange abwesend zu sein, wie eine Reise in den Norden dauern würde. Deshalb möchten Sie wohl, daß ich an Ihrer Stelle fahre.«

»Ich meine, auch für dich hätte die Sache einige Vorteile.«

»Nur, wenn es keine Reise ohne Wiederkehr ist, Toric.« Der Junge sah ihm fest in die Augen, und das verblüffte Toric ein wenig. »Es ist mein Ernst, Baron Toric.« Ein scharfes Aufblitzen in den Augen des jungen Mannes erinnerte Toric daran, daß Piemur in mancher Hinsicht älter war, als er aussah. Er wußte, was auf dem Spiel stand.

»Dafür habe ich Verständnis, junger Piemur«, versicherte Toric. »Ja, du sollst da oben erklären, wie schwer die Siedler im Süden unter diesen Beschränkungen zu leiden haben — und daß eine Lockerung dem Norden nicht nur bei der Versorgung mit Heilkräutern, sondern auch auf anderen Gebieten zugute kommen könnte. Du darfst auch die Mineral- und Metallvorkommen erwähnen ...« Toric hob warnend die Hand. »Aber natürlich diskret.«

»Natürlich.« Piemur grinste verständnisinnig.

»Außerdem gibt es noch einen Grund, warum du die Reise machen solltest, abgesehen von deinen guten Beziehungen zum Meisterharfner selbstverständlich. Um gleich mit der Tür ins Haus zu fallen, für einen Lehrling wirst du allmählich zu alt.« Toric sah, daß der Junge damit nicht gerechnet hatte, und fuhr gewandt fort: »Saneter wird nicht jünger, und ich brauche einen Harfner, der meinen Zielen wohlwollend gegenübersteht, am liebsten einen, der den Alten bereits vertraut ist, so daß der Wechsel unbemerkt vonstatten geht. Sieh zu, daß du deinen Gesellenknoten bekommst, während du dich in der Harfnerhalle aufhältst, und sobald du die Tische gewechselt hast, bist du hier jederzeit wieder willkommen. Das ist ein Versprechen.«

»Und was genau soll ich Meister Robinton sagen?«

»Ich kann einem künftigen Gesellen doch wohl so weit vertrauen, daß er seinem Gildemeister mitteilt, was der wissen muß?« Toric entging nicht, wie schnell der Junge die leichte Betonung auf dem Wort ›muß‹ erfaßt hatte.

Piemur zwinkerte ihm zu. »Aber sicher. Nur, was er wissen *muß*.«

Erst als Piemur gegangen war, fragte sich Toric, was dieses unverschämte Zwinkern wohl zu bedeuten hatte. Er wäre freilich nie auf die Idee gekommen, daß der Meisterharfner persönlich in den Süden reisen würde, um in Erfahrung zu bringen, was er seiner Meinung nach wissen mußte, ehe er den Weyrführern von Benden die Sache vortrug. Und diese Reise sollte vielerlei Auswirkungen haben.

Die Begegnung ging Jayge den ganzen Weg bis zum Großen See von Lemos nicht mehr aus dem Kopf — besonders, seit er seine eigenen Eindrücke von Lady Thella mit dem verglichen hatte, was man sich über die ärgsten Banditen von Lemos erzählte. Thella wurde nie beim Namen genannt, und Armald war zum Glück nicht helle genug, um die Verbindung herzustellen. Eine Burgherrin war und blieb eine Burgherrin, genau wie ein Händler immer ein Händler blieb. Armald wußte nicht so genau, ob das auch für Reiter galt, die ihren Drachen verloren hatten, aber dieser Mann hätte schließlich jeden in Verwirrung gestürzt.

Was Jayge beunruhigte, war die Tatsache, daß die Renegatin eine gut organisierte Bande anführte, die der Lilcamp-Borgald-Karawane durchaus Schwierigkeiten bereiten konnte. Er machte sich unwillkürlich Sorgen, weil er sie gereizt hatte, obwohl Temma ihm geraten hatte, sich den Vorfall aus dem Sinn zu schlagen. Außerdem hatte Thella die Karawane mit allzu entschlossenem Blick gemustert — und der Weg bis ›Ende der Welt‹ war noch weit.

Sie hatten unweit der Prärie-Siedlung Schutz vor einem Fädeneinfall gesucht, und wie gewohnt erboten sich Crenden und Borgald, am nächsten Tag einen Bodentrupp auszusenden. Nazer und Jayge ritten zur Siedlung, um den Gutsherrn Anchoram zu fragen, welches Gebiet sie kontrollieren sollten.

Zu Jayges Überraschung kam Baron Asgenar persönlich auf einem blauen Drachen angeflogen, stieg mit einem Schwung ab, der lange Übung verriet, und begrüßte lächelnd die vielen zusätzlichen Helfer, die sich in der Siedlung versammelt hatten. Der Baron schien sehr beliebt zu sein, und als er bei drei aufgeregten Gebirglern stehenblieb, hielt auch Jayge seinen Renner in der Nähe der Gruppe an. Der Burgherr von Lemos war ein großer Mann mit leicht hängenden Schultern und dichtem blonden Haar, das unter dem Reithelm ein wenig feucht geworden war. Die klaren Augen blickten aufrichtig, und er gab sich ganz natürlich — nicht so herrisch wie Corman, Laudey oder Sifer, die anderen Barone, denen Jayge begegnet war. Aber wie Larad von Telgar war auch Asgenar noch ziemlich jung und nicht so engstirnig wie die anderen, die sich während des langen Intervalls uneingeschränkter Autorität erfreut hatten.

Dank seiner scharfen Ohren gelang es Jayge, das Gespräch zu belauschen. Am meisten beklagten sich die verängstigten Pächter darüber, nur unzureichend gegen Überfälle geschützt zu sein.

»Es ginge ja noch, Baron Asgenar, wenn sie uns wenigstens offen angreifen würden und man sich mit Kraft oder Geschicklichkeit verteidigen könnte«, sagte ein Herdenmeister. »Aber sie schleichen sich ein, wenn wir auf entlegenen Weiden zu tun haben oder Burgdienste leisten, und ehe man sich's versieht, sind sie auch schon wieder fort. Wie bei dem Diebstahl auf Kadross.«

»Alle Burgen im Osten sind betroffen, nicht nur Lemos ...«

»Und die Bitraner jagen anständige Leute aus dem Land«, grollte ein anderer.

»Einige von euch wissen bereits, daß ich berittene Patrouillen unangemeldet auf Inspektionen schicke. Aber ich brauche eure Hilfe. Ihr müßt der Burg sofort melden, wenn ihr etwas Ungewöhnliches bemerkt, wenn ihr unerwarteten Besuch bekommt oder Lieferungen von einem Fuhrmann oder einem Gildegesellen erwartet. Haltet alles gut verschlossen ...«

»Splitter und Scherben, Baron Asgenar, sie haben alle meine Schlösser aufgebrochen und sich genommen, was sie wollten«, beklagte sich ein Berghofpächter bitter. »Ich lebe da oben.« Er deutete nach Norden. »Wie soll ich Ihnen rechtzeitig Nachricht geben?«

»Sie haben vermutlich keine Feuerechse?« fragte Asgenar.

»Ich? Ich habe nicht einmal eine Trommel.«

Asgenars Mitgefühl und seine Besorgnis schienen echt zu sein. »Ich werde mir etwas einfallen lassen, Medaman. Ich werde mir etwas einfallen lassen für Leute wie euch.« Auch seine Stimme klang ehrlich. Dann wurde der Burgherr plötzlich von allen Seiten mit Fragen bestürmt und bat mit erhobenen Armen um Ruhe. »Telgar, Keroon, Igen, Bitra und ich sind überzeugt davon, daß alle größeren Diebstähle das Werk einer einzigen Gruppe sind, obwohl die betroffenen Anwesen so weit auseinanderliegen. Wir wissen nicht, wo diese Gruppe ihren Stützpunkt hat, aber wenn jemand von euch aus dem Grenzgebirge irgendwo Spuren von größeren Trupps oder sonst etwas Ungewöhnliches bemerkt, so soll er es dem nächsten Trommelturm melden. Man wird euch für den Zeitaufwand entschädigen.«

»Machen wir, wenn wir können, Baron«, sagt Medaman. »Bald sind wir ohnehin eingeschneit.«

»Dann ist es noch einfacher«, grinste Asgenar. »Legt nur ein buntes Tuch — vielleicht den Festschal eurer Frau — in den Schnee. F'lar und R'mart schicken ständig Drachenreiter auf Patrouille. Sie werden danach Ausschau halten.«

Der Vorschlag fand Zustimmung, und Asgenar konnte endlich weitergehen. Jayge wäre gerne noch ein wenig länger geblieben, aber Nazer hatte den Lasttieren die neuen Agenodrei-Zylinder aufgeladen und wollte sich auf den Rückweg machen.

»Ich brauche meinen Schlaf, wenn ich morgen mit dem Bodentrupp ausrücken soll«, erklärte er Jayge und gähnte ungeniert.

Jayge grinste und scheuchte eines der Packtiere in die Reihe zurück.

Die Bodenmannschaft bekam nicht viel zu tun, da man zum Schutz von Asgenars Wäldern zusätzliche Drachengeschwader aufgeboten hatte. Nur ein Fädenknäuel kam durch und wurde schnell zu Asche verbrannt. Trotzdem achtete Borgald peinlich darauf, seine Pflichten gegenüber dem Weyr zu erfüllen und sorgte dafür, daß kein Mitglied seiner Karawane sich vor dem Bodendienst drückte. Crenden beklagte sich zwar, weil ihn die Gefälligkeit zwei Reisetage kostete, aber das hörten nur Temma und Jayge. Ein brauner Reiter landete neben dem Trupp und bedankte sich höflich für die Unterstützung, doch er beschränkte das Gespräch auf ein Minimum und flog danach nicht etwa zum Benden-Weyr zurück, sondern entfernte sich in südöstlicher Richtung.

Um die verlorene Zeit wieder aufzuholen, setzte sich die Karawane sofort in Bewegung, nachdem man die schweren Tiere aus den Höhlen getrieben und eingespannt hatte, und fuhr ohne Pause Tag und Nacht weiter, bis der gewohnte Lagerplatz am anderen Ufer des Großen Sees erreicht war. Eine Patrouille von Lemos kam vorbei, trank einen Becher Klah und plauderte ein wenig, lehnte aber ab, als man sie einlud, über Nacht zu bleiben.

»Sie haben uns Geleitschutz angeboten«, erzählte Crenden seinem Sohn in abfälligem Ton. »Bis nach ›Ende der Welt‹.«

Jayge schnaubte. »Wir kommen schon allein zurecht.«

»Genau das hat Borgald auch gesagt.«

Jayge glaubte, in den Augen seines Vaters eine Spur von Unsicherheit zu bemerken. »Sie haben eine Patrouille. Wir können auch eine Patrouille aufstellen.«

»Wir könnten auch« — Crendens Augen wurden

schmal, und er starrte versonnen in die Flammen des Lagerfeuers — »einen anderen Weg nehmen.«

»Ich würde mir größere Sorgen machen«, sagte Temma und trat aus der Dunkelheit zu ihnen, »wenn Asgenars Wachen Thella nicht verscheucht hätten.«

»Was sagst du da, Temma?«

Sie grinste, kauerte sich nieder und zog den Kessel zu sich heran, um sich einen Becher Klah einzuschenken. »Ich habe mich vor der Abfahrt mit einem Pächter vom Bodentrupp unterhalten. Die Leute, hinter denen Thella her ist — ihre angeblichen Diebe —, sind ein harmloser Zimmermann und seine Familie, und ich kann euch die erfreuliche Mitteilung machen, daß Benden sie in seine Obhut genommen hat.« Sie zwinkerte Jayge zu. »Du kannst also ganz beruhigt sein, mein Junge, obwohl es ein Jammer ist, daß Asgenar das Pärchen nicht erwischt hat.« Temma verzog bedauernd die Mundwinkel, dann lächelte sie. »Aber dafür haben die beiden Banditen auch das Mädchen nicht erwischt. Darauf hatte Thella es nämlich abgesehen, auf ein Mädchen, das Drachen hören kann!« Temma warf einen neiderfüllten Blick zum Himmel. »In solchen Zeiten gäbe es da bestimmt nützliche Dinge zu belauschen. Und sie wäre zuverlässiger als eine von diesen Feuerechsen, die man jetzt in ganzen Schwärmen vom Südkontinent heraufbringt.«

»Vom Südkontinent?« Crenden sah sie verwundert an.

»Bruder, ich glaube, wir werden mit Borgald ein Wörtchen reden müssen. Er ist viel zu traditionell eingestellt. Ich finde nämlich, auch wir sollten uns nach Handelsbeziehungen mit dem Süden umsehen.« Temma lachte leise über Crendens überraschtes Gesicht. »Wir bringen erst einmal diese Fahrt hinter uns und warten ab, was wir in ›Ende der Welt‹ zu hören bekommen. Die sind dort immer über die neuesten Gerüchte informiert.« Sie erhob sich. »Nazer und ich halten die erste Wache. Ich wecke dich, wenn der zweite Mond aufgeht, Jayge. Sieh zu, daß du ein wenig Schlaf bekommst.«

»Sieh lieber zu, daß *du* nicht einschläfst«, kicherte Jayge. »Kleiner Scherz«, fügte er hinzu, als er den mißbilligenden Blick seines Vaters bemerkte.

Man gönnte den Tieren drei Tage Rast, dann spannte die Lilcamp-Amhold-Karawane wieder ein und trat das letzte Stück der langen Reise durch das Tal des Igen-Flusses an. Der Pfad führte zum Teil durch die Wälder, zum Teil am Flußufer entlang. Fädeneinfälle waren nicht zu befürchten, denn man würde weit genug im Süden bleiben, um von dem Regen über Telgar nicht betroffen zu werden.

Auf halbem Wege nach ›Ende der Welt‹ verengte sich der Pfad, fiel auf einer Seite steil zum Fluß hin ab und wurde auf der anderen von bewaldeten Felshängen begrenzt. Hier schlugen die Banditen zu. Erst im Nachhinein erkannte Jayge, daß sie sich die geeignetste Stelle für einen Hinterhalt ausgesucht hatten. Seine Leute hatten keinen Platz, um den Steinschlägen auszuweichen, die man auf sie heruntergehen ließ, und so wurden die leichteren Wagen getroffen, und drei davon stürzten über die Böschung hinab in den Fluß. Sogar eines von den großen Fuhrwerken wurde von einer gewaltigen Felsmasse aus dem Gleichgewicht gebracht und kippte um, während die Lasttiere hilflos mit den Beinen strampelten, um Halt zu finden.

Es war reines Glück, daß zu dieser Zeit alle ausgestiegen waren, um den Tieren auf dem steilen Hang das Ziehen zu erleichtern. Ein Glück war es auch, daß niemand die Waffen abgelegt hatte, obwohl man sich so dicht vor ›Ende der Welt‹ in trügerischer Sicherheit wähnte.

Mit staubtrockener Kehle, das Gebrüll der verängstigten, verletzten Tiere, die Schreie der Verwundeten und Crendens und Borgalds unverständliche Befehle im

Ohr, trieb Jayge seinen Kesso an den wild durcheinanderlaufenden Rennern und Lasttieren vorbei, die er hätte hüten sollen. Er erreichte den letzten Wagen, einen der größten, genau in dem Moment, als die Banditen laut johlend und auf alles einschlagend, was ihnen im Wege war, den Hang herabgestürmt kamen.

Jayge sah einen Mann von der Straßenböschung aus auf Armalds Rücken springen. Mit lautem Geheul versuchte der Hüne, den Banditen abzuschütteln, der auf seine Brust einstach. Als Jayge ihm zu Hilfe kommen wollte, umringten ihn ein halbes Dutzend Strauchdiebe und versuchten ihn von seinem Renner zu ziehen. Kesso wehrte sich beißend und mit den Hufen schlagend und drehte sich so schnell auf der Hinterhand, daß niemand auf Schwertlänge an seinen Reiter herankam. Doch Armald wurde überwältigt, ehe Jayge eingreifen konnte, und lag reglos und blutüberströmt auf dem Boden.

Jayge schlug auf seine Angreifer ein und hatte sich gerade befreit, als er Temma und Nazer um Hilfe rufen hörte. Inzwischen wurde entlang der ganzen Karawane gekämpft. Jayge bemerkte flüchtig, wie Crenden, Borgald und zwei Fahrer versuchten, die Tiere zu schützen. Zwei Frauen und etliche ältere Kinder hatten sich mit Stachelstöcken bewaffnet und setzten sie ein, so gut sie konnten.

Auf dem Pfad war nicht genügend Platz, um Kesso zu wenden, also gab Jayge dem aufgeregten Tier die Sporen, jagte es in unglaublich langen Sätzen den steilen Geröllhang hinauf und schlitterte nach einer Drehung wieder herab, um Temmas und Nazers Gegner von hinten anzugreifen. Es waren neun an der Zahl, kaum eine Chance für die beiden, obwohl sie sich wakker schlugen. Jayge stellte sich in die Steigbügel, zog zwei Dolche aus seinem Gürtel und schleuderte sie. Jede Klinge blieb in einem Rücken stecken. Dann holte er einen dritten Dolch aus seinem Stiefel, beugte sich über

Kessos linke Seite und brachte dem nächststehenden Mann einen tiefen Schnitt vom Gesäß bis zur Schulter bei. In diesem Augenblick bohrte sich ein Speer durch Temmas Schulter und heftete sie an die Seitenwand des Wagens. Nazer deckte sie mit seinem Körper und verteidigte sich mit verwirrend schnellen Schwerthieben, aber er hatte zu wenig Bewegungsfreiheit und war außerdem an Arm und Bein verletzt. Jayge zog Kesso in die Höhe, bis er auf den Hinterbeinen stand, ließ ihn ein paar Schritte vorwärts gehen und fällte mit seinen Vorderbeinen zwei weitere Gegner. Dann schleuderte er sein Messer nach dem Mann, der eben sein Schwert erhoben hatte, um Nazer den Kopf abzuhauen. Als er aus dem Sattel sprang, flog zischend etwas an seinem Kopf vorbei, und dann schrie seine Schwester Alda triumphierend auf, denn sie hatte mit einem schweren Eisentopf eine zahnlose Frau an der Brust getroffen. Tino feuerte sie mit lautem Geschrei an, und nun ging ein ganzer Hagel von Töpfen auf die Angreifer nieder. Kesso schlug weiter mit den Hinterhufen aus und hielt so Temmas rechte Seite frei.

»Macht sie nieder! Macht sie nieder!« Der Schrei übertönte alle anderen Stimmen, die Kampfgeräusche und das Gebrüll der Tiere. »Werft so viele zu Boden, wie ihr nur könnt!«

»Nein, laßt ab! Drachen am Himmel! Laßt ab!« donnerte eine neue Stimme. »Drachen!«

Jäh wichen die Angreifer zurück und kletterten den Hang hinauf. Jayge war nicht gesonnen, auch nur einen einzigen lebend entkommen zu lassen. Er nahm dem verwundeten Nazer das Schwert ab und sammelte seine eigenen Dolche ein, ehe er über den Schotter sprang. Auf dem lockeren Untergrund fand er ebenso schwer Halt wie die abziehenden Banditen, aber er hieb und stach wie wild um sich und konnte nur hoffen, auf Fleisch und Knochen zu treffen.

»Drachen? Wo? Ich ziehe dir die Haut ab!« Wut und

Anstrengung verzerrten die Stimme, aber Jayge erkannte sie sofort. Thella! Das waren Thellas Banditen! Temma würde es bereuen, daß sie nicht auf ihn gehört hatte und vorsichtiger gewesen war. Aber sie waren doch schon so kurz vor ›Ende der Welt‹!

»Schon wieder auf und davon! Ein Bronzedrache!« kam die Antwort. Jayge erkannte auch diese Stimme und vergaß, den nächsten Hieb zu führen. »Wir müssen weg von hier!«

Jayge hatte keine Zeit, nach den beiden Sprechern Ausschau zu halten, er kämpfte sich mit Händen und Füßen den Hang hinauf, aber seine Beute hielt sich immer knapp außer Reichweite. Er mußte den Mann erwischen, ehe er ihn zwischen den Bäumen aus den Augen verlor. Jayge sah trotz allem noch ein, daß es Selbstmord wäre, die Bande durchs Dickicht zu verfolgen, es sei denn, der Drachenreiter käme zurück und überflöge den Wald. Verzweifelt preschte er vor, spürte, wie sein Schwert eine klaffende Wunde in den Fuß des Mannes schlug und hörte ihn aufschreien. Doch plötzlich wurde er weggezogen, und als Jayge ihn festhalten wollte, verlor er das Gleichgewicht, rollte haltlos den Hang hinab und landete auf einem Steinhaufen.

Er war so benommen und außer Atem, daß er nicht gleich auf die Beine kam. Von allen Seiten wurde um Hilfe gerufen. In diesem Moment erblickte Jayge die Frau. Sie stand auf einem Felsen, der den Pfad überragte, und begutachtete den Schaden, den sie mit ihrem heimtückischen Überfall angerichtet hatte. Dann hob sie den Arm. Der Dolch durchschnitt einem von Borgalds Zugochsen die Sehne, er brach in die Knie. Blind vor Wut über soviel Bosheit schleuderte Jayge eine seiner Klingen. Aber Thella war nicht bereit, die Zielscheibe abzugeben. Sie wirbelte herum, sprang die Böschung hinauf und war gleich darauf verschwunden. Auch die letzten Strauchdiebe hatten nun den Hang bewältigt und waren bald nicht mehr zu sehen.

»Nein, keine Verfolgung«, brüllte Crenden von der Spitze des Zuges her, »wir haben Menschen und Tiere zu versorgen!«

Fluchend stieg Jayge über die toten Banditen hinweg und strebte dem letzten Wagen zu. Tino war bereits bei Nazer, während Alda gerade vom Wagendach herabstieg.

»Ich habe zwei erwischt«, kreischte sie aus voller Kehle. »Ich habe zwei mit Töpfen getroffen.«

»Sieh zu, daß du die Töpfe wiederfindest«, befahl Tino streng. »Und füll sie am Fluß. Stell auch das Feuerbecken auf. Wir brauchen heißes Wasser.«

»Zuerst den Fellis-Saft, Alda, und den Topf mit Heilsalbe«, verlangte Jayge, der es kaum fassen konnte, daß Temma mit diesem Loch in der Schulter überhaupt noch am Leben war. Nazer hatte mehrere tiefe Wunden und war durch den Blutverlust geschwächt, bestand aber darauf, daß sie sich zuerst um Temma kümmerten. Tino und Jayge stillten den Blutstrom, so gut sie konnten, bis Alda die Medizin und richtiges Verbandszeug brachte. Händler waren gewohnt, kleinere Verletzungen selbst zu behandeln, aber für die tiefen Wunden würde man doch einen ausgebildeten Heiler brauchen.

»Ich besorge heißes Wasser«, sagte Alda, als sie für Temma und Nazer getan hatten, was sie konnten. Tapfer schluckte sie die Tränen hinunter und machte sich auf die Suche nach den Töpfen.

Jämmerliches Muhen erinnerte Jayge und Tino dran, daß andere kaum weniger ihrer Hilfe bedurften als Temma und Nazer. Von den beiden Gespannen, die den großen Wagen zogen, waren jeweils die äußeren Tiere tot, man hatte ihnen mehrfach das Rückgrat durchhauen. Zum Glück hatten die Leichen ihren Jochgefährten ein wenig Schutz geboten. Die inneren Tiere bluteten zwar, hatten aber nur oberflächliche Verletzungen. Jayge und Tino konnten die Kadaver nicht von der Stelle bewegen, aber sie bestrichen die Wunden der Überlebenden dick mit Heilsalbe und tropften den Tieren Fellissaft ins Maul, der die Schmerzen hoffentlich lindern würde.

Erst jetzt hörten die beiden Borgalds lautes Klagen.

»Wenn der Drachenreiter das gesehen hat, *muß* er uns helfen«, rief der Händler immer wieder beschwörend, während er sich über seine kostbaren Zugtiere beugte und sie streichelte, ohne wahrzunehmen, wie das Blut aus den durchtrennten Arterien auf die steinige Fahrbahn strömte. »Siehst du sie kommen, Jayge?« Borgald hielt sich eine bluttriefende Hand vor die Augen und suchte verzweifelt den Himmel ab.

Jayge und Tino tauschten einen mitleidigen Blick und gingen weiter. Sorgsam wichen sie einer Hand und einem Fuß aus, die unter einem Steinhaufen hervorragten. Die kleinen Milchkühe waren ebenfalls von der Lawine erfaßt worden. Jayge überlegte, ob er zusammen mit Tino vielleicht versuchen sollte, die Herde wieder zusammenzutreiben. Sie war sicher überall verstreut, vielleicht hatte man sie auch abgeschlachtet wie die Hälfte der Menschen und Lasttiere der Karawane.

»Jayge!« Blutverschmiert, aber einigermaßen heil, kam Crenden auf seinen Sohn zu. »Hat dein Renner alles überstanden? Kannst du nach ›Ende der Welt‹ reiten und Hilfe holen?«

»Vielleicht kommt uns diesmal ein Drachenreiter zu Hilfe!« schrie Jayge.

»Drachenreiter? Was für ein Drachenreiter?« Crenden betastete den Kratzer über seinem Auge, aus dem ihm das Blut ins Gesicht lief, riß einen Streifen von seinem Hemd ab und wand ihn um seine Stirn. »Wenn dir und dem Renner nichts fehlt, dann verlier keine Zeit.« Er hielt inne, beugte sich nieder und untersuchte einen toten Banditen. »Tot. Sie haben nur die Toten zurückgelassen. Einen hat die Frau eigenhändig erstochen, er hatte nur eine Wunde am Bein.« Er stieß den Toten mit dem Fuß an. »Wir werden nichts erfahren, was uns weiterhilft. Reite, Junge. Worauf wartest du noch?«

Jayge schwang sich auf Kesso und merkte erst jetzt, daß sein linkes Bein blutete und er offenbar auch an der rechten Hüfte verletzt war. Ächzend setzte er sich im Sattel zurecht, und Kesso trabte willig los.

Kaum waren sie um die Biegung herum, als eine Gestalt auf den Weg gesprungen kam. Jayge griff nach seinem Dolch, aber der Mann winkte heftig mit beiden Armen und humpelte auf ihn zu. Ein verwundeter Bandit, der Thellas Gnadenstoß entgangen war?

»Jayge, du bist groß geworden — aber ich habe dich trotzdem erkannt«, sagte der Mann, und Jayge fiel die Stimme wieder ein, die vor dem Drachenreiter gewarnt hatte.

»Readis, was in aller …« Sein Onkel? Einer von Thellas Strauchdieben?

»Lassen wir das jetzt, Jayge«, bat Readis, hängte sich an den Steigbügelriemen und legte Kesso eine Hand auf die Schulter, damit das verstörte Tier ihn nicht beiseite stoßen konnte. »Ich hatte keine Ahnung, daß dieser Hinterhalt für Crendens Karawane bestimmt war. Sie hat mir einen anderen Namen genannt. Ich wußte nicht einmal, daß ihr wieder unterwegs seid. Glaube mir, Jayge! Ich hätte meinem eigen Fleisch und Blut doch niemals ein Haar gekrümmt.«

»Nun, es hätte nicht viel gefehlt, und deine *Freunde*«, Jayge legte seine ganze Verachtung in dieses Wort und sah, wie sein Onkel zusammenzuckte, »hätten deine Schwester Temma umgebracht. Erinnerst du dich noch an sie? Ich weiß nicht mit Sicherheit, wer sonst noch tot ist, aber wir haben fast alle unsere Zugochsen verloren. Und ich habe mindestens vier demolierte Wagen gezählt.«

Readis lächelte grimmig. »Drachenreiter sind das einzige, wovor Thella Angst hat.« Er hielt sich an einem Busch fest und kletterte die Böschung hinauf. »Ich habe getan, was ich konnte. Jetzt muß ich zusehen, daß ich die anderen einhole. Aber sage unseren Leuten, ich habe versucht, sie aufzuhalten, sobald ich euch erkannte.«

»Gib dir beim nächsten Mal nicht mehr so viel Mühe, Readis!« rief Jayge hinterher. Die hinkende Gestalt verschwand im Dickicht, und Jayge starrte ihr nach. Es war also gar kein Drachenreiter am Himmel gewesen! Und er mußte noch froh sein um die Lüge. »Komm, Kesso, wir müssen Hilfe holen.«

Maindy reagierte nur deshalb so schnell auf Jayges Botschaft, weil der Gutsherr von ›Ende der Welt‹ die Vorräte brauchte, mit denen die Karawane unterwegs war. Warum hatte man keine Wachen aufgestellt? Jayge verschwieg das Angebot von Asgenars Waldhüter. Wußte Jayge vielleicht, ob die Lieferung von der Weberhalle unversehrt war? Wenn nicht, hätte man kein Tuch für warme Winterkleidung. Doch noch während Maindy ein ›Warum habt ihr nicht?‹ und ›Was haben sie getan?‹ nach dem anderen auf den jungen Händler abfeuerte, stellte er bereits einen Rettungstrupp zusammen, bestehend aus dem Heiler der Siedlung, drei Helfern einschließlich seiner eigenen Frau und allen arbeitsfähigen Männern. Er sorgte dafür, daß Renner mit Vorräten und genügend Seilen und Winden beladen wurden, um auch den schwersten Wagen vom Flußufer heraufzuhieven, und eine halbe Stunde nach Jayges Eintreffen war alles zum Aufbruch bereit.

»Die Zugtiere werden sich selbst zu helfen wissen, aber wir werden alle bereitstehen, um sie anzuspannen, sobald sie die Lücke erreichen«, sagte Maindy zuversichtlich.

Völlig verblüfft stellte Jayge bei seiner Rückkehr fest, daß Crenden und dem tief betrübten, immer noch seine Verluste beklagenden Borgald mehrere Reiter mit ihren Drachen zu Hilfe gekommen waren. Ein brauner Drache war gerade dabei, ein völlig verängstigtes Lasttier aus der Klamm zu heben. Das arme Geschöpf war übel zugerichtet und so verstört, daß es auf dem Weg nach oben ständig Harn und Kot ließ, aber es würde sich vermutlich wieder erholen. Sein Jochgefährte wurde bereits in Stücke zerlegt.

Jayge versorgte erst seinen erschöpften Renner, dann ging er zu Temma, die totenbleich in ihrem Wagen lag, den sie so tapfer verteidigt hatte. Nazer war bei ihr und hielt ihre Hand. Man hatte auch ihn inzwischen verbunden, und er war trotz seiner dunklen Haut nicht weniger fahl als Temma.

»Wieder zurück?« fragte er mit mattem Blick. Jayge nickte. Behutsam legte Nazer Temmas Hand auf die Decke und streichelte sie zärtlich. »Ich werde deine Wunde auswaschen. Banditenmesser sind oft mit Schlangengift beschmiert.«

Nach Nazers derber, aber gründlicher Behandlung und dem Fellistrank, den er Jayge aufgenötigt hatte, waren dessen Schmerzen bis auf ein leichtes Schwindelgefühl verschwunden. Der junge Mann bestand darauf, Maindys Hilfstrupp und die grünen und blauen Drachenreiter zu begleiten, um die Spur der flüchtenden Banditen zu verfolgen. Man hatte auf dem Hang so viele Blutflecken gefunden, daß eine Suche gerechtfertigt schien. Verwundete konnten weder weit noch schnell laufen.

Alle Hoffnung wurde freilich zunichte, als man sechs Männer und die zahnlose Frau mit durchschnittener Kehle entdeckte. Man hatte ihre Wunden versorgt und sie vermutlich mit Fellis betäubt, um sie dann zu töten. Readis war nicht unter den Toten, und Jayge wußte nicht recht, ob er darüber froh oder traurig sein sollte.

Als die Patrouille die Leichen in eine flache Höhle schleppte, um sie dort zu begraben, entdeckte Jayge die zusammengerollten Blätter und hob sie auf, damit sie nicht in die blutige Erde getreten wurden.

Es war an sich schon merkwürdig, unter einer Banditenleiche Bendareks kostbares Holzbrei-Papier zu finden, aber als Jayge das Bündel genauer untersuchte, mußte er noch einiges mehr verkraften. Außen stand in schöner, sauberer Handschrift die Anweisung: ›An Asgenar zu übergeben.‹ Die Rolle war weder zugebunden noch versiegelt, und Jayge hatte keine Hemmungen, sich anzusehen, was sie enthielt.

Es waren Kunstwerke — lauter Skizzen von Menschen. Jayge hätte beinahe den ganzen Stapel fallen lassen, als er ein Porträt seines Onkels aufdeckte. Thella war in verschiedenen arroganten Posen dargestellt; Girons leeres Gesicht starrte ihm noch erschreckender entgegen als in Wirklichkeit; auch zwei von den Toten waren unter den Abgebildeten. Er ließ sich auf ein Knie nieder und trennte verstohlen das Porträt seines Onkels heraus. Dann rollte er die Blätter so fest zusammen, wie er nur konnte, und stieß einen überraschten Schrei aus.

»Maindy, ich glaube, das sollten Sie an sich nehmen«, sagte er und hielt dem Gutsherrn die Rolle entgegen.

Maindy warf nur einen Blick darauf und schob sie stirnrunzelnd in seine Jacke. Jayge machte sich eifrig so weit entfernt von ihm zu schaffen wie nur möglich. Immerhin lieferte dieser Vorfall ein weiteres Stück des Bildes, das er nach seiner Rückkehr ins Lager zusammenzusetzen versuchte.

Mit wem konnte er sprechen? Nazer sagte, Temma würde durchkommen, aber dabei machte er ein so betroffenes Gesicht, daß Jayge lieber den Mund hielt. Auch sein Vater war nicht ansprechbar, er würde also warten müssen, bis es Temma besser ging. Auf dem langen Marsch gelangte Jayge jedoch zu dem Schluß, daß er Readis Schweigen schuldete. Wenn sein Onkel nicht falschen Alarm gegeben hätte, wären sie gewiß alle von den Banditen getötet worden.

Warum? Weil Jayge an jenem Tag bei den Himmelsbesen nicht sehr hilfsbereit gewesen war? Oder weil Armald sich so entgegenkommend gezeigt hatte? Der arme Kerl war tot. Temma und Nazer waren besonders heftig angegriffen worden. Hatte Thella es auf sie persönlich abgesehen gehabt? Jayge wäre jede Wette eingegangen, daß es sich bei dem Überfall um eine Strafmaßnahme gehandelt hatte. Die Karawane führte hauptsächlich sperrige Güter mit, die sich nur schwer den Hang hinauf und in die Berge schleppen ließen. Und schließlich gab es in dieser Gegend nicht allzu viele Höhlen, wo man die Waren vorübergehend hätte lagern können. Thella war nicht auf Beute aus gewesen, sondern auf Zerstörung. Warum? Wenn sie jeden Fuhrmann mit ihrem Haß verfolgte, der sie nicht höflich genug behandelte, hätte man sie schon längst gefangen.

Und was war von den für Baron Asgenar bestimmten Skizzen zu halten, die jemand so geschickt deponiert hatte, daß man sie nicht übersehen konnte? Thella mußte jemanden in ihrer Bande haben, der nicht ihr Verbündeter war, und diese Vorstellung tröstete Jayge ein wenig, als er in dieser Nacht Temmas fiebrigen Atemzügen lauschte.

Es dauerte mehrere Tage, bis die Karawane weiterfahren konnte. Maindy mußte Wagen aus der Siedlung kommen lassen, um die Fracht aus den beschädigten Fuhrwerken zu übernehmen, und man benötigte Räder, um die beim Steinschlag zerstörten zu ersetzen. Schließlich konnten bis auf einen alle Wagen den Schauplatz der Katastrophe verlassen, nur zwölf Gräber blieben zurück.

7

Lemos. Südkontinent. Telgar
12. Planetenumlauf

Um den Winter nicht in der Siedlung ›Ende der Welt‹ verbringen zu müssen, aber auch, um die Suche nach Thella und Readis fortzusetzen, schloß sich Jayge mit Kesso einer von Baron Asgenars Streifen an. Temma und Nazer beneideten ihn und schworen, zu ihm zu stoßen, sobald ihre Wunden verheilt seien. Jayge bemühte sich, ihnen Mut zu machen, aber er hatte vor dem Notlazarett ein Gespräch zwischen dem Heiler der Siedlung und Lady Disana belauscht und wußte, daß es noch lange dauern würde, bis die beiden wieder ganz bei Kräften waren.

Es zeigte sich, daß Crenden die erlittenen Verluste besser verwand als Borgald — auch war Maindy, anders als damals Childon von Kimmage bereit, mit den beiden Karawanenführern eine faire Abmachung zu treffen. Auf Ersatz für die toten Tiere würden sie bis zum Frühjahr warten und ihre letzten Marken dafür zusammenkratzen müssen. Als Entgelt für eine angemessene Arbeitsleistung in der Siedlung wollte er Crenden und Borgald jedoch genügend Zeit und Material — sowie die Hilfe des Siedlungszimmermanns und eines Schmiedegesellen — bewilligen, um die beschädigten Wagen instandzusetzen. Jeden Abend saßen Borgald und Crenden mit ihren Frauen an der Ehrentafel, und Maindy fragte sie oft um Rat. Als dann das Tal im Schnee versank, waren die Händler gerne bereit, Maindys Leuten beim Innenausbau der in diesem Sommer errichteten Erweiterungen zur Hand zu gehen. Endlich begann sich Borgald mit den Kindern zu beschäftigen, die beim Überfall ihre Eltern verloren hatten, und dabei erholte er sich langsam, auch wenn er sich hin und wieder immer noch mit unsicherem Lächeln nach seinem Sohn Armald umsah. Crenden grübelte indessen unaufhörlich darüber nach, wodurch man diesen Überfall wohl provoziert haben könnte. Jayge war nicht der Ansicht, daß es an der Verzweiflung seines Vaters etwas ändern würde, wenn er ihm seinen Verdacht mitteilte.

Jayge verließ mit der Streife die Siedlung, ohne Gelegenheit gefunden zu haben, Temma von Readis zu erzählen, und ohne dahintergekommen zu sein, was die Skizzen, die er zufällig entdeckt hatte, wohl bedeuteten. Vermutlich hatte einer von Thellas Verwundeten die Rolle verloren, und die Vorstellung, daß Tote doch nicht ganz stumm waren, erheiterte ihn. Er hatte zwar kaum Zeit gehabt, sich die Zeichnungen genauer anzusehen, aber die Gesichter hatten sich ihm unauslöschlich eingeprägt. Manche schienen nur flüchtig hingeworfen, aber in allen Fällen waren Haltung und Charakter mit gekonnt sparsamer Linienführung eingefangen worden, und Jayge glaubte sich imstande, jedes einzelne Antlitz zu identifizieren, auch wenn er nur Thella, Giron und Readis namentlich kannte. Thella war am häufigsten dargestellt, in verschiedenen Posen, aus unterschiedlichen Blickwinkeln und, wie Jayge im Nachhinein begriff, in mehreren Verkleidungen. Des Nachts stellte er sich diese Gesichter, die der sechs Toten ausgenommen, im Geist immer wieder vor. Wenn er eines davon wiedersah, würde er es erkennen. Er hätte gerne gewußt, was Asgenar von diesen Skizzen hielt.

Am ersten Abend nach dem Aufbruch von ›Ende der Welt‹, als der Topf über dem Feuer brodelte und die Männer ihre Schlafsäcke entrollten, kam der Führer des Trupps, ein Waldhüter, von allen mit mehr oder weniger Respekt und Bewunderung Swacky genannt, zu

Jayge herüber. Swacky war ein stiernackiger Mann, der sich in zwanzig Planetenumläufen als Holzfäller eine stattliche Arm- und Brustmuskulatur erworben hatte. Dem Bier, das er trank, wo immer er es bekommen konnte, und den riesigen Mengen, die er bei jeder Mahlzeit vertilgte, verdankte er einen ansehnlichen Wanst, aber er war gut zu Fuß, und unter seinen schütteren braunen Haarsträhnen blickten scharfe Augen aus einem kantigen Gesicht mit ausgeprägtem Kinn. Als die Männer Holz für das Lagerfeuer sammelten, hatte Jayge beobachtet, wie Swacky eine Axt nach einem Scheit schleuderte und es genau in der Mitte spaltete. Außerdem wurde ihm glaubwürdig versichert, Swacky könne mit seiner Axt einen Wher vom Himmel holen. Der Hüne führte ein ganzes Waffenarsenal mit sich, vom leichten Wurfbeil bis zu der zweihändigen Axt, die an seinem Sattel festgeschnallt war.

Jayge war völlig überrascht, als Swacky ihm ein Bündel abgegriffener Blätter zuschob. »Präg dir die Gesichter ein. Hinter jedem einzelnen von denen sind wir her. Hast du bei eurem Zusammenstoß an der Schlucht jemand davon gesehen?«

»Ich erkenne nur die Toten«, sagte Jayge, aber er sah sich alle Gesichter gründlich an und verglich sie mit seiner Erinnerung. Was er in der Hand hielt, waren hastig ausgeführte Kopien, denen die Lebendigkeit der ursprünglichen Skizzen fehlte.

»Woher weißt du, wer davon tot ist?«

»Ich war dabei, als die sechs mit der durchschnittenen Kehle gefunden wurden. Diese Frau aus Telgar ...«

Swackys Hand krallte sich schmerzhaft in Jayges Schulter. »Woher weißt du das?« Er hatte die Stimme gesenkt, und beschwor Jayge mit warnendem Blick, ebenfalls leise zu antworten.

»Borgalds Sohn Armald — er kam bei dem Überfall ums Leben — hat sie bei unserer ersten Begegnung erkannt.«

»Erzähl!« forderte ihn Swacky auf, setzte sich mit dem Rücken zu den anderen und zog die Beine an.

Jayge erzählte ihm alles bis auf Readis' überraschendes Auftauchen. »Ich weiß immer noch nicht, wer einen Drachenreiter gesehen haben will«, schloß er. »Hinterher habe ich erfahren, daß ein Patrouillenreiter die stehende Karawane entdeckt und geglaubt hat, sie sei in einen Steinschlag geraten.«

»Was ja auch stimmte, nicht wahr?« grinste Swacky gehässig. »Ich habe mir die Stelle für den Hinterhalt genau angesehen, damit wir solche Situationen in Zukunft vermeiden können.«

»Und? Ich hatte alle Hände voll zu tun, meinen Leuten zu helfen.«

»Paß auf ...« Swacky beugte sich vor, zog ein Messer aus dem Stiefel und ritzte ein Diagramm in die Erde. »Der Hinterhalt war genau geplant. Sie haben auf euch gewartet. Wieso habt ihr keinen Schrittmacher vorausgeschickt?«

»Haben wir ja. Sie wurde in die Schlucht gestoßen, und dort haben wir sie tot aufgefunden. Für Flankenreiter war der Weg zu schmal. Außerdem waren wir schon nahe genug an ›Ende der Welt‹.«

Swacky wedelte mahnend mit seinem Dolch hin und her. »Nahe genug ist man erst, wenn man in die Siedlung einfährt. Jedenfalls waren zehn Steinschläge vorbereitet, genau im richtigen Abstand, um jeden eurer Wagen zu treffen.«

»Wenn wir den gleichen Abstand eingehalten hätten«, unterbrach Jayge mit erhobener Hand, »wie damals auf der Ebene bei den Himmelsbesen, als wir ihr begegneten ... An diesem Tag hat sie den Überfall geplant, das weiß ich jetzt!« Jayge spürte den Haß wie Galle im Mund. »Wenn ich sie erwische, schneide ich ihr die Kehle durch.« Seine Hand faßte unwillkürlich nach dem Dolch.

»Einen so raschen Tod hat sie nicht verdient, mein

Junge.« Swacky legte den Kopf schief, und auch in seinen Augen glühte der Haß. Dann klopfte er Jayge mit seinem Dolch leicht auf die Finger. »Solltest du sie erwischen, solange du in meiner Patrouille bist, dann übergibst du sie mir. Sie hat bei ihren Überfällen nicht oft getötet und in jüngster Zeit gar nicht mehr, aber du bist nicht der einzige, der ihr an die Kehle will. Ihr hattet Glück, daß eure Wagen auf der langen Steigung so weit auseinandergezogen waren. Und sie hat noch einen zweiten Fehler gemacht. Eure Wagen sind nicht so leicht umgekippt, wie sie erwartete. Das zeigt« — wieder hob er die Klinge —, »daß sie allmählich unvorsichtig wird. Oder verzweifelt ist.« Sehr überzeugt klang das nicht. »Baron Asgenar hat sich die Frachtbriefe für eure Waren angesehen, und er hat nichts gefunden, was sie so dringend gebraucht hätte, um ein solches Risiko einzugehen.«

»Woher will Asgenar wissen, was sie stehlen würde?«

»*Baron* Asgenar«, verbesserte Swacky, gab ihm einen Klaps auf die Finger und sah ihn streng an. »Sogar in Gedanken, mein Junge. Und Baron Asgenar weiß es, weil er ständig kontrolliert, was sie bisher gestohlen hat, was in ihrem Hauptlager liegen muß und was sie brauchen könnte. Abgesehen von einem kleinen Mädchen, das Drachen hören kann.«

Jayge war empört. »Thella hat nur gesagt, daß sie einen Dieb verfolgt. Und ich habe ihr schon damals nicht geglaubt, aber sie war schrecklich wütend.«

»Das hat sie dir erzählt?« fragte Swacky überrascht.

»Ein Mädchen, das Drachen hören kann, soll also der Grund für den Angriff auf uns gewesen sein?«

Swacky nickte bedächtig. »Das hat mir dieser junge Bronzereiter mitgeteilt. Ein solches Mädchen wäre für jemanden wie Thella sehr nützlich, darauf kannst du deinen letzten Schuhnagel verwetten.«

»Nützlich schon«, räumte Jayge ein. Aber warum

214

hatten die Weyr sie noch nicht als Kandidatin für eines ihrer Königinneneier ausgewählt? »Weißt du, Armald hat sie erkannt. Aber er hat sie nur mit ›Lady‹ angesprochen. Ihren Namen hat er uns erst später gesagt.«

»Nun, Armald ist tot, du hast deinen Teil abbekommen, und du sagst ja selbst, daß auch deine Tante und der vierte Mann, der an jenem Tag dabei war, nur verdammt knapp dem Tod entronnen sind.« Er nahm Jayge die Skizzen wieder ab. »Du hast sie gesehen, Junge — du kannst uns helfen. Ist dein Renner auch im Gebirge trittsicher?«

»Es gibt keinen besseren, wenn es darauf ankommt, bringt er sogar schlafende Where um.«

Swacky erhob sich und wandte sich zum Gehen. »Das würde zu viel Lärm machen, Junge, und wir wollen uns möglichst schnell und möglichst leise bewegen. Man weiß nie, was man sonst aufscheucht.«

»Noch etwas, Swacky. Der Mann, der diese Skizzen gezeichnet hat. Wie sollen wir ihn erkennen? Am Ende töten wir ihn noch aus Versehen.«

»Ich habe Anweisung, überhaupt niemanden zu töten. Wir sollen die Bande gefangennehmen. Und die Augen offenhalten.«

»Wonach suchen wir?«

»Am besten wäre es, wenn wir ihren Hauptstützpunkt fänden, aber jede Höhle, jedes Versteck bringt uns weiter.«

»Im Schnee wird sie kaum unterwegs sein.«

»Schon richtig, aber bewohnte Höhlen erkennt man auch im Schnee, nicht wahr? Wenn wir eine sehen, tragen wir sie in die Karte ein, durchsuchen sie, und wenn wir versteckte oder vergrabene Vorräte finden, sorgen wir dafür, daß sie im nächsten Frühjahr nicht mehr zu gebrauchen sind.«

Damit entfernte sich Swacky.

Torics Wutanfälle waren immer ein Problem für die ganze Hausgemeinschaft, aber ein wutschnaubender Toric in der größten Sommerhitze, ohne den beruhigenden Einfluß von Sharra, die sich in der Heilerhalle von Fort aufhielt, oder von Ramala, die als Hebamme bei einer schwierigen Geburt an der Westküste Beistand leistete, war wie ein wandelnder Feuerstein auf der Suche nach etwas Brennbarem.

Piemur und Saneter sahen sich fest an und einigten sich mittels einiger flinker Harfnersignale darauf, dem Problem mit Selbstsicherheit — und Humor — zu Leibe zu rücken.

»Gewiß, es sind alles Landratten. Haben sich bisher noch nicht einmal in einem Ruderboot aufs Wasser gewagt«, rief Piemur und streifte die matten Geschöpfe auf Meister Garms Deck mit einem zynischen Blick. »Schlapp sind sie. Schlappe Weichlinge aus dem Norden. Wir nehmen sie schon unter unsere Fittiche.« Er winkte einem kleinen Mädchen, das sich in der Nähe herumdrückte. »Sara, wir brauchen Heilsalbe für ihren Sonnenbrand und diese Pillen, die Sharra bei Magenverstimmungen verordnet. Deine Mutter weiß schon, welche ich meine.«

»Meister Garm.« Toric war außer sich vor Empörung. »Sie werden nur so lange ankern, bis die Fracht von Ihrem Anwesen gelöscht ist, und dann bringen Sie dieses — dieses Geschmeiß dahin zurück, wo es hergekommen ist.«

»Aber Baron Toric!« wandte Garm begütigend ein. Er hatte eine stürmische Überfahrt hinter sich, und seine Passagiere hatten ihm ständig mit ihren Klagen, ihren Drohungen und ihrer widerlichen Übelkeit in den Ohren gelegen. Den Gestank würde er aus seiner großen Achterkajüte nie wieder herausbekommen. Es war ihm egal, wieviel er damit verdiente, daß er diese Jammerlappen in den Süden brachte — er würde das *nicht* noch einmal durchmachen. Die Leute, die er für Toric einge-

216

schmuggelt hatte, hatten sich schweigend in ihr Elend gefügt. Der verzärtelte Haufen, der soeben ganz legal herübergekommen war, hatte ihm dagegen die ganze Überfahrt verdorben! »Toric, sie leben noch! Wenn sie ihre Seekrankheit überwunden haben, läßt sich eine Menge aus ihnen rausholen! Sie sind gut gewachsen! Und auch gut genährt, wenn man bedenkt, was sie am ersten Tag alles von sich gegeben haben!«

Torics Miene hellte sich nicht auf. »Das letzte, was ich hier brauche, ist eine Bande von verwöhnten Scheißkerlen, die noch keinen Tag in ihrem Leben richtig gearbeitet haben und glauben, sie können sich hier ins gemachte Nest setzen! Ich hätte mich darauf niemals einlassen dürfen. Aber dieser Harfner hat eine so geschliffene Zunge ...«

»Wenn er die nicht hätte, wäre er ein schlechter Harfner.« Auf Meister Robinton ließ Piemur nichts kommen. »Aber es besteht keinerlei Anlaß, diese von Übelkeit geschwächten Sonnenbrandopfer besser zu behandeln als alle anderen, die je in diesem Hafen gelandet sind.« Er mußte grinsen, als er sah, wie Toric allmählich ein Licht aufging. »Sie haben weder F'lar noch Robinton versprochen, all diese jüngeren Söhne von Burgherren und Hofbesitzern mit Samthandschuhen anzufassen, und das wird auch niemand von Ihnen erwarten. Sie sollen genauso schwitzen wie jeder andere hier. Wenn sie immer noch die Vorstellung haben, sie könnten hier gemächlich durch die Gegend spazieren, reife Früchte von den Bäumen pflücken und sich im lauen Wind unter der südlichen Sonne ein schönes Leben machen, dann werden Sie ihnen die Flausen sicher schnell austreiben.«

»Aber ...« Toric hielt inne, sein wütender Blick streifte die Elendsgestalten auf Garms Deck und wanderte weiter nach Osten über den Sandstrand.

»Kein Aber, Toric«, fuhr Piemur fort, während Saneter ihn mit flinken Fingern zur Vorsicht mahnte. »Sie bekommen einen oder zwei Tage Zeit, um sich zu erholen, und dann weist man ihnen Aufgaben zu« — Piemur grinste verschmitzt — »für die sie sich eignen. Sie sind immer noch Toric, der Baron des Südens, und Sie haben das Recht, Ihren Besitz nach eigenem Gutdünken zu verwalten. Wenigstens sind sie gewöhnt zu gehorchen, wenn ein Grundbesitzer sagt: ›Spring‹ — sie haben mehr Disziplin als so manche von den heimatlosen Flegeln, die Garm bisher hier abgesetzt hat. Lassen Sie den Burschen Zeit, über Sonnenbrand und Seekrankheit wegzukommen, ich glaube, dann werden Sie so manche Überraschung erleben.« Piemur gab sich sehr selbstbewußt. Toric wandte den Blick nicht von den Gestalten, die auf Garms Deck herumlagen oder über die Reling hingen.

»Sie haben schon mehr Leute zurechtgebogen, als ich gedacht hätte, Toric«, schaltete sich Garm ein, der sich allmählich für Piemurs Methode erwärmte. »Und das schaffen Sie auch diesmal. Lassen Sie sie einfach frei laufen. Die Guten werden überleben.«

Toric schwankte. Dann runzelte er abermals die Stirn. »Sie nehmen keine einzige Botschaft mit, Garm, die ich nicht zuvor gesehen habe. Wieviele von ihnen haben Feuerechsen?«

»Ach, fünf oder sechs vielleicht«, sagte Garm nach kurzem Überlegen.

»Es sind alles *jüngere* Söhne«, erinnerte Piemur.

»Also keine Königinnen oder Bronzeechsen?«

»Nein, zwei Blaue, eine Grüne und ein Brauner«, antwortete Garm. »Die Biester haben sich schnell verzogen, als die Jungen seekrank wurden. Und sie sind noch nicht zurückgekommen.«

Toric schnaubte, aber sein Zorn ließ ein wenig nach.

»Schicken Sie sie zu Hamian oder hinüber zur Großen Lagune. Die meisten müßten ja die Trommelkodes kennen.« Nachdem Toric sich nun endlich beruhigt hatte, sprudelte Piemur eine gute Idee nach der anderen heraus. Er wollte um jeden Preis vermeiden, daß man ihm noch einen Trommelturm anhängte, erst sollte Toric seinen Teil des Abkommens einhalten und ihm die Genehmigung geben, auf Erkundungsreise zu gehen. »Lassen Sie sie laufen. Die Tüchtigen werden lernen. Die Dummen rennen von selbst ins Verderben.«

»Dem Geschwätz vor der Abfahrt nach zu urteilen, haben sie offenbar alle mit einem eigenen Anwesen gerechnet«, warf Garm zögernd ein.

»Zuerst müssen sie beweisen, daß sie etwas taugen. Und zwar mir!« Toric deutete mit dem Daumen auf seine Brust. »Na schön, bringt sie an Land. Piemur, Ramala ist nicht da. Du weißt, wie man sie verarztet. Saneter, fragen Sie Murda, wo wir sie heute nacht unterbringen können. Wo ich sie danach hinschicke, werde ich mir noch überlegen. Splitter und Scherben! Warum mußten sie auch so früh hier eintreffen?«

»Wir hatten guten Wind«, erklärte Garm und wischte sich den Schweiß von seiner wettergegerbten Stirn. Er hatte Torics Klage mißverstanden. »Sind schnell vorangekommen.« Er schnappte sich die Fangleine des Dingi und zog das Boot zu sich heran, um zu seinem Schiff zurückzurudern.

»Zu schnell«, sagte Piemur leise und sah Saneter an. Sie hätten noch ein paar Tage Zeit gebraucht, um Toric auf diese ›Invasion‹ vorzubereiten. »Ich kann nur hoffen, daß ein paar vernünftige Leute darunter sind.«

»Erkennst du einen davon?« fragte Saneter, als die beiden die Hafentreppe hinaufstiegen. Seit Toric fort war, sammelten sich oben Scharen von Kindern am Geländer und deuteten auf das Schiff. Piemur hörte, wie sie kicherten und spöttische Bemerkungen machten.

»Nicht von hier aus und nicht in diesem Zustand.« Piemur zuckte die Achseln. »Ich schätze, daß Groghe etliche von seinen Söhnen geschickt hat. Der einzige, der wirklich etwas taugt, ist in der Schmiedehalle geblieben. Ein paar andere waren ganz annehmbar. Er hat sie alle, die Pfleglinge wie die eigenen, in Zaum gehalten. Die Söhne von Baron Sangel müßten an die Hitze gewöhnt sein — vielleicht verstehen sie sogar etwas vom Getreideanbau. Cormans Schar treibt sich vermutlich immer noch auf den Höfen im Osten herum und sucht nach Thella, der ausgekochten Herrin der Geächteten.«

»Piemur! Dein loses Mundwerk wird dich eines Tages noch in Schwierigkeiten bringen.«

»Schon passiert.« Piemur verzog spöttisch das Gesicht. Dann sah er die kleine Sara mit einem Korb voll Salben und Fläschchen heraufkommen und lächelte anerkennend. »Braves Mädchen. Eine Pille im Magen wird das Übel verjagen. Jetzt geh zu Murda, mein Schatz, und hilf ihr.«

Asgenar schwang sich vom Rücken des Drachen und kam schwerfällig auf dem Boden auf — und genauso fühlte er sich auch: schwerfällig und unsicher. Aber er wußte sich keinen anderen Rat. Schließlich war er Larads Pflegebruder, und deshalb war es seine Aufgabe, ihm die Nachricht möglichst schonend beizubringen.

K'van landete leichtfüßig neben dem Baron von Lemos. Er schien von dieser Aufgabe ebenso wenig begeistert zu sein, strahlte aber mehr Entschlossenheit aus. Sein Drache Heth wandte den Kopf und warf den beiden einen ermunternden Blick aus grün schillernden Augen zu. K'van gab ihm einen herzhaften Klaps auf die Schulter und ging mit knirschenden Schritten durch den Neuschnee auf die breite Treppe zu, die zum Haupttor der Burg Telgar hinaufführte. Es war unangenehm kalt, und so folgte Asgenar dem jungen Bronzereiter ohne Zögern.

Als sie die oberste Stufe erreichten, wurde die Tür geöffnet, und Heth schwang sich in die Lüfte, um dem Wachdrachen auf den sonnigen Feuerhöhen Gesellschaft zu leisten.

»A'ton hat mich von eurem Kommen benachrichtigt.«
Larad schien sich über den Besuch zu freuen. »Du wirst
dich wundern, wenn du siehst, wie er sich herausge-
macht hat.«

Damit hatte er Asgenar aus dem Konzept gebracht.
»A'ton?«

»Dein Neffe. Hast du etwa vergessen, daß ich drei
prächtige Söhne habe?« Larad winkte verlegen ab. »Du
hast sicher andere Sorgen. Guten Tag, K'van. Sind Sie
in der gleichen Angelegenheit hier?«

K'van nickte, nahm den Helm ab und öffnete die
Reitjacke, dann zog er umständlich die Handschuhe
aus und steckte sie in den Gürtel.

»Dann also in meinen Arbeitsraum, aber ich darf
euch doch sicher einen Becher Klah oder Würzwein an-
bieten?«

»Vielleicht später.«

»Dulsay ist gleich nebenan, und ich würde gern aus-
trinken, ihr könnt mir ja inzwischen den Grund für euren Besuch schildern. Dulsay?« rief Larad. Seine Frau
erschien mit einem Tablett und drei dampfenden Bechern.

»Ihr gestattet doch, Asgenar, K'van? Das taut die ein-
gefrorenen Zungen auf«, sagte Larad, während Dulsay
die Becher herumreichte. Dann zog sie sich taktvoll in
den Großen Saal zurück, und Larad führte seine Gäste
in sein Allerheiligstes.

»Du mußt dich auf einen Schock gefaßt machen,
Lar«, begann Asgenar, zog sich einen Stuhl heran und
stellte seinen Becher ab. Dann knöpfte er seine zweirei-
hige, pelzgefütterte Jacke auf, zog die Skizzen heraus
und warf sie auf den Tisch. »Sieh dir das an.«

Asgenar hatte das Blatt mit den Zeichnungen von
Thella ganz nach unten gesteckt. Larad sah sich jedes
Gesicht an, und seine Miene verfinsterte sich zusehends. Als Thellas Porträt an die Reihe kam, atmete er
langsam aus und ließ sich auf seinen Stuhl sinken.

»Und ich dachte, sie sei schon zu Beginn der Annäherungsphase umgekommen.«

»Tut mir leid, Lar, aber sie ist sehr lebendig und viel zu aktiv.«

Larad blätterte die Skizzen vorwärts und rückwärts durch und kehrte immer wieder zu den Zeichnungen von Thella zurück. Mit den Fingern der linken Hand trommelte er nervös auf die polierte Tischplatte. Endlich deutete er auf Girons Porträt. »Ist das nicht R'marts verschwundener blauer Reiter?«

»Ein ehemaliger Drachenreiter. Temma von der Lilcamp-Karawane — sie wurde vor sechs Tagen überfallen — hat ihn und Thella als die beiden Personen identifiziert, die nach Dowell und seiner Familie suchten.«

Larad sah ihn verständnislos an.

»Dowells Tochter Aramina kann Drachen hören«, erklärte Asgenar.

K'van rutschte unruhig auf seinem Stuhl hin und her.

»Ich sehe da keinen Zusammenhang«, sagte Larad zögernd.

»Ein Mädchen, das Drachen hören kann, wäre für eine Bande von Strauchdieben unbezahlbar«, wiederholte Larad, nachdem Asgenar ihm erklärt hatte, worum es ging. »Und Sie haben sie gerettet, K'van?«

»Nicht ich, Baron«, lächelte K'van, erleichtert über Larads entgegenkommende Haltung. »Heth, mein Drache!« Heths Trompeten war selbst durch die dicken Burgmauern zu vernehmen.

Baron Larad nickte nur. »Aber ich begreife nicht, warum ... warum Thella« — seine Bestürzung vertiefte sich, fast als werde der Vorwurf durch den Gebrauch ihres Namens erst bestätigt — »auf so brutale Weise eine harmlose Handelskarawane überfallen sollte.«

Asgenar zuckte die Achseln. »Es war schon schlimm genug, als nur Waren geraubt wurden, aber der Mord an unschuldigen Menschen ...«

»Ich bin ganz deiner Meinung. Ein schändliches Verbrechen. Unverzeihlich. Verabscheuungswürdig.«

»Wie du weißt, vermuten wir schon seit längerem, daß hinter den systematischen Plünderungen entlang der Ostberge eine einzige Bande steckt.«

»Das soll alles Thellas Werk sein?« Larad schien es nicht glauben zu wollen und hoffte sichtlich auf Widerspruch.

»Jedenfalls zum größten Teil. Allem Anschein nach ist sie die Anführerin dieser Räuberbande.«

»Und ...« Larad hielt inne, beugte sich vor und legte die belastenden Skizzen ordentlich aufeinander. »Wer hat das gezeichnet? Vielleicht jemand, der damit glimpflich davonzukommen hofft?«

»Wir tippen auf den eingeschleusten Harfner. Robinton sagte, er würde uns nach Kräften unterstützen.«

»O ja, daran erinnere ich mich. Und wie kann ich euch nun behilflich sein?«

»Sie hat ein Anwesen gefunden, das sie als Hauptstützpunkt benützt.« Asgenar zeigte auf die Karten des Burgbereichs an der Wand. »Andere Höhlen dienen ihr als Behelfsunterkünfte, dort vergräbt sie Reiseproviant und Getreide für ihre Renner.«

»Das Getreide, das von Kadross gestohlen wurde?«

Asgenar nickte. Er konnte gut verstehen, daß Larad sich gegen die Vorstellung wehrte, jemand aus seiner eigenen Familie solle für die vielen Diebstähle verantwortlich sein. »Ich hege die Hoffnung, daß dir vielleicht irgendwo in den Bergen von Telgar eine Höhle bekannt ist, die Thella übernommen haben könnte.«

Larad fuhr sich mit der Hand über die Augen, doch als er sie wieder sinken ließ, waren seine Züge hart geworden, und Asgenar wußte, daß er sich entschieden hatte.

»Als Thella im Frühling des letzten Planetenumlaufs vor Beginn dieser Annäherungsphase die Burg verließ, nahm sie Kopien aller vorhandenen Karten mit.«

»Nun, das erklärt vieles«, sagte Asgenar bewundernd. »Dann kennt sie jeden Winkel in deinem Herrschaftsgebiet, der sich als Versteck eignet. Aber gräme dich nicht allzu sehr. Ich bin sicher, daß sie sich auch von mir, von Bitra, Keroon und Igen Kopien beschafft hat. Gründlich ist sie ja, deine Schwester.«

»Von diesem Moment an, Asgenar — und Sie sind Zeuge, K'van —, gehört sie nicht mehr zu meiner Familie. Ich werde veranlassen, daß der Harfner ihre Ächtung öffentlich verkündet.«

Asgenar nickte zum Zeichen der Anerkennung; K'van hob die rechte Hand und erklärte sich damit bereit, als Zeuge aufzutreten.

Larad trat entschlossen an die Karte und betrachtete sie eingehend. Plötzlich legte er den Finger auf eine Stelle. »Hier könnte sie sich eingenistet haben. Unser Vater Tarathel hat ihr vieles durchgehen lassen, er schenkte ihr die besten Renner und nahm sie mit, wenn er seine Pächter besuchte. Einmal hat sie in meiner Anwesenheit erwähnt, sie habe eine Festung entdeckt, die sie gegen jedermann verteidigen könne. Sie war oft tagelang verschwunden, und in dieser Gegend wurde sie mehrfach von Hirten gesehen. Daran hatte ich gar nicht mehr gedacht. Dort fände sie alles, was sie braucht. Sie wußte sich nämlich immer verdammt gut zu helfen!« Ein respektvoller Unterton schwang in den ruhigen Worten mit. »Sie hat die Pächter von Telgar nicht oft genug beraubt, um mich mißtrauisch zu machen. Oder, um ganz offen zu sein«, verbesserte er sich mit einem grimmigen Lächeln, »um mich so mißtrauisch zu machen, daß ich die Sache weiterverfolgt hätte. Ich habe sie wirklich für tot gehalten. Wir hatten in einer Schlucht einen Satz Rennereisen gefunden, und unser Hufschmied sagte, er habe damit eine von Thellas Stuten beschlagen. Daraufhin nahm ich an, sie sei mit dem Tier in einen Sporenregen geraten.«

»Baron Larad, halten Sie es für eine gute Idee, eine

Ihrer Feuerechsen zu diesem Anwesen zu schicken, um in Erfahrung zu bringen, ob sich dort jemand aufhält?« fragte K'van. »Mir wird nämlich immer wieder eingeschärft, ja nichts als gegeben hinzunehmen, um nicht hinterher als Narr dazustehen.« Er lachte leise.

Asgenar senkte den Kopf, weil sein Ohr plötzlich unerträglich juckte, während Larad dem jungen Drachenreiter einen langen, nachdenklichen Blick zuwarf.

»Das ist ein äußerst konstruktiver Vorschlag, K'van«, lobte der Baron von Telgar. »Sie werden einen guten Geschwaderführer abgeben, wenn Sie erst erwachsen sind. Ich danke Ihnen.«

»Wir danken Ihnen beide«, stimmte Asgenar ein. »Vor Patrouillenreitern ist sie sicher auf der Hut, aber nicht vor unseren intelligenten kleinen Freunden. Kannst du ihnen genau sagen, wo sie suchen sollen?«

Larad rief seine Echsenkönigin und Dulsays Bronzeechse und öffnete die Tür einen Spalt, um sie einzulassen. »Ich glaube, ich kann ihnen einen Bezugspunkt geben. Ich war nicht oft in dieser Gegend, aber auf der Karte ist ein großes Plateau verzeichnet. Bei dieser Kälte hält es niemand ohne Feuer aus, und Rauch, ob von Holz oder Brennsteinen, ist dort nicht zu übersehen.«

K'van bemerkte anerkennend, wie prompt die Feuerechsen erschienen und wie aufmerksam die intelligenten Tierchen auf Larads Anweisungen hörten. Endlich zirpten sie vergnügt, und der Baron öffnete ihnen das Fenster seines Arbeitszimmers, einen schmalen Schlitz in der Mauer, den die beiden Echsen nur seitlich durchfliegen konnten.

»Die Höhle ist als Anwesen gekennzeichnet. Ob die Bewohner wohl auch zu Thellas Bande gehören?« überlegte Asgenar.

»Seit mehr als hundert Planetenumläufen wohnt dort niemand mehr. Es war einer der Höfe, die damals durch eine Seuche entvölkert wurden, und niemand war bereit, ihn zu übernehmen.«

»Ist der ganze Komplex erforscht? Gibt es im Burgarchiv vielleicht einen Grundriß der Anlage? Ich wüßte gerne genau, wie man die ganze Bande fangen kann.«

»Ich auch.« Larad fuhr mit dem Finger die Ziffernreihen auf den Rücken der dicken Wälzer auf seinen Regalen nach, zog einen Band heraus und legte ihn auf den Tisch. »Die Pläne sind uralt, aber sie existieren für fast jedes Stollen- und Höhlensystem«, erklärte er voll Stolz.

Asgenar beugte sich über die aufgeschlagenen Seiten und fand Larads Stolz durchaus berechtigt. »Beim Ersten Ei, das ist großartig!« Zuerst hatte er nur Augen für die ungewöhnlich sauberen Zeichnungen. »Was haben sie nur für eine Tinte verwendet? Wie alt sind diese Pläne?«

»Keine Ahnung, und ich weiß auch nicht, woraus die Tinte bestand.«

Vorsichtig befühlte Asgenar das undurchsichtige Blatt.

Larad verzog spöttisch das Gesicht. »Dicker als dein Papier, Asgenar, aber nicht elastisch genug. Man kann nicht radieren, und es läßt sich auch nicht wiederverwenden.« Es klang, als halte er das für einen Nachteil.

K'van hatte sich den Erläuterungen zugewandt. »Sehen Sie nur, sogar die Höhe jedes Tunnelabschnitts ist angegeben.« Er stieß einen bewundernden Pfiff aus. »Das nenne ich Kartographie!«

»Darauf verstand man sich damals.« Larad schüttelte allmählich den Schock über die Halsstarrigkeit seiner Schwester ab. »Telgar war die dritte Burg, die gegründet wurde.«

»Ja, und diese Nebenstollen, so schmal und niedrig sie auch sind, wären ausgezeichnete Fluchtwege«, sagte Asgenar, um auf das eigentliche Thema zurückzukommen. Er trat wieder an die Wandkarte und sah sich das Gebiet um die verdächtige Höhle herum genau an. »Ja, und es gibt eine ganze Reihe von Zugängen. Larad, du brauchst dich nicht verpflichtet zu fühlen ...«

Larad richtete sich kerzengerade auf. »Ich fühle mich aber verpflichtet, und ich bin es auch. Wir brauchen Kopien von diesem Quadranten und von dem alten Höhlenplan. Wen hast du sonst noch aufgefordert, an diesem Handstreich teilzunehmen?«

Asgenar schnitt eine Grimasse und kratzte sich am rechten Ohr. »Ich würde es vorziehen, wenn wir das allein durchziehen könnten, Larad. K'van hat sich freiwillig gemeldet, da er bereits eingeweiht ist. Je weniger Leute davon erfahren, desto besser. Und das heißt, daß die Sache vorerst unter uns bleiben sollte. Mit deinem Einverständnis und deiner Hilfe« — Asgenar legte seinem Schwager zum Zeichen seines Mitgefühls und seiner Hochachtung kurz die Hand auf die Schulter — »ist alles nur eine Frage der Organisation und der Strategie. Wichtig ist, daß uns keiner der Banditen entkommt. Wir haben beide geschulte Männer; meine Waldhüter patrouillieren momentan etwa in diesem Gebiet. F'lar und Lessa haben im Namen von Benden angeboten, uns zu unterstützen — des Mädchens wegen. Mit Drachenhilfe kann man rasch genügend Leute an Ort und Stelle bringen, um alle diese Ausgänge zu besetzen«, erklärte er und deutete auf die fraglichen Stellen, »und einen Frontalangriff zu führen. Wenn die ganze Sache unter uns bleibt, läßt sich das schnell und ohne großen Aufwand abwickeln.«

»Baron Larad, der Berghof, zu dem Sie die Feuerechsen geschickt haben, ist mit Sicherheit bewohnt«, verkündete K'van zur Überraschung der beiden anderen.

Larad blickte zum Fenster und wandte sich dann fragend an den Drachenreiter.

»Heth hat mitgehört«, erklärte der junge Mann.

Asgenar grinste unverhohlen. »Junge, Sie sind ein Genie!«

»Drachen sind ausgezeichnete Dazwischenträger«,

witzelte K'van. Asgenar starrte ihn verblüfft an, dann brach er in schallendes Gelächter aus. Nach einer Weile schmunzelte auch Larad, der immer etwas länger brauchte, um ein Wortspiel zu begreifen.

Ein übermütiges Zirpen kündigte die Rückkehr der Feuerechsen an. Sie ließen sich auf Larads Schultern nieder und rieben die kalten Körper mitleidheischend an seinem Gesicht. Er streichelte die zarten Köpfchen, dann zog er ein paar Leckerbissen aus der Tasche.

»Baron«, sagte K'van, »wenn Sie nun mit Baron Asgenar die Strategie besprechen, werde ich hiervon Abschriften anfertigen und sie zur Vervielfältigung nach Benden bringen.«

Asgenar und Larad wechselten einen verwunderten Blick und stürzten sich dann mit Feuereifer in ihre Planungen.

Im Morgengrauen, als der halberfrorene Posten gerade eingenickt war, rauschten die Drachen aus dem *Dazwischen* in die kalte Gebirgsluft. Dank der Warnung einer Bronzeechse konnte sich ein Reiter unbemerkt an den Schlafenden heranschleichen und ihn mit einem gut gezielten Hieb noch tiefer in seine Träume befördern. Die anderen Männer glitten von den Drachenrücken und begaben sich eilends in ihre Stellungen, während F'lar, T'gellan, F'nor, Asgenar und Larad sich vergewisserten, daß alles bereit war. Dann hoben die drei Geschwader erstaunlich leise vom Boden ab und strebten auf nahegelegene Bergkämme zu, um von dort aus eventuelle Flüchtige aufzuspüren.

»Und ich habe schon im *Dazwischen* gefroren«, murmelte Asgenar, bewegte seine trotz der Handschuhe erstarrten Finger und zappelte mit den Zehen in den pelzgefütterten Stiefeln. Dann drehte er den Kopf ein wenig zur Seite, um den warmen Atem seiner Feuerechse über seine Nase streichen zu lassen, die zu erfrieren drohte. Ein Tropfen löste sich aus einem Nasenloch, der Baron schniefte und sah sich verlegen nach allen Seiten um. Der Bursche zu seiner Rechten wirkte zu jung, um viel Erfahrung zu haben, aber der Hüne zu seiner Linken war als Flankenschutz genau richtig. Swacky hieß er, wie Asgenar sich erinnerte.

Larad hatte darauf bestanden, an dem Frontalangriff teilzunehmen, obwohl alle anderen ihm das gern erspart hätten. Aber so war der Baron von Telgar schon als Pflegling gewesen, dachte Asgenar. Er haßte es, für dumm verkauft zu werden, und wenn er einmal erkannt hatte, daß er zum Gespött geworden war, ruhte er nicht, bis er die Scharte wieder ausgewetzt hatte.

So lange hatte der Tag noch nie auf sich warten lassen, dachte Asgenar. Langsam fraß sich die Kälte durch seine dicke Kleidung. Ihn fröstelte und er versuchte krampfhaft, sich zu beherrschen.

»Baron«, flüsterte es von links, und er sah eine lederummantelte Flasche auf sich zukommen, »nehmen Sie einen Schluck, das hilft.«

Asgenar griff dankbar zu und hätte sich fast verschluckt, als ihm der Alkohol brennend durch die Kehle rann. Er hatte höchstens mit heißem Klah gerechnet.

»Es hat geholfen!« hauchte er. Er spürte die Wärme in allen Gliedern.

»Geben Sie die Flasche weiter. Der Junge hat auch 'nen Schluck nötig«, bat Swacky und nickte zu Asgenars rechter Seite hin.

Es geht allen gleich, dachte Asgenar und gehorchte. Als er seinem Nachbarn zum ersten Mal ins Gesicht sah, erschrak er ein wenig: der Junge war älter, als er im Profil ausgesehen hatte, und er starrte verbissen vor sich hin. Die Kälte schien ihm weniger auszumachen, aber er bedankte sich flüsternd und nahm ganz selbstverständlich einen Schluck. Offenbar war er an scharfe Sachen gewöhnt.

Das ist nicht nur Verbissenheit, dachte Asgenar, als er die Flasche an Swacky zurückgab. Seinen Nachbarn bewegten stärkere Gefühle: Was sein Blut trotz der klirrenden Kälte zum Kochen brachte, war unversöhnlicher Haß. Asgenar konnte nur hoffen, daß er daneben auch Erfahrung besaß. Eine falsche Bewegung würde die Beute zu früh aufscheuchen, und dann mußten sie wieder ganz von vorne anfangen. Er wollte, daß die Sache an diesem Morgen ein für allemal erledigt wurde. Schließlich gab es noch wichtigere Dinge.

Endlich stieg die Sonne über die Gipfel im Osten, der Schnee leuchtete golden auf, und die blauschwarzen Schatten traten schärfer hervor. Über ihnen glitzerte und funkelte das Plateau wie ein Diamantenfeld, als die ersten Strahlen auf die Eiskristalle trafen.

Dann wurde das Zeichen zum Angriff gegeben, und die Männer, die vor dem plattgetretenen Vorplatz des Anwesens gelegen oder gekauert hatten, sprangen auf und stürmten los. Sie schwangen einen Rammbock, um die Tür aufzubrechen, doch die war nicht verschlossen, und der Schwung trug den ersten Trupp in die Haupthöhle, ehe die Leute Zeit hatten, ihre Schwerter zu ziehen. Larad drängte sich an ihnen vorbei und strebte dem Raum zu, in dem er seine Schwester vermutete. Aber überall im Korridor lagen schlafende Menschen, und einer war geistesgegenwärtig genug, ihm ein Bein zu stellen und aus Leibeskräften zu schreien. Larad schlitterte längelang über den Steinboden. Asgenar zog ihn hoch, während Swacky und sein Gefährte tiefer in den Stollen eindrangen und auf die Schläfer zu beiden Seiten einschlugen, die jetzt von dem Lärm erwachten und sich zum Kampf stellten.

Larad schrie ihnen zu, den rechten Ast zu nehmen, aber Swacky und sein junger Kamerad wandten sich bereits nach links. Andere strömten hinterher, und so gingen Larad und Asgenar allein weiter. Als sie ihr Ziel erreichten, fanden sie die Tür verriegelt und mußten den Rammbock mit viel Mühe schräg ansetzen, um die größtmögliche Wirkung zu erzielen.

Endlich hing die Tür schief in den Angeln, und sie konnten eintreten, doch bis auf ein paar verstreute Kleidungsstücke war der Raum leer. Asgenar entdeckte weitere Türen, und wieder kam der Rammbock zum Einsatz. Jeder der folgenden Räume zeigte Spuren einer überstürzten Flucht. Asgenar zog den Plan des Höhlenkomplexes zu Rate und versuchte sich zu trösten. Gewiß, neben der Haupthöhle gab es eine Reihe kleinerer Grotten, aber alle Ausgänge waren gut bewacht. Niemand konnte entkommen.

Rufe schallten durch die Gänge, doch der Widerhall verzerrte die Worte bis zur Unverständlichkeit. Ein Bote kam zu Larad und Asgenar und meldete, die Hauptgrotte sei gesichert, alle nach links abzweigenden Tunnel seien geräumt, und man habe Gefangene gemacht.

»Besteht die Möglichkeit, daß Thella darunter ist?« fragte Asgenar.

»Nein, Baron, ich habe ihr Gesicht hier bei mir«, sagte der Mann und streckte ihm die Skizze entgegen. »Mehrere Frauen, aber keine sieht aus wie sie!«

»Dies hier sind die besten Räume«, sagte Larad leise und mit gepreßter Stimme. »Es müssen die ihren sein.«

Asgenar hielt es für überflüssig, darauf hinzuweisen, daß in zweien dieser Grotten auch Männersachen herumgelegen hatten. Sie gingen weiter und duckten sich in einen schmalen, niedrigen Tunnel. Asgenar ließ sich auf Hände und Knie nieder, doch irgendwann stießen sie gegen eine Mauer.

»Das kann nicht sein«, sagte Larad. »Leuchtkörbe! Gebt ein paar Leuchtkörbe nach vorne!«

»Es gab einen Ausgang in diesem Teil, das weiß ich genau«, sagte Asgenar verdrossen.

Ehe die Lichter herbeigeschafft werden konnten, erhob sich ein unheilverkündendes Poltern, und unter den Fingern und Knien der Verfolger bebte der Fels. Das Grollen schien kein Ende zu nehmen.

»Baron Asgenar, Baron Larad? Sind Sie da?«

»Ja, Swacky. Was war das für ein Lärm?«

»Hier, Jayge, nimm du den Korb — du bist gelenkiger als ich. Das war eine Lawine. Wir müssen uns einen Weg ins Freie graben.«

»Lawine?«

Der Leuchtkorb erhellte Larads Gesicht, in dem sich nicht weniger Sorge spiegelte als in seiner Stimme. Dem Jungen, der sich geduckt nach vorn schob, schien die bedrückende Enge dagegen nichts auszumachen. Aus seinen Zügen sprachen so viel Haß und Enttäuschung, daß Asgenar ganz fassungslos war. Ein so junger Mann dürfte noch nicht so leidenschaftlich empfinden, dachte er.

»Ja, Baron«, sagte Jayge. »Sie hatten uns eine Falle gestellt. Jemand ist hinausgekommen und hat sie ausgelöst. Die Methode haben sie schon einmal angewandt. Hat niemand daran gedacht, das zu überprüfen?«

»Sie vergessen sich«, sagte Larad eisig.

»Jayge?« Asgenar drehte sich mühsam um und nahm dem Jungen den Leuchtkorb ab. »Sie waren von dem Überfall vor ›Ende der Welt‹ betroffen, nicht wahr?«

»Ja ... Baron.«

»Irgendwelche Angehörigen verloren?«

»Ja, Baron.« Diesmal klang die Anrede nicht mehr ganz so mürrisch. »Das ist keine Sackgasse, es sieht nur so aus! Sehen Sie die Schleifspuren hier auf dem Boden?«

Larad und Asgenar vermuteten eine drehbare Felsplatte und stemmten sich mit aller Kraft gegen die Wand.

»Meine Herren«, rief Swacky, »Sie werden vorn gebraucht! Wir machen hier weiter.«

Larad und Asgenar krochen rückwärts aus dem Gang, bis sie wieder aufrecht stehen konnten, und dort machte Swacky ausführlich Meldung.

»Der Weyrführer von Benden hat seine Drachen gerufen und läßt uns ausgraben. Bis auf drei haben wir alle Banditen auf den Zeichnungen gefaßt, dazu noch etliche, die nicht abgebildet waren. Ein Mann schwört Stein und Bein, er müsse unseren Befehlshaber sprechen. Unsere Leute durchsuchen jeden Gang und jede Rinne im ganzen Komplex.«

Larad fluchte leise, sein Gesicht war wie versteinert.

»Wer sind die drei Fehlenden, Swacky?« fragte Asgenar.

»Die Frau, die Thella genannt wird, der Mann mit dem leeren Blick, angeblich ein ehemaliger Drachenreiter, und noch einer, ein richtiges Vieh.«

»Swacky, Sie sind zu dick für diesen Tunnel«, sagte Asgenar, um Larad Zeit zu geben, diese Nachricht zu verdauen. »Suchen Sie sich jemand anderen, der Jayge helfen kann. Und ein Brecheisen oder ein Meißel wären ganz nützlich, falls so etwas hier zu finden ist.«

»Wir haben alles mögliche gefunden, Baron Asgenar. Den Leuten hat es an nichts gefehlt.«

»Vielen Dank, Swacky. Das Werkzeug bitte, und so viele Männer wie nötig, um diesen Ausgang zu suchen.« Er faßte Larad am Arm und führte ihn zurück in die Hauptgrotte.

Im kleinsten Raum, der nur einen Eingang hatte, waren die Gefangenen zusammengepfercht worden. Einer von Larads Männern begrüßte die beiden Burgherren und gab ihnen die Zeichnungen zurück. »Sie sind alle hier, und noch sechzehn weitere, Baron Larad.«

»Verluste auf unserer Seite?« fragte Larad, da einige Gefangene blutende Kopfwunden und andere Verletzungen aufwiesen.

»Einer oder zwei sind in die Lawine geraten und haben Knochenbrüche. Die meisten von denen hier«, erklärte der Mann verächtlich, »haben wir noch in den Schlafsäcken erwischt. Da drüben in der kleinen Grotte ist einer, mit dem Sie sprechen sollten.« Er zeigte mit dem Kopf nach links in Richtung auf die größte Grotte des ganzen Komplexes, wo einer von Asgenars Waldhütern Wache hielt. »Und in dem Topf dort ist frischer Klah«, fügte er hinzu und deutete auf die größere Feuerstelle, wo ein riesiger dampfender Kessel über den lodernden Flammen stand. »Die haben hier wirklich nicht schlecht gelebt.«

Asgenar schob Larad auf die Feuerstelle zu, und sofort sprang ein Helfer herbei und bediente sie. Danach suchten sie den Mann auf, von dem der Wächter gesprochen hatte.

Als sie den Raum betraten, erhob er sich und lächelte sichtlich erleichtert. »Sind sie nun doch entwischt?«

»Die Fragen stelle ich«, sagte Larad streng.

»Gewiß, Baron Larad.« Er wandte den Kopf und nickte dem Burgherrn von Lemos höflich zu. »Baron Asgenar.« Dann wartete er.

»Wer sind Sie?« fragte Larad nach einer langen Pause. Der Mann wirkte nicht im mindesten verängstigt oder aufdringlich.

»Ich heiße Perschar, Baron Larad, und ich bin der Harfnergeselle, den Meister Robinton in die Bande einzuschleusen hoffte. Offenbar haben Sie die Skizzen endlich erhalten, ich hatte sie hinterlegt, wo und wann immer sich Gelegenheit dazu fand. Aber Thella scheint auch im Hinterkopf Augen zu haben. Ist sie entwischt? Bitte, die Ungewißheit ist Gift für meinen Magen.«

»Perschar? Sagt Ihnen zufällig der Name Anama etwas?« fragte Asgenar und zupfte Larad am Ärmel, ehe der ihn unterbrechen konnte.

»Natürlich!« Das lange Gesicht verzog sich zu einem seligen Lächeln. »Baron Vincets zweite Tochter. Ich habe sie porträtiert, oh, ich fürchte, es ist schon viel zu lange her. Sie muß inzwischen erwachsen sein und hat sicher selbst Kinder, die man malen könnte.«

»Es ist tatsächlich Perschar«, versicherte Asgenar seinem Schwager. Er nahm am Tisch Platz und bemerkte,

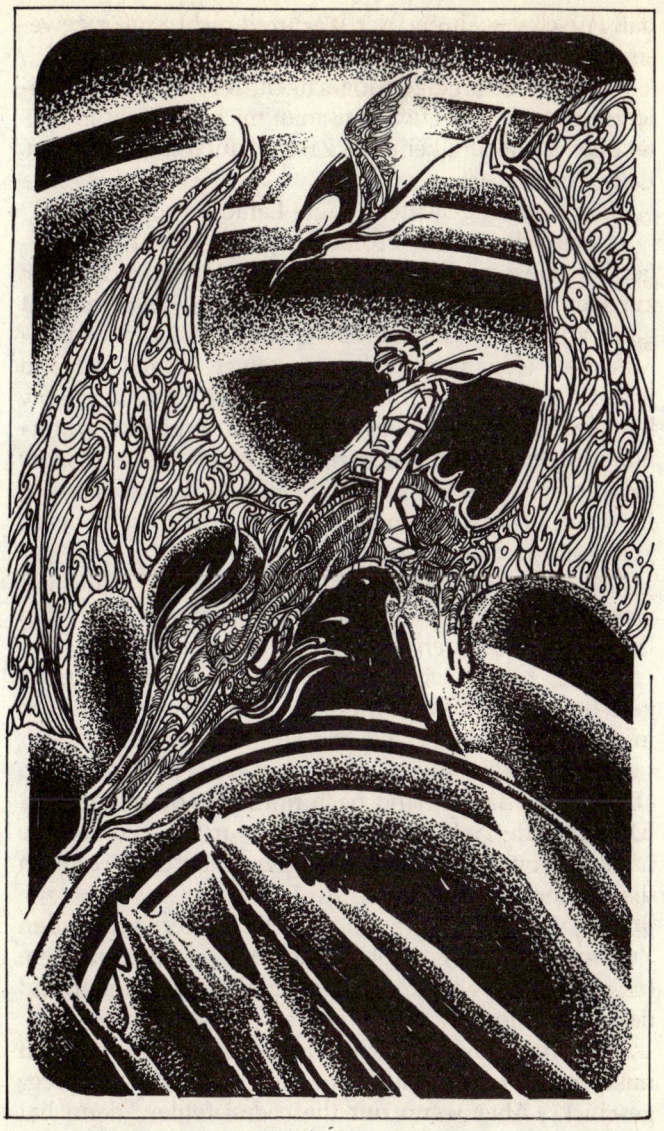

daß Perschar während der Wartezeit nicht müßig gewesen war. Neue Skizzen waren entstanden.

»Es war die einzige Möglichkeit, Informationen weiterzugeben. Nicht etwa, daß man mich verdächtigt hätte, aber ich wollte keinerlei Zweifel aufkommen lassen. Lady Thella ...«

»Die Frau ist geächtet«, sagte Larad schroff.

»Genau das ist ihr Problem«, gab Perschar mit einiger Schärfe zurück, dann seufzte er. »Sie hat sich selbst zur Herrin der Geächteten ernannt, was insofern nicht ganz zutraf, als sie tatsächlich hier ansässig war ...« Mit einer eleganten Bewegung seiner schmalen Hand wies er auf den Raum, in dem sie sich befanden. »Sie hat einen höllisch scharfen Verstand, und ihre Unternehmungen waren meisterhaft geplant — sie machte fast nie einen Fehler, ich mußte also noch schlauer sein. Ist sie geflohen?« Sein Blick heftete sich fast flehend, gewiß aber voller Ungeduld auf Asgenar.

Asgenar nickte verdrossen. »Vermutlich. Aber wir werden erst sicher sein, wenn die Verbindung zu den Draußengebliebenen wiederhergestellt ist.«

»Dabei hatten wir *jedes* Loch aus diesem Labyrinth gesichert«, sagte Larad und ging mit langen Schritten in dem kleinen Raum auf und ab.

»Ich habe die Lawine gehört«, sagte Perschar traurig. »Das heißt, daß jemand nach draußen entkommen ist. Ich gehe jede Wette ein, daß sie es war. Es sei denn, Sie haben Giron oder Readis gefangen. Die drei bewohnten die Räume zur Rechten.«

»Der Wächter sagte, alle auf Ihren hervorragenden Zeichnungen dargestellten Personen seien gefunden, bis auf drei — Thella, der ehemalige Drachenreiter und das Schwergewicht.«

»Das muß Dushik sein. Thella hat ihn gleich nach unserem Eintreffen hier mit einem Sonderauftrag weggeschickt. Aber wenn nur diese drei fehlen, dann hat man wenigstens Readis. Ja, die Lawine wurde entweder von Giron oder Thella selbst ausgelöst. Sie war ganz begeistert von der Idee. Während des letzten Fädeneinfalls mußten wir alle Schnee zusammentragen. Wir haben jämmerlich gefroren.« Perschar schüttelte sich.

»Ist der Klah-Topf schon leer?« fragte er sehnsüchtig.

Die Drachen hatten den Zugang schon fast freigelegt, bis Perschar, der seinen Klah inzwischen getrunken hatte, endlich feststellte, daß Readis nicht unter den Gefangenen war. Und Jayge brauchte noch viel länger, um herauszufinden, wie sich die Geheimtür öffnen ließ.

»Wir haben Thella einfach unterschätzt.« Asgenar war nicht weniger ergrimmt als Larad. »Sie ist ganz schön in die Höhe gekommen, um es einmal so auszudrücken.« Er konnte sich diese Bemerkung nicht verkneifen, als er in den senkrechten Schacht hinaufspähte, durch den die Flüchtigen das Weite gesucht hatten. »Deine Pläne waren ein klein wenig veraltet, Larad.«

Larad fluchte, und Asgenar ließ ihn verständnisvoll gewähren.

Jayge war die Leiter hinaufgeklettert und weit oberhalb des Eingangs herausgekommen, den Asgenars und Larads Leute gestürmt hatten. »Von hier aus wurde die Lawine ausgelöst!« rief er hinunter. Das Echo war so laut, daß beide Männer sich die Ohren zuhielten. »Ein Bronzereiter sagt, er hat Patrouillenreiter ausgeschickt. Sie sind zu Fuß und können noch nicht weit gekommen sein.«

Larad lehnte sich entmutigt gegen die Wand und schüttelte seufzend den Kopf. Alles war vergebens gewesen. »Sie kann sehr gut mit Schneestöcken umgehen.«

»Wir werden überall verbreiten lassen, daß man auf drei Flüchtlinge achten soll. Und wir werden Kopien von Perschars Skizzen verteilen«, sagte Asgenar, als sich Larad noch einmal auf Hände und Knie niederließ, um durch den niedrigen Tunnel zu kriechen. »Die meisten Höhlen, die sie benutzen könnte, haben wir zugemauert. Sie muß in dieser Kälte sehr weit laufen, ehe sie irgendwo Schutz findet.« Larad war direkt vor ihm und schüttelte den Kopf. »Mit etwas Unterstützung von Sifer, Laudey und Corman können drei so auffällige Reisende zu dieser Jahreszeit gar nicht unbemerkt bleiben.«

Sobald sie den Tunnel hinter sich gelassen hatten, schritt Larad entschlossen durch die Räume, wo bereits die wertvolleren Kleidungsstücke und verschiedene andere Dinge eingesammelt wurden. Asgenar folgte ihm, achtete auf nützliche Hinweise und dachte angestrengt über ein vernünftiges Vorgehen nach, das schließlich doch noch zum Erfolg führen würde. Nach menschlichem Ermessen hätte nichts schiefgehen dürfen. Und doch waren sie gescheitert.

Als Asgenar sah, daß Larad dem Speiseraum zustrebte, blieb er stehen und suchte nach einem der Drachenreiter von Benden. F'lar, F'nor und drei Helfer kamen, eifrig auf behelfsmäßige Tafeln kritzelnd, aus den Vorratsgrotten der Höhle.

»Ich habe das Getreide von Kadross gefunden. Da hinten gibt es Stallungen, ballenweise Futter und große Mengen an Lebensmitteln. Die haben hier sicher nicht schlechter gegessen als wir im Benden-Weyr.« F'lar klatschte sich mit seinen schweren Pelzhandschuhen auf den Schenkel. »Was fangen wir nun mit dem Gesindel an?«

»Zu welcher Burg gehört das Anwesen, Larad? Zu deiner oder zu meiner?« fragte Asgenar.

»Ist das wichtig?«

»Ich meine schon. Du hast deine Bergwerke, und ich habe meine Wälder, aber Wälder brauchen im Winter nicht viel Pflege, während in deinen Bergwerken das ganze Jahr hindurch gearbeitet werden kann.«

Larad drehte sich um, er schien überrascht, aber wenigstens war er nicht mehr so niedergeschlagen, und das war für Asgenar schon ein Fortschritt.

»Weißt du was?« fuhr Asgenar fort. »Wir lassen die Leute hier und geben ihnen so viel, daß sie den Winter überstehen — bei diesen Schneeverwehungen kämen sie ohnehin nicht weit, und ich werde sicher keinen Benden-Drachen darum bitten, ihnen das größte Erlebnis ihres jämmerlichen Daseins zu bescheren. Warten wir ab, wer im nächsten Frühjahr noch am Leben ist.«

F'lar und F'nor fanden diese Lösung sehr erheiternd, und die Helfer bemühten sich, ein Grinsen zu unterdrücken. Schließlich spielte auch um Larads Mundwinkel ein schwaches Lächeln, er wurde allmählich wieder der alte. »Ich hielte es aber doch für angebracht, jemandem das Kommando zu übertragen«, bemerkte er. »Thella hat die Räumlichkeiten sehr verbessert — das Anwesen ist etwas abgelegen, aber durchaus solide.«

»Schön, dann aber ans Werk.« Asgenar klatschte in die Hände, um die Aufmerksamkeit der Helfer und Waldhüter auf sich zu lenken. »Was steht auf diesen Blättern? Ich möchte die Drachenreiter nicht länger als nötig aufhalten. Wir müssen das Zeug schnellstens wegschaffen.«

»Baron Asgenar, einige von den Vorräten tragen noch die Markierungen des ursprünglichen Käufers.«

»Ausgezeichnet, das spart uns eine Menge Arbeit. Swacky, sorgen Sie dafür, daß Ihre Truppe alles nach vorne legt, was sich identifizieren läßt. Ich sondere aus, was die Leute hier — wie viele sind es denn? Vierzig? Nun, ich lasse also Verpflegung für vierzig Leute und drei Monate hier. Dann kommen wir zurück und sehen nach, wer für seinen Lebensunterhalt arbeiten möchte.«

»Und bis dahin?« fragte F'lar höflich. Seine Augen funkelten, weil Asgenar so souverän das Heft in die Hand genommen hatte.

»Oh, bitte, F'lar, sehen Sie zu, daß Sie dieses ruchlose Dreigespann bis dahin gefunden haben!«

8

Von Telgar zum Gestüt von Keroon
Südkontinent. Burg Benden
12. Planetenumlauf

Nachdem die Drachenreiter Jayge, Swacky und die anderen Freiwilligen in ihr Lager zurückgebracht hatten, ließ der junge Händler sich vom Anführer der Streife seinen Sold und ein Zeugnis geben, in dem sein Charakter und seine Leistungen gewürdigt wurden, schnallte seine Habe an Kessos Sattel und machte sich auf den Weg. Swacky gab sich alle Mühe, dem Jüngeren die lange Reise mitten im Winter auszureden; bald würde sogar das Tal von Lemos mit seinem vergleichsweise milden Klima eingeschneit sein. Aber als er sah, daß alle Anstrengungen vergeblich waren, ließ er den Jungen ziehen und versprach, den Brief, den Jayge an seinen Vater geschrieben hatte, nach ›Ende der Welt‹ zu bringen. Als Jayge sich von Baron Asgenar verabschiedete, bedauerte der Burgherr ausdrücklich, einen so tüchtigen Helfer zu verlieren.

Perschar war bestürzt, als er entdeckte, daß in der Rolle, die Asgenar hatte kopieren und verteilen lassen, seltsamerweise ausgerechnet die Skizzen von Readis fehlten. Dushik, laut Perschar der skrupelloseste und grausamste von Thellas Gefolgsleuten, war von der Reise, auf die Thella ihn geschickt hatte, nicht zurückgekehrt. Das Hauptziel des Angriffs im Morgengrauen war also nicht erreicht worden. Thella, Giron, Readis und Dushik liefen immer noch frei herum — und waren, wie Perschar rundheraus erklärte, überaus gefährlich. Schließlich gab es genügend Heimatlose, die in ihrer Verzweiflung bereit sein würden, sich derart erfolgreichen Renegatenführern anzuschließen. Auch ein neuer Stützpunkt wäre in den Bergen hinter Lemos und Bitra nicht schwer zu finden, und dann könnte die Bande abermals ihr Unwesen treiben.

Perschar zeichnete mehrere Ansichten von Readis, um sie mit den Porträts von Thella, Giron und Dushik verteilen zu lassen. Zur Vorsicht bat er Asgenar und Larad, den Gefangenen zu verstehen zu geben, ihm, Perschar, sei die Flucht gelungen. Immerhin, so erklärte er mit einem tiefen Seufzer, würde man seine Hilfe vielleicht noch einmal benötigen, und dann wolle er nicht auch noch als Verräter bestraft werden. Vorerst gedenke er nach Nerat zurückzukehren. Seit er die Burg verlassen habe, habe er mehr oder weniger ständig gefroren, und außerdem habe er erfahren, daß Anama, Vincets hübsche Tochter, inzwischen Kinder habe, die er gerne malen wolle.

Baron Larad setzte Eddik, einen vertrauenswürdigen, fleißigen Herdenaufseher, zum vorläufigen Herrn des Berghofes ein. Die meisten Angehörigen von Thellas Bande waren aufrichtig froh darüber, nicht abermals heimatlos zu werden. Alle fürchteten, Dushik könnte wieder auftauchen, und bei Eddik fühlten sie sich geborgen. Larad und Asgenar verstärkten dieses Gefühl der Sicherheit noch, indem sie eine hohe Belohnung für jeden Hinweis auf den Banditen und die doppelte Summe für seine Gefangennahme aussetzten.

Jayge wurde von den unterschiedlichsten Gefühlen beherrscht, doch am stärksten war der Wunsch, den Tod Armalds und seiner anderen Freunde zu rächen und die Karawane für die wirtschaftlichen Verluste zu entschädigen, die ihr durch Thellas Angriff entstanden waren. Außerdem hegte er in einem Winkel seines Bewußtseins die Hoffnung, Readis lasse sich vielleicht doch noch dazu bewegen, Thella und ihrem verhängnisvollen Einfluß den Rücken zu kehren. Immerhin hatte er so viel Loyalität besessen, daß er den Tod riskierte, um dem Angriff auf seine Verwandten Einhalt zu gebieten. Jayge hatte seinen Onkel immer bewundert, und es hatte ihn schwer getroffen, als Readis aus Kimmage verschwand. Damals hatte er nicht begreifen können, warum sein großes Vorbild sie in dieser schrecklichen Lage im Stich ließ. Sein Vater hatte ihm schließlich erklärt, es sei Readis' gutes Recht, sich nach einer angemesseneren Beschäftigung umzusehen. Und bald hatte Jayge auch durchschaut, mit wie vielen kleinen Nadelstichen Childon die verarmten Händler demütigte, wie er ihnen die unangenehmsten Arbeiten übertrug und ihnen sogar das Essen und die beengten Quartiere mißgönnte. Der stolze Readis hätte eine solche Behandlung niemals ertragen. Jayge war erst zehn Planetenumläufe alt und hatte keine andere Wahl. Außerdem hätte er Gledia, seine kranke Mutter, niemals zurückgelassen, selbst wenn er alt genug gewesen wäre, um auf eigenen Beinen zu stehen.

Doch jetzt war er dreiundzwanzig, der Durst nach Rache brannte schlimmer als jene alten Demütigungen, der Schnee hielt die Karawane in der Siedlung fest, und Jayge konnte darangehen, die Rechnung zu begleichen. Wenn es ihm gelang, in die Nähe des erstaunlichen Mädchens zu kommen, das Drachen hören konnte und dessen Fähigkeiten schuld waren am Unglück seiner Lieben, so überlegte er sich, dann würde er vielleicht auch Thella finden. Er ging davon aus, daß Thella die Verfolgung nicht aufgeben würde, entweder weil sie ihren sicheren Unterschlupf in den Bergen verloren hatte und deshalb das Talent des Mädchen jetzt noch dringender benötigte oder aber weil sie sich für den Verlust dieses hervorragenden Stützpunkts rächen wollte. Als sie bei dem Überfall am Rand des Weges stand und sich an dem von ihr verursachten Chaos weidete, hatte Jayge soviel Bosheit gar nicht fassen können. Bei dem Messerwurf auf das Lasttier war ihm ihre Zerstörungswut hemmungslos, ja fast wahnsinnig vorgekommen. Auf eine Geistesstörung wies auch hin, daß sie mit jener Lawine den Tod aller Bewohner ihrer Höhlenfestung in Kauf genommen hatte — nicht ohne zuvor sich selbst und einige Auserwählte in Sicherheit zu bringen.

Man hatte Aramina vielleicht in den Benden-Weyr gebracht, aber war sie dort wirklich in Sicherheit, solange Thella nicht hinter Schloß und Riegel saß?

Die Flüchtlinge hatten kaum Zeit gehabt, ihre Flucht vorzubereiten, und würden gewiß vor keinem Diebstahl zurückschrecken. Wenn sie über die verschneiten Bergpfade den Benden-Weyr erreichen wollten, brauchten sie Nahrungsmittel und Informationen, und beides ließ sich am leichtesten bei den Heimatlosen von Igen beschaffen. Perschar zufolge waren Thella, Giron, Dushik und Readis oft in den Höhlen gewesen, also wollte Jayge dort als erstes Station machen, und er trieb Kesso bis zur Erschöpfung an, um noch vor den Banditen einzutreffen.

Zu seinem Leidwesen erfuhr er, daß das ›Auge und Ohr‹ des ganzen Komplexes mit gebrochenem Genick tot aufgefunden worden war. Der Tod des einbeinigen alten Seemanns Brare wurde allseits beklagt, während man ihn im gleichen Atemzug als abgefeimten Betrüger, Schurken, Wucherer und Hurenbock beschimpfte. Trotz allem waren die Höhlen von Igen offenbar kein schlechter Ausgangspunkt für die Suche.

Die große Grotte schwirrte von Gerüchten über den spektakulären Angriff auf Thellas Festung. Jayge bekam die Geschichte von verschiedenen Seiten mit den phantastischsten Ausschmückungen erzählt, machte sich aber nicht die Mühe, sie richtigzustellen. Beträchtliche Unsicherheit herrschte darüber, wie viele Banditen man gefangengenommen hatte und was mit ihnen geschehen war. Einige glaubten, Baron Larad habe sie in seine Bergwerke schaffen lassen — wer hätte es ihm auch verübeln können? Jedermann wußte doch, daß der Burgherr dringend Arbeitskräfte für die schwarzen Gruben suchte, schließlich brauchte man das knappe Metall, um Waffen für den Kampf gegen die Fäden herzustellen, ganz zu schweigen von den anderen merkwürdigen Geräten, an denen der Meisterschmied ständig herumhämmerte. Andere waren der Meinung, die Verbrecher seien in den Süden verfrachtet worden, und ein solches Schicksal wurde mit einer sonderbaren Mischung aus Angst und Neid erörtert. Jayge hörte aufmerksam zu und hätte gern gewußt, ob diesem Gerücht irgendwelche Tatsachen zugrunde lagen. Hatten sich vielleicht Thella und Giron mit Readis in den Süden geflüchtet — um dort zu verschwinden, auf einem riesigen Kontinent, wie einige behaupteten, oder lediglich auf einer Insel wie Ista, nur größer, wie andere meinten? Waren sie unterwegs zu den brodelnden Wassern des Südmeeres? Jedermann wußte, wie heiß es dort war, heißer, als es in Igen jemals sein konnte. Nein, irgend etwas sagte ihm, daß Thella weiterhin versuchen werde, Aramina in ihre Gewalt zu bringen — wenn auch vielleicht nur, um das Mädchen zu töten. Und falls es dazu kam, wollte er Readis um jeden Preis aus der Sache heraushalten.

Jayge rechnete damit, daß die Flüchtlinge in den Bergen trotz der Schneestöcke, die auf verschneiten Hängen gute Dienste taten, im Wald jedoch nicht viel nutzten, nur sehr langsam vorangekommen waren. Bei Tageslicht führten die Drachenreiter von Benden häufig auf gut Glück Patrouillenflüge über dem Gebirge durch, und bei aller Verzweiflung wagte es gewiß niemand, in diesem Gelände nachts unterwegs zu sein. Obwohl Jayge eine widerwillige Bewunderung für Drachenreiter wie F'lar, T'gellan und den jungen K'van empfand, hoffte er eigentlich nicht, daß sie die Flüchtlinge tatsächlich fangen würden. Das würde alles verderben. So einfach sollte es nicht sein.

Jayge nahm sich auch die Zeit, nach einem möglichen Versteck innerhalb des Höhlenkomplexes zu suchen. Bei seinen Streifzügen durch die weniger frequentierten Gänge fand er mehrere vielversprechende Räumlichkeiten, alle mit kleinen Eingängen, die teilweise oder ganz vor flüchtigen Blicken verborgen waren, aber nirgendwo entdeckte er Hinweise darauf, daß sie vor kurzem benützt worden wären.

Von einem Händler, einem alten Freund seines Vaters, erfuhr er, daß Thella und Giron zu der Zeit die Höhlen besucht hatten, als die Lilcamp-Amhold-Karawane die Fracht für ›Ende der Welt‹ aufnahm. Er zeigte dem Händler die Skizze von Readis, und der bewunderte sie sehr, obwohl er Jayges Onkel damals nicht mit Thella zusammen gesehen hatte.

»Man hat das Gefühl, als fange der Mann gleich zu atmen an. Gutaussehender Bursche. Mit dir verwandt, sagst du? Ja, die Familienähnlichkeit ist nicht zu leugnen. Wer hat das nur so treffend hinbekommen? Und womit? Holzkohle hätte sich längst verwischt. Blei, sagst du? Das ist aber teuer — sicher, als Händler hast du natürlich Beziehungen.«

Jayge opferte eine seiner wenigen Marken und kaufte einem anderen Händler eine zerschlissene, aber einigermaßen genaue Karte der Ostregionen ab: sie reichte von Keroon bis Benden, und zeigte auch Bitra und den östlichsten Teil von Lemos. An manchen Stellen verdeckten die Knicke im Pergament die Linien, aber auf der Karte waren auch Höhlen verzeichnet, große und kleine, mit oder ohne Wasser, sowie sämtliche Siedlungen und die besten Routen für verschiedene Transporte. Außerdem hörte Jayge aufmerksam zu, wenn abends an den großen Feuern die Krüge herumgingen und sich in der geselligen Atmosphäre Gespräche entwickelten. Dowell und seine Familie hatten offenbar so lange in den Höhlen gelebt, daß sie allgemein bekannt waren. Die Leute konnten es noch immer nicht fassen, daß ›ihre‹ Aramina sich nun im Benden-Weyr befinden sollte, wo die Eier heranreiften, aber sie waren fest überzeugt, daß ›ihre‹ Aramina aus den Höhlen das Königinnen-Ei in Bendens Brutstätte für sich gewinnen würde, und sonnten sich bereits im Glanz ihres Erfolges. Inzwischen hatte man auch erfahren, daß Dowell, Barla und die beiden anderen Kinder nach Ruatha zurückgekehrt waren und von Baron Jaxom ihr altes Heim wiederbekommen hatten. Der Burgherr hatte ihnen auch Arbeiter geschickt, um die nötigen Reparaturen durchzuführen, und behandelte Barla in allem wie eine lange verschollene Verwandte. Die Familie war also eine halbe Welt von Thella entfernt, und Aramina befand sich im Benden-Weyr in Sicherheit.

Jayge schloß sich dieser Ansicht nicht an. Solange diese Frau noch atmete, war niemand vor ihr in Sicherheit. Er war auf seinen Reisen als Händler mit den verschiedensten Menschen zusammengetroffen und hatte die meisten guten Gewissens wieder vergessen können, sobald er weiterzog. Aber Thella war einmalig. Noch nie hatte er jemanden kennengelernt, der so abgrundtief böse war. Sie hätte es verdient, in ein tiefes Loch mit glatten Wänden geworfen zu werden, um darin zu verhungern.

Endlich verwahrte Jayge das Päckchen mit der kostbaren Karte und den Skizzen von Readis sorgsam unter seinem Hemd, schwang sich auf Kesso und ritt dicht am klaren Wasser der Bucht von Keroon entlang nach Südosten. Er blieb auf verkehrsreichen Straßen, denn ein einsamer Reiter auf entlegenen Pfaden wäre eine allzu leichte Beute für Taschendiebe gewesen, die alles stahlen, was sie bekommen konnten. Thellas Bande mochte die am besten organisierte und die erfolgreichste sein, aber sie war kaum die einzige.

Die Reise war ermüdend, dennoch schlief Jayge nicht gut. Immer wieder ließ er den verhängnisvollen Überfall an sich vorüberziehen: den Steinschlag, die umkippenden Wagen, die Felsbrocken, die ihr Ziel verfehlten und in die Schlucht hinunterpolterten. Auch seine eigene Rolle im Kampf beschäftigte ihn stets von neuem, und die Frage, wie er Temma vor der schrecklichen Verletzung hätte bewahren, wie er Nazer hätte schützen, wie er mehr Banditen hätte töten können, ließ ihn nicht los. Der Anblick des Fußes und der Hand unter dem Geröll verfolgte ihn. In seinen Träumen sah er sie ebenso zucken wie Armalds armseligen Leichnam auf der Kiesstraße. Auch Temma tauchte auf, mit durchbohrter Schulter, von dem mit Widerhaken versehenen Speer an die Wagenwand genagelt, und immer wieder Thella, wie sie auf jenem Felsblock stand und all die Greuel dirigierte — und wie sie das Messer schleuderte und Borgalds Lieblingsochsen die Beinsehnen durchtrennte. Um diesen Träumen zu entkommen, wanderte er Stunde um Stunde im Kreis herum, blickte hinauf zu den klaren, hellen Sternen über dem Meer und malte sich aus, wie er Thella an einem Seil in ein tiefes Loch mit glatten Wänden hinabließ, wie sie erst schrie und schließlich um Gnade bettelte.

In der Burg von Keroon schlug ihm ein mit Crenden befreundeter Händler vor, einem gewissen Stallmeister Uvor behilflich zu sein. Der Mann war mit vier ungebärdigen Stuten übers Meer gekommen, die er zu den Hengsten im Gestüt von Keroon bringen wollte, nachdem sie sich von der Reise erholt hatten. »Ich glaube freilich eher, daß sich erst sein eigener Magen von der Seekrankheit erholen muß«, bemerkte der Händler naserümpfend. »Wie auch immer, sein Lehrling hat sich ein Bein gebrochen, deshalb ist er ganz auf sich gestellt. Du kannst doch mit den Tierchen umgehen, junger Jayge, und ihr habt den gleichen Weg. Außerdem kann man ein paar zusätzliche Marken immer gut gebrauchen. Wenn du heute abend herkommst, triffst du ihn vermutlich an.«

Jayge brachte seinen Kesso in einem bequemen Stall

unter, wo er bis zum Maul im Getreide stand, und erkundete anschließend die Burg Keroon. Er war noch nie so weit im Süden gewesen, auf dem Burggelände herrschte reger Betrieb, und es gab viel Neues zu sehen, unter anderem die Hafenanlagen zur Verschiffung von Gütern nach Ista und in den Westen. Jayge schlenderte zum Hafen hinunter, setzte sich über Mittag in eine Schifferkneipe, hörte den Seeleuten und den anderen Gästen zu und lauerte darauf, daß Thellas Name fiel. Von sich aus fragte er nicht nach ihr, aber er erkundigte sich vorsichtig nach einem ehemaligen Drachenreiter oder zeigte die Skizze von Readis vor.

Immer wieder lenkte er das Gespräch auch auf den Benden-Weyr und auf die Drachenreiter. Sein höfliches Interesse fand Anklang bei Pächtern und Gildenangehörigen, die ihrem Weyr treu ergeben waren. Er erfuhr, daß eine Gegenüberstellung stattgefunden habe, aber die Glückliche, die Beljeth, die kleine Königin, für sich gewann, hieß Adrea und kam vom Graufels-Hof in Nerat. Angeblich war Adrea ein reizvolles, dabei sehr wohlerzogenes Mädchen, und die Nerater hätten sich vor Stolz kaum zu fassen gewußt.

Uvor wartete bereits, als Jayge zu dem Händler zurückkehrte, er war ein hagerer sympathischer Mann, der die Stuten und auch sein eigenes kräftiges Reittier wie seine eigenen Kinder behandelte. Auf dem langen Weg zum Gestüt unterhielt er Jayge damit, daß er den Stammbaum jedes Tiers über Generationen zurückverfolgte, seine Frau oder seine Söhne nannte er dagegen kein einziges Mal beim Namen. Außerdem gab er dem Jungen Hinweise für das Überleben im Ödland und zeigte ihm, daß neben den allgegenwärtigen Schlangen auch bestimmte Insekten und subtropische Pflanzen den Speiseplan bereichern konnten.

Im Gestüt hörte Jayge zum ersten Mal von dem ungewöhnlichen Güteraustausch mit dem Südkontinent. Lasttiere und Renner, jeweils vier hochwertige Zuchtpaare, standen bereit, um nach Abflauen der Winterstürme an Toric in die Burg des Südens geliefert zu werden. Ein gewisser Meister Rampesi sollte sie mit einem Schiff abholen, das unter Deck Unterbringungsmöglichkeiten für derart wertvolle Tiere besaß. Jayge hatte dazu viele Fragen an die Gesellen, denn er war bisher der Ansicht gewesen, die Weyrführer von Benden hätten jeglichen Handel zwischen Nord und Süd untersagt, solange noch die Alten mit ihren Drachen im Süd-Weyr hausten.

»Es gibt Gründe, weißt du, neue Gründe, den Handel mit dem Süden wiederaufzunehmen. Es gibt Gründe«, versicherte ihm ein älterer Geselle und sah ihn an, als könne er dazu noch vieles sagen, müsse sich aber zurückhalten. »Einige meinen, es hätte damit zu tun, daß bei uns die Förderung zurückgeht, während im Süden das Erz in Massen auf dem Boden herumliegt. Andere behaupten, die Burgherren hätten die Weyrführer unter Druck gesetzt, um Land für ihre jüngeren Söhne zu erhalten. Zwei Söhne des Barons von Fort sind schon unterwegs, und nachdem man diese Räuberbande jetzt in ein tiefes Loch gestoßen hat, werden ihnen vielleicht auch ein paar von Cormans Sprößlingen folgen.«

Jayge schnaubte. »Und was ist mit den Heimatlosen in den Höhlen von Igen, die nicht einmal ein anständiges Dach über dem Kopf haben?«

»Die!« Verachtung spiegelte sich in den Zügen des Gesellen. »Wer arbeiten will und seinem Burgherrn keine Schwierigkeiten macht, kommt überall unter.«

»Nun hör mal, Petter«, wandte ein jüngerer Geselle ein, »du weißt genau, daß das nicht immer der Fall ist. Erinnere dich nur an die Scharen, die von Bitra kamen, als die ersten Fäden fielen. Baron Sifer hatte sie davongejagt, und dabei waren es durchaus arbeitsame Leute.«

Petter rümpfte die Nase. »Baron Sifer hatte sicher gute Gründe, und weder dir noch mir steht ein Urteil darüber zu. Wo Rauch ist, ist auch Feuer, und sie hatten kein Empfehlungsschreiben vorzuweisen wie dieser junge Mann hier.«

Hätte Jayge nicht ganz andere Dinge im Kopf gehabt, so hätte er dem Gesellen in diesem Punkt widersprochen. Alle Pächter, kleine wie große, hatten aus den Fädenfällen ihren Nutzen gezogen: Er erinnerte sich nur zu lebhaft an die demütigenden Handlangerdienste, zu denen Childon ihn und seine Familie mit diebischem Vergnügen gezwungen hatte. Er kannte auch andere Fälle, in denen die Menschen aus Stolz — und purer Erschöpfung — lieber heimatlos wurden, als eine derartige Schinderei noch länger zu erdulden.

»Ist der Südkontinent so groß, daß er noch mehr Siedler von Fort und Keroon aufnehmen kann?« fragte Jayge den jüngeren Gesellen. »Mir scheint, als erstes bräuchte man dort Männer und Frauen, die kräftig zupacken können, und keine Burgherrensöhne.«

»Willst du etwa seßhaft werden, Händler?«

Jayge mußte daran denken, was Temma zu ihm gesagt hatte, ehe er ›Ende der Welt‹ verließ. »Du kennst doch die Händler«, gab er mit einem entwaffnenden Grinsen zurück. »Immer auf der Suche nach neuen Routen und neuen Waren, die sich leicht befördern und noch besser verkaufen lassen. Die Tiere werden also auf Segelschiffen übergesetzt? Und die Betreuer stehen schon fest?« Vielleicht sollte er Readis empfehlen, eine Weile im Süden unterzutauchen. Er konnte seinem Onkel immer noch sein eigenes Empfehlungsschreiben geben.

»Darüber bin ich nicht im Bilde«, sagte Petter steif. »Uvor hat sich nur mit dem Meister darüber unterhalten. Nun komm schon.« Er stieß den Jüngeren mit dem Fuß an. »Es gibt Hufe zu beschneiden und Zähne abzufeilen.«

Jayge bat den Schmiedemeister um Erlaubnis, seine Schmiede zu benützen, um Kesso neu zu beschlagen.

»Kannst du das denn?« fragte der Schmied zweifelnd.

»Als Händler lernt man vieles«, antwortete Jayge, wählte eine bereits im Gesenk geformte Eisenstange und schnitt sich ein passendes Stück zurecht. Er hatte Kesso schon mehrfach beschlagen und war mit der Anfertigung von Hufeisen vertraut. Crenden hatte ihm alles beigebracht, was er selbst wußte, und ihn danach für einige Zeit zu Maindys Hufschmied in die Lehre geschickt. Er spürte die forschenden Blicke des Schmieds. Aber als er das Eisen für den ersten Hinterhuf erhitzt, flachgehämmert, in Form gebogen und aufgenagelt hatte, kehrte der Mann an seine eigene Arbeit zurück.

Jayge stellte noch einen zweiten Satz Eisen her, bezahlte für das Material und erstand auch noch ein Päckchen Hufnägel. Zum Benden-Weyr war es ein weiter Weg. Während er in einer Ecke zu Abend aß, kamen Uvor und der Stallmeister zu ihm.

»Ich habe dich Meister Briaret als besonnenen Jungen empfohlen, der gut mit Tieren umgehen kann.« Uvor schien sich zu freuen, einem würdigen Mann einen Gefallen erweisen zu können. »Er hat eine gut ausgebildete junge Rennerstute, die auf der Burg Benden abzuliefern ist. Ich weiß, daß du in diese Richtung willst und dich auch bei Nebel, Feuer, oder Fädenfall gut um sie kümmern würdest.«

Briaret war ein kleiner Mann mit schütterem Haar und der hageren Gestalt und den merkwürdig krummen Beinen eines Mannes, der sein Leben im Sattel verbracht hatte. Mit seinen scharfen Augen musterte er Jayge so durchdringend wie ein Bitraner seinen Gegner beim Abschluß einer Wette. Endlich lächelte er, und Jayge wußte, daß er die Prüfung bestanden hatte.

»Wie ich höre, hast du ein Empfehlungsschreiben«, sagte der Meister mit rauher Stimme.

Jayge reichte ihm Swackys nützliches Zeugnis und aß fertig, während Briaret las. Endlich faltete der Ältere das Blatt sorgfältig zusammen und gab es ihm zurück. Dann reichte er ihm die Hand.

»Würdest du die Stute übernehmen? Sie ist fast so edel wie dein Renner.« Er grinste. »Nur gut, daß es ein Wallach ist. Meine Viehtreiber begleiten dich bis zur Bucht, bis dahin hast du also nichts zu befürchten, und die Reiseroute ist so angelegt, daß bei Fädeneinfällen immer eine Höhle in erreichbarer Nähe ist. Wir sind nicht so sehr mit Banditen geplagt wie der Nordwesten, aber in der Gruppe fühlt man sich doch geborgener. Du bekommst jetzt eine Marke sowie Reiseproviant und Getreide, und wenn die Stute in guter Verfassung auf Benden ankommt, erhältst du dort zwei weitere Marken.«

Jayge schüttelte dem Mann die Hand, er war zufrieden. Er konnte ein Stück weit in Begleitung reisen, er würde sich ein paar Marken verdienen und trotzdem noch schneller vorankommen als Thella und ihre Gefährten.

Piemur war auf die Burg des Südens zurückgekehrt und hatte Toric endlich so weit in die Enge getrieben, daß er sein Versprechen einlöste und ihm gestattete, auf eigene Faust den Kontinent zu erkunden. Dabei hatte ihm eine höfliche Anfrage von Meister Robinton sehr geholfen, eine Anfrage, die F'lars Siegel trug und deshalb eher ein indirekter Befehl war.

»Ich habe meinen Gesellenknoten erworben, ich habe viele Stunden mit Wansor, Terry und diesem rüpelhaften Fortianer Benelek verbracht, ich bin also befähigt, so lange genaue Aufzeichnungen zu führen, wie die Dämmerschwestern an Ort und Stelle bleiben. Deshalb, verehrter Baron ...«

»Du sollst mich nicht so nennen«, fauchte Toric, und seine Augen funkelten so wütend, daß Piemur befürchtete, sein Blatt überreizt zu haben.

»Ich habe den Eindruck«, bemerkte der junge Mann

mit seiner sanftesten Stimme, »daß die Weyrführer von Benden diese Bagatelle bei nächster Gelegenheit dem Konklave vortragen werden. Sie sind nicht weniger Baron als Jaxom, und Sie arbeiten hart genug dafür. *Aber*« — er hob die Hand — »es wäre klug zu wissen, wieviel Land Sie beanspruchen wollen. Sie beweisen damit erstens« — er zählte die Argumente an den Fingern ab —, »wie fleißig Sie sind, und zweitens, wie ernst es Ihnen ist. Drittens begrenzen Sie auf diese Weise, was die schwachsinnigen Söhne der anderen — vorausgesetzt, einige überleben ihre Einarbeitungszeit hier — an sich reißen können, und viertens erlangt Ihr eigener Anspruch Rechtskraft auf Grund der Tatsache, daß Sie dies alles ja *schon jetzt* verwalten.«

Toric starrte quer durch den Raum auf die Karte des Gebietes, das er bereits als seinen Besitz bezeichnen konnte, weil er es kartographisch erfaßt hatte. Viele der einzelnen Angaben hatten Sharra, Hamian und Piemur beigesteuert, aber das reizte Toric nur noch mehr, endlich festzustellen, wie groß das Land in Wirklichkeit war. Er hatte nicht die Absicht, mit irgendwelchen Burgherrensöhnen aus dem Norden zu teilen — möglicherweise nicht einmal mit seinen eigenen, obwohl er sehr stolz war auf die Zwillinge, die Ramala ihm vor kurzem geboren hatte. Piemur staunte über Torics große Familie und beneidete ihn insgeheim darum. Der Mann würde jedes einzelne Sippenmitglied brauchen, um das Land besiedeln zu lassen, soviel war sicher. Und Toric hatte auch Pläne für Sharras Nachkommen — falls er jemals einen Mann fand, der ihm für seine schöne Schwester gut genug erschien. Piemur hatte diesen Wunschtraum fast aufgegeben. Er wußte, daß Sharra ihn mochte, gern mit ihm zusammen war und ihn als Partner auf ihren Streifzügen schätzte, aber er war nicht sicher, ob sie ihn auf Abstand hielt, weil ihre Zuneigung für ihn nur platonisch war oder weil sie ihn vor Torics Zorn bewahren wollte.

Wenn er Torics Siedlungsgebiet erfolgreich ausweite-
te, konnte er damit vielleicht auch sein eigenes Ansehen steigern. Nicht genug vielleicht, um sich Hoffnungen auf Sharra machen zu können, aber schließlich hatte Piemur schon immer nach dem Motto gehandelt:
›Wer nicht wagt, der nicht gewinnt.‹

Mit keinem Wort ließ Piemur verlauten, daß er die
Erkundungen nicht nur für Toric durchführen würde,
sondern ebenso für Meister Robinton. Wann seine
Loyalität auf die Probe gestellt würde, blieb abzuwarten. Keinesfalls würde Piemur Meister Robintons gute
Beziehungen zu den Weyrführern von Benden gefährden. Er hatte nämlich den Verdacht, daß F'lar und Lessa ein gutes Stück des Südkontinents für die Drachenreiter beanspruchen wollten. Hoffentlich war der Kontinent groß genug für alle. Wieviel glaubte Toric denn
tatsächlich bewältigen zu können? Sollte ihn jemand —
Saneter könnte sich das vielleicht erlauben — daran erinnern, was mit Fax, dem selbsternannten Herrn über
Sieben Burgen geschehen war? Piemur war jedenfalls
zufrieden damit, so lange einen Fuß vor den anderen
zu setzen, bis kein Boden mehr da war, die Verteilung
wollte er gern anderen überlassen — dem Meisterharfner etwa und den Weyrführern von Benden. *Sie* hatten
sich den Süden weit mehr verdient als Toric. Andererseits hatte Lessa die Angewohnheit, tadellose Besitzungen einfach zu verschenken.

Piemur riß sich zusammen. »Sie werden es nie erfahren, wenn ich nicht nachsehe, Toric«, sagte er sehnsüchtig. »Nur Dummkopf und ich, und Farli, damit ich
Ihnen die Ergebnisse mitteilen kann. Ernähren werde
ich mich von dem, was das Land bietet.« Er wußte, wie
sehr Toric es haßte, Vorräte und andere Dinge auszuge-
ben, die Piemur unweigerlich zerbrechen oder verlieren
würde.

Die finstere Miene des Burgherrn hellte sich ein wenig auf. »Schon gut, schon gut, du kannst gehen. Ich

will genaue Zeichnungen, genaue Messungen von der ganzen Küstenlinie. Ich will Einzelheiten über Geländebeschaffenheit, Vorkommen von Früchten und eßbare Pflanzen, über die Wassertiefen von schiffbaren und anderen Flüssen ...«

»Mehr verlangen Sie nicht von einem einzigen Paar Füße?« fragte Piemur sarkastisch, innerlich freilich jubelte er. »Einverstanden, einverstanden. Garm segelt morgen zum Inselfluß. Da kann er Dummkopf und mich bis dahin mitnehmen. Wozu soll ich ein Gebiet abwandern, das bereits bestens erfaßt ist, hm?«

Garm brachte ihn zum Inselfluß, und Piemur verbrachte die Nacht bei den dortigen Siedlern, einem begeisterten Fischer und seiner Frau, Verwandten zweiten Grades von Toric, wie sich herausstellte. Sie hatten die Ruinen ausgegraben, die Piemur bereits aufgefallen waren, das Dach ordentlich mit Schiefer gedeckt und die breiten Terrassen wieder aufgebaut, die selbst in der größten Hitze die Luft durch die geräumigen, hohen Zimmer zirkulieren ließen. Sie erzählten von ihren Plänen, die Toric gebilligt hatte, und langweilten den Harfner, indem sie ihren großartigen Vetter mit allen nur erdenklichen Vorzügen ausstatteten. Er hatte sie vor einem Dasein als Heimatlose gerettet, ganz zufällig, und nun hatten sie eine so glänzende Zukunft vor sich, waren sie nicht die reinen Glückspilze?

Als Piemur am nächsten Morgen Dummkopf aus dem Fischerboot zog, in dem der Siedler ihn zum Inselflußdelta übergesetzt hatte, fühlte er sich selbst wie der reinste Glückspilz. Eine Stunde später bahnte er sich bereits einen Weg durch dichtes Gebüsch zu einer Küste, die keines Menschen Fuß jemals berührt hatte, und obwohl ihm der Schweiß über Gesicht, Rücken und Beine bis in die dicken, von Sharra gestrickten Baumwollsocken lief, war er glücklich wie ein satter Jungdrache.

Jayge kam gut mit den Viehtreibern aus, obwohl Kesso bei jedem Wettrennen den Sieg über ihre hochgezüchteten Tiere davontrug. Er hätte gern auch die Stute laufen lassen, ihr herrlicher Körperbau verhieß Schnelligkeit, aber er hatte versprochen, sie heil in der Burg Benden abzuliefern, und Überanstrengung oder eine Verletzung wäre für Kesso schon schlimm genug gewesen, bei Fancy, wie er die Stute inzwischen nannte, durfte er ein solches Risiko nicht eingehen. Er bedauerte es fast, als sie den Keroon-Fluß erreichten, wo er sich nach Norden wenden sollte, während die anderen nach Osten zur Bucht weiterzogen. Andererseits kam er viel schneller vorwärts, wenn Kesso sich nicht dem gemächlichen Tempo der Herde anpassen mußte. Gleich am ersten Tag legte er ein gutes Stück Weges zurück und erreichte die Gabelung, wo der Kleine Benden-Fluß nach rechts abbog und direkt auf die Burg Benden zuführte, während der Große Benden nach links um die Klippen herumfloß. Anstatt auf der Hängebrücke die Schlucht an der Hochplateau-Siedlung zu überqueren, entschied er sich für die Fähre. Bei der Überfahrt mußte er Fancy eine Nasenbremse anlegen, damit sie auf dem reißenden Strom ruhig blieb, und sogar Kesso tänzelte nervös herum. Dem Fährmann zufolge ließen die meisten Treiber ihre Tiere lieber an der Mündung des Großen Ben in die Bucht von Nerat ans andere Ufer schwimmen.

An den Ufern des Kleinen Benden führten mehrere gut ausgebaute Wege entlang, so daß er Kesso streckenweise galoppieren lassen konnte. Die Stute blieb immer an seiner Seite. Sie bewegte sich in jeder Gangart mit höchster Anmut. Nicht etwa, daß Kesso auf langen Strecken nicht sehr bequem gewesen wäre, aber Kesso war eben ein Zufallsprodukt, während Fancy eigens so gezüchtet worden war. Ein solch edles Tier war sicher für eine Frau aus Baron Raids Familie bestimmt, dachte er. Die Burgherrin war wohl schon älter, die Stute war also vielleicht als Geschenk für eine seiner Töchter oder ein besonders geliebtes Pflegekind gedacht. Hoffentlich konnte die Betreffende gut reiten und hatte eine leichte Hand, die dem weichen Maul der Stute nicht weh tat.

In der zweiten Nacht schlug das Wetter um, starke Böen zausten den Schweif der Stute und trieben heftige Regenschauer vor sich her. Jayge sah sich gezwungen, in einem Bauernhof um Quartier zu bitten. Erst als er dem etwas mißtrauischen Farmer Meister Briarets Geleitbrief und sein eigenes Empfehlungsschreiben zeigte, erklärte der sich bereit, Schlafplatz und Mahlzeiten mit ihm zu teilen. Jayge verriet, daß die Stute auf Burg Benden abgeliefert werden sollte, und sofort zählte die Frau des Pächters, die eine romantische Ader hatte, alle Pfleglinge des Barons auf und rätselte herum, wer wohl die glückliche Empfängerin sein mochte. Auf Benden wimmle es nur so von Pfleglingen, sagte sie. Hoffentlich gäbe es bald ein Fest — der Winter sei so endlos lang gewesen, die Kinder hätten ein hartnäckiges Fieber gehabt, sie habe nach einem Heiler trommeln müssen, und die Burgherrin habe ihr eine ganz spezielle Arznei für Rasselhusten geschickt.

Am nächsten Morgen flüchtete Jayge, nachdem er nur einen Becher Klah getrunken hatte, obwohl sie ihm mit solcher Geschwätzigkeit eine Schüssel Haferbrei aufdrängte, als hätte sie die ganze Nacht nicht zu reden aufgehört. Der Flußpfad weitete sich bald zu einem breiten, glatten und gepflegten Band, das eine nach Norden führende Straße gleicher Güte kreuzte. Jayges Karte nach war die Verbindung zum Benden-Weyr ausgezeichnet. Er brauchte die Stute also nur auf der Burg abzuliefern, dann konnte er seine Reise zum Weyr und zu Aramina fortsetzen.

Mittags legte er eine Pause ein, um zu essen und die beiden Renner grasen zu lassen. Er bürstete den Schmutz von den Beinen und aus dem Schwanz der

Stute, und auch Kesso bekam ein paar Striche mit dem Striegel ab. Unmittelbar vor der Ankunft würde er Fancy noch einmal abreiben, damit sie auch wirklich einen guten Eindruck machte. Bald war er der Burg so nahe, daß er ihre herrlichen Proportionen bewundern konnte, die zahlreichen Fenster in der schützenden Felswand und das Südende des breiten, nach Osten liegenden Innenhofs.

Noch hatte er eine gute Stunde zu reiten, aber schon jetzt tauchten zu beiden Seiten des Flusses in den natürlichen Klippen und Höhlen kleine Bauernkaten auf. Dahinter zogen sich die Benden-Berge nach Nordosten, und fast direkt im Norden lag — der Benden-Weyr.

Plötzlich sprengte eine Gruppe von Reitern dicht vor ihm aus einer Schlucht und erschreckte die beiden Renner. Bis Jayge seinen Kesso wieder unter Kontrolle hatte, war er bereits von jungen Leuten umringt, die die beiden Tiere bewunderten und übermütig alle möglichen Fragen an ihn richteten.

»Ich heiße Jayge Lilcamp und soll diese Stute dem Stallmeister in der Burg Benden übergeben. Unverletzt«, fügte er mit Nachdruck hinzu, als einige der Jungen sich dichter herandrängten und Fancy verängstigt die Augen rollte und den Kopf warf.

»Jassap, Pol, bleibt mit euren Hengsten zurück«, sagte ein Mädchen. Jayge warf ihr einen dankbaren Blick zu und riß dann in ungläubigem Staunen die Augen auf.

Sie war nicht das hübscheste der drei Mädchen in der Gruppe. Ihr schwarzes, zu einem langen, dicken Zopf geflochtenes Haar hing ihr über den Rücken und war mit einem blauen Schal verhüllt, und sie hatte ein ovales Gesicht mit kräftigen, aber keineswegs derben Zügen. Die Farbe der Augen unter den flachen schwarzen Brauen erkannte er nicht, aber die etwas längere Nase war schön gerade, der Mund weich, das Kinn fest

— und alles zusammen strahlte eine seltsame Traurigkeit aus.

»Jassap und Pol, reitet bitte weiter, und Ander und Forris auch. Ihr seid gemein, und dabei ist sie so ein hübsches Ding. Baron Raid ist es sicher nicht recht, wenn sie völlig verschwitzt ankommt.« Sie selbst lenkte ihr Tier mit ruhiger, fester Hand, und die anderen fügten sich. Sie hatte stillschweigend die Führung übernommen, ohne direkt Befehle zu erteilen.

»Du bist eine gemeine Min-na!« protestierte einer der Jungen, aber er gehorchte, und alle brachten ihre Pferde in Trab und riefen lachend ›Minna, Minna, Minna!‹, ohne daß Jayge verstanden hätte, was daran so komisch war.

»Sie ist ein wirklich eleganter Renner«, lobte eines der anderen Mädchen und trieb ihre Stute links von Jayge an Kesso heran. »Hast du die Reise ganz allein gemacht?« Sie lächelte betörend, und er lächelte zurück, solche Annäherungsversuche waren ihm nicht unbekannt.

»Meister Briaret hat sie mir anvertraut«, erzählte er.

Ein zweites Mädchen hatte ihr Tier neben die Kokette gedrängt und sah ihn ängstlich an. »Direkt vom Gestüt? Aber das ist ein weiter Weg, und es gab doch einen Fädeneinfall?«

»Der Zeitpunkt war vorher bekannt, und wir hatten uns in einem Stall untergestellt«, beruhigte er sie. Die meisten auf eigenem Grund und Boden aufgewachsenen Leute waren befremdet, wenn sie erfuhren, daß er die Fäden nicht fürchtete. Er warf unauffällig einen Blick nach rechts und sah erleichtert, daß das dunkelhaarige Mädchen sich ebenfalls auf gleicher Höhe befand, aber in großem Abstand zu Fancy, die sich allmählich wieder beruhigte.

»Wir waren auf der Jagd«, sagte die Kokette und zeigte auf die Jungen vor ihnen, von deren Sätteln ein paar fette, junge Wherböcke hingen.

»In ein paar Siebenspannen gibt es bei uns ein Fest.

Bist du dann noch in der Gegend?« Auch das zweite Mädchen schlug nun diesen schalkhaften Ton an.

Jayge sah zu der Schwarzhaarigen hinüber. Sie beobachtete die aufgeregt dahintrippelnde Fancy und lächelte leise über die Art, wie die Stute ihre Vorderhufe mit einem kleinen, zusätzlichen Schwung aufsetzte. Das Mädchen hatte einen Blick für Bewegungen, das sah man gleich. Er ertappte sich bei der Überlegung, ob er sein Vorhaben wohl noch vor diesem Fest zu Ende bringen könne. Auf dem Tanzboden waren alle gleich.

»Weder Nebel, noch Feuer oder Fädenfall könnten mich fernhalten«, erklärte Jayge und verneigte sich höflich vor der Schalkhaften und der Koketten, doch zum Schluß warf er einen fragenden Blick auf die Schwarzhaarige. Sie lächelte, ein sehr hübsches, natürliches Lächeln ohne jede Ziererei.

»Wir müssen die anderen einholen«, sagte das erste Mädchen. »Bis später.« Sie winkte ihm zu und drückte ihrer Stute die Fersen in die Flanken. Fancy zerrte am Führseil, Jayge wickelte es sich fester um die Hand und wartete, daß auch die anderen davonsprengten. Das dunkelhaarige Mädchen ritt langsamer an und schaute über die Schulter noch einmal zu ihm zurück.

Jayge lieferte Fancy beim Stallmeister der Burg ab und überreichte ihm auch Meister Biarets Päckchen mit ihrem Stammbaum. Die Haarwirbel wurden mit den in ihren Papieren vermerkten verglichen, und der Mann untersuchte die Stute gründlich, sah sich Beine, Hufe, Rumpf, Hals und Zähne an und ließ sie von Jayge im Trab auf dem Innenhof hin- und herführen, bis dem jungen Händler der Atem ausging. Meister Conwy fand weder an ihrer Verfassung, noch an ihrem Aussehen etwas auszusetzen. Jayge wartete schweigend und spielte lässig mit Kessos Zügeln herum.

»Du hast dir deine Marken verdient, Jayge Lilcamp«, sagte der Mann schließlich. »Sie ist ein schönes Tier. Komm mit. Du kannst deinen Renner über Nacht hier unterstellen. In der Burg Benden hält man auf gutes Essen. Ich werde mit dem Verwalter über deinen Lohn sprechen und mich erkundigen, ob du irgendwelche Botschaften mitnehmen sollst.«

»Ich kehre nicht ins Gestüt zurück.« Jayge fing sich gerade noch rechtzeitig. »Ich muß nach Norden, nach Bitra.«

»Dann gibst du deine Marken am besten hier bei ehrlichen Leuten in Verwahrung, junger Mann. Diese Bitraner können es einfach nicht lassen, andere übers Ohr zu hauen.«

In Conwys Zügen spiegelte sich so viel verächtliche Empörung, daß Jayge unwillkürlich grinsen mußte. »Ich bin Händler von Beruf, Meister Conwy. Um mich um meine Marken zu bringen, braucht es mehr als einen gerissenen Bitraner.«

»Wie du meinst, Hauptsache, du kennst ihre Tricks.« Meister Conwy hatte offenbar eine geringe Meinung von Jayges Erfahrung und eine noch geringere von den ›Tricks‹ der Bitraner, aber das hinderte ihn nicht, ein großzügiger Gastgeber zu sein. Zuerst brachte er die Stute in ihren Stall und bat Jayge, seinen Renner danebenzustellen, damit sie sich schneller beruhigte. Dann führte er den Jungen in die Baderäume, bot ihm an, von einer Magd seine Kleider reinigen zu lassen, zeigte ihm, wo er eine Schlafnische für die Nacht finden konnte, und erklärte ihm, wo er sich vor dem Essen bei ihm melden solle.

Frischgewaschen, in ordentlich aufgebügelten Ersatzkleidern präsentierte sich Jayge bei Meister Conwy, um seine Marken in Empfang zu nehmen. Zu seiner Überraschung verlangte der Meister noch einmal sein Empfehlungsschreiben und fügte Swackys Beurteilung eine zweite hinzu.

»Kann nichts schaden, einen Nachweis für Ehrlichkeit und Fleiß zu haben, wenn man ständig unterwegs ist.«

Dann führte Meister Conwy ihn die Treppe zum Burggebäude hinauf und in den Speisesaal, wo reger Betrieb herrschte. Aus den Küchengewölben drangen verlockende Düfte nach oben. Jayge nahm den ihm zugewiesenen Platz weit rechts zwischen Männern und Frauen im Gesellenrang ein, und Meister Conwy verließ ihn.

In einer Burg herrscht doch ein sündhafter Luxus, dachte Jayge, während er die sauber gestrichenen Wände, die tiefen Fensternischen und die brünierten Läden mit den eingeritzten Zeichnungen betrachtete. Der obere Teil der Wände war mit Fresken in leuchtenden Farben verziert, manche davon ziemlich alt, der Tracht der Gestalten nach zu schließen. In den ganz alten Burgen war es üblich, auch Konterfeis berühmter Burgherren, ihrer Frauen und hervorragender Handwerker an die Wände zu malen, einige ganz klein in den Ecken und andere so hoch oben, daß sie fast nicht zu sehen waren. Jayge überlegte flüchtig, ob einige dieser Porträts wohl von Perschars Hand stammen könnten.

Er antwortete auf die höflichen Fragen, die man an ihn richtete, und ging unverbindlich auf den recht offenkundigen Annäherungsversuch einer hübschen Gesellin an seiner Seite ein, aber er hörte mehr zu, als selbst zu reden. Als die Suppe herumgereicht wurde — Jayge fühlte sich geschmeichelt, als man ihn zuerst bediente —, richtete die Gesellin es so ein, daß sie mit ihrem üppigen Busen seine Schulter streifte. Die Berührung erinnerte ihn daran, wie lange er schon allein unterwegs war.

Doch jeder Gedanke an eine belanglose Liebelei verflog beim ersten Blick auf die erhöht stehende Haupttafel und das schwarzhaarige Mädchen am rechten Rand. Ein Pflegling also, erkannte Jayge, aber im Rang nicht hoch genug, um näher bei Bendens Burgherrn, seiner Frau und deren eigenen Kindern sitzen zu dürfen. Ihr dunkelbraunes Kleid mit dem tiefen Ausschnitt brachte ihre cremigweiße Haut gut zur Geltung. Sie lächelte oft, lachte selten und aß gesittet — und Jayge konnte den Blick nicht von ihr wenden.

»Sie ist nichts für deinesgleichen, Geselle«, flüsterte ihm seine Tischgenossin ins Ohr. »Sie ist für den Benden-Weyr bestimmt. Bei der nächsten Gegenüberstellung wird sie sicher eine Drachenkönigin für sich gewinnen.«

Jayge hatte angenommen, die Mädchen, die man bei der Suche entdeckte, würden sofort in den Weyr gebracht, aber vielleicht verhielt sich das bei Pfleglingen von Benden anders. Außerdem gab es in der Brutstätte im Moment kein Gelege, das wußte er.

»Sie war bei der Jagdgesellschaft, der ich unterwegs begegnet bin«, sagte Jayge beiläufig. Er bemühte sich, sie nicht mehr anzusehen, aber es gelang ihm nicht. Sie strahlte eine so wohltuende Frische aus, daß es ein Vergnügen war, ihre ruhigen Bewegungen beim Essen zu beobachten. Und sie war nichts für ihn. Er riß sich los und wandte sich lächelnd der Gesellin zu, die das Gespräch eifrig fortsetzte.

Jayge erschrak ein wenig, als er am nächsten Morgen als erstes dem schwarzhaarigen Mädchen begegnete. Sie war in Fancys Stall, als er nach einem schnellen Frühstück dorthin kam, um Kesso zu satteln.

»Ich glaube, sie wird sich gut eingewöhnen«, sagte sie und lächelte Jayge sichtlich erleichtert an. »Meister Conwy sagt, sie hat auf dem weiten Weg vom Gestüt hierher keinen einzigen Kratzer abbekommen. Magst du alle Tiere? Oder nur Renner?«

Jayge hatte Mühe, eine passende Antwort zu finden, also lächelte er nur. Ja, dachte er, er hatte richtig gesehen, in ihren Zügen stand Traurigkeit. »Oh, ich komme mit den meisten Tieren gut zurecht. Wenn man sie richtig behandelt, leisten sie auch etwas. Das Futter ist wichtig. Es muß der Arbeit angepaßt sein, die man von ihnen erwartet.«

»Bist du für Herdentiere ausgebildet oder für Renner?«

»Ich bin Händler.«

»Ach so, dann kennst du dich sicher besser mit Lasttieren aus.« Das Lächeln des Mädchens wirkte unerklärlich wehmütig. »Wir hatten ein Gespann — ich nannte sie Stoßer und Drängler. So haben sie sich nämlich oft benommen, aber sie haben uns nie im Stich gelassen.«

Jayge hatte seinen Renner gesattelt und sein Bündel verstaut, ohne es zu merken, und plötzlich überkam ihn Schüchternheit. »Ich muß fort«, sagte er. »Habe noch einen weiten Weg vor mir. War nett, dich kennengelernt zu haben. Gib gut auf Fancy acht.«

»Fancy?«

»Ich gebe allen Tieren Namen. Auch wenn es nur für eine Reise ist.« Er zuckte verlegen die Achseln und verstand sich selbst nicht mehr. Gewöhnlich hatte er keinerlei Schwierigkeiten, sich mit einem Mädchen zu unterhalten. Das hatte sich erst letzte Nacht gezeigt, obwohl es vielleicht nicht zu dem flüchtigen Abenteuer mit der Gesellin gekommen wäre, wenn er geahnt hätte, daß er heute noch einmal mit *ihr* reden würde. Er führte Kesso rückwärts aus dem Verschlag.

»Fancy ist ein schöner Name für sie.« Die Stimme des Mädchens folgte ihm. »Danke. Ich werde gut auf sie achten. Viel Glück.«

Jayge schwang sich auf Kessos Rücken und trabte in flottem Tempo aus dem Stall. Er wünschte, ihm wäre eine Ausrede eingefallen, um noch zu bleiben. Aber sie war für den Weyr bestimmt, und damit war die Sache erledigt!

9

Burg Benden. Benden-Weyr
12. Planetenumlauf

D er Weg war gut ausgebaut, aber es war kalt, und manchmal waren die Hänge am frühen Morgen so glatt, daß Jayge erst aufbrach, wenn die Sonne bereits hoch am Himmel stand. Er zog es vor, sich für die Nächte selbst einen Unterschlupf zu suchen oder zu schaffen, manchmal freilich, wenn er einem Pächter begegnete, teilte er das Mittagsmahl mit ihm. Einem Farmer half er, ein beschädigtes Rad zu wechseln, und als der Mann Kessos Hufeisen bemerkte und lobte, fertigte er ihm einen neuen Satz für seinen unbeschlagenen Renner an. In diesem Fall ließ er sich überreden, auf dem Hof zu übernachten, denn es war so spät, daß er seinen Weg nicht fortsetzen konnte.

Trotz dieser gelegentlichen Begegnungen war Jayge viel zu viel allein und hatte genügend Zeit, an das schwarzhaarige Mädchen zu denken. Warum hatte er sie nicht nach ihrem Namen gefragt? Dabei hätte er sich nichts vergeben, sagte er sich, und er hätte gern gewußt, wie sie hieß. Nun ging er alle Frauennamen durch, die er kannte, fand aber keinen, der zu ihr gepaßt hätte. Die unerklärliche Traurigkeit in ihren Augen und der hoffnungslose Zug um den Mund machten ihm Sorgen. Wahrscheinlich war sie im gleichen Alter wie die anderen beiden Mädchen der Jagdgesellschaft, aber sie war ihnen an Reife weit voraus. Des Nachts mischten sich erotische Untertöne in seine Träume, aber das fand er eher erheiternd als beschämend. Auf dem Tanzboden waren alle gleich, sagte er sich noch einmal. Er würde zurückkommen und an diesem Fest teilnehmen. Er würde mit ihr tanzen und die Traurigkeit aus ihren Augen vertreiben.

Der Gipfel des Benden-Weyr beherrschte zunehmend den Horizont, seine schroffen Wände strahlten eine heitere, unerschütterliche Ruhe aus. Je näher er rückte, desto ungeduldiger drängte Jayge seinen Kesso vorwärts, und desto länger wurden seine Tagesetappen. Am vermutlich letzten Tag seiner Reise war er bereits im Morgengrauen auf den Beinen und entdeckte auf einem Felssims jenseits des Flusses einen Lichtschein, der von einem Feuer stammen mußte. Sofort war er in Alarmbereitschaft.

Er studierte abermals seine Karte und sah, daß sein Lagerplatz nicht die einzige Höhle in unmittelbarer Nähe war. Konnte Thella direkt über die Berge gekommen sein? Ohne zuerst ihre Informanten in den Höhlen von Igen zu befragen? Und wer hatte den alten Brare getötet? Er sagte sich, das Feuer könne durchaus auch einem Hirten gehören, der nach seinen Herden sehen wolle, hielt es aber doch für nötig, der Sache nachzugehen. Aramina war im Benden-Weyr, und wenn Thella sich vor dem Weyr befand, mußten es die Drachenreiter erfahren.

Er band Kesso wieder an, sammelte trockenes Gras, um den Renner zu beschäftigen, und stieg, nachdem er sich vergewissert hatte, daß seine Dolche scharf waren, im morgendlichen Zwielicht zum Fluß hinab. Dort fand er eine ziemlich baufällige Brücke, wahrscheinlich noch aus der Zeit, als die Barone versucht hatten, den Benden-Weyr zu stürmen, und sie ermöglichte es ihm, trockenen Fußes rasch und lautlos über das Wasser zu gelangen. Bald entdeckte er zwar nicht das Feuer selbst, aber seinen Widerschein an einer Felswand, die es von Nordosten her abschirmte. Inzwischen war es so hell geworden, daß er sehen konnte, wohin er trat. Kurz darauf stieß er auf einen schmalen, gewundenen Pfad und wäre fast auf einem Fladen Herdentierkot ausgerutscht. Der kaum erkennbare Steig erschien ihm sicherer als eine Annäherung in gerader Linie, und so folgte er ihm, bis er sich oberhalb der Stelle befand, von der aus er das Feuer entdeckt hatte. Dort schlug er sich in die dürren Büsche und kroch behutsam, um sich nicht an Dornen oder spitzen Ästen zu verletzen, Schritt für Schritt weiter.

Endlich hörte er Stimmen, zwei Männer und eine Frau — Thella. Was sie sagten, konnte er nicht verstehen, und er kam auch nicht näher heran, denn der steile Grat vor ihm war zu glatt, um ihn zu erklettern, und im Halbdunkel sah er auch keine Möglichkeit, ihn zu umgehen.

Er kauerte sich nieder und wartete, bis ihm plötzlich auffiel, daß die Stimmen verstummt waren. So schnell er konnte, huschte er im zunehmenden Licht weiter, doch als er sein Ziel erreichte, waren die Wärme der Steine und ein paar verkohlte Äste die einzigen Anzeichen, daß jemand hiergewesen war. Das Innere der kleinen Höhle war sauber — viel zu sauber, dachte Jayge. Unter sich sah er den Fluß, aber keinen Menschen weit und breit. Hatten sich die Banditen etwa nach Westen gewandt, den Hügel hinauf, um auf der anderen Seite in einem neuen Versteck zu verschwinden?

Während Jayge sich fast den Hals verrenkte, um den Hang über sich abzusuchen, tauchten aus der Krateröffnung des Benden-Weyr mehrere Drachen auf und schwebten so majestätisch in den Himmel, als wollten sie mit ihrem Flug die aufgehende Sonne begrüßen. Jayges erste Begegnung mit einem Drachenreiter war nicht sehr erfreulich verlaufen, doch seine Vorbehalte waren allmählich schwächer geworden, als er bei der Arbeit mit den Bodentrupps andere Vertreter dieser Gruppe kennenlernte. Er hatte gehört, in welch hohem Ansehen die Reiter von Benden standen, und war sogar von Heth zu Thellas geheimer Festung gebracht worden. Der Morgenflug, den er jetzt beobachten konnte, war von einer solchen Schönheit, daß er die Drachen und ihre Reiter plötzlich mit ganz anderen Augen sah.

Jayge war ganz in den herrlichen Anblick versunken und verschwendete keinen Gedanken daran, daß man ihn vielleicht entdecken könnte. Er sah den Drachen nach, bis sie entweder in den Weyr zurückgekehrt oder im *Dazwischen* verschwunden waren, ein Phänomen, das der junge Händler immer noch beängstigend fand, obwohl er es auf Heths Rücken selbst miterlebt hatte. Nun erst fragte er sich, wieso die Tiere, die doch für ihre scharfen Augen berühmt waren, keinerlei Reaktion gezeigt hatten, obwohl er ohne jede Deckung auf den nackten Felsen lag. Sie hatten offenbar gar nicht achtgegeben. Gewiß, er hatte sich ganz still verhalten, aber Thella und ihre Gefährten waren doch in Bewegung! Hielten die Drachen überhaupt Ausschau nach ihr? Wohl kaum. Diese Drachenreiter fühlten sich in ihrem verdammten Weyr so sicher, daß sie es nicht einmal für nötig erachteten, eine Wache aufzustellen, dachte er empört. Und was sollte Thella daran hindern, ganz dreist in den Weyr einzudringen und sich Aramina zu schnappen?

Jayge stürmte auf dem kürzesten Weg den Hang hinab und rannte über die Brücke und zu seiner Höhle zurück. Die ganze Zeit über hoffte er, plötzlich einen Drachen vor sich zu sehen, der ihm den Weg versperrte und dessen Reiter fragte, wer er sei und was er wolle. Aber niemand hielt ihn auf, und Jayge zog mit ungewöhnlicher Heftigkeit Kessos Sattelgurt stramm. Dann schwang er sich in den Sattel und ritt in gestrecktem Galopp das Tal hinauf auf einen Tunnel zu, die einzige Möglichkeit, vom Boden aus in den Benden-Weyr zu gelangen.

Hier traf er auf Widerstand. Und obwohl es ihn einigermaßen beruhigte, daß nicht jeder den Tunnel betreten konnte, ärgerte es ihn, daß er seine knappe Erklärung, Aramina drohe Gefahr, da Thella sich im Tal versteckt halte, jedem einzelnen Wächter — kein einziger war ein Drachenreiter — wiederholen mußte, und daß jeder sich sein Empfehlungsschreiben ansah, als spiele Zeit keine Rolle. Als er das Schreiben wieder einmal hastig aus der Brusttasche zog, fiel versehentlich auch die Skizze von Readis heraus, und ein Wächter hob sie auf.

»Der Bursche war gestern hier. Ein Verwandter von Ihnen?«

Einen Moment lang war Jayge vor Schreck wie gelähmt. »Er ist im Weyr?«

»Warum sollte er? Er wollte nur ein Päckchen Briefe für Aramina abliefern, aber die ist in der Burg.«

»Und das haben Sie ihm gesagt? Sie hirnloser Weyrschnösel, Sie ausgemachter Schwachkopf.« Jayge war drauf und dran, sich wortreich über die Vorfahren aller sechs Wächter auszulassen, als ihm der älteste plötzlich die Speerspitze an die Kehle setzte.

»Was ist Ihr Begehr?« Die scharfe Spitze bohrte sich ihm nachdrücklich in die Haut.

Jayge schluckte seinen Zorn und alle weiteren Unverschämtheiten hinunter, griff nach dem Speer und schob ihn beiseite, ohne dem eisigen Blick des Wächters auszuweichen. »Ich muß K'van sprechen, Heths Reiter, und zwar sofort«, sagte er ruhig, aber doch eindringlich. »Thella hat letzte Nacht im Tal gelagert. Ich habe sie heute morgen gehört. Und wenn sie weiß, daß Aramina in der Burg von Benden ist, befindet sich das Mädchen in großer Gefahr.«

Der Speerträger lächelte ein wenig, um ihn zu beruhigen. »Jemand, der Drachen hören kann, hat allen Schutz, den er braucht. Aber wenn dieses Banditenweib in der Gegend ist, will Lessa sicher Genaueres darüber wissen. Reiten Sie weiter. Ich sage Bescheid, daß Sie kommen.«

Kesso fand den Tunnel unheimlich, trotz der Leuchtkörbe, die ihn in kurzen Abständen erhellten. Er tänzelte, scheute und zuckte ständig mit den Ohren, weil ihn das Echo seiner eigenen Hufe erschreckte. Als er auch noch in den Furchen stolperte, die von zahllosen Karrenrädern über Hunderte von Planetenumläufen eingegraben worden waren, mahnte ihn Jayge mit einem festen Schenkeldruck zur Aufmerksamkeit. Endlich erreichte er ein zweites, inneres Tor, und die Wachen dort winkten ihn weiter in eine riesige Höhle mit Plattformen in unterschiedlichen Höhen zum Abladen von Wagen oder Karren aller Größen. Von dort wurde Jayge in einen zweiten, noch längeren Tunnel geschickt, dessen Ende nur als heller Fleck zu erkennen war. Er trabte Kesso an, denn er haßte das Gefühl, im Fels eingeschlossen zu sein. Ständig hörte er Geräusche, die ihn ein wenig zu sehr an die Lawine in Telgar erinnerten, und er mußte sich beherrschen, um nicht einfach im Galopp davonzustürmen.

Dann war er im Benden-Kessel und staunte wie der unerfahrenste Lehrling aus dem letzten Hinterwäldlernest. Der gewaltige Krater — eigentlich nicht ein, sondern zwei Krater, die ineinander übergingen — bildete ein unvollkommenes Oval. Die zerklüfteten, schroff aufragenden Wände waren durchsetzt mit dunklen Weyreingängen. Auf vielen vorspringenden Simsen lagen bereits Drachen und sonnten sich. Kesso fing eine Nase voll Drachengeruch auf, riß in Panik den Kopf in die Höhe und verdrehte die Augen, bis Jayge das Weiße sah.

Ein Junge kam auf ihn zugelaufen. »Kommen Sie, Händler Lilcamp, wir bringen Ihren Renner in einem Stall unter, wo er die Drachen nicht wittern kann.« Der Junge deutete nach rechts. »Der Schwarzfelsbunker ist im Moment nicht voll besetzt, dort finden wir genug Platz. Ich hole Wasser und Heu.«

Jayge hatte mit dem verängstigten Tier alle Hände voll zu tun, und als sie endlich das Bunkerinnere er-

reichten, war Kesso schweißüberströmt. Zum Glück überdeckte der ätzende Staubgeruch des Schwarzfelsens die Drachenwitterung, Kesso vergaß seine Angst und war froh, mit einem Eimer Wasser seinen Durst löschen zu können. Jayge vergewisserte sich, daß das Heu auch gut war, dann ließ er ihn allein.

»Jetzt bitte in diese Richtung, Lessa wartet auf Sie«, sagte der Junge.

Schon der Benden-Weyr hatte Jayge in Staunen versetzt, aber Lessa überraschte ihn kaum weniger. Sie war eine ebenso starke Persönlichkeit wie Thella, aber damit war die Ähnlichkeit auch schon zu Ende. Trotz ihrer zierlichen Gestalt wirkte die Weyrherrin überlegen und trat mit freundlicher Entschiedenheit auf. Er hatte nicht erwartet, besonders höflich behandelt zu werden, schließlich war er nur ein einfacher Händler, aber sie hörte ihm so interessiert zu, daß er ihr ohne weiteres die ganze Geschichte von seiner ersten Begegnung mit Thella und Giron bis zu seinen Beobachtungen im Morgengrauen dieses Tages erzählte — mit einer Ausnahme. Readis erwähnte er mit keinem Wort.

»Bitte, Lady Lessa, holen Sie Aramina wieder hierher, ehe es zu spät ist.« Jayge streckte Lessa über den Tisch hinweg die Hand entgegen, zog sie jedoch wieder zurück, als ihm aufging, was er sich da herausnahm.

»Sobald ich von Ihrem Anliegen erfuhr, Jayge Lilcamp, habe ich Baron Raid verständigt. Man wird gut auf sie aufpassen, glauben Sie mir.« Dann erklärte sie ihm mit strahlendem Lächeln ihre Methode der Nachrichtenübermittlung. »Ramoth, meine Drachenkönigin, hat sich mit dem Wachdrachen von Benden in Verbindung gesetzt.«

»Aber hier wäre das Mädchen sicherer«, beharrte Jayge voll Unruhe. Jeder konnte in die Burg hineinmarschieren; jeder konnte sie aus einer Jagdgesellschaft herausholen.

Lessa runzelte ganz leicht die Stirn, dann beugte sie

sich vor und legte ihre kleine Hand mit kräftigem Druck tröstend auf Jayges Arm. »Ich kann Ihre Sorge gut verstehen. Auch ich hätte es vorgezogen, Aramina bis zur nächsten Gegenüberstellung hier in Benden zu behalten, aber... das Mädchen hört tatsächlich, was die Drachen sagen.« Sie verzog ratlos das Gesicht. »Unablässig, jeden einzelnen Drachen.« Sie stieß einen übertriebenen Seufzer aus, dann legte sie den Kopf schief und lächelte ihn an. Plötzlich verstand Jayge, warum so viele Leute sie respektierten, ja sogar verehrten, und er lächelte unwillkürlich ein wenig verlegen zurück. »Das ständige Gerede hätte sie auf die Dauer zum Wahnsinn getrieben.«

»Aber Thella täte das erst recht«, hörte Jayge sich sagen.

»Tubridy vom äußeren Tor meldet, Sie hätten ein Bild von einem Mann, der angeblich Briefe von ihrer Familie brachte«, sagte Lessa.

Jayge zog sein Empfehlungsschreiben heraus und faltete es auseinander, als ob sich die Skizze darin befände. Dann kramte er scheinbar bestürzt in seiner Brusttasche herum und durchsuchte auch die anderen Taschen seiner Jacke. »Ich muß sie verloren haben. Mein Renner war durch den Tunnel und die Nähe der Drachen ganz außer sich.« Er zuckte beschämt die Achseln und lächelte gewinnend.

Zu seiner Überraschung breitete sie einen Bogen aus, der viel größer war als Perschars Blätter, aber alle Skizzen des Künstlers enthielt. Auch Readis war in einer neuen Pose abgebildet, aus der Erinnerung gezeichnet und nicht so gut getroffen wie beim ersten Mal. Die Ähnlichkeit zwischen Onkel und Neffe war viel weniger ausgeprägt — wenigstens hoffte Jayge, daß sie Lessa nicht auffallen würde. Ohne Zögern deutete er auf Dushik.

»Den würde ich überall erkennen«, sagte er, wohl wissend, daß er ein Risiko einging, aber wider alle Vernunft entschlossen, seinen Onkel zu retten. Wie, das wußte er nicht — aber er mußte es versuchen.

Lessa sah ihn merkwürdig an, und ihre Augen wurden schmal. »Wie sind Sie überhaupt an eine Skizze gekommen?«

»Nun, ich habe Ihnen ja bereits erzählt, daß ich annahm, sie würden die Höhlen von Igen aufsuchen. Und wenn ich allein hinging, bestand immerhin die Möglichkeit, daß ich etwas erfuhr, was man weder einem Burgherrn, noch einem Drachenreiter« — er entschuldigte sich mit einem respektvollen Lächeln — »verraten würde. Deshalb gab man mir eine von Perschars Skizzen zum Vorzeigen. Ich habe mit Thella und ihren Freunden noch eine Rechnung zu begleichen«, erklärte er mit einem Haß und einer Entschlossenheit, die er nicht vorzutäuschen brauchte. Plötzlich grollte ganz in der Nähe ein Drache, und er fuhr zusammen.

»Solche Privatfehden neigen dazu, außer Kontrolle zu geraten, Jayge Lilcamp«, sagte Lessa mit einem eigenartigen Lächeln.

In diesem Moment fühlte Jayge sich abermals an Thella erinnert, doch er schüttelte den Gedanken ab und stand auf, denn die Weyrherrin hatte sich erhoben.

»Und sie verhindern oft, daß weit verdienstvollere Eigenschaften zum Tragen kommen«, fuhr Lessa fort. »Überlassen Sie die Sache dem Weyr. Wir werden Aramina beschützen.« Ein Drache trompetete, und der Ton hallte mehrfach wider. Lessa lächelte zärtlich. »Sie haben Ramoths Wort darauf.«

»Kann sie alles hören?«

Lessa lachte, und es klang erstaunlich jung. Dann schüttelte sie den Kopf. »Ihre Geheimnisse sind bei mir sicher.«

Jayge wandte sich ab. Sie hatte zu scharfe Augen und einen zu wachen Verstand. Daß Drachen fähig sein sollten, die Gedanken aller Leute zu hören war ihm neu —

er hatte immer gedacht, sie könnten sich nur mit ihren Reitern verständigen.

»Machen Sie einen Abstecher in die Küche, ehe Sie aufbrechen, Jayge Lilcamp. Sie haben einen weiten Weg vor sich und brauchen etwas Kräftiges im Magen.«

Er bedankte sich und folgte dem Jungen aus dem Weyr, doch beim Anblick der goldenen Drachenkönigin auf dem Sims blieb er unvermittelt stehen. Sie war noch nicht dagewesen, als er hereingekommen war. Der Schwanz war um die Vorderbeine gewickelt, und die Schwingen lagen flach am Rückenkamm an, aber sie blickte ihm fest in die Augen.

»Sie mag es, wenn man mit ihr spricht. ›Guten Morgen, Ramoth‹ genügt«, riet der Junge, als er bemerkte, daß Jayge sich nicht zu rühren wagte.

»Guten Morgen, Ramoth«, wiederholte Jayge heiser und schob sich vorsichtig auf die erste Stufe zu. Über ihm ragte das Drachenweibchen auf, und er war sich noch nie in seinem Leben so unbedeutend vorgekommen. Obwohl er keineswegs klein war, reichte er ihr nur bis an die kurze Vorderpfote. Er schluckte krampfhaft und machte einen weiteren Schritt. »Könntest du Heth bitte von mir grüßen? Ich habe mich gefreut, ihn kennenzulernen.« Jayge wußte, daß er faselte, aber irgendwie glaubte er doch, die richtigen Worte gefunden zu haben.

»Wirklich«, sagte der Junge und zupfte ihn am Ärmel. »Sie tut gar nichts.«

»Sie ist größer, als ich dachte«, flüsterte Jayge.

»Nun, sie ist Bendens Königin. Und«, fügte der Junge stolz hinzu, »der größte Drache auf ganz Pern.«

Plötzlich hob Ramoth den Kopf und grollte drei Drachen an, die im Bogen heranschwebten, um auf den oberen Simsen zu landen. Zwei davon antworteten ihr. Jayge nützte die Ablenkung, um, so schnell er konnte, an dem Jungen vorbei die Weyrtreppe hinunterzusteigen. Als er den Kesselgrund erreicht hatte, atmete er tief durch und wischte sich den Schweiß von der Stirn.

»Kommen Sie, Sie sollen etwas essen. Die Weyrkost ist gut«, ermunterte ihn der Junge, der ihn wieder eingeholt hatte.

»Ich glaube, ich möchte lieber ...«

»Sie können den Weyr nicht ohne eine anständige Mahlzeit verlassen«, beharrte der Junge. »Sehen Sie, Ramoth rollt sich zusammen, um in der Sonne ein Nikkerchen zu machen.«

Lessas Beteuerungen taten nur so lange ihre Wirkung, bis Jayge sein erstes Nachtlager aufschlug. Es hatte ihm Auftrieb gegeben, als er in einiger Entfernung über der Straße Drachenreiter auf einem Patrouillenflug sah, doch dann hatten ihm die dichten Äste den Blick versperrt. Fast bis zum Morgengrauen wälzte er sich schlaflos hin und her, ging jedes Wort des Gesprächs noch einmal durch, kämpfte mit seinen Zweifeln, ob es richtig gewesen war, die Weyrherrin zu belügen, und zerbrach sich den Kopf, was sie wohl mit ihrer Warnung vor Privatfehden gemeint haben könnte.

Wenn er nur eine Möglichkeit sähe, Readis von Thella loszueisen. Wer war wohl der dritte Mann, dessen Stimme er gehört hatte? Dushik? Oder Giron? Giron wohl kaum, nicht so dicht an einem Weyr. Und Dushik hatte den Ruf, der schrecklichere Gegner zu sein.

Jayge trieb Kesso schonungslos an und verzichtete auf eine bequeme Unterkunft, um schneller voranzukommen. Im Weyr hatte ihm jemand freundlicherweise einen Sack Getreide an den Sattel gebunden, so daß der Renner wenigstens ausreichend Futter bekam. Nur einmal machte er halt, um Reiseproviant und weiteres Getreide zu kaufen. Unterwegs hielt er ständig Ausschau nach frischen Spuren von anderen Reisenden, aber Thella und die anderen wären sicher nicht so töricht gewesen, diese belebte Straße zu nehmen.

Endlich hatte er eine Idee. Sobald er auf der Burg Benden eintraf, würde er nach dem schwarzhaarigen Mädchen fragen. Sie hatte einen vernünftigen Eindruck gemacht und würde ihn ernst nehmen. Ihr würde er die Skizze von Readis zeigen und sie vor ihm warnen. Vor Dushik nahmen sich die Leute gewiß von selbst in acht, so grimmig, wie er aussah, aber Readis wirkte so anständig, und er hatte ein geschicktes Mundwerk. Viel zu geschickt. Immerhin hatte er sich noch genug Familienloyalität bewahrt, um Thellas Banditen von der Karawane abzulenken, und deshalb war Jayge seinem Onkel einen Gefallen schuldig.

Müde, durchnäßt vom Regen des vorhergehenden Tages und hungrig traf er auf seinem erschöpften, fußlahmen Tier in der Burg Benden ein. Hier ging offenbar alles seinen gewohnten Gang, wie er zutiefst erleichtert feststellte. Er fragte nach Meister Conwy, der über seine Ankunft überrascht war, ihn aber herzlich willkommenhieß.

»Waren irgendwelche Fremden hier, um nach — dem Mädchen zu fragen, das Drachen hören kann?« erkundigte Jayge sich sofort.

»Aramina?« Meister Conwy zog die buschigen Augenbrauen hoch. »Du bist also derjenige, der bis zum Weyr geritten ist, um die Leute dort zu warnen. Junge, du hättest deine Sorgen doch nur mir anzuvertrauen brauchen. Wir hätten den Wachdrachen hingeschickt und dir eine lange Reise erspart.«

»Dann hätte ich aber Thella und ihre Bande nicht in der Nähe des Weyrs erwischt.«

Meister Conwy nickte verständnisvoll, um sein nervöses Gegenüber zu beruhigen, nahm Jayge flink Kessos Zügel aus der Hand, scheuchte den Renner in den Stall und half dem Jungen, das müde Tier abzusatteln und in den Verschlag zu stellen. »Das ist richtig, aber nun hast du sie ja gesehen und dich auch ausführlich mit der Weyrherrin unterhalten, wie ich höre.«

Jayges Hoffnungen flackerten kurz wieder auf. »Haben die Drachenreiter Thella etwa gefunden?«

»Nein, obwohl sie sich wahrhaftig genug Mühe gegeben haben. Außerdem haben wir scharenweise Wachen aufgestellt und auch alle Pächter alarmiert.«

Jayge hatte gerade seinen Sattel auf die Trennwand zwischen zwei Verschlägen legen wollen, doch jetzt hielt er inne. »Die Stute, die ich ihnen gebracht habe, stand gleich nebenan. Wo ist sie?«

»Unterwegs. Aramina ist — mit zwei Wächtern — ausgeritten, um einem Lasttier zu helfen, das sich aufgespießt hatte. Sie kann ausgezeichnet mit Tieren umgehen, sie spüren, daß ...«

»Sie haben sie aus der Burg gelassen? Splitter und Scherben, Mann, Sie sind ebenso verrückt wie die Leute im Weyr! Sie kennen Thella und Dushik nicht! Sie haben keine Ahnung, was das für Leute sind! Sie wollen das Mädchen töten!«

»Nun mal langsam Junge, laß mich doch los! Und rede nicht in diesem Ton mit mir!« Meister Conwy löste Jayges Hände von seinem Hemd. »Du bist müde, Junge, du kannst nicht mehr klar denken. Sie ist in Sicherheit. Und jetzt komm mit mir, nimm ein Bad und laß dir etwas zu essen geben. Sie wird bald zurück sein. Das dauert höchstens ein paar Stunden.«

Jayge zitterte vor Aufregung, aber da Meister Conwy so überzeugt schien, daß Aramina in Sicherheit war, ließ er sich überreden, in die Wohnung des Stallmeisters zu gehen und ein Bad zu nehmen. Erst als Meister Conwys ältester Sohn ihm einen Becher heißen Klah und mit Süßtunke bestrichenes, frisches Brot brachte, während er im warmen Wasser lag und den Reiseschmutz aufweichen ließ, ging ihm auf, daß Aramina das schwarzhaarige Mädchen sein mußte, das er so bewundert hatte. Zum Glück lenkte ihn das Essen ein wenig ab, denn seine Gedanken drohten eindeutig ins Erotische abzuleiten. Statt dessen konzentrierte er sich auf die beunruhigende Tatsache, daß es den Drachenreitern nicht gelungen war, die Flüchtlinge aufzuscheuchen. Sie versteckten sich und faßten sich in Geduld, bis die Wachsamkeit der Burgbewohner und der Wächter nachließ. Thella konnte warten — man brauchte nur an die Steinschlagfallen zu denken, die sie genau im richtigen Abstand angebracht hatte, um jeden Wagen zu treffen. Aber sie beging auch Fehler, zum Beispiel erst vor kurzem, als sie dieses Feuer anmachte, das er auch prompt gesehen hatte.

»Jayge Lilcamp!« Meister Conwy kam in die Badehöhle gestürmt, warf Jayge ein Handtuch zu und zerrte ihn aus dem Wasser, als er nicht schnell genug reagierte. »Du hattest recht, und wir waren sträflich leichtsinnig. Gardilfon kam eben die Burgstraße herauf und brachte die Tiere, die er hier abliefern sollte. Er hatte keine Nachricht wegen eines Lasttiers geschickt, er hatte schon gar nicht Aramina verlangt, und er hat seit heute morgen niemanden auf dieser Straße gesehen.«

Jayge trocknete sich hastig ab und bemühte sich ungeschickt, in die Kleider zu schlüpfen, die ihm der Stallmeister zuwarf, als er das Dröhnen der Burgtrommeln vernahm. Der Rhythmus, aber auch das heiße Bad, dem er eben entstiegen war, ließen sein Herz schneller klopfen. Seine Stiefel waren feucht und schlammverkrustet, aber er zwängte die Füße trotzdem hinein.

»Baron Raid möchte dich sprechen. Er ruft jeden zu Hilfe, und, ja ...« Meister Conwy warf einen Blick gen Himmel, wo gerade die ersten Drachen auftauchten. »Wir bekommen alle Unterstützung, die wir brauchen. Aramina wird den Drachen sagen, wo sie ist.«

»Falls sie es weiß«, murmelte Jayge. Er hatte sofort begriffen, wo in dieser Überlegung der Fehler steckte. »Und falls sie sprechen kann.«

Zuerst schenkte Baron Raid Jayges Zweifeln, die ihm zuerst von dem aufgebrachten Meister Conwy und dann von Jayge selbst wiederholt wurden, keine Beachtung, und befahl dem jungen Händler, sich hinzusetzen und den Mund zu halten. Der Baron, mittelgroß und etwas untersetzt, mit einem unzufriedenen Zug um den Mund, tiefen, von der Nase bis zu den Lippen reichenden Falten und aufgequollenen Tränensäcken unter den Augen, liebte es, sich in Szene zu setzen, und wirkte fast wie eine Karikatur seiner selbst, als er sich geschäftig an einen Ratgeber nach dem anderen wandte. Jemand reichte Jayge eine Schale mit Brei, und er schlang ihn hastig hinunter, obwohl ihm der Magen vor Sorge wie zugeschnürt war.

Stunden vergingen, ohne daß eine Nachricht von den Suchtrupps, den vielen Feuerechsen der Burg oder den Drachen eingetroffen wäre, und schließlich trat Baron Raid auf Jayge zu, der neben der Feuerstelle döste. Der junge Händler hatte lange gegen den Schlaf angekämpft, aber schließlich waren Wärme und Müdigkeit stärker gewesen als seine Ängste.

»Was genau haben Sie vorhin gemeint, junger Mann?«

Jayge blinzelte sich den Schlaf aus den Augen und versuchte sich zu erinnern, was er als letztes gesagt hatte. »Ich meinte, wenn Aramina nicht bei Bewußtsein ist, kann sie auch keine Drachen hören. Und wenn sie nicht sehen kann, wo sie ist, wie kann sie dann gerettet werden?«

»Und wie sind Sie zu diesen Schlußfolgerungen gelangt?«

»Thella weiß, daß sie Drachen hören kann.« Jayge zuckte die Achseln. »Und eine kluge Frau wie sie würde doch wohl dafür sorgen, daß Aramina den Drachen nichts zu erzählen hat.«

»Genau«, ließ sich eine kalte Stimme vernehmen. Lessa drängte sich durch die Männer, die Jayge umringten. »Ich möchte mich entschuldigen, Jayge Lilcamp. Ich habe Ihre Warnung nicht genügend ernst genommen.«

»Ist es nicht möglich, daß der junge Mann mit ihnen im Bunde ist?« flüsterte Raid der Weyrherrin deutlich hörbar zu.

Sie zog verächtlich die Augenbrauen hoch, und ihre Lippen wurden schmal. »Heth und Monarth haben sich bei Ramoth für ihn verbürgt. Die Barone Larad und Asgenar bestätigen seine Beschreibung.«

»Aber ... aber ...«, stotterte Raid hilflos.

Lessa setzte sich neben Jayge. »Nun, was ist Aramina Ihrer Meinung nach zugestoßen?«

»Keiner der Drachen hat sie gehört?«

»Nein, und Heth ist schon ganz hysterisch.«

Jayge atmete langsam aus, ihm war übel vor Sorge, aber er zwang sich, seine schlimmste Befürchtung auszusprechen. »Ich halte es nicht für ausgeschlossen, daß Thella sie getötet hat.«

»Nein, das bestreiten die Drachen«, erklärte Lessa entschieden und forderte ihn mit einem Blick zum Weitersprechen auf.

»Was ist mit den Wachen, die bei ihr waren?«

»Die sind tot.« Tiefes Bedauern klang aus Lessas Stimme. »Man hatte die Leichen am Wegrand versteckt, deshalb hat es so lange gedauert, bis wir sie fanden.«

»Dann hat man sie bewußtlos geschlagen.« Jayge schloß die Augen, um das Bild von Araminas schlaffem, über Dushiks mächtigem Rücken hängendem Körper mit dem blutbefleckten blauen Schal auf dem Kopf nicht mehr sehen zu müssen.

»Dann hat es wohl auch keinen Sinn zu warten, bis sie das Bewußtsein wiedererlangt?« fragte Lessa etwas zynisch.

Jayge nickte bedrückt. »Thella hat sicher eine dunkle Höhle gefunden oder eine tiefe Grube. Wenn Aramina den Drachen nicht sagen kann, wo sie ist, kommt es nicht darauf an, ob sie sie hört oder umgekehrt.«

»Ganz meine Meinung. Raid ...« Lessa stand auf. »Sie haben doch sicher Karten in der Burg, auf denen die ausgedehnteren Höhlensysteme verzeichnet sind. Die Bande hat einen Vorsprung von etwa sechs Stunden. Wir wissen nicht, wann sie ihr Ziel erreicht hat, deshalb müssen auch die Höhlen in der näheren Umgebung durchsucht werden. Wir müssen berücksichtigen, wie weit sie in diesem Gelände hätten kommen können; sie wurden weder auf den Straßen gesehen, noch von den Drachen, die vor drei Stunden die Suche aufgenommen haben, aus der Luft entdeckt. Wir haben schon genug Zeit vergeudet.«

Von Erinnerungen an die schwarze Grube in Kimmage verfolgt, meldete Jayge sich zu einem der Suchtrupps. Drei Mitglieder der zehnköpfigen Gruppe hatten Feuerechsen und konnten ständig Verbindung mit Weyr und Burg halten. Als sie am Abend erschöpft die siebente Höhle verließen, die sie durchsucht hatten, erreichte sie die Nachricht, Aramina sei noch am Leben und habe mit Heth gesprochen. Um sie herum sei alles pechschwarz, sie könne nichts sehen und nur sechs Schritte machen, ehe sie die andere Seite ihres Gefängnisses erreiche. Es sei feucht und rieche verwest — mehr nach Schlangen als nach Wheren.

»Ein tapferes Mädchen«, lobte der Anführer des Trupps. »Wir essen, legen uns hin und suchen weiter, sobald wir die Hand wieder vor den Augen sehen können.«

Zum Teufel mit der Verwandtschaft! dachte Jayge bei sich, während er sich bemühte, Schlaf zu finden — er würde nicht nur Thella und Dushik, sondern auch Readis mit bloßen Händen erwürgen.

Sie suchten noch zwei Tage, und dann gerieten sie in einen Steinschlag. Zwei Männer wurden schwer verletzt — der eine hatte sich ein Bein gebrochen, dem anderen hatten die Steine den Brustkorb eingedrückt — und mußten ausgegraben werden. Jayge kam der Felssturz sofort verdächtig vor, und er erklärte dem Anführer, er wolle sich genauer umsehen, während die anderen die Verletzten in ein nahegelegenes Gehöft brachten.

Er nahm sich beim Aufstieg sehr in acht, wählte als Ziel einen Grat, von dem aus er das Ende der kleineren Mure überblicken konnte, und suchte sich einen Weg, auf dem er genügend Deckung hatte. Oben angelangt, legte er sich flach auf den Boden und wartete.

Lange Zeit geschah nichts. Als ihm schließlich Verwesungsgeruch in die Nase stieg, hatte er so lange in derselben Stellung verharrt, daß er nicht schnell genug reagierte — eine kräftige Hand riß ihm den Arm hinter den Rücken und bog ihn nach oben bis zum Schulterblatt, eine zweite legte sich über seinen Mund. Jayge hatte sich immer für stark gehalten, doch so sehr er sich auch wehrte, diesen geschickt angesetzten, schmerzhaften Griffen konnte er sich nicht entwinden.

»Ich hab schon immer gesagt, daß du der hellste Kopf in der Familie bist, Jayge«, flüsterte Readis ihm ins Ohr. »Halt still! Dushik ist hier irgendwo in der Nähe. Wir müssen hinter seinem Rücken absteigen, uns von der anderen Seite heranpirschen und sie aus der Grube holen, ehe die Schlangen sie bei lebendigem Leibe auffressen. Das wolltest du doch, nicht wahr? Du brauchst nur zu nicken.« Jayge bewegte mühsam den Kopf, und die Hand über seinem Mund wurde weggezogen. »Dushik würde dich auf der Stelle töten, Jayge.«

»Warum habt ihr das Mädchen entführt?« Jayge drehte sich um und sah seinen Onkel an, der seinen Arm immer noch nicht freigab. Readis war über und über mit Schleim verschmiert, sein Gesicht wirkte hager, seine Augen waren gerötet, die Wangen eingefallen und die Lippen verbittert zusammengekniffen. Seine Kleider waren zerlumpt und ebenfalls glitschig, und über der Schulter trug er ein mit Schleim überzogenes Seil.

»Ich doch nicht! Ich bin weder wahnsinnig noch bösartig.« Readis' Flüstern ging in ein Zischen über. »Ich wußte nicht, was Thella im Sinn hatte«, fuhr er so leise fort, daß er kaum zu verstehen war.

Jayge dämpfte die Stimme, soweit seine Wut es zuließ. »Du hast gewußt, daß sie Aramina entführen wollte. Du warst mit den gefälschten Briefen im Weyr.«

»Das war schlimm genug.« Readis war zusammengezuckt. »Thella versteht es, ihre Pläne so darzustellen, daß sie vernünftig erscheinen. Aber ein junges Mädchen in eine Schlangengrube zu werfen, ist nicht vernünftig. Das hat nichts mehr mit Vernunft zu tun. Ich glaube, als die Drachenreiter ihre Festung angriffen, hat Thella völlig den Verstand verloren. Du hättest ihr Gelächter hören sollen, als wir durch den Tunnel krochen, den sie von den Mägden hatte graben lassen. Du wirst mir wahrscheinlich nicht glauben, aber ich wollte sie davon abhalten, die Lawine auszulösen. Dann wollte ich Giron retten und blieb selbst stecken. Er ist übrigens tot. Sie hat ihm gleich in der ersten Nacht die Kehle durchgeschnitten.« Readis schauderte. »Ich zeige dir, wo das Mädchen ist, und ich helfe dir, sie rauszuholen. Dann verschwinde ich, und du kannst dich im Glanz deiner Heldentat sonnen.«

Jayge glaubte seinem Onkel, die Verzweiflung hinter den spöttischen Worten war echt. »Dann komm, holen wir sie raus.«

Readis schob seinen Neffen vor sich her um den Grat herum. »Ich habe ihr eine Flasche Wasser und einen Laib Brot hinuntergeworfen, als ich Gelegenheit dazu hatte. Hoffentlich hat sie es gehört und sich geduckt. Runter mit dir!«

Jayges Kopf wurde nach unten gedrückt, seine Wange schrammte an einem Felsblock entlang. Er spürte, wie Readis den Atem anhielt, und tat es ihm nach, bis seine Lungen zu bersten drohten. Endlich bekam er einen Stoß, der ihm sagte, er könne sich wieder bewegen, und atmete dankbar in tiefen Zügen ein. Dann gab Readis ihm das Zeichen zum Weitergehen.

Sie brauchten lange, um den Hang hinab und zu der von Readis bezeichneten Stelle zu schleichen. Als sie den überhängenden Felsen endlich erreichten, waren Jayges Muskeln vor Anstrengung ganz hart geworden, und der Himmel verdunkelte sich bereits. Dort, wo Aramina war, wäre es noch dunkler, aber das war für Jayge kein Trost. Readis kroch unter das Sims und verschwand. Jayge folgte ihm, sie mußten sich, auf Bauch und Ellbogen rutschend, mit Zehen und Knien voranschieben. Der Boden war glitschig vom Schleim, und er konnte sich nicht vorstellen, wie jemand es fertiggebracht hatte, ein bewußtloses Mädchen durch dieses Loch zu stoßen.

Eine schleimige Hand berührte sein Gesicht, er wich aus, schlug sich den Kopf an der niedrigen Tunneldecke an und konnte gerade noch einen Fluch unterdrücken.

»Empfindlich, was?« bemerkte Readis leise. »Von hier aus können wir aufrecht gehen, und es ist auch nicht mehr weit. Dushik bewacht wahrscheinlich die leichter zugängliche Seite.«

Als Jayge sich aufrichtete, stellte er überrascht fest, daß durch einen dünnen Spalt hoch über ihren Köpfen ein blasser Lichtstrahl hereindrang.

»Du darfst nicht laut sprechen, wenn wir die Grube erreichen«, schärfte Readis ihm ein, »aber *du* mußt mit ihr reden. Wir werden sie heraufziehen müssen. Je schneller, desto besser.«

Die schwache Helligkeit aus dem Deckenspalt verblaßte, und dann waren sie in einem stockfinsteren Tunnel. Readis legte den Arm um Jayge und bedeutete ihm zu schweigen. Lange standen sie da und lauschten, aber nur das Wasser tröpfelte über die feuchten Wände — bis die Stille plötzlich von einem leisen Stöhnen zerrissen wurde, das dumpf widerhallte, als käme es aus großer Tiefe.

Plötzlich flammte ein Licht auf, und Jayge kauerte sich erschrocken zusammen, aber als seine Augen sich umstellten, sah er, daß Readis einen schwach glühenden, fast verbrauchten Leuchtkorb abgedeckt hatte. Das trübe Licht erhellte die gähnende Öffnung der Grube.

»Sprich mit ihr, Jayge«, murmelte Readis. »Ich knüpfe eine Schlinge in das Seil. Die soll sie sich um die Brust legen und sich daran festhalten.«

»Aramina!« rief Jayge zaghaft, legte die hohlen Hände an den Mund, um den Schall geradewegs nach unten zu lenken, und beugte sich über den Rand des grausigen Lochs. »Aramina, ich bin es, Jayge!«

»Jayge?« Ein Schrei, der in einem Keuchen endete.

»Sag ihr, es braucht nicht jeder zu erfahren«, verlangte Readis bissig.

»Leise, Mina!« rief Jayge. Der Spitzname, den er an jenem Tag in der Nähe der Burg zum ersten Mal gehört und falsch verstanden hatte, kam ihm nun wie von selbst über die Lippen. »Wir sind hier. Wir lassen ein Seil zu dir hinab.« Er wandte sich an Readis. »Können wir nicht auch das Licht hinunterschicken? Sie kann es ja wieder mit heraufbringen.«

»Gute Idee.« Readis legte die Schlinge um den Leuchtkorb und ließ ihn rasch Hand über Hand die Grube hinab.

Sie sahen das Licht weiter und weiter versinken. Gerade als Jayge schon dachte, die Grube wolle überhaupt kein Ende nehmen, hielt es an.

»Du mußt mit den Armen durch die Schlinge schlüpfen«, rief er Aramina zu. »Wir ziehen dich schnell herauf, also halte dich gut fest.«

»Du mußt mir helfen, Jayge«, sagte Readis. Jayge packte mit an, das Seil bewegte sich in ihren Händen, als sie es sich um den Leib band. Dann begannen sie zu ziehen.

Aramina war nicht schwer, aber das derbe Seil war glitschig, Jayge fürchtete, es könne ihm entgleiten, und krallte die Finger tief in den Hanf. Aramina wurde durch den heftigen Ruck gegen die Grubenwand geschleudert und stöhnte auf. Jayge zuckte zusammen. Doch das Licht kam stetig näher. Endlich beugte Jayge sich hinab, faßte zu und hätte ihr fast den Arm ausgerenkt, als er sie über die Kante hievte. Zitternd und keuchend klammerte sie sich an ihn. Er war gerade im Begriff, sie von ihrem schaurigen Gefängnis wegzutragen, als er das warnende Keuchen seines Onkels hörte. Ein schwarzer Schatten fiel über Readis her, und ehe Jayge einen Finger rühren konnte, stürzten zwei Körper in die Grube, ihre Schreie hallten gräßlich wider. Jayge drückte Aramina fest an sich und versuchte, ihr die Ohren zuzuhalten.

»Komm. Wenn Thella in der Nähe ist ...« Er stellte das bebende Mädchen auf die Beine, griff nach dem fast erloschenen Leuchtkorb und wandte sich in die Richtung, aus der sie gekommen waren.

Aramina wankte, hielt sich aber aufrecht. Jayge spürte, wie wilde Krämpfe ihren Körper schüttelten. Sie schluchzte, und ihre Finger gruben sich in seine Hand. Wie konnte er ihr zumuten, durch den engen dunklen Gang zu kriechen?

Er wandte sich ihr zu, um ihr zu sagen, sie solle den Leuchtkorb nehmen und vorangehen, und dabei bemerkte er, daß sie nicht nur mit Schleim besudelt war — sie war nackt. Sie zitterte mehr vor Kälte als vor Angst oder wegen des überstandenen Schreckens, und wenn sie durch den Tunnel kroch, würde sie sich die Haut blutig schürfen. Er zog seine Jacke aus und steckte ihr die Arme hinein. Die Jacke reichte ihr bis an die Hüften. Dann schlüpfte er aus seinem Hemd, riß es in Streifen und umwickelte ihr damit Knie und Füße.

»Das hilft ein wenig«, sagte er. »Schieb den Leuchtkorb vor dir her. Es ist nicht weit bis nach oben. Stoß dir den Kopf nicht an. Los!«

Ein schauriges Stöhnen hallte durch die Tunnel und Gänge des unheimlichen Höhlensystems, und das genügte, um sie in Bewegung zu bringen. Schluchzend vor Angst ließ sie sich auf Hände und Knie nieder und kroch in den Tunnel. Jayge hoffte inständig, es möge Thellas Körper gewesen sein, der da zu Readis in die Grube gestürzt war.

Irgendwie schafften sie es, nach draußen zu gelangen. Dort herrschte tiefe Dämmerung. Im schwachen Schein des Leuchtkorbs tasteten sie sich hangabwärts auf sicheres Gelände. Jayge fand sein Bündel wieder, das er zurückgelassen hatte, als er sich aufmachte, um den Steinschlag zu untersuchen, holte die Decke heraus und legte sie ihr um, ehe er nach seinem Topf mit Heilsalbe kramte.

»Könntest du jetzt die Drachen rufen, damit sie uns von hier fortbringen?« fragte er, während er ihre Beine und Füße mit Salbe bestrich.

»Nein.«

Verwirrt blickte er zu ihr auf. »Sag das noch mal.«

»Nein, ich werde die Drachen nicht rufen. Wenn ich sie nicht hören könnte, wäre mir das alles nie passiert.« Sie legte ihm die abgeschürften, mit blauen Flecken übersäten Hände auf den Arm. »Jayge, du weißt ja nicht, wie das ist. Ich höre sie sogar jetzt. Besonders Heth, der lautlos nach mir weint. Ich weine auch, aber ich werde ihm nicht antworten. Ich kann es nicht! Sie würden mich im Benden-Weyr festhalten, und dort müßte ich sie hören, ständig, tagein, tagaus!« Jetzt liefen ihr die Tränen über das Gesicht, und ihre Finger krampften sich um seinen Arm. »In der Burg war es nicht so schlimm. Da gab es nur den Wachdrachen, und der schlief die meiste Zeit. Wenn die Patrouillenreiter miteinander redeten, konnte ich mich beschäftigen und so tun, als hörte ich nichts.«

»Aber — du kannst Drachen hören. Dein Platz ist im Weyr.«

»Nein, Jayge, das glaube ich nicht«, sagte sie und bedeckte ihr blutendes Knie mit Heilsalbe. »Ich bin anders. Oh, ich stand in der Brutstätte, und die kleine Königin stürzte geradewegs auf Adrea zu. Ein sehr nettes Mädchen, ich gönne ihr Beljeth von ganzem Herzen. Ich mag auch K'van und Heth sehr gern. Sie haben mich schon einmal vor Thella gerettet. Diesmal warst du mein Retter. Du hast die lange Reise zum Weyr auf dich genommen, und niemand wollte dir glauben, wie ernst es war. Ja, ich habe sie über dich reden hören. Aber als ich zu Gardilfon gehen wollte, hatte ich zwei starke, zuverlässige Männer bei mir.« Sie nahm einen langen, zittrigen Atemzug. »Ich habe gesehen, wie Dushik Brindel das Genick brach und wie Thella Hedelman die Kehle durchschnitt. Sie haben es mit Genuß getan. Der dritte Mann ist wenigstens totenblaß geworden. Hat er dir geholfen, mich da herauszuholen? Wer ist in die Grube gestürzt, Thella oder Dushik?« Sie redete leise und hastig auf ihn ein, schien aber durchaus bei klarem Verstand zu sein.

»Ich weiß nicht, wer Readis mit sich hinabgerissen hat, und ich werde auch nicht zurückgehen und nachsehen. Wir müssen schleunigst fort aus dieser Gegend. Wenn du keinen Drachen rufen willst...« Er sah ihr entschlossen vorgerecktes Kinn, also zuckte er nur die Achseln, schlang sich das Bündel über die Schulter und hob sie auf.

Anfangs spürte er ihr Gewicht kaum, aber allmählich wurde er müde und mußte sich immer wieder ausruhen.

»In Gedanken mache ich mich ganz leicht«, sagte sie einmal, und er klopfte ihr tröstend auf die Schulter.

Der Leuchtkorb erlosch, als sie die Höhle erreichten, nach der er gesucht hatte. Er stolperte hinein und hätte Aramina fast fallen gelassen. Die Höhle war kaum mehr als eine Mulde, in der einst ein großer Felsblock gesteckt hatte, aber sie war frei von Schlangen, und für eine Nacht konnte man sich darin aufhalten. Er teilte seine Verpflegung mit Aramina, flößte ihr mehrere tiefe Schlucke aus seiner Branntweinflasche ein und drängte sie, sich in die Decke zu wickeln.

»Schlaf dich erst einmal richtig aus, dann hat morgen alles ein freundlicheres Gesicht«, riet er ihr, ein Rezept seiner verstorbenen Mutter.

»Wenigstens ist es dann hell«, sagte sie gefaßt. Dann gähnte sie, und gleich darauf wurden ihre Atemzüge langsam und ruhig.

Jayge war an Nachtwachen gewöhnt, aber er wünschte, ein Drachenreiter würde in der Nähe landen, und er könnte ihn rufen, oder er könnte es wagen, ein Feuer zu entfachen, aber er war nicht sicher, ob Thella auch wirklich in dieser Grube umgekommen war. Am inständigsten wünschte er, Heth oder Ramoth würden hören, wie er im Geist nach ihnen rief.

Araminas Schreie weckten ihn. Sie schluchzte, schlug um sich und wehrte sich anfangs, als er sie zu beruhigen suchte. Er mußte sie kräftig schütteln, um sie aufzuwecken, und dann brach sie keuchend neben ihm zusammen.

»Schau, da ist der Mond«, sagte er und drehte sich zur Seite, damit sie den untergehenden Belior sehen konnte. Im fahlen Licht wirkte ihr Gesicht gespenstisch, aber er sah erleichtert, daß sie sich mit tiefen Atemzügen zu beruhigen suchte. »Du bist nicht in der Grube, du bist nicht in der Grube!«

»Giron! Er war da! Hat mich gejagt. Und dann hat er sich plötzlich in einen anderen Mann verwandelt, der viel größer war, und der wurde zu Thella. Und als ich aufwachte, war ich wieder in der Grube. Und die andere Stimme, die ich ständig höre, die hatte sich auf einmal in ein lautes Gebrüll verwandelt. Dabei hatte sie mich so getröstet, viel mehr als die Drachenstimmen, auch wenn ich nicht verstand, was sie mir sagen wollte. Aber sie war da, sie war ebenso einsam wie ich, und sie sehnte sich danach, *bei* jemandem zu sein. Nur in meinem Traum hat sie mich nicht getröstet, da hat sie mich angeschrien.«

Er redete ihr gut zu, ohne ihrem wirren Gerede zu

widersprechen. Er wiegte sie in den Armen, und endlich schlief sie wieder ein und zuckte und stöhnte nur noch hin und wieder. Ihre Bewegungen ließen ihn aufschrecken, wenn er eingenickt war, doch irgendwann schlummerten sie beide tief und ruhig.

Als er am Morgen erwachte, saß sie mit untergeschlagenen Beinen vor dem Höhleneingang und blickte in den Regen hinaus, der wie ein Wasserfall herabstürzte. Sie hatte einen kleinen Damm aus Erde und Steinen errichtet, damit das Wasser nicht in ihren Unterschlupf lief.

»Jayge, du mußt mir helfen«, sagte sie, als er sich neben sie kauerte. »Ich kann weder in die Burg noch in den Weyr zurück.«

»Wo willst du hin? Nach Ruatha? Ich habe gehört, daß Baron Jaxom deinem Vater seinen alten Hof zurückgegeben hat.«

Sie schüttelte den Kopf, ehe er noch zu Ende gesprochen hatte. »Sie wären entsetzt.« Sie lächelte müde. »Es war ihnen schon peinlich genug, daß ich Drachen hören konnte. Die Vorstellung, ich sei vor dem Weyr geflohen, würde sie niederschmettern.«

Jayge nickte, denn sie schien irgendeine Reaktion von ihm zu erwarten.

»Ich will auf den Südkontinent. Man sagt, dort gibt es massenweise Land, das noch kein Mensch gesehen hat.«

»Und die Alten mit ihren Drachen überfliegen es nur selten«, grinste Jayge verschmitzt.

»Genau.« Sie nickte wohlwollend, doch dann änderte sich ihre Miene. »Oh, Jayge, bitte hilf mir! Die Drachen sagen, sie hätten niemanden gefunden.« Sie bemerkte seinen fragenden Blick und erklärte: »Ich kann sie hören, ganz gleich, ob ich ihnen antworten will oder nicht.« Sorgfältig legte sie einen neuen Stein auf, als das Wasser ihren kleinen Damm zu überspülen drohte. Damit schien sie so beschäftigt, daß Jayge die dicken

Tränen der Verzweiflung, die sich mit den Regentropfen mischten, nicht gleich bemerkte.

»Was soll ich denn tun?«

Sie schloß die Augen, stieß einen erleichterten Seufzer aus und blickte zu ihm auf. In ihren Augen standen immer noch die Tränen, aber um ihre Lippen spielte ein schwaches Lächeln. »Könnte dieser dürre Renner mit dem giftigen Blick auch zwei Leute tragen?«

»Das könnte er, aber in dieser Gegend gibt es genügend Tiere zu kaufen. Schließlich bin ich Händler. Und?«

Sie zupfte wehmütig am Saum seiner Jacke. »Ich brauche etwas zum Anziehen. Dushik hat mir die Kleider vom Leib geschnitten ...« Unwillkürlich überlief sie ein Schauder, und er legte tröstend den Arm um sie, bis es vorüber war.

»Ich bin Händler, vergiß das nicht«, wiederholte er.

»An regnerischen Tagen hängt man die Kleider oft in den Badehöhlen zum Lüften auf.« Sie biß sich auf die Unterlippe, als ihr bewußt wurde, daß sie ihm gerade vorgeschlagen hatte, für sie zu stehlen.

»Überlaß das mir.« Er zog das Bündel zu sich heran und holte die Reste seiner Verpflegung heraus. Sie lehnte es ab, die Branntweinflasche zu behalten, ließ sich aber überreden, einen Schluck zu trinken, um die Kälte zu vertreiben.

»Du mußt deine Jacke zurücknehmen«, sagte sie. »Ich habe ja die Decke. Niemand wird sich darüber wundern, daß du eine Decke verloren hast, aber Hemd und Jacke ... und sobald du weg bist, gehe ich in den Regen hinaus und wasche mich von Kopf bis Fuß.«

»Dann brauchst du den Seifensand.« Er kramte den kleinen Beutel aus seinem Bündel hervor und gab ihn ihr. »Bleib nicht zu lange draußen. Möglicherweise treibt sich Thella immer noch herum.«

Aramina hatte sich die Decke umgelegt und schlüpfte darunter aus seiner Jacke. »Das glaube ich nicht. Es muß Dushik gewesen sein, der Readis angegriffen hat. Thella hätte ein Messer geworfen.«

Das war so scharf beobachtet, daß Jayge eine anerkennende Grimasse schnitt. Aramina war durchaus bei klarem Verstand. Also würde er genau das tun, worum sie ihn bat, und sie aus dem Herrschaftsbereich der Burg Benden bringen. Zurück nach ... dann fiel ihm die Ladung Zuchttiere ein, die für den Südkontinent bestimmt war. Nun, vielleicht sollte er sein Händlertalent dazu einsetzen, Araminas Problem zu lösen. Solange er nur mit ihr gehen könnte. Er hatte sie gefunden! Er liebte sie! Er würde ihr helfen. Zum Teufel mit Weyrn und Burgen. Burgen und Weyr konnten ihr keine Sicherheit bieten. Das konnte und wollte nur er!

10

Südkontinent
22. 05. 15−03. 08. 15

Piemur betrat Torics Privatraum und sah mit einem
schnellen Blick auf die Innenwand zu seiner Linken, daß die Karte des Siedlungsgebiets wie gewöhnlich abgedeckt war. Da Piemur viele der neuesten Ein-
tragungen beigesteuert hatte, erheiterte ihn die para-
noide Geheimnistuerei des Burgherrn. Saneter saß auf
der Kante seiner Bank und rieb sich hektisch die geschwollenen Fingergelenke. Torics Miene verriet nichts,
und das war ein schlechtes Zeichen, besonders da
Piemur bei seiner Rückkehr von der Großen Lagune die
gesamte Burg ganz außer sich vor Angst und Empörung vorgefunden hatte. Farli hatte ohne Sinn und Verstand etwas von feuerspeienden Drachen dahierge-
schnattert und war dann verschwunden. Piemur hatte
zwar bemerkt, daß allgemein nur wenige Feuerechsen
zu sehen waren, aber er hatte keine Zeit gehabt, sich
weiter darum zu kümmern, da Toric ihn sofort zu sich
befohlen hatte.

»Nun, was habe ich diesmal falsch gemacht?« fragte
Piemur flapsig.

»Nichts, es sei denn, du hast ein schlechtes Gewissen«, gab Toric gereizt zurück, und sofort schaltete Piemur auf respektvolle Aufmerksamkeit um. »Was könnte alle Drachenreiter zum Abzug bewegen?« fuhr der
Burgherr fort.

»Sie sind abgezogen?« Eigentlich sollte Toric darüber
in lauten Jubel ausbrechen, dachte Piemur. Er warf einen fragenden Blick auf Saneter, aber der alte Harfner
gab so verwirrende Fingersignale, daß der Junge daraus

nicht klug wurde. Nach T'rons Tod hatte T'kul sich selbst zum Weyrführer erklärt, und von da an war es mit dem Südweyr rapide bergab gegangen. Von den anderen Bronzereitern hatte T'kul keiner die Herrschaft streitig gemacht, aber es war auch niemand glücklich über seine sprunghafte Art und seine übertriebenen Forderungen.

»Weit und breit ist kein Drachenmännchen zu sehen.« Toric rieb sich nachdenklich das Kinn. »Nur Mardras Königin ist im Weyr, und sie ist eigentlich schon fast tot.« Es kam selten vor, daß Toric ganz und gar nicht wußte, was er tun sollte. Seine Maßnahmen fanden nicht immer Saneters — und manchmal nicht einmal Piemurs — Billigung, aber im allgemeinen gewährleisteten sie die Sicherheit der Burg. »Es ist kein Fädeneinfall angesagt«, fuhr der Burgherr fort, ohne seine Verachtung für die Drachenreiter des Südens zu verbergen, die sich so selten aufrafften, ihre herkömmlichen Pflichten zu erfüllen. »Deshalb kann ich mir nicht vorstellen, warum alle Männchen einfach verschwunden sind.«

»Ich auch nicht«, stimmte Piemur zu. Seine Stimme hatte wohl ein klein wenig zu vergnügt geklungen, denn Toric warf ihm einen langen prüfenden Blick zu. Piemur wartete geduldig. Toric hatte ganz offensichtlich etwas auf dem Herzen.

»Du bist doch gern hier?« fragte der Burgherr endlich.

»Ich bin in erster Linie meinem Gildemeister verpflichtet«, gab Piemur zurück, ohne Torics Blick auszuweichen. Bisher war es ihm gelungen, dieses oberste Gesetz weit genug auszulegen, um niemals direkt dagegen verstoßen zu müssen.

»Einverstanden.« Toric akzeptierte die Antwort mit einem Fingerschnippen. »Aber *ich* bin nicht in erster Linie diesen ... dieser verhätschelten Schwesternhorde verpflichtet.«

»Einverstanden.« Piemur grinste über diese Beschreibung der Alten, während die Anspielung auf die Inzucht unter den Drachenreitern Saneter einen halb erstickten Protestschrei entlockte. »Und daß Ihre Siedler fest hinter Ihnen stehen, wissen Sie ja bereits«, fügte er hinzu, in der Meinung, Toric habe es auf diese Versicherung abgesehen.

»Aber natürlich!« Wieder schnippte der Burgherr ungeduldig mit den Fingern. »Aber ich möchte mich ganz offiziell von allem distanzieren, was dieser Haufen im Moment ausheckt.«

»Was könnten sie denn im Schilde führen?« Es gab doch gar nicht mehr so viele Reiter im Süden, daß sie wirklich etwas zuwege bringen könnten: Männer wie Drachen waren alt, müde, eher bedauernswert als bedrohlich. Bis auf T'kul — in letzter Zeit war vor diesem Schürzenjäger keine Frau mehr sicher.

»Wenn ich das wüßte, bräuchte ich mir keine Sorgen zu machen. Wie die Dinge stehen, erkläre ich hiermit offiziell, in Anwesenheit zweier Harfnergesellen, keinerlei Ahnung von und keinen Anteil an irgendwelchen Aktivitäten der Drachenreiter des Südkontinents zu haben.«

»Gehört und bezeugt«, sagte Saneter, und Piemur wiederholte die alte Formel. »Aber ich finde, Sie sollten die Weyrführer unbedingt darüber informieren. Schließlich kommen sie am besten mit anderen Drachenreitern zurecht.«

»Sie können und wollen nicht gegen die Alten vorgehen«, knirschte Toric wütend. »Das haben sie mir klipp und klar gesagt.«

»Wenigstens hält Benden Wort«, murmelte Piemur, wohl wissend, wieviel Spielraum sich Toric nach seinem Gespräch mit den Weyrführern von Benden vor zwei Planetenumläufen selbst zugestanden hatte. Als Toric ihm einen kalten, berechnenden Blick zuwarf, bat Piemur mit erhobenen Händen um Verzeihung für seine Unverschämtheit. »Ich könnte Farli — falls ich sie erwische — zu T'gellan schicken und ihm mitteilen lassen, daß die Alten sich aus dem Staub gemacht haben. Eine Warnung sind Sie Benden schuldig.«

Toric überlegte mit finsterer Miene und trommelte mit den Fingern auf die Tischplatte.

»Ich habe die merkwürdigen Übungen gemeldet, die sie vor ein paar Tagen durchführten, die ständigen Sprünge ins *Dazwischen* und wieder heraus. Ich werde immer noch nicht schlau daraus, aber vielleicht kann Benden etwas damit anfangen.« Piemur begriff, daß Toric sich wünschte, die Alten würden einen so unverzeihlichen Frevel begehen, daß die Weyr im Norden gar nicht mehr anders konnten, als sich mit ihnen zu befassen.

Keiner von beiden hätte freilich erraten können, was die Alten tatsächlich planten. Das wurde erst drei Tage später offenbar. Plötzlich erschien Mnementh über dem Südkontinent am Himmel, Ramoth folgte ihm eine Sekunde später, sie flogen dicht über die Burglichtung hinweg und schossen auf den Weyr zu. Das Auftauchen der beiden großen Benden-Drachen war an sich schon erstaunlich genug, aber als Piemur bemerkte, daß sie ohne ihre Reiter gekommen waren, begann sein Herz wild zu klopfen. Hatte sich in Benden eine unglaubliche Katastrophe ereignet? Was in aller Welt konnte Mnementh und Ramoth bewogen haben, allein hierher zu fliegen? Er rannte auf Torics Wohnung zu. Der Burgherr und der alte Saneter standen vor dem Eingang und starrten fassungslos zum Himmel hinauf.

»Was in aller Welt haben reiterlose Drachen hier zu suchen?« fragte Toric, ohne den Blick von den Tieren zu wenden, die mit gesenkten Köpfen und grell orangefarben funkelnden Augen über dem Weyr kreisten. »Den Alten gehören sie jedenfalls nicht, dafür sind sie zu groß.«

»Es sind Ramoth und Mnementh«, erklärte Piemur,

und seine Angst wuchs, als er die Farbe ihrer Augen bemerkte.

»Was wollen sie hier?« Torics Stimme klang angespannt.

»Vielleicht will ich das gar nicht unbedingt wissen«, gestand Piemur und legte die Hand über die Augen, um besser sehen zu können, ob die erregt schillernden Drachenaugen sich nicht ein wenig beruhigten.

»Sie suchen den Weyr ab. Aber wonach?« murmelte Saneter beklommen.

Plötzlich riß Ramoth den Kopf hoch und stieß den durchdringendsten Klageschrei aus, den Piemur je gehört hatte. Nicht die Trauerklage, sondern ein unheimliches Heulen, das unerträgliche Qualen verriet. Trotz der Hitze überlief ihn ein Schauer, und auf seinen Armen entstand eine Gänsehaut. Sogar Toric erbleichte, und Saneter wimmerte leise. Nun ließ sich auch Mnemenths tiefere Stimme vernehmen, und die Disharmonie verstärkte den Eindruck des Jammers noch.

Dann verschwanden die Drachen so plötzlich, wie sie gekommen waren. Der Burgherr und die beiden Harfner standen wie erstarrt. Endlich seufzte Toric erleichtert auf. »Was hatte das alles zu bedeuten, Piemur?«

Piemur schüttelte den Kopf. »Was immer geschehen ist, es ist schlimm.«

»Diese verdammten Alten! Wenn sie mich in Verruf gebracht haben ...« Toric drohte mit der Faust zum Weyr hinüber.

»Oh!« Saneters erstaunter Ausruf lenkte die Aufmerksamkeit auf die neun Bronzedrachen, die nun herangeschwebt kamen. Einer setzte zur Landung an, während die anderen Stück für Stück das Gelände absuchten. Dabei flogen sie so dicht über den Wäldern, daß sie mit den Pfoten die Kronen streiften und man fast den Eindruck hatte, als marschierten sie über das Blätterdach.

»Das sind Lioth und N'ton«, sagte Piemur. Er war erleichtert, als der Bronzereiter abstieg und zielstrebig auf sie zukam, doch angesichts seiner finsteren Miene überfiel den Harfner von neuem die Angst. »Ramoth und Mnementh waren eben hier — reiterlos. Was ist geschehen?«

»Ramoths Königinnen-Ei wurde aus der Brutstätte gestohlen.«

»Gestohlen?« platzte Toric heraus und starrte den Bronzereiter ungläubig an. Saneter keuchte und schlug die Hände vors Gesicht. Piemur fluchte.

»Es ist bedauerlich, daß wir zögerten, Sie über ihr ungewöhnliches Verhalten in letzter Zeit zu informieren ...« Toric hob beide Hände in einer stummen Bitte um Verzeihung. »Aber wer konnte damit rechnen, daß sie sich auf so frevelhafte Weise gegen die Weyr wenden würden?« Das klang ungewöhnlich kleinlaut. »Wie konnten sie nur hoffen ... Was könnte ihnen das nützen? Wo könnten sie sich *verstecken* — nein, nicht hier!« Wieder hob er die Hände, um jeden Verdacht einer Komplizenschaft von sich abzuwehren. »Suchen Sie! Suchen Sie!« bat er mit weit ausholender Geste. »Suchen Sie, wo Sie wollen!«

»Es ist offensichtlich eher eine Frage des Wann,« erklärte N'ton grimmig. Piemur stöhnte auf, denn plötzlich wurde ihm klar, was die jüngsten Manöver der Alten zu bedeuten hatten: Sie hatten Sprünge *zwischen den Zeiten* geübt, ein gefährliches Unterfangen, selbst wenn man ausgezeichnete Gründe hatte — was für Lessas berühmten Ritt gelten mochte, für den Diebstahl eines Eis freilich nicht.

Toric sah N'ton fragend an, als erwarte er eine Erklärung; dann warf er Piemur einen eindringlichen Blick zu.

»Toric hat nichts zu verbergen, N'ton«, erklärte Piemur feierlich. Er hatte sich gerade noch rechtzeitig an das jüngste Gespräch und an Torics Bitte erinnert. »Das können Saneter und ich beschwören!«

N'ton nickte ernst, kehrte zu Lioth zurück und schwang sich auf den Rücken des Bronzedrachen. Toric und die beiden Harfner sahen ihm nach, bis alle Drachen in der Ferne verschwanden, um verzweifelt die umliegenden Wälder abzusuchen.

»Was tun wir jetzt?« fragte Toric leise.

»Wir können nur hoffen«, gab Piemur zurück. Nun wünschte er von ganzem Herzen, Farli losgeschickt zu haben, als das noch möglich war. Andererseits, wer hätte ahnen können, daß diese gewissenlosen Narren vor nichts haltmachen, daß sie wahnsinnig genug sein würden, ein Ei von Ramoth zu *stehlen?* Wie hatten überhaupt fremde Drachen in die Brutstätte von Benden gelangen können? Ramoth ließ ihre Eier doch nur selten allein. Und wie hatten sie den Weyr wieder verlassen können, ohne abgefangen zu werden?

Die nächsten Stunden waren eine Zeit tiefster Ungewißheit. Doch gerade als Piemur sich die Folgen — für die Alten wie für die Burg des Südens — so drastisch ausgemalt hatte, daß ihm ganz übel war, erschien Tris, N'tons braune Feuerechse, mit einer Botschaft für den jungen Harfner am Bein. Außerdem trug der Kleine eine komplizierte Markierung am Hals, die so frisch war, daß die Farbe noch glänzte.

Piemur entrollte die Botschaft, während er zu Torics Arbeitsraum rannte. »Alles in Ordnung, Toric! Das Ei ist wieder da!«

»Was? Wie? Laß sehen!« Toric riß Piemur das Blatt aus den Händen und las, ungewöhnlich freimütig für seine Verhältnisse, die eng geschriebenen Worte laut vor.

»Das Ei wurde zurückgebracht — niemand weiß, auf welchem Wege. Ramoth hatte das Gelege verlassen, um zu fressen. Drei Bronzedrachen erschienen, und ehe der Wachdrache ihre Absicht erkannte, waren sie bereits in die Brutstätte geflogen. Ramoth schrie, aber die Bronze-

drachen verschwanden mit dem Königinnen-Ei im Dazwischen, ehe sie handeln konnte. Wie Sie vielleicht schon vermuteten, hatten Ramoth und Mnementh die Alten im Verdacht und flogen sofort zum Süd-Weyr, ohne jedoch eine Spur zu finden. Nun war klar, daß die flüchtigen Drachen einen Sprung zwischen den Zeiten gemacht hatten, um ihre Beute in Sicherheit zu bringen. Ehe man zu disziplinarischen Maßnahmen greifen konnte, wurde das Ei von einem Atemzug zum anderen in die Brutstätte zurückgebracht. Die Schale ist jedoch verhältnismäßig hart, ein Umstand, der die Weyrherrin sehr erbost, weil er darauf schließen läßt, daß das Ei sich ziemlich lange in einer anderen Zeit befunden haben muß. Über das Wo ist nichts bekannt. Man hat die Alten im Verdacht, denn welcher andere Weyr würde stehlen, was er selbst produzieren kann? Meister Robinton hat dringend zu Vorsicht und Besonnenheit geraten und sich sogar gegen Strafmaßnahmen ausgesprochen, worauf er kategorisch aufgefordert wurde, den Benden-Weyr zu verlassen. N'ton.«

»So!« sagte Toric, lehnte sich in seinem Stuhl zurück und trommelte mit der Nachrichtenrolle auf den Tisch. »Die Alten haben sich also nur selbst in Verruf gebracht. Das erleichtert mich sehr.«

»Wenn Sie es so sehen ...«, murmelte Piemur, stand unvermittelt auf und verließ das Gebäude. Mochte Toric seine Erleichterung genießen, Piemur war keineswegs wohl bei der Sache. Der Meisterharfner aus Benden verbannt? Das war ein verdammtes Unglück. Je mehr er über die Folgen einer solchen Entfremdung nachdachte, desto niedergeschlagener wurde er. Man war haarscharf an der schlimmsten Katastrophe vorbeigegangen, die über Pern hereinbrechen konnte — einem Kampf Drachen gegen Drachen. Diese verfluchten Alten! Samt und sonders ausgemachte Idioten! Besonders T'kul, in dessen Kopf dieser sinnlose Plan doch gewiß entstanden war. Sie würden für ihre Tat büßen müssen, und Piemur hoffte nur, daß die Zukunft der Burg des Südens — und Torics ehrgeizige Vorhaben — nicht gefährdet waren. Doch seine größte Sorge galt Meister Robinton, der sich in nie dagewesenen Schwierigkeiten befand.

Die Alten kehrten am Spätnachmittag zurück. Piemur ging in Torics Auftrag auf Kundschaft und empfand eine gewisse Genugtuung, als er die tiefe Schwermut und die matte Farbe der einzelnen Drachen bemerkte. Die Tiere waren von ihrem mißglückten Unternehmen so erschöpft, daß sie nicht einmal fressen wollten, und die meisten Reiter gaben sich alle Mühe, sich sinnlos zu betrinken.

»Das ist nichts Neues«, erklärte Toric, als Piemur ihm Meldung machte. »Splitter und Scherben, ich glaube, Drachenreiter bleibt Drachenreiter, ob aus dem Norden oder aus dem Süden«, fuhr er fort, während er mit langen Schritten in seinem Arbeitsraum auf und ab ging und gar nicht zu bemerken schien, wie er Möbel beiseite stieß und mit seinen ungeduldigen Gesten Gegenstände von den Tischen fegte. Den ganzen Tag über hatte er sich beherrscht, doch nun mußte sich die Anspannung irgendwie Luft machen. »Aber wie hätte ich ahnen sollen, daß sie so etwas vorhatten, wie Ramoths Königinnen-Ei zu rauben? Glaube mir, mein Junge, T'kul und seine geilen Reiter *haben* dieses Ei gestohlen. Davon bin ich völlig überzeugt.« Piemur nickte zustimmend und hoffte, Toric würde die Sache vorerst einfach auf sich beruhen lassen. »Allerdings hätte ich mir denken können, daß sie verzweifelt eine Königin brauchten, solange einer ihrer Bronzedrachen noch genug Energie hatte, um sie zu fliegen. Ich schätze, sie haben zu lange gewartet! Wer Ramoths Ei zurückgebracht hat, weiß ich nicht, aber bei Faranth, ich bin ihm dankbar. Das war heute wirklich knapp, mein Junge. Verdammt knapp. Diese Drachen aus dem Norden hätten Burg und Weyr in Schutt und Asche legen können.« Mit einer weit ausholenden Handbewegung wischte Toric einen Stapel Dokumente zu Boden. »Ich mag die Alten nicht, aber nicht einmal ich möchte erleben, wie Drachen gegen Drachen kämpfen.«

»Sie sollten so etwas nicht einmal denken, Toric«, sagte Piemur schaudernd. Die Gefahr war erschreckend nahe gewesen.

»Eine Weile glaubte ich, alles, was ich in zwanzig Planetenumläufen aufgebaut hatte, gehe in Trümmer.« Wieder holte Toric aus, und diesmal riß er einen Leuchtkorb aus dem Wandhalter und vergoß seinen Inhalt über die Aufzeichnungen. Piemur brachte sie in Sicherheit, schloß den Korb und trat die brennende Flüssigkeit aus. »Ich werde die Alten Tag und Nacht überwachen lassen, Piemur. Saneter soll einen Dienstplan aufstellen. Ich darf nicht zulassen, daß noch etwas passiert. Ich hatte gehofft, ein paar Worte mit F'lar reden zu können ...« Piemur verschluckte sich fast bei dieser Anmaßung. »Nein, das war wohl nicht der richtige Moment dafür«, fügte der Burgherr hinzu und schüttelte bedauernd den Kopf. »Dein Meisterharfner hat übrigens gute Ideen. Ich würde mich gern einmal mit ihm unterhalten.« Toric wandte sich um und sah Piemur scharf an.

Der Junge wich dem Blick aus, räusperte sich und kratzte sich verlegen den Kopf. Er wollte nicht erwähnen, wie gering Meister Robintons Einfluß auf die Weyrführer von Benden gerade jetzt war.

»Ich habe mir die Drachen genau angesehen, Toric, und ganz ehrlich, ich glaube, die Zeit arbeitet für Sie. Der Raub des Eis, und ich bin wie Sie der Meinung, daß sie ihn begangen haben, auch wenn Benden es nicht beweisen konnte, hat sie fast ihre letzten Kräfte gekostet. Sie haben völlig recht, wir sollten sie unauffällig überwachen. Am einfachsten wäre es, wenn man die Feuerechsen in die Nähe des Weyrs schicken könnte, aber Farli schnattert immer noch etwas von Drachen, die sie mit ihrem Feuer versengen. Was sagen denn Ihre Tiere?«

»Ich hatte heute noch keine Zeit, mich um Feuerechsen zu kümmern, schließlich haben mir ausgewachsene Drachen aus dem Norden ihren Feuersteingestank direkt ins Gesicht geblasen«, gab Toric bissig zurück.

»Diesmal werden wir Benden also sofort informieren, wenn wir etwas Verdächtiges bemerken«, fuhr Piemur munter fort und hoffte, den Burgherrn damit erst einmal von Meister Robinton abgelenkt zu haben. »Ich muß gestehen, Toric, Ihr Verhalten N'ton gegenüber war wirklich bewundernswert!«

»Vielen Dank«, sagte Toric sarkastisch.

»Gern geschehen«, fauchte Piemur im gleichen Ton zurück. Dann grinste er selbstgefällig und bemerkte mit genau berechneter Unverschämtheit: »Sie wären allerdings sehr viel schlechter dagestanden, wenn Saneter und ich nicht für Sie gebürgt hätten!«

Toric reagierte zuerst mit einem starren Blick und dann mit schallendem Gelächter auf diesen Hinweis. »Ja, du und der alte Saneter, ihr habt tatsächlich mitgespielt, und dafür bin ich euch aufrichtig dankbar, Harfnergeselle.«

»Sogar verpflichtet«, deutete Piemur mit schiefem Lächeln an.

»Noch etwas ...« Toric setzte sich auf die Kante seines Arbeitstisches — das Lachen hatte seine Spannung ein wenig gelöst — und verschränkte die Arme. Die rechte Hand spielte mit dem Burgherrenemblem auf seiner Schulter. »Du bist schon öfter auf einem Drachen geflogen. Was glaubst du, wieviel sie wirklich gesehen haben?«

Piemur schnaubte. »Splitter und Scherben, Toric, sie suchten nach einer Stelle, wo ein Ei heranreifen konnte, oder nach den Braunen und den Bronzedrachen der Alten. Sie waren so aufgeregt, daß sie sonst bestimmt nichts bemerkt haben. Nun, vielleicht mit Ausnahme von T'bor, aber Sie haben sich ja sehr genau überlegt, wo die vielen Neuankömmlinge ihre Siedlungen errichten durften.« Piemur grinste verschmitzt. »Hamians Bergwerk würde aus der Luft im Grund nicht anders aussehen als früher; die übrigen Stollen sind schließlich nichts als Löcher im Boden; der Kai und das Gebäude am Inselfluß dürften vom Himmel aus nicht zu erkennen sein; die Siedlung an der Großen Lagune ist groß, gewiß, und wahrscheinlich waren auch ein paar Fischerboote draußen...« Piemur zuckte die Achseln. »Könnte sein, daß T'bor oder F'nor oder sonst jemand, der sich im Süden auskennt, später ein paar peinliche Fragen stellt, aber ich bezweifle es. Das Verbot ist noch immer in Kraft. Sie wollten das Ei zurückholen. Es tauchte ganz von selbst auf. Da zogen sie wieder ab.« Piemur hatte bereits einen leisen Verdacht, wer das Ei zurückgebracht haben könnte, aber er konnte nicht den geringsten Beweis dafür liefern.

»Und wir müssen uns weiter mit den verdammten Alten herumschlagen.« Torics Tritt gegen das Tischbein fiel jedoch nicht mehr ganz so heftig aus.

»Sie haben Ihre Pläne doch bisher nicht allzu sehr behindert, nicht wahr?« fragte Piemur spöttisch. »Was sie nicht wissen, tut ihnen nicht weh. Ich würde einfach abwarten, Toric.«

»Dann stehst du auf meiner Seite?«

»Wenn ich das heute nicht bewiesen habe, weiß ich nicht mehr, was ich noch tun soll«, antwortete Piemur und legte den Kopf schief. Er mochte Toric, er bewunderte ihn sogar, aber er traute ihm nicht so ganz. Das war nur gerecht. Auch Toric traute Piemur nicht ganz, schon gar nicht, wenn er zu oft in Sharras Gesellschaft war. Es war Piemur nicht entgangen, wie sehr Toric sich bemühte, sie voneinander fernzuhalten; eben erst hatte der Burgherr seiner Schwester nach langem Zögern gestattet, eine abenteuerliche Wanderung nach

Süden zu unternehmen, die über Hamians Bergwerke hinausführen sollte. »Sollte sich die Aufregung bis morgen gelegt haben, dann würde ich mir gern die Gegend hinter der Landspitze östlich des Inselflusses ansehen. Vielleicht komme ich sogar bis zu der Bucht, die Menolly entdeckte, als sie und der Meisterharfner vom Sturm abgetrieben wurden.« In Torics Augen blitzte es wachsam auf. Dieser spontane Ausflug kam dem Burgherrn verdächtig vor, und er hatte den Aussagen Menollys und Robintons, wie weit sie gekommen waren, nie so ganz geglaubt, obwohl er nicht leugnen konnte, daß sie wirklich in einen Sturm geraten waren, und daß nur Menollys seemännisches Können das kleine Boot vor dem Kentern bewahrt hatte. »Kein Drache kann durchs *Dazwischen* an einen unbekannten Ort fliegen«, erinnerte Piemur den Südländer. »Und kein Mann kann besitzen, was er gar nicht kennt! Meinen Sie nicht auch, Toric?«

Piemur stapfte hinter Dummkopf durch das Unterholz. Der kleine Renner bahnte mit seinem kräftigen Körper einen Pfad durch die wild wuchernden Pflanzen, und weder Äste noch Dornen konnten seinem Fell etwas anhaben. Von oben gab Farli gute Ratschläge, und der Harfner schlug mit der breiten Klinge, die Hamian ihm geschmiedet hatte, hinderliche Ranken und Zweige ab.

Sie kamen an einem zum Meer hin abfallenden Strand heraus, und dahinter erstreckte sich eine hellgrüne, vom Küstenwind aufgewühlte Wasserfläche mit weißen Wogenkämmen. Seufzend bewunderte Piemur die herrliche Aussicht, dann schaute er zurück zum Wald, wo ihm die dicken Bäume mit ihren Blättern und Wedeln zuwinkten. Er nahm eine Rotfrucht aus dem Bündel auf Dummkopfs Rücken, schlug sie geschickt mit seinem Hackmesser auf und saugte an dem frischen, durststillenden Fruchtfleisch. Dummkopf be-

schwerte sich. Piemur schnitt eine Scheibe ab und gab sie dem kleinen Renner, der zufrieden daran kaute.

Doch als der Harfner sich wieder der schmalen Bucht zuwandte, erstarrte er und wollte seinen Augen nicht trauen. Er kramte nach dem kleinen Fernrohr, das er Meister Rampesi hatte abschmeicheln können, nachdem der von Wansor, dem Sternenschmied, ein stärkeres Instrument bekommen hatte. Bei seiner nächtlichen Sternenguckerei hatte es ihm nicht viel genützt, aber für Geländebeobachtungen war es ganz brauchbar. Als er es scharfgestellt hatte, gab es keinen Zweifel mehr. Aus dem Schornstein eines ziemlich großen Gebäudes hoch oben am Flußufer stieg eine träge Rauchfahne. Das Haus hatte ein Dach und eine breite, wahrscheinlich rundherumführende Terrasse mit Stufen an den beiden ihm zugewandten Seiten. In der Nähe befanden sich weitere große und kleine Gebäude, das Ganze stellte eine ansehnliche Siedlung dar. Eine kleine Schaluppe war ans Ufer gezogen worden, obwohl abgebrochene Pfähle, vielleicht die Überreste einer Mole, in den Fluß hinausragten, und an einem Gestell hingen Fischernetze zum Trocknen. Bunte Fischernetze! Sogar durch das Fernrohr konnte Piemur die Gelb-, Grün-, Blau- und Rottöne erkennen.

»In diesem Teil der Welt lebt kein Mensch, Dummkopf. Keine Menschenseele. Ich bin seit Monaten niemandem mehr begegnet. Toric hat davon sicher keine Ahnung. Schiffbrüchige?« Piemur durchforschte sein Gedächtnis. Es hatte in letzter Zeit einige Schiffbrüche gegeben — und die Zahl wuchs noch. »Das muß es sein. Schiffbrüchige. Und bunte Netze? Das wird Toric gar nicht gefallen.«

Über ihm erschien ein Schwarm Feuerechsen, aber sie flogen nicht so tief, daß er sie genauer hätte betrachten können. Farli schloß sich dem Luftballett wie üblich an. Piemur hatte entlang der Küste zahlreiche Feuerechsengelege gefunden, sogar ein paar goldene, die noch intakt waren. Aber Toric hatte jeden Eierhandel mit dem Norden kategorisch verboten. Farli stieß herab, ließ sich auf seiner Schulter nieder, wickelte ihm den Schwanz um den Hals und zirpte etwas Unverständliches über Menschen und viele am Strand aufgestapelte Sachen.

»Häuser sind keine Stapel«, erklärte Piemur entschieden. Aber der Zwischenfall mit den Drachen aus dem Norden hatte ihn gelehrt, auch dann auf Farlis Aussagen zu achten, wenn sie rätselhaft waren. In den letzten paar Tagen hatte sie immer wieder versucht, ihm etwas mitzuteilen, was sie erst vor kurzem erfahren hatte. Irgendwann würden die Bilder einen Sinn ergeben, schließlich hatte er auch ihre Bemerkungen über den Schwarzfelsfluß entschlüsselt, der ihnen solche Schwierigkeiten bereitet hatte. Ein so gewaltiges Binnenmeer mit fernen, im Nieselregen verschwindenden Inseln hatte er nicht erwartet.

Die lange, einsame Wanderung nach Osten hatte Piemurs angeborenen Gefahreninstinkt noch weiter geschärft. Und obwohl er es kaum erwarten konnte, endlich wieder mit anderen Menschen als nur mit sich selbst zu reden, hatte er merkwürdige Hemmungen, von sich aus eine Begegnung herbeizuführen. Trotzdem machte er sich daran, den langen Strand zu überqueren und zur Flußmündung vorzudringen. Bei jedem Schritt mit seinem Schlangenstock den Boden abtastend, kletterte über Sanddünen und schob sich behutsam durch die Salzgräser. Dummkopf folgte ihm dicht auf den Fersen, Farli schoß über ihm hin und her und stieß immer wieder herab, um sich abermals in die Lüfte zu schwingen.

Da waren Leute, erklärte sie ihm, aber nicht die Menschen. Nicht die anderen Menschen.

Es war fast an der Zeit für den jähen Sonnenuntergang dieser Breiten, als Piemur sich endlich nahe genug herangepirscht hatte, um zu sehen, daß einige der Gebäude ziemlich verfallen waren und daß aus den Fenstern und durch Risse in den Dächern Pflanzen wuchsen. Etliche Häuser waren von einer Größe, wie Toric sie bisher niemals genehmigt hatte, und alle ließen sie trotz der Verkleidung aus fugenlos aneinandergefügtem Stein Licht und Luft viel ungehinderter eindringen, als irgend jemand im Norden es je gewagt hätte. Jedes Dach schien aus einer einzigen fingerdicken Platte zu bestehen. Piemur mußte an die äußerst stabilen Träger denken, die Hamian nach wer weiß wie vielen Planetenumläufen unversehrt in den Stollen gefunden hatte.

Auch Menschen waren da. Piemur warf sich so hastig in den Sand, daß er einiges zwischen die Zähne bekam, als er einen Mann von einem Gebäude, das aussah wie ein Stall, auf die Treppe der breiten Veranda zugehen sah. Irgendwo hinter dem Haus begannen Hunde zu bellen, große Hunde, den tiefen Lauten nach zu schließen.

»Ara!« Auf den Ruf des Mannes trat eine Frau aus dem Haus, ein kleines Kind wackelte hinter ihr her. Nun folgte eine rührende Begrüßungsszene, die beiden umarmten sich, dann nahm der Mann das Kind auf den Arm, zog die Frau an sich, und alle gingen ins Haus.

»Eine Familie, Dummkopf. Hier lebt eine Familie, in einem großen Haus mit viel zu vielen Zimmern für nur drei Menschen. Warum haben sie so groß gebaut? Oder halten sich drinnen noch mehr Leute auf?«

Vier Feuerechsen, zwei Goldene, ein Bronzener und ein Brauner erschienen plötzlich aus dem Nichts, schwebten einen Moment über ihm und verschwanden wieder. Farli war nicht weiter beunruhigt, ganz im Gegensatz zu Piemur.

»Oho, jetzt hat man uns entdeckt. Nun, wer Feuerechsen zu Freunden hat, kann kein allzu schlechter Mensch sein, was, Dummkopf? Komm, wir geben uns zu erkennen, wie es sich für wackere Männer gehört, und bringen die Sache hinter uns.« Er rappelte sich auf, trat auf das Gebäude zu und rief mit seiner geschulten Stimme, so laut er konnte: »*Hallo, hier bin ich!* Hoffentlich haben Sie genug zu essen für vier Leute, was, Dummkopf? *Hallo!*«

Er wurde mit freudigem Erstaunen, wenn auch etwas schüchtern von den beiden Schiffbrüchigen begrüßt und spontan aufgefordert, das Mahl mit ihnen zu teilen, das auf einem ungemein faszinierenden Herd kochte. Der Mann, Jayge, braungebrannt und muskulös, war etliche Planetenumläufe älter und etliche Handbreiten größer als der Harfner. Sein Gesicht mit der etwas schiefen Nase und den hellen Augen wirkte offen, sein Blick war fest. Er trug ein ärmelloses Hemd und kurze Hosen aus grob gewebter Baumwolle, und um die schmalen Hüften lag ein prächtiger Ledergürtel, an dem ein Messer mit beinernem Griff befestigt war. Die Füße steckten in raffinierten Sandalen, die Zehen und Fersen schützten, den Fuß selbst jedoch freiließen. Sie sahen sehr viel bequemer und kühler aus als Piemurs schwere Stiefel.

Ara war jünger und hatte ein anziehendes Gesicht, das trotz seiner kindlichen Züge ungewöhnlich reif wirkte. Manchmal spiegelte sich Traurigkeit darin. Ihr schwarzes Haar war zu einem langen Zopf geflochten, der ihr über den Rücken hing, ein paar kleine Löckchen hatten sich gelöst und umspielten ihr Gesicht. Sie trug ein weites, ärmelloses Baumwollkleid, dunkelrot gefärbt und am Halsausschnitt und am Saum bestickt, sowie einen schmalen Ledergürtel und Ledersandalen in der gleichen Farbe. Sie war eine außerordentlich reizvolle Erscheinung, und Jayge betrachtete sie mit stolzen, eifersüchtigen Blicken, die Piemur nicht verborgen blieben.

Während sich der junge Harfner durch die beste Mahlzeit aß, die er seit seinem Aufbruch von der Burg des Südens bekommen hatte, ließ er sich Jayges und Aras Abenteuer erzählen und ermunterte sie gelegentlich mit einer Frage oder einer Bemerkung, genauer ins Detail zu gehen.

»Wir wurden im Gestüt von Keroon angestellt«, erklärte ihm Jayge. »Vor etwa dreißig Monaten — bei dem Sturm und in den ersten Tagen hier haben wir ein wenig den Überblick verloren. Wir sollten für Meister Rampesi wertvolle Zuchttiere zu Baron Toric in die Burg des Südens bringen. Kennst du ihn vielleicht?«

»Gewiß. Ich weiß noch, wie wütend Rampesi war, als er zugeben mußte, daß euer Schiff wohl untergegangen sei. Ihr habt Glück, daß ihr noch lebt.«

»Beinahe hätten wir es nicht geschafft.« Jayge warf Ara einen leicht belustigten Seitenblick zu und legte ihr den Arm um die Schultern. »Ara ist fest davon überzeugt, daß wir von Geleitfischen an Land gezogen wurden.«

»Durchaus möglich«, versicherte ihm Piemur und grinste über Jayges überraschten Blick und Aras triumphierenden Aufschrei. »Jeder Meisterfischer, der seinen Knoten zu Recht trägt, wird mir zustimmen: Meister Rampesi hat mir von Männern erzählt, die über Bord gefallen waren und von Geleitfischen herausgeholt wurden. Er hat das Phänomen selbst beobachtet, und er erzählt eigentlich keine Harfnermärchen. Deshalb sind die Leute von der Fischergilde so froh, wenn diese Fische ein Schiff auf See hinausbegleiten. Ein gutes Omen.«

»Aber der Sturm war unglaublich heftig«, wandte Jayge ein.

»Sie sind stark — und sie fühlen sich in stürmischen Gewässern durchaus zu Hause. Seid ihr die einzigen Überlebenden?«

Aras Augen wurden dunkel vor Schmerz, und Jayge antwortete schnell: »Nein, aber ein Mann war so schwer verletzt, daß wir nicht einmal seinen Namen erfuhren. Festa und Scallak hatten sich Arme und Beine gebrochen; ich hatte mir das Handgelenk und ein paar

Rippen angeknackst; aber Ara hat alles so geschient, daß es wieder gerade zusammenheilte.« Er drehte zum Beweis seine linke Hand und lächelte Ara an. »Ein kläglicher Haufen waren wir damals, insgesamt hatten wir nur drei heile Arme und vier taugliche Beine, bis auf Ara, sie mußte uns alle aufpäppeln.« In dem Blick, den er seiner jungen Frau zuwarf, lag so viel zärtliche Bewunderung, daß Piemur fast errötet wäre. »Wir kamen gut zurecht, hatten sogar ein paar wilde Tiere gezähmt — Ara hat eine Hand für Tiere —, als zuerst Festa und dann Scallak von einem Fieber befallen wurden, schreckliche Kopfschmerzen ... Sie wurden blind.« Er brach ab und runzelte die Stirn.

»Wahrscheinlich die Feuerkrankheit.« Piemur brach das Schweigen, um Ara von ihren sichtlich erschütternden Erinnerungen abzulenken. »Die Sterblichkeitsrate ist sehr hoch, wenn man das Gegenmittel nicht kennt.«

»Gibt es denn eines?« Ara riß die Augen auf. »Ich habe alles ausprobiert, was ich kannte. Ich fühlte mich so hilflos, und seither habe ich ständig Angst ...«

»Nur keine Aufregung. Paß auf ...« Piemur zog sein Bündel heran, entnahm ihm ein Fläschchen und reichte es ihr. »Ich habe die Medizin dabei. Siehst du, die Anweisungen stehen darauf. Ihr dürft nur nicht in die Nähe von Stränden mit gelben Flecken gehen. Am schlimmsten ist es Mitte bis Ende des Frühjahrs. Nachdem ich jetzt weiß, wo ihr seid, werde ich dafür sorgen, daß Sharra — sie wurde in der Heilerhalle ausgebildet — euch eine Liste der Symptome und der Behandlungsmethoden für die schlimmsten Plagen des Südkontinents schickt.«

»Hoffentlich haben wir die meisten bereits kennengelernt.« Jayge rieb sich mit wehmütigem Grinsen eine Narbe am Unterarm. Piemur erkannte die Male einer alten Nadeldorninfektion.

»So lernt man auf die harte Tour, wovor man sich hüten muß. Ich finde, ihr habt hier gute Arbeit geleistet.« Er betrachtete fasziniert das Material, aus dem das Haus bestand.

»Das haben wir alles *gefunden*«, erklärte Jayge mit einer Handbewegung, die das Haus und die umliegenden Gebäude einschloß.

»*Gefunden?*«

Jayge grinste, seine weißen Zähne blitzten in dem braungebrannten Gesicht. Er hatte merkwürdig gelbgrüne Augen mit dunklen Flecken darin und ein schiefes Lächeln, das Piemur gefiel. »Wir haben die ganze Siedlung gefunden. Das hat uns wohl das Leben gerettet. Nachdem wir hier an Land gespült worden waren, tobten wochenlang entsetzliche Stürme.« Er hielt unsicher inne. »Ich hatte immer geglaubt, im Süden dürfe man sich nur im Herrschaftsbereich der Burg ansiedeln. Das Gebiet hier gehört nicht dazu, nicht wahr, und wir sind nur nicht weit genug nach Westen gegangen?«

»Um ehrlich zu sein …« Piemur zögerte nur für einen Moment, denn Toric konnte schließlich nicht erwarten, daß man ihm den ganzen Süden zugestand. »Nein, das Gebiet gehört nicht mehr zur Burg!« Als er sah, wie überrascht Jayge und Ara auf seine Heftigkeit reagierten, lächelte er beruhigend. »Von hier bis zu der Stelle, an der ihr mit euren Tieren landen solltet, ist es ein weiter Weg. Ein sehr weiter Weg.« Piemur beschloß, auch sehr viel Zeit vergehen zu lassen, bis Toric etwas von der Existenz dieser beiden erfuhr. »Haltet nur gut fest, was ihr euch hier geschaffen habt«, fügte er munter hinzu und blickte sich bewundernd in dem eleganten Raum um. Dank seiner großen, mit Innenjalousien versehenen Fenster war er auch mit den Außenräumen einer Höhlenwohnung nicht zu vergleichen. Innen waren die Wände mit anderem Material verkleidet als außen und in einem sehr kühlen Blaugrün gehalten. Jayge hatte Wandhalter für die Kerzen gefertigt, die Ara aus Beerenwachs zog und die für eine angenehme Helligkeit sorgten. »Wie groß ist denn dieses *Fundstück?*«

»Größer, als wir es augenblicklich brauchen«, sagte Ara und gab Jayge einen zärtlichen Klaps, als er Piemur zuzwinkerte. Der Harfner hatte bereits vermutet, daß sie wieder ein Kind erwartete, obwohl ihrer Figur noch nichts anzusehen war. Aber ihre Augen, ja, ihr ganzes Gesicht strahlten in einer Weise, wie es, wenn man Sharra glauben konnte, bei schwangeren Frauen oft zu beobachten war. »Zwölf Zimmer, aber einige wären doch sehr klein für eine ganze Familie. Aus den vorderen Räumen mußten wir erst den Sand hinausschaufeln. Die Wände starrten vor Schmutz, ich fürchtete schon, wir müßten alles abschrubben, aber als wir mit Wasser darangingen, löste sich die häßliche Schicht wie von selbst. Die Flecken sind noch nicht ganz draußen, aber man sieht schon, was für hübsche Farben sie verwendet hatten.«

»Um das Dach zu flicken, haben wir Platten von den anderen Häusern genommen«, erzählte Jayge. »Ich habe solches Material noch nie gesehen. Normalerweise hätten wir keinen Nagel durchbekommen, aber Ara hat ein Faß mit Stiften gefunden, die sowohl eindrangen als auch hielten.«

Nach kurzem Zögern sagte Ara in einem Ton, als lege sie ein Geständnis ab. »Es ist ein ungewöhnliches Haus, aber dank der dicken Mauern ist es an heißen Tagen kühl und an kalten einigermaßen warm. Wir haben ganz merkwürdige Behälter entdeckt, die meisten leer. Jayge lacht mich aus, aber ich bin sicher, daß wir eines Tages etwas finden werden, was uns verrät, wer vor uns hier gelebt hat.«

»Wenn es soweit ist, möchte ich es erfahren«, sagte Piemur. »Habt ihr die bunten Fischernetze auch hier gefunden?«

Die beiden sahen sich lächelnd an, und Jayge erklärte: »Ganze Stapel von leeren Netzen lagen in einer Ecke des größten Gebäudes. Es hatte weder eine Terrasse noch Fenster, aber unterhalb des Dachs entdeckten wir

Luftschlitze, und deshalb nahmen wir an, es könnte ein Lagerhaus gewesen sein. Schlangen und Insekten hatten alles zerstört, was die Kisten, Fässer und Netze enthalten haben mögen, aber die Behälter selbst sind offenbar unzerstörbar.«

»Das war wohl auch nötig, wenn sie hier im Süden längere Zeit überdauern sollten«, bemerkte Piemur lässig, obwohl ihn diese Siedlung tiefer berührte, als er zu zeigen wagte. Davon mußte der Harfner erfahren. Er überlegte, ob er Farli mit einer Botschaft zu Meister Robinton schicken sollte, entschloß sich aber dann, bis zum nächsten Morgen zu warten. »Du gehst also auf Fischfang, und ihr habt Vieh ...«

»Morgen muß ich dich den Hunden vorstellen«, sagte Ara. »Wir halten sie wegen der Schlangen und der großen gefleckten Katzen.«

»Die gibt es hier also auch?« fragte Piemur eifrig. Sharra hatte die Katzen für eine örtlich begrenzte Tierart gehalten — es würde sie interessieren, daß sie auch in anderen Gegenden des Südkontinents zu finden waren.

»So viele, daß wir nicht ohne die Hunde auf die Jagd gehen«, sagte Jayge. »Und sobald wir die gerodeten Flächen verlassen, nehmen wir Speere oder Pfeil und Bogen mit.«

»Aber es gibt wilden Reis«, warf Ara begeistert ein, »und verschiedenes Gemüse — sogar einen kleinen Wald mit den ältesten Fellisbäumen, die ich je gesehen habe!« Sie deutete nach Osten. »Wir haben Wildwhere in Massen, und im Flußtal, gut einen Tagesmarsch von hier, grasen Renner und Herdentiere. Jayge ist ein guter Speerwerfer.«

»Und du hast mit Pfeil und Bogen noch nie danebengeschossen«, erklärte Jayge voll Stolz. »Außerdem« — er grinste Piemur an — »brennen wir einen guten Tropfen.« Er ging an einen Wandschrank, der aus einer der erwähnten Kisten gemacht war, und öffnete ihn. Er enthielt zwei Fässer, ähnlich geformt, aber viel kleiner als die Bottiche, die Piemur einmal beim Meisterwinzer von Benden gesehen hatte. »Wir haben vieles ausprobiert« — Jayge schenkte drei Becher ein und reichte zwei davon weiter —, »und allmählich machen wir Fortschritte!«

Piemur roch an der Flüssigkeit. Das Aroma war ungewöhnlich, nicht so fruchtig, wie er erwartet hatte. Er nahm einen kleinen Schluck.

»Ooooh, das schmeckt ja großartig!« Seine Begeisterung war echt, in seinem Körper breitete sich eine angenehme Wärme aus. Er hob den Becher, um einen Trinkspruch auf Ara und Jayge auszubringen, die ihn lächelnd beobachteten. »Auf alle Freunde nah und fern!«

»Mit zunehmendem Alter schmeckt das Zeug sicher noch besser«, bemerkte Jayge mit stiller Befriedigung, nachdem er und Ara den Trinkspruch feierlich erwidert hatten. »Aber dafür, daß ich Händler bin, ist es ganz passabel geraten.«

»Vielleicht bin ich voreingenommen, vielleicht ist mein Gaumen auch nichts Gutes mehr gewöhnt, aber dieses Wässerchen schmeichelt den Lippen, der Zunge und der Kehle und belebt bis ins Mark.«

Sie redeten bis tief in die kristallklaren, kühlen Morgenstunden hinein, und endlich machte die Müdigkeit das Fragen und Antworten immer träger. Piemur hatte den beiden einen Bericht über die Errichtung ihres Heims entlockt, aber dafür hatte er sich mit Nachrichten aus dem Norden revanchiert — in bereinigter Fassung natürlich und ausgeschmückt, wenn ein Vorfall die Künste eines Harfners verdiente —, die auf großes Interesse stießen. Er hatte sich mit Rang, Gilden- und Burgzugehörigkeit vorgestellt und erklärt, im Moment sei er mit der Erkundung der Küste betraut. Jayge hatte geantwortet, er sei von Beruf Händler, und Ara stamme aus Igen. Piemur merkte schnell, daß ihm die beiden etwas verheimlichten, aber schließlich hatte auch er ihnen nicht die volle Wahrheit gesagt.

Piemur blieb länger bei Jayge und Ara, als er eigentlich sollte. Er bewunderte nicht nur ihren Mut und ihren Fleiß — selbst Toric hätte zugeben müssen, daß sie sich zu helfen wußten und kräftig zupacken konnten —, er wollte sich auch die Zeit nehmen, sich in das Rätsel dieser Gebäude am fernen Rand des Nirgendwo zu vertiefen. Unter den ältesten Aufzeichnungen im Harfnerarchiv hatte es unklare Fragmente gegeben, die Piemur als Meister Robintons persönlicher Lehrling hatte sehen dürfen. *Als die Menschen nach Pern kamen, errichteten sie eine feste Siedlung im Süden,* so hatte ein Fragment angefangen, um dann zweideutig fortzufahren, *doch es erwies sich als nötig, nach Norden zu ziehen, um Schutz zu suchen.* Robinton und auch Piemur hatten nie so recht verstanden, warum jemand wohl den schönen und fruchtbaren Südkontinent verlassen sollte, um sich im wesentlich rauheren Norden anzusiedeln. Aber es mußte so gewesen sein — der erste Beweis dafür war die Entdeckung des alten Bergwerks. Und nun diese unglaublichen Gebäude!

Piemur konnte sich nicht vorstellen, wie das Baumaterial so lange überdauert hatte. Es mußte wohl eines jener vergessenen Verfahren und verlorenen Geheimnisse sein, denen Meisterschmied Fandaral so oft nachtrauerte und die seine Gildehalle wiederzubeleben suchte.

An jenem ersten Morgen — der kleine Readis wakkelte mit, so weit er konnte, und wurde getragen, wenn er müde war — zeigten Jayge und Ara ihrem Gast die Siedlung, die einstmals offensichtlich sehr groß gewesen war.

»Wir haben die meisten Kletterpflanzen heruntergerissen und den angewehten Sand zum Teil nach draußen geschaufelt«, sagte Jayge, als er sie in ein Gebäude mit nur einem Raum führte. Die beiden großen, drahti-

gen Hunde — der schwarze hieß Chink und der schek-
kige Giri — waren sichtlich darauf gedrillt, ihrem Herrn
stets vorauszulaufen, wenn er ein Gebäude oder einen
Raum betreten wollte. Ein Fingerschnippen genügte,
und sie kamen bei Fuß, setzten sich oder blieben, wo
sie waren. »Das haben wir auch gefunden.« Jayge deutete auf ein Stück emailliertes Metall, eine Männerhand
breit und zwei Arme lang, das an einer Innenwand
lehnte.

»Das ist ja eine Schrift«, sagte Piemur und beugte
sich zur Seite, um sie zu entziffern. »P A R ... das
nächste kann ich nicht lesen ... D I E ... das nächste
auch nicht.« Er kauerte sich nieder und betastete das
Metall. »›FLUSS‹ ist deutlich zu entziffern!« Er grinste
Ara an und versuchte dann, das letzte Wort zu ent-
schlüsseln. »Sieht aus, als sollte es ›Besitzung‹ heißen.«

»Wir halten das erste Wort für ›Paradies‹«, sagte Ara
schüchtern.

Piemur blickte durch die offene Tür auf die idyllische
Landschaft hinaus, friedlich, ungestört, reich an herrlichen Blüten und Früchten. »Ein treffender Name, finde
ich,« bemerkte er.

»Dies war ganz sicher ein Unterrichtsraum«, sprudelte Ara heraus, um die Pause zu überbrücken. »Das
hier haben wir gefunden!« Sie legte Readis seinem Vater in die Arme und winkte Piemur in eine Ecke, wo sie
den Deckel einer Kiste aus dem allgegenwärtigen un-
durchsichtigen Material anhob. Sie reichte ihm ein kleines dickes Bündel von Aufzeichnungen, ordentlich zu
einem Rechteck geschnitten wie Baron Asgenars frisch
gebundene Blätter.

Piemur drehte das Bündel in der Hand, es fühlte sich
irgendwie seifig an, trotz der Altersflecken. Die Blätter
fielen auseinander, und hervorragende Illustrationen
von solcher Drolligkeit wurden sichtbar, daß er lächeln
mußte. Er sah sich die Worte darunter an — lauter kurze Sätze, die Buchstaben bekannt, aber unglaublich

groß und dick. Meister Arnor hätte den Lehrlingen in der Harfnerhalle niemals erlaubt, soviel Platz zu verschwenden; er brachte ihnen bei, sehr klein, aber doch leserlich zu schreiben, um auf jedem Pergament möglichst viel Text unterzubringen.

»Eindeutig ein Buch für Kinder«, pflichtete er Ara bei. »Aber keine Lehrballade, die ich je gelesen hätte.«

»Was das war, kann ich mir nicht vorstellen«, sagte Ara und zeigte ihm mehrere flache, rechteckige Gegenstände, so lang wie ein Finger und so dünn wie ein Fingernagel. »Auch wenn sie numeriert sind. Und das ...« Sie zog ein zweites, dünneres Lehrbuch heraus.

»Ich weiß nicht, wieviel ein Harfner rechnen muß«, sagte Jayge, »hier steht jedenfalls weit mehr, als ein Händler jemals braucht.«

Die Zahlenkombinationen waren Gleichungen, erkannte Piemur, weit komplizierter als jene, die Wansor ihm zur Berechnung von Entfernungen eingehämmert hatte. Er stellte sich das Gesicht des Sternenschmieds vor, wenn der dieses Buch aufschlug, und mußte jetzt schon grinsen.

»Ich kenne jemanden, der sich das gern ansähe«, sagte er beiläufig.

»Nimm es doch mit«, bot Jayge sofort an. »Wir können nichts damit anfangen.«

Piemur schüttelte bedauernd den Kopf. »Ich würde es auf meinen Wanderungen wahrscheinlich verlieren. Wenn es sich so lange gehalten hat, kann es auch noch ein Weilchen länger warten.« Dann sah er sich die Kiste selbst eingehend an. Sie war völlig fugenlos verarbeitet und bestand wieder aus jenem unbekannten und sehr festen Material. »Meister Fandarel verliert noch den Verstand, wenn es ihm nicht gelingt, diesen Werkstoff nachzumachen. Wie weit bist du landeinwärts und der Küste entlang vorgedrungen?« fragte er Jayge.

»Drei Tage nach Westen und zwei nach Osten.« Jayge zuckte die Achseln. »Nichts als Buchten und Wälder.

Ehe Scallak krank wurde, bin ich mit ihm, ach, vier oder fünf Tage lang dem Fluß gefolgt, bis dahin, wo er eine starke Biegung macht. In der Ferne sahen wir Berge, aber das Flußtal war nicht viel anders als hier.«

»Und nirgendwo ein Mensch«, fügte Ara hinzu.

»Welch ein Glück, daß ich gekommen bin!« Piemur breitete die Arme aus und lächelte spitzbübisch, um die ernsten Mienen der beiden aufzuheitern.

An seinem zweiten Abend holte er seine Riedpfeife und die Panflöte hervor, die er sich nach Menollys Plänen angefertigt hatte, um sich die einsamen Abende zu verkürzen. Jayge und Ara freuten sich über die Musik, Jayge brummte leise in seinem heiseren Bariton mit, während Ara mit ihrem klaren, lieblichen Sopran die Oberstimme trällerte. Piemur brachte den beiden die Grundbegriffe des Flötenspiels bei und stellte für jeden eine Panflöte her.

Er zeichnete auch einen Grundriß der Siedlung und notierte die Lage des restaurierten Hauses und der einzelnen Ruinen. Da er genau wußte, welche Strecke ein Mann in einem Tag zu Fuß an der Küste zurücklegen konnte, markierte er demgemäß eine Grenze zu beiden Seiten des Flusses. Die landeinwärts gelegene Grenze würde noch warten müssen, aber er vermerkte Jayges Flußbiegung. Dann signierte er die Skizze und bewahrte sie getrennt von seinen anderen Aufzeichnungen auf, bis er Gelegenheit finden würde, mit Meister Robinton darüber zu sprechen. Sollte die Entfremdung zwischen dem Harfner und Benden noch länger andauern, dann wollte er mit T'gellan über Jayge und Ara reden. Nötigenfalls würde er sich persönlich bei Toric und den Weyrführern für die beiden verbürgen.

Er wies Farli an, sich die auffälligsten Landmarken einzuprägen, damit sie den Weg zur Paradiesflußbesitzung wiederfinden konnte. Jayge und Ara beobachteten ihn dabei und stellten ihm Fragen nach seiner Feuerechse. Sie hatten zusammen acht solche Tierchen an sich gebunden — zwei Königinnen, drei Bronzeechsen und drei Braune — sie aber nur dazu abgerichtet, auf Readis' Geschrei zu achten. So half Piemur ihnen am vierten Tag bei den grundlegendsten Dingen, und sie staunten, wie gut die kleinen Geschöpfe darauf reagierten.

Als Piemur am fünften Morgen in den geräumigen Stall ging, um Dummkopf zu füttern, hockten Meer und Talla auf dem Rücken des Renners. An Meers Bein war eine Botschaft von Sharra befestigt.

»Sie können sogar Botschaften überbringen?« fragte Ara überrascht.

»Eine nützliche Fähigkeit, allerdings müssen sie wissen, wo sie hinfliegen sollen.« Piemurs Antwort klang etwas zerstreut, denn in der Botschaft stand, Jaxom liege in der Bucht des Meisterharfners an der Feuerkrankheit darnieder. Wie Sharra diese Bucht gefunden hatte, konnte Piemur sich nicht vorstellen. Er selbst hatte in den letzten drei Monaten ständig danach gesucht. »Ich muß fort, ein Freund braucht mich«, fügte er hinzu. »Hört mal, Farli weiß jetzt, wer ihr seid und wo ihr seid. Sobald ich kann, schicke ich euch durch sie eine Botschaft. Wenn ihr sie erhalten habt, braucht ihr nur zu sagen, sie soll Dummkopf suchen — der übrigens keiner ist.«

Er gab Jayge einen freundschaftlichen Schlag auf den Rücken, erkühnte sich, Ara zu umarmen, und faßte Readis unter dem Kinn, was dem kleinen Kerl ein Kichern entlockte. Dann machte er sich in östlicher Richtung auf den Weg und war sehr erstaunt, als Jayge ihm nicht nachkam und wissen wollte, was er denn in dieser Richtung zu finden hoffe.

11

Südkontinent
28. 08. 15 – 15. 10. 15

S aneter hatte sich noch nie so nutzlos gefühlt, obwohl ihm Toric seit seiner Ankunft auf der Burg
des Südens viel Gelegenheit gegeben hatte, sich an diesen Zustand zu gewöhnen. Der alte Harfner wünschte
inständig, Piemur möge nicht durch die Wildnis im
Osten stapfen, und Sharra, die ihren älteren Bruder immer so geschickt abzulenken wußte, wäre nicht wer
weiß wo, um Baron Jaxom von Ruatha zu pflegen. Erst
am Tag zuvor hatte ihre Bronzeechse die Nachricht gebracht, sie könne ihren Patienten noch nicht alleine lassen, und Toric hatte sich gereizt erkundigt, wie lange
diese Krankheit denn normalerweise dauere.

Durch diese neue Katastrophe wurde Torics Liste von
Ärgernissen um eine Kränkung verlängert. T'kul auf
Salth und B'zon auf Ranilth waren aus dem Süd-Weyr
verschwunden. Die übrigen Drachen veranstalteten
trotz ihrer Altersschwäche einen Heidenlärm, versetz-
ten alles in Unruhe und erbitterten den leicht reizbaren
Burgherrn zutiefst. Außerdem schienen sich sämtliche
Feuerechsen der Burg gerade dann in Luft aufgelöst zu
haben, als Toric dringend eines der Tierchen benötigt
hätte.

»*Wie*«, schrie Toric und trat gegen die Möbel in seinem Arbeitszimmer, »soll ich eine Nachricht an den
Benden-Weyr schicken, wenn keine einzige Feuerechse
zur Verfügung steht?«

»Sie bleiben nie lange weg«, versuchte Saneter ihn
zu trösten.

»Nun, jetzt sind sie jedenfalls nicht da, und jetzt

muß ich Benden von dieser Entwicklung Mitteilung machen. Es könnte von höchster Wichtigkeit sein. Das ist Ihnen doch sicher klar.« Mit finsterer Miene stieß Toric einen Stuhl beiseite. Dann wirbelte er zu dem alten Harfner herum und deutete mit dem dicken Zeigefinger auf ihn. »Sie müssen mein Zeuge sein! Ich hatte keine Möglichkeit, eine dringende Botschaft zu senden, und dieser elende Geselle ist nie zur Hand, wenn man ihn unbedingt bräuchte! Es kann mich meinen Besitz kosten, wenn ich Benden nicht informiere! Aber *wie*, Saneter? *Wie?*« brüllte Toric.

Eine grauenvolle Sekunde lang hörte Saneter ein Echo auf diesen Schrei, nur hatte das Echo nicht Torics Stimme, sondern war ein Laut, der einem die Haare zu Berge stehen ließ, ein Klagen, das dem alten Harfner nur allzu vertraut war: Drachen verkündeten den Tod eines ihrer Artgenossen.

»*Wer?*« schrie Toric aus Leibeskräften die Wände an. Er fuhr zu Saneter herum, dann schien ihm plötzlich einzufallen, daß der alte Mann keine Botengänge mehr erledigen konnte, und er stürmte auf der Suche nach einer Antwort aus dem Raum.

Toric befand sich auf halbem Wege zwischen Burg und Weyr, als über ihm ein Bronzedrache mit tröstendem Trompetenschrei herabstieß und vor dem Weyr landete.

Sein Reiter legte Helm und Reitgeschirr ab und sah sich nach allen Seiten um. Toric erkannte ihn nicht, aber das Heulen der ansässigen Drachen schwächte sich zu einem erträglichen Wimmern ab, und der unbekannte Bronzedrache veränderte seinen Tonfall so, daß sogar Toric die Ermunterung heraushörte.

»Drachenreiter, ich bin Toric von der Burg des Südens. Welcher Drache ist umgekommen?« Der Südländer versuchte, den älteren Mann einzuschätzen, während er mit langen Schritten die Lichtung überquerte. Der Drachenreiter erwartete ihn in so selbstbewußter

Haltung, daß Torics Wut und Enttäuschung sich ein wenig legten.

»D'ram, Tiroths Reiter, ehemals Weyrführer von Ista. F'lar hat mich gebeten, die Führung des Süd-Weyrs zu übernehmen. Andere junge Reiter haben sich erboten, mir zu helfen, und werden bald eintreffen.«

»Wer ist umgekommen?« wiederholte Toric, der seine Ungeduld nicht länger beherrschen konnte.

»Salth. Ranilth ist zu Tode erschöpft, könnte sich aber wieder erholen. Er und B'zon bleiben in Ista.« D'rams Kummer war so offenkundig, daß Toric den stummen Tadel spürte.

»Was ist geschehen?« fragte er höflicher. »Wir hatten die beiden Bronzedrachen vermißt, aber gleichzeitig«, fügte er mit zusammengebissenen Zähnen hinzu, »war auch jede Feuerechse verschwunden, die wir hätten losschicken können, um Benden zu warnen.«

D'ram gab mit einem Nicken zu verstehen, daß er Torics Zwangslage begriff. »T'kul und B'zon brachten ihre Drachen zu Cayliths Paarungsflug, den man für offen erklärt hatte, um den neuen Weyrführer für Ista zu bestimmen. Salths Herz zersprang bei dem Versuch, die Königin zu fliegen ...« D'ram hielt einen Moment inne, vom Schmerz überwältigt, doch dann seufzte er tief und sprach weiter, ohne Toric anzusehen. »Nachdem T'kul nichts mehr zu verlieren hatte, forderte er F'lar heraus.«

»F'lar ist tot?« fragte Toric entsetzt. Er fürchtete schon, durch T'kuls neuerliche Dummheit alles verloren zu haben, wofür er sich mit allen Kräften eingesetzt hatte.

»Nein, der Weyrführer von Benden war stärker. Er trauert um T'kul, wie alle Drachenreiter.« D'ram sah Toric so herausfordernd an, daß dieser fast beschämt nickte.

»Ich kann nicht sagen, daß ich T'kuls Tod bedauere.« Toric bemühte sich, ganz ruhig zu bleiben. »Und für

Salth gilt das gleiche. Sie waren beide außer Kontrolle geraten, seit T'ron — und Fidranth — starben.« Toric hatte Mühe gehabt, sich an den Namen von T'rons Drachen zu erinnern. Aber er begriff schnell, was geschehen war, und hoffte, F'lars Ernennung eines neuen Weyrführers werde ein Vorbote der Veränderungen sein, die er schon so lange anstrebte: freier Handel mit dem Norden, der es ihm erlaubte, seinen Besitz so auszuweiten, wie er es immer geplant hatte.

In diesem Augenblick erschien Mardra. Sie schluchzte hysterisch und spielte mit großem Aufwand die Trauernde. Toric, der genau wußte, wie oft sie mit T'kul gestritten hatte, fühlte sich abgestoßen. Er entschuldigte sich und bat D'ram, sich jederzeit an ihn zu wenden, wenn er Hilfe brauche.

»Es werden weitere Drachenreiter zu mir stoßen, teils Alte, teils Leute aus dieser Phase. Der Weyr wird wiederaufgebaut«, erklärte D'ram mit ruhiger Zuversicht und trat sodann zu Mardra, um sie zu trösten.

Tief in Gedanken kehrte Toric langsam in seine Burg zurück. Welche Konsequenzen hatte wohl ein solches Versprechen? Eigentlich konnte die Lage nur besser werden — solange man ihn nicht behinderte. Wie sollte er Sharra zurückholen? Wie sollte er Verbindung mit Piemur aufnehmen? Der scharfe Verstand und die guten Beziehungen dieses jungen Spitzbuben zum Norden waren ihm unentbehrlicher geworden, als er sich bisher hatte träumen lassen. Jetzt erst bemerkte er, daß die Feuerechsen der Burg zurückgekehrt waren. Aber als seine kleine Königin sich ihm auf die Schulter setzen und ihm aufgeregt etwas vorzirpen wollte, war er nicht in der Stimmung, ihr zuzuhören.

Piemur fand die vielgerühmte Bucht genau so schön, wie Menolly und Meister Robinton sie ihm beschrieben hatten. Der tiefe, vollkommene Halbkreis aus breiten, leicht ansteigenden Sandstränden wurde umrahmt von üppigen Wäldern, deren Bäume und Büsche ein buntes Blüten- und Blättermeer bildeten. An einem halben Dutzend Bäumen hingen reife Früchte. Und er hatte keine Schlangen gesehen, was ohne Zweifel auf die Anwesenheit von Jaxoms Drachen Ruth zurückzuführen war.

Im Schatten stand eine grob gezimmerte Hütte, von der ein deutlich ausgetretener Pfad ans Ufer führte. Das trügerisch klare Wasser spielte in allen Tönen von hellem Grün bis zu sattem Dunkelblau in größeren Tiefen, nur eine ganz sanfte Dünung rollte über den Sand.

»Nun, Sharra«, fragte Piemur nach der stürmischen Begrüßung, »was versuchen Meer, Talla und Farli mir denn nun die ganze Zeit zu erzählen? Und wo ist Ruth?«

»Setz dich lieber, Piemur«, sagte Sharra sanft.

Piemur grub beide Füße fest in den Sand und machte ein verstocktes Gesicht. »Noch bin ich nicht zu schwach zum Stehen!«

Sharra und Jaxom sahen sich an, der Blick verriet Piemur nur zu deutlich das gute Einvernehmen der beiden — und daß sie etwas auf dem Herzen hatten, was er nicht gern hören würde.

»T'kul und B'zon haben heute morgen versucht, Caylith, die Drachenkönigin von Ista zu fliegen«, begann Jaxom. »Dabei ist Salths Herz zersprungen, T'kul hat F'lar angegriffen — geht es dir nicht gut?« Piemur hatte sich hart zu Boden fallen lassen, unter der tiefen Bräune war sein Gesicht aschgrau geworden.

»F'lar ist am Leben und unverletzt«, rief Sharra, trat an Piemurs Seite und legte ihm den Arm um die Schultern. »B'zon und Ranilth bleiben vorerst in Ista.«

»D'ram führt jetzt den Süd-Weyr«, fügte Jaxom hinzu.

»Tatsächlich?« Piemurs Gesicht bekam wieder Farbe, und in seinen Augen blitzte der alte Schalk auf. »Da wird sich Toric aber freuen. Noch ein Alter, mit dem er sich herumschlagen darf.«

»D'ram ist anders«, tröstete ihn Jaxom. »Du wirst schon sehen.«

»Das ist gar keine so schlechte Nachricht. Ein frischer Wind schadet nie.« Piemur warf einen Blick auf Sharra. Ob sie wohl erkannt hatte, was diese neue Entwicklung für Torics ehrgeizige Pläne bedeutete? Sie wirkte immer noch zutiefst erschüttert. Er wandte sich wieder an Jaxom. »Was noch?«

»Meister Robinton hatte einen Herzanfall!«

»Dieser eingebildete Dussel, dieser unerträglich egoistische, altruistische Besserwisser!« schrie Piemur und sprang auf. »Er glaubt, Pern geht zugrunde, wenn er sich nicht ständig einmischt, wenn er nicht über alles im Bilde ist, was auf jeder Burg und in jeder Gildehalle auf dem ganzen Planeten im Norden wie im Süden passiert! Er ißt nicht richtig, er gönnt sich zu wenig Ruhe, und er läßt sich nicht von uns helfen, obwohl wir das alles wahrscheinlich viel besser könnten als er, weil wir im linken Zehennagel mehr Verstand haben als er in seinem ganzen Schädel.« Er wußte, daß Sharra und Jaxom ihn verdutzt anstarrten, aber er konnte nicht aufhören. »Er treibt Raubbau mit seinen Kräften, er läßt sich nichts sagen, auch wenn wir uns alle Mühe geben, ihn zur Vernunft zu bringen, und er hat die verrückte Vorstellung, daß nur er, der Meisterharfner von Pern, die Geschicke von Weyr, Burg und Gildehalle in seinen Händen hält. Nun, das geschieht ihm recht. Vielleicht hört er jetzt auf uns. Vielleicht ...«

Piemur stiegen die Tränen in die Augen, er sah von einem zum anderen und bettelte stumm, es möge alles nur ein übler Scherz sein. Sharra umarmte ihn, und Jaxom klopfte ihm unbeholfen auf die Schulter. Über ihm zirpten viel zu vergnügt die Feuerechsen. Piemur hatte Farli nicht verstehen wollen. Er hatte sich nicht gestattet, sie zu verstehen.

»Es geht ihm ganz gut«, sagte Sharra immer und immer wieder, und er spürte ihre Tränen auf seiner Wange. »Er wird wieder gesund. Meister Oldive und Lessa sind bei ihm. Brekke ist eben abgeflogen. Ruth hat darauf bestanden, sie hinzubringen. Wenn Meister Robinton vom Meisterheiler und von Brekke gepflegt wird, bleibt ihm gar nichts anderes übrig, als zu genesen.«

Jaxom legte Piemur die Hand auf die Schulter und schüttelte ihn. »Die Drachen, Piemur — die Drachen haben Meister Robinton nicht sterben lassen!« Jaxom sprach ganz langsam, um den jungen Harfner trotz des schrecklichen Schocks zu erreichen. »Die Drachen ließen ihn nicht sterben! Er wird leben. Er wird gesund werden. Wirklich, Piemur, hörst du nicht, wie fröhlich die Feuerechsen sind?«

Piemur glaubte erst an Meister Robintons Rettung, als Ruth, der weiße Drache, auf die Lichtung rauschte und mit seinem gellenden Trompetenschrei Dummkopf in den sicheren Wald scheuchte. In seinem Eifer, Piemur Mut einzuflößen, ging Ruth sogar so weit, ihn sanft mit seiner weißen Schnauze anzustoßen, eine Geste tiefster Zärtlichkeit. Seine schönen Facettenaugen schillerten in beruhigenden Grün- und Blautönen und kreisten langsam.

»Ruth kann nicht lügen, Piemur, das weißt du doch.« Jaxoms Stimme klang beschwörend. »Er sagt, daß Meister Robinton schläft, und er sagt auch, daß Brekke ihm versichert hat, der Meisterharfner werde genesen. Er braucht vor allem Ruhe.« Jaxom grinste zaghaft. »Jeder Drache auf Pern beobachtet ihn, mit seinen üblichen Tricks wird er also nicht durchkommen.«

Das leuchtete auch Piemur ein. Seine Anspannung löste sich allmählich, und er war imstande, den Freunden von seinen Wanderungen zu berichten. Jayge und Ara erwähnte er nicht, aber da Meister Robinton krank war, würde er sich nun wohl jemand anderem anvertrauen müssen. Vermutlich würde Sebell die Führung der Harfnerhalle übernehmen — er war lange genug auf dieses schwere Amt vorbereitet worden. Er würde ebenso umfassend informiert sein wie Meister Robinton, und Piemur würde nicht zögern, mit seinem Gildenfreund offen zu sprechen — sobald sich die Aufregung gelegt hatte. Doch im Moment war das Geheimnis von Jayges und Aras Paradiesflußbesitzung bei ihm in sicheren Händen.

Auf Piemurs Frage erklärte Jaxom, wie er die Bucht gefunden hatte. Der junge Drachenreiter war zum ersten Mal hier gelandet, um nach D'ram zu suchen, der nach dem Tod seiner langjährigen Weyrgefährtin Fanna als Weyrführer von Ista zurückgetreten und dann verschwunden war. Später hatte er, schon im Delirium der Feuerkrankheit, die er sich bei jenem ersten Besuch geholt hatte, Ruth gebeten, ihn zur Bucht zurückzubringen.

»Ein wunderschönes Fleckchen«, stimmte Piemur zu. »Aber dir ist wohl die Schale geplatzt, daß du ausgerechnet zum Sterben hierherkommen wolltest!«

»Das wußte ich doch damals nicht. Erst als es mir schon viel besser ging, haben Brekke und Sharra mir verraten, wie krank ich wirklich war.« Er warf seiner Heilerin einen eindringlichen Blick zu, der nicht nur schlichte Dankbarkeit enthielt.

»Und Toric hat dich so einfach gehen lassen?« wollte Piemur von Sharra wissen.

»Ich nehme an, er wollte den Weyrführern von Benden und Meister Oldive einen Gefallen tun.« Sie zwinkerte dem Harfnergesellen zu, dann setzte sie sich auf und reckte die Nase in die Luft. »Schließlich habe ich ungewöhnlich viel Erfahrung darin, fiebernde, von Blindheit bedrohte Feuerkranke gesundzupflegen.«

Das wußte Piemur, aber daß Jaxom und Sharra so vertraulich miteinander umgingen, gefiel ihm ganz und gar nicht. Vielleicht sah Toric das anders. Verwandtschaftsbeziehungen zum Haus Ruatha und zu Lessa, der Weyrherrin von Benden, könnten für ihn von unschätzbarem Vorteil sein.

Noch etwas rumorte in einem Winkel von Piemurs Bewußtsein, besonders als ihm auffiel, wie viele Feuerechsen, hauptsächlich wilde ohne Farbmarkierungen irgendwelcher Gildehallen oder Gehöfte, Ruth auf Schritt und Schritt umschwirrten. Und er konnte die flüchtigen Bilder nicht mehr ignorieren, die ihm Farli übermittelte, seit sie wieder in Gesellschaft des weißen Drachen war. Je mehr sich der junge Harfner das Gehirn zermarterte, desto klarer wurde ihm, wie das gestohlene Königinnen-Ei in die Brutstätte des Benden-Weyr zurückgelangt sein mußte. Aber trotz aller Vertrautheit konnte er Jaxom nicht so einfach danach fragen.

Als man sich an jenem Abend am Strand zu Tisch setzte, um sich an gebratenem Fisch und Früchten gütlich zu tun, war man über die wichtigsten Erlebnisse und Neuigkeiten allseits auf dem laufenden. Piemur hatte zu seinem Leidwesen genau erfahren, wie Jaxom für Sharra empfand. Und er kannte sie gut genug, um sich traurig eingestehen zu müssen, daß sie diese Gefühle erwiderte. Auch wenn die beiden selbst noch nichts davon wußten. Vielleicht wußten sie es ja auch. Piemur hatte jedenfalls nicht die Absicht, es ihnen leicht zu machen. Er würde sich etwas ausdenken müssen, um für Ablenkung zu sorgen.

Am nächsten Morgen erklärte er Jaxom, Dummkopf habe jeden ungiftigen Grashalm in der Nähe der Schutzhütte abgeweidet und weigere sich rundheraus, das dichtere Unterholz zu verlassen, solange Ruth in der Nähe war. »Er ist auf dem langen Weg ein bißchen vom Fleisch gefallen, Jaxom«, sagte Piemur. »Er muß aufgefüttert werden.«

Also erbot sich Jaxom, ihn auf Ruth zur nächsten Wiese zu fliegen, um Futter für Dummkopf zu sammeln. Piemur war schon immer gern auf einem Drachen geritten, und auf Ruth, der so viel kleiner war als die ausgewachsenen Kampfdrachen, wurde das Erlebnis noch unmittelbarer, wenn auch ein wenig beängstigend, obwohl er volles Vertrauen in das erstaunliche, weiße Geschöpf hatte. Einen Drachen müßte man haben, dachte er, dann wären die Erkundungsreisen lange nicht so beschwerlich ... Aber hatte er nicht andererseits zu Fuß viel mehr gesehen und die Sträucher, die Bäume und die leuchtenden Blüten viel genauer betrachten können? Wenn man auf einem Drachen flog, bekam man einen ganz anderen Eindruck von dem weiten, wunderschönen Land.

Ruth setzte sie genau in der Mitte einer wogenden Grasfläche mit vielen Wildblumen ab, wälzte sich vorsichtig auf die Seite und streckte Schwingen und Pfoten aus, um sich zu sonnen. Doch als Jaxom ihn bat, ihnen bei der Ernte zu helfen, stimmte er begeistert zu.

»Nein, wir mästen ihn nicht für dich.« Jaxom lachte schallend und warf spielerisch mit einem Erdklumpen nach dem Faulenzer. Später sahen sie Dummkopf zu, der zufrieden vor sich hinmampfte, betrachteten den riesigen Berg in der Ferne und erörterten die Möglichkeit, noch während Jaxoms Genesungsurlaub eine Wanderung zu diesem Kegel zu unternehmen. Zu Fuß würden sie vier oder fünf Tage brauchen — Ruth konnte sie nicht alle drei tragen, und so kurz nach überstandener Feuerkrankheit durfte Jaxom noch nicht ins *Dazwischen* fliegen —, aber das schreckte Piemur nicht ab, und es störte ihn auch nicht, daß er auf diese Weise noch etwas länger in Sharras und Jaxoms Nähe bleiben mußte.

Sharra konnte es kaum fassen, daß Piemur es geschafft hatte, nur in Begleitung eines Rennerfohlens und einer einzigen Feuerechse so weite Strecken zurückzulegen. Beim Mittagessen erklärte der Harfner ausführlich, wie er sich Farlis Schwingen und Dummkopfs Kraft zunutze gemacht und mit den beiden ein

Team gebildet hatte. Daraus entspann sich eine Diskussion, wie die manchmal unzusammenhängenden Bilder, die von den Feuerechsen übermittelt wurden, am besten zu deuten seien, und man stellte Vermutungen an, wieso gerade Ruth von den wilden Echsen so sehr vergöttert würde. Die drei mochten gezwungen sein, bis zu Jaxoms völliger Genesung in der Bucht zu bleiben, aber sie waren keineswegs von der übrigen Welt abgeschnitten. Ruth hielt sie ständig über die Fortschritte des Meisterharfners auf dem laufenden, und Sharra erhielt einen zweiten, noch ungeduldigeren Brief von ihrem Bruder, den sie Piemur zeigte, Jaxom gegenüber aber nicht erwähnte.

»Wenn er dich wirklich nicht entbehren könnte, Sharra, sähe die Sache anders aus«, meinte Piemur. »Aber die Zeit der Feuerkrankheit ist vorüber. Sag ihm, du hilfst mir bei der Kartographie. Außerdem, wenn es tatsächlich so dringend ist, gehört sein neuer Weyrführer zu den wenigen, die genau wissen, wo die Bucht zu finden ist.« Es bereitete Piemur ein diebisches Vergnügen, das fünfte Rad am Wagen zu spielen. »Natürlich kann es sein, daß Toric zögert, D'ram um einen solchen Gefallen zu bitten. Aber jetzt dauert es auch nicht mehr lange, nicht wahr?«

Seiner eigenen Pflichten gegenüber Toric eingedenk, ließ er sich von Jaxom helfen, seine Reisenotizen in die Karten zu übertragen. Sharra bleichte Wherhäute, brachte sie in eine brauchbare Form und braute aus einheimischen Pflanzen eine gute Tinte zusammen. Sie fischten, sie schwammen im Meer, sie erkundeten die Bucht und die kleinen Bäche, die hier mündeten, und sie erforschten das östliche Horn, bis sie ein schwer zugängliches, mit Felsbrocken übersätes Gebiet erreichten. Zu den Mahlzeiten unterhielt Piemur seine Freunde nach bester Harfnermanier mit Geschichten von den Abenteuern, die er erlebt, und den ungewöhnlichen Dingen, die er gesehen hatte.

»Diese großen gefleckten Katzentiere«, erklärte er Sharra, »kommen übrigens nicht nur im Herrschaftsbereich der Burg vor. Ich bin unterwegs immer wieder auf sie gestoßen.« Er tippte auf die verlängerte Karte. »Farli hat mich jedesmal so früh gewarnt, daß ich eine direkte Begegnung vermeiden konnte, und ich habe auch Hunde getroffen, die so riesig waren, daß kein Koch sie jemals an seine Bratspieße stellen würde.«

Als weiteres Ablenkungsmanöver schlug Piemur eine Wanderung nach Westen vor, um das Gelege einer Feuerechsenkönigin zu holen, das er auf dem Weg zur Bucht entdeckt hatte. Die Eier einer Goldenen wurden im Norden hoch geschätzt, und Jaxom und Sharra hatten sich bisher vergeblich bemüht, ein solches Gelege zu finden. Nun packten sie die Eier sorgsam in Körbe mit heißem Sand und machten sich auf den Rückweg. Piemur hieb ihnen einen Pfad durchs Dickicht. Aber die Hitze und die ungewohnte Anstrengung zehrten an Jaxoms nur langsam wiederkehrenden Kräften. Als sie die Bucht erreichten, war er völlig erschöpft, und Piemur war zerknirscht. Er hatte die Genesung des Ruathaners wirklich nicht gefährden wollen. Großmütig behauptete er, der Ausflug habe auch ihn ermüdet, und er werde zu Bett gehen, sobald es dunkel sei. Die Karten konnten warten — und warten mußte wohl auch die geplante Expedition zum Berg.

Am nächsten Morgen riß Ruths lautes Trompeten sie alle aus dem Schlaf: der weiße Drache kündigte die Ankunft von Canth und F'nor vom Benden-Weyr mit einigen Drachen und Reitern an. Sofort verschwand der Kreis von wilden Feuerechsen, der Ruth umschwärmte; nur Meer, Talla und Farli blieben, um ihre riesigen Vettern zu begrüßen.

Als F'nor erklärte, wozu er und die anderen Reiter gekommen seien, wußte Piemur nicht so recht, was er davon halten sollte. Von dem Plan, dem Meisterharfner hier in dieser schönen, friedlichen Bucht einen Ruhesitz zu errichten, war er durchaus angetan, aber die Vorstellung, das herrliche Fleckchen Erde könnte zu bekannt werden, beunruhigte ihn — zumindest, solange er keine Gelegenheit gefunden hatte, mit jemandem über die Paradiesflußbesitzung zu sprechen. Außerdem konnte er sich Torics Reaktion auf die großartige Überraschung für den Meisterharfner ausmalen. Sharra schien sich darüber keine Sorgen zu machen, aber schließlich war sie auch viel mehr mit Jaxom als mit den Hoffnungen ihres Bruders beschäftigt.

Bis zur Ankunft des Meisterharfners auf dem neu benannten ›Landsitz an der Meeresbucht‹ würde es dort keine ruhige Minute mehr geben. Sharra hatte tausend Einwände gegen die Skizzen, die F'nor mitgebracht hatte, und zeichnete prompt neue Pläne, besser abgestimmt auf die Bedingungen im Süden, wo es wichtiger war, in der Sommerhitze auch die kleinste Brise einzufangen, als sich vor Kälte oder Fäden zu schützen.

Die Handwerksmeister aller Gildehallen bekamen Wind von dem Projekt, und bald strömten Drachen mit Männern und Material in solchen Scharen herbei, daß Piemur ganz überwältigt war. Er zog sich in den dichten Wald zurück, auch wenn er damit den Anschein erweckte, als lasse er seine Freunde im Stich. Aber es waren mehr als genug Hände da, um Meister Robintons neues Haus fertigzustellen, und außerdem brachten die vielen Drachen Dummkopf völlig aus dem Häuschen. Niemand erwartete Sebell oder T'gellan auf dem Landsitz an der Meeresbucht, wie sich herausstellte, und dabei hatte Piemur fest damit gerechnet, daß wenigstens einer von beiden auftauchen würde.

Er rang mit sich, ob er durch Farli eine Botschaft an Sebell schicken solle. Aber wenn Sebell tatsächlich zum Meisterharfner ernannt worden war, hatte er gewiß genügend Probleme am Hals. Auch hätte Piemur genau wissen müssen, wo sein Freund sich aufhielt, um die arme Farli nicht mit vergeblichen Sprüngen ins *Dazwi-*

schen zu überanstrengen. Er zögerte ohnehin, schriftlich über Jayge und Ara zu berichten. Sebell war auf seine stille, zurückhaltende Art nicht weniger klug und scharfsichtig als sein Meister, und er war oft genug auf dem Südkontinent gewesen, um Toric einschätzen zu können. Vielleicht war auch alles anders geworden, seit F'lar D'ram zum Weyrführer des Südens ernannt hatte. Vielleicht war das der Grund, warum Toric seine Schwester immer wieder zur Rückkehr aufforderte. Jedenfalls sah es so aus, als müsse das Geheimnis von Jayge und Ara noch eine Weile gewahrt bleiben.

F'nor sprach so besitzergreifend von diesem Teil des Südkontinents, daß in Piemur der Verdacht entstand, die Drachenreiter könnten die Absicht haben, sich während des nächsten Intervalls hier anzusiedeln, um nicht mehr auf die Großzügigkeit der Burgen angewiesen zu sein. Er wußte schließlich, wie sehr diese Abhängigkeit Lessa und F'lar vor Anbruch der gegenwärtigen Phase belastet hatte.

Nun, er erforschte das Land nur, er verteilte es nicht. Zusammen mit Jaxom hatte er mehrere Kopien seiner Reisekarte angefertigt, eine für sich selbst, eine für Toric, und eine dritte, die den Meisterharfner auf seiner langen Seereise zum Landsitz an der Meeresbucht begleiten sollte. Nun konnte er es nicht länger hinausschieben, die eine Kopie durch Farli an Toric zu schikken, und dabei mußte er auch über einige der Vorgänge berichten. Gewiß, er hatte keinen diesbezüglichen Befehl von Toric erhalten, und es war auch kein Drachenreiter erschienen, um ihn zurückzubringen, aber er war auf Torics Anweisung bis hierher vorgedrungen, und solange Sebell ihn nicht offiziell in die Harfnerhalle zurückbeorderte, war er nach außen hin immer noch Toric unterstellt.

Piemur beschloß, in seinem Bericht nichts von Sharras Zuneigung — wem wollte er eigentlich etwas vormachen? Sharras Liebe — zu Jaxom zu erwähnen, die so offensichtlich erwidert wurde. Ganz gewiß würde er auch jeden Hinweis auf den herrlichen Paradiesfluß unterlassen, aber er hielt es doch für angebracht, auf die Existenz alter Ruinen hinzuweisen, damit der Meisterschmied auch von jenem phantastischen Dokument erfuhr.

Er wanderte bis zu der Wiese, wo er mit Jaxom Gras geschnitten hatte, und betrachtete lange den fernen, in seiner Symmetrie so ausgewogenen Bergkegel. In diesen Nächten schlief er ausnehmend gut, ohne Träume von ausbrechenden Vulkanen. Auch Farlis aufgeregtes Geschnatter von Menschen und großen Gegenständen am Himmel war verstummt. Er hatte immerhin verstanden, daß damit keine Drachen gemeint waren. Die kleine Echsenkönigin hatte ihm auch einige sehr klare Bilder von Vulkanausbrüchen übermittelt, und Piemur fragte sich, wer wohl nun von diesen Träumen gequält wurde. Am fünften Tag meldete sie endlich begeistert, das Schiff sei schon ganz nahe an der Bucht, und riß ihn damit aus seinen Gedanken.

Bei seiner Rückkehr war das neue Haus an der Meeresbucht fertig, und sämtliche Handwerker und Helferinnen befanden sich bereits auf dem Rückflug in den Norden. Sharra und Jaxom freuten sich sehr, ihn wiederzusehen, und zeigten ihm alles, was in seiner Abwesenheit entstanden war.

»Splitter und Scherben, das ist ja großartig«, sagte er und bereute schon, sich wie ein verschreckter Wher aus dem Staub gemacht zu haben, als er sich in dem weitläufigen Saal umsah, wo Meister Robinton eine halbe Siedlung bewirten konnte, wenn er wollte. Piemur liebte den Harfner und wußte, daß fast jedermann auf Pern aus irgendeinem Grund ähnliche Gefühle für ihn hegte, aber daß so viele fähige Leute ihre Achtung und Bewunderung auf diese Weise zum Ausdruck gebracht hatten, schnürte ihm die Kehle zu. »Das ist einfach großartig«, wiederholte er, und die anderen grinsten.

Dann ging er im Saal umher und berührte die kunstvoll geschnitzten Stühle und die Truhen und Tische aus edlen Hölzern.

Das gleiche sagte er, als Sharra ihn in das Eckzimmer führte, einen Arbeitsraum mit einem phantastischen Ausblick auf das Meer und die östliche Landspitze, ausgestattet mit praktischen Regalen für Aufzeichnungen und Musikinstrumente, und mit einem überwältigenden Vorrat an Meister Bendareks Schreibblättern versehen. Er bewunderte die Gästezimmer: groß genug, um sich darin wohlzufühlen, aber auch klein genug, um die Besucher nicht zu einem allzu langen Aufenthalt zu ermuntern, und geizte nicht mit Lob für die Küche, mit der Sharra sich besondere Mühe gegeben hatte. Hier war in speziellen Schränken der Benden-Wein gelagert, den der Meisterwinzer in verschwenderischer Menge geschickt hatte. Ja, dachte Piemur und wischte sich verlegen die nassen Augen, der Meister würde auf dem Landsitz an der Meeresbucht alles nach seinem Geschmack und zu seiner Bequemlichkeit vorfinden. Hier konnte er lange und glücklich leben, fern von allem Zank und Streit.

An dem Tag, an dem Meister Robinton erwartet wurde, erbot sich Piemur, den frischen Wherbraten zu beaufsichtigen, der in einem Steinhaufen an der rechten Seite der halbkreisförmigen Bucht über dem Feuer schmorte. Er hatte sich in die Vorstellung verrannt, der Harfner sei hager geworden wie einst T'ron, seine Krankheit habe ihn über Nacht gebeugt und zum Greis gemacht. In einem solchen Zustand wollte er seinen stolzen, vitalen Lehrmeister nicht sehen, aber er mußte ihn sehen, mit eigenen Augen.

Von der Feuergrube aus hatte er den besten Blick auf die Westseite der Bucht, und so entdeckte er als erster die drei Masten der *Morgenstern*, des besten Schiffs von Meister Idarolan, die unter vollen Segeln und mit sichtbarem Kiel durch das klare, grüne Wasser rauschte. Er beobachtete, wie sie den Kurs änderte, wie die Matrosen die Rahen enterten, um die Segel zu bergen, und wie sie langsam hereinglitt und an dem schönen Landungssteg festmachte, den man eigens für sie und ihren Ehrenpassagier gebaut hatte. Er beobachtete, wie Lessa, Brekke, Meister Fandarel und Jaxom dem Harfner auf das schwankende Fallreep halfen, und sah erleichtert, daß Meister Robinton mit gewohnt kräftigen Schritten die Planke herunterkam. Er beobachtete auch, wie hinter ihm Menolly das Schiff verließ, und fühlte sich allen diesen alten Freunden merkwürdig fern. Zu viele Menschen konnten nervenaufreibend sein, sagte er sich. Er konnte warten. So begoß er weiter das saftige Fleisch.

»Piemur!« Der vertraute Bariton klang so voll wie eh und je, und die weittragende, klare Stimme gab ihm viel von seiner Zuversicht zurück.

»Meister?« gab er erschrocken Antwort. Diesen Ruf hatte er lange nicht mehr gehört.

»*Piemur, sofort melden!*«

D'ram, Sebell und N'ton, der junge Weyrführer von Fort, kamen in die Burg des Südens, um mit Toric zu sprechen.

In letzter Zeit herrschte im Süd-Weyr ein reges Kommen und Gehen. Drachenreiter schafften Vorräte und Menschen heran und machten sich bei dem von D'ram versprochenen Wiederaufbau nützlich. Die Geschwader waren vergrößert worden und hatten bereits mit regelmäßigen Übungsflügen begonnen. Jungreiter hatten den großen Weyrsaal gesäubert und frisch gestrichen und die Pflanzen entfernt, die sich in den einzelnen Räumen eingenistet hatten. D'ram hatte sich äußerst taktvoll verhalten, aber für Torics Geschmack interessierte er sich viel zu sehr für die Vorgänge in der Burg.

Um Einigkeit mit seiner Familie zu demonstrieren,

hatte er Hamian in den Bergwerken, Kevelon in der Zentralkolonie und Murda und ihren Mann an der Großen Lagune durch seine Feuerechsen ausrichten lassen, sie möchten sofort zurückkommen. Auch Sharra hatte er dringend zur Rückkehr gemahnt. Sicher würde sich ein Drachenreiter bereitfinden, sie zur Burg zu bringen. Aber seltsamerweise hatte sie nicht geantwortet, obwohl seine Botschaft vom Bein der kleinen Echsenkönigin entfernt worden war.

»Wir möchten Ihnen gern helfen, Baron Toric«, sagte D'ram, als Ramala und Murda den Besuchern Klah oder den kühlen Fruchtsaft angeboten hatten, der auf der Burg des Südens so besonders erfrischend schmeckte.

»Ach ja?« Toric musterte die drei Männer mit raschem Blick. Sebell war stets diskret gewesen und hatte ihm mehrmals beigestanden, doch inzwischen war er Meisterharfner von Pern und mochte durchaus andere Ansichten vertreten als einst Robinton. Im Augenblick verriet das Gesicht des Harfners nur freundliche Aufmerksamkeit. N'ton strahlte die gleiche unersättliche Wißbegier aus wie Piemur, und das konnte bedeuten, daß der junge Drachenreiter Schwierigkeiten machen würde. Was hatte der Weyrführer von Fort überhaupt hier zu suchen?

D'ram räusperte sich, er wußte offenbar nicht so recht weiter.

»In welcher Weise helfen?« fragte Toric barsch.

»Meisterharfner Sebell hat mich darüber informiert, wie sehr Sie unter der Taktlosigkeit der Alten des Süd-Weyr zu leiden hatten und in welchem Maße man Forderungen an Sie stellte, die über den vereinbarten Tribut hinausgingen, und ich finde, wir sollten einige Veränderungen einführen.«

Toric nickte nur, denn er war sich bewußt, daß der Weyrführer von Fort und Sebell ihn gespannt beobachteten.

»Ich ... wir sind der Ansicht«, fuhr D'ram fort, »daß

der Weyr in diesem Land des Überflusses seine Ansprüche an Sie drastisch zurückschrauben sollte, insbesondere was die Fütterung unserer Drachen betrifft. Sie gehen ohnehin lieber selbst auf die Jagd, und sobald wir Ihre Weidegründe kennen, werden wir diese Gegenden meiden. Wir rechnen mit fünf Geschwadern, dazu kommen« — D'ram zögerte — »die Tiere, die für aktive Einsätze nicht mehr tauglich sind.«

Toric akzeptierte mit einem Nicken, was D'ram damit andeutete, obwohl ihm die Vorstellung, daß bald Drachenreiter das Land überfliegen sollten, nicht besonders zusagte. Wieviel bemerkte ein Drachenreiter im Flug? Als sie nach Ramoths Ei suchten, mochten sie nicht viel gesehen haben — aber auf der Jagd? Er ertappte sich dabei, wie er über diese Frage nachgrübelte, während D'ram schon weitersprach.

»Wir haben genügend Weyrvolk mitgebracht, um alle häuslichen Pflichten selbst bewältigen zu können, das Personal, das Sie freundlicherweise dem Weyr zur Verfügung gestellt haben, kann also seine gewohnten Pflichten wiederaufnehmen.«

Toric räusperte sich. Er konnte verstehen, daß D'ram die schlampigen Mägde in seinem blitzblanken Weyr nicht mehr haben wollte. Aber in der Burg konnte er sie auch nicht gebrauchen. Dafür gab es jedoch eine einfache Lösung.

Dann reichte ihm Sebell einen langen Zylinder in einer kunstvoll gefertigten Lederscheide. »Das schickt Ihnen Meisterschmied Fandarel«, sagte er mit leisem Lächeln.

Toric konnte sein Entzücken nicht verbergen. Ein eigenes Fernrohr! Meister Rampesi hatte ihm ein kleines besorgen können, aber dieses Instrument war weit besser. Er drehte es in den Händen, hielt es ans Auge und schrie überrascht auf, als die winzigen Risse in der Wand sich in riesige Schluchten verwandelten.

»Damit müßten Sie in jeder Richtung bis an die

Grenzen Ihres Herrschaftsgebiets sehen können«, sagte Sebell.

Damit hatte er Torics Aufmerksamkeit gewonnen. »Meister Fandarel leistet ganze Arbeit«, bemerkte er vieldeutig. In jeder Richtung bis an die Grenzen seines Herrschaftsgebiets, von wegen!«

»Ja, ich bringe auch eine Botschaft von Meister Fandarel«, fuhr Sebell ruhig fort. »Wie Sie wissen, ist Metall im Norden knapp. Sie haben die Gildehalle der Schmiede mit dringend benötigtem Zink, Kupfer und anderen Erzen versorgt, und dies ist ein Zeichen seiner Dankbarkeit.«

»Wir haben geliefert, soviel wir konnten.« Toric war auf der Hut. Schön und gut, wenn die Drachenreiter auf Burggebiet jagen wollten. Aber wozu wollten sie sich sonst noch selbst verhelfen?

»Ich glaube, man kann nun darangehen, regelmäßige Handelsbeziehungen aufzubauen«, sagte D'ram, »um Sie für die Unannehmlichkeiten der Vergangenheit zu entschädigen.«

Toric musterte ihn argwöhnisch.

»Regelmäßiger Handel wäre für den Norden wie für den Süden von großem Vorteil«, fuhr Sebell fort, ohne sich anmerken zu lassen, daß er über Torics ausgedehnte Aktivitäten auf diesem Gebiet Bescheid wußte. »Auf jeden Fall nimmt Ihnen Meisterschmied Fandarel gern so viel Erz ab, wie Sie nur liefern können. Sie und wahrscheinlich auch Ihr Bruder, der Schmiedemeister, sollten ihm mitteilen, womit er rechnen darf. Ich glaube, dazu hat auch N'ton noch etwas zu sagen.«

»Damit wir uns recht verstehen, Baron Toric«, begann N'ton leicht verlegen, »ich habe mich damals wirklich nur bemüht, Ramoths Ei zu finden, aber dabei bemerkte ich an diesem großen Binnensee einige Hügel, die nicht natürlichen Ursprungs sein können. Irgendwo habe ich gehört«, er deutete mit einer Handbewegung eine Gedächtnislücke an, die Toric ihm freilich nicht abnahm, »daß die neuen Zink- und Kupfervorkommen, die Sie zur Zeit ausbeuten, schon in grauer Vorzeit abgebaut worden sein könnten.«

Nein, hier ging es nicht um eine Entschädigung, überlegte Toric. Die Bedingungen wurden sehr geschickt und behutsam gestellt, doch man erwartete, daß er rückhaltlos darauf einging. Diese verdammten Alten und dieses elende Königinnen-Ei hatten ihm mehr geschadet als angenommen! Aber noch konnte er dafür sorgen, daß er keinen Fußbreit von dem Land verlor, das er bereits in Besitz genommen hatte, und auch nichts von den Schätzen über oder unter der Erde. Er kannte die Stelle, die N'ton gesehen haben mußte. Sharra hatte ihm im letzten Planetenumlauf davon berichtet, und er hatte den riesigen See und die drei Flüsse, die von dort entsprangen, auf seiner geheimen Karte eingetragen. Nun war größte Vorsicht geboten. Er mußte Entgegenkommen zeigen und gleichzeitig zuverlässige Männer und Frauen ausschicken, um zu besiedeln, was ihm zustand.

»Solche Gerüchte gab es immer«, sagte er skeptisch.

»Es ist mehr als ein Gerücht«, widersprach Sebell auf seine ruhige, sachliche Art. »Im Archiv der Harfnerhalle liegen ein paar rätselhafte Fragmente, die vermuten lassen, daß der Nordkontinent erst in jüngerer Zeit besiedelt wurde.«

»In jüngerer Zeit?« Toric lachte schallend.

»Ich glaube, Sie haben in den Ruinen am Westufer des Inselflusses eine blühende Siedlung gegründet«, sagte Sebell.

»Diese alten Gemäuer stammen wohl kaum aus ›jüngerer Zeit‹.«

»Darf ich mich ganz deutlich ausdrücken, Toric?« Sebell beugte sich vor und warb mit ernstem Blick um das Vertrauen des Burgherrn. »Niemand macht Ihnen Ihre Besitzungen streitig. Aber unsere Gilde setzt ihren ganzen Stolz darein, das Wissen über unsere Vorfahren zu erweitern. Schließlich ist es unsere Aufgabe, die Geschichte von Pern zu bewahren.« Er deutete noch einmal auf das Fernrohr, das Toric eifersüchtig an sich drückte. »Wir können aus der Vergangenheit vieles lernen, was uns in der Zukunft nützen wird.«

»Darin stimme ich Ihnen von ganzem Herzen zu, Meisterharfner«, antwortete Toric mit allem Nachdruck, als er einsah, daß er kaum mehr eine andere Möglichkeit hatte.

»Natürlich bringe ich Sie mit Vergnügen an die betreffende Stelle, Baron Toric«, erbot sich N'ton. Toric fand so viel jugendlichen Überschwang unbegreiflich.

Aber er nahm das Angebot gnädig an. Seine Pläne und die Verwaltung seines Besitzes hatten ihn bisher so beschäftigt, daß er die Erkundungen seinen Verwandten hatte überlassen müssen. Bei hastigen Besuchen an der Großen Lagune oder in der Zentralkolonie und bei jener einzigen Fahrt den Inselfluß hinunter hatte er nur einen flüchtigen Eindruck von seinem Herrschaftsgebiet bekommen. Wer weiß, was er noch alles zu sehen bekäme, wenn er sich mit N'ton gut stellte? Ein Drachenreiter hatte einen ungerechten Vorteil vor jedem Burgherrn: er konnte schnell und sicher von einem Ort zum anderen gelangen.

Was hatte dieser Schlingel von einem Gesellen noch zitiert, ehe er aufbrach: ›Kein Drache kann durchs *Dazwischen* an einen unbekannten Ort fliegen. Und kein Mann kann besitzen, was er gar nicht kennt.‹ Wieder streichelte er das Fernrohr.

Dann erhob er sich und sagte mit nicht ganz aufrichtiger Herzlichkeit: »Ich habe eine gute Karte des Gebietes, das wir im Laufe mehrerer Planetenumläufe zu Fuß erkunden konnten. Für mich ist es eine Erleichterung, endlich einen richtigen Weyr und ein gutes Verhältnis zu meinen nördlichen Nachbarn zu haben.«

Sehr zur Empörung seiner jungen Freunde, die bis tief in die Nacht gefeiert hatten, war Meister Robinton am Morgen nach seiner Ankunft schon früh auf den Beinen. Obwohl Brekke, Menolly und Sharra ihm Schonung verordnet hatten, war er entschlossen, das Wissen über den Süden auf allen Gebieten auszuweiten. Zu diesem Zweck setzte er eine Besprechung mit Jaxom, Piemur, Sharra und Menolly an.

Der Harfner war insbesondere daran interessiert, weitere Spuren der Ureinwohner des Südkontinents zu finden. Er erwähnte nicht nur die alte Eisenerzmine, auf die Toric gestoßen war, sondern auch eine unnatürliche Formation, die er selbst zusammen mit N'ton ausgemacht hatte. Piemur grinste und wettete gegen sich selbst, daß Toric davon nichts wußte. War das vielleicht damals gewesen, als Meister Robinton mit Menolly zu persönlichen Gesprächen mit Toric zum Südkontinent gesegelt war? Kurz darauf war der Burgherr des Südens zum Benden-Weyr gereist und sehr zufrieden zurückgekehrt. Piemur dachte an die Häuser am Paradiesfluß und schwor sich, mit dem Meisterharfner darüber zu sprechen, sobald er ihn allein erwischen konnte.

Meister Robintons Pläne sahen einen Zweifrontenangriff vom Boden und aus der Luft vor. Unnachgiebig und voller Tatendrang befahl er ihnen, damit zu beginnen, sobald Meister Oldive, der am Nachmittag erwartet wurde, Jaxoms Genesung bestätigt hatte. Piemur wurde auf Grund seiner Erfahrung nominell die Leitung des Unternehmens übertragen, und Jaxom erhob keine Einwände. Der junge Baron würde mit Ruth jeden Tag ein Stück vorausfliegen, um einen neuen Lagerplatz zu finden und das Gelände aus der Luft zu erkunden, während die beiden Mädchen und Piemur ihm zu Fuß folgen und genauere Untersuchungen durchführen sollten.

Die jungen Leute stimmten diesem Plan gerne zu, denn sie hätten alles getan, um Meister Robinton auf angenehme Art zu beschäftigen, während er wieder zu Kräften kam. Nachdem Meister Oldive den Harfner untersucht hatte, hielt er ihnen einen Vortrag darüber, wie sie Robinton bei seiner Genesung behilflich sein konnten. Trotz seiner Begeisterung war der Meisterharfner noch geschwächt, die Gefahr eines zweiten Anfalls bestand noch immer, und so versprachen sie, ihn nach Kräften vor sich selbst zu schützen. Jaxom wurde dagegen für vollkommen gesund erklärt.

Den guten Absichten seiner Pfleger zum Trotz steckte Meister Robinton voller Ideen und rechnete fest damit, sie alle in die Tat umsetzen zu können. Besonders aufgeregt war er, als Meisterschmied Fandarel und Meister Wansor aus der Gildehalle der Schmiede in Telgar eintrafen und Wansors neues Fernrohr mitbrachten, das jüngste Ergebnis der Experimente des Sternenschmieds. Die Röhre war so lang wie Fandarels Arm und so dick, daß er sie nur mit zwei Händen zu umfassen vermochte; sie steckte in einer schützenden Lederhülle und hatte ein merkwürdiges Okular, das nicht am Ende angebracht war, wie Piemur es für richtig gehalten hätte, sondern an der Seite.

Wansor gab eine lange Erklärung ab, die seinem gebannt lauschenden Publikum großenteils unverständlich blieb, und sagte unter anderem, das Fernrohr sei in etwa nach den gleichen Prinzipien gebaut wie das alte Instrument, das man in einem der unbenützten Räume des Benden-Weyr gefunden hatte und das kleine Dinge größer erscheinen ließ.

Noch in der gleichen Nacht beobachtete man damit den Himmel. Man hatte das Instrument auf ein Stativ montiert und auf einer Anhöhe der felsigen Ostspitze der Bucht aufgestellt. Und schon der erste Blick auf die Dämmerschwestern führte zu einer Erkenntnis, die in Piemurs Augen die Entdeckung des Paradiesflusses zu einer Nebensächlichkeit herabwürdigte. Diese Sterne waren gar keine Sterne! Es waren von Menschenhand gefertigte Gebilde — und sie stammten wahrscheinlich von jenen rätselhaften Ureinwohnern des Südens. Möglicherweise waren es sogar die Fahrzeuge, die jene Ureinwohner überhaupt erst nach Pern gebracht hatten. Als Piemur an die Reihe kam, durch das Rohr zu schauen, bot sich ihm ein so prachtvoller Anblick, daß ihm das Herz im Leibe lachte.

12

Südkontinent
19. 10. 15

Der junge Baron Jaxom hat zusammen mit Piemur, Sharra und Menolly eine riesige, unter Vulkanasche und Erde vergrabene Siedlung gefunden«, verkündete D'ram aufgeregt. Er war mit der Nachricht unverzüglich zu Toric gekommen, ein Zeichen für die wachsende gegenseitige Achtung zwischen dem Weyrführer und dem Burgherrn des Südens.

Toric las die ausführliche Botschaft von Meister Robinton, die D'ram ihm gebracht hatte, und verbarg nur mühsam seine Bestürzung. Als er im letzten Monat erfuhr, daß die Bucht für den Meisterharfner beansprucht wurde, hatte er seinen Ärger hinuntergeschluckt. Auf eine kleine Bucht konnte er ohne Bedauern verzichten, so reizvoll die Stelle dem Vernehmen nach auch sein mochte. Mit Hilfe von Piemurs Karten und mit mehr Unterstützung von eifrigen Drachenreitern, als er eigentlich brauchte, hatte er weitere erfreuliche Entdeckungen gemacht. Zum ersten Mal hatte er einen großen Teil seines Besitzes aus der Luft gesehen — und bekam nun allmählich eine Vorstellung von der Größe des Kontinents. Aber man hatte ihm auch stillschweigend zu verstehen gegeben, daß er nicht alles haben konnte. Die jüngste Entdeckung stellte klar, daß ›eine kleine Bucht‹ nur das schmale Ende eines großen Kuchenstücks war.

Er hätte die Neuigkeit gern allein verdaut, nicht in Anwesenheit des neuen Meisterharfners Sebell, aber sie hatten eben versucht, sich darauf zu einigen, welche und wie viele neue Siedler Toric aufnehmen würde.

Nun würde er die Weyrführer von Benden wohl daran erinnern — und darauf festnageln — müssen, was sie ihm vor zweieinhalb Planetenumläufen versprochen hatten. Da er Sebells aufmerksamen Blick spürte, zeigte er sich höchst erstaunt über die neue Entdeckung.

»Natürlich werde ich Sie persönlich hinbringen«, antwortete D'ram, der eher wie ein eifriger Jungreiter als wie ein erfahrener Führer wirkte. »Ich habe den Gipfel gesehen, als ich auf dem Landsitz an der Meeresbucht war. Ich habe ihn gesehen und doch seine Bedeutung nicht erkannt.«

»›Als die Menschen nach Pern kamen, errichteten sie eine feste Siedlung im Süden‹« murmelte Sebell, und in seinen Augen stand ein fast ehrfürchtiges Leuchten, »›doch es erwies sich als nötig, nach Norden zu ziehen, um Schutz zu suchen.‹«

Toric tat diesen zweideutigen Unsinn mit einem verächtlichen Schnauben ab, obwohl er zugeben mußte, daß der erste Teil des Fragments offenbar der Wahrheit entsprach. Hatten sie damals den ganzen Süden in Besitz genommen? »Ich hole meine Reitkleidung, D'ram.«

»O nein, Toric, nicht gleich«, grinste D'ram. »Auf dem Plateau ist jetzt tiefe Nacht. Verlassen Sie sich darauf, wir werden morgen früh rechtzeitig aufbrechen, um dort zu sein, wenn alle Beteiligten sich versammelt haben. Aber ich habe einiges vorzubereiten, und Sie gewiß auch. Glauben Sie mir, Baron, ich bin ebenso ungeduldig wie Sie.« D'rams Lächeln verblaßte, als er die besorgte Miene des Meisterharfners bemerkte. »Sebell?«

»Mir ist das alles zu aufregend für meinen Meister. Er ist noch nicht völlig genesen.«

»Menolly und Sharra weichen ihm nicht von der Seite«, beruhigte ihn D'ram. »Sie lassen nicht zu, daß er sich überanstrengt.«

Sebell ließ ein abfälliges Schnauben hören, was sonst gar nicht seine Art war. »Sie kennen Meister Robinton nicht so gut wie ich, D'ram. Er macht sich schon dadurch kaputt, daß er ständig über das Warum und Wozu nachgrübelt.«

»Das wird ihm guttun, Sebell«, gab D'ram zurück. »Damit hat er eine Beschäftigung. Er würde sich gewiß nicht in Ihre Amtsführung einmischen, aber ein ...« Er entschied sich abrupt für ein anderes Wort. »Ein älterer Mann braucht etwas, das seinem Leben Inhalt gibt. Machen Sie sich keine Sorgen, Sebell.«

»Zumindest nicht um die Gesundheit Ihres Meisters«, fügte Toric zynisch hinzu. »Dazu sind schließlich Menolly und Sharra da.«

D'ram erkannte, daß es vielleicht ein wenig unbedacht gewesen war, Torics Schwester zu erwähnen, außerdem hätte er auch daran denken können, daß Menolly Sebells Frau war. »Ich lasse Sie jetzt allein, damit Sie die Botschaft in Ruhe lesen können, und hole Sie in sechs Stunden ab.«

»Ist unter diesem neuen Haufen von Grünschnäbeln nicht auch ein Bursche aus Ruatha?« fragte Toric, als D'ram gegangen war. Er wollte die Neuankömmlinge sofort unterbringen.

»Ja.« Sebell überflog die Listen, auf denen er zusammen mit Toric die Fähigkeiten und Wünsche jedes einzelnen Bewerbers zusammengestellt hatte. »Dorse: hat eine gute Empfehlung von Brand, dem Verwalter der Burg Ruatha.«

»Ich kann mich im Moment nicht an ihn erinnern.«

»Ich kenne ihn aus Ruatha.« Toric hatte inzwischen gelernt, daß er nicht alles erfahren würde, wenn Sebell diesen Ton anschlug. »Sie können sich auf Brands Empfehlungsschreiben verlassen. Er sagt, der Junge ist tüchtig, wenn man ihm auf die Finger schaut.«

»Jeder ist tüchtig, wenn man ihm auf die Finger schaut«, gab Toric spöttisch zurück. »Was ich brauche, sind Leute mit Eigeninitiative und Durchhaltevermögen.«

»Da wäre ein sehr fähiger Mann, Denol — kommt auf Empfehlung von Lady Marella von Boll. Hat viele Verwandte mitgebracht. Von Beruf sind sie Erntehelfer, aber sie haben sich gut eingelebt und gehorchen ihm bedingungslos ...«

»Ach, Denol. Ja, ich weiß, wen Sie meinen. Nun, dann weisen Sie ihm eine Schar von diesen Tölpeln aus dem Norden zu und schicken Sie ihn samt seiner Sippschaft auf das neue Anwesen an der Großen Bucht. Mal sehen, was er daraus macht.«

»Soll er Dorse auch mitnehmen?«

»Noch nicht. Mit dem Jungen habe ich etwas anderes vor.«

Als der Bronzedrache Tiroth gleich östlich des Berges mit den Zwei Gesichtern, des Vulkans über dem Hochplateau, auf dem man die Siedlung entdeckt hatte, aus dem *Dazwischen* auftauchte, zupfte Toric D'ram am Ärmel und beschrieb mit einem behandschuhten Finger einen Kreis. Er wollte sich erst einmal gründlich umsehen. Sie waren nicht allein, soviel war klar: zwei Drachen schwebten noch in der Luft, und vier weitere befanden sich unten am Boden, darunter Ruth, sofort erkennbar an seiner weißen Haut. Einige Grüppchen schlenderten ziellos umher, und Toric fragte sich, wieviele Leute man wohl von der erstaunlichen Entdeckung benachrichtigt hatte. Ein ganzer Schwarm Feuerechsen in allen Farben tanzte durch die Luft, stieß vor Tiroth herab und begrüßte ihn mit einem lauten Jubelchor, der sogar durch Torics gepolsterten Helm drang.

Es empörte Toric, daß man einfach alle Welt ins Vertrauen gezogen hatte. Der Südkontinent hatte ihm gehört! War es denn nicht genug, daß er den größten Teil des letzten Monats damit verbracht hatte, Siedlungswillige aus dem Norden, die sich wahrscheinlich ohnehin vor Begeisterung in der Hitze totarbeiten oder dank ihrer Unwissenheit den Gefahren des Südens zum Opfer fallen würden, den verschiedenen Anwesen zuzuweisen? Er hatte notgedrungen einsehen müssen, daß es nicht *seine* Sache war, den Südkontinent zu verteilen. Aber war es wirklich Bendens Sache?

Er schüttelte den Kopf. Es gab eben Grenzen, wieviel ein einzelner Mann kontrollieren konnte. Das hatte Fax' Raubzug im Norden bewiesen. Er hatte Fax' größten Fehler vermieden, nämlich durch Angst zu herrschen. Gierig konnten auch heimatlose Männer und Frauen sein, das wußte er. Aber das waren im Moment müßige Spekulationen, also konzentrierte er sich auf das wahrhaft überwältigende Panorama, das sich unter ihm entfaltete. Tiroth kreiste langsam über einem unglaublich weiten Wiesengelände, wie Toric es in dieser Größe noch nie gesehen hatte.

Der Berg beherrschte die Szene. Der östliche Kraterrand war bei einer Eruption abgesprengt worden, und auch die drei kleineren Vulkane, die sich an der Südostflanke zusammendrängten, waren irgendwann einmal ausgebrochen. Die Lava war nach Süden auf die wogende Ebene geflossen. War es dies, was ihm die Feuerechsen seit kurzem immer wieder zukreischten? Toric konnte sich nur selten an seine Träume erinnern, aber in jüngster Zeit waren sie sehr lebhaft und völlig unverständlich gewesen. Ein Mann sollte nicht auch noch im Schlaf von Feuerechsen belästigt werden — trotz allem, dies war genau die Stelle, die sie ihm in ihren Bildern übermittelt hatten.

Er zweifelte nicht daran, daß die Hochebene am Fuß der Vulkane einst bewohnt gewesen war. Die Morgensonne hob alle Umrisse scharf hervor, und solche Konturen konnte keine Naturgewalt schaffen. Die Hügel, durch gerade Linien voneinander getrennt, waren zu Quadraten oder Rechtecken angeordnet. Zahllose Reihen und Plätze waren auf diese Weise entstanden. Einige Hügel waren groß, andere klein, jene, die dem Lavastrom am nächsten standen, waren eingestürzt, ein Zeichen, daß nicht einmal die Vorfahren die ruhelosen, inneren Kräfte des Planeten hatten bezwingen können. Eigentlich dumm, dachte Toric, die Bauten im Freien zu errichten, wo sie den Sporen und den Vulkanausbrüchen schutzlos ausgeliefert waren.

D'ram wandte sich um und sah ihn fragend an. Toric nickte widerwillig. Immerhin war er gespannt auf Bendens Vorschlag, was mit dieser Entdeckung geschehen solle, und er wollte wissen, wer sich sonst noch eingefunden hatte, um dieses Wunder zu bestaunen. Toric war nicht leicht zu beeindrucken, aber was er hier sah, bewegte ihn tief.

Tiroth landete auf dem Plateau, unweit von dem hünenhaften Meisterschmied Fandarel, der die neben ihm stehende zierliche Weyrherrin von Benden weit überragte. Toric schritt auf die Gruppe zu und bedachte Bergwerksmeister Nicat, Meisterschmied Fandaral, F'nor und N'ton mit einem Nicken.

Während er F'lar und Lessa begrüßte, warf er einen scharfen Blick auf ein abseits stehendes Häuflein von jüngeren Leuten und sah, daß Menolly und Piemur seine Anwesenheit bemerkt hatten. Der hochgewachsene junge Mann neben Sharra mußte wohl Jaxom sein, der Baron von Ruatha, ein Junge noch, viel zu grün und unbedeutend für seine Schwester. Der Sache würde er sofort ein Ende machen — sobald er sich mit Bendens Übergriffen auf seinen Kontinent befaßt hatte. Er konzentrierte sich wieder auf F'lar.

»Übrigens, Toric«, sagte der gerade, »war es der junge Jaxom, der zusammen mit Menolly, Piemur und Ihrer Schwester Sharra diese Entdeckung gemacht hat.«

»Und welch eine Entdeckung!« antwortete Toric, innerlich kochend vor Wut. Geschickt lenkte er das Gespräch auf die Ruinen selbst. Bald wurde er von der allgemeinen Aufregung angesteckt, nahm Schaufel und Spaten in die Hand und machte sich mit den anderen daran, die Hügel auszugraben.

Die trockene, graue Erde unter der dichten Grasnarbe war hart wie Stein, aber Toric, der neben dem Meisterschmied Fandarel arbeitete, kam gut voran. Der Burgherr des Südens war in ausgezeichneter, körperlicher Verfassung, trotzdem stellte er fest, daß er sich anstrengen mußte, um mit dem unermüdlichen, kraftstrotzenden Gildemeister Schritt halten zu können. Toric hatte bereits von der Energie des Mannes erzählen hören: jetzt glaubte er jedes Wort. In den seltenen Ruhepausen, die er sich gestattete, beobachtete er den unverschämten jungen Schnösel, der Sharra so lange von der Burg ferngehalten hatte. Weyrfremder, adeliger Grünschnabel, dachte er. Das Kerlchen ließ sich gewiß mit ein paar finsteren Blicken in die Flucht schlagen.

Bei der nächsten Rast sah er, daß Jaxoms weißer Knirps von einem Drachen und einige Feuerechsen ebenfalls zu graben begonnen hatten. In erstaunlichem Tempo flog die Erde davon. Gerade als er seine eigenen Feuerechsen zu sich rief, machte sich Ramoth, Bendens stolze Drachenkönigin, an dem kleinen Hügel, den Lessa sich ausgesucht hatte, ans Werk. Toric verdoppelte seine Anstrengungen.

Lessa und F'lar hatten sich verschiedene Erhebungen vorgenommen, und ihre Arbeit trug die ersten Früchte. Alle rannten herbei. Toric folgte der Menge, obwohl er sicher war, daß die ganze Wühlerei sich letztendlich als Zeitverschwendung herausstellen würde. Alle früheren Funde ließen vermuten, daß die Vorfahren alles mitgenommen hatten, als sie ihre Siedlung verließen. Ein Blick in die von den Drachen ausgescharrten Gräben genügte ihm, es war das gleiche, felsähnliche Material, das auch bei dem von ihm entdeckten Bergwerksgebäude verwendet worden war, nur war bei F'lars Hügel eine bernsteinfarbene Platte in die Wölbung eingepaßt. Als die anderen über das weitere Vorgehen debattierten, trat er gelangweilt beiseite. Endlich übernahm der Meisterschmied die Führung: alle sollten zusammenhelfen und sich auf Lessas Hügel konzentrieren.

Es stieß Toric ab, daß Menschen, die er einmal bewundert hatte, solch törichten Hoffnungen nachjagten. Aber auch er hätte es nicht über sich gebracht, dem Projekt den Rücken zu kehren, selbst wenn es ihm gelungen wäre, D'ram zum Aufbruch zu überreden. Trotz aller früheren Enttäuschungen bestand immer die Chance, daß doch etwas zurückgeblieben war, und das konnte er sich nicht entgehen lassen. Es würde ihm zeigen, wonach er in den anderen, von Sharra und Hamian entdeckten Hügeln suchen mußte, deren Existenz man *nicht* in alle Welt hinausgeschrien hatte.

Gegen Abend wurde eine Tür freigelegt, und man verschaffte sich in höchster Erregung Zutritt in den Hügel. Das Schicksal — Toric war nicht sicher, ob es ein Glück war — wollte es, daß ausgerechnet er einen seltsam geformten Löffel aus einem glatten, transparenten und unglaublich harten, nichtmetallischen Material fand. Lessa war hingerissen, und als alle begeistert losmarschierten, um den nächsten Hügel auszugraben, bereute Toric schon wieder, sie ermutigt zu haben. Es war bereits dunkel, als sie endlich die Arbeit einstellten und er sich verabschieden konnte. Lessa lud ihn ein, mit ihnen auf dem Landsitz an der Meeresbucht zu übernachten, aber er lehnte mit aller Höflichkeit ab, die er aufbringen konnte, und rief D'ram, um sich von ihm nach Hause fliegen zu lassen.

In dieser Nacht stellte Piemur eine Botschaft an Jayge und Ara zusammen. Nachdem Gildehallen und Weyr nun vollauf mit den neuen Wundern der Ausgrabungen beschäftigt waren, fühlte er sich zuversichtlicher, was die Sicherheit des jungen Paares anging. Hätten sie die einzige noch verbliebene Siedlung der Ureinwohner gefunden, er hätte sich genötigt gefühlt, aus Loyalität zu seiner Gildehalle Meister Robinton darüber zu informieren. Aber dafür war noch genug Zeit — er konnte abwarten, bis sich die Aufregung über den Berg mit den Zwei Gesichtern etwas legte. In seiner Botschaft teilte er Jayge kurz mit, daß man eine riesige Siedlung aus unvorstellbar alter Zeit gefunden habe, und daß er sich bemühen werde, den Paradiesfluß bald wieder zu besuchen. Farli sollte das Briefchen überbringen.

Am nächsten Morgen landete sie auf seiner Schulter, auf der Rückseite seiner Botschaft standen ein paar Zeilen. ›Uns geht es gut. Danke.‹ Er konnte den Zettel gerade noch in seiner Tasche verschwinden lassen, als Menolly auftauchte und wissen wollte, ob er Jaxom oder Sharra gesehen habe. Ehe er eine Antwort stammeln konnte, erschienen Jaxom und Ruth, begleitet von Scharen von Feuerechsen, über der Bucht in der Luft. Der Lärm weckte Meister Robinton, der lautstark Ruhe verlangte.

»Ich habe die Flugmaschinen unserer Vorfahren gefunden«, beteuerte Jaxom, die Augen vor Staunen und Erregung weit aufgerissen. »Die Feuerechsen haben mich und Ruth mit ihren Erinnerungen an die Szene fast wahnsinnig gemacht. Als ob ihr Gedächtnis so weit zurückreichen könnte! Das mußte ich selbst sehen, um es zu glauben«, erklärte er eindringlich. »Also haben Ruth und ich so lange gegraben, bis wir an eine Tür kamen. Im ganzen gibt es drei von den Maschinen, habe ich das schon erwähnt? Nun, es gibt sie jedenfalls, und sie sehen so aus ...« Er griff nach einem Stock und zeichnete einen unregelmäßigen Zylinder mit Stummelflügeln und einem senkrecht aufragenden Teil über dem Schwanz in den Sand. Ein Ende umgab er mit kleineren Ringen, zum Schluß skizzierte er noch eine lange, ovale Tür. »Das haben Ruth und ich gefunden.«

Bei jedem Satz zirpten Feuerechsenstimmen von außerhalb und innerhalb des Hauses Beifall, bis Meister Robinton noch einmal um Ruhe bat. Inzwischen waren Menolly und Piemur von ihren eigenen Feuerechsen mit Bildern bombardiert worden, die Jaxoms Bericht bestätigten, lebhafte Szenen von Männern und Frauen,

die eine Rampe herunterkamen, vermischt mit Ansichten der Zylinder, die heranglitten, um zu landen, und wieder abhoben. Die Vorstellung, tatsächlich die Schiffe zu sehen, mit denen ihre Vorfahren höchstwahrscheinlich von den Dämmerschwestern nach Pern herabgeflogen waren, versetzte alle in Hochstimmung. Jaxom war nur enttäuscht, weil Sharra nicht hier war, um an seinem Ruhm teilzuhaben. Man hatte sie, wie er erfuhr, in die Burg des Südens zurückgeholt, um eine dort ausgebrochene Krankheit zu bekämpfen.

Bald nach dem Essen traf F'nor auf Canth ein, keineswegs begeistert, daß F'lar ihn zu so früher Stunde aus dem Schlaf geholt und losgeschickt hatte. Aber als er erfuhr, warum Meister Robinton mit dem Benden-Weyr Kontakt aufgenommen hatte, besserte sich seine Laune schlagartig, und er war sofort bereit, zu den alten Schiffen zu fliegen.

Der Harfner wollte unbedingt mitkommen, und alle protestierten, aber Robinton weigerte sich, schon wieder allein in der Bucht zurückzubleiben — es sei unmenschlich, sagte er, wenn man ihm verwehren wolle, an einem solch historischen Ereignis teilzuhaben. Er würde ganz sicher nicht graben, aber er müsse einfach dabei sein! Trotz ihrer Bedenken brachen sie also auf, F'nor nahm Robinton und Piemur auf Canth mit, und Jaxom bestieg mit Menolly seinen weißen Drachen, begleitet von einem ständig wachsenden Schwarm von Feuerechsen, die nur von Ruth zum Schweigen gebracht werden konnten.

Die nun folgende Ausgrabung förderte ein Wunder nach dem anderen zutage, der grüne Knopf, der auf Druck bewirkte, daß sich die Tür des Gefährts selbsttätig öffnete, war nur der Anfang. Doch der kostbarste Fund für Piemur und Meister Robinton waren die Karten an den Wänden eines Raumes, die beide Kontinente in ihrer Gesamtheit zeigten. Wenn Piemur an seine eigenen, beschwerlichen Expeditionen und seine zeichnerischen Bemühungen dachte, war er beeindruckt vom Umfang und der Genauigkeit dieser Darstellung. Seine Loyalität wurde einen Moment lang auf eine harte Probe gestellt. Er bewunderte Toric und achtete seine Leistung, aber kein einzelner Mann hatte das Recht, ein so gewaltiges Land allein in Besitz zu nehmen. Von nun an würde Piemur den Standpunkt eines Harfners vertreten.

Toric erwartete von Sharra keine Dankbarkeit für das, was er um ihretwillen tat. Aber er hatte auch nicht erwartet, daß sich seine Frau, seine Schwester und seine beiden Brüder gegen ihn stellen würden.

»Und was ist dagegen einzuwenden, wenn Sharra eine so gute Partie macht?« Soviel wütende Entschlossenheit hätte er Ramala gar nicht zugetraut.

»Mit Ruatha? Einer tischtuchgroßen Burg im Norden?« Toric tat den Einwand mit einem Fingerschnippen ab. »Du könntest das ganze Gebiet in eine Ecke meines Besitzes stellen, und es würde immer noch klappern.«

»Ruatha ist eine mächtige Burg«, sagte Hamian. Sein Gesicht war ausdruckslos, nur die Augen waren zornig zusammengekniffen. »Du solltest Jaxom nicht unterschätzen, nur weil er jung ist und einen Drachen reitet, der anders ist als die anderen. Er ist hochintelligent ...«

»Sharra kann etwas Besseres haben!« brauste Toric auf. Er war müde. Nachdem er sich zwei Tage lang bemüht hatte, mit diesem verdammten Schmied beim Graben Schritt zu halten, sehnte er sich nach einem Bad, einer anständigen Mahlzeit und etwas Ruhe, um sich die Karten anzusehen, die Piemur ihm geschickt hatte. Er war entschlossen, ganz genau herauszufinden, wo sich dieses unglaubliche Plateau befand — bei dem Flug ins *Dazwischen* mit D'ram hatte er außer der Richtung, Osten — keine brauchbaren Anhaltspunkte bekommen.

»Sharra hat eine sehr gute Wahl getroffen«, sagte Murda und hob die Stimme, als könne sie ihn dadurch besser überzeugen. Sie funkelte Toric wütend an und gab sich keine Mühe, ihre Zustimmung zu verhehlen.

»Woher willst du das wissen?« fragte Toric. »Du hast ihn doch noch gar nicht kennengelernt.«

»Aber ich«, sagte Hamian. »Wichtiger ist allerdings, daß Sharra ihn sich ausgesucht hat. Sie hat sich dir schon viel zu lange untergeordnet und ihre eigenen Bedürfnisse verleugnet. Ich finde, sie hat eine verdammt gute Wahl getroffen.«

»Er ist jünger als sie!«

Ramala zuckte die Achseln. »Einen oder zwei Planetenumläufe. Ich warne dich, Toric. Sie liebt Jaxom wirklich, und sie ist alt genug, um zu wissen, was sie tut, und um zu heiraten, wen sie will.«

»Wenn einer von euch, ganz gleich wer«, rief Toric mit drohend erhobener Faust, »sich hier einmischt, kann er sofort gehen! Sofort!« Damit schickte er sie alle hinaus, warf sich in seinen Stuhl und grübelte verbittert über diesen Widerstand gegen seine Entscheidung nach.

Ein Mann sollte sich auf seine eigene Familie verlassen können. Vertrauen war schließlich die Grundlage aller verwandtschaftlichen Beziehungen. Wenn sie erst ein paar Tage zu Hause war, fern von diesem schlaksigen adeligen Grünschnabel und der glanzvollen Atmosphäre des Landsitzes an der Meeresbucht, würde sie schon Vernunft annehmen. Und daß sie vorerst zu Hause blieb, dafür würde er schon sorgen. Er schickte eine Magd auf die Suche nach dem Ruathaner, der ihm schon früher aufgefallen war.

»Dorse, kennen Sie dieses Herrchen von Ruatha gut?« fragte er, als der junge Mann erschien.

Damit hatte Dorse nicht gerechnet, und er sagte vorsichtig: »Ich habe Ihnen das Empfehlungsschreiben von Brand gegeben, dem Verwalter auf Ruatha.«

»Darin stand nichts Nachteiliges über Sie.« Toric schlug einen schärferen Ton an. »Ich wiederhole, kennen Sie den jungen Jaxom?«

»Wir sind Milchbrüder.«

»Dann müßten Sie doch wissen, ob er jemals aus irgendeinem Grund auf dem Südkontinent war.«

»Er? Nein.« Dorse war ganz sicher. »Jeder mußte Bescheid wissen, sobald er nur einen Fuß vor das Burgtor setzte. Wahrscheinlich hatte er Angst, er könnte sich verlaufen oder die Haut seines kostbaren weißen Drachen zerknittern.«

»Ich verstehe.« Und Toric verstand wirklich: Allen romantischen Vorstellungen zum Trotz war es nämlich keine Seltenheit, wenn Milchbrüder sich nicht ausstehen konnten. »Sie wissen, daß meine Schwester Sharra zurückgekommen ist.« Das konnte wohl kaum jemandem in der Burg verborgen geblieben sein. »Ich will, daß sie hierbleibt, mit niemandem zusammenkommt und weder Botschaften empfängt, noch selbst welche abschickt. Habe ich mich klar genug ausgedrückt?«

»Vollkommen klar, Baron.«

Das klingt nicht schlecht, dachte Toric. Noch eine wichtige Angelegenheit, die es zu erledigen galt. »Lassen Sie sich von Breide ablösen. Er ist in Ihrem Schlafsaal, und er hat ein gutes Namens- und Personengedächtnis. Wenn Sie beide dafür sorgen, daß sie bleibt, wo sie ist, werde ich später ein ganz besonderes Anwesen für Sie finden.«

»Das ist kein Problem, Baron Toric.« Dorse grinste. »Ich habe viel Übung darin, Leute im Auge zu behalten, wenn Sie verstehen, was ich meine.«

Toric entließ ihn, rief seine zwei Echsenköniginnen zu sich und erteilte ihnen spezielle Anweisungen bezüglich Sharras Feuerechsen Meer und Talla. Zufrieden mit seinen Vorkehrungen badete und aß er, um sich dann zu überlegen, welcher zuverlässige, ehrgeizige junge Pächter sich wohl dazu abstellen ließe, auf dem

Plateau ein wachsames Auge auf seine Interessen zu haben. Wenn man in einem der verlassenen Gebäude etwas Brauchbares fand, wollte er genauestens darüber unterrichtet werden. Er hatte sich einen prächtigen Besitz aufgebaut, der an Reichtum und Größe selbst Telgar übertraf. Als Dorse ihm ganz selbstverständlich den Titel zuerkannte, der ihm schon längst gebührte, hatte sich das wirklich erfreulich angehört. Die Weyrführer von Benden und die anderen ließen sich im Moment von den leeren Versprechungen dieses Plateaus blenden, nun mußte er darauf drängen, vom Konklave als Baron des Südens bestätigt zu werden.

Vielleicht würde Sharra dann zu schätzen wissen, wieviel er für sie alle erreicht hatte, und willigte in seine Pläne ein. Sie brauchte einen Mann und Kinder. Warum hatte sich Ramala nur gegen ihn gestellt? Die Müdigkeit überwältigte ihn. Er rollte sich auf dem Boden zusammen und deckte sich mit einem Fell zu, das für solche Zwecke in seinem Arbeitszimmer bereitlag. Wenn er zum Plateau zurückkehrte, würde er diesem jungen Mann seine Absichten energisch ausreden, und damit wäre die Sache erledigt.

Als Tiroth und die anderen Drachen den Burgherrn und seine Pächter am nächsten Tag am Hügel absetzten, hielt Toric zuerst Ausschau nach Lessa und entdeckte sie zusammen mit anderen am Eingang zu Nicats Hügel. Dann sah er Jaxom und den Harfner und strebte auf die beiden zu. Soll der Harfner ruhig Bescheid wissen, dachte er, dann ist auch gleich ganz Pern im Bilde.

»Harfner!« Toric blieb stehen und nickte dem alten Mann höflich zu. Dafür, daß ihn halb Pern schon im Grab gesehen hatte, sah er übrigens noch recht munter aus.

»Toric«, sagte der Junge lässig über die Schulter.

»Baron Jaxom«, gab Toric so gedehnt zurück, daß der Titel wie Hohn klang.

Jaxom drehte sich langsam um. »Wie ich von Sharra höre, halten Sie nichts von verwandtschaftlichen Beziehungen zu Ruatha.«

Toric lächelte breit. Das versprach, amüsant zu werden. »Nein, mein adeliger Grünschnabel, davon halte ich nichts! Sie kann etwas Besseres haben als eine tischtuchgroße Burg im Norden!« Der Harfner sah ihn überrascht an.

Plötzlich tauchte Lessa neben Jaxom auf, ihre Augen blitzten hart wie Stahl. »Was höre ich da, Toric?«

»Toric hat andere Pläne für Sharra«, erklärte der Junge eher belustigt als verärgert. »Offenbar ist ihm eine tischtuchgroße Burg wie Ruatha nicht gut genug!«

Toric hätte viel darum gegeben, wenn er gewußt hätte, wer Sharra seine Worte zugetragen hatte. »Das soll keine Kritik an Ruatha sein«, warf er ein, denn der aufzuckende Ärger hinter Lessas starrem Lächeln war ihm nicht entgangen.

»Das wäre auch äußerst unklug. Sie wissen ja, wie stolz ich auf das Geschlecht von Ruatha und den jetzigen Träger des Erbtitels bin«, sagte die Weyrherrin.

Ihr sanfter Ton gefiel Toric nicht.

»Vielleicht könnten Sie die Sache noch einmal überdenken, Toric«, schaltete sich der Harfner ein, liebenswürdig wie immer, aber mit einem warnenden Blick. »Eine solche Verbindung, die obendrein von den beiden jungen Leuten sehnlichst gewünscht wird, hätte doch beträchtliche Vorteile. Sie wären verwandt mit einem der edelsten Geschlechter von ganz Pern.«

»Und Sie könnten mit Bendens Wohlwollen rechnen«, fügte Lessa mit einem allzu strahlenden Lächeln hinzu.

Toric kratzte sich geistesabwesend im Nacken und lächelte angestrengt. Ein unerklärlicher Schwindel hatte ihn überfallen. Ehe er sich versah, hatte Lessa ihn am Arm genommen und führte ihn zu ihrem Hügel, wo sie ungestört waren.

»Sind wir nicht hier, um Perns glorreiche Vergangenheit freizulegen?« fragte er und lachte gutmütig. Immer noch verschwamm ihm alles vor den Augen.

»Die Gegenwart ist wichtiger«, erklärte Lessa. »In der Gegenwart stellen wir die Weichen für die Zukunft. Ihre Zukunft.«

Nun, das hört sich schon besser an, dachte Toric. F'lar hatte sich zu ihnen gesellt, und auch der Harfner war ihnen gefolgt. Der Burgherr des Südens schüttelte den Kopf, um den Schwindel zu vertreiben.

»Ja, und da jetzt so viele ehrgeizige Besitzlose in den Süden strömen«, sagte F'lar, »sollten wir allmählich festlegen, welche Ländereien Sie in Besitz nehmen möchten, Toric. Ich halte nichts von Blutfehden im Süden. Und sie sind auch unnötig, denn es gibt Raum genug für diese Generation — und für so manche danach.«

Toric lachte. Der Mann hatte ja keine Ahnung, wieviel Raum es im Süden wirklich gab. Er wollte die Chance nützen. »Und wenn uns soviel Land zu Füßen liegt — soll ich da nicht auch für meine Schwester Ehrgeiz entwickeln?«

»Sie haben mehr Schwestern als diese eine. Außerdem sprechen wir im Moment nicht von Jaxom und Sharra.« Lessas Stimme klang leicht gereizt. »F'lar und ich hätten uns einen festlicheren Rahmen gewünscht, um Ihre Besitzansprüche zu legalisieren, aber Meister Nicat möchte unbedingt die Zuständigkeit für die Bergwerke mit Ihnen klären, Baron Groghe legt Wert darauf, daß seine beiden Söhne keine aneinander grenzenden Ländereien bekommen, und in jüngster Zeit sind noch andere Probleme aufgetaucht, die gelöst werden müssen.«

»Welche Probleme?« Toric lehnte sich an das Mauerwerk und verschränkte die Arme.

»Eine wichtige Frage ist, wieviel Land der *einzelne* im Süden besitzen soll.« F'lar kratzte lässig ein paar Erdkrümel aus seinem Fingernagel. Die leichte Betonung entging Toric nicht.

»Und? War denn nicht vereinbart, daß ich alles Land in Besitz nehmen könnte, das ich bis zum Abzug der Alten erworben hatte?«

»Noch leben einige der Alten im Süden«, warf Robinton ein.

Toric nickte. »Ich beharre nicht auf dem genauen Wortlaut. Ich weiß, daß sich die Lage geändert hat. Aber seither wird mein Besitz von hoffnungsvollen, aber faulen Jungbaronen und von Besitzlosen aus dem Norden überschwemmt, und wie ich aus zuverlässiger Quelle erfahre, auch von anderen, die unsere Hilfe ausschlagen und landen, wo immer ihre Schiffe vor Anker gehen können.«

»Um so wichtiger, daß man Sie nicht um die Früchte Ihrer Arbeit bringt«, sagte F'lar — viel zu freundlich für Torics Geschmack. »Ich weiß, daß Sie Erkundungstrupps ausgeschickt haben. Wie weit sind sie vorgedrungen?«

»Mit Unterstützung von D'rams Drachenreitern« — Toric sah, daß F'lar davon nichts wußte — »kennen wir nun das Gelände bis hin zu den Westbergen.« Soviel konnte er gefahrlos eingestehen, er hatte schließlich noch nicht gesagt, wann er diese Kenntnisse gewonnen hatte.

»So weit?«

»Und im Westen ist Piemur natürlich bis an die Bucht an der Großen Wüste vorgestoßen«, ergänzte der Südländer entschlossen.

»Mein lieber Toric, glauben Sie wirklich, daß Sie bei soviel Land den Überblick behalten können?«

Toric kannte die Regeln der Inbesitznahme ebensogut wie der Weyrführer. »Ich habe entlang der Küste und an strategisch wichtigen Punkten im Landesinneren Kleinpächter mit großen Familien angesiedelt. Die Leute, die Sie mir in den letzten Planetenumläufen schickten, sind sehr fleißig.« Die Weyrführer würden sich wohl mit den Tatsachen abfinden müssen.

»Ich nehme an, daß die Neusiedler Ihre Großzügigkeit zu schätzen wissen und Ihnen treu ergeben sind?« fragte F'lar.

»Selbstverständlich.«

Lessa lachte. Wenn sie es darauf anlegte, konnte sie ihre Weiblichkeit sehr gut zur Geltung bringen, fiel Toric auf. »Als ich Sie damals in Benden kennenlernte, hatte ich sofort das Gefühl, einem tatkräftigen Mann gegenüberzustehen. Sie wußten von Anfang an, was Sie wollten, nicht wahr?«

»Es gibt doch genug Land, meine liebe Weyrherrin, für jeden, der etwas daraus zu machen versteht.«

»Dann nehme ich an«, fuhr Lessa fort, »daß Sie eine Menge zu tun haben, wenn Sie alles Land vom Meer bis zu den Westbergen und bis zur großen Bucht verwalten ...«

Plötzlich hörte Toric die Warnung seiner Feuerechsen. Sharra wollte fliehen. Er mußte das Plateau verlassen, mußte auf seine Burg zurück.

»Bis zur Großen Bucht im Westen — ja, das hatte ich gehofft. Aber ich besitze genaue Karten in der Burg. Wenn ich die rasch holen darf ...« Er hatte einen Schritt zur Tür getan, als das warnende Trompeten der Drachenkönigin von Benden ihn zurückhielt. Mnementh stimmte ein und schaffte es fast, die Feuerechsen zu übertönen. F'lar stellte sich flink vor den Eingang.

»Es ist bereits zu spät, Toric.«

Es war tatsächlich zu spät. Denn als sie nacheinander diesen Schicksalshügel verließen, sah Toric den weißen Drachen landen. Sharra und der adelige Grünschnabel saßen auf seinem Rücken. Machtlos, mit finsterer Miene sah Toric ihnen entgegen.

»Toric«, sagte Jaxom, »es wird Ihnen nicht glücken, Sharra irgendwo auf Pern festzuhalten. Ruth und ich spüren sie überall auf. Ort und Zeit sind für Ruth kein

Hindernis. Sharra und ich könnten uns irgendwo und irgendwann auf Pern verstecken.«

Eine von Torics Echsenköniginnen wollte auf seiner Schulter landen. Ohne ihr klägliches Zirpen zu beachten, scheuchte er sie fort. Er haßte Untreue.

»Noch eines«, fuhr Jaxom fort, »sämtliche Feuerechsen gehorchen Ruth! Nicht wahr, mein Freund?« Der weiße Drache war seinem Reiter gefolgt. »Befiehl allen Echsen auf dem Plateau, von hier zu verschwinden.«

Im nächsten Moment war die weite Fläche wie leergefegt. Die Demonstration des jungen Emporkömmlings war Toric ganz und gar nicht willkommen. Als die Echsen zurückkehrten, gestattete er seiner kleinen Königin, auf seiner Schulter zu landen, aber er ließ Jaxom keine Sekunde aus den Augen.

»Sie scheinen sich in der Burg des Südens auszukennen. Soviel ich weiß, waren Sie doch noch nie dort.« Dieser Milchbruder hatte also gelogen. Toric drehte sich um, blickte über das Grasland und fragte sich, ob da wohl Piemur die Hand im Spiel gehabt hatte. Dieser weyrfremde Jungreiter konnte Sharra doch nicht ganz allein aus der Burg entführt haben; so viel Mut und Ortskenntnis traute er ihm einfach nicht zu.

»Ihr Informant hat sich geirrt«, entgegnete Jaxom. »Ich habe heute nicht zum ersten Mal eine Kostbarkeit aus dem Süden geholt, die eigentlich in den Norden gehört.« Er legte besitzergreifend den Arm um Sharra.

Um Torics Fassung war es geschehen. »Sie!« Er deutete mit ausgestrecktem Finger auf Jaxom und wußte nicht, was er zuerst tun sollte, außer diesen ... diesen ... Ausbund an Unverschämtheit wie ein Insekt zu zerdrücken. Er war ganz bleich vor Empörung. Ausgerechnet diesem — diesem adeligen Grünschnabel sollte er verpflichtet sein! Diesem langbeinigen, unreifen *Knäblein!* Am liebsten hätte er Jaxom ein Glied nach dem anderen ausgerissen, aber dieser weiße Drache, so klein er auch sein mochte, war doch größer als Toric und stärker als jeder Mensch, und außerdem waren seine beiden Eltern in der Nähe. Toric blieb nichts anderes übrig, als die Demütigung zu schlucken. Das Blut schoß ihm ins Gesicht, und sein Herz raste. Er konnte es kaum fassen, aber es ließ sich nicht leugnen, daß der Junge es gewagt — und geschafft — hatte, Sharra zu befreien, und ihm nun ganz gelassen gegenüberstand. Er hatte sich getäuscht, der Bursche war kein Feigling! Er hatte sich durch die Eifersucht seines Milchbruders beeinflussen lassen. Der junge Jaxom hatte sich verhalten wie ein echter Baron, er hatte alle Hindernisse überwunden, um die Frau seiner Wahl zu sich zu holen. »*Sie* haben das Ei zurückgebracht! Sie und Ihr — aber die Echsen übermittelten Bilder von einem dunklen Drachen!«

»Es wäre doch äußerst töricht gewesen, Ruth für das nächtliche Abenteuer nicht zu tarnen!« In Jaxoms Stimme schwang Herablassung mit.

»Ich wußte, daß es keiner von T'rons Reitern war.« Toric konnte nur hilflos die Hände zu Fäusten ballen und sie wieder öffnen. »Aber ausgerechnet Sie ... Nun ja ...« Er rang sich ein Lächeln ab, ein wenig säuerlich noch, und blickte von den Weyrführern von Benden zum Harfner. Auf einmal lachte er schallend los, lachte sich seinen Zorn und seine Enttäuschung von der Seele. »Wenn Sie wüßten, Sie adeliger Grünschnabel«, diesmal klang die Bezeichnung respektvoll, als er mit dem Finger auf Jaxom deutete, »welche Pläne Sie zerstört haben, welche ... Wie viele Leute wußten davon?« Er wandte sich vorwurfsvoll an die Drachenreiter.

»Nicht viele«, antwortete der Harfner, und auch sein Blick ruhte auf den Weyrführern.

»Brekke und ich wußten Bescheid«, erklärte Sharra. »Jaxom redete in seinen Fieberträumen die ganze Zeit von dem Ei.« Sie blickte voll Stolz zu dem Jungen auf.

Sie gaben ein schönes Paar ab, schoß es Toric durch den Kopf.

»Aber darum geht es im Augenblick nicht«, fuhr Jaxom fort. »Die Frage ist, ob ich Ihre Einwilligung erhalte, Sharra zu heiraten und zur Herrin von Ruatha zu machen?«

»Ich glaube nicht, daß ich Sie daran hindern kann«, gestand Toric achselzuckend.

»Allerdings, denn was Jaxom über Ruths Fähigkeiten gesagt hat, ist wahr«, meinte F'lar. »Drachenreiter sollte man nicht unterschätzen, Toric.« Er lächelte, um seinen Worten die Schärfe zu nehmen. »Schon gar nicht, wenn sie aus dem Norden kommen.«

»Ich werde es mir merken.« Toric verhehlte seinen Verdruß nicht. Er hatte den Unterschied wirklich sträflich vernachlässigt. »Besonders bei unserem jetzigen Thema. Hatten wir nicht über die künftigen Grenzen meines Besitzes gesprochen, ehe diese stürmischen jungen Leute uns unterbrachen?«

Er kehrte Sharra und ihrem Grünschnabel den Rükken zu und winkte den anderen, mit ihm in den provisorischen Beratungsraum zurückzukehren.

13

Südkontinent. Burg Nerat
23. 10. 15

Z wei Tage, nachdem Jaxom im Triumph mit Sharra
auf den Landsitz an der Meeresbucht zurückgekehrt war und Toric sich, vorbehaltlich der Bestätigung
durch das Konklave der Barone, mit den Weyrführern
von Benden über seinen Besitz geeinigt hatte, fand Piemur endlich Gelegenheit, Meister Robinton von Jayge
und Ara zu erzählen.

»Noch eine alte Siedlung? Instandgesetzt und bewohnt?« Erstaunt lehnte Meister Robinton sich in seinem Sessel zurück. Zair, die auf seinem Schreibtisch in
der Sonne geschlafen hatte, wachte auf und blinzelte.
»Bring mir die Karte des Gebiets.« Er warf Piemur den
Schlüssel für die Schublade zu, in der er seine Geheim-
dokumente aufbewahrte. Meisterarchivar Arnor hatte
von seinen diskretesten und akkuratesten Gesellen drei
Kopien aller Karten an den Wänden des ›Flugschiffs‹
anfertigen lassen, zu dem seither nur noch Meister
Fandarels vertrauenswürdigste Schmiedemeister Zugang hatten. »Nett von dir, Piemur, daß du dir noch etwas aufgehoben hast, um mich zu zerstreuen. Allmählich wurde es mir nämlich schon wieder langweilig«,
fuhr Robinton fort.

Nachdem Piemur ihm gezeigt hatte, wo die Paradiesflußbesitzung lag, saß der Harfner lange Zeit über die
Karte gebeugt, murmelte unverständliches Zeug vor
sich hin und schnitt hin und wieder eine Grimasse. Piemur, der mit den Marotten seines Meisters wohlver-
traut war, füllte Robintons Becher mit Wein und stellte
ihn neben seine rechte Hand. Sebell, der neue Meister-

harfner, hatte Piemur in aller Form wieder dem Landsitz an der Meeresbucht als Gesellen zugeteilt. Piemur hatte seinen Freund nicht gefragt, ob Toric ihn nicht wieder hatte aufnehmen wollen, oder ob Meister Robinton ihn eigens angefordert hatte. Für ihn zählte nur, daß er bei seinem Meister war, wo man sich, trotz der wehmütigen Klagen des alten Mannes, niemals langweilte — schon gar nicht, seit Meister Oldive dem Harfner seine völlige Genesung bescheinigt hatte und dieser große Pläne für künftige Erkundungen schmiedete.

»Ein wunderschönes Land von gewaltiger Größe, Piemur«, erklärte Robinton und nippte an seinem Wein. »Wenn man an die beengten Verhältnisse in den Höhlen von Igen denkt, an die schrecklichen Felslöcher in Tillek und im Hochland ...« Er seufzte. »Ich glaube ...« Er unterbrach sich und winkte ab. »Ich glaube, ich habe mich zu früh überreden lassen, mich aufs Altenteil zurückzuziehen.«

Piemur lachte. »Sie haben sich ebenso wenig aufs Altenteil zurückgezogen wie ich, Meister Robinton. Sie sind nur auf der Suche nach neuen Dummheiten, die Sie anstellen können. Überlassen Sie die Burgherren, die Gildemeister und die Weyrführer doch Sebell. Eigentlich dachte ich, es macht Ihnen Spaß, sich mit den Hügeln zu beschäftigen.«

Unwirsch winkte der Harfner ab. »Wenn man nur etwas zutagefördern würde! Den größten Teil der bisherigen Funde haben Fandarel und Wansor mit Beschlag belegt, und sie sind mit ihren unleserlichen Sternenkarten glücklich wie satte Jungdrachen. Die leeren Flaschen — auch wenn sie aus einem äußerst merkwürdigen Material bestehen — und die zerbrochenen Maschinenteile inspirieren mich einfach nicht. Was unsere Vorfahren wegwarfen oder als zu unhandlich zurückließen, ist mir zu wenig. Ich möchte viel mehr wissen. Ich möchte ihren Lebensstil kennenlernen, möchte erfahren, womit sie tagtäglich hantierten, was sie aßen, wie sie sich kleideten, warum sie nach Norden zogen, woher sie ursprünglich kamen und wie sie hierher gelangten, abgesehen davon, daß sie die Dämmerschwestern als Fahrzeuge benützten. Das muß wirklich eine unglaubliche Reise gewesen sein. Ich möchte die Landung rekonstruieren und ... Wieviel ist erhalten geblieben in — wie war doch gleich der Name?«

»Am Paradiesfluß? Das sehen Sie sich am besten selbst an.« Endlich fand Piemur Gelegenheit, seinen Vorschlag anzubringen. Der Harfner sollte die beiden tüchtigen und durch und durch liebenswerten jungen Leute nur kennenlernen, dann würde er sich ihrer gewiß auch annehmen — und sie gegen alle eventuellen Ansprüche Torics verteidigen. »Sie haben ein festes, schönes Haus; sie haben wilde Tiere gezähmt und sich mit allem, was sie irgendwo fanden, eine Existenz aufgebaut. Wie sie sehen, leben sie weitab von den Grenzen der Burg des Südens.« Geselle und Meister lächelten sich an, und dann wagte Piemur sich noch weiter vor. »Wenn einem einfachen Gesellen die Frage erlaubt ist, wie soll eigentlich von nun an festgelegt werden, wer was und wieviel besitzen darf?«

Meister Robinton musterte ihn scharf. »Eine sehr gute Frage, einfacher Geselle Piemur.« Er zwinkerte verschmitzt. »Aber sie geht mich nichts an.«

»Das glaube ich erst, wenn ich einen Wachwher fliegen sehe.«

»Ganz im Ernst, man hat mir einen Palast errichtet ...« die Augen des Harfners funkelten, »... weit genug entfernt von allem Trubel und aller Hektik, um meine Gesundheit nicht zu gefährden. Ich kann die vielen Helfer nicht dadurch kränken, daß ich ihn verlasse, selbst wenn ich hin und wieder einen Drachenreiter dazu überreden könnte, mich nach Norden zu fliegen.« Er runzelte die Stirn. »Lessa hat Oldives Ratschläge viel zu eng ausgelegt.« Seufzend blickte er aus dem Fenster auf die türkisfarbene Wasserfläche und lächelte resigniert. »Außerdem leite ich nominell die Ausgrabungen auf dem Plateau.« Dann fuhr er munterer fort: »Sollten sich allerdings die Weyrführer oder die Burgherren für meine Meinung interessieren« — er beachtete Piemurs spöttisches Prusten nicht —, »dann würde ich sie an die alte Tradition der Autonomie erinnern: Ob Gildehalle, Burg oder Weyr, jeder ist sein eigener Herr, es sei denn, die Sicherheit unserer Welt stünde auf dem Spiel.«

»Im Augenblick geht eine Menge Traditionen zu Bruch«, bemerkte Piemur trocken.

»Gewiß, aber einige hatten sich auch längst überlebt.«

»Wer entscheidet das?«

»Die Gegebenheiten.«

»Entscheiden die ›Gegebenheiten‹ auch, wer was und wieviel bekommt?« fragte Piemur bitter. Insgeheim fand er, die Weyrführer von Benden hätten Toric viel zu viel zugestanden, auch wenn Lessa damit Jaxoms und Sharras Glück hatte erkaufen wollen, und er hatte das Gefühl, in diesem Punkt stimme Meister Robinton mit ihm überein.

»Ach, jetzt sind wir wieder bei deinen jungen Freunden, nicht wahr?«

»Da haben wir auch angefangen, und jetzt keine Ablenkungen mehr, Meister Robinton. *Ich* frage Sie in dieser Angelegenheit nach Ihrer ›Meinung‹. Und da Sie für *Ausgrabungen* und andere historische Rätsel verantwortlich sind, bin ich der Ansicht, Sie sollten Jayge und Ara kennenlernen und sich ihre Funde ansehen!«

»Ganz richtig.« Der Harfner leerte seinen Becher, rollte die Karte zusammen und stand auf. »Nur gut, daß uns Lessa den alten P'ratan zur Verfügung gestellt hat. Er ist diskret und auch recht hilfsbereit, wenn ich nicht zu viel von ihm verlange.« Er griff nach seinen Reitsachen. »Warum eigentlich ›Paradiesflußbesitzung?‹«

»Das werden Sie schon sehen«, antwortete Piemur.

Jayge holte gerade sein Netz ein, als er den Drachen am Himmel erblickte.

Er kam von Osten herangeglitten. Jayge beobachtete ihn eine volle Minute lang in ehrfürchtigem Staunen, doch dann wurde er unruhig, und das volle, schwere Netz drohte ihm aus den Händen zu gleiten. Es gelang ihm gerade noch, eine Boje an den äußersten Maschen zu befestigen, um den kostbaren Fang später bergen zu können. Im Handumdrehen hatte er das Segel aufgezogen, der frische Küstenwind trieb das kleine Boot dem Land zu, und Jayge hoffte, noch vor dem Drachen das Ufer erreichen zu können.

Vielleicht ... vielleicht hatte er Glück, und Aramina schlief noch. Er wußte, daß sie die Drachen nur hören konnte, wenn sie wach war, und sie und das Kind hatten noch in tiefem Schlaf gelegen, als er aus dem Haus geschlichen war, um die morgens vorbeiziehenden Fischschwärme zu erwischen. Wenn er sie nur warnen könnte. Sie hörte auch die Feuerechsen — genau wie er — und hatte über die erstaunlichen Bilder gelacht, die sie in jüngster Zeit übermittelten, aber ihr sinnloses Geschnatter fand sie im allgemeinen eher erheiternd als störend.

Das grüne Drachenweibchen war schon alt, der weißen Schnauze und den runzeligen Narben an den Schwingen nach zu urteilen, und auf seinem Rücken saßen drei Menschen. Es setzte gemächlich, in weiten Spiralen zur Landung an, fast als wolle es gleichzeitig mit Jayge den Strand erreichen. Als der Fischer das Steuerruder einklappte, stieg einer der Reiter ab, kam ihm auf ihn zugelaufen und zog sich den Helm vom Kopf. Piemur!

»Jayge, ich habe den Meisterharfner mitgebracht. P'ratan war so freundlich, uns auf Poranth herzufliegen«, sprudelte Piemur lächelnd heraus, um Jayge wegen des unvorhergesehenen Besuchs zu beruhigen. »Keine Sorge. Es wird alles gut für dich und Ara«, fügte er hinzu und half dem Fischer, das kleine Boot über die Flutmarke auf den Sand zu ziehen.

Auf der Veranda vor dem Haus bewegte sich etwas, und Jayge sah gerade noch, wie Ara ohnmächtig zusammensank.

»*Ara!*« schrie er und stürmte zum Haus hinauf, ohne den beiden älteren Männern auch nur zuzunicken. Nach so vielen Jahren wieder einen Drachen zu hören, mußte ihr einen entsetzlichen Schrecken eingejagt haben.

Er hatte sie auf das Bett gelegt, und Piemur bot ihr einen Becher mit Jayges Selbstgebrautem an, als der Harfner und der Drachenreiter eintraten. Beim Anblick der fremden Gesichter begann Readis laut zu schreien. Piemur nahm ihn auf den Arm, um ihn zu trösten, aber er machte sich ganz steif. Plötzlich verstummte das Gebrüll. Piemur folgte dem Blick des Kleinen. Meister Robinton schnitt so lächerliche Grimassen, daß Readis das Weinen ganz vergaß und den Harfner aus tränenfeuchten Augen fasziniert betrachtete.

Ara kam wieder zu sich, sie war totenbleich und starrte die Besucher sprachlos an. Jayge spürte, wie ihre Verkrampfung sich ein klein wenig lockerte. Der Druck ihrer Finger auf seinem Arm verriet ihm auch, daß sie keinen der beiden Männer kannte.

»Ara«, redete er beruhigend auf sie ein, »Piemur und Meister Robinton sind auf P'ratans Poranth zu uns gekommen. Wir sollen behalten dürfen, was wir haben. Es soll unser Eigentum sein. Unser eigenes Anwesen!«

Ara wandte den Blick nicht von den Männern, die sich alle Mühe gaben, ihr durch ihre Haltung und ihr Lächeln die Angst zu nehmen.

»Ich verstehe gut, daß ein so unerwarteter Besuch ein Schock für sie war, meine Liebe«, sagte Meister Robinton. »Aber dies ist wirklich der erste Tag, an dem ich kommen konnte.«

»Ara, es ist alles in Ordnung«, versicherte ihr Jayge abermals, strich ihr über das Haar und streichelte ihre Hand, die sich in panischer Angst in sein Hemd krallte.

»Jayge«, flüsterte sie heiser, »ich habe sie nicht gehört!«

»Nicht?« Auch Jayge dämpfte seine Stimme. »Du hast sie nicht gehört?« wiederholte er zuversichtlicher. »Warum bist du dann ohnmächtig geworden?«

»Gerade deshalb!« Der gequälte Aufschrei spiegelte deutlich ihre innere Zerrissenheit wider.

Jayge nahm sie in die Arme, wiegte sie sanft und murmelte immer und immer wieder, alles sei gut. Es sei nicht schlimm, wenn sie die Drachen nicht mehr hören könne. Das brauche sie auch nicht. Und sie dürfe keine Angst haben. Niemand mache ihr einen Vorwurf. Sie müsse sich jetzt zusammennehmen, sonst werde das Ungeborene noch Schaden leiden.

»Hier! Das wird dir guttun«, sagte Piemur und hielt ihr wieder den Becher hin. »Glaub mir, Aramina, ich weiß, wie es ist, wenn plötzlich Leute auftauchen, nachdem man Planetenumläufe lang keinen Menschen gesehen hat.«

Als Jayge den vollen Namen seiner Frau hörte, stutzte er und blickte mißtrauisch auf.

»Ich habe Sie nach einer Zeichnung wiedererkannt, die kurz nach Ihrem Verschwinden verbreitet wurde«, erklärte der Meisterharfner freundlich. Er ließ Readis auf seinem Knie reiten, und der Kleine gluckste vor Vergnügen.

»Mein liebes Kind«, fuhr er fort, als Aramina sich einigermaßen gefaßt hatte, »alle werden sich freuen, daß Sie am Leben sind und daß es ihnen hier auf diesem schönen Besitz im Süden so gut geht. Wir dachten, die Banditen hätten Sie umgebracht!« Ein leiser Tadel lag in dem Blick, den er Jayge zuwarf, doch in seiner Stimme war nichts davon zu hören. »In den letzten Wochen habe ich mehr Überraschungen erlebt als zuvor in meinem ganzen Leben. Es wird lange dauern, bis ich das alles verarbeitet habe.«

»Meister Robinton interessiert sich sehr für alte Ruinen, Jayge und Ara«, erklärte Piemur. »Und ich glaube, die euren haben mehr zu bieten als die leeren Häuser oben auf dem Plateau.«

Immer noch mit dem kleinen Jungen spielend, fuhr Meister Robinton eifrig fort: »Piemur hat mir erzählt, Sie hätten neben dieser ungewöhnlichen Behausung noch andere Überbleibsel aus uralter Zeit gefunden und würden sie auch benützen. Ich habe die Netze, die Kästen und die Fässer gesehen, und ich bin überwältigt. Es wird Planetenumläufe dauern, um die Siedlung auf dem Hochplateau freizulegen, aber bisher haben wir nur einen einzigen Löffel entdeckt, während Sie ...« Er deutete mit der freien Hand auf die verschiedenen Gegenstände im Wohnraum und schloß auch das Haus selbst mit ein.

»Wir konnten bisher nicht sehr viel tun«, sagte Ara bescheiden. Sie hatte ihren Mut wiedergefunden. »Nachdem das Haus endlich bewohnbar war ...« Sie unterbrach sich verlegen und sah Jayge ängstlich an. Er hatte sich neben sie gesetzt, einen Arm um ihre Schultern gelegt und ihre Hand in die seine genommen.

»Sie haben wahre Wunder vollbracht, meine Liebe«, widersprach Robinton energisch. »Ein Boot, um auf Fischfang zu gehen, die Pferche für das Vieh, Ihr Garten — man bedenke nur, wieviel Gestrüpp Sie roden mußten!«

»Haben Sie denn keine Angst vor den Sporenregen?« fragte P'ratan besorgt. Er hatte bisher geschwiegen.

»Wir nehmen uns in acht«, grinste Jayge spöttisch, dann lächelte er den erschrockenen Drachenreiter begütigend an. »Ich stamme aus einer Händlerfamilie und habe den ersten Fädenfall in Telgar überlebt. Daher bin ich es gewöhnt, kein festes Dach über dem Kopf zu haben.«

»Man weiß nie, wohin es einen im Leben verschlägt,

nicht wahr?« bemerkte Meister Robinton mit strahlendem Lächeln.

Jayge bewirtete seine Gäste mit Klah und frischem Obst und bot ihnen Brot an, das Aramina tags zuvor gebacken hatte. Es sei nicht besonders fein, entschuldigte sie sich, sie habe noch nicht die richtigen Mahlsteine gefunden. Nach dem Essen bestand sie darauf, dem Harfner und dem grünen Reiter die Gebäude am Flußufer zu zeigen. Readis ließ sich überreden, Meister Robinton freizugeben und seinen Vater und Piemur zu begleiten, die die Netze und den Rest des Fangs einholen wollten.

»Beeindruckend, wahrhaft beeindruckend«, sagte Robinton immer wieder, während sie von einem Haus zum anderen gingen, und berührte hier eine Mauer, untersuchte dort ein Türschloß oder scharrte mit der Stiefelspitze den Boden auf. P'ratan sprach nicht viel, aber er machte große Augen, schüttelte staunend den Kopf und betrachtete Aramina mit zunehmendem Respekt. »Welch eine große Siedlung! Hier müssen mindestens hundert Menschen gelebt haben, sie haben die Felder bestellt, sind auf Fischfang gegangen« — er gestikulierte erregt —, »und haben es irgendwie fertiggebracht, Dinge von solcher Haltbarkeit zu schaffen.«

Als sie den Schuppen erreichten, der als Stall verwendet wurde, lehnte er sich gegen das Geländer, ebenfalls ein Relikt aus grauer Vorzeit. »Und Sie haben alle diese Tiere wirklich selbst gezähmt?« Er lächelte, als eine kleine Echsenkönigin elegant auf Araminas Schulter landete. »Können Sie sie verstehen?«

Sein Ton war gütig, aber die junge Frau errötete und senkte verlegen den Kopf. »Sie reden nichts als Unsinn«, sagte sie abfällig, und der Harfner spürte, daß die jüngsten Feuerechsengespräche sie möglicherweise erschreckt hatten. »Aber sie sind ganz brauchbar, um auf Readis aufzupassen, wenn wir beide außer Haus sind. Und Piemur hat uns gezeigt, daß sie noch viel nützlicher sein können, als wir dachten.« Sie öffnete eine hohe, breite Schiebetür im größten Gebäude. »Hier haben wir die meisten verwendbaren Dinge gefunden«, erklärte sie gerade, als Jayge und Piemur sich der Gruppe wieder anschlossen. P'ratan murmelte eine Entschuldigung und schlenderte zu seiner Grünen zurück, die sich im Sand sonnte.

»Was wir brauchen«, sagte der Harfner und stemmte die Fäuste in die Hüften, »ist eine genaue Beschreibung der Siedlung.« Er sah sich in dem düsteren Lagerhaus um, betrachtete den Stapel Netze, das Durcheinander von Kisten und Fässern. »Die Lage aller Gebäude, der Zustand, in dem sie sich befinden — möglichst eine Liste der Gegenstände, die Sie in Gebrauch haben, und von allem, was sonst noch erhalten ist! Dazu lasse ich wohl am besten Perschar kommen. Er hat es ohnehin satt, schnurgerade Reihen von leeren Gebäuden zu zeichnen.«

»Perschar?« rief Jayge.

»Kennen Sie ihn?« Robinton war überrascht.

»Ich war bei dem Angriff auf Thellas Bergfestung dabei.« Jayge stieß ein bellendes Lachen aus. »Und ob ich ihn kenne! Aber ich wußte nicht, daß er einer Ihrer Bekannten ist.«

»Aber natürlich. Ich habe ihn überredet, sein Talent in den Dienst der Harfnerhalle zu stellen, und deshalb wußte ich schon lange über die raffiniert geplanten Raubüberfälle Bescheid, ehe Asgenar und Larad überhaupt merkten, was vorging. Hätten Sie etwas dagegen, wenn Perschar in meinem Auftrag ein paar Tage hierher käme?«

Jayge zögerte, doch dann sah er Aras Nicken und stimmte zu. »Ein sehr kluger Mann, und er hat Mut.«

»Er hat es gern, wenn er dann und wann ein wenig gefordert wird, aber an Diskretion ist er nicht zu überbieten.« Der Harfner lächelte Ara beruhigend an. »Ich glaube, ein bißchen Gesellschaft bekäme Ihnen beiden bestens. Man kann auch zu lange allein sein.« Piemur hatte den Seitenhieb bemerkt und schnaubte verächtlich. »Ich könnte meinen Zair« — Meister Robinton deutete auf die Bronzeechse, die kurz zuvor auf seiner Schulter gelandet war — »mit einer Botschaft zu Ihren Eltern nach Ruatha schicken, wenn Sie wollen, Aramina. Er ist übrigens in der Lage, auch mehrere Ziele anzusteuern«, fügte er mit einem fragenden Blick auf Jayge hinzu.

»Meister Robinton ...« sprudelte Jayge heraus, dann zögerte er und sah Aramina hilflos an. Sie legte einen Arm um ihn.

»Ja?«

»Was sind wir?« Der Harfner sah ihn überrascht an. »Eindringlinge? Oder was sonst?« Er wies auf die anderen Gebäude und das fruchtbare Ackerland dahinter. »Piemur sagt, das hier ist herrenloses Gebiet.« Seine Stimme klang unsicher, und in seinen Augen stand eine deutliche Bitte.

Piemurs Hoffnung hatte sich erfüllt, der Meisterharfner hatte die jungen Leute ins Herz geschlossen und strahlte sie an. »Meiner Meinung nach«, sagte er mit einem strengen Blick auf seinen Gesellen, »läßt sich nicht bestreiten, daß Sie sich hier ein festes Anwesen geschaffen haben, das seinen Mann ernährt. Meiner Meinung nach, Grundbesitzer Jayge und Lady Aramina, können Sie nun verfahren, wie Sie es für richtig halten. Zwei Harfner erklären sich bereit, Ihren Anspruch zu bezeugen. Wir werden sogar P'ratan aufwecken«, erbot er sich und zeigte zum Strand, wo das alte grüne Weibchen und ihr Reiter in der Sonne dösten, »und mit ihm das Gebiet überfliegen, das Ihren Paradiesflußbesitz umfassen sollte.«

»Paradiesflußbesitz?« fragte Jayge.

»Der Name stammt von mir«, erklärte Piemur leicht verlegen.

»Der Name paßt genau, Jayge«, warf Ara ein. »Oder

380

findest du ›Lilcamp-Siedlung‹ besser?« Das klang ganz sachlich.

»Ich finde«, Jayge nahm sie bei den Händen und sah ihr tief in die Augen, »es wäre anmaßend, von ›Lilcamp-Siedlung‹ zu reden, nur weil wir hier gestrandet sind. Wir sollten aus Dankbarkeit den alten Namen beibehalten.«

»Oh, Jayge, das finde ich auch!« Sie umarmte ihn stürmisch und küßte ihn.

»Wird es in Zukunft immer so einfach sein, Grundbesitz zu erwerben, Meister Robinton?« fragte Jayge und errötete unter seiner Sonnenbräune.

»Im Süden schon«, erklärte der Harfner entschieden. »Natürlich werde ich die Angelegenheit den Weyrführern von Benden unterbreiten, die dazu gehört werden sollten, aber Sie haben bewiesen, daß Sie fähig sind, selbständig Land zu bewirtschaften, und der Tradition zufolge« — als Piemur laut herausprustete, warf er ihm einen strengen Blick zu — »war das *immer* die Voraussetzung!«

»Verzeihen Sie, aber dann hätte ich eine Bitte. Falls wir tatsächlich eine Botschaft senden können, dürfte dann mehr darin stehen als nur, daß wir am Leben sind?« Jayges Gesicht glühte vor Eifer, jede Spur von Entmutigung war verschwunden. »Wenn wir mehr Hände hätten, könnten wir so viel mehr schaffen. Wäre das gestattet?«

»Es ist Ihr Anwesen«, sagte der Harfner. Piemur fand, daß es ein wenig trotzig klang, und fragte sich, wie wohl der frischgebackene Baron Toric auf diese Nachricht reagieren würde.

Jayge blickte lächelnd und voll Besitzerstolz über den Fluß und betrachtete die Gebäude und den sattgrünen Urwald dahinter. Aramina flüsterte ihm etwas zu, und er sah auf sie hinab und drückte sie an sich.

»Ich möchte einige von meinen Verwandten herkommen lassen«, sagte Jayge.

»Es empfiehlt sich immer, sein Glück mit seiner Familie zu teilen«, lobte der Harfner.

Robinton hätte nur zu gern den Inhalt des Lagerhauses genauer untersucht, aber Piemur, unterstützt von Jayge und Aramina, drängte ihn, in das kühle Haus zurückzukehren und die Botschaften aufzusetzen. Zair wurde nach Ruatha geschickt, um Barla und Dowell über das Schicksal ihrer Tochter zu beruhigen, während Farli dem Harfner von Igen den Auftrag übermittelte, die Lilcamp-Amhold-Karawane ausfindig zu machen und Jayges Brief abzuliefern.

»Ich habe meine Tante Temma und Nazer gefragt, ob sie sich uns anschließen möchten«, sagte Jayge zaghaft, als er mit dem Schreiben fertig war. »Aber wie sollen sie hierher kommen? Ich weiß ja selbst nicht genau, wo wir eigentlich sind!«

»Auf dem Paradiesflußbesitz.« Piemur war nicht unterzukriegen.

»Der Südkontinent ist weit größer als ursprünglich angenommen«, sagte Robinton mit einem vorwurfsvollen Blick auf seinen Gesellen. »Meister Idarolan segelt immer noch nach Osten und schickt mir laufend durch die Feuerechse seines zweiten Maats die letzten Informationen. Soviel ich weiß, dringt Meister Rampesi jenseits der Großen Bucht nach Westen vor. Ich nehme an, P'ratan ließe sich überreden, Ihre Angehörigen hierherzubringen, vorausgesetzt, sie sind dazu bereit, und die Last für Poranth wird nicht zu groß. Hätten Temma und Nazer etwas dagegen, mit einem Drachen ins *Dazwischen* zu fliegen?« Seine Augen funkelten.

»Temma und Nazer schrecken vor nichts zurück«, erklärte Jayge im Brustton der Überzeugung.

Nach einem erquickenden Imbiß schlug Piemur vor, Aramina solle nun dem Harfner ausführlich über die beiden letzten Planetenumläufe berichten, inzwischen wolle er mit Jayge die Grenzen des Paradiesflußbesitzes abstecken.

»So weit kommt es noch, daß ein Harfner einen Händler das Feilschen lehren muß«, spöttelte Piemur, dabei empfand er Jayges Zögern nach Torics unersättlicher Gier als willkommene Abwechslung. Er mußte den jungen Mann erst daran erinnern, den Bedarf Readis' und eventueller weiterer Kinder zu berücksichtigen und auch Temma und Nazer nicht zu vergessen, falls sie tatsächlich kamen. »Du hast mir erzählt, wie weit du mit Scallak zu Fuß nach Westen, Osten und Süden vorgedrungen bist. Nun, dann legen wir doch dort die Grenze fest. Ich kann ziemlich genau berechnen, welche Strecke man bei diesem Gelände in einem Tag bewältigt. Auf diese Weise bekommst du ausreichend Land und beanspruchst trotzdem kein allzu großes Stück des Kontinents für dich.«

Am späten Nachmittag, als es etwas kühler wurde, war P'ratan gern bereit, mit dem Harfner und dem Grundbesitzer das Gebiet abzufliegen. Leuchtend rote Stäbe aus dem haltbaren Material der Vorfahren wurden aus dem Lagerhaus geholt und in den Boden geschlagen. Man versah Bäume mit deutlichen Kennzeichen und prüfte die Entfernungen nach. Piemur zeichnete die Besitzung in zwei Karten ein, er, Meister Robinton und P'ratan unterschrieben als Zeugen, und danach erhielt Jayge eines der Dokumente.

Der Meisterharfner versprach dem jungen Paar, sich beim nächsten Treffen mit den Weyrführern und dem Konklave persönlich für sie einzusetzen.

»Bitte, besuchen Sie uns, so oft Sie können, Meister Robinton und P'ratan«, sagte Aramina, als sie mit Jayge die drei zu Poranth begleitete. »Beim nächsten Mal werde ich auch nicht mehr erschrecken, wenn ich den Drachen nicht kommen höre!«

Meister Robinton ergriff ihre Hände und lächelte sie freundlich an. »Bedauern Sie, daß Sie keine Drachen mehr hören können?«

»Nein.« Aramina schüttelte heftig den Kopf und lä-

chelte mit leiser Wehmut. »Es ist besser so. Die Feuerechsen genügen mir völlig, vielen Dank. Haben Sie
eine Ahnung, *warum* ich es auf einmal nicht mehr
kann?« fragte sie schüchtern.

»Nein«, antwortete der Harfner ehrlich, »die Fähigkeit tritt sehr selten auf. Nur Brekke und Lessa können
die Reiter anderer Drachen hören — und sie müssen
sich bewußt anstrengen. Vielleicht liegt es an der Entwicklung vom Mädchen zur Frau. Ich werde Lessa fragen — sie wird Ihnen keine Vorwürfe machen, meine
Liebe«, fügte er hinzu, als Aramina ängstlich seine
Hände umklammerte. »Dafür werde ich schon sorgen.«

Als der Drache sich in die Lüfte erhob und plötzlich
verschwand, begann der kleine Readis in Jayges Armen
zu weinen und blickte seine Mutter mit großen Augen
an.

»Sie kommen wieder, Schätzchen. Und jetzt ist es
Zeit zum Schlafengehen.«

»Bist du wirklich froh, daß du keine Drachen mehr
hören kannst, Ara?« fragte Jayge viel später, nachdem
sie im Bett stundenlang über ihre Pläne für den Paradiesflußbesitz gesprochen hatten. Durch das Fenster
strömte das Mondlicht ins Zimmer, und er stützte sich
auf einen Ellbogen, um ihr Gesicht sehen zu können.

»Als kleines Mädchen liebte ich es, sie zu belauschen, ohne daß sie es wußten.« Ein Lächeln umspielte
ihre Lippen. »In meiner Phantasie führte ich lange Gespräche mit ihnen. Ich fand es aufregend zu wissen,
wohin sie flogen oder woher sie kamen, und ich war
verzweifelt, wenn ich erfuhr, daß einer von ihnen verletzt worden war. Aber ich bildete mir ein — und das
war enorm wichtig für mich —, daß sie wußten, wer
Aramina war.« Das Lächeln verschwand. »Mutter war
immer sehr streng mit uns. Schon als mein Vater im
Gestüt von Keroon arbeitete, ließ sie mich kaum mit
den Pächterkindern spielen, und wir durften auch die

Burg nicht betreten. Als wir dann in den Höhlen von Igen leben mußten, wurde Mutter noch strenger. Wir durften mit niemandem mehr spielen. Dadurch wurden die Drachen noch wichtiger für mich. Sie verkörperten Freiheit und Sicherheit, und es waren so herrliche Geschöpfe! Und als mich die Männer später mit auf die Jagd nahmen, erhielt ich dank meiner Fähigkeit einen größeren Anteil von allem, was in den Höhlen verteilt wurde.«

Sie verstummte, und Jayge wußte, daß sie an das Leid dachte, das diese Fähigkeit über sie gebracht hatte. Er strich ihr sanft übers Haar, um sie zu erinnern, daß er bei ihr war.

»Für ein Kind war es ein wundervolles Geschenk«, murmelte sie. »Aber dann wurde ich erwachsen, und das Geschenk wurde zu einer Gefahr. Schließlich hast du mich gefunden.« Sie kuschelte sich an ihn, wie sie es oft tat, um ihn zur Liebe aufzufordern. Zitternd vor Glück nahm er sie in die Arme.

Perschar war nur zu gern bereit, an den Paradiesfluß zu wechseln. »Hauptsache, ich bin möglichst weit weg von Meister Arnors pingeligem Gesellen. Ich hasse es, alles abmessen zu müssen, ehe ich es zu Papier bringen darf. Meine Augen sind nämlich recht scharf. Und es macht sicher Spaß, wieder einmal etwas anderes zu zeichnen als nur Quadrate und Rechtecke. Hatten unsere Vorfahren denn überhaupt keine Phantasie?«

»Sogar ziemlich viel«, antwortete Robinton. »Immerhin sind sie hierher gekommen.« Er wies nach unten und meinte Pern.

»Das schon.« Perschar zog einige Aquarelle aus seinem Reisesack, auf denen nicht nur gerade Linien zu sehen waren.

»Wo ist das?« fragte Piemur, zog ein Blatt aus dem Stapel und hielt es in die Höhe.

»Dieser Berg?« Perschar reckte den Kopf. »Ach, da

unten an dem Gitter, das Fandarels junge Leute gerade aus dem Boden scharren.«

Meister Robinton zog das Bild zu sich heran. »Ich glaube nicht, daß das wirklich ein Berg ist«, überlegte er.

»Aber natürlich. Bäume, Büsche — völlig unregelmäßig. Kein Vergleich mit den anderen. Zu hoch für ein eingeschossiges Gebäude, und irgendwie ...« Plötzlich fiel ihm auf, was der Harfner gesehen hatte, und er stockte. »Es könnte tatsächlich sein.« Er deutete mit den Händen mehrere Stockwerke an. »Bitte grabt nicht alles aus, ehe ich zurückkomme, ja?«

Nachdem er Perschar zu P'ratan gebracht hatte, der ihn zum Paradiesfluß befördern sollte, legte Meister Robinton die Skizze auf seinen Schreibtisch und starrte sie an. Piemur nahm ein Stück Kohle und zeichnete ein paar Änderungen auf eine Ecke eines alten Blattes.

»Hmm, mehr als ein Stockwerk?« murmelte Robinton.

»Es liegt etwa auf halber Höhe des Gitterstreifens, auf dem die Flugschiffe landeten«, sagte Piemur.

»Wir könnten es uns ansehen«, schlug der Meisterharfner vor. »Ich würde gern ganz allein etwas finden! Du nicht auch?«

»Nicht, wenn ich es selbst ausgraben muß«, wehrte Piemur ab.

»Habe ich je etwas von dir verlangt, was ich selbst nicht täte?« Meister Robinton sah mit überzeugend unschuldigem Blick zu seinem Gesellen auf.

»Oft genug! Zum Glück gibt es da oben auf dem Plateau genügend fleißige Hände, und ich werde schon dafür sorgen, daß ich Hilfe bekomme.«

Als P'ratan erst am späten Nachmittag vom Paradiesfluß zurückkam, entschuldigte er sich, daß er für einen so einfachen Auftrag so lange gebraucht hatte. »Da unten in Ihrem Paradies ist inzwischen einiges los«, erklärte er den Harfnern, während sie an den Strand gin-

gen, um Poranth zu wecken. Das alte Drachenweibchen
nickte jedesmal ein, wenn es zur Ruhe kam. »Temma,
Nazer und ihr Kleiner sind eingetroffen, und der junge
Grundbesitzer hat Meister Garm ein paar Dinge aus
seinem Lager gegeben, damit er ihm heimatlose Handwerker bringt. Jetzt planen sie, eine Meeresburg zu errichten. Ich habe ihnen geraten, sich mit den Gildehallen in Verbindung zu setzen. Dort warten fast immer
ein paar Gesellen auf eine Gelegenheit, in der Welt her-
umzukommen und Erfahrungen zu sammeln. Wenn
man den Betrieb da unten sieht, hat man seine helle
Freude.«

Zum Glück war es Poranth egal, wo sie ihr Nicker-
chen machte, und sie brachte die drei bereitwillig zum
Hochplateau. Während sie in gemächlichen Spiralen
zur Landung ansetzte, konnte Piemur beobachten, daß
die Arbeit systematisch voranging: Bergwerksmeister
Esselin, der die Ausgrabungen leitete, verwendete das
größere Gebäude, das F'lar entdeckt hatte, zur Aufbe-
wahrung aller bisherigen Funde, Lessas Hügel diente
ihm als Büro. In diesem Abschnitt waren noch weitere
Bauten freigelegt worden, in denen nun die Gräber und
Sondierer wohnten. Bei mindestens einem Gebäude in
jedem der unmittelbar angrenzenden Abschnitte waren
die Arbeiten so weit gediehen, daß man ins Innere gelangen konnte.

Meister Robinton und Piemur fanden Meister Esselin
in seinem Büro und erbaten sich leihweise einige Arbeiter. Breide, Torics allgegenwärtiger Vertreter, eilte sofort
herbei, um sich ja nichts entgehen zu lassen.

»Der Berg, meinen Sie?« Meister Esselin sah auf seine Karte. »Welcher Berg? Was für ein Berg? Auf meiner
Liste steht kein Berg, der zur Ausgrabung vorgesehen
wäre. Ich kann jetzt wirklich keine Leute von den plan-
mäßigen Arbeiten abziehen, um einen Berg abzutragen.«

»Welcher Berg?« fragte auch Breide. Das Verhältnis

zwischen den beiden Männern war gespannt. Breide besaß ein außergewöhnlich gutes Gedächtnis und hatte stets parat, wie viele Mannschaften man für welchen Hügel brauchte, wie viel Wasser und wie viele Mahlzeiten sie benötigten und was genau in jedem Gebäude gefunden worden war. Er wußte, welche Gildehalle und welche Burg Männer und Vorräte geschickt und wie viele Stunden die jeweiligen Leute gearbeitet hatten. Er war tüchtig, und er war lästig.

Schweigend entrollte Meister Robinton Perschars Zeichnung und zeigte sie den beiden.

»Dieser Berg?« Meister Esselin wirkte nicht sehr zuversichtlich. »Er steht nicht einmal auf der Liste.« Aber er sah Breide fragend an.

»Ein paar Probelöcher, dazu der Hin- und Rückweg!« sagte Breide mit der hohlen Stimme eines Schwerhörigen. »Insgesamt etwa eine Stunde.« Achselzuckend wartete er auf Esselins Entscheidung.

»Ich habe so eine Ahnung.« Meister Robinton strahlte so viel bestrickenden Optimismus aus, daß Breide ihm einen mißtrauischen Blick zuwarf.

»Zwei Männer mit Sondierstäben, für eine Stunde«, gestand Meister Esselin zu, verneigte sich respektvoll vor dem Harfner und verließ sein Büro, um die notwendigen Anweisungen zu erteilen.

»Ich bin der Meinung, die Flugschiffe sollten Vorrang haben, Meister Robinton«, bemerkte Breide, als er den beiden Harfnern folgte. Die Männer mit den Stäben trotteten brav hinter ihnen her.

»Nun, dafür ist eindeutig Meister Fandarel zuständig.« Meister Robinton wollte nichts zu tun haben mit dem chronischen Streit, auf den Breide anspielte. »Er ist wirklich ein Genie. Die neuen Sondierstäbe, die er eigens für die Ausgrabungsarbeiten entwickelt hat, ermöglichen es zum Beispiel, mit ein paar Hammerschlägen die Tiefe der Erdschicht über einem Hügel festzustellen. Wie ich höre, ist er auch dabei, das Graben selbst durch ein drehbares Schaufelgerät zu vereinfachen.«

Piemur hörte bewundernd zu, wie geschickt der Harfner diesen Breide um den Finger wickelte. Der Mann war wirklich eine Plage. Man konnte auf dem Plateau keinen Schritt tun, ohne daß er auftauchte und Fragen stellte.

»Ich verstehe wirklich nicht, warum Sie sich damit abgeben wollen«, sagte Breide, als sie kurz vor der fraglichen Stelle den Hang hinabstiegen. Er schwitzte stark und trug ein Band um die Stirn, damit ihm das Wasser nicht in die Augen lief. Piemur hätte sich an seiner Stelle längst einen der Grashüte besorgt, die ein paar geschäftstüchtige Handwerker als Sonnenschutz herstellten. »Eine Stunde, hat Meister Esselin gesagt.« Breide tat so, als habe er einen eigenen Zeitmesser im Kopf.

»Sie haben gewiß eine Menge zu tun, Breide, und wir wollen Sie nicht aufhalten. Sieh mal dort, Piemur!« Der Harfner deutete nach Süden, wo mehrere Schmiedegesellen einen Abschnitt des massiven Landegitters ausgruben. Etwas blinkte grell im Sonnenlicht.

»Sieht wirklich so aus, als hätten sie etwas entdeckt«, bemerkte Piemur, der die Absicht des Harfners sofort begriffen hatte. Breide ließ sich vom Anblick der rufenden, mit Brechstangen kämpfenden Männer ablenken und trabte davon, um nachzusehen.

Nachdem sie ihren unerwünschten Begleiter endlich losgeworden waren, näherten sich die beiden Harfner ihrem Ziel und musterten es eingehend.

»Ich glaube, Perschar hat recht, was die Stockwerke angeht.« Robinton nahm seinen Hut ab und wischte sich die Stirn. Sie gingen um den ganzen Berg herum, traten dann ein Stück zurück und betrachteten ihn erneut. Die Männer mit den Stangen warteten geduldig.

»Drei Stockwerke, würde ich sagen«, erklärte Piemur fachmännisch. »In der Mitte ein Turm auf einem breiteren Fundament. Die Südmauer ist eingestürzt, deshalb sieht das Ganze von dieser Seite aus wie ein natürlich entstandener Hang.«

»Wie praktisch«, grinste Meister Robinton verschmitzt. »Dann nehmen wir uns doch die andere Seite vor, die ist nicht eingestürzt, und dort sind wir für Breide nicht zu sehen.« Er winkte den beiden Sondierern. »Unsere Vorfahren waren ganz versessen auf Fenster. Am besten beginnen wir hier, da könnte eine Ecke gewesen sein.«

Piemur setzte die Spitze des Sondierstabes in Schulterhöhe an, und der Mann schlug mit dem Hammer darauf. Zwei Handspannen tief drang die Sonde ein, dann traf sie auf Widerstand. Alle hörten den dumpfen Ton.

»Könnte ein Stein sein.« Der Mann mit dem Hammer hatte Erfahrung und zuckte die Achseln. »Probieren wir's etwas höher.«

Bald hatten sie senkrecht zum Hang eine ganze Reihe von Löchern gebohrt, und jedesmal waren sie etwa in gleicher Tiefe auf Widerstand gestoßen.

»Das ist eine Mauer, wenn Sie mich fragen«, sagte der Mann mit dem Hammer. »Sollen wir nach einem Fenster suchen? Oder möchten Sie, daß wir ein paar Mann zum Graben holen? Wir sind nämlich nur Sondierer.«

»Dafür wäre ich Ihnen sehr dankbar«, versicherte ihm Meister Robinton. »Wo könnte denn Ihrer Erfahrung nach ein Fenster liegen? Das heißt, falls wir wirklich auf eine Wand gestoßen sind.«

»Oh, das ganz bestimmt, Meister. Und wenn es sich um ein normales Gebäude handelt, würde ich sagen, das Fenster müßte sich ungefähr ... hier befinden.« Der Mann maß zehn Handspannen ab, legte die Faust auf die Stelle und sah den Harfner fragend an. »Immer vorausgesetzt natürlich, daß es auch wirklich ein normales Gebäude ist.«

»Sie glauben das offenbar nicht?« unterstellte ihm Meister Robinton.

»Ich würde sagen, nein, es ist zu weit von allen anderen entfernt.«

»Die Stunde ist fast um«, meldete der zweite Sondierer, der bisher geschwiegen hatte. Seine Haut war von der ständigen Arbeit auf dem Plateau tiefbraun gebrannt.

»Tun Sie einem alten Mann den Gefallen und stoßen Sie die Sonde hinein.« So ungeduldig kannte Piemur seinen Meister gar nicht.

Die Sonde wurde gesetzt, und beim vierten Schlag wäre sie fast im Erdreich verschwunden.

»Da ist ein Loch«, sagte der Mann mit dem Hammer, während der andere zerrte und zog, um seinen Stab wieder herauszubekommen. »Kein Fenster. Fenster zerbrechen, das hört man. Tut mir leid.«

»Die Zeit ist um«, erklärte der andere, legte sich die Sonde auf die Schulter und stapfte zur Hauptsiedlung zurück.

»Soll ich Meister Esselin bitten, Ihnen ein paar Leute zum Graben zu schicken?« fragte der Mann mit dem Hammer hilfsbereit und wischte die Innenseite seines Grashutes mit einem bunten Taschentuch trocken.

»Wir sind also auf einen Hohlraum gestoßen?« Der Meisterharfner war enttäuscht. »Nun, es war nur so eine Ahnung.« Mit einem tiefen Seufzer lehnte er sich an einen Baum und fächelte sich mit seinem Hut Kühlung zu.

»Hier hat fast jeder Ahnungen«, gab der Mann zurück. »Muß wohl an der Gegend liegen. Schönen Tag noch, Meisterharfner, und auch Ihnen, Geselle!« Er setzte den Hut wieder auf und folgte seinem Kameraden.

»Ich möchte dieses Loch vergrößern, Piemur«, sagte Meister Robinton, als er sicher war, daß die Männer ihn nicht mehr hören konnten. »Sieh zu, ob du nicht etwas findest.«

»Sie haben den Hammer mitgenommen.«

»Hier liegen genügend Äste und Steine herum«, sagte der Harfner und begann zu suchen.

Piemur fand einen kräftigen Stock und erweiterte damit das Sondenloch. Der Harfner spähte immer wieder um den Hügel herum, um sich zu vergewissern, daß die Männer weiterhin auf Meister Esselins Büro zustapften und Breide mit den Leuten des Schmieds beschäftigt war. Piemur wurde allmählich ungeduldig, packte den Ast fest mit beiden Händen und rannte damit gegen die Wand an. Die Erdschicht gab nach, Piemur verlor das Gleichgewicht und stürzte zu Boden. Nachdem er sich den Schmutz abgeklopft hatte, spähte er in die entstandene Öffnung.

»Es ist tatsächlich ein Hohlraum, Meister. Stockdunkel!«

»Gut. Zair, komm her und mach dich nützlich. Piemur, du rufst Farli zu Hilfe. Die beiden können besser graben als Esselins Leute.«

»Ja, aber dann entsteht ein großes Loch, und Breide weiß Bescheid.«

»Darüber können wir uns später den Kopf zerbrechen. Meine Ahnung wird immer stärker.«

»Muß wohl an der Gegend liegen«, murmelte Piemur, aber Zair und Farli wühlten bereits eifrig den Boden auf. »Langsam, langsam!« schrie er, als Grasbüschel und Erdklumpen nach allen Seiten davonspritzten.

»Kannst du schon etwas sehen, Piemur?« fragte Meister Robinton von seinem Ausguck her.

»Lassen Sie uns doch Zeit!« Piemur lief unter dem weiten Hemd der Schweiß über den Rücken. Ich sollte mir wie Breide ein Schweißband zulegen, dachte er, wenn der Harfner noch öfter solche Unternehmungen plant.

Als die Öffnung groß genug war, steckte Piemur den Kopf hindurch. »Es ist zu dunkel, man sieht nicht viel, aber hier waren ohne Zweifel Menschen am Werk. Soll ich Farli um eine Kerze schicken?«

»Ja, bitte!« flehte der Harfner gequält. »Wie groß ist das Loch?«

»Nicht groß genug.« Piemur holte sich seinen dicken Stock, dann grub er mit neuer Kraft neben Farli weiter, schaufelte aber die Erde lieber in den Hohlraum hinein, anstatt sie zu entfernen.

Als Farli mit einer Kerze in jeder Klaue zurückkehrte, war Piemurs Öffnung so groß geworden, daß er hindurchkriechen konnte. Die beiden Feuerechsen hängten sich kopfunter an den oberen Rand des Lochs und äugten hinein. Ihr fragendes Zirpen hallte mehrfach wider. Dann stieß Zair sich ab, und Farli folgte ihm. Ihr Geschnatter beruhigte Piemur, der sich bemühte, ein Schwefelhölzchen anzureißen und eine Kerze zu entzünden.

»Was ist? Was ist?« Der Meisterharfner zitterte buchstäblich vor Ungeduld, er wollte Erfolge sehen, ehe sie von Breide gestört wurden.

»Immer mit der Ruhe!« Als der Geselle die Kerze ins Innere hielt, bog sich die Flamme und wäre beinahe erloschen, doch dann richtete sie sich auf und erhellte den Raum. »Ich krieche hinein.«

»Ich komme mit.«

»Das schaffen Sie nie! Na schön ... Aber reißen Sie nicht den halben Berg ein.«

Piemur packte Meister Robinton am Arm, um ihn zu stützen. Etwas knirschte unter ihren Füßen, und als sie mit den Kerzen den Boden beleuchteten, sahen sie Glasscherben glitzern. Der Harfner scharrte mit dem Fuß eine Stelle frei, kauerte sich nieder und tastete um sich.

»Ich glaube, das ist eine Art Mörtel. Nicht so glatt wie anderswo.« Als er sich aufrichtete, flackerten beide Kerzen. »Die Luft ist hier frischer als sonst in lange verschlossenen Räumen«, bemerkte er.

»Das könnte von dem Einsturz kommen. Wir hätten den Hang nach Spalten untersuchen sollen«, meinte Piemur.

»Damit Breide sofort angeschossen kommt, um Toric etwas erzählen zu können?« Der Harfner schnaubte verächtlich und sah sich um, denn nun hatten sich seine Augen an das schwache Licht gewöhnt. Piemur hielt seine Kerze in die Höhe, machte ein paar Schritte nach links und stieß einen gedämpften Schrei aus. Er hatte etwas entdeckt.

»Ihre Ahnung bestätigt sich, Meister«, sagte er und trat an die Wand. Im Kerzenschein waren ein paar verstaubte Rechtecke zu erkennen. »Karten?« Ehrfürchtig wischte Piemur Sand und Asche beiseite und legte eine durchsichtige Hülle frei, die den Inhalt seit zahllosen Planetenumläufen schützte. »Karten!«

»Was ist das nur für ein Material?« flüsterte Meister Robinton und befreite vorsichtig ein zweites Rechteck vom Staub. »Beim Ersten Ei!« Fassungslos drehte er sich zu seinem Gesellen um. »Nicht nur Umrisse diesmal, sondern Namen! Landing! Sie haben das Hochplateau ›Landing‹ genannt!«

»Wie originell!«

»Monaco Bay, Cardiff! Der größte Vulkan heißt Garben. Es steht alles hier, Piemur.«

»Sogar der Paradiesfluß!« Piemur hatte die Küstenlinie in östlicher Richtung mit dem Finger nachgefahren und dabei eine Zickzacklinie in den Staub gezeichnet. »Sadrid, Malay-Fluß, Boca ... sehen Sie sich das an, sie sind nicht bis zur Burg des Südens gekommen!«

Zair und Farli hatten auf eigene Faust Erkundungen durchgeführt, jetzt kamen sie angeflattert und machten die Staunenden auf sich aufmerksam.

»Schnell, Piemur. Sieh zu, ob du die Nägel herausbekommst. Breide darf die Karten nicht finden!« Robinton hatte sein Messer aus dem Gürtel gezogen und versuchte, eine der größeren Karten zu entfernen. Die Nägel lösten sich leicht aus der Wand. »Roll sie zusammen, Zair und Farli sollen sie wegbringen. Schnell! Du kannst einen Streifen von deinem Hemd abreißen und sie zusammenbinden. Es wäre wirklich verfrüht, wenn Toric schon jetzt entdeckte, welch verhältnismäßig kleinen Teil des Südkontinents er tatsächlich ergattert hat. Als nächstes müssen wir nachsehen, ob es hier noch etwas Wichtiges gibt.«

»Breide war doch weit weg, am anderen Ende?«

»Schon, aber er hat sicher gesehen, wie die Sondierer ohne uns abgezogen sind. Und er ist von Natur aus mißtrauisch.«

»Wundert mich ohnehin, daß man ihn hier duldet«, sagte Piemur und band seine drei Karten zu.

»Wenn man den Schurken kennt, ist die Gefahr gebannt«, erklärte der Harfner. »Zair! Bring das in unsere Bucht. Schnell!«

Die Röhre war so lang wie eine Schwinge der Feuerechse. Zair packte sie behutsam mit den Krallen und verschwand. Piemur überreichte Farli ihre Last und nannte ihr das Ziel, und sie folgte der Bronzeechse.

Von ferne rief jemand nach den beiden Harfnern.

»Mal sehen, was wir noch finden«, flüsterte Meister Robinton und strebte einer halb geöffneten Tür zu.

»Und wenn es noch mehr gibt, was man verstecken sollte?« fragte Piemur, aber er folgte trotzdem.

»Dann werde ich mir schon etwas einfallen lassen.«

Sie befanden sich in einem Korridor, von dem weitere Türen abgingen. Bei einem kurzen Blick in jeden der Räume entdeckten sie nichts weiter als das übliche Durcheinander. Am Ende des Korridors stießen sie auf einen Flur voller Trümmer. Hier mußte eine Treppe gewesen sein, ehe dieser Teil des Gebäudes durch den Einsturz der Südmauer und durch eindringendes Wasser zerstört worden war. Das charakteristische Rascheln flüchtender Tunnelschlangen war zu hören.

»Glaubst du, daß sich die Schlangen hier auch so

stark vermehren wie die Ahnungen, Piemur?« Der Harfner hielt die Kerze in die Höhe und legte den Kopf in den Nacken, um durch den Treppenschacht nach oben schauen zu können. »Unglaublich! Dabei scheinen so viele von ihren Bauten einfach unverwüstlich zu sein.«

»Vielleicht war dies nur ein provisorisches Gebäude, das irgendwie mit den Flugschiffen zu tun hatte.«

»Was wohl dort oben ist?« überlegte der Harfner und winkte Piemur, auch mit seiner Kerze zu leuchten. Weiße Wurzelfasern und feucht glänzendes Mauerwerk wurden sichtbar, aber mehr auch nicht.

»*Meister Robinton!*« Die schneidende Stimme ließ den Harfner zusammenzucken.

»Tragen wir doch die Enttäuschung mit Fassung, Piemur!«

Auf dem Rückweg bemerkte Piemur an der Tür des Raumes, durch den sie den Korridor betreten hatten, ein viereckiges Schild, das sich leicht ablösen ließ. Im Schein der Kerze waren die üblichen, dicken Lettern so deutlich zu erkennen, als seien sie frisch gemalt.

Breide stolperte herein. »Alles in Ordnung? Haben Sie etwas gefunden?«

»Hauptsächlich Schlangen«, antwortete Piemur niedergeschlagen. »Und das hier!« Er hielt das Schild hoch. ›Bin beim Essen‹, stand darauf.

Die Weyrführer von Benden und Fort, die Barone Jaxom und Lytol und die Gildemeister Fandarel, Wansor und Sebell trafen sich auf dem Landsitz an der Meeresbucht, um sich die neuen Karten anzusehen. Man hatte sie mit einem feuchten Tuch von Sand und Staub befreit, und Meister Fandarel betrachtete ehrfürchtig die durchsichtige Folie, mit der die Oberflächen geschützt waren. Ein Teil der Ziffern auf den Hüllen war offenbar verblaßt, andere hatten dagegen auch Piemurs behutsame Säuberung unverwischt überstanden.

Es gab mehrere Karten vom Südkontinent mit verschiedenen Erläuterungen. Auf der größten waren die alten Namen eingetragen und einzelne Gebiete deutlich abgegrenzt. Die zweite zeigte in allen Einzelheiten das Gelände mit Konturen von Bergen und Ebenen und mit Tiefenangaben für Flüsse und Meere. Die dritte und kleinste Kontinentalkarte trug Etiketten mit winzigen Lettern und mit Ziffern unter jedem Namen. Ein viertes Blatt stellte ›Landing‹ selbst dar, jeder Platz war mit einem Namen versehen, und verschiedene Abschnitte waren als LAZ, HOSP, MAGAZ, TIERKL, AGRI, MECH, und SCHLITT.REP gekennzeichnet. Nummer fünf erfaßte, wie Piemur und N'ton vermuteten, das Gebiet im Süden des Gitters und enthielt Hinweise auf unterirdische Höhlen. Auf der letzten Karte waren mehrere Territorien zu erkennen, eines trug deutlich lesbar die Aufschrift MONACO BAY, in einem zweiten erkannte man die spitze Halbinsel gleich östlich der Meeresbucht und in einem dritten den Paradiesfluß. Ein breiter Streifen entlang des Meeres war auf beiden Seiten mit orangefarbenen, gelben, roten, blauen und grünen Zahlen bedeckt.

»Ach ja, der Paradiesfluß«, sagte Meister Robinton gerührt und räusperte sich. Piemur schloß die Augen und hielt den Atem an. Er durfte nur deshalb an dem Treffen teilnehmen, weil er zusammen mit dem Harfner die Karten gefunden hatte. »Wunderschönes Fleckchen. Piemur, wir müssen diesen Fluß wirklich bis an die Quelle verfolgen.«

»Ach ja?« Lessa schaute von den Karten auf und warf ihrem alten Freund einen langen Blick zu. »Sie sollen es langsam angehen lassen, Robinton.« Eine Sorgenfalte erschien auf ihrer Stirn.

»So weit ist es nun wirklich nicht bis dahin, sehen Sie doch selbst«, antwortete Robinton ein wenig gereizt und maß mit Daumen und Zeigefinger die Entfernung zwischen dem Landsitz an der Meeresbucht und dem Paradiesfluß ab. »Außerdem soll ich doch die Ausgrabungen überwachen und mich um die Funde kümmern.«

»Die Ausgrabungen auf dem Hochplateau«, schränkte Lessa mit einem mißtrauischen Blick ein.

»Schließlich war es Piemur, der diese faszinierenden Ruinen auf seinem Weg hierher gefunden hat.« Der Harfner machte ein beleidigtes Gesicht. »Sie sind bewohnt.«

»Bewohnt?« wiederholten alle wie aus einem Munde.

»Bewohnt?« fragte Lessa spitz und riß die Augen weit auf.

»Nur ein Pärchen aus dem Norden, Schiffbrüchige, mit ihrem kleinen Sohn«, begann Piemur. Ein Funkeln in den Augen des Harfners bestätigte ihm, daß er es richtig angepackt hatte. Mit finsterer Miene stellte er sich Lessas fragendem Blick. Eigentlich wußte er nicht so recht, warum er bei dieser Geschichte den Sündenbock abgeben sollte. Er sah Jaxom an, der ihm gegenübersaß, doch der zuckte hilflos die Achseln. Lytols Miene war undurchdringlich. »Sehr tüchtige Leute. Sie haben schon mehr als zwei Planetenumläufe überlebt.«

»Diese widerrechtlichen Transporte ...«, begann Lessa grollend, lehnte sich in ihrem Stuhl zurück und verschränkte die Arme, um ihre Abneigung gegen solches Abenteurertum noch deutlicher zu machen.

»Keineswegs«, widersprach Piemur. »Sie befanden sich auf einer genehmigten Fahrt vom Gestüt Keroon, um Toric — ich meine, Baron Toric — ein paar Zuchttiere zu bringen. Fünf Menschen überlebten den Sturm, aber einer erlag seinen Verletzungen, ohne daß sie seinen Namen erfahren hätten, und zwei weitere starben im darauffolgenden Frühling an der Feuerkrankheit.«

»Und?« Lessa klopfte ungeduldig mit dem Fuß auf den Boden, aber Piemur bemerkte, daß F'lars Augen interessiert aufleuchteten, und daß N'ton ihm ermunternd zulächelte. Fandarel hörte nur mit halbem Ohr zu

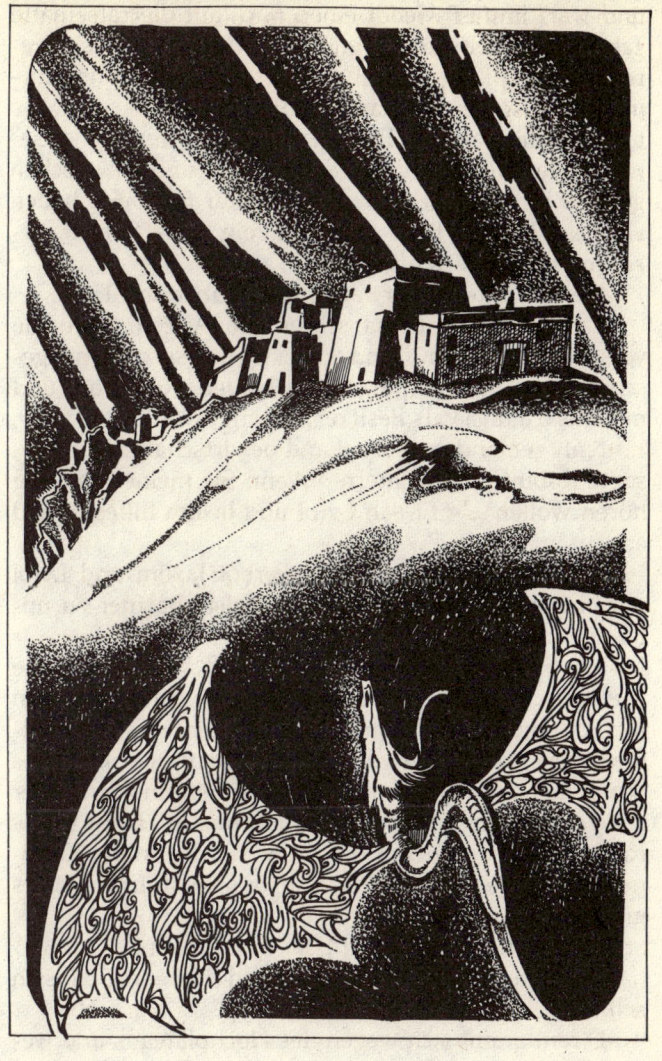

und warf immer wieder einen Blick auf die rätselhafte Tabelle auf dem Tisch, während Wansor mit tief gesenktem Kopf dasaß, selbstvergessen vor sich hinmurmelte und eifrig eine Karte studierte.

»Sie haben an den Flußufern ein paar verfallene Gebäude gefunden und instandgesetzt, und inzwischen geht es ihnen recht gut«, fuhr Piemur fort. »Sie haben sich ein kleines Boot gebastelt, ein paar Renner gezähmt, einen Garten angelegt ...«

Jaxom beugte sich erwartungsvoll über den Tisch.

»Paradiesfluß?« Lessa schloß die Augen, löste die verschränkten Arme und gab sich achselzuckend geschlagen. »Und Sie mögen die beiden, Robinton, und möchten, daß sie als Besitzer bestätigt werden?«

»Nun, jemand muß das Land bewirtschaften, Lessa«, sagte Robinton schüchtern. »Wenn Sie meine Meinung hören wollen ...« Er sah Lytol und Jaxom hilfesuchend an.

»Das will ich nicht.« Lessa verbot Jaxom und Lytol mit einem wütenden Blick, den Meisterharfner zu unterstützen.

»Ich finde, man macht viel zu viel Wind um diese ›Genehmigungen‹ für Einwanderer«, fuhr Robinton fort, ohne ihren Sarkasmus zu beachten. »Gewiß, Meister Idarolan verlangt von allen Schiffsmeistern, daß sie ihm jede Landung auf dem Südkontinent melden. Aber sehen Sie doch, wie weit das Land hier ist. Diese große Karte« — er klopfte mit der Faust auf die größte Kontinentalkarte —, »zeigt uns, wie *viel* Siedlungsraum es gibt.«

»Und keine Weyr«, warf F'lar ironisch ein.

Robinton winkte ab. »Das Land hier schützt sich selbst.«

»D'ram grämt sich wegen des Hochplateaus und wegen Ihres Landsitzes ohnehin noch zu Tode.« Das war Lytol, der bisher geschwiegen hatte.

»Die jungen Lilcamps haben gewissenhaft alte Gebäude ausgebessert«, fuhr Robinton fort, »die ihnen nun Schutz für sich und ihre Tiere bieten.«

»Was sind das für Gebäude?«

»Hier.« Robinton holte aus einem Schrank ein Bündel Skizzen, von Perschar gezeichnet, wie Piemur sofort erkannte. Der Harfner legte ein Blatt nach dem anderen über die Karte und erläuterte beiläufig die jeweilige Szene. »Der Strand, von der Veranda des Hauses aus gesehen. Das Haus selbst — es hat zwölf Zimmer — vom östlichen Strand aus gesehen, im Vordergrund Jayges Boot. Wieder eine Hafenansicht mit den Fischernetzen — Jayge hat in einem der Lagerhäuser Material gefunden und sich daraus Netze gefertigt. Das ist das Lagerhaus. Den Stall kann man gerade noch erkennen. Ach ja, dies ist der Blick von der Veranda nach Süden. Und hier das Westufer und einige der Ruinen. Der reizende kleine Kerl, der da im Sand spielt, ist Readis.« Piemur erriet bald, warum Robinton die Bilder gerade in dieser Reihenfolge präsentierte. »Das ist Jayge — Sohn der Händlerfamilie Lilcamp-Amhold. Ein sehr zuverlässiges Unternehmen. Er möchte ein paar von seinen Verwandten zu sich holen. Und das ist seine Frau!«

»Aramina!« Lessa riß die Zeichnung an sich, ehe sie auf dem Tisch landen konnte.

F'lar sah ihr erstaunt über die Schulter. »Robinton, da haben Sie uns einiges zu erklären!« rief er.

Piemur sah, daß Lessas sonnengebräuntes Gesicht ganz bleich geworden war, und schenkte ihr schnell einen Becher Wein ein. Sie nahm ihn zerstreut, während sie mit schmalen Augen den Harfner anstarrte.

»Sie dürfen sich nicht so aufregen, meine Liebe«, mahnte Robinton. »Ich habe lange überlegt, wie ich Ihnen diese gute Nachricht beibringen soll, aber Sie waren ständig vollauf beschäftigt, und in den letzten paar Monaten ist so viel geschehen ...«

»Sie wissen seit Monaten, daß Aramina lebt?«

»Nein, nein! Nein, erst seit ein paar Tagen. Piemur hat die beiden vor Monaten kennengelernt, ehe er zur Meeresbucht kam. Genau an dem Tag ...«

»Als Baranth Caylith beflog«, warf Jaxom ein, als der Harfner stockte. Mit einem scharfen Blick auf Piemur fügte der junge Baron von Ruatha hinzu: »An dem Tag ist wirklich eine Menge passiert.«

»Piemur konnte nicht wissen, wer Aramina ist, meine liebe Lessa. Er war in der fraglichen Zeit gar nicht im Norden. Aber sie hat sich mir anvertraut, Sie müssen mir nur zuhören.«

Lessa wollte gern alles erfahren, was Aramina dem Harfner erzählt hatte, aber daß man Benden so lange in dem Glauben gelassen hatte, das Mädchen sei tot, empörte sie. Ihren blitzenden Augen verhießen nichts Gutes für ihre erste Begegnung mit Jayge und Aramina.

»Sie kann keine Drachen mehr hören«, beendete der Harfner sanft seine Geschichte.

Lessa saß ganz still, nur die Finger trommelten nervös auf die Armlehnen ihres Stuhls. Sie blickte zu F'lar auf, dann weiter zu N'ton; ihre Augen huschten von Jaxom über Lytols ausdrucksloses Gesicht und blieben an Fandarel hängen, der ihnen unbekümmert standhielt.

»Und sie ist glücklich mit diesem Jayge?« fragte die Weyrherrin schließlich.

»Sie haben bereits einen prächtigen Sohn, und ein zweites Kind ist unterwegs.« Als Lessa dies nicht als Maßstab gelten lassen wollte, fuhr der Harfner fort. »Er ist ein tüchtiger und treusorgender Ehemann.«

»Jayge vergöttert sie«, grinste Piemur. »Und mir ist auch nicht entgangen, wie sie ihn ansieht. Aber die beiden könnten Gesellschaft gebrauchen.« Selbst der Harfner hätte eine vollendete Tatsache nicht geschickter als Möglichkeit darstellen können. »Es ist dort ziemlich einsam, selbst für ein Paradies!«

»Wie groß ist das Paradies?« fragte Lessa. Alle atmeten auf, sie schien einzulenken.

Piemur und N'ton griffen gleichzeitig nach der betreffenden Karte und schoben sie Lessa zu.

»Natürlich nicht so viel, wie hier eingetragen ist«, beruhigte Piemur die Weyrherrin und deutete auf das eingezeichnete Quadrat. In Wirklichkeit dehnte sich der Besitz viel weiter nach Osten und Westen aus, die Karte reichte dagegen nur bis zu der Flußbiegung, die Jayge erwähnt hatte.

»Eine grobe Schätzung?« vermutete Lessa. Es zuckte um ihren linken Mundwinkel, denn sie wußte sehr wohl, daß Piemur mit ziemlich genauen Berechnungen aufwarten konnte.

Der Meisterharfner reichte ihr seine Kopie der beglaubigten Besitzkarte. »Hier!«

»Schaffen wir damit keinen Präzedenzfall, alter Freund?« fragte Lytol ruhig.

»Sicher einen besseren als mit der Methode, die Toric anwandte.« Er wehrte Lessas Vorwurf mit erhobener Hand ab. »Die Umstände haben sich verändert. Aber Sie alle, Weyrführer, Handwerksmeister und Burgherren, werden sich bald für eine der beiden Vorgehensweisen entscheiden müssen. Wie Toric oder wie Jayge? Ich finde, ein Mann sollte besitzen dürfen, was er sich erarbeitet hat.«

Meister Wansors Fistelstimme unterbrach das Schweigen, das nach Meister Robintons provozierender Feststellung eingetreten war. »Dann hatten sie also Drachen?«

»Warum?« Lessas Frage hatte schroffer geklungen als beabsichtigt, und nun entschuldigte sie sich mit einem Lächeln.

Wansor blinzelte sie an. »Weil ich mir nicht vorstellen kann, wie die Alten sonst auf diesen riesigen Ländereien herumkommen konnten. Es sind keinerlei Wege oder Straßen verzeichnet. Die Besitzungen an der Küste oder an den Flüssen wären gut zu erreichen gewesen, aber dieses Cardiff liegt nicht einmal in der Nähe eines

Flusses und ganz und gar nicht nahe an Landing. Vermutlich lagen die Bergwerkseinrichtungen, die hier beim Dra-ke-See eingetragen sind, ursprünglich an einem der Flüsse, aber darüber wird nichts Genaueres gesagt, und ich finde auch keinen Seehafen. Ich begreife einfach nicht, wie sie untereinander Verbindung halten konnten, es sei denn, sie hatten Drachen.«

»Oder andere Flugschiffe?« fragte Jaxom.

»Tüchtigere Segelschiffe?« schlug N'ton vor.

»Wir haben viele makellos gearbeitete Bruchstücke entdeckt«, erklärte Meister Fandarel, »aber keinen einzigen vollständigen Motor, keine Maschine, kein mechanisches Gerät, für das solche Teile erforderlich wären. Nicht einmal in den ältesten Aufzeichnungen meiner Gildehalle. Wir haben drei riesige unbrauchbare Fahrzeuge gefunden und von den Feuerechsen erfahren, daß sie einst fliegen konnten. Aber so plump und schwer, wie sie gebaut sind, war die Flugtüchtigkeit auf kurzen Strecken sicher nicht sehr groß. Die Rohre am Heck lassen eher auf eine senkrecht nach oben gerichtete Bewegung schließen.« Er demonstrierte es mit seiner Hand und seinem kräftigen Unterarm. »Sie müssen andere Transportmittel gehabt haben.«

»Es ist zum Verzweifeln!« rief Lessa verdrießlich. »Wir können nicht alles auf einmal machen! Mag sein, daß der Süden vor den Sporen einigermaßen sicher ist, aber wir brauchen jedes Geschwader, um den Norden und seine Menschen zu schützen. Wir können nicht einfach alle nach Süden schicken!«

»Einst zogen alle nach Norden«, strahlte Robinton. »Um ›Schutz zu suchen‹.«

»Bis die Würmer sich ausgebreitet hatten und das Land vor der Gefahr bewahrten«, fügte F'lar hinzu und legte seiner Weyrgefährtin beruhigend die Hand auf die Schulter.

»Während die Weyr die Sicherheit von Burgen und Gildehallen garantierten«, warf N'ton ein.

»Wir haben noch so viel zu lernen über diese Welt«, warf Robinton vergnügt ein.

»Irgendwo gibt es Antworten.« Meister Fandarel seufzte tief. »Ich wäre schon mit ein paar wenigen zufrieden.«

»Ich wäre mit einer einzigen zufrieden!« F'lar blickte aus dem Fenster auf die mondbeschienene Landschaft. Jaxom nickte mitfühlend.

»Die Paradiesflußbesitzung wird also Jayge und Aramina Lilcamp übereignet?« fragte der Harfner unvermittelt.

»Es ist die weitaus bessere Methode«, stimmte Lytol zu. »Wenn Sie wollen, werde ich den Fall beim nächsten Konklave vortragen.«

»Das gibt eine volle Tagesordnung«, stöhnte F'lar, aber er nickte.

»Warum ist eigentlich alles, was verboten ist, so aufregend?« scherzte der Harfner.

»Glauben Sie mir, ich habe Erfahrung«, gab Piemur schlagfertig zurück. »Wen der Süden nicht umbringt, den macht er nur noch stärker.«

»Und wie ist das mit Ihnen, Meister Robinton?« fragte Lessa mit ihrer liebenswürdigsten und deshalb gefährlichsten Stimme. Aber sie lächelte dabei, und dieses Lächeln war aufrichtig.

Die Nachricht von einem zweiten Großgrundbesitz sickerte allmählich in den Norden durch und wurde von Baronen und Gildemeistern eifrig kommentiert. Einige freuten sich über Jayges Erfolg, andere empörten sich aus unterschiedlichen Gründen über seine neue Stellung. Toric gehörte zu letzteren, aber mit der Zeit legte sich sein Zorn. Im Norden brach eine hagere, narbengesichtige Frau in einen Schwall von Flüchen aus, als sie davon erfuhr, stieß ihren Sattel quer durch den kleinen Innenraum ihrer Höhlenbehausung, schleuderte ihre anderen Habseligkeiten herum und zerbrach alles, was zerbrechlich war, ohne sich damit von ihrer Wut und ihrer bitteren Enttäuschung befreien zu können.

Als sie sich soweit beruhigt hatte, daß sie wieder klar denken konnte, setzte sie sich neben die Asche ihres Feuers und den umgestürzten Kessel mit ihrem Abendessen und begann Pläne zu schmieden.

Jayge und Aramina! Wie hatte er das Mädchen nur gefunden? Dushik hatte doch Wache gestanden. An Readis' Loyalität hatte sie zweifeln müssen, seit sie Giron getötet hatte, der auf der verzweifelten Flucht aus der Festung zu einer unerträglichen Belastung geworden war. Readis hatte sich erst offen gegen die geplante Entführung Araminas ausgesprochen, um sich dann plötzlich damit abzufinden, und diesem Stimmungswechsel hatte sie nie getraut. Aber die Grube war doch so sicher gewesen wie ein Grab. *Wie* hatte dieser elende kleine Händler das Mädchen retten können?

Immer wieder stieß sie sich an den harten Fakten. Aramina war gerettet worden, sie war wohlauf und führte im Süden ein Leben in Saus und Braus, während sie, Thella, beinahe an einer verheerenden Krankheit zugrunde gegangen wäre und nun für immer gezeichnet war. Wenn Dushik oder Readis das vereinbarte Treffen eingehalten hätten, wäre alles viel glimpflicher abgelaufen. So hatte es Wochen gedauert, bis sie das Fieber überwand.

In ihrem geschwächten Zustand hatte Thella sich nicht auf neue Pläne konzentrieren können, und so war sie ziellos umhergewandert und hatte Höfe und Burgen peinlich gemieden, bis sie in Nerat ein abgelegenes Tal fand, wo es Nahrung in Hülle und Fülle gab. Dort kam sie wieder einigermaßen zu Kräften. Die Narben im Gesicht und der Verlust des dichten Haares bis auf ein paar kümmerliche Strähnen hatten sie tief bestürzt. Und begonnen hatte das ganze Unglück damit, daß dieser Abkömmling einer unbedeutenden Händlerfamilie sie daran hinderte, ein armseliges Mädchen zu finden, mit dem ihr Leben so viel berechenbarer geworden wäre.

Immer wieder hatte sie sich mit der Vorstellung getröstet, welche Qualen Aramina in der schleimigen dunklen Grube durchlitten haben mußte, ehe Entsetzen und Hunger sie überwältigten. Außerdem stand die Rechnung mit dem Händler immer noch offen, und sie pflegte sich genüßlich auszumalen, wie sie sich an Jayge und der gesamten Lilcamp-Karawane rächen würde.

Zuerst mußte sie freilich wieder ganz gesund werden, und das dauerte lange, was ihren Haß auf Jayge noch mehr nährte. Doch schließlich war es so weit. Eine tiefe Sonnenbräune ließ das narbenbedeckte Gesicht weniger abstoßend wirken, und das Haar war wieder nachgewachsen, als sie ihren Renner sattelte, um sich ans Werk zu machen.

Eines Abends führte ein glücklicher Zufall sie mit einem Farmergesellen zusammen und versetzte sie in die Lage, ihre leere Börse aufzufüllen. Auch seine Kleidung eignete sie sich an, er brauchte sie schließlich nicht mehr. Vor seinem Hinscheiden hatte er sie freundlicherweise noch über die wichtigsten Neuigkeiten des letzten Planetenumlaufs informiert, und seine Begeisterung über die Öffnung des Südkontinents hätte sie fast veranlaßt, ihre Absicht aufzugeben, nach Süden zu ziehen und sich in der tropischen Wildnis den Besitz abzustecken, der ihr so lange verwehrt geblieben war.

Da sie wußte, daß die Lilcamp-Amhold-Karawane ihre Fahrten stets in Igen begann, kehrte sie in die Höhlen zurück. Dort erfuhr sie zu ihrer Genugtuung, daß Borgald Amhold den Handel aufgegeben hatte, die Lilcamps aber immer noch auf Reisen gingen. Sie begann Pläne zu machen, und als erstes suchte sie alle ihre alten Höhlenschlupfwinkel wieder auf, um zu sehen, wie viele davon noch unentdeckt und verwendbar waren. Dann warb sie Leute an.

Anfangs hatte sie nicht allzuviel Erfolg. Dank der Geschichten, die über sie in Umlauf waren, hüteten sich viele, Burgen und Gildehallen gegen sich aufzubringen. Zwar hatte sich die Bevölkerung in den Höhlen stark verändert, von denen, die sie einst gekannt hatten, war kaum noch jemand da, und der Rest ließ sich von ihrem neuen Aussehen täuschen, aber sie fand kaum willige Helfer. Doch als sie von der Paradiesflußbesitzung hörte, flammten ihre Rachegelüste von neuem auf, und sie hatte nur noch ein Ziel. Sie mußte genügend Männer anwerben und sich ein Schiff besorgen, um nach Süden zu segeln, dann waren Jayges und Araminas Tage gezählt.

14

Südkontinent
15.—17. Planetenumlauf

In den nächsten beiden Planetenumläufen hatte Piemur oft Gelegenheit, sich an Lessas Frage — oder Herausforderung? — an Meister Robinton zu erinnern. Veränderungen gab es allenthalben, aber das war ganz natürlich, einige waren freilich durchaus sensationell, zum Beispiel, daß Menolly, Sharra und Brekke an ein- und demselben Tag Söhne zur Welt brachten. Silvina zufolge kam Menolly mit Robse zwischen zwei Noten nieder. Sharra hatte mit Jarrol etwas größere Schwierigkeiten, und Nemekke tat zwei Wochen zu früh, kurz vor Mitternacht Benden-Weyr-Zeit seinen ersten Schrei. Robinton und Lytol verständigten sich darauf, sich als geistige Großväter von Menollys und Sharras Sprößlingen zu betrachten und feierten die beiden und Brekkes zweiten Sohn mit so viel Wein, daß man alle drei Kinder darin hätte ertränken können.

Doch damit nicht genug: Piemurs Prophezeiung, die Gefahren des Südkontinents würden unter den hoffnungsvollen Grundbesitzern die Spreu vom Weizen trennen, erwies sich als zutreffend. Als sich die Berichte der entmutigten Einwanderer im Norden verbreiteten, ließ der Zustrom von abenteuerlustigen Siedlungswilligen schnell nach. Piemur wußte, daß Meister Robinton und Meisterharfner Sebell daran nicht unbeteiligt waren. Der Südkontinent hatte den Harfner in seinen Bann geschlagen, Robinton war wie einst Piemur fasziniert von der üppigen Schönheit und dem unermeßlichen Reichtum dieses Landes, und die Geheimnisse, die immer noch unter den Trümmern einer anderen Zeit begraben lagen, zogen ihn unwiderstehlich an.

Während des ersten Planetenumlaufs kam es zu der lange erwarteten Begegnung zwischen Meister Rampesi und Meister Idarolan, die vom Landsitz an der Meeresbucht aus in entgegengesetzten Richtungen um die Welt gesegelt waren. Zum Andenken an dieses historische Ereignis hämmerten die beiden Kapitäne einen dicken, roten Pfahl in einen Hang über der Bucht, und die Feierlichkeiten dauerten bis in den frühen Morgen hinein. Man zankte sich in aller Freundschaft, wer am weitesten gesegelt sei, aber da die *Morgenstern* fraglos das größere und schnellere Schiff war, gab sich Meister Rampesi schließlich geschlagen. Dann setzten die beiden ihre Erkundungsfahrt entlang der Südküste fort, der eine in östlicher, der andere in westlicher Richtung, bis sie ihre Heimathäfen wieder erreichten. Beide Schiffsmeister erzählten in ihrem Bericht an das Konklave der Weyrführer, Burgherren und Gildemeister von abwechslungsreichem Gelände mit schroffen Klippen und trockenen, kargen Wüsten, aber auch von erfreulich großen, bewohnbaren Zonen. Diese Informationen trugen sehr dazu bei, die aufkommenden Spannungen über die offizielle Inbesitznahme besonders begehrter Gebiete zu verringern. Die Weyrführer beharrten auf ihrem Grundsatz, die Burgherren des Nordens mit ihrem bereits gesicherten Besitz sollten sich nicht auch noch im Süden bereichern.

Piemur war sehr stolz darauf, daß Meister Robinton weiterhin die Gründung kleinerer Anwesen förderte. Nicht die Burg des Südens, sondern die Paradiesflußbesitzung wurden ständig zur Nachahmung empfohlen. Schließlich gaben die von Bittstellern bedrängten Weyrführer in diesem Punkt nach, mit der Einschränkung, daß niemand, der bereits ein Anwesen besitze, damit rechnen könne, im Süden noch einmal bedacht zu werden. Infolge des stark vergrößerten Angebots an

Rohstoffen aus dem Süden nahmen die Handwerksmeister mehr Lehrlinge auf, und von diesen wechselten wiederum mehr die Tische, so daß ausreichend Gesellen zur Verfügung standen, um den gestiegenen Bedarf der zahlreichen Grundbesitzer zu decken.

Da es nicht mehr erforderlich war, die Paarungsflüge einzuschränken, um die Drachenbevölkerung so niedrig zu halten, daß die bestehenden Weyr sie auch fassen konnten, gab es bald genügend Jungdrachen für einen neuen Weyr in dem dichten Wald zwischen Landing und Monaco. T'gellan, der Reiter des Bronzedrachen Monarth, wurde zum Führer dieses Achten Weyrs bestimmt, den man vorläufig als Ost-Weyr bezeichnete, bis man sich auf einen passenden Namen einigen konnte. T'gellan mußte bald feststellen, daß seine neue Position kein Kinderspiel war, denn man wies ihm ältere Drachen und Reiter zu, die keine vollen Einsätze mehr fliegen konnten, und schickte gleichzeitig Jungdrachen für eine Weile in den Achten, damit sie ihre Kampftechnik vervollkommneten, um dann in die Geschwader des Nordens eingegliedert zu werden.

Die Drachenreiter des Südens erwiesen sich schließlich doch als nützlich, obwohl sich das Land — in Gestalt der erstaunlichen Würmer — selbst gegen die Fäden schützte. Als eine Wolke von Sporenknäueln häßliche Löcher in einen Teil der dichten Wälder brannte, vergrößerte Weyrführer T'gellan die Zahl der Patrouillenreiter, und sogar Baron Toric wurde beim Anblick dieser Schäden etwas kleinlauter und rüstete Bodenmannschaften aus.

Ein nahegelegener Weyr mit einem alten Freund als Weyrführer, das bedeutete für Piemur und seinen Meister, daß ihnen jederzeit bereitwillige Tiere zur Verfügung standen und sie ihre Erkundungen weiter ausdehnen konnten, als Benden vermutlich ahnte. Zu ihrer Freude entdeckten sie entlang eines Flusses an der Westflanke des Garben weitere Ruinen. Und Meister

Robinton kannte geeignete Leute, die in diese alten Besitzungen einziehen konnten — angeblich, um Ausgrabungen durchzuführen.

D'ram gab die Führung des Süd-Weyr an K'van ab, als dessen Heth die selbstgefälligen älteren Bronzereiter damit überraschte, daß er Adreas Beljeth beim Paarungsflug bezwang. D'ram zog sich auf den Landsitz an der Meeresbucht zurück, wo er von Meister Robinton und Lytol, dem ehemaligen Baron von Ruatha, freudig aufgenommen wurde.

Die Furcht vor einem zweiten Toric oder, schlimmer noch, vor einem zweiten Fax legte sich allmählich, als entlang der Küsten und Flüsse immer mehr kleine Besitzungen entstanden. Außerdem erwiesen sich die Größe des Südkontinents und die Schwierigkeit der Nachrichtenübermittlung — ein Problem, an dessen Lösung in der Gildehalle der Schmiede mit Hochdruck gearbeitet wurde — als Hemmnisse für solche Bestrebungen.

Drachen und Segelschiffe verkehrten regelmäßig in beiden Richtungen zwischen den Kontinenten. Die Hafenanlagen in Monaco Bay waren noch zu gebrauchen, nur das Gebäude an der Landspitze war längst den Stürmen zum Opfer gefallen. Der Hafen selbst war ausgezeichnet, und gleich mehrere Fischermeister bestürmten Meister Idarolan um die Erlaubnis, sich dort ansiedeln zu dürfen. Die Paradiesflußbesitzung gedieh prächtig und hatte inzwischen einen eigenen Seehafen unter der Leitung von Fischermeister Alemi von der Meeresburg an der Halbkreisbucht, der über zwei kleine Küstenboote und ein hochseetüchtiges Schiff verfügen konnte.

Die Ausgrabungen auf dem Hochplateau wurden fortgesetzt, obwohl die Arbeiten in den langen Perioden, in denen wenig oder gar nichts entdeckt wurde, nur halbherzig vorangetrieben wurden. Bei jedem kleineren Fund flackerte das Interesse vorübergehend wieder auf, und diesen Eifer pflegte Meister Robinton zu nützen, um neue Stätten freilegen zu lassen. Er war noch immer überzeugt davon, daß irgendwo unter den Trümmern die Antworten auf seine Fragen nach den Dämmerschwestern und der Herkunft der Urbevölkerung von Pern liegen müßten. Die Karten hatten ihm nur den Mund wäßrig gemacht.

Inzwischen hatte Meister Fandarel eine erstaunliche Kollektion von Maschinenteilen zusammengetragen, darunter auch die Hülle eines kleinen Flugschiffes der Ureinwohner, wie er steif und fest behauptete. Steuerbords war sie stark verbeult, das sonst so unverwüstliche Material zeigte Brüche und Flecken und war mit winzigen Haarrissen übersät. Der nackte Rumpf warf mehr Fragen auf, als er beantwortete, aber er machte allen Hoffnung, die glaubten, an einer der alten Stätten könne vielleicht doch ein vollständiges Schiff zurückgeblieben sein.

Zur Unterstützung bei den Etikettierungs- und Katalogisierungsarbeiten schickten Menolly und Brekke mehrere junge Leute als inoffizielle Lehrlinge auf den Landsitz an der Meeresbucht. Piemur hatte seine Freunde im Verdacht, ihn verkuppeln zu wollen, aber die Mädchen waren ohne Zweifel nützlich — und dekorativ, wie er einräumte. D'rams gelegentliche Neckereien schienen ihnen zu gefallen, und den stillen, in sich gekehrten Lytol behandelten sie verständnisvoll. Trotzdem machten sie keinen tieferen Eindruck auf Piemur, außerdem neigten die meisten dazu, Meister Robinton anzuschmachten.

Für die zusätzlichen Bewohner waren kleine Hütten errichtet worden, doch an den meisten Abenden traf sich alles zum Essen im Haupthaus. Neben D'rams Hütte wurde ein großer Platz für Piroths Weyr gerodet. Als Meister Robintons Domizil aus allen Nähten zu platzen drohte, baute man erst ein zweites Gästehaus und dann ein Archiv — Lytols Wirkungsstätte — zur

Unterbringung der vielen Dokumente, Skizzen, Diagramme, Karten, Ruinenpläne und Ausgrabungsfunde. Bald war ein Anbau erforderlich, um Platz für die Handwerkerinnen zu schaffen, die unbedingt einige der Splitter und Scherben wieder zusammensetzen wollten. Wansors großes Fernrohr stand auf der östlichen Landspitze, von dort beobachtete er weiterhin die Dämmerschwestern, den drohenden Roten Stern und andere Himmelskörper, die er mit Hilfe der alten Sternenkarten identifiziert hatte.

In Landing wurde immer noch gegraben. Fandarels Hügel, der letzte, der ursprünglich freigelegt werden sollte, war eine weitere Enttäuschung gewesen. Zwar hatte sich die Vermutung bestätigt, die Ureinwohner seien durch den Ausbruch des Vulkans daran gehindert worden, das Gebäude vor der Flucht zu räumen, aber was immer sich darin befunden hatte, war bis zur Unkenntlichkeit beschädigt — in manchen Fällen sogar völlig zerstört. Weitere hektische Grabungen in diesem Abschnitt brachten kein Ergebnis: die dabei entdeckten Gebäude hatten offenbar als Stallungen gedient.

Das warf die Frage auf, wie man so viele Tiere in den Dämmerschwestern hatte unterbringen können, wie viele Menschen überhaupt die Reise unternommen hatten, wie weit sie gereist waren und wie lange sie in Landing gewohnt hatten. Das unglaubliche Gedächtnis der Feuerechsen hatte offenbar nur aufsehenerregende Ereignisse gespeichert: die erste Landung, den Vulkanausbruch und, weit jünger, die Rückholung von Ramoths Ei, verbunden mit dem Angriff feuerspeiender Drachen auf die Echsen. Noch immer war nicht allgemein bekannt, daß Jaxom und Ruth das Ei in den Norden zurückgebracht hatten — die meisten Leute wußten nur, daß sich durch sein wundersames Wiederauftauchen ein Rachefeldzug der Drachengeschwader aus dem Norden gegen die Alten im Süden erübrigt hatte und die schlimmste Katastrophe vermieden worden war, die man sich vorstellen konnte: ein Kampf Drachen gegen Drachen.

Seit der Südkontinent für jedermann offen war, herrschte auf beiden Seiten des Meeres mehr oder weniger Ruhe, und so konnten sich jene, die sich für die Ureinwohner interessierten, ungestört den Rätseln widmen, vor die sie die Ausgrabungen stellten. Als es auf dem Landsitz an der Meeresbucht eine Woche lang regnete und niemand das Haus verlassen konnte, erreichte die allgemeine Niedergeschlagenheit ein nie gekanntes Ausmaß, und selbst Piemur fiel keine Ablenkung mehr ein, so sehr er sich auch das Hirn zermarterte.

»Es ist durchaus möglich, Robinton«, meinte Lytol, »daß wir die Antworten nie erfahren werden.«

»Nein, *damit* finde ich mich nicht ab!« Der Harfner hievte sich aus seinem Sessel und zögerte ein klein wenig, als seine Gelenke protestierten. »Jedesmal spüre ich den verdammten Regen in allen Knochen.« Er streckte sich und schüttelte die Beine aus. »Was wollte ich eigentlich?«

»Enttäuscht auf und ab gehen«, sagte Piemur und blickte von dem Gegenstand auf, den er mit einem Vergrößerungsglas untersuchte. »Ich leiste Ihnen Gesellschaft. Unmöglich, daß dieses — Ding — zu irgend etwas gut gewesen sein soll.« Er stieß das rechteckige Brett von sich. »Perlen und Drähte und winzige Verbindungen!«

»Ein Ziergegenstand?« fragte D'ram.

»Unwahrscheinlich. Eher wieder eines von den Teilen, wie wir sie im vorderen Abschnitt des Flugschiffs gefunden haben.«

»Was wollte ich denn nun wirklich?« fragte Robinton zerstreut, eine Hand an die Stirn gepreßt, die andere in die Hüfte gestützt. »Und dabei habe ich genug Wein.«

»Ich habe von Generationen gesprochen«, half Lytol ihm geduldig weiter. »Und Sie wollten sich mit der Verzögerung nicht abfinden ...«

»Ach ja, vielen Dank.« Robinton ging zum Kartenständer, der vor einem Fenster aufgestellt war, blätterte den danebenliegenden Stapel durch, bis er das gesuchte Blatt fand, zog es heraus und klemmte es in den Rahmen. »Hat sich jemand damit befaßt?« Er zeigte auf die roten, blauen und grünen Symbole, die wie winzige Flaggen zwischen dem Landestreifen und dem südlichsten Rand der Siedlung eingezeichnet waren.

Piemur drehte sich um. »Nein, da scheint heute nichts mehr zu sein.«

»Aber in diesem Gebiet wurden doch Höhlen entdeckt?«

»Ja, Höhlen, die man offensichtlich zu Wohnquartieren umgebaut hatte«, gab Piemur zu. »Wahrscheinlich für grüne Drachen, denn die Simse waren sehr klein.«

»Und wenn ... wenn diese Höhlen hier nun verborgene Eingänge hätten?« Robinton tippte aufgeregt auf die Fähnchen.

»Meister, haben wir noch nicht genug Gerümpel gefunden?« Piemur wies mit großer Geste auf den gesamten Gebäudekomplex.

»Aber keine Antworten!« Robinton schüttelte den Kopf. »Und einige Antworten muß es geben, die uns mehr sagen, als wir bisher von den Feuerechsen erfahren haben!« Zair hatte auf Robintons Stuhllehne geschlafen, doch nun schreckte er auf und tschilpte ermutigend. »Das genügt, du geflügelter Frechdachs. Wie gesagt, Menschen, die zu solchen Wunderdingen fähig waren, wie wir sie gesehen haben, müssen doch Aufzeichnungen geführt haben!«

»Gewiß, und sie liegen als Staub in den hinteren Korridoren der Burg Fort und des Benden-Weyr«, mischte Piemur sich ein. »Davon werden wir nicht klüger.«

»Es muß mehrere Abschriften gegeben haben!« beharrte der Harfner. »An den Karten sehen wir, was für haltbares Material sie hatten — also wo ist der Rest?«

»Es gibt Lücken in der Dokumentation«, stimmte Lytol ernst zu. »Wir wissen heute, daß in einem Teil der Kellergewölbe der Burg Fort ein schreckliches Feuer gewütet haben muß; wir sind uns auch einig, daß die Bevölkerung von Gildehallen, Burgen und Weyr dreimal durch Seuchen stark dezimiert wurde. Möglicherweise werden wir unsere Geschichte nie ergründen.« Er schien sich in dieses Schicksal zu fügen, während der Harfner sich heftig dagegen auflehnte.

»Soll ich also, wenn es endlich genug geregnet hat«, fragte Piemur in demonstrativ geduldigem Ton, »ein paar Sondierer zusammentrommeln und diese Höhlen suchen?«

Am nächsten Tag hörten die starken Regenfälle auf, und Piemur schickte seine Farli mit der Bitte um einen Drachen, der ihn und den Harfner zum Hochplateau bringen sollte, in den Ost-Weyr. Bald traf V'line ein, ein junger Bronzereiter, und man brach auf. Am Plateau bat der Harfner V'line und Clarinath, ein paar Runden über der Ausgrabungsstätte zu drehen. Oft fand man aus der Luft Anhaltspunkte, die vom Boden aus nicht zu entdecken waren. Piemur und Robinton suchten das Gelände unter sich so gründlich ab, daß keinem von beiden die Abwesenheit der Feuerechsen auffiel.

Doch als sie in einem weiten Bogen nach Norden kamen, konnte ihnen nicht entgehen, daß das inzwischen völlig freigelegte Bauwerk, in dem sie die Landkarten gefunden hatten, sichtbar erzitterte und langsam, fast majestätisch, in sich zusammenfiel. Gleich darauf stürmten die Menschen in Panik aus den anderen Gebäuden.

»Clarinath sagt, der Boden wankt!« rief V'line.

»Erdbeben?« vermutete Piemur.

»Können wir landen?« fragte V'line.

»Warum nicht?« sagte der Harfner. »Hier draußen gibt es nichts, was uns auf den Kopf fallen könnte.

Schade um den ›Berg‹. Vielleicht hätten wir ihn nicht ausgraben sollen.«

»Vielleicht hätten wir Meister Esselin bitten sollen, den eingestürzten Teil abzustützen«, gab Piemur zurück.

»Sollen wir wirklich landen?« V'line war skeptisch, und Clarinath drehte unruhig den Kopf hin und her und spähte ängstlich auf die schwankende Erde hinab. »Bebt es noch immer?«

»Wie soll man das von hier oben beurteilen?« fragte Piemur. »Sag Clarinath, der Harfner hat keine Bedenken.«

»Freut mich, daß du da so sicher bist.« Die Miene des Harfners spiegelte seine Zweifel. »Aber ich glaube, wir sollten zuerst nachsehen, ob auf dem Plateau alles in Ordnung ist.«

Den Rest des Tages verbrachten sie damit, sich zu vergewissern, daß auf dem Plateau mit Ausnahme des alten ›Berges‹ wenig beschädigt worden war. In Monaco Bay und im Ost-Weyr hatte man die Erdstöße deutlich wahrgenommen, auf dem Landsitz an der Meeresbucht war dagegen nur ein leichtes Zittern zu spüren gewesen, und auch das hatte man nur registriert, weil die Feuerechsen verschwunden waren.

Man schickte nach Meister Nicat und Meister Fandarel — Piemur hielt das für Zeitverschwendung, denn seiner Erfahrung nach waren solche Erschütterungen im Süden ganz alltäglich — damit sie das Phänomen untersuchten und sich überlegten, welche Maßnahmen man in Zukunft treffen sollte. Im Norden gab es so gut wie keine Erdbeben, und niemand wußte, was noch kommen würde.

»Eigentlich ist es ganz einfach«, raunte Piemur dem Mädchen zu, das Suppe und Klah herumreichte. »Der nächste Stoß ist zu erwarten, wenn wieder sämtliche Feuerechsen auf einen Schlag verschwinden.«

»Kannst du das beweisen?« fragte sie skeptisch.

»Ja, auf der Grundlage eigener Beobachtungen«, gab Piemur zurück, ohne so recht zu wissen, was er von dieser prompten Herausforderung halten sollte. Dann bemerkte er das Funkeln in ihren Augen. Sie war nicht häßlich, hatte schwarzes, dichtes, stark gelocktes Haar, graue Augen und eine schön geformte, lange Nase — er achtete immer auf Nasen, weil ihm sein eigenes Stupsnäschen nicht gefiel. »Ich bin seit fast zehn Planetenumläufen im Süden, und dieses Beben war nicht der Rede wert.«

»Ich bin seit zehn Tagen hier und habe mich zu Tode erschrocken, Geselle. Ich kann deine Farben nicht einordnen«, fügte sie mit einem Blick auf seine Schulterknoten hinzu.

Er warf sich augenzwinkernd in die Brust. »Landsitz an der Meeresbucht!« Es war sein ganzer Stolz, zu dem halben Dutzend Leuten zu gehören, die diese Farben tragen durften.

Ihre Reaktion befriedigte ihn. »Dann bist du Meister Robintons Geselle? Piemur? Mein Großvater redet oft von dir! Ich bin Jancis, Gesellin in der Schmiedehalle von Telgar.«

Er schnaubte abfällig. »Eine Schmiedin wie dich habe ich noch nie gesehen.«

Sie lächelte, und in ihrer rechten Wange erschien ein Grübchen. »Genau das sagt mein Großvater auch«, erklärte sie und schnippte mit den Fingern.

»Und wer ist dein Großvater?« fragte Piemur artig.

Verschmitzt lächelnd wandte sie sich mit ihrem Tablett der nächsten Gruppe zu. »Fandarel!«

»He, Jancis, komm zurück!« Piemur schoß in die Höhe und schüttete sich dabei die Suppe über die Hände.

»Ach, Piemur!« Plötzlich stand der Harfner vor ihm, packte ihn am Arm und hinderte ihn daran, das Mädchen zu verfolgen. »Wenn du mit dem Essen fertig bist ... Was ist denn los mit dir?«

»Fandarel hat eine Enkelin?«

Der Meisterharfner blinzelte überrascht, dann sah er seinen Gesellen wohlwollend an. »Sogar mehrere, soviel ich weiß. Und vier Söhne.«

»Er hat *hier* eine Enkelin!«

»Ich verstehe. Nun, wenn du mit dem Essen fertig bist ... Was wollte ich eigentlich von dir?« Der Harfner legte den Finger an die Stirn und überlegte.

»Tut mir leid, Meister Robinton.« Piemurs Reue war echt. Er wußte, wie sehr der Harfner es haßte, wenn sein Gedächtnis ihn im Stich ließ. Meister Oldive hatte erklärt, dies sei eine ganz natürliche Folge des Alterungsprozesses, aber Piemur empfand es als ausgesprochen bestürzend, auf diese Weise an die Sterblichkeit seines Meisters erinnert zu werden.

»Ach!« rief der Harfner. »Ich weiß schon. Ich wollte zu unserer Bucht zurück. Zair verfolgt mit einer ganzen Schar anderer Bronzeechsen ein Weibchen, und ich habe für heute genug Aufregungen erlebt. Könntest du dich trotz deiner neuen Bekanntschaft entschließen, mich zu begleiten?«

Der Entschluß fiel Piemur schwer, aber er ging trotzdem mit. Unsichtbar machen kann ich mich auch, dachte er spöttisch.

Am nächsten Morgen brachte eine Feuerechse dem Harfner eine dringende Botschaft von Meister Esselin.

»Offenbar hat sich durch den Regen und das Erdbeben das Erdreich gesenkt und einen Zugang zu diesen Höhlen eröffnet!« rief Robinton erfreut. »Wir müssen V'line wohl bitten, so schnell wie möglich herzukommen.« Er rieb sich erwartungsvoll die Hände.

Der stets wachsame Breide hatte am frühen Morgen eine große Mulde sowie einen breiten Riß im Boden entdeckt. Meister Esselin hatte Arbeitskräfte an die Stelle beordert, aber niemandem gestattet, vor Meister Robintons Ankunft in die Höhle hinabzusteigen. Vorsorglich hatte der Bergwerksmeister prüfen lassen, ob die Bruchkante auch stabil war. Die Tragfähigkeit reichte aus. Außerdem hatte man Leuchtkörbe zusammengetragen, eine feste Leiter hinabgelassen und sie fest in den Höhlenboden gerammt. Als Robinton eintraf, war zwischen dem schwitzenden Breide und Meister Esselin, der diese Leiter mit seinem eigenen Körper verteidigte, ein heftiger Streit entbrannt.

»Ich bin für das Plateau verantwortlich«, erklärte der Harfner und schob sowohl Breide wie auch Esselin beiseite, als er begriff, daß die Debatte darum ging, wer den ›gefährlichen‹ Schritt wagen und als erster hinabsteigen sollte.

»Aber ich bin gelenkiger als Sie, Meister«, sagte Piemur. »Ich gehe voran.« Er huschte so schnell die Sprossen hinab, daß der Harfner gar keine Zeit fand, ihm zu widersprechen. Jemand ließ an langen Seilen Leuchtkörbe hinunter, um ihm den Weg zu erleuchten. Meister Robinton folgte seinem Gesellen ohne Zögern, dann kam Esselin und schließlich Breide.

»Das ist phantastisch!« rief der Harfner aus, als Piemur ihm über die Trümmer der eingebrochenen Erdschicht hinweghalf. Sie befanden sich in einem schmalen Gang. Piemur hielt einen Leuchtkorb hoch über seinen Kopf und drehte sich langsam im Kreis.

Der Lichtschein erhellte ein unglaubliches Durcheinander von Kisten, Schachteln und durchsichtig verpackten Gegenständen, manche willkürlich auf einen Haufen geworfen, andere ordentlich an den unregelmäßigen Felswänden aufgestapelt. Die Höhle mit der gewölbten Decke schien zu einem System aus mehreren, miteinander verbundenen Grotten zu gehören. Die vier Forscher waren ganz starr vor Staunen.

»Das steht nun alles seit zahllosen Planetenumläufen hier und wartet darauf, von den rechtmäßigen Besitzern abgeholt zu werden«, murmelte der Harfner und berührte fast ehrfürchtig eine Kiste mit dem Finger. Dann stieg er über einen weiteren Behälter hinweg und spähte in die Schatten. »Ein ganzes Arsenal von Funden.«

»Sieht so aus, als hätten sie es eilig gehabt«, bemerkte Breide, »wenn man die ordentlichen Stapel an den Wänden mit dem Chaos hier vergleicht. Ach, da ist ja eine Tür.« Er schlug ein paarmal kräftig dagegen, fand aber weder Griff noch Riegel, um sie zu öffnen.

»Stiefel«, sagte Piemur, hob ein Paar auf und streifte den Schmutz von der transparenten Schutzhülle. Die Folie ließ sich nicht zusammendrücken. »Fühlt sich genauso an wie das Zeug, mit dem die Karten überzogen waren.« Er sprach mit respektvoll gedämpfter Stimme. »Stiefel in allen Größen. Und aus robustem Material. Sieht nicht wie Leder aus.«

Meister Robinton lag auf den Knien und versuchte, eine scheinbar fest verschlossene Kiste zu öffnen. »Was bedeutet das?« fragte er und deutete auf Linien in verschiedenen Breiten und Farben an einer Ecke des Deckels.

»Das weiß ich nicht«, antwortete Piemur. »Aber dafür weiß ich, wie man das Ding aufkriegt.« Auf dem Paradiesflußbesitz hatten die gleichen Kisten gestanden. Er faßte zwei kurze Metallklappen in der Mitte der Schmalseiten, drückte sie kräftig nach unten, und der Deckel hob sich.

»Laken!« Meister Esselins schriller Schrei hallte durch die Tunnel. »Laken aus dem alten Material! Meister Robinton, sehen Sie nur! Ganze Stapel!«

Meister Robinton hob ein durchsichtiges flaches Paket heraus, eine Handspanne breit, zwei lang und zwei Finger dick. »Hemden?«

»Sieht jedenfalls so aus«, bestätigte Piemur, leuchtete kurz mit seinem Korb darüber und ging weiter, um nach weniger prosaischen Dingen zu suchen.

Später, als man sich von der ersten Aufregung erholt hatte, schlug Meister Robinton vor, ein Verzeichnis über den Inhalt des Lagers anzufertigen und zumindest die Gegenstände aufzulisten, die leicht zu identifizieren waren. Nichts dürfe aus den Schutzhüllen genommen werden, sagte er. Man würde die Weyrführer von Benden und den Meisterschmied benachrichtigen müssen ... vielleicht auch den Webermeister, denn Kleidung schlug in sein Fach.

»Und Meisterharfner Sebell«, fügte Piemur spöttisch hinzu.

»Ja, ja, natürlich. Und ...«

»Baron Toric!« Breide war empört, daß er sie daran erinnern mußte.

»Oh, das ist wirklich phantastisch«, schwärmte Meister Robinton. »Eine große Entdeckung. Wer weiß wie lange unberührt ...« Doch dann verfinsterte sich sein Gesicht.

»Nun, vielleicht haben sie hier auch Abschriften ihrer Aufzeichnungen gelagert«, hoffte Piemur. Er faßte den Harfner am Arm und schob ihn sanft auf eine große grüne Kiste zu. »Es wird eine Weile dauern, das alles zu durchsuchen.«

»Ich finde, wir sollten nichts mehr anrühren«, mahnte Breide nervös, »ehe alle eingetroffen sind.«

»Nein, nein, Sie haben ganz recht. Die anderen sollten dies genauso sehen wie wir eben«, stimmte der Harfner zu. Er wirkte leicht benommen.

Piemur schoß die Leiter hinauf und steckte den Kopf aus dem Loch. Ein paar Leute, die hinuntergespäht hatten, fuhren erschrocken zurück. »Jancis?« rief er und sah sich ungeduldig um. Die Menge teilte sich, und sie kam auf ihn zu. »Besorg doch bitte einen Becher Wein oder Klah für den Harfner.«

Sie nickte und hastete davon. Gleich darauf kam sie mit einer Feldflasche zurück. Piemur grinste sie dankbar an und glitt die Leiter hinunter, um seinem Meister neue Lebensgeister einzuflößen.

»Was soll das heißen? Denol und seine Sippe haben die Insel in Besitz genommen?«

»Genau was ich sagte, Baron Toric«, antwortete Meister Garm verdrossen. »Er und seine ganze Sippe haben den Kanal zur Insel überquert und beabsichtigen, sie in Besitz zu nehmen. Denol sagt, Sie haben für einen einzigen Mann mehr als genug, und die Insel eignet sich durchaus als unabhängiges, autonomes Anwesen.«

»Unabhängig? Autonom?«

Meister Garm hatte Meister Idarolan gegenüber einmal bemerkt, Baron Toric sei in den letzten Planetenumläufen, seit er sein Ziel erreicht habe, umgänglicher geworden. Doch so abgeklärt war er sichtlich noch nicht, daß er eine Meuterei ganz ruhig hingenommen hätte.

»Das soll ich Ihnen mitteilen, Baron Toric. Und auf dem Pachthof an der Großen Bucht sind nur die unfähigsten Faulpelze zurückgeblieben, die ich je gesehen habe.« Garm verhehlte seine Empörung nicht.

»Das kann ich nicht zulassen!« schrie Toric erregt.

»Ganz Ihrer Meinung, Baron, deshalb bin ich auch sofort zurückgesegelt. Wozu diesen arbeitsscheuen Taugenichtsen die guten Vorräte überlassen? Ich dachte mir schon, daß Sie angemessen dagegen vorgehen wollen.«

»Genau das will ich, Meister Garm, und Sie werden sofort neuen Proviant aufnehmen. Wir segeln heute nachmittag ab.« Toric stellte sich vor die reich verzierte Karte seines Besitzes, die inzwischen eine ganze Wand seines Arbeitszimmers bedeckte.

»Wie Sie meinen, Baron.« Stirnrunzelnd eilte Garm aus dem Raum.

»*Dorse! Ramala! Kevelon!*« Torics Gebrüll hallte hinter Meister Garm durch den Korridor.

Als Dorse und Kevelon im Laufschritt herbeieilten, war der Burgherr gerade dabei, einen Brief zu verfassen. Die kühnen, hastig auf das schmale Blatt gekritzelten Buchstaben ließen seine Wut deutlich erkennen.

»Dieser undankbare Denol an der Großen Bucht hat gemeutert und will meine Insel als unabhängiges, autonomes Anwesen in Besitz nehmen«, erklärte er. »Das kommt davon, wenn man jedem dahergelaufenen Streuner Land zuweist. Ich teile den Weyrführern von Benden gerade mit, was ich dagegen zu unternehmen gedenke, und daß ich auch mit ihrer Unterstützung rechne.«

»Toric«, mahnte Kevelon, »du kannst nicht erwarten, daß Drachenreiter sich an einer Strafaktion gegen Menschen beteiligen ...«

»Nein, nein, natürlich nicht. Aber dieser Denol wird bald sehen, daß er sich auf *meiner* Insel nicht halten kann!«

Ramala trat ein. »Breide hat soeben eine Botschaft vom Hochplateau geschickt, Toric.«

»Dafür habe ich jetzt keine Zeit, Ramala.«

»Die Zeit solltest du dir aber nehmen, Toric. Sie haben Lagerhöhlen voll mit alten ...«

»Ramala«, fauchte Toric und funkelte seine Frau erbost an, »ich habe *hier* Probleme. Dieser armselige Erntehelfer aus Süd-Boll hat *meine* Insel besetzt und will sie zu *seinem* Eigentum machen. Die Weyrführer ...«

»Die Weyrführer werden auch auf dem Plateau sein, Toric. Du könntest beides miteinander vereinbaren ...«

»In diesem Fall werde ich die Botschaft dorthin schicken. Ramala ...« Toric schlug mit der Faust auf den Tisch. »Dies ist viel wichtiger als die Scherben, die unsere Vorfahren zurückgelassen haben. Hier handelt es sich um einen massiven Angriff auf meine Autorität als Burgherr, und das kann ich nicht dulden.« Er wandte sich an Dorse. »Bis Mittag haben sich alle ledigen Männer auf der *Herrin der Bucht* einzufinden, sie sollen sich ausreichend bewaffnen und auch die Stachelspeere mitnehmen, die wir bei der Jagd auf die Großkatzen einsetzen.« Dorse wurde mit einer Handbewegung entlassen, Toric rollte die beiden Briefe zusammen und reichte sie Ramala. »Gib sie Breides Feuerechse und schicke sie zu ihm zurück. Kevelon, du bleibst hier in der Burg und kümmerst dich um alles. Auf dich kann ich mich verlassen.« Toric umarmte seinen Bruder und trat dann wieder an die Karte, um sich die bedrohte Insel genau anzusehen.

Toric hätte im Leben nicht erwartet, daß jemand ihm seinen eigenen Besitz streitig machen könnte, schon gar nicht so ein Hungerleider wie dieser hochgekommene Erntehelfer. Der Mann konnte sich auf etwas gefaßt machen!

»Denol, sagen Sie?« rief der Meisterharfner. »Ein Erntehelfer aus Süd-Boll?«

Das klang so belustigt, daß Perschar, der eifrig die Szene um das eingebrochene Höhlendach mit dem Zeichenstift festhielt, überrascht aufblickte.

Breide warf ihm einen vernichtenden Blick zu. »Ich sprach eigentlich mit Meister Robinton«, sagte er eisig und bedeutete dem Künstler mit seiner freien Hand, wieder an seine Arbeit zu gehen. Torics Botschaft reichte er dem Harfner.

»Für Baron Toric ist das ein Schlag ins Gesicht, soviel ist sicher,« fuhr Perschar fort, ohne Breide zu beachten.

Der Harfner grinste. »Ich glaube aber nicht, daß er davon gleich zu Boden geht. Bei seiner unerschöpflichen Tatkraft wird er die Sache bald wieder ins Lot bringen. Und für uns kommt die Ablenkung genau im richtigen Moment.«

»Ja«, antwortete Perschar nachdenklich. »Da mögen Sie recht haben.« Während er mit flinken Strichen weiterzeichnete, trat ein breites Lächeln in sein Gesicht.

»Aber Meister Robinton«, Breide wischte sich den Schweiß von der Stirn. »Baron Toric muß doch einfach herkommen.«

»Nicht, wenn auf der Burg unerwartete Probleme aufgetaucht sind.« Robinton wandte sich an Piemur, der interessiert zugehört und Breides offenkundige Ratlosigkeit sehr genossen hatte. »Ach, da kommt Benden«, fügte der Harfner hinzu und deutete gen Himmel. »Ich werde dafür sorgen, daß der Weyrführer Torics Botschaft erhält.« Er nahm Breide die zweite Rolle aus der Hand, ehe der Mann protestieren konnte, und überquerte die zertrampelte Wiese, um F'lar und Lessa zu begrüßen.

Man hatte weitere Leitern in die Grube hinabgelassen und unten eine Reihe Leuchtkörbe aufgestellt, um den Weyrführern und Gildemeistern die Erforschung der Höhlen zu erleichtern. Eine Gruppe war bereits damit beschäftigt, und der Meisterharfner und die Weyrführer schlossen sich an.

In diesem Augenblick sah Piemur, daß auch Jancis heruntergestiegen kam. »Hallo!« rief er. »Wir sollen nicht allein gehen, wie wär's also, wenn ich dich begleite?« Er half ihr von der letzten Sprosse.

»Ich habe einen offiziellen Auftrag«, grinste sie, öffnete ihre Schultertasche und zeigte ihm Tafel und Schreibgerät. »Ich soll die Korridore vermessen und einen Lageplan anfertigen, ehe du dich rettungslos verirrst.« Sie reichte ihm einen zusammenklappbaren Meßstab. »Hiermit ernenne ich dich zu meinem Helfer.«

Dagegen hatte Piemur nichts einzuwenden. »Die Tür ist dort hinten«, sagte er. »Ich glaube, das wäre ein guter Ausgangspunkt.« Er faßte sie am Ellbogen und steuerte sie in die angegebene Richtung.

Obwohl sie fleißig ihre Messungen durchführte, nahmen sie sich beide die Zeit, in die Kisten zu spähen und die verschiedenen Schätze zu begutachten.

»Hauptsächlich Dinge, von denen sie entweder genug hatten, oder die sie nicht sofort benötigten«, bemerkte Jancis, die einen großen Kasten mit rostigen

Suppenkellen untersuchte und erschrocken zurück-
sprang, als ihr eine davon unter den Fingern zerfiel.

»Stiefel braucht man immer!« widersprach Piemur.
»Und sie sind ausgezeichnet erhalten. Ich würde sagen,
diese Grotte mißt zwanzig auf fünfzehn Schritt.« Sie
hatten etliche miteinander verbundene Höhlen durch-
wandert — einige waren offenbar umgestaltet und be-
gradigt worden — und sich ziemlich weit vom Ein-
gangsraum entfernt.

»Mit welchen Werkzeugen konnten sie nur massiven
Fels so glatt durchschneiden wie gebratenes Wherfleisch?« fragte Jancis und fuhr mit einer Hand über einen Torbogen.

»Du bist der Schmied. Du mußt es wissen.«

Sie lachte. »Das hat noch nicht einmal Großvater
herausgebracht.«

»Du hast aber doch nicht wirklich mit Metall gearbeitet?« Die Frage brannte Piemur schon lange auf der
Zunge, und jetzt platzte er endlich damit heraus. Jancis
wirkte nicht gerade zart, aber sie hatte auch nicht die
dicken Muskelpakete der meisten männlichen Schmiede, die er kannte.

»Doch, darum kam man in der Gildehalle nicht herum, aber keine schweren Sachen«, antwortete sie zerstreut, mehr mit der Vermessung des Torbogens beschäftigt. Sie nannte ihm die Maße. »Als Schmied hat
man sehr viel mehr zu tun als heißes Metall oder Glas
zu bearbeiten. Ich beherrsche die Grundzüge meines
Handwerks, sonst hätte ich nicht die Tische gewechselt.« Sie legte den Kopf schief und zeigte beim Lächeln
ihr Grübchen. »Kannst du jedes Instrument bauen, das
ein Harfner spielt?«

»Ich beherrsche die Grundzüge«, lachte Piemur, und
dann hielt er den Leuchtkorb hoch, um in die nächste
Grotte sehen zu können. »Was haben wir denn da?«

»Möbel?« Auch Jancis hielt ihren Korb in die Höhe,
die dunklen Schatten nahmen Gestalt an, und das Licht

spielte über blanke Metallbeine. »Das sind jedenfalls Tische und Stühle, alles aus Metall oder aus diesem anderen Material, das sie so häufig verwendet haben.« Sie fuhr mit kundiger Hand über Beine und Oberflächen.

»He, das sind ja Schubladen!« rief Piemur und kämpfte mit den Auszügen an einer Seite eines Schreibtischs. »Sieh nur!« Er hatte ein Bündel dünner Zylinder mit spitzen Enden in der Hand. »Schreibstifte? Und das?« Er hob einige Klammern auf und dann eine fingernageldicke durchsichtige Latte, einen Finger breit und mehr als eine Handspanne lang, auf beiden Seiten mit feinen Linien und Ziffern bedeckt. »Was hatten sie wohl für Maßeinheiten?«

Er reichte ihr die Latte, und sie drehte sie hin und her. »Ganz praktisch, daß man durchschauen kann«, bemerkte sie, steckte sie in ihre Schultertasche und machte sich eine Notiz auf ihrem Plan. »Das wird Großvater interessieren. Was hast du sonst noch gefunden?«

»Wieder diese nutzlosen dünnen Plättchen. Wenn alle Schubladen voll sind mit ...« Sein Gejammer brach ab, als er die tiefste Lade öffnete und die ordentlich aufgereihten Hängemappen sah. Schnell zog er eine davon heraus. »Listen über Listen, alle auf diesen Folien. Und farbkodiert — Orange, Grün, Blau, Rot und Braun. Ziffern und Buchstaben, mit denen ich gar nichts anfangen kann.« Er reichte ihr die Mappe und griff nach einer zweiten. »Alles rot, und alles durchgestrichen. Mein Meister verlangt Aufzeichnungen, und die kann er jetzt haben! Auch wenn sie ihm nichts nützen werden.«

»Sind auf den Kisten dort nicht ähnliche Farbstreifen, Ziffern und Buchstaben?« fragte Jancis.

Piemur dachte an die vielen Stapel von Kisten, Behältern und Kartons, die sie gesehen hatten, und stöhnte. »Ich dränge mich nicht danach, Vergleiche anzustellen. Konnten sie uns denn nichts in einfacher, verständlicher Sprache hinterlassen?«

»Großvater ist hauptsächlich deshalb erschüttert«, fuhr Jancis fort, während sie weitere zugängliche Schubladen untersuchte, »weil über Hunderte von Planetenumläufen soviel von ihrem Wissen verlorenging. Er findet das kriminell.«

»Nicht bloß ineffektiv?« grinste Piemur und hoffte nur, daß niemand gerade jetzt nach ihnen rufen würde. Vielleicht konnte er sie irgendwie von ihrer Hauptaufgabe ablenken.

Jancis hatte eben die weite, flache Lade in der Mitte des Schreibtisches aufgezogen, holte ein paar sehr dünne, lose Blätter des haltbaren Materials heraus, auf das auch die Karten gedruckt waren, und versuchte, die Buchstaben am oberen Rand zu entziffern. »E-V-A-K-U-I-E- Die Lettern haben eine komische Form ... Ach so, Evakuierungsplan. Und wieder Ziffern.« Sie schlug das oberste Blatt zurück und keuchte auf. »Ein Plan des Plateaus mit Namen und — HO-SPI-TAL, MA-GA-ZIN, TIERE, VERWALT, AKKI. Sie haben alles nach seiner Funktion benannt.« Sie wandte sich ihm mit leuchtenden Augen zu und reichte ihm die Blätter. »Ich glaube, das ist ein wichtiges Dokument, Piemur.«

»Du hast wohl recht. Aber vielleicht finden wir noch mehr.«

Die Möbel waren so sorgfältig gestapelt, daß sie letztlich nur noch wenige Schubladen erreichen konnten, ohne einzelne Stücke herunterzunehmen — und dafür war kein Platz. Nicht alle Laden waren so voll wie die erste, die Piemur geöffnet hatte, aber alle enthielten sie interessantes Strandgut in Form von kurzen Notizen, weiteren rätselhaften Listen und der dünnen rechteckigen Plättchen, deren Zweck nicht erkennbar war. Jancis machte die letzte Entdeckung: ein ovales Gebilde aus schwarzem Material mit erhabenen Tasten, zwölf davon mit Ziffern und vier mit arithmetischen

Zeichen versehen, ringsum von weiteren Knöpfen umgeben. Sie waren sich einig, daß ihr Großvater es sich ansehen sollte. Die meisten Möbel befanden sich in bemerkenswert gutem Zustand, denn das Höhlensystem war trocken, und das Material war ungenießbar für die Tunnelschlangen, mit deren Kot alle Flächen verschmutzt waren.

»Die armen Biester können einem richtig leid tun«, heuchelte Jancis. »Leben seit einer Ewigkeit hier und finden nichts zu fressen!«

»Oder haben längst alles verzehrt.« Piemur bemerkte, daß die Leuchtkörbe schwächer wurden. »Wie lange sind wir schon hier unten?«

»Lange genug, um hungrig zu werden«, antwortete sie und zeigte ihr Grübchen.

Sie hatten bereits den Rückweg angetreten, als sie ihre Namen in den Korridoren widerhallen hörten. Am Eingang stand Meister Esselin auf einer Leiter und sprach erregt mit F'lar, der auf einer zweiten ein paar Sprossen höher stand und mehr den Himmel ansah als seinen Gesprächspartner.

»Ach, Piemur, gleich bricht ein Gewitter los«, sagte Meister Robinton. Seine Augen blitzten, als er Jancis bemerkte. »Esselin ist überzeugt davon, daß wir allesamt unseren Schätzen ertrinken werden.«

»Nun, das wohl nicht«, lachte Lessa leise. »Drachen sind zu allem möglichen zu gebrauchen.«

Ein wenig verblüfft schaute Jancis Piemur von der Seite an.

»Ramoth *und* Mnementh?« fragte der Geselle und reckte den Hals. Vom Boden der Grube aus waren die Gewitterwolken nicht zu sehen.

»Beide Flügelpaare zusammen bilden ein wunderbares Dach«, sagte Lessa. »Nur Esselin meint, das sei unter Bendens Würde. Zum Glück war er nicht dabei, als Ramoth und Mnementh damals die Hügel ausgruben. Esselin, schicken Sie uns doch bitte etwas zu essen herunter, während wir das Gewitter abwarten«, fügte sie etwas lauter hinzu. Der Bergwerksmeister verschwand nach oben.

Zwei gewaltige Drachenschwingen breiteten sich über das Loch, und plötzlich herrschte tiefe Dämmerung. F'lar, Lessa und Robinton lächelten befriedigt.

»Ich wußte gar nicht, daß Drachenflügel so schön sind«, flüsterte Jancis Piemur zu. »Nein, im Ernst. Sieh dir die feine Äderung an. Eine so dünne Membran, und doch so unglaublich stark. Eine phantastische Konstruktion.«

Lessa trat ein paar Schritte auf das Mädchen zu und lächelte. »Meister Robinton zufolge lassen einige der ältesten Aufzeichnungen vermuten, daß die ersten Drachen tatsächlich konstruiert wurden«, sagte sie und setzte sich neben die Jüngere auf die Kiste.

»Dann sind sie nicht mit den Feuerechsen verwandt?« fragte Jancis.

»Oh, sie behaupten schon«, sagte Lessa achselzuckend. »Woher sie es allerdings wissen wollen«, fügte sie liebevoll hinzu, »ist mir schleierhaft.«

»Wegen des Essens, Lessa«, sagte Piemur, »sollten wir lieber nicht auf Meister Esselin warten. Wenn Ramoth und Mnementh uns ein Dach über dem Kopf geben können, dann können Farli und Zair für unsere Ernährung sorgen.« Sein schiefes Lächeln war schon fast eine Herausforderung. Er hob die Hand, Farli tauchte unvermittelt auf, quiekte überrascht, als sie bemerkte, wie nahe sie der Weyrherrin war, und hätte fast den Korb fallen lassen, den Sie in den Klauen hielt. »Verzeihen Sie mir die Kühnheit, Weyrherrin.« Er erhob sich, nahm Farli ihre Last ab und schickte sie mit einer Handbewegung wieder fort. »Nun, als Vorspeise reicht es«, sagte er, nachdem er den Inhalt begutachtet hatte. »Sie kommt wieder und bringt noch mehr.«

»Du bist nicht unterzukriegen!« rief Lessa, aber ihr Lachen klang vergnügt, und sie war durchaus bereit,

sich die Brote schmecken zu lassen, auch wenn sie von einer Feuerechse gebracht worden waren.

Nachdem Zair auch den Harfner und F'lar versorgt hatte, ließen es sich alle in der Höhle Versammelten schmecken, während der Wolkenbruch auf die schützenden Drachenschwingen niederprasselte.

»Und was habt ihr entdeckt, Jancis und Piemur?« fragte Robinton.

»Viel oder wenig, Meister Robinton, wie man es nimmt«, antwortete Piemur, zog die Mappe heraus und blätterte die Seiten um, bis er die Karte fand. »Hieraus läßt sich offenbar entnehmen, welche Gebäude wofür verwendet wurden.«

Meister Robinton griff nach der Mappe und rückte an den nächsten Leuchtkorb heran, um die Karte zu betrachten. »Das ist großartig, Piemur, einfach großartig! Sehen Sie nur, Lessa. Jeder Platz hat einen Namen! Und HO-SPI-TAL — das ist ein alter Name für Heilerhalle. VERWALT? — das heißt sicher Verwaltung. Ach, das wurde ja noch gar nicht freigelegt. Großartig. Was noch, Piemur?« Der Meister fieberte vor Ungeduld.

»Erst will ich wissen, was *Sie* gefunden haben!« verlangte Piemur.

»Handschuhe!« F'lar hielt drei Päckchen in die Höhe. »In verschiedener Stärke für verschiedene Tätigkeiten. Ich glaube, zum Fliegen wären sie nicht warm genug, aber das sollen die Experten entscheiden.«

»Mit der gefundenen Kleidung könnten wir den ganzen Weyr ausstatten«, fügte Lessa hinzu.

»Sie hat sogar Stiefel in ihrer Größe entdeckt«, sagte F'lar und grinste seine zierliche Weyrgefährtin an.

»Ich kann mir nicht vorstellen, warum sie so lebenswichtige Dinge wie Kleidung zurückgelassen haben sollten«, überlegte Lessa.

»Und ich«, Meister Robinton hielt noch immer die Mappe umklammert, »habe riesige Töpfe und Pfannen gefunden, außerdem mehr Löffel, Gabeln und Messer, als man für ein ganzes Fest bräuchte. Daneben große Räder, kleine Räder, mittlere Räder, und kistenweise Werkzeug. Meister Fandarel ist bereits mit einem Sortiment von Geräten verschwunden. Einige waren mit einer dicken Öl- oder Fettschicht bedeckt. Er fürchtet, wenn man sie plötzlich der Luft aussetzt, könnten sie brüchig werden und sich in nichts auflösen.« Er zwinkerte Jancis zu.

Immer noch prasselte der Regen herab.

»Falls wir den ursprünglichen Eingang ausfindig machen können«, bemerkte F'lar mit einem Blick hinauf zu den Drachenschwingen, »würde ich empfehlen, dieses Loch völlig zu überdachen. Wäre ja noch schöner, wenn alle diese rätselhaften, außergewöhnlichen Dinge so viele Planetenumläufe, Erdbeben und Vulkanausbrüche nur überlebt hätten, um dann sang- und klanglos ertränkt zu werden.«

»Das können wir gewiß nicht zulassen«, pflichtete ihm Meister Robinton bei.

»Es wäre auch nicht effektiv«, murmelte Jancis Piemur ins Ohr.

»Und du bist unverbesserlich.« Lessas scharfen Ohren war das Geflüster nicht entgangen. »Dieses kleine Problem hat dein Großvater wahrscheinlich bereits gelöst. Er kann es gar nicht erwarten, die Baustoffe auszuprobieren, die Meister Esselin entdeckt hat. Ihr wart nicht hier, als man einige der Platten nach oben hievte. Ich glaube, bald werden sämtliche Schmiedemeister von Pern hier zusammenströmen. Hast du zufällig ein paar Blätter für mich übrig, Jancis?« fuhr sie fort und wischte sich energisch die Krümel von Fingern und Wams. Das Mädchen nickte. »Ausgezeichnet, ich finde nämlich, man sollte genau aufschreiben, was wir hier wegnehmen — obwohl alles, was wir gefunden haben, sicher mehrfach vorhanden ist. Es ist wirklich erstaunlich, in welchen Mengen die Sachen hergestellt wurden.«

»Erstaunlich ist, was man alles zurückgelassen hat«, sagte F'lar nachdenklich. »Ich kann es mir nur so erklären, daß sie wiederkommen wollten ...« Alle schwiegen versonnen.

»Sie sind wiedergekommen«, sagte Meister Robinton schließlich sanft. »Sie sind wiedergekommen, in uns, ihren Nachfahren.«

15

Südkontinent
17. Planetenumlauf

Dank Jancis' präziser Messungen wurde der ursprüngliche Eingang am nächsten Tag gefunden, freigelegt und abgestützt. Den Riß verschloß man — auf Drängen von Meister Fandarel — mit einer Platte aus dem durchsichtigen Material der Alten.

»Das ist effektiv«, erklärte Jancis mit einem vergnügten Funkeln in den Augen, »weil dadurch wenigstens etwas Helligkeit eindringen kann. Eigentlich ist es merkwürdig«, fügte sie hinzu und legte auf eine Weise den Kopf schief, die Piemur äußerst liebenswert fand, »wenn man sich vorstellt, daß sie hier« — sie deutete auf die freigelegten Hügel — »offenbar gar nicht genug Licht in ihren Behausungen haben konnten, und dann hingingen und Klippen aushöhlten, um darin zu wohnen und sich im Dunkeln zu verstecken.«

»Eigentlich unbegreiflich, so ein drastischer Wandel«, meinte Piemur. »Könnte es sein, daß sie nichts von den Sporen wußten, als sie hier landeten?« Die Idee war ihm eben erst gekommen, er hatte noch nicht einmal mit Meister Robinton darüber gesprochen.

»Und die Fäden haben sie nach Norden in die Höhlen getrieben?«

»Nun, im Norden gibt es eben mehr Höhlen. Aber«, schränkte er ein, »die Burg des Südens hat ebenfalls einen ausgedehnten Komplex, und auch der hier ist sehr weitläufig, außerdem bin ich bisher nur an der Küste entlang gewandert, im Landesinneren könnte es noch Hunderte geben ...«

»Ja, aber du hast die meisten Ausgrabungsstätten gesehen, nicht wahr? Und du hast mir erzählt, daß unsere Vorfahren oberirdisch bauten, freistehende Häuser.« Sie sah ihn prüfend an und fügte hinzu: »Ich würde wirklich gern einmal eine solche Stätte sehen.«

»Das läßt sich leicht einrichten«, versprach Piemur und gab sich alle Mühe, aus dieser sehnsüchtigen Bitte nicht mehr herauszulesen als berufliche Neugier.

Sie waren in den letzten zehn Tagen fast ununterbrochen zusammen gewesen, entweder hatten sie Meister Robinton oder Meister Fandarel geholfen, oder selbständig den Inhalt einiger kleinerer, mit Waren vollgestapelter Höhlen aufgelistet. Meister Fandarel hatte mehrere Kisten mit Maschinenteilen in ein Lagerhaus bringen lassen, wo er sich mit anderen technisch interessierten Meistern und Gesellen bemühte, aus diesem merkwürdigen Sammelsurium klug zu werden. Piemur und Jancis waren währenddessen damit beschäftigt, die Streifen, Farben und Ziffern auf Kisten und Schachteln denen auf den Listen zuzuordnen, die Piemur am ersten Tag in jenem Schreibtisch gefunden hatte. Als Jancis ihre arglose Bemerkung machte, waren sie gerade beim Mittagessen. Piemur rief Farli zu sich und schrieb eine Botschaft an V'line, Clarinaths Reiter, im Ost-Weyr.

»Um Farli beneide ich dich wirklich«, sagte Jancis, als die kleine Königin verschwunden war.

»Wie kommt es, daß du keine Feuerechse hast?«

»Ich?« Die Frage erstaunte sie. Außerdem hatte sie einen Fleck auf der Backe und einen zweiten auf der Stirn, und Piemur konnte sich nicht entscheiden, ob er sie darauf aufmerksam machen sollte. Sie hielt sehr auf Ordnung und Sauberkeit, aber er hatte es ganz gern, wenn sie erhitzt und zerzaust war — dann wirkte sie weniger unnahbar. »Wie käme ich dazu? Jeder Gildemeister und jeder ältere Geselle steht vor mir auf der Liste, da kann ich noch lange warten. Es sei denn, du kennst ein Nest in der Nähe?«

Er sah sie lange an und mußte sich sehr beherrschen, um nicht laut herauszuplatzen. Er wußte genau, daß sie ohne Hintergedanken gesprochen hatte, aber das konnte ihn nicht abhalten. »Nestersuchen ist die Hauptbeschäftigung aller Sondierer und Gräber. Aber du ... du würdest eine gute Echsenmutter abgeben.«

Jancis riß die Augen weit auf, doch dann veränderte sich ihre Miene. »Ich glaube, du willst mich nur nekken.«

»Nein, bestimmt nicht. Schließlich habe ich eine Königin.«

»Du meinst, Farli hat Eier gelegt?«

»Schon oft.« Nun blieb Piemur ein peinliches Geständnis nicht erspart: »Das Problem ist, ich weiß nicht, wo!«

»Wieso nicht?« fragte Jancis verwundert.

»Nun, die Sache ist die, Königinnen kehren instinktiv an den ursprünglichen Nistplatz zurück und suchen sich eine freie Stelle in der Nähe. Nur habe ich keine Ahnung, wo das war.«

»Aber du hast sie doch an dich gebunden, als sie ausgeschlüpft ist? Da mußt du ...«

Piemur lachte und unterbrach sie mit erhobener Hand. »Das ist eine lange Geschichte, aber im Grunde weiß ich nicht, woher ihr Gelege stammt, und sie kann mir außer Sanddünen und Hitze offenbar auch keinen Anhaltspunkt geben.«

In diesem Augenblick kam Farli in die Kammer geflogen und zeterte erregt über Hindernisse, die ihr den Weg versperrten. Aber die Botschaft, die sie mitbrachte, war positiv.

»Wir nehmen uns den Nachmittag frei, Janny. Das haben wir uns verdient«, bestimmte Piemur. »Wenn wir nicht aufhören, diese Streifen zu vergleichen, verderben wir uns noch die Augen. Also werden wir eine instandgesetzte Ruinensiedlung am Paradiesfluß besichtigen. Jayge und Ara werden dir gefallen! Ich habe dir doch erzählt, wie sie nach einem Schiffbruch an Land gespült wurden und so weiter.«

Sie warf ihm einen unergründlichen Blick zu, aber dann lächelte sie und packte ihre Sachen zusammen.

»Das ist doch von oben genehmigt?« fragte V'line mit einem Seitenblick auf Jancis, als die beiden dem Bronzereiter ihre Bitte vortrugen.

»Selbstverständlich«, versicherte Piemur herablassend und half Jancis auf Clarinaths Rücken. »Wir sollen die Markierungen auf unseren Kartons mit denen vergleichen, die am Paradiesfluß gefunden wurden. Eine dieser öden Tätigkeiten, die eben erledigt werden müssen, und Jancis und mir hat man sie aufgehalst!« Sehr mit sich zufrieden stieg er hinter dem Mädchen auf. Es war sein gutes Recht, während des Fluges die Arme um sie zu legen.

Jancis warf ihm wegen seiner kaltblütigen Schwindelei einen vielsagenden Blick zu und grinste, doch als Clarinath sich in die Lüfte schwang, keuchte sie erschrocken auf und griff nach seinen Armen.

»Du sitzt doch gewiß nicht zum ersten Mal auf einem Drachen?« fragte Piemur, den Mund dicht an ihrem Ohr. Unter ihrem Helm lugten ein paar Löckchen hervor und kitzelten ihn an der Nase. Sie schüttelte den Kopf, aber ihr Griff lockerte sich nicht, und das verriet ihm, daß sie wohl noch nicht sehr viele Ritte hinter sich hatte.

Dann gingen sie ins *Dazwischen*, und ihre Finger krallten sich noch fester in seine Arme. Gleich darauf schwebten sie über dem sauberen Sandstrand, und Clarinath glitt aufs Flußufer zu und landete ein paar Drachenlängen vom Wohnhaus entfernt. Hier war es sehr viel heißer als auf dem kühlen Hochplateau. Piemur überlegte flüchtig, warum Alemi sein Schiff wohl so weit westlich des Paradiesflusses vertäut hatte. Dann tauchte Farli über Clarinaths Schulter auf und stimmte mit silberhellem Trompeten in den Begrüßungschor der ansässigen Feuerechsen ein, die nun alle auf das Anwesen herabstießen.

»Hör mal, V'line, ich weiß nicht, wie lange es dauern wird«, begann Piemur, schnallte hastig Helm und Jacke auf, als ihn die Hitze traf, und half auch Jancis, sich auszuziehen.

»Clarinath muß auf die Jagd«, sagte V'line. »Deshalb wurde ich auch nicht als Patrouille eingeteilt und konnte euch herbringen. Könntest du Jayge fragen, wo man am ehesten wilde Renner findet?«

Piemur stieg ab und half Jancis herunter, und in diesem Moment trat Jayge auf die Veranda, um nachzusehen, wer gekommen war. Piemur beeilte sich, in den kühlen Schatten der Terrasse zu gelangen, stellte Jancis vor und fragte, wo Clarinath jagen könne.

»Sag ihm, er soll flußabwärts fliegen, etwa zwanzig Minuten geradeaus. Um diese Tageszeit grasen sie dicht am Wasser«, empfahl Jayge und fügte hinzu, V'line solle zurückkommen, um den Bronzedrachen zu baden und mit ihnen zu Abend zu essen, während Clarinath seine Mahlzeit verdaute.

»Piemur, du bist verrückt, in der größten Hitze hierherzukommen.« Jayge gähnte herzhaft. Dann wandte er sich an Jancis. »Möchten Sie etwas Kühles trinken?«

»Vielen Dank, Jayge«, lehnte Jancis mit einem verschmitzten Blick auf Piemur ab, »aber wir haben kurz vor unserem Aufbruch vom Plateau gegessen, und wir müssen unbedingt die Kodierung auf den Kartons in Ihrem Lagerhaus überprüfen, wenn Sie gestatten.«

Piemur zog sich aus bis auf das weite Unterhemd, das er unter seinem Kittel trug. Jancis schien viel weniger unter der Hitze zu leiden, aber Schmiede waren schließlich an Wärme gewöhnt. »Hör mal, Jancis, ich habe das nur gesagt...«

»Natürlich, Piemur«, fuhr Jancis ungerührt fort, »aber es war eine gute Idee, und ich finde, wir sollten sie auch ausführen.«

»Tut ihr beiden, was ihr wollt.« Jayge sah grinsend von einem zum anderen, »ich ziehe mich in meine Hängematte zurück und warte, bis der Nachmittagsregen Kühlung bringt. Nur Verrückte rennen in dieser Hitze herum!« murrte er schon im Gehen.

»Also, Jancis«, begann Piemur und wischte sich mit seinem Kittel die Stirn ab.

»Nur *ansehen*, das kann doch nicht so lange dauern!« sagte sie mit einem sehnsüchtigen Blick auf die leeren Schaukelstühle und die Kinderschaukel auf der Veranda. Dann ging sie über den sauber mit Muscheln eingefaßten Pfad auf die anderen Gebäude zu, und Piemur folgte ihr leise fluchend. »Sind die jetzt alle bewohnt?« fragte sie auf halbem Wege zum Lagerhaus.

»Soviel ich weiß«, antwortete er mürrisch. Er wußte, daß sie ihn nur neckte und daß er eigentlich gar nicht darauf reagieren sollte. Doch dann fragte er sich, warum sie das tat. Bisher hatte er den Eindruck gehabt, sie finde ihn sympathisch und arbeite gern mit ihm zusammen. Warum gab sie sich jetzt so launisch? War das vielleicht ein Charakterfehler? »Jayge und Ara haben ein paar Verwandte aus dem Norden hergeholt«, fuhr er fort, um seinen Pessimismus zu überspielen. »Dann hat Menolly ihren Bruder Alemi als Fischermeister empfohlen, und jetzt hat sich auch noch ein Glasmeister angesiedelt, weil es hier einige Stellen mit ganz feinem, weißen Sand gibt. So wurde der alte Paradiesflußbesitz allmählich instandgesetzt und bewohnbar gemacht. Da sind wir!«

In dem hohen Raum war es kühl, die Lüftungsschlitze unter der Decke sorgten für eine leichte Brise. In einer Ecke stand immer noch ein ordentlicher Stapel aus Kisten und Kartons, viele andere hatte man jedoch verwendet und dicht beim Eingang aufgeschichtet. Jancis brummte mißbilligend.

»Warum soll man sie *nicht* benützen?« fragte Piemur. »Sie waren nicht voll, und sie waren alles, was Jayge und Ara hatten, als sie an Land geschwemmt wurden. Außerdem wären unsere Vorfahren gewiß froh darüber, daß sie wieder Verwendung gefunden haben.«

»Heutzutage wissen so viele Leute ganz genau, worüber die Vorfahren froh wären«, spottete Jancis.

»Einschließlich deines Großvaters«, erinnerte sie Piemur. »Du hattest nichts dagegen, als er mit der Platte den Spalt abdeckte.«

Sie bedachte ihn mit einem vernichtenden Blick. »Meister Fandarel hatte seine Gründe.«

»Jayge und Ara auch. Warum sollte man auf nützliche Dinge verzichten?« fragte Piemur. »Wenn sie Fundstücke enthalten, ist es etwas anderes — aber sonst sind sie nur brauchbar, effektiv.« Die Anspielung klang eher pikiert als humorvoll. »Die Sachen werden weder entweiht noch mißbraucht. Es sind schließlich keine Heiligtümer. Und haltbar sind sie auf jeden Fall.«

»Bist du etwa der Meinung, wir sollten die Hemden, die Stiefel und die anderen Dinge in der Höhle *tragen?*« fauchte ihn Jancis mit blitzenden Augen und streitbar vorgerecktem Kinn an.

»Wenn sie passen, warum nicht?«

»Weil das — weil das ein Frevel ist, darum!«

»Ein Frevel? Wenn man ein Hemd anzieht, weil es ein Hemd ist, dazu bestimmt, die Blöße zu bedecken, oder Stiefel, weil sie Stiefel sind und zum Laufen gemacht wurden? Das begreife ich nicht.«

»Es ist ein krasser Mißbrauch von historischen Überresten.«

»Außer dieser Platte verwendet Meister Fandarel auch einige von den Bohrern — der härteste Stahl, den er je gesehen hat.«

»Großvater *vergeudet* sie nicht!«

»Hier wird auch nichts vergeudet.« Gereizt hob Piemur die Arme und ließ sie wieder fallen. »Nun lies schon die verdammten Etiketten. Dazu bist du doch hergekommen. Ich gehe ins Haus zurück. Jayge hat ganz recht. Bei manchen Leuten greift die Hitze den Verstand an.«

Farli begleitete ihn und bombardierte ihn mit einem Schwall von Fragen, die er ihr selbst dann nicht hätte beantworten können, wenn er sie verstanden hätte. Als er die breite Veranda erreichte, goß er sich aus dem irdenen Krug in der schattigen Ecke mehrere Becher kühles Wasser ein. Dann spannte er eine der Hängematten auf, legte sich hinein und grübelte, warum er eigentlich mit Jancis gestritten hatte.

Aufgeregtes Hundegebell riß ihn aus seinem leichten Schlaf. Dann stieß Farli laut quiekend herab und zupfte nachdrücklich an seinem ärmellosen Hemd.

»Hm? Was'n los? Langsam, Farli, das kratzt!« Aber sie war völlig verstört und ließ sich nicht abweisen. Piemur blinzelte sich den Schlaf aus den Augen und wollte mit einem unbeholfenen Satz aus der Hängematte springen, doch die drehte sich unter ihm weg, und er plumpste peinlich laut auf den Verandaboden.

Die zum Haus gehörigen Feuerechsen flatterten aufgeregt schnatternd durch Türen und Fenster ins Innere. Piemur hörte, wie Jayge schläfrig protestierte. Das Kläffen der Hunde steigerte sich zu einem panischen Gejaule, und die Echsen gerieten außer sich.

Als Piemur sich vom Boden aufrappeln wollte, bemerkte er am Strand eine verdächtige Bewegung, und sofort war er hellwach. Kein Wunder, daß die Hunde hysterisch waren. Er hatte sich zu oft auf Farli und Dummkopf verlassen, um nun an tierischen Instinkten zu zweifeln oder sich lange zu fragen, warum sich jemand an die Paradiesflußbesitzung anschleichen sollte. Von den Fischerhütten weiter oben am Strand erscholl ein erstickter Schrei, er zog sein breites Dschungelmesser aus der Scheide, kroch an die Verandabrüstung und spähte vorsichtig darüber.

Da! Wieder eine Bewegung! Es hatte den Anschein, als schwärmten mehrere Leute aus, um das Haus zu umzingeln — und als näherten sich weitere Eindringlinge behutsam den anderen Gebäuden. Drinnen beklagte Jayge sich ärgerlich über seinen unterbrochenen Nachmittagsschlaf. Lautlos robbte Piemur zur Hängematte zurück und löste erst das eine, dann das andere Ende vom Wandhaken. Vielleicht ließ sich das Ding zur Verteidigung benützen. Die Hängematte hinter sich herziehend, huschte er um die Verandaecke, kletterte durch ein Seitenfenster ins Haus und sah sich nervös nach möglichen Waffen um.

»Jayge?« rief er leise, als er den Hausherrn schlaftrunken durch den Korridor stolpern sah.

»Ja?« Jayge starrte ihn benommen an.

»Greife dir irgend etwas. Jemand will euch überfallen!«

»Laß doch den Unsinn!« Jetzt klang Jayges Stimme normal. Plötzlich schossen seine Feuerechsen in den Raum und quiekten in panischem Schrecken. »Was?«

Draußen mischte sich ein neuer, fast triumphierender Ton in das Hundegebell. Jemand war so geistesgegenwärtig gewesen, die Tiere aus ihrem Zwinger zu lassen. Jayge durchfuhr es wie ein Schlag, und er riß zwei Küchenmesser vom Regal. In diesem Augenblick ertönte vom Strand her ein Schrei.

»Ara! Nimm die Kinder und lauf!« brüllte er, und dann rannten er und Piemur in langen Sätzen aus dem Haus, um sich den Feinden zu stellen.

Der Kampf war beschämend schnell vorüber. Am Fuß der kleinen Verandatreppe wurden Piemur und Jayge von sechs sonnenverbrannten, zerlumpten Männern mit Schwertern, Spießen und langen Dolchen überwältigt. Piemur stach mit seinem Messer zu und schlug mit der Hängematte um sich, doch die hing trotz der Unbeholfenheit der Angreifer bald in Fetzen herab. Flüche und schrille Schmerzenslaute verrieten ihm, daß Jayge seine Messer gut zu gebrauchen wußte. Eine gellende Stimme rief Befehle und kreischte vor Ungeduld über die Unfähigkeit der Angreifer und die schweren Verluste. Dann stürmten alle Feinde gleichzeitig vor, und Jayge und Piemur wurden an die Treppe zurückgedrängt. Piemur hörte jemanden hinter sich, doch ehe er reagieren konnte, traf ihn ein harter Schlag auf den Hinterkopf, und er verlor das Bewußtsein.

Als Jayge zu sich kam, lag er mit dem Gesicht nach unten im Sand, sein Kopf hämmerte wild, seine Rippen und die rechte Schulter schmerzten, und am ganzen Körper spürte er kleinere Wunden, in denen die Sandkörner heftig brannten. Er merkte schnell, daß er sich nicht in eine bequemere Stellung bringen konnte — man hatte ihn verschnürt wie einen Wher am Spieß. Als er sich anschickte, einen Mund voll Sand auszuspucken, vernahm er ein Stöhnen, einen dumpfen Schlag und schließlich ein zufriedenes Glucksen.

»Schlaf weiter, Harfner«, sagte eine harte Frauenstimme. »Und so hält man emporgekommene Grundbesitzer in Schach, Leute. Auf diese Weise kriegen sie weder von ihren Feuerechsen noch von anderer Seite Unterstützung. Und jetzt« — die trügerisch sanfte Stimme wurde plötzlich gehässig — »will ich die Frau und ihre Bälger. Ohne sie war die ganze Mühe umsonst.«

Jayge machte sich unwillkürlich steif und stemmte sich gegen seine Fesseln. Thella! Er hatte Ara immer wieder versichert, die Frau müsse umgekommen oder gefangen worden sein, aber selbst hatte er nie daran geglaubt. Und gerade in letzter Zeit, als man überall verbreitete, daß sie beide zu rechtmäßigen Besitzern des Anwesens am Paradiesfluß erklärt worden waren, hatten sich seine Befürchtungen verstärkt. Wenn Thella noch lebte, würde sie davon erfahren? Würde es sie interessieren? Würde sie handeln? Bei vernünftiger Überlegung war es unwahrscheinlich. Aber Vernunft war eine Eigenschaft, die man bei einem so von Rachsucht beherrschten Menschen wie Thella nicht unbedingt voraussetzen durfte.

Zum Glück hatte Ara mit den Kindern fliehen können. Außerdem tröstete ihn der Gedanke, daß V'line bald zurückkommen würde, um Piemur und Jancis abzuholen! Heimatlose der Sorte, die mit einer Renegatin wie Thella gemeinsame Sache machten, bekamen sicher einen gewaltigen Schrecken, wenn sie einen Drachen am Himmel sahen. Wie lange war er wohl bewußtlos gewesen? Es herrschte immer noch eine drückende Hitze, also war er vielleicht ... nur so lange ausgeschaltet worden, dachte er verärgert, daß man ihn gründlich hatte fesseln können.

»Ich dachte, Sie wollten *ihn* töten?« beschwerte sich jemand entrüstet.

»Töten wäre zu einfach. Ich will, daß er leidet! Wie ich seinetwegen zwei Planetenumläufe lang gelitten habe. Aber das geht am besten, wenn er mit ansehen muß, was ich mir für sie ausgedacht habe! Und ihr schwachsinnigen Tölpel habt sie entwischen lassen!« Jayge hörte ein paar Männer erschrocken aufkeuchen.

»Warum treten Sie uns? Wir haben getan, was wir konnten«, klagte jemand. »Von den Hunden haben Sie kein Wort erwähnt! Und wie scharf diese Bestien sind! Bin nicht an ihnen vorbeigekommen. Reißzähne so lang wie eine Hand. Und riesig wie Herdentiere!«

»Ihr wart zu sechst, mit Schwertern und Speeren bewaffnet! Das müßte doch genügen, um eine kleine Schlampe zu fangen. Sind die hier jetzt alle gefesselt? Und was ist mit den Frauen in den Fischerhütten? Schön, dann suchen wir jetzt nach ihr. Sie hat kleine Kinder dabei, also kann sie nicht weit gekommen sein. Vielleicht hat sie sich in den großen Ruinen dort verkrochen. Und falls sie in den Wald gelaufen ist, muß sie in dem dichten Unterholz eine Spur hinterlassen haben, die sogar ihr blinden Trottel finden könnt. Ich will sie und die Kinder haben. Wenn ich mit ihnen und mit ihr selbst fertig bin, wird sie sich wünschen, sie wäre nie geboren.«

»Hören Sie mal, Thella«, protestierte der Sprecher, »von Foltern war aber bisher nicht die Rede! Ich halte nichts von ...« Der Satz endete in einem grauenvollen lauten Röcheln, und dann trat eine Stille ein, die mehr verriet als alle Worte.

»Hat sonst noch jemand eine Frage?« rief Thella spöttisch, aber der grausame Unterton war nicht zu überhören. »Bloors, du bist zwar am Bein verletzt, aber du hast zwei gesunde Arme. Du nimmst jetzt diese Keule, und bei der leisesten Bewegung schlägst du zu. Dicht hinter dem Ohr! Kapiert? Sollte ich bei meiner Rückkehr feststellen, daß einer von den beiden auch nur einen Finger gerührt hat, schneide ich dir die Kniesehnen durch. Du da, heb das Seil auf. Und du die Netze, damit wir unsere Gäste auch gut einwickeln können. Die anderen nehmen sich ein paar Speere gegen die Hunde. Und jetzt folgt mir.«

Jayge versuchte zusammenzurechnen, wie viele Männer Thella bei sich hatte. Er wußte, daß er einem das lange Messer in den Bauch gestoßen und mehrere andere, die ihn bedrängten, verwundet hatte. Auch Piemur hatte mit seinem Dschungelmesser gute Arbeit geleistet, ehe er überwältigt wurde. Er hörte knirschende Schritte, öffnete die Augen einen winzigen Spalt und zählte vier Paar Füße, die an ihm vorübergingen und ihm Sand ins Gesicht schleuderten. Thellas Stimme verklang zu seiner Rechten, in Richtung auf Temmas und Swackys Häuser und das Lagerhaus. Jancis? Hatte sie die Hunde losgelassen?

Wieder flog ihm Sand ins Gesicht. Ein entsetzlicher Gestank — nach Blut, abgestandenem Schweiß und Fischtran — stieg ihm in die Nase, etwas beugte sich über ihn. Fast wäre er zusammengezuckt, als ihm probeweise eine Keule in die Rippen gestoßen wurde. Dieser Bloors nahm seinen Auftrag ernst. In der Ferne gab

Thella Anweisungen für die Durchsuchung der Ruinen. Sollte sie doch! Aramina war sicher in den Wald gelaufen, höchstwahrscheinlich zu den großen Fellisbäumen, die gleich hinter dem ersten Dickicht dicht beieinander standen. Wenn es ihr gelang, sich in einer der buschigen Kronen zu verstecken — und die Kinder ruhig zu halten —, konnte Thella lange suchen. So lange hoffentlich, bis er sich irgendwie befreit und den einzigen Wächter außer Gefecht gesetzt hatte.

Bloors ging nicht mehr herum, aber Jayge hörte an den Geräuschen, daß sich der Mann offenbar auf den Verandastufen niederließ. Er stemmte sich gegen die schmerzhaft straffen Fesseln und blähte trotz seiner verletzten Rippen den Brustkorb, um die Seile zu lokkern, mit denen seine Arme an den Körper gebunden waren. Die Handgelenke waren hinter dem Rücken gefesselt, und seine Knöchel hatte man so fest zusammengeschnürt, daß er seine Füße kaum noch spürte. Verbissen drehte er die Hände, um die Stricke irgendwie zu dehnen. Thella polterte inzwischen im Lagerhaus herum und suchte nach einer Spur der Flüchtlinge.

Irgendwann fiel ihm auf, daß es zu still war. Von den Hunden war kein Laut zu hören, kein Winseln, Bellen oder Knurren. Vielleicht waren sie alle getötet worden, aber als Jayge sich ins Gedächtnis rief, was er belauscht hatte, gelangte er zu dem Schluß, einige hätten wohl überlebt und beschützten Aramina. Am seltsamsten war das Fehlen sämtlicher Feuerechsen. Die seinen waren nicht so gut abgerichtet wie die von Piemur, aber auch sie hatten am Kampf teilgenommen und waren beißend und kratzend auf die Eindringlinge herabgestoßen. Solange Bloors Wache hielt, konnte er es nicht wagen, nach ihnen zu rufen. Außerdem war Piemur der einzige, den sie gut genug kannten, um ihm eine Botschaft zu bringen. Wo war Piemurs Farli? Der Harfner behauptete, seine Königin zeige mehr Unternehmungsgeist als die meisten Tiere. War sie etwa fortgeflogen, um Hilfe zu holen? Wenn Bloors erst aus dem Weg geschafft wäre, dann könnte Jayge seine Feuerechsen vielleicht dazu bringen, ihm die Fesseln durchzubeißen.

Wen würde Farli denn wohl um Hilfe bitten? V'line und Clarinath? In Jayge stieg Hoffnung auf. Vielleicht genügte schon der Anblick des Bronzereiters mit seinem Drachen, und Bloors würde davonhumpeln, wenn auch nur, um Thella zu warnen. Sobald Jayge frei war, würde er Thella gnadenlos vernichten. Er spürte ein überwältigendes Verlangen, ihr sein Schwert in den Bauch zu stoßen und ihre hochmütige Stimme um Gnade flehen zu hören.

Ein tröstlicher Gedanke, aber davon wurden seine Fesseln nicht lockerer — die Finger waren schon fast taub. Er spürte ein Kribbeln in der ausgedörrten Kehle, wagte aber nicht zu husten, sondern spuckte nur den Sand aus, bis auf eine kleine Muschel, an der er lutschte, um den Speichelfluß anzuregen. Neben ihm stöhnte jemand und regte sich, und sofort ließ Bloors seine Keule niedersausen. Wie viele solcher Schläge konnte ein Schädel wohl aushalten, ohne dauernden Schaden zu nehmen? fragte Jayge sich verzweifelt.

Von ferne war Geschrei zu hören, das Splittern von Holz — aber immer noch kein Hundeknurren. Thella mußte ein riesiges Gebiet absuchen. Wenn Ara nur die Kinder ruhig halten konnte ...

Wieder klatschte die Keule gegen Fleisch. Etwas Schweres, Feuchtes berührte Jayges Rücken, er keuchte erschrocken auf.

»Leise!« warnte eine ruhige Stimme.

»V'line?«

»K'van.« Der Bronzereiter säbelte bereits an Jayges Fesseln herum. »Aramina hat gerufen — gut, daß sie ihre Fähigkeit gerade in diesem kritischen Moment wiederentdeckt hat. Heth hat geantwortet. Jetzt verstehe ich, warum. Hat Thella nur den einen Wächter zurückgelassen?«

»Ja. Mit den anderen ist sie losgezogen, um nach Aramina und den Kindern zu suchen. Ich weiß nicht, wie viele es sind. K'van, ich brauche dir wohl nicht zu sagen, wie gefährlich Thella ist.«

»Nein, nicht nötig.« K'van schnitt die letzten Fasern durch und drehte Jayge auf den Rücken. Als das Blut in das abgeschnürte Gewebe schoß, keuchte der Siedler auf und wand sich vor Schmerz. K'van massierte ihm Arme und Beine, um den Kreislauf anzuregen. »Ganz ruhig jetzt. Es wird noch eine Weile dauern, bis Thella merkt, daß ihre Beute entwischt ist.« Er half Jayge auf die Beine. »Du mußt mit den Füßen aufstampfen.« Dann rief er vorsichtig zum Haus hin: »Alles in Ordnung, Mina. Bring uns einen Becher von Jayges Selbstgebranntem. Er kann einen Schluck gebrauchen, und die anderen sicher auch.«

»Du hast Aramina gerettet?« Jayge schwankte, mehr vor Erleichterung als vor körperlicher Schwäche.

K'van stützte ihn, seine Augen funkelten. »Diesmal habe ich sie aus den Bäumen gepflückt — sie, Jancis und die beiden Kinder. Die Hunde mußte ich zurücklassen.« Er machte sich daran, den geknebelten und bewußtlosen Bloors zu fesseln.

Jayge schüttelte den Kopf über den leichtfertigen Ton des Drachenreiters. »Hör mal, K'van, könntest du Heth bitten, Verbindung mit Ramoth und Mnementh aufzunehmen? Sie wollen sicher wissen ...« Jayges Hände waren so steif und geschwollen, daß er den Dolch in Bloors Gürtel nicht fassen konnte.

»Das wollen sie sicher, aber da man im Benden-Weyr momentan gegen Fäden kämpft, kommt Heth noch nicht durch.«

»Dann rufe doch deinen eigenen Weyr zu Hilfe!«

K'van sah ihn lange und nachdenklich an. »Du weißt, daß ich das nicht kann, Jayge.«

»Das verstehe ich nicht, K'van. Ich dachte, du seist unser Freund, und jetzt, wo wir dich wirklich brauchen ...«

»Ich habe schon mehr getan, als ich eigentlich dürfte.« K'van bückte sich, um Temma loszuschneiden. Seine Stimme klang leicht gereizt.

Jayge hatte keine Gelegenheit, mit ihm zu diskutieren, denn in diesem Augenblick kam Ara die Treppe heruntergelaufen und warf sich in seine Arme. Der Branntweinschlauch schlug ihm gegen die schmerzenden Rippen. Seine Umarmung fiel recht flüchtig aus, denn er war noch immer wütend über K'vans Weigerung, weitere Hilfe zu leisten. Dann sah er Jancis, die Janara auf dem Arm trug, während Readis sich an ihren Rock klammerte, und nun mußte er auch noch die Kinder beruhigen.

»Eine gute Idee, die Hunde freizulassen, Jancis«, sagte er mit dankbarem Blick.

»Kam mir einfach logisch vor«, wehrte sie achselzuckend ab. Sie stellte Janara auf den Boden und kniete neben Piemur nieder, der unter seiner tiefen Sonnenbräune sehr blaß war. »Ein schreckliches Weib! Ist das nicht die Banditin, die Telgar und Lemos so verzweifelt gesucht haben? Trinken Sie, Jayge, und dann geben Sie mir bitte den Weinschlauch. Piemurs Gesichtsfarbe gefällt mir nicht.«

Jayge nahm einen tiefen Schluck und stellte fest, daß das scharfe Getränk sich als ausgezeichnetes Stärkungsmittel erwies.

»Temma könnte auch etwas vertragen«, sagte K'van und half der benommenen Frau zum Sitzen hoch. Aramina rieb ihr sanft die entzündeten, geschwollenen Handgelenke und Knöchel. Die beiden Kinder standen immer noch unter Schock, sie drängten sich dicht aneinander und beobachteten die Erwachsenen mit großen Augen.

»Du solltest Swacky befreien, Jayge«, schlug K'van

vor und durchschnitt Nazers Fesseln, ohne den wütenden Blick zu beachten, den Jayge ihm zuwarf.

»Wenn du wenigstens ein Geschwader rufen würdest, K'van, oder ein paar zusätzliche Reiter ...«

»So gern ich das täte, ich darf den Weyr nicht in Verruf bringen, nicht ohne Bendens Erlaubnis«, sagte
K'van ruhig. »Man könnte es als direkte Einmischung
in die Verwaltung eines Besitzes auslegen. Du mußt
dich selbst gegen Thella wehren.«

»Er hat recht, Jayge«, sagte Jancis, während sie mit
energischen Bewegungen Piemurs blutunterlaufene Arme und Handgelenke massierte.

»Aber du ...«

»Heth hat Aramina gehört und mich sofort aus dem
Weyr gescheucht, obwohl ich außer meinen Hosen
nichts anhatte.« K'van schauderte unwillkürlich. »Wir
kamen direkt über ihr aus dem *Dazwischen*. Mir blieb
kaum etwas anders übrig, als sie aus diesem Baum zu
holen.« Er stieß gereizt den Atem aus. »Schon deshalb
werde ich noch einiges zu hören bekommen, aber Heth
hat nicht lange *gefragt*. Vielleicht akzeptiert F'lar diese
Begründung: ein Reiter kann sich nur selten gegen seinen Drachen durchsetzen.«

»Aber du *mußtest* doch Aramina und meine Kinder
retten!«

»Das habe ich auch getan!« K'van war mit seiner Geduld allmählich am Ende und sah den erbosten Grundbesitzer finster an. »Und ich würde es wieder tun,
selbst wenn mir die Umstände vorher bekannt wären.
Alles andere, mein Freund, ist nun deine Sache. Ich
muß noch etwa zwei Stunden warten, bis ich mit den
Weyrführern von Benden in Verbindung treten kann,
und ich glaube nicht, daß Thella so lange in deinem
Obstgarten herumstöbern wird. Gib mir den Weinschlauch. Swacky sieht so aus, als brauche er einen großen Schluck.«

»Wir sind fünf.« Jayge schluckte seinen Zorn über

den Bronzereiter hinunter und ging daran, einen Verteidigungsplan aufzustellen.

»Sieben«, erklärte Jancis entschieden.

»Ich weiß nicht, wie viele Leute Thella mitgebracht hat.«

»Nun, ein paar hat sie schon verloren.« Jancis deutete auf die fünf Gestalten, die auf einer Seite der Veranda aufgereiht lagen.

»Sechs sind auf uns losgegangen«, sagte Temma heiser und schüttelte ihre Hände, um das Blut schneller fließen zu lassen. »Ich habe ein paar ordentliche Hiebe gelandet, und ich weiß, daß Nazer einem das Messer in die Brust gestoßen hat.«

»Mich haben drei angegriffen, und einen habe ich erwischt, aber ich glaube nicht, daß er tot ist«, sagte Swacky.

»Haben sie alle Hunde umgebracht, Ara?« fragte Jayge. Die Tiere würden jederzeit angreifen, wenn man es ihnen befahl.

»Nur einen. Die anderen sitzen oben auf dem Baum«, grinste Aramina. »Jancis hat geschoben, und ich habe gezogen. Sie sind — hoffentlich — in den Ästen versteckt und haben Befehl, sich nicht von der Stelle zu rühren. Ich wollte gerade die Feuerechsen mobilisieren, aber da erschien Heth, und sie sind alle verschwunden.«

Aus dem Wald waren deutlich die Rufe der ratlosen Sucher zu hören. Eine laute weibliche Stimme befahl ihnen, auf die Bäume zu klettern, wenn sie vom Boden aus nicht genug sehen könnten.

»War Farli bei den anderen Feuerechsen?« fragte Piemur matt. Seine ungesunde Blässe verlor sich allmählich.

»Ich habe sie nicht gesehen«, antwortete Jancis.

»Als ich niedergeschlagen wurde, ist sie wahrscheinlich losgeflogen, um Hilfe zu holen.«

»Zum Meisterharfner?« fragte K'van.

»Das nehme ich an.«

»Alemi und die Fischer wären schneller zu erreichen«, sagte Aramina, beschirmte die Augen und spähte aufs Meer hinaus. »Könnte es sein, daß sie klug genug ist, zu ihnen zu fliegen?«

»Sie zu finden, und sie rechtzeitig hierher zu bringen, sind zwei verschiedene Dinge«, gab Swacky zu bedenken, der von den Fähigkeiten der Feuerechsen keine sehr hohe Meinung hatte. »Und wo ist Alemis Weibervolk?«

»Sie liegen gefesselt in ihren Häusern«, sagte Jayge mit einem Wink zu den kleinen, weiter flußaufwärts gelegenen Katen. »Ara, du und Jancis, ihr nehmt die Kinder mit und befreit sie. Sollte Thella wie durch ein Wunder die Boote nicht zerstört haben, dann setzt ihr euch alle hinein, segelt hinaus in die Bucht und wartet, bis Alemi zurückkommt.«

Aramina sträubte sich. »Ich werde nicht schon wieder weglaufen, Jayge Lilcamp!«

»Ich glaube, für Jayge wäre alles viel einfacher, wenn du außer Thellas Reichweite wärst«, erklärte K'van bestimmt. »Mit den Kindern. Er soll sich mit ihr auseinandersetzen. Zu dieser Konfrontation mußte es eines Tages kommen.« Der Bronzereiter sah Jayge fest in die Augen.

»Sie ist längst überfällig!« knirschte Jayge. »Geh nur, Aramina. Diesmal mache ich ihr es nicht so leicht.«

»Und wir anderen auch nicht!« rief Swacky, seine Augen funkelten vor Zorn. Er hatte die Waffen auf der Veranda durchsucht, sein eigenes Schwert gefunden und Piemur dessen breites Dschungelmesser zurückgegeben. »Du, ich, Temma, Nazer und Piemur, falls er schon wieder bei Verstand ist ...« Er grinste, als der Harfner einen Schwall von Verwünschungen losließ. »Wir können eine Menge ausrichten gegen dieses undisziplinierte Gesindel, ohne den Drachenreiter in Verruf zu bringen. Die Drachenreiter«, verbesserte er sich und deutete mit einem der Jagdspeere flußabwärts, wo ein zweiter Drache gemächlich zur Landung ansetzte.

Der Neuankömmling ging unweit von Heth am Strand nieder. Seine Augen wechselten von friedlichem Grün zu erregtem Orange, und er stieß ein erschrockenes Jaulen aus.

»Heth hat Clarinath mitgeteilt, was geschehen ist«, erklärte K'van mit schiefem Lächeln.

V'line kletterte von seinem Drachen und eilte mit besorgter Miene herbei. »Ist das wahr? Sie wurden angegriffen, Jayge? Von wem? Das ist unerhört! So etwas kann man doch nicht zulassen.«

»Darum geht es doch gar nicht«, sagte K'van grimmig. »Uns sind in solchen Fällen die Hände gebunden.«

»Ja, sicher, das ist wahr.« Etwas verspätet entsann sich V'line der strengen Weyr-Vorschriften.

Plötzlich erschien über Piemurs Kopf eine völlig aufgelöste Feuerechse, wickelte sich um seinen Hals und hätte ihn vor Freude fast erdrosselt.

»Halt, Farli, halt! Ich kann dich nicht verstehen!« rief Piemur, wehrte ihre Zunge ab, die ihm das Gesicht leckte, und löste ihren Schwanz von seinem Hals. »Noch einmal und langsamer. Ach, wirklich? Was bist du doch für ein kluges Geschöpf!« Piemur brachte sogar ein Lächeln zustande, als er erklärte: »Sie hat Alemi gefunden, er ist gleich hinter der Landspitze. Er hat sie hergeschickt, sie soll sich erkundigen, was geschehen ist. Jancis, hast du etwas zum Schreiben da? Was soll ich ihm sagen, Jayge?«

»Alemi hatte sechs Leute dabei — damit wären wir zwölf.« Swacky machte ein zufriedenes Gesicht.

»So lange können wir nicht warten«, sagte Jayge. »Wir müssen uns auf den Überraschungseffekt verlassen — und auf unser Glück.«

»Sie rechnen wohl kaum mit Hunden, die von einem Baum herunterspringen«, vermutete Aramina.

Jayge suchte zwischen den Waffen nach einem Dolch. K'van reichte ihm feierlich seine eigene Klinge.

»Jetzt sind sie auf dem Weg zu den Fellisbäumen.« Swacky horchte mit schiefgelegtem Kopf auf das Knakken im Unterholz. »Wir können ihnen nachschleichen und einen nach dem anderen erledigen.« Grinsend ließ er die Muskeln seines Schwertarms spielen.

Jayge hielt Araminas Hände fest, als sie einen Fischspeer aufheben wollte. »O nein, mein Schatz. Du wirst mit unseren Kindern so weit von hier weggehen wie nur möglich. Hast du mich verstanden? Wir haben keine Zeit für lange Diskussionen. Du gehst.«

»Und Heth und ich sorgen dafür«, mischte K'van sich unversehens ein und griff nach Araminas Arm. »Wenigstens das kann ich tun.«

Sie zögerte für einen Moment, ließ die Schultern hängen und gab sich geschlagen. »Aber laß sie nicht noch einmal entwischen, Jayge. Ich möchte so etwas nie mehr erleben!«

Piemur schickte Farli mit der Botschaft zu Alemi. Swacky stärkte sich mit einem weiteren Schluck aus dem Weinschlauch, legte sich die Fischspeere auf die Schultern und sah Jayge erwartungsvoll an. Alle Bewohner der Paradiesflußbesitzung waren nun mit den verschiedensten Waffen versehen, ihre Haltung drückte Entschlossenheit aus. Unter V'lines besorgtem Blick trotteten sie nach Osten, vorbei am Unterholz am Rand der Siedlung.

Der Baum, in dem Aramina und Jancis mit den beiden Kindern Zuflucht gefunden hatten, stand etwa in der Mitte der Gruppe, die Thella im Moment durchsuchte. Die alten Fellisbäume mit den dicken Stämmen, die drei Männer nicht umfassen konnten, und den dicht belaubten Ästen bildeten einen großen, düsteren Park. Ihre Luftwurzeln verschlangen sich zu komplizierten Mustern und hielten auch den letzten Sonnenstrahl ab, der das üppige Blattwerk zu durchdringen suchte. Der

Boden war mit einer weichen Schicht aus vermoderten Blättern bedeckt, so daß Jayge und seine Gefährten lautlos aus dem Schatten eines mächtigen Stammes zum nächsten huschen konnten.

»He, da drüben haben sich die Äste bewegt«, rief eine Stimme. »Dort!«

Jayge fluchte leise. Hoffentlich würden die Hunde erst hervorbrechen, wenn er und die anderen nahe genug heran waren, um sich die Ablenkung zunutze machen zu können. Thellas Männer — er zählte elf, nein, fünfzehn — näherten sich dem Baum von allen Seiten.

Dann stolzierte Thella nach vorne. Sogar im Dämmerlicht erkannte Jayge, wie sehr sich die Frau, die ihm und Aramina so viel Schmerz und Leid zugefügt hatte, seit der ersten Begegnung auf dem Karawanenpfad verändert hatte. Sie war zwar besser gekleidet, aber ebenso ausgemergelt wie ihre abgerissenen Helfershelfer, und das kurzgeschorene Haar umrahmte ein von Pockennarben und Entbehrungen entstelltes Gesicht.

»Aramina!« rief sie einschmeichelnd und spähte in die Äste hinauf. »Wir wissen, daß du dort oben bist. Dein Mann und alle deine Freunde sind gefesselt und ohne Bewußtsein. Diesmal« — Thellas heiseres Lachen klang hämisch — »stehen keine Drachen bereit, um dir zu helfen.«

Jayge schob sich näher heran und wog den Speer in der Hand. Er hatte sich einen bulligen Mann als Ziel gewählt, war aber für einen tödlichen Wurf noch zu weit entfernt. Nun sah er sich nach den anderen um. Piemur und Jancis befanden sich links von ihm. Zu seiner Rechten glitt Swacky tief geduckt nach vorne, hinter ihm huschten Temma und Nazer wie Schatten dahin. Sie mußten alle noch näher heran. Wenn jeder einen Mann ausschaltete, blieben immer noch neun Gegner übrig. Aber vielleicht würden die Renegaten jetzt, da sie sich ihrer Beute sicher glaubten, in ihrer Wachsamkeit nachlassen und die Waffen senken. Mit einer

Handbewegung zog er Swackys Blick auf sich und teilte ihm pantomimisch seine Anweisungen mit. Der Mann nickte.

»Ihr da — Obirt, Birsan, Glay«, befahl Thella. »Tragt ein paar herumliegende Äste zusammen. Ich weiß nicht, wie gut Fellis brennt, aber das werden wir sicher bald herausfinden.« Sie lachte gehässig. »Auch auf diese Weise kann man jemanden aus einem Baum holen, meint ihr nicht, Männer? Ich sehe schon vor mir, wie die Flammen knistern, wie sie rasch an der rissigen Borke emporzüngeln, wie dichter Rauch hochsteigt und den Bälgern den Atem nimmt, bis sie den Halt verlieren und in den Tod stürzen. Willst du das wirklich, Aramina?« Thella scherzte nicht mehr. »Komm herunter! Sofort! Nur so kannst du deine Kleinen vor dem Ersticken retten.«

Die drei angesprochenen Männer hatten die Waffen beiseite gelegt und sammelten Holz. Die anderen spähten weiter in den Baum hinauf und umkreisten ihn, ohne zu bemerken, wie die Siedler immer näher kamen. Ein vierter Mann scharrte mit dem Fuß die trockene Moderschicht neben dem Stamm zu einem Haufen zusammen und kniete nieder, um Feuer zu machen. Plötzlich fiel er vornüber auf das Reisig und erstickte die aufflackernde Flamme mit seinem Körper.

»Was zum...«, rief jemand. »He, Birsan hat ja ein Messer im Rücken!«

»Faßt!« schrie Jayge und sprang hinter seinem Baum hervor.

Er schleuderte seinen Speer auf den Rücken des Bulligen, schwenkte zur Seite und warf einen seiner Dolche nach dem nächsten Holzsammler. Ein Dolch sauste an seinem Ohr vorbei und bohrte sich mit einem dumpfen Laut in den Fellis-Stamm hinter ihm.

»Faßt!« wiederholte er und konnte nur hoffen, daß die Hunde gehorchen würden.

Hoch oben bewegten sich die Zweige, und dann kamen die Tiere herabgesprungen. Jayge hörte sie fauchen, während er auf Thella zurannte. Schreie, Flüche, Knurren und das Klirren von Metall erfüllten die Luft.

Sie erwartete ihn, ohne die Hilferufe eines Mannes zu beachten, der kaum einen Schritt von ihr entfernt auf dem Boden lag und sich verzweifelt gegen einen Hund wehrte, der ihm an die Kehle wollte. Jayge sah das arrogante Lächeln auf ihrem Gesicht — und dann ihren erhobenen Arm. Als ihre Hand nach vorne schoß, warf er sich zur Seite, hörte die Klinge durch die Luft schwirren, wo er gestanden, und in den Baum rasen, der ihm den Rücken gedeckt hatte. Ein dritter Dolch flog in ihre linke Hand, sie grinste ihn feindselig an und zog mit der Rechten ihr Schwert.

Jayge behielt die gekrümmte Schwertklinge und den geraden Dolch im Auge, als er sich näher heranschob, und wünschte sich einen zweiten Speer, der ihm größere Reichweite gewährt hätte. Sein eigenes Schwert fuhr schnarrend aus der Scheide, und er drehte es noch, um das Geräusch so laut und bedrohlich wie möglich klingen zu lassen. Thella konnte er damit nicht beeindrukken.

»Aha«, sagte sie, »es war offenbar ein Fehler, nur einen Wächter zurückzulassen. Wie bist du freigekommen? Ich habe dich nämlich eigenhändig gefesselt, mein kleiner Händler.« Sie umkreiste ihn langsam, die Spitze ihres Schwertes zuckte vor wie eine Katzenpfote, berührte klirrend Jayges Klinge, prüfte die Stärke seines Handgelenks. »Hat dein Arm seine Kraft schon wiedergefunden?« Wieder prallten die Klingen gegeneinander, Jayges Schwert ruckte zur Seite, seine mißhandelten Sehnen protestierten. Thellas Grinsen wurde noch breiter. »Sieht nicht so aus. Trotzdem hätte ich meinen eigenen Rat befolgen und dir die Hände abhakken sollen, aber diese Tölpel haben deine Frau entwischen lassen.«

»Das war schon immer dein Problem, Thella — die

Dinge gleiten dir aus der Hand. Vielleicht gilt das auch für Waffen.« Jayge verstand nicht, warum sie ihn immer weiter umkreiste. Suchte sie etwa nach einem Fluchtweg? War ihre vielgerühmte Geschicklichkeit mit dem Schwert vielleicht auch nur ein Bluff? »Das war dein letzter Fehler, Thella. Denn dies ist das Ende. Diesmal entkommst du mir nicht mehr. Nicht hier. Nicht *jetzt!*«

Sie brach aus der langsamen Kreisbewegung aus und führte einen jähen, heftigen Stoß — aber die Klingen schlugen hart aufeinander, es knirschte wie eine riesige mörderische Schere, als Thellas Abwehrbewegung erst in eine Parade und dann in eine Riposte überging und die stählerne Zunge ihres Schwertes direkt auf sein Gesicht zugetragen wurde. Jayge wich mit einem Satz zurück, verlor fast das Gleichgewicht und hörte ihr spöttisches Lachen. Blut rann ihm über die Wange, er spürte den Schnitt erst jetzt, als es ihm warm über das Kinn rieselte und sich ein brennender Schmerz vom Auge bis zum Mundwinkel ausbreitete.

»Sei dir nur nicht zu sicher, mein kleiner Grundbesitzer«, höhnte Thella. »Der erste Treffer geht auf mein Konto!«

»Nur Herzblut zählt.« Jayge ließ sein Schwert auf ihren Knöchelschutz niederkrachen und hoffte, daß sie zucken, daß sich die Waffe in ihrer Hand drehen, vielleicht sogar wegfliegen werde. Soviel Glück war ihm freilich nicht beschieden; sie ließ den Hieb an ihrer eigenen Klinge abgleiten, bis er seine Kraft verlor — und dann fuhr der Dolch in ihrer linken Faust auf sein Gesicht los, auf seine Kehle, seinen Unterleib, dreimal blitzte Metall auf und erinnerte ihn daran, wo ihre wahren Fähigkeiten lagen.

Jayge schlug die Dolchspitze mit dem Handschutz seines Schwerts beiseite und spürte, wie sie an seinen Kleidern zupfte. Das war knapp gewesen, viel zu knapp. Aber er brach nicht aus, wie Thella gehofft hatte, sondern drängte sie statt dessen zurück, zurück, immer weiter zurück, bis sie hart gegen den unnachgiebigen Stamm eines Fellisbaumes prallte. Ihre weitaufgerissenen Augen zeigten ihm, daß sie mit einer solchen Falle nicht gerechnet hatte, und er war darauf gefaßt, als sie versuchte, sich mit einer ganzen Serie brutaler Hiebe den Weg freizuschlagen, begegnete ihnen, wehrte sie ab und drängte Thella abermals mit dem Rücken gegen den Baum.

»Und dein Herzblut werde ich heute vergießen.« Seine Spitze durchschlug ihre Deckung und hinterließ einen langen blutigen Streifen auf ihrem linken Arm. Der Dolch flog davon. »Das ist für Armald!« Wieder kam er auf sie zu, täuschte den geschwächten Arm an, drängte näher. Jetzt brachte er K'vans Messer ins Spiel, auch wenn es keinen Handschutz hatte, was ihn mehrere Finger kosten konnte. Die Schwerter verfingen sich an den Griffen, scharfes Metall stand über Kreuz, wurde mit schierer Kraft in dieser Stellung gehalten, während Jayges Dolch Thella den rechten Arm aufriß. »Das ist für Borgalds bestes Gespann!« Die nächste schnelle Finte lockte ihre Klinge weit von der Verteidigungslinie weg, das Messer in seiner Linken verschob sie noch weiter, und das Schwert in seiner Rechten fuhr über ihre ungedeckte Körpermitte. »Und das ist für Readis!«

»Readis?« Schmerz und Überraschung ließen ihre Stimme zittern. »Was hast du mit Readis zu tun?«

»Er war mein Onkel, Thella. Mein Onkel!« Jayge wich zurück und sah, wie ihr pockennarbiges Gesicht erbleichte, wie der Schock in Verzweiflung umschlug. Sein Zorn schwächte sich ab, und er zwang ihn, von neuem aufzulodern, er mußte tun, was nötig war, um ein für allemal ein Ende zu machen.

Ist es nötig, Jayge? Ist es wirklich nötig? Die Stimme in seinem Kopf und in seiner Erinnerung gehörte Readis — aber die Stimme in seinen Ohren gehörte Aramina. »Genug, Jayge! Sonst bist du nicht besser als sie.«

Jayge hatte seine Frau in sicherer Entfernung geglaubt und war völlig überrascht, sie dicht hinter sich zu hören, aber er ließ Thella nicht aus den Augen. Ihr Blick wanderte dagegen über seine linke Schulter, und ihr Gesicht verzerrte sich vor Haß. Ihre Augen flammten auf, sie wollte sich wie eine Rasende auf das Mädchen stürzen, das ihr stets entkommen war. Jayge stand ihr im Weg.

Er stieß mit aller Kraft zu, spürte den schrecklichen Rückstoß in Klinge, Hand und Arm, als sein gebogenes Schwert in Thellas Fleisch eindrang, mit der Schneide über eine Rippe schrammte und mit der Spitze ihr haßerfülltes Herz durchstieß. Ungerührt zog er die Klinge heraus.

Thellas Schwert flog durch die Luft, grub sich zu Araminas Füßen tief in die Erde und blieb zitternd stekken.

Mit einem leisen Seufzer brach die Renegatin in die Knie, eine Hand gegen die Brust gedrückt, wie um den schrecklichen Strom aufzuhalten, der rot durch ihre Finger quoll. Und dann sank sie zu Boden und regte sich nicht mehr.

Abermals senkte sich tiefe Stille über die Fellisbäume, nur unterbrochen von Jayges rasselndem Atem und vom Gewimmer der verletzten Menschen und Tiere. Jayge war so damit beschäftigt, die Lungen gierig mit Luft zu füllen, daß er Alemi und die anderen Fischer auf der Lichtung erst allmählich wahrnahm. Sorgsam dem Dolch ausweichend, beugte Aramina sich zu Thella hinunter und betrachtete ihr Gesicht. Wortlos richtete sie sich auf, wandte sich Jayge zu und bemerkte erst jetzt die blutenden Wunden, die er bei dem Kampf davongetragen hatte.

»Das muß ausgewaschen werden, Jayge«, sagte sie seltsam gefaßt. »Und wir müssen uns um die Hunde kümmern.«

»Geh du nur, Jayge«, sagte Alemi. »Das hier erledigen wir.« Seine Handbewegung beförderte Thella und ihre toten Komplizen ins Reich des Vergessens.

Lessa und F'lar trafen zwei Stunden später, unmittelbar nach Ende des Sporenregens ein. Wie erwartet, mußte K'van sich von der Weyrherrin eine geharnischte Strafpredigt anhören, weil er sich in einen Grundbesitzerstreit eingemischt hatte.

»Auch wenn ich gewußt hätte, worum es ging, als Heth mich anschrie, ich hätte nicht anders gehandelt, Lessa«, verteidigte K'van sich tapfer, doch Piemur sah, daß der junge Weyrführer unter seiner Sonnenbräune ziemlich blaß geworden war. »Ein Reiter überhört den Ruf seines Drachen nicht.«

»Ein Reiter achtet vor allem darauf, daß sein Drache sich nicht selbst gefährdet«, gab die Weyrherrin zurück, »Und schon gar nicht seinen ganzen Weyr! Haben Sie Ihre Stellung vergessen, Weyrführer des Südens?«

»Nein«, erklärte K'van. »Ebensowenig wie Heth.«

»Wenigstens waren Sie so vernünftig, die Einmischung des Weyrs auf diese eine Rettung zu begrenzen.« F'lars Miene war nicht weniger grimmig als die der Weyrherrin. »Jayge hat die Sache ehrenvoll beendet.«

Die Weyrführer hatten sich die tote Frau angesehen, die man wie die anderen Renegaten in einen Sack gesteckt hatte, um sie sofort auf See zu bestatten.

»Damit wäre dieses Problem erledigt«, sagte Lessa stirnrunzelnd und entledigte sich ihrer schweren Reitkleidung. »Haben die Renegaten hier alles zerstört, oder müssen wir nach Benden zurückfliegen, um eine Erfrischung zu bekommen?« fragte sie dann gereizt. Sie war nach dem anstrengenden Fädenkampf müde und verschwitzt, und diese neue Krise hatte ihr gerade noch gefehlt.

»Nein, das ganz gewiß nicht«, sagte Jancis und nahm Lessa die Jacke ab. »Wir haben Rotfrüchte, Saft, Klah und Jayges selbstgebrannten Fusel anzubieten, und wenn Sie so lange Zeit haben, gibt es gebratenen Fisch frisch aus dem Meer.«

Dieses gastfreundliche Angebot zauberte ein Lächeln auf Lessas Züge, zögernd zuerst, doch zunehmend gelöst, als Jancis sie die Verandatreppe hinaufführte. Die erste Abendbrise hatte die drückendste Hitze vertrieben, und im Haus war es angenehm kühl.

»Was hatte Jayge an Verlusten zu beklagen?« fragte F'lar.

»Niemand aus der Siedlung wurde schwer verletzt — hauptsächlich Beulen, Prellungen, oberflächliche Schnittwunden und Blutergüsse«, zählte Jancis auf, »hier und da mußte Ara freilich ein paar Stiche setzen. Sie näht sehr geschickt.«

»Und die Renegaten?« fragte Lessa und nippte an dem Becher, den Jancis ihr gereicht hatte.

»Sechs sind noch am Leben, alle schwerverletzt.« Jancis' Stimme klang befriedigt. »Einer von ihnen hat das Schiff gesteuert, mit dem sie hierherkamen.«

»Das sollte Meister Idarolan erfahren.« Lessa verzog das Gesicht. »Er mag es gar nicht, wenn seine Meister ihre Treuepflichten vergessen.«

»Der Mann war kein Meister, Lessa.« Piemur war herangetreten. Mit seinem Kopfverband, den blauen Flecken im Gesicht und den diversen kleineren, mit Heilsalbe zugekleisterten Hautabschürfungen bot er einen verwegenen Anblick.

»Du solltest dich doch ausruhen«, schalt Jancis.

Er nahm ihre Hand und grinste sie an. »Harfner sind berüchtigt für ihre harten Schädel.«

»Und für ihre dicke Haut«, spottete Lessa gutmütig.

»Typisch Thella, einen unzufriedenen Gesellen aufzustöbern, dem man die Meisterwürde verweigert hatte und der bereit war, seine Gildehalle zu entehren«, fuhr Piemur fort. »Sie hat ihn auch dazu angestiftet, das Schiff aus dem Reparaturdock zu stehlen. Meister Idarolan wird sich freuen, an ihm ein Exempel statuieren zu können.«

»Und die anderen?« fragte F'lar.

»Heimatlose.« Piemur zuckte die Achseln. »Denen man eine Belohnung und ein bequemes Leben im Süden versprochen hat.« Er ließ sich vorsichtig neben Jancis auf der breiten Liege nieder.

»Sie können mit dem Schiff zurückfahren«, sagte F'lar. »Danach soll Meister Idarolan bestimmen, wo er jemanden für niedere Arbeiten braucht.«

»Aber damit ist das Renegatenproblem nicht aus der Welt geschafft, F'lar.« Lessa runzelte die Stirn.

»Gewiß, aber wenn über Thellas Tod ausführlich genug berichtet wird« — F'lar warf einen vielsagenden Blick auf Piemur —, »wird das die Unentschlossenen abschrecken und uns anderen eine Atempause verschaffen.«

»Ich werde dem Meisterharfner — den beiden Meisterharfnern — in aller Ausführlichkeit Bericht erstatten«, versprach Piemur augenzwinkernd.

Lessa fuhr gereizt auf. »Robinton ist kaum weniger ein Renegat als …«, rief sie, stockte, um sich einen passenden Vergleich zu überlegen, und heftete ihren Blick schließlich mit einem verschmitzten Lächeln auf Piemur. »Als Sie, Geselle!«

»Ein wahres Wort.« Piemur grinste breit.

Lessa hatte schon den Mund geöffnet, um noch mehr zu sagen, aber sie brach ab, denn nun betrat Jayge, noch mehr angeschlagen, verbunden und zugekleistert als Piemur, zusammen mit der ängstlich dreinblickenden Aramina den Raum.

Lessa begrüßte die junge Frau sehr herzlich und zeigte sich erfreut darüber, daß Aramina ihre Fähigkeit, mit Drachen in Kontakt zu treten, wiedergefunden hatte. Auf das kurze Weyr-Engagement ging sie nur sehr zurückhaltend ein und beteuerte dafür umso wortreicher, wie erleichtert alle Welt über Thellas Niederlage sein würde. Auf Befragen stellte sich heraus, daß Aramina Ramoth und Mnementh bei ihrem Eintreffen nicht wahrgenommen hatte — unbegreiflich, wie Lessa freundlich sagte, da beide Drachen sehr erregt gewesen seien.

»Aber die Feuerechsen kann ich hören«, verteidigte sich Aramina, und Piemur stellte erfreut fest, daß Lessa auf die Erwähnung der kleinen Geschöpfe diesmal nicht mit ihrer gewohnten Bissigkeit reagierte. »Und gelegentlich höre ich auch jemand — etwas anderes. Was immer es ist, es klingt sehr traurig, und deshalb bemühe ich mich eher, es *nicht* zu hören.«

Trotz sanften Drängens konnte sie darüber nichts Genaueres sagen, aber Lessa nahm ihr das Versprechen ab, sich in Zukunft wieder den Drachen zu öffnen. »Wir wollen nicht etwa in dein Leben eingreifen, meine Liebe, es geht lediglich darum, in Verbindung zu bleiben. Du wirst zugeben, daß sich das heute als sehr wertvoll erwiesen hat.

Wir haben diese Phase noch nicht einmal zur Hälfte überstanden«, mahnte Lessa, als die Weyrführer sich verabschiedeten, »und wir brauchen gute Frauen für unsere Königinnen. Ich und Ramoth hatten gehofft, dich in unsere Reihen aufnehmen zu können, aber vielleicht wird deine kleine Tochter... Die Fähigkeit ist nämlich erblich, und auch du bist eine Ruatha, Mina!«

16

Südkontinent
17. Planetenumlauf

Trotz der Strapazen des vorangegangenen Tages erwachte Piemur im Morgengrauen und stöhnte, als er merkte, wie früh es noch war. Seine Rückenmuskeln verkrampften sich, und alle Versuche, sie zu lockern, brachten ihm nur noch deutlicher zu Bewußtsein, wie steif er war. Langsam stützte er sich auf einen Ellbogen, streckte sich vorsichtig und zuckte zusammen.

»Puh!« Der Ausruf entfuhr ihm, als er probeweise die beiden Beulen auf seinem Kopf betastete. Der Verband hatte sich in der Nacht gelöst.

»Piemur!« Jancis' weiche Stimme ließ ihn herumfahren, und auch das war nicht ratsam gewesen. Sie war bereits angekleidet und trug in einer Hand einen Becher Klah und in der anderen einen Binsenkorb mit Verbandmaterial und zwei Salbentiegeln. »Steif, was?« Sie lächelte ihn in zärtlichem Stolz an.

»Darauf kannst du wetten.«

»Hier.« Sie reichte ihm den Klah. »Damit du ein bißchen wacher wirst. Die Heilerin Jancis empfiehlt dem Harfner Piemur ein kurzes Bad im Meer, dann wird sie sich um seine ehrenvollen Verletzungen kümmern. Kopfschmerzen?«

Piemur schnitt eine Grimasse. »Eine leichte Verbesserung gegenüber gestern.« Dankbar schlürfte er den Klah. »Wie kannst du so unmenschlich früh schon so munter sein?«

Jancis grinste spitzbübisch. »Ach, ich habe schon geschlafen, aber die Aufregung hat mich geweckt.«

»Aufregung? Wegen gestern?« Nach dem Kampf mit Thellas Männern war Piemur und Jancis obendrein noch die Gunst — und der Nervenkitzel — eines Ritts auf Ramoth und Mnementh zum Landsitz an der Meeresbucht zuteil geworden, wo F'lar und Lessa eine Pause eingelegt hatten, um sich mit Meister Robinton zu beraten.

»Nein, wegen heute!« Ihre Selbstzufriedenheit war unerträglich. »Aber ich möchte erst sicher sein, daß dein Harfnerverstand wieder voll funktioniert. Trink den Klah aus, geh schwimmen, laß dich von mir zusammenflicken, und *dann* werde ich dir alles erzählen.« Sie zog ihn hoch und schickte sich an, ihn aus dem kleinen Schlafraum zu zerren.

»Du hast im Lagerhaus etwas gefunden?«

»Erst gehst du schwimmen!«

Jancis war unerbittlich, und trotz seiner Verärgerung mußte Piemur später zugeben, daß das Schwimmen seine Schmerzen linderte, auch wenn das Salzwasser in den offenen Wunden brannte. Nachdem Jancis überall Heilsalbe aufgetragen hatte, wo es nötig war, fühlte er sich viel besser. Bei aller Freude, daß sie bei dem Scharmützel tags zuvor unversehrt geblieben war, grämte er sich doch, weil er selbst so viel abbekommen hatte. Er war bei dem Überfall auf Thellas Bande immer an ihrer Seite geblieben, hatte gejubelt, als ihr Speer ins Ziel traf, und hatte mit großer Erleichterung Alemi an der Spitze der Verstärkungstruppen auf die Baumgruppe zumarschieren sehen.

Erst als sie ihn zum Essen nötigte, merkte Piemur, wie hungrig er war, und sie griffen beide herzhaft zu. Dann räumte Jancis den Tisch ab, und erst danach entrollte sie mit triumphierendem Lächeln vorsichtig ein transparentes Blatt aus dem eigentümlichen alten Material. Sie beschwerte die Ecken mit Messern und Gabeln und wartete, bis er es sich angesehen hatte.

»Ver ... wal ... tung An ... bau«, las er langsam Silbe

für Silbe die Überschrift. »Für Akki. Akki?« Er sah fragend zu Jancis auf.

»Ich weiß auch nicht, was ein Akki ist, aber es muß etwas Wichtiges sein. Siehst du? Sie haben sich viel Mühe gegeben, das Gebäude zu verstärken.« »Ker ... a ... mikkacheln« — nun, was ›Kacheln‹ sind, wissen wir. Hitzebeständig, auch das ist klar. Was die Ziffern bedeuten, verstehe ich nicht, aber ›Toleranzwert‹ deutet darauf hin, daß es ihnen ungemein wichtig war, dieses Akki zu schützen.« Jancis war ganz aufgeregt.

»Verwaltung Anbau? Den haben wir noch nicht freigelegt, oder? Liegt ganz oben, am Rand des Lavastroms. Und was sind Son ... nen ... kol ... lek ... toren?« fragte er und tippte auf die langen Streifen, die offenbar auf dem Dach des Akki-Anbaus angebracht waren.

»Die Sonne kennst du ja wohl. Was Kollektoren sind, weiß ich auch nicht.«

»Sonnenkollektoren? Wozu sollen die gut sein?«

»Das weiß ich nicht, aber ich würde es gerne herausfinden.« Jancis' Augen funkelten.

»Du hast dich gestern sehr tapfer geschlagen, warst immer mitten im Getümmel«, bemerkte er unzusammenhängend, nur, weil sie im Moment so hübsch aussah. Sie errötete. »Und wenn du nicht gleich zu Anfang die Hunde freigelassen und damit verhindert hättest, daß Thella die Kinder und Ara in die Hand bekam ...«

»Nun, sie hat sie nicht bekommen, und das war gestern. Heute ist ein neuer Tag, und ich glaube, wir haben einen sehr wichtigen Anhaltspunkt gefunden. Kein anderes Gebäude auf dem Plateau wurde besonders gegen Lava geschützt. Was sie nicht mitnehmen konnten, haben sie verglühen lassen.«

»Wir werden warten müssen, bis Meister Robinton aufwacht. Nach allem, was gestern passiert ist, kann ich V'line wohl nicht mehr dazu beschwatzen, uns ohne Genehmigung des Harfners irgendwo hinzubringen.«

»Und wozu wird diese Genehmigung gebraucht?« Der Harfner betrat gähnend die Küche.

Meister Robinton wandte sich noch am gleichen Vormittag persönlich an T'gellan, worauf dieser einen der grünen Jungreiter schickte. Der junge Mann hatte strenge Anweisungen erhalten und erklärte dem Meisterharfner respektvoll, er dürfe nur zum Plateau fliegen und müsse danach unverzüglich in den Ost-Weyr zurückkehren.

»Lessa hatte es sehr eilig, auf die Weyr einzuwirken, damit sie sich von unseren Problemen distanzieren«, bemerkte der Harfner eher belustigt als gekränkt. »Aber geht nur, ihr beiden. Ein Grüner ist nicht nur unter meiner Würde, ich muß auch für Sebell einen Bericht über diese Angelegenheit verfassen. Der gestrige Tag mag den Baronen einen Dorn aus dem Fleisch gezogen haben, aber« — er seufzte tief — »eben nur einen, und an mir bleibt es wieder einmal hängen, den unvermeidlichen Aufruhr zu besänftigen. Ich bin nur froh, daß Jayge bereits vorher als Grundbesitzer bestätigt wurde. Vermutlich finden weder Larad noch Asgenar, daß der Junge seine Kompetenzen überschritten habe, aber seine Würde ist doch noch recht neu. So mancher könnte der Ansicht sein, er hätte Thella nicht töten dürfen. Das Geschlecht von Telgar ist uralt und im allgemeinen sehr ehrenwert.«

Piemur und Jancis waren froh über Robintons Erlaubnis, denn Jancis hatte den Gesellen mit ihrer Neugier angesteckt. Als Piemur den weißen Drachen heranfliegen sah, hatten sie gerade ihre Werkzeuge am Hügel zusammengetragen. Es war so viel passiert, daß ihm erst in diesem Moment sein Angebot an Jaxom wieder einfiel. Nun winkte er mit beiden Armen, um die Aufmerksamkeit des Barons von Ruatha auf sich zu ziehen, und schickte obendrein Farli mit der gleichen Botschaft zu Ruth. Jaxom und Ruth landeten auf dem Weg vor dem Anbau, so daß sich Jaxom mit den beiden auf der Hügelkuppe auf gleicher Höhe befand.

»Was hast du denn angestellt?« fragte Jaxom besorgt, als er Piemurs zerschlagenes Gesicht sah. »Bist du in eine von den Höhlen gefallen?«

»So ungefähr«, sagte Piemur verlegen. »Baron Jaxom von Ruatha, dies ist die Schmiedegesellin Jancis, eine Enkelin von Meister Fandarel.«

»Kenne ich Sie nicht aus der Schmiedehalle von Telgar?« Jaxom lächelte verbindlich, als Jancis ihn mit unverhohlener Neugier betrachtete.

»Ja«, antwortete sie schlagfertig. »Ich habe Ihnen immer Brot und Klah serviert, wenn Sie zum Unterricht bei Wansor in die Schmiedehalle kamen.«

»So alt bist du doch noch gar nicht«, protestierte Piemur, und Jancis sah ihn mit schiefgelegtem Kopf an.

»Was wollt ihr denn mit diesem Gebäude?« fragte Jaxom. »Ich hatte mich auf einen Streifzug durch endlose Höhlen mit faszinierenden Schätzen gefreut.«

»Möglicherweise sind wir etwas viel Aufregenderem auf der Spur, Jaxom.« Piemur setzte den Sondierstab an der Kante eines langen, schmalen Streifens neben sich an und hämmerte ihn vorsichtig ins Erdreich. »Wir gehen einer Ahnung von Jancis nach.«

»Solche Ahnungen habe ich auch gelegentlich«, grinste Jaxom wehmütig. »Geht es um dieses Gebäude?«

»Ich ... wir ...«, stammelte Jancis, dann stockte sie und sah Piemur hilfeflehend an.

»Jancis hat eine alte Zeichnung gefunden«, nahm der Harfner geschickt den Faden auf und rettete sie damit vor einer möglichen Indiskretion. Jaxom würde noch früh genug von Thellas Überfall erfahren. »Die brachte uns auf die Idee, daß es sich hier um eine wichtige Stätte handeln könnte. Und deshalb wollten wir uns den Hügel genauer ansehen. Die Ahnung stammt von ihr.

Auf dem Gesamtplan, den der Harfner und ich gefunden haben, ist das dort« — er zeigte auf den quer zu ihnen liegenden Hügel — »als VERWALT. eingetragen und der Abschnitt, auf dem wir jetzt stehen, als ›AKKI‹. Unsere Vorfahren haben sich große Mühe gegeben, dieses Akki durch eine hitzebeständige Verkleidung vor dem Lavastrom zu schützen, und deshalb wollen wir es untersuchen.«

»Jetzt hast du mich neugierig gemacht.« Jaxom schwang sich schnell vom Rücken des weißen Drachens und stieg auf die Kuppe »Ich helfe euch.«

»Großartig!« Piemur schlug noch einmal auf die Stange, und plötzlich traf die Spitze mit hörbarem Klikken auf Widerstand. »Das ist merkwürdig. Dieses Klikken, meine ich.«

»Gewöhnlich klingt es dumpf.« Auch Jaxom hatte Erfahrungen gesammelt.

Jancis zog die Zeichnung zu Rate, die sie sorgfältig auf einem Schreibbrett befestigt hatte. »Diese ungewöhnlich langen Ausbuchtungen werden als Sonnenkollektoren bezeichnet«, sagte sie und zeigte Jaxom den Plan. »So etwas findet sich bei keinem der anderen Gebäude.« Sie deutete mit einer weit ausholenden Armbewegung auf die umliegenden Hügel. Plötzlich grinste sie so ansteckend, daß Jaxom unwillkürlich zurücklächelte. »Glauben Sie, meine Ahnung hat Chancen?«

»Hört sich jedenfalls gut an. Haben Sie noch einen Spaten?« Sie hatte einen, und alle drei machten sich daran, von einem der sechs langen Sonnenkollektoren vorsichtig die Erdschicht abzutragen.

»Farli!« Piemur winkte der kleinen Königin, sie solle mithelfen. Alle waren ein wenig überrascht, als Ruth eine Vorderpfote ausstreckte und ebenfalls Unterstützung anbot.

»Jetzt noch nicht, Ruth.« Jaxom drohte seinem neugierigen Freund mit dem Finger. »Aber später brauchen wir dich wahrscheinlich.«

»Langsam, Farli!« warnte Piemur, als die Feuerechse mit dem grenzenlosen und oft blinden Eifer ihrer Gattung zu scharren begann.

Farli zirpte fragend. »Ja, genau da«, bestätigte Jancis geistesabwesend. »Und sei bitte vorsichtig.« Jaxom zwinkerte Piemur zu, und der platzte fast vor Stolz, weil Jancis sich so mühelos mit seiner kleinen Königin verständigen konnte.

Farli mäßigte gehorsam ihr Tempo und grub langsam Klaue über Klaue weiter. Endlich hielt sie inne und schnatterte erfreut, als unter ihren Krallen eine mattschwarze Fläche erschien.

»Vorsichtig ...« Jancis schob mit den Händen die restliche Asche beiseite, und ein handgroßes Quadrat wurde sichtbar. Farli strich mit klickenden Krallen darüber. »Ich weiß nicht, was das ist. Jedenfalls ein anderes Material, als sie sonst verwendet haben. Sieht eher aus wie dickes undurchsichtiges Glas.« Sie klopfte probeweise dagegen. »Klingt aber nicht wie Glas.«

»Legen wir das Stück doch vollständig frei«, schlug Jaxom vor.

Doch als die ganze Tafel offen vor ihnen lag, waren sie nicht klüger geworden. Also befreiten sie auch die anderen fünf Tafeln auf der südlichen Dachseite von der Erde, und schließlich, mit Ruths Hilfe, den Rest des Dachs, der vollständig mit handgroßen quadratischen Platten verkleidet war. Ein Stück löste sich und rutschte zu Boden, wurde aber zum Glück nicht beschädigt.

»Schau nur, diese Kacheln bedecken das ursprüngliche Dach. Sind mit Mörtel aufgeklebt.« Mit einem scharfen Schneidewerkzeug kratzte Jancis die Oberfläche einer Platte an. »Könnte Keramik sein, aber dann die härteste, die ich jemals gesehen habe. Wie haben sie nur eine solche Festigkeit erreicht?« wunderte sie sich.

»Könnte das vielleicht auch Keramik sein?« fragte Jaxom und klopfte auf eine der langen Tafeln.

Piemur lag auf dem Bauch und tastete mit dem Finger um das Rechteck herum. »Nicht auszuschließen. Die Dinger hier sind nämlich irgendwie am ursprünglichen Dach befestigt, vielleicht reicht die Halterung auch bis nach innen. Alle Kacheln sind so geformt, daß sie lückenlos um die Tafeln herum und auf das Dach passen. Sehr merkwürdig. Warum hat man die Tafeln nicht auch gegen Hitze geschützt? Ich verstehe das nicht. Meinst du, dein Großvater sollte es sich einmal ansehen?«

»Zuerst müssen wir es wohl Meister Esselin zeigen«, sagte sie nicht allzu begeistert. »Er ist schließlich der Verantwortliche.«

»Nur für die Ausgrabungen.« Jaxom winkte Ruth zu sich heran. »Die neuen Materialien untersucht Fandarel.« Grinsend schwang er sich auf Ruths Rücken. »Er ist sicher bei den Höhlen, die ich eigentlich besichtigen wollte.«

»Sieh dich wenigstens auf dem Flug ein bißchen um!« rief ihm Piemur nach, als Ruth sich in die Lüfte erhob.

»Du und Baron Jaxom, ihr seid wohl alte Freunde«, bemerkte Jancis beiläufig während sie nach ihrem Notizblock und dem durchsichtigen Meßstab griff. Als sie seinen Blick bemerkte, errötete sie. »Immerhin haben wir mehrere Kisten davon gefunden.«

»Werkzeuge sind zum Gebrauch bestimmt«, antwortete er großmütig. »Es gibt Dinge, die sollte man lassen, wie sie sind, und andere sollte man benützen, weil sie effektiver sind als alles, was wir haben.« Er grinste über ihre Verlegenheit, und sie beschäftigte sich angelegentlich mit ihren Messungen.

Nur wenige Minuten später kehrte Ruth mit Jaxom und dem Meisterschmied zurück. Der massige Fandarel ließ sogar den hochgewachsenen Ruathaner wie einen Zwerg erscheinen und war auf dem kleinen weißen Drachen jedenfalls nicht zu übersehen. Mit einer Gelenkigkeit, die man einem Mann seiner Größe gar nicht zugetraut hätte, legte er sich neben einen der Sonnenkollektoren, untersuchte ihn eingehend und fuhr mit den Fingern prüfend über die rätselhafte neue Oberfläche.

»Die Kacheln sind mir bekannt«, sagte er, registrierte grimmig eine weitere lockere Platte und rieb mit dem Daumen darüber. »Die hier sollte auch nicht flach liegen. Seht ihr, sie ist leicht gewölbt. Vielleicht war sie in diesen Mörtel eingebettet...« Er zerrieb ein wenig Staub von der Stelle, wo das Stück gelegen hatte, zwischen den Fingern. »Aber ursprünglich hatte sie einen anderen Zweck.«

Plötzlich stieß Jaxom einen Triumphschrei aus. »Das sieht aus wie die Verkleidung der Flugschiffe auf der Wiese!«

»Wozu sollte man ein Gebäude so verschalen...«, begann Piemur.

»Hitzebeständigkeit. Bei Hitze oder Reibung...«, sagte Jancis im gleichen Moment.

Beide verstummten und sahen verwundert zu, wie sich der Schmied gefährlich weit nach unten beugte, um die freiliegende Ecke des Dachs und der Mauer zu untersuchen. Er knurrte und winkte ungeduldig mit einer Hand. Jancis reichte ihm den Spaten, er griff danach und begann, das Erdreich um die Ecke wegzuschlagen, während er leise vor sich hinmurmelte. Es klang ratlos und gleichzeitig zufrieden.

»Jaxom, wäre Ruth wohl so freundlich, diese Ecke für mich auszugraben?«

Das war bald geschehen, obwohl Ruth dabei noch ein paar Kacheln ablöste und sich durch Jaxom dafür entschuldigen ließ.

»Sagen Sie ihm, er soll sich deshalb keine Sorgen machen«, antwortete der Meisterschmied. »Der Mörtel, der sie festhielt, hat seinen Dienst getan. Deine Theorie hat sich bestätigt, Jancis. Die Kacheln wurden angebracht, um den Inhalt dieses seltsamen Gebäudes gegen die Hitze der Lava zu schützen. Was enthält es denn nun?«

»Ein Akki«, sagte Jancis, räusperte sich mit Nachdruck und reichte ihrem Großvater die Zeichnung. Piemur bemerkte, daß sie sehr kleinlaut geworden war und sich so zurückhaltend gab wie eine richtige junge Dame.

»Und was, Meister Fandarel, ist ein ›Akki‹?« fragte Jaxom geduldig.

»Das weiß ich nicht«, gab der Schmied zurück. »Das müssen wir alle erst herausfinden.«

»Die Idee stammt von Jancis«, sagte Piemur, der nicht wollte, daß sie ihr Licht unter den Scheffel stellte.

»Braves Mädchen. Weiß Augen und Verstand zu gebrauchen«, lobte der Schmied und wunderte sich über Piemurs begeisterte Zustimmung. Dann sprang Fandarel vom Dach und trommelte eine ganze Grabungsmannschaft zusammen, die er kurzerhand von anderen Projekten abzog. Als Meister Esselin und Breide eine Erklärung verlangten, hörte er gar nicht hin, sondern empfahl ihnen zerstreut, sich doch mit Dingen zu beschäftigen, auf die sie sich verstünden. Bis zum Abend war der Anbau völlig freigeschaufelt, und es zeigte sich, daß er im Gegensatz zu allen anderen alten Gebäuden weder Fenster noch Türen hatte, und daß die ursprünglichen Wände doppelt so stark waren wie üblich. Schließlich entdeckte man Lüftungsschlitze unter den Dachrinnen, aber sie gestatteten keinen Blick ins Innere. Bei Sonnenuntergang ließ der Schmied die Arbeiten einstellen, erklärte, dieses Projekt genieße nun Vorrang vor allen anderen, und verlangte von Meister Esselin, er solle so bald wie möglich nach Tagesanbruch eine ausreichende Zahl von Arbeitern bereitstellen, um den Zugang zum VERWALTUNG-Gebäude und zu dem rätselhaften Akki zu eröffnen.

»Hört zu, ich muß nach Ruatha zurück«, sagte Jaxom, nachdem der Schmied seine Anweisungen erteilt hatte. »Sharra wird ohnehin empört sein, weil sie gerade jetzt nicht mitkommen kann. Sie ist nämlich wieder schwanger.« Sein Grinsen verriet verschämten Stolz.

Piemur entdeckte, daß er zum ersten Mal nicht neidisch war auf Jaxoms und Sharras Glück. »Wie ärgerlich«, grinste er zurück. »Könnte Ruth Jancis und mich vielleicht am Landsitz an der Meeresbucht absetzen? Meister Robinton wünscht sicher einen ausführlichen Bericht über diesen Fund.«

Ruth war sofort einverstanden.

»Schon wieder ein Wunder?« fragte Meister Robinton. Sein Arbeitstisch quoll über von Fundstücken aus den Höhlen. »Wir werden bis zum Ende dieser Phase brauchen, um nur das zu archivieren, was uns bis jetzt vorliegt.« Fast gereizt fuhr er mit der Hand durch das Chaos. »Lauter Sachen! Unsere Vorfahren hatten so viele *Sachen!*«

Piemur lachte in sich hinein, als er automatisch das leere Weinglas des Meisters nachfüllte.

»Ein Gebäude ist keine Sache, Meister Robinton. D'ram, haben Sie oder Baron Lytol irgendwo einen Hinweis auf das ›Akki‹ entdeckt?« fragte er dann.

»Auf dem Evakuierungsplan war es nicht verzeichnet«, antwortete Lytol und beugte sich vor, um die betreffenden Notizen zu suchen.

»Vielleicht konnte man ein Akki nicht evakuieren«, überlegte Jaxom. »Sie haben auch einige schwere Geräte zurückgelassen. Allerdings kann man nicht mehr erkennen, wozu sie dienten, sie sind völlig ausgeglüht. Aber hierfür hat man einen besonderen Raum gebaut, ohne Türen und Fenster, nur mit Lüftungsgittern und mit ungewöhnlich dicken Mauern. Wir werden durch das VERWALTUNG-Gebäude gehen müssen.«

»Falls das möglich ist,« meinte Piemur skeptisch.

»Sie haben ihren stabilsten Baustoff in doppelter

Stärke verwendet«, bemerkte Jancis nachdenklich. »Bisher konnte Großvater noch keine Möglichkeit finden, die Mauer zu durchstoßen, nicht einmal mit den Bohrwerkzeugen der Vorfahren.«

»Akki, Akki, Akki«, überlegte Meister Robinton. »Das klingt irgendwie nicht wie ein richtiges Wort. Ein Akki, der, die, das Akki, viele Akkis!« Entmutigt winkte er ab. »Du bleibst doch über Nacht, Jancis? Wir haben im Moment eine Köchin, die phantastische Fischgerichte zaubert.« Jancis erwiderte sein strahlendes Lächeln. »Dann kommen wir alle miteinander früh genug auf das Plateau, um einer neuen Erleuchtung teilhaftig zu werden.«

Nach dem Essen wollte Piemur nach Dummkopf sehen und forderte Jancis zum Mitkommen auf.

»Wie kann man einem Lebewesen nur einen solchen Namen geben?« schalt sie, als er ihr mit hoch erhobenem Leuchtkorb zu der eingezäunten Lichtung voranging, wo der kleine Renner untergebracht war.

»Nur ein alter Witz«, verteidigte Piemur sich schwach, aber als Dummkopf wieherte, sobald er seinen Namen hörte, sofort an den Zaun getrabt kam, den Kopf reckte und seinen Herrn beschnupperte, war sogar Jancis beeindruckt. »Dich stört das nicht, was, Dummkopf? Du würdest doch gar nicht kommen, wenn ich dich anders riefe?«

Dummkopf wackelte mit den Ohren und wieherte wieder, als Farli erschien und sich wie gewöhnlich auf der Kruppe des kleinen Renners niederließ. Er schlug mit dem Schweif, und sie zeterte.

»Sie mögen sich wirklich!« rief Jancis aus. »Ich hätte nie gedacht, daß Renner sich mit Feuerechsen oder Drachen anfreunden.«

Piemur lachte, lehnte sich gegen die oberste Zaunstange und streichelte Dummkopfs weiche Nüstern. Jancis wirkte fast geheimnisvoll im weißen Licht des Mondes Belior, das die Linien ihres Gesichts veränderte.

»Nun, ich kann nicht leugnen, daß Dummkopf vor jedem Drachen scheut, sogar vor Ruth. Bisher hat dich allerdings noch keiner gefressen, was, mein Freund?« neckte er. »Aber er, ich und Farli arbeiten recht gut zusammen.«

»Man sagt«, Jancis kraulte genau die richtige Stelle an Dummkopf Hals, was ihn veranlaßte, sich gegen ihre Finger zu lehnen, den Kopf schief zu legen und die Augen halb zu schließen, »du hättest mit Dummkopf und Farli die ganze Küste des Südkontinents abgewandert.«

»Nur von der Burg des Südens bis zum Landsitz an der Meeresbucht. Den Rest hat man mir erlassen.«

»Selbst dazu braucht man viel Mut.«

»Mut?« Piemur schnaubte verächtlich. »Mit Mut hatte das wenig zu tun. Ich bin von Natur aus neugierig. Und«, fügte er in einem Anfall von Offenheit hinzu, »auf diese Weise konnte ich es vermeiden, von Toric der Burg verwiesen zu werden.«

»Warum hätte Baron Toric das tun sollen?«

»Er konnte sich nicht dafür erwärmen, mich in seine Familie aufzunehmen.« Piemur war näher an sie herangerückt, obwohl er immer noch scheinbar träge an der Stange lehnte.

»Du? Und Sharra?«

Piemur grinste. »Für Jaxom konnte er sich übrigens auch nicht erwärmen, aber er ließ sich schließlich überzeugen.« Endlich konnte Piemur sich über die Komik dieser Konfrontation so richtig amüsieren. »Er hatte etwas dagegen, daß seine Schwester den Herrn einer tischtuchgroßen Burg heiratete.«

»Was?« Jancis war gebührend empört, sie hörte auf, Dummkopfs Hals zu kraulen und wandte sich Piemur zu. »Ruatha ist eines der ältesten Geschlechter auf Pern. Jede Familie mit heiratsfähigen Töchtern hat gehofft, Baron Jaxom einfangen zu können.«

»Toric hatte mit Sharra größere Pläne.« Piemur schob

sich noch ein wenig näher heran, als Dummkopf den Kopf zurückwarf, um nach einem Nachtfalter zu schnappen.

»Wie konnte er nur? Jaxom ist der einzige junge Baron. Und man sagt, die beiden lieben sich sehr. Sie hat ihn hier auf dem Landsitz an der Meeresbucht gepflegt, als er die Feuerkrankheit hatte.«

»Ich weiß«, murmelte Piemur. Lächelnd legte er seine Hände zu beiden Seiten von Jancis auf die Stange. Sie bemerkte das Manöver, und er grinste auf sie hinab und wartete auf ihre Reaktion. »Und was sagt man über den Gesellen Piemur?«

Sie sah ihn herausfordernd an, das Grübchen in ihrer Wange erschien als dunkler Fleck auf ihrem mondbeschienenen Gesicht. »Nur das, was man über alle Harfnergesellen sagt. Daß man ihnen nicht über den Weg trauen kann.«

Langsam, damit sie ihm ausweichen konnte, falls sie das wirklich wollte, was er freilich nicht hoffte, senkte er den Kopf, hob die Arme und zog sie an sich. »Schon gar nicht in mondhellen Nächten wie dieser, was?« Ganz sanft berührte er ihre Lippen mit den seinen und merkte, daß sie lächelte, daß sie nicht die Absicht hatte, sich ihm im letzten Moment zu entziehen. Plötzlich wurde sie heftig gegen ihn gestoßen. Er hielt sie fest, damit sie nicht stürzte, und sie legte haltsuchend die Arme um ihn. »Danke, Dummkopf, ich glaube, das genügt.« Die stürmische Unterstützung seines Renners hatte Piemurs Hemmungen hinweggefegt.

Beim Frühstück am nächsten Morgen, von Meister Robinton bei Tagesanbruch angesetzt, hatten Piemur und Jancis nur Augen füreinander, doch die anderen waren viel zu besorgt, nicht rechtzeitig auf dem Plateau einzutreffen, um es zu bemerken. D'ram sollte den Harfner, Piemur und Jancis zum VERWALTUNG-Gebäude bringen. Lytol hatte nicht mitkommen wollen.

»Ich finde, er altert zusehends«, murmelte Robinton, als er mit D'ram zu Tiroths Lichtung ging. »Auch Jaxom hat so etwas erwähnt.«

»Er ist bei guter Gesundheit, Robinton, wirklich. Es geht ihm nur wie uns allen, er schafft nicht mehr soviel wie früher«, gab D'ram traurig zurück. »Aber daß bei Jaxom wieder Nachwuchs unterwegs ist, hat ihn aufgeheitert.«

»Mich ebenfalls. Ach, Tiroth, ich finde es großartig, daß du uns hin- und herbeförderst.« Der Harfner versetzte dem alten Bronzedrachen einen freundschaftlichen Klaps, und schickte sich an, hinaufzuklettern und sich zwischen die Nackenwülste zu setzen. »Du kannst mir Jancis heraufreichen, Piemur. Ich kümmere mich schon um sie. Klammere dich nur an, so fest du willst, meine Liebe.«

»Behalten Sie Ihre Hände lieber bei sich, Meister«, grollte Piemur in gespieltem Zorn, stieg als erster auf und half dann Jancis, sich hinter ihn zu setzen. Seine steifen Muskeln und seine empfindlichen blauen Flekken machten sich unangenehm bemerkbar, aber er achtete nicht darauf.

»Hast du denn gar keinen Respekt mehr vor meinem Alter und meiner Stellung?« fragte der Harfner und nahm lachend vor dem Gesellen Platz.

»Daran hat sich nichts geändert«, versicherte Piemur ihm nachdrücklich. »Solange ich Sie im Auge behalten kann!«

D'ram lachte in sich hinein, als er aufstieg, und dann hob Tiroth mit einem mächtigen Satz ab, und Jancis griff nach Piemurs Armen. Er legte seine Hände auf die ihren und spürte befriedigt, wie eng sie sich an ihn schmiegte. Alle vier sahen deutlich die Dämmerschwestern am Morgenhimmel glänzen, dann brachte Tiroth sie ins *Dazwischen*.

Die Schwestern standen immer noch am Himmel, als sie auf dem Plateau eintrafen und über den Landestreifen hinweg zu den dunklen Schatten der Hügel und zu der Stelle schwebten, wo im Schein vieler Leuchtkörbe die Ausgrabungsmannschaft wartete. Ja, wie sie bald erfahren sollten, hatte Meister Fandarel bereits das Grabungsgebiet markiert und die ersten Schaufeln voll Erde entfernen lassen.

»Meister Robinton, D'ram, guten Morgen. Jancis, Piemur. Wir rechnen damit, daß die Deckschicht eine gute Spanne dick ist. Ich hielt es auch für ratsam, die Kacheln entfernen zu lassen, sie sind offensichtlich nur ein Notbehelf. Ich habe sie gestern abend mit einigen anderen verglichen, die sich noch an den Flugschiffen befinden, und ich glaube, das Material ist das gleiche, allerdings scheint bei keinem der Schiffe eine größere Anzahl zu fehlen. Das stützt meine Theorie, daß es ursprünglich mehr als drei Schiffe gab.«

»Das halte ich auch für wahrscheinlich«, stimmte Meister Robinton zu. Er fröstelte ein wenig in der kühlen Morgenluft. »Die Bilder der Feuerechsen zeigen stets doppelt so viele, und selbst mit sechsen wäre es eine ungeheure Leistung gewesen, diese Unmenge von Dingen von den Dämmerschwestern hier herunter zu befördern.«

Jemand brachte Schemel und heißen Klah, so daß Meister Robinton und D'ram es sich bequem machen konnten, während die Grabungen vorangetrieben wurden. Jancis und Piemur standen ein wenig abseits und nippten an ihren Bechern. Piemur bemühte sich, seinen Ärger zu unterdrücken. Es war eine ganz private kleine Grabung gewesen, und nun befaßte sich alle Welt damit. Jancis blieb für seinen Geschmack viel zu sehr im Hintergrund. Es war ihre Entdeckung, sie hatte die Ahnung gehabt. Sie sollte auch die Arbeiten leiten. Natürlich konnte sie nicht erwarten, ihrem Großvater vorgezogen zu werden, aber offenbar dachte niemand mehr daran, daß alles nur der alten Zeichenfolie zu verdanken war, die sie entdeckt hatte. Sie hatten Jaxom um

Hilfe gebeten, gewiß, aber doch nicht gleich das ganze, verdammte Plateau. Die beiden Beulen auf seinem Kopf begannen schmerzhaft zu pochen.

Als die Sonne aufging, stellte er fest, daß jemand während der Nacht sehr fleißig gewesen war und alle Kacheln vom Dach entfernt hatte. Nun ragten die Tafeln völlig frei wie lange Finger über das ursprüngliche Dach. An den Wänden war noch ein Teil der Verkleidung erhalten geblieben, aber man hatte einen Graben ausgehoben, der bis zu dem Belag auf Teerbasis hinunterreichte, mit dem die Vorfahren alle Geh- und Fahrwege zwischen ihren Gebäuden befestigt hatten.

Plötzlich brandete Jubel auf. Piemur nahm Jancis an der Hand und drängte sich durch die Menge, die sich in einem lockeren Kreis um die Ausgrabungsstätte geschart hatte. Man hatte Meister Fandarel und Meister Robinton an die eben freigelegte Tür geführt. Es war keine der üblichen Schiebetüren, sondern sie bestand aus zwei gleich großen Tafeln.

»Verzeihung, Meister Fandarel und Meister Robinton, aber Jancis hat sich als erste für dieses Gebäude interessiert, und deshalb ist es nur recht und billig, wenn sie es auch als erste betritt!« Piemur hörte Jancis erstaunt aufkeuchen und spürte, wie sie sich gegen seinen Griff sträubte. Ohne die verwirrten Blicke der beiden Gildemeister zu beachten, zog er das Mädchen bis dicht vor die Tür. Er hörte Meister Esselins entrüsteten Ausruf, Breides bissige Bemerkung über die Arroganz der Harfner und das überraschte Murmeln, das die Menge durchlief. Jancis wollte ihn zurückreißen, wollte ihm ihre Hand entwinden.

»Weißt du, Piemur, eigentlich hast du recht«, sagte Robinton und trat zur Seite. »Wir haben Jancis einfach beiseitegeschoben.«

»Nach dir, Jancis«, sagte Fandarel. Es klang sehr höflich, aber er warf Piemur einen nachdenklichen Blick zu.

Als Piemur sah, daß Jancis vor Schreck wie gelähmt

war, trat er an ihre Seite und suchte nach dem Öffnungsmechanismus der Tür. Er konnte nichts finden, aber um keinen Preis hätte er den Schmied um Hilfe gebeten. Er musterte die Tür genauer. Die Anordnung der Scharniere war ungewöhnlich, aber es gab weder Knopf noch Klinke. Ein Türschild fiel ihm ins Auge, er legte die Hand darauf und drückte. Seit langem unbenutzte Teile knirschten, ein Spalt erschien zwischen den beiden Hälften, und Staub und Asche rieselten heraus. Er stemmte sich mit beiden Händen dagegen, die Tür bewegte sich langsam nach innen. Jancis überwand ihre Verlegenheit und kam ihm zu Hilfe, und plötzlich gab ein Flügel nach und hinterließ eine Schleifspur in dem feinen Staub, der in zahllosen Planetenumläufen eingedrungen war.

Piemur öffnete auch den zweiten Flügel und ließ den frischen Morgenwind eindringen, der sanft über das Plateau wehte und den Staub im Korridor aufwirbelte. Dann drehte er sich um und verlangte mit einer Handbewegung einen der Leuchtkörbe. Bald würde die Sonne den Gang erhellen, aber er wollte keinen Augenblick länger warten. Zwei Schritte hinter Jancis und Piemur traten die Meister Fandarel und Robinton ein.

»Ein Korridor nach rechts«, sagte Piemur und hielt mit der linken Hand den Leuchtkorb hoch, während er mit der rechten weiterhin Jancis' Handgelenk umschloß. Sie sträubt sich nicht mehr, dachte er und grinste vor sich hin. Sie mußte einfach lernen, sich besser zu behaupten, dann würde sie niemand mehr um ihre Rechte bringen, jedenfalls nicht, solange er in der Nähe war.

Nun, da er auf den aschebedeckten Böden die ersten Fußspuren seit wer weiß wie vielen Planetenumläufen hinterließ, war ihm seine Dreistigkeit selbst nicht mehr ganz geheuer, aber er war damit durchgekommen — wieder einmal. Er grinste, dann wandte er sich wieder nach rechts, und als auch Robinton und Fandarel ihre

Leuchtkörbe hoben, sah er am Ende des kurzen Ganges weiße Kacheln schimmern. »Bei diesem Akki wollten sie jedenfalls kein Risiko eingehen.«

»Da ist ganz offensichtlich eine Tür«, bemerkte Meister Fandarel und wollte sich schon an den beiden jungen Leuten vorbeidrängen, doch dann hielt er inne und überließ ihnen mit einer Geste den Vortritt.

Jancis war schrecklich verlegen, aber Piemur grinste nur und drückte ihr die Hand. »Du hast es gefunden — du bekommst es auch als erste zu sehen!«

Der Gang war breit genug, um sich zu viert nebeneinander vor die verstärkte Mauer zu stellen. Diese Tür hatte einen Drehknopf, doch Jancis wollte ihn nicht berühren. Piemur waren solche Hemmungen fremd. Der uralte Mechanismus war vom Staub blockiert, und er mußte seine ganze Kraft aufwenden, aber als er mit beiden Händen zupackte, löste sich der Riegel mit einem Ruck. Diese Tür öffnete sich nicht nach innen, wie er eigentlich erwartet hatte, sondern nach außen.

»Auf dem Fußboden liegt kaum Staub«, bemerkte der Schmied, der über ihre Köpfe hinweg in den Raum spähte.

»Ich sehe ein rotes Licht an einem Schrank«, stellte Piemur fest. Ein Schauder lief ihm über den Rücken.

»Und es wird heller«, sagte Jancis ängstlich.

»Ja, der ganze Raum erhellt sich«, stimmte Piemur zu. Seltsame, nie gekannte Empfindungen durchströmten ihn, er blieb wie angewurzelt auf der Schwelle stehen. Dieser Raum war nicht geräumt worden. Solche Vitrinen und Schränke hatte er noch nie gesehen, aber er zweifelte nicht daran, daß sie hier hinein gehörten. Diesmal wurde sogar der vorwitzige junge Harfner von Ehrfurcht übermannt. So etwas hatten sie alle zu finden gehofft.

»Das rote Licht sind beleuchtete Buchstaben«, sagte Meister Robinton mit gedämpfter Stimme, als er über Jancis' Schulter schaute.

»Bemerkenswert, wirklich bemerkenswert!« Die Stimme des Schmieds klang nicht weniger andächtig.

Im zunehmenden Licht wurden Einzelheiten erkennbar: Arbeitstische zu beiden Seiten der Tür, ordentlich daruntergestellt zwei hohe Hocker. An der Mauer gegenüber der Tür befand sich eine große, eingerahmte Fläche, schwach grün, in der linken, unteren Ecke blinkten kleine, rote Lettern. Vor dieser Fläche und einer schrägen Arbeitsplatte stand ein Stuhl auf einem Sockel mit fünf Beinen. Die Platte schien ganz glatt zu sein, doch dann bemerkte Piemur regelmäßige Quadrate — heller in der Farbe als ihre Umgebung, in Reihen angeordnet, und rechts daneben mehrere Kolonnen von merkwürdig aussehenden Vorsprüngen. Darüber, auf der rechten Seite des Wandschirms, befanden sich Schlitze und Skalen, auf einer davon glühte ein grünes Licht, und eine Nadel wanderte langsam von links zur Mitte. Die roten Lettern — sie ergaben die Worte *Kollektoren in Aufladung* — hörten auf zu blinken und wurden allmählich grün, während die rätselhafte Beleuchtung sich weiter verstärkte. Alle fuhren zusammen, als plötzlich ein leises *Blip* ertönte und in der linken Ecke eine neue Botschaft aufleuchtete: AKKI-FUNKTION WIEDERAUFGENOMMEN.

»In dieser Ecke steht ›AKKI‹!« rief Piemur überflüssigerweise und deutete aufgeregt auf die Schrift.

Robinton hatte sich umgedreht, um die Korridorwände betrachten, und was dort hing, war ihm bekannt. »Karten«, sagte er.

»Bitte Identität und Zugriffskode angeben! Ihre Stimmuster sind nicht gespeichert.«

Die Stimme ließ alle aufschrecken, und Jancis klammerte sich an Piemur.

»Wer hat da gesprochen?« donnerte Fandarel, daß es von den Wänden widerhallte.

»Bitte Identität und Zugriffskode angeben!« wiederholte die Stimme etwas lauter.

»Das ist keine menschliche Stimme«, erkannte Meister Robinton. »Es fehlt die echte Resonanz, die Modulation, der Klang.«

»*Geben Sie den Grund für Ihr Eindringen an.*«

»Verstehen Sie, was es sagt, Meister Robinton?« fragte Piemur. Die Worte klangen vertraut, aber der Akzent war so fremd, daß er ihre Bedeutung nicht erfaßte.

»Ich habe das Gefühl, ich müßte es verstehen«, gestand der Harfner zerknirscht.

»*Wenn Identität und Zugriffskode nicht angegeben werden, schaltet sich die Einrichtung ab. Zur Benützung befugt sind lediglich Admiral Paul Benden ...*«

»Benden, es hat Benden gesagt!« schrie Piemur aufgeregt.

»*... Gouverneurin Emily Boll ...*«

»Auch Boll ist ein bekanntes Wort«, sagte Robinton. »Wir erkennen die Worte ›Benden‹ und ›Boll‹, aber wir verstehen nicht, was du uns sagen willst.«

»*... Captain Ezra Keroon ...*«

»Keroon. Es kennt Keroon. Kennst du auch Telgar?« Der Schmied konnte sich nicht länger beherrschen. »Gewiß kennt es auch Telgar.«

»*Telgar, Sallah, verheiratet mit Tarvi Andiyar, später zum Andenken an den heldenhaften Tod seiner Frau Telgar genannt ...*«

»›Telgar‹ ist das einzige, was ich mitbekommen habe«, sagte Fandarel. Er hatte unwillkürlich die Stimme erhoben, als könne er damit das Verständnis fördern. »Telgar können wir verstehen. Keroon können wir verstehen — auch das ist eine große Burg. Boll ist eine Burg; Benden ist eine Burg. Kannst du uns verstehen?«

Eine lange Pause trat ein, und alle starrten wie gebannt auf die Tafel, über die Symbole und gelegentlich auch Buchstaben hinweghuschten, begleitet von verschiedenen Pfeif- und Piepstönen und einem merkwürdigen Surren.

»Habe ich etwas Falsches gesagt, Robinton?« Fandarel beschränkte sich wieder auf ein andächtiges Flüstern.

»Ist da unten alles in Ordnung?« Meister Esselins quengelnde Stimme erreichte die kleine Gruppe, die sich noch immer im Eingang drängte.

»Aber natürlich!« brüllte Fandarel zurück. »Macht die Fenster frei, damit das Licht herein kann. Glammie hat meine Pläne. Orientiert euch danach und laßt uns in Ruhe!«

»Neue Buchstaben«, sagte Piemur und stieß den Meisterschmied in die Rippen. »Veranlasse ... Veranlasse? K ... A ... T ... A ... S ... T ... R ... O ... P ...«

»Katastrophe«, riet der Harfner, noch ehe das h und das e erschienen waren. Er grinste befriedigt.

»P-R-O-G-R-A-M-M — Programm? Die Worte kennen wir, aber was haben sie zu bedeuten?« fragte Piemur.

»Die Lichter strahlen jetzt ganz hell«, sagte Fandarel vergnügt. »Sehr merkwürdig.« Er hatte den ersten Schreck überwunden und betrat den Raum. Die anderen folgten ihm hastig. »Da sind Tasten an der Wand.« Er drückte auf eine davon, und ein leises Surren setzte ein. Die feine Staubschicht auf dem Fußboden geriet in Bewegung, die abgestandene Luft wurde frischer. Fandarel drückte abermals auf die Taste, und sowohl das Geräusch wie der Luftzug hörten auf. Begeistert vor sich hinbrummelnd, schaltete er wieder ein. »Dein Akki ist wirklich ein raffiniertes Ding«, bemerkte er und lächelte auf Jancis hinab. »Und effektiv.«

»Wir wissen immer noch nicht, was ein Akki ist!« bemerkte Piemur.

»*AKKI ist die Abkürzung für ›Akustisches Kommunikationssystem einer Künstlichen Intelligenz‹*«, erklärte die monotone Stimme. »*Um genau zu sein, ein Mark 47 A, ein Interface zwischen den Datenbanken des Hauptcomputers auf der Yokohama und der Siedlung auf Pern.*«

»Pern — ich habe Pern verstanden«, sagte Robinton. Dann fügte er, zur Tafel gewandt, in seinem volltönenden Bariton übertrieben deutlich hinzu: »Von wo sprichst du, Akki?«

»Dieses System ist auf akustische Kommunikation programmiert. Nennen Sie Ihren Namen. Bitte.«

»Hört sich an, als wäre es ungeduldig, aber ich glaube, ich komme allmählich mit dem Akzent zurecht. Mein Name ist Robinton. Ich bin Meisterharfner von Pern. Neben mir steht Fandarel, Meisterschmied auf Telgar. Bei uns sind die Gesellin Jancis und der Geselle Piemur. Kannst du mich verstehen?«

»Es werden linguistische Veränderungen konstatiert, Robinton. Eine Modifizierung des Sprachprogramms ist erforderlich. Bitte sprechen Sie weiter.«

»Ich soll weitersprechen?«

»Ihre Sprachmuster werden die Grundlage der Modifikation bilden. Bitte sprechen Sie weiter.«

»Sie haben es gehört, Meisterharfner.« Piemur hatte sich rasch wieder gefangen. »Hier, setzen Sie sich.« Er zog den Stuhl unter dem Pult hervor, wischte die Sitzfläche ab und deutete mit großartiger Geste darauf.

Meister Robinton zog ein gekränktes Gesicht. »Ich hatte immer geglaubt, es sei der Harfnerhalle gelungen, die Sprache rein und unverfälscht zu erhalten.«

»Ach, Akki versteht uns nur nicht!« murmelte Piemur beruhigend. »Sonst versteht Sie jeder. Dieses Ding hier«, erklärte er mit einer abfälligen Kopfbewegung, »verwendet nicht einmal Wörter, die wir kennen.«

»Ich finde das alles hochinteressant«, sagte Fandarel. Er sah sich jede Fläche an, steckte die Finger in jeden Schlitz und berührte behutsam alle Knöpfe, Tasten und Schalter. »Hochinteressant. In diesem Raum ist viel weniger Staub eingedrungen, was sich zweifellos auf die Kachelschicht zurückführen läßt.«

»Es wird gebeten, den Kontaktbildschirm nicht zu berühren. Die Funktion wird deaktiviert.«

Fandarel zog die Hände zurück wie ein kleiner Junge, der die Finger nach einer Beerenpastete ausgestreckt hatte. Die schräge Platte hatte gelb aufgeleuchtet, nun erlosch sie wieder. Jancis hatte sich zaghaft auf einen der Hocker gesetzt und sah sich im ganzen Raum um, vermied es aber, auf den Schirm zu blicken.

»Was ist denn da unten los?« rief Breide.

»Eine Modifikation des Sprachprogramms wurde erforderlich!« rief Piemur zurück. »Meister Fandarel hat alles unter Kontrolle, Breide.«

»Es wurde die Anwesenheit von vier Personen in diesem Raum festgestellt, aber bisher wurden nur drei Stimmen registriert. Würde die vierte Person bitte sprechen?«

Jancis sah sich ängstlich um. »Ich?«

»Sie werden gebeten, einen ganzen Satz zu sprechen.«

»Nur zu, Jancis«, drängte Piemur. »Es wird dich nicht gleich beißen, und vielleicht sieht es das Leben hier aus einem ganz neuen Blickwinkel, wenn es eine Frauenstimme hört.«

»Aber ich habe nicht die leiseste Ahnung, wie man mit — mit einer körperlosen Stimme redet.«

»Die Art der Äußerung ist unwichtig. Die Unterschiede in Resonanz und Klangfarbe wurden festgehalten. Frage zur Unterstützung des Programms: Sie sind eine Person weiblichen Geschlechts?«

»Ja, sie ist eine Person weiblichen Geschlechts«, bestätigte Piemur.

»Die Person weiblichen Geschlechts wird gebeten, für eine Stimmuster-Analyse selbst zu antworten.«

Jancis lachte hellauf, als sie Piemurs verdutztes Gesicht sah, denn trotz der monotonen Sprechweise war dies unverkennbar ein Tadel gewesen.

»Du solltest dich selbst ansehen können, Piemur.«

»Nun, wenigstens kannst du darüber lachen«, sagte Piemur. »Vielen Dank — wie auch immer. Wie soll man dich eigentlich ansprechen?«

»*Dies ist das akustische Kommunikationssystem einer künstlichen Intelligenz. Eine Personifikation ist nicht erforderlich.*«

»Bedeutet ›künstlich‹, von Menschen gemacht?« fragte Robinton.

»*Das ist richtig.*«

»Von den Menschen, die auch die Dämmerschwestern bauten?«

»*Die Bezeichnung Dämmerschwestern ist unbekannt. Erklärung wird erbeten.*«

»Die drei metallischen Gebilde am Himmel werden Dämmerschwestern genannt.«

»*Sie sprechen von den Raumschiffen* Yokohama, Buenos Aires *und* Bahrain.«

»Raumschiffe?« Fandarel drehte sich um und starrte die Tafel mit der grün blinkenden Schrift verblüfft an.

»*Raumschiffe, mit Lebewesen besetzte Fahrzeuge, die Reisen durch das nicht ganz zutreffend als ›Weltraum‹ bezeichnete Vakuum unternehmen.*«

»Sind diese Raumschiffe immer noch mit Lebewesen besetzt?« Fandarels Augen waren weit aufgerissen, und in seinem sonst so gleichmütigem Gesicht spiegelte sich eine brennende Wißbegier, die sogar Robinton überraschte.

»*Nicht nach den letzten Werten. Alle Systeme sind auf Wartefunktion. Der Druck auf der Brücke beträgt .001 Standardatmosphäre oder 0.1 kp. Innentemperatur minus fünfundzwanzig Grad Celsius.*«

»Ich weiß nicht, wovon es redet«, sagte Fandarel und ließ sich auf den zweiten Hocker fallen. Er wirkte zutiefst enttäuscht.

»He!« Jaxom kam durch den Gang gelaufen. »Nein, ist schon gut, Breide, ich gehe gleich hinein. Ich werde erwartet.« Ein wenig außer Atem betrat er den Raum. »Ich dachte, du würdest auf mich warten, Piemur. Verzeihung, Meister Fandarel, Meister Robinton. Was ist denn das?« Erst jetzt nahm er allmählich die Besonderheiten des Raumes wahr, die Lichter, die Ventilation und schließlich auch die Gesichter seiner Freunde.

»*Dies ist das akustische Kommunikationssystem einer künstlichen Intelligenz ...*«

»Und schon geht's wieder von vorn los«, bemerkte Piemur respektlos. »Ist Ihnen klar, Meister, daß dies der Schlüssel ist, nach dem Sie die ganze Zeit gesucht haben? Ein sprechender Schlüssel. Ich glaube, wenn Sie ihm die richtigen Fragen stellen, werden Sie alle Ihre Antworten bekommen. Sogar einige, von denen Sie gar nicht wußten, daß Sie sie hören wollten.«

»AKKI«, Meister Robinton nahm die Schultern zurück und wandte sich an das grüne Licht. »Kannst du meine Fragen beantworten?«

»*Das ist die Funktion dieser Anlage.*«

»Dann sollten wir vielleicht am Anfang beginnen?« fragte Meister Robinton.

»*Ein solches Vorgehen ist korrekt*«, antwortete Akki, und dann wurde die schwarze Fläche plötzlich hell und zeigte ein Diagramm, das alle im Raum erkannten, es war das gleiche, das man in dem von Jaxom entdeckten Flugschiff gefunden hatte. Nur besaß diese Darstellung so viel Tiefe, daß sie dreidimensional wirkte, und erschien in einer Perspektive, die den staunenden Zuschauern das Gefühl vermittelte, unvorstellbar weit von ihrer Sonne entfernt im Raum zu schweben. »*Als die Menschen den dritten Planeten der Sonne Rubkat im Sagittarius-Sektor entdeckten ...*«

HEYNE
BÜCHER

Ein genialer Geheimplan

Die USA hatten einen genialen Geheimplan: mit Zeitmaschinen Spezialisten 5 Millionen Jahre in die Vergangenheit zu schicken, um den Arabern vor ihrer Zeit das Öl abzupumpen und mit Pipelines in andere Lagerstätten zu verfrachten. Das Fatale war nur: Niemand konnte wirklich die Folgen eines solchen Eingriffs kalkulieren. Wie würde unsere Gegenwart aussehen, wenn der Coup gelänge? Hätte es dann die Welt, wie wir sie kennen, überhaupt je gegeben?

Wolfgang Jeschke
Der letzte Tag der Schöpfung
06/4200

Wilhelm Heyne Verlag
München

David Brin

»Wie Schriftsteller so sind, glaube ich, als eine Art Optimist
zu gelten. Daher scheint es nur natürlich, daß dieser Roman
eine Zukunft entwirft, in der es etwas mehr Weisheit gibt als
Torheit ... Vielleicht etwas mehr Hoffnung als Verzweiflung.

Tatsächlich ist er wohl das ermutigendste Zukunftsbild, das
ich mir gerade jetzt vorstellen kann.
Welch ernüchternder Gedanke!«

06/5145

Wilhelm Heyne Verlag
München

HEYNE BÜCHER

Top Hits der Science Fiction

Man kann nicht alles lesen – deshalb ein paar heiße Tips

Wilhelm Heyne Verlag
München